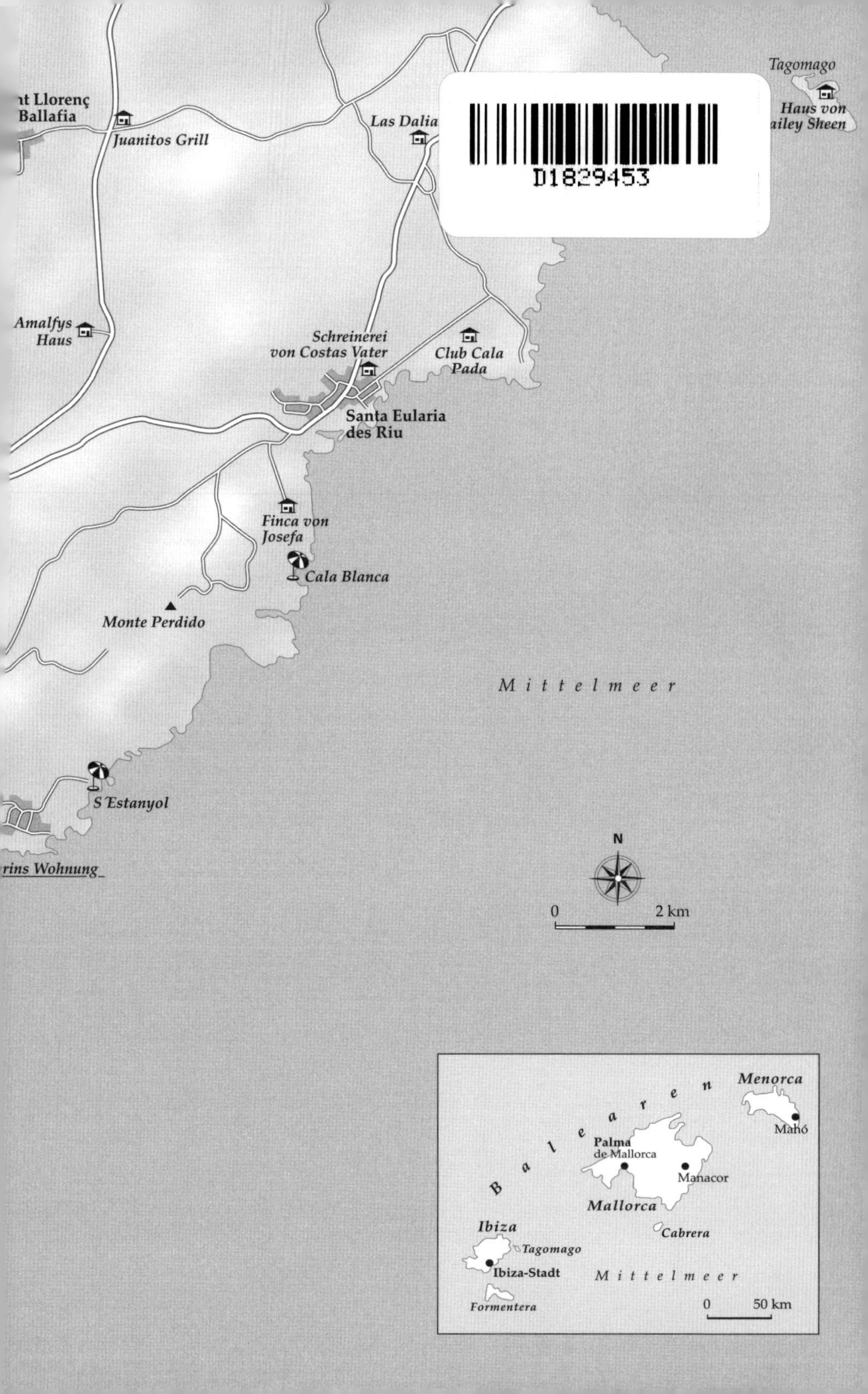
nt Llorenç
Ballafia
Juanitos Grill
Las Dalia
Tagomago
Haus von
ailey Sheen
Amalfys
Haus
Schreinerei
von Costas Vater
Club Cala
Pada
Santa Eularia
des Riu
Finca von
Josefa
Cala Blanca
Monte Perdido
Mittelmeer
S Estanyol
rins Wohnung
N
0
2 km
Menorca
Balearen
Mahó
Palma
de Mallorca
Manacor
Mallorca
Ibiza
Cabrera
Tagomago
Ibiza-Stadt
Mittelmeer
Formentera
0
50 km

Burkhard Driest

Sommernachtsmord

Burkhard Driest

Sommernachtsmord

Roman

Langen*Müller*

Für Heike K.

Besuchen Sie uns im Internet unter
www.langen-mueller-verlag.de

Umschlaggestaltung: Wolfgang Heinzel
Umschlagfoto: corbis, Düsseldorf
Karte auf Vor- und Nachsatz: Eckehard Radehose
Herstellung und Satz: VerlagsService Dr. Helmut Neuberger
& Karl Schaumann GmbH, Heimstetten
Gesetzt aus der 10,5/13,2 Punkt GaramondBQ Regular
Druck und Bindung: GGP Media GmbH, Pößneck
Printed in Germany
ISBN 978-3-7844-3148-2

Prolog

Es war Samstag, der elfte Mai. Das rote Digitaldisplay der Uhr zeigte 20.30 Uhr. Für Norma waren es die wichtigsten Minuten ihres siebzehnjährigen Lebens. Sie war in London, sie war in einem Fernsehstudio, sie war perfekt vorbereitet – sie war auf dem Weg, ein Star zu werden. Sie war Norma Jean.

Zwei Flugstunden entfernt auf einer Insel: Er hatte alles perfekt vorbereitet. Das Arrangement erfüllte ihn mit Stolz. Sein Blick glitt ein letztes Mal über die kühle Oberfläche der Bildröhren: Drei große Bildschirme hingen halbkreisförmig an Teleskopen von der Decke. Am Ende ihrer schwarzen Nabelschnüre warteten digitale Receiver mit Highspeed-Festplatten, um jede Sekunde seines Traums aufzusaugen.

Wie gebannt blickte sie auf die Monitore und beobachtete jede Bewegung von Simon, der gerade zur vorletzten Strophe von »You can't stop me« ansetzte. Gleich würde er es geschafft haben.

Er starrte auf den mittleren der drei Monitore, während er die Sendung auf den anderen zwei zugleich aufzeichnete, um sie zurück- oder vorspulen zu können. Nackt stand er in dem großen Wohnzimmer, in jeder Hand eine Fernbedienung, als wären es Zügel, mit denen er Rosse lenkte.

Je näher der Augenblick kam, in dem Angie, die Aufnahmeleiterin, hereinkommen würde, um sie zum Bühneneingang zu bringen, desto ruhiger wurde Norma. Sie dachte an ihre Eltern und Geschwister zu Hause. Gleich würde sie da oben stehen, vor der Jury, vor den Zweitausend im Saal und vor einem Millionenpublikum an den Bildschirmen. Jeden Ton und jede ihrer Bewegungen würden sie mitverfolgen; ihre Liebe und ihr Zuspruch entschieden, ob sie es schaffen würde.

Der Druck auf die wenigen verbleibenden Kandidaten hatte in den letzten Wochen drastisch zugenommen. Sie alle waren über Nacht zu Personen öffentlichen Interesses geworden, die keinen Schritt mehr tun konnten, ohne dass er von den Medien aufgebauscht, gedeutet und ausgeschlachtet wurde. Kontakte zu ihren Familien und Freunden reduzierten sich auf kurze Telefonate, der straff organisierte Tagesablauf ließ nichts anderes zu. Es war die Vorbereitung auf das Leben eines EuroStars, zu dem ein Millionenpublikum aufsehen sollte.

Es war das Leben, das sich Norma mehr als alles andere wünschte.

Für Simon, der nach Anita dran gewesen war, setzte der Applaus ein, als Angie in der Tür erschien. »Norma, gleich ist es so weit. Alles okay?« Sie stand auf, lächelte und nickte.

Die anderen sieben Kandidaten hatten ihren Auftritt fast alle schon hinter sich. Jeder streckte ihr eine Hand entgegen, damit sie abklatschen konnte. Cindy-Ann sprang auf, drückte Norma fest an sich und flüsterte ihr ins Ohr: »Zeig, was du kannst. Du schaffst das. Ich weiß es und du auch.«

Der Weg zur Bühne ging vorbei an den vielen Technikern, den schwarz gekleideten Sicherheitsleuten und den Mitarbeitern, die schon das Catering für die anschließende Party aufbauten. Alle blickten sie an und sie lächelte ihnen zu. Die anderen nannten den langen Weg bis zu dem kleinen Raum vor dem Bühneneingang den »Lampenfiebergang«. Ihr ging es nicht so. Je näher der Moment ihres Auftritts kam, umso beschwingter fühlte sie sich.

Die Jury bewertete gerade Simons Auftritt. Sie konnte nicht verstehen, was gesagt wurde, hörte aber den Applaus, als die Tür aufging und Simon erschien. Er strahlte, riss sich das Mikro ab und nahm dankbar das Handtuch, das ein Make-up-Girl ihm hinhielt.

»Mensch, Norma, das lief wie geschmiert. Und für dich wird's sowieso noch easier. Mit dem Fummel brauchst du gar nicht zu singen, das sag ich dir, wenn du da nur rauskommst, haben die dich schon gewählt.«

Wie lieb von Simon. Sie lächelte dankbar.

»Und jetzt kommt die Frau, auf die nicht nur die meisten Männer im Saal schon seit über einer Stunde sehnsüchtig warten«, begann Fred Koon mit seiner Moderation. »Sie *ist* die Entdeckung der EuroShow und wir sind alle froh, dass sie bei uns in London angetreten ist und nicht in ihrer Heimat, und ich wage die Behauptung, dass sie das Beste ist, was wir jemals aus Deutschland bekommen haben. Heute singt sie für uns ihren Song, den Song ›Norma Jean‹, und wir wünschen ihr, dass sie es ganz nach oben schafft, dass sie der neue EuroSuperStar wird, und nicht elend und einsam zugrunde geht wie das Mädchen in ihrem Song. Hier ist sie, die bezaubernde, hinreißende, sensationelle No-o-r-m-a Jeeean!«

Norma flog auf die Bühne und wurde mit überwältigendem Applaus begrüßt. Große Fanblocks, deren Mitglieder Norma-Jean-T-Shirts trugen, schwenkten Norma-Jean-Plakate, Hunderte schrien und kreischten vor Begeisterung.

Seine Erregung wuchs, er zoomte ihr Gesicht, ihre Lippen ganz nah heran. Die großen Panoramascheiben des Raumes reflektierten sein Spiegelbild. Er hatte seinen Körper rasiert, um ebenso glatt und rein zu sein wie der Götze, dem er huldigte: dem perfekten Körper.

Er tastete ihr Kleid mit einem zweiten Zoom ab, ihren Rücken und ihr atemberaubendes Dekolleté.

Doch jetzt setzte die Musik ein. *Ihre* Musik. Als die ersten Töne sie erreichten, spürte sie das warme Gefühl von Sicherheit.

Er stoppte Screen 3, als die Musik einsetzte. Ihr weit geöffneter roter Mund füllte den Bildschirm. Sein Atem ging schneller und sein Hals wurde trocken. Der erste Moment der Anbetung war eingefangen.

Sie war endlich da, wo sie immer hatte sein wollen: auf der Bühne vor der ganzen Welt. Sie konnte ihr Lied singen und beim ersten Ton wusste sie, dass ihre Seele einsteigen und wie eine Siegesfahne den Jubel von Millionen anführen würde. Es stimmte einfach alles – ihre Stimme war selbstbewusst und stark, alle Modulationen würden genau so sein, wie sie sie seit Wochen einstudiert hatte. Der Song war nicht sentimental, aber auch nicht zu schnell, sie konnte Ausdruck in jedes Wort legen und ihr Gesang hatte sich wie selbstverständlich mit Bewegungsabläufen verbunden, hinter denen eine ausgetüftelte Choreographie steckte, die sogar das Blitzen ihres goldglänzenden Kleides in funkelnden Rhythmus verwandelte.

Das Kleid hatte Héloise Sabatine für sie entworfen, wie er aus der Presse wusste.

Mit der Handbedienung schnitt er ihren Körper aus, mehrmals in ihren Drehungen, sodass er das Kleid aus fünf Perspektiven hatte, und gab den Druckauftrag. Man hörte das Geräusch, als der Drucker im Metallschrank die Fotos ausspuckte.

Schon mit vier Jahren hatte sie Ballettunterricht erhalten. Die Art, wie sie sich bewegte, wie sie tanzte, gefiel sogar den kritischen Journalisten. Während ihre Muskeln hart arbeiteten, spürte sie die Millionen Blicke, die ihrem Körper Energie und Geschmeidigkeit gaben.

Gebannt verfolgte er jede ihrer Gesten. Keine Sekunde ließ er sie aus den Augen. Als sie von der großen Enttäuschung und dem einsamen Tod Norma Jeans sang, leckte er sich begeistert die Lippen, während am Ort der Aufnahme Tränen flossen und Taschentücher den Saal füllten wie sonst Wunderkerzen oder Feuerzeuge.

Der Schlussakkord erklang. Es schien, als seien die Zuschauer für den Bruchteil einer Sekunde wie versteinert. Dann aber brach ein Sturm los, die Leute sprangen von ihren Sitzen, intonierten in Sprechchören Normas Namen, stampften mit den Füßen und pfiffen. Der Applaus kletterte auf den höchsten Pegel des Abends.

Alle wussten, sie hatte es geschafft. Sie würde The One and Only EuroStar werden. Auch sie selbst ahnte es. Sie dachte an ihre Eltern, die ihren Auftritt dank der neuen Satellitenschüssel zu Hause im Wohnzimmer mitverfolgt hatten.

Keine Sekunde ließ er sie aus den Augen. Nichts entging ihm bei einem Auftrag wie diesem.

Der Saal tobte auch noch, als Henley, Carol Dun und Kailey Sheen, die Jurymitglieder, ihre Notizen vermeintlich unbeteiligt überflogen. Schließlich stand Henley auf, wandte sich dem Publikum zu und hob beschwichtigend die Hände. »Das Publikum lässt uns kaum zu Wort –«

Er legte Norma über das Bild, Henleys Stimme erstarb. Dann ließ er ihn wieder reden.

»Ich mach's kurz, Norma, du warst erstklassig. Vielen Dank.«

Wieder Jubelstürme und Begeisterung.

Mit einer ausladenden Handbewegung übergab er das Mikro an Carol Dun. »Im Gegensatz zu …«

Durch einen weiteren Knopfdruck ließ er den Goldglanz von Normas Kleid über das Bild fließen, sodass es Carol Dun verschluckte, die wie eine Ertrinkende hervorstieß:

»… deiner sensationellen Verpackung … dein Gesang … sagen: Weltklasse … du wirst es weit bringen, Norma, und ich bin …«

Brausender Applaus, der schnell abebbte, denn alle warteten auf das Urteil der Goddess of Pop.

Kailey Sheen sah von ihren Notizen auf, musterte Norma grinsend von oben bis unten: »Ich bin ja bekannt für meine harten und wahren Urteile und alle hier haben durch mich gelernt, dass Wahrheit wehtut. Da kann ich auch keine Rücksicht nehmen, nur weil ein Mädchen Gast in unserem Land ist und aus Deutschland kommt. Ich muss meinen Kriterien und mir selbst treu bleiben, und daher sage ich: Du bist gigantisch, Norma Jean, ich wette meine goldene Rolex, du wirst der neue Gesangsstern am Himmel!« Sie blickte grinsend ins Publikum und genoss die begeisterten Reaktionen.

Er wusste, dass jetzt eine handfeste Äußerung zu erwarten war, drückte für einen Moment den Ton weg und schaltete erst wieder ein bei:

»Sie singt besser als Whitney, bewegt sich wie Margot Fontaine und ist der neue Erotiktraum, die neue Marilyn. Yeah, man!«

Donnernder Applaus.

Er wurde nervös und unzufrieden, denn inzwischen bemerkte er Unregelmäßigkeiten an Norma: Eine Paillette des Kleides war asymmetrisch, ein wenig Lippenstift auf den Zähnen, ein abstehendes Haar, einen Schweißtropfen auf ihrer Stirn.

Norma hatte Tränen in den Augen. Sie drehte sich zweimal auf den Zehenspitzen, lief auf Fred Koon zu, umarmte ihn und küsste ihn auf die Wange. Bei dem flüchtigen Kuss leuchteten die Namen auf einer Tafel auf: Norma Jean & Fred Koon, was noch mehr Jubel auslöste.

Nur darauf schien Kailey Sheen gewartet zu haben, um strahlend wie eine fürchterliche Rachegöttin vor sie hin zu treten und mit einem gespielten tiefen Bedauern in der Stimme zu sagen: »Ich muss dir allerdings leider mitteilen, Norma Jean, dass sich die Zuschauer zu Hause gegen dich entschieden haben. Wir sehen uns nächste Woche nicht wieder. Du bist ausgeschieden.«

Costa fror. Sein schweißnasses Hemd klebte eisig an seinem Nacken. Der Thermostat im Sitzungsraum der Mordkommission zeigte achtzehn Grad. Ihm war, als steckte er in einer falschen Haut. Ein Krokodil. Wie sollte er als Reptil seine Tochter jetzt liebevoll begrüßen?

Im letzten Winter war sein Kommissariat aus dem mittlerweile abgerissenen Gebäude am San-José-Kreisel vorübergehend ins Cuartel General der Guardia in Sa Coma umgezogen. Er blickte durch das verschlossene Fenster, das an den Rändern beschlagen war. Aus einem Rohr lief ein dünnes Rinnsal die Scheibe herunter. Unser gemeinsamer Schweiß, dachte er grimmig. Der Sommerhimmel war von weißen Schlieren durchzogen. Die Temperatur betrug draußen jetzt zur Mittagszeit vierzig Grad. Seit Monaten hatte es nicht geregnet, Sträucher und Bäume waren mit weißem Staub überzogen, ständig wehte ein fieberheißer Wind über die Insel. Er trieb die Menschen in kurzatmige Lethargie oder befremdliche Ekstasen. Die Schnellstraße zwischen San Antonio und Ibiza, die am Gebäude vorbei führte, war von mittags um zwei bis nachmittags um fünf, wenn die Büros und Geschäfte wieder öffneten, weniger befahren. In dieser Zeit reichten zwanzig Minuten, um seine Tochter von der Maschine aus Hamburg abzuholen, die um 15:30 Uhr landen würde. Sie hatte sich entschieden, die ersten zwei Augustwochen bei ihm zu verbringen. Sie wollte unbedingt nach Ibiza, nachdem sie im Fernsehen erfahren hatte, dass das Mittelmeer von allen europäischen Meeren am saubersten war. Das war jedenfalls ihre Begründung, jede Ferien hatte sie eine andere, aber immer war es Ibiza und immer wollte sie zu ihrem Vater, während sein Sohn wieder mal mit der Familie eines Freundes nach Sylt gefahren war. Costa packte eben seine Sachen zusammen und wollte los.

Eine schwere Hand legte sich ihm auf die Schulter. Das konnte nur Rafal sein, den sie schon in der Schule wegen seiner Leibesfülle alle »den Bischof« gerufen hatten. Costa griff nach hinten und tätschelte die Pranke.

»Die Saison ist gerade mal zur Hälfte vorüber, da streicht uns Madrid aus Kostengründen die Verstärkung für den Sommer, und jetzt machst du auch noch Urlaub.«

Nicht nur die Finanzmisere war der Grund, weshalb die meisten Unterlagen noch in den Umzugkartons steckten. Man hatte damit gerechnet, das neue, noch im Bau befindliche Dienstgebäude im Mai beziehen zu können. »Sei froh, dass sie uns Trafico nicht auch noch dazu stopfen«, sagte Costa. Die Verkehrsabteilung war glücklicherweise in einem anderen Gebäude am San-José-Kreisel untergekommen, sonst wäre das Chaos in Sa Coma perfekt gewesen. Sie hatten das schon beim vorigen Fall zu spüren bekommen.

Dabei hatte alles so mit einem Anruf am Ostermontag aus der Cala Blanca begonnen. Costas Kollegen feierten das Osterfest, und er war der Einzige gewesen, den die Zentrale erreichen und der sich gleich auf den Weg machen konnte. Die Bucht kannten selbst diejenigen Ibizenkos kaum, die in ihrer unmittelbaren Nähe lebten. Sie lag zwischen Santa Eulalia und Cala Llonga und war nur von der Seeseite aus oder mit Bergsteigerausrüstung zu erreichen – ein unwirtlicher Geröllstrand, an dessen steilen Flanken keine Wurzel Halt fand, ungeschützt vor der Wucht des Windes und der Gezeiten. Die Alten, die sich noch auskannten, erinnerten sich kaum. Costa aber wusste noch gut Bescheid, denn er hatte als Kind in dieser Gegend gelebt und auf seinen langen Streifzügen jeden Winkel erkundet. Sein Vater hatte ihm damals erzählt, dass die Cala Blanca lange vor dem Bürgerkrieg für eine kurze Zeit in aller Munde gewesen war: Melasse, Tabak und Waffen waren über ihr Gestade geradewegs von Afrika und dem Festland in die Hände ibizenkischer Schmuggler gelangt. Da sich der Abtransport als zu halsbrecherisch erwies, schmiedeten die Contrabandisten einen verwegenen Plan: Sie sprengten einen Tunnel in den Puig de Marina, groß genug für Eselskarren mit Kutscher, und legten einen verborgenen Pfad an, der in einem *almacen*, einem Lagerhaus, im heutigen Montañas Verdes endete. Diesen Tunnel hatte Costa einmal beim Kaninchenjagen mit einem seiner Onkel entdeckt. Dass es ihn immer noch gab, wusste wohl niemand mehr. Von der Seeseite aus war er unsichtbar, vom Land aus unter Nadelholz und Oleandersträuchern verborgen.

Ein deutscher Wanderer war einem antiquarisch erstandenen Reiseführer gefolgt, in den Tunnel vorgedrungen und hatte plötzlich fassungslos vor einem Toten gestanden, der zwischen riesigen Steinblöcken lag. Er hatte von seinem Handy aus die Polizei gerufen und war noch vor Ort, als Costa eintraf. Ein Unfall in der Höhle? Das wäre normalerweise das Ergebnis hier auf der Insel gewesen, aber Costa machte sich die Mühe, jeden Geröllbrocken in der Nähe zu untersuchen. Nach zwei Tagen entdeckte er an einem Stein Blut, und der Surfer, der Spurenexperte in seinem Team, wies daran auch Fingerabdrücke nach. Gerichtsmediziner Dr. Torres stellte nach Ostern fest, dass das Opfer, ein etwa zwanzigjähriger Mann, mit einem Stein erschlagen worden war. Doch in der spanischen Datei gab es die fraglichen Fingerabdrücke nicht und damit begann der Fall, personalaufwändig zu werden. Von Woche zu Woche hatten sie auf Verstärkung gewartet, und der Bischof schimpfte immer noch über die leeren Versprechungen aus Madrid.

Nachdem sie in ganz Europa zwei Monate lang in Richtung Drogenschmuggel, Menschenhandel und Bandenkrieg vergeblich ermittelt hatten, reagierte die rumänische Kriminalpolizei, wie es die spanische nicht besser gekonnt hätte: Sie beantworteten nicht die Fragen, die Costa mit Elena in tagelanger Arbeit zusammengestellt hatte, sondern faxten mehr als achtzig streifige Schwarz-Weiß-Fotos. Es war die Kartei einer so genannten Rolex-Bande, die darauf spezialisiert war, im Gedränge der abendlichen Gassen wertvolle Uhren vom Handgelenk ahnungsloser Touristen zu reißen. Ohne Rücksicht auf die heile Haut ihrer Opfer. Die Fotos waren zwar von miserabler Qualität, aber die Tunnelleiche wurde vom Bischof sofort erkannt.

Wie Costas Team nun bald herausfand, ankerte einmal in der Woche eine Jacht vor der Cala Nova, die die Diebe in festen Intervallen austauschte. Dies erklärte, warum es den Kollegen von der MIP, einer zivilen Spezialtruppe der Guardia, die abends im Hafenviertel patrouillierte, so selten gelang, einen von den Opfern identifizierten Dieb zu fassen, denn nach spätestens sechs Tagen war er von der Insel verschwunden.

Der Nachschub war unerschöpflich.

Mit Hilfe der Küstenwache wurde die Jacht aufgebracht. An Bord fand man eingepfercht in schimmeligen Kajüten über hundert junge Männer, die in allen lohnenden Küstenstätten des Mittelmeers eingesetzt wurden. Der Kapitän stellte sich zunächst dumm und erklärte, es handle sich um eine preiswerte Kreuzfahrt für junge Rumänen. Als der Surfer jedoch im Motorraum in einem Dieselölfass mehrere luftdicht verschlossene Säcke mit Schmuck und Uhren fand, darüber hinaus ein paar Kilo sibirisches Kokain und mehrere Platten libanesisches Haschisch, fiel der Mann um und erzählte alles. Vier Schiffe fuhren in Zirkeln durch das Mittelmeer: eines um die Balearen, eines um Korsika und Sardinien, eines um die griechischen Inseln und schließlich das Versorgungsschiff von Bursa, neunzig Kilometer südlich des Bosporus nach Constanta, der rumänischen Hafenstadt am Schwarzen Meer. Wie die Räder eines Uhrwerks waren die Routen an Treffpunkten auf hoher See verzahnt, wo die Diebe ausgetauscht wurden. Genau vier Wochen waren sie rund um das Mittelmeer jeweils auf Tour und wurden mit 500 Euro entlohnt. Bei dem Verhör, das Costa führte, lüftete der Kapitän zu seiner Entlastung die Mütze und deutete auf die Seite seines Kopfes, wo ein Ohr fehlte. Abgeschnitten, weil er den toten Jungen mit einer Schädelfraktur im Tunnel hatte liegen lassen. Der Junge hatte sich im Tunnel versteckt und wollte nicht mehr zurück. Und überhaupt: Es sei kein Mord gewesen, ein loser Stein habe ihn erschlagen, beteuerte er, bestritt trotz der übereinstimmenden Fingerabdrücke die Tat und verlangte einen Ortstermin. Dabei gelang es ihm, eine Geisel zu nehmen: einen älteren Kollegen Costas, dessen Familie entfernt mit ihm verwandt war. Als die Einsatzleitung, angeführt vom Chef der Guardia Santander, darüber nachdachte, den Tunnel zu sprengen, verlangte Costa, mit der Geisel ausgetauscht zu werden. Der Verbrecher nahm das Angebot erst an, als ihm zugesichert wurde, dass Costa außerdem ein Motorboot mitbringen würde. Der Rumäne hatte die Waffe des spanischen Beamten und ließ Costa das Boot steuern. Costa war klar, dass er die Entscheidung unmittelbar in Küstennähe herbeiführen müsste, wollte er am Leben bleiben. Die Waffe drohend im Anschlag, stand der Mann mit dem Rücken zur Fahrtrichtung, sodass er nicht bemerkte, wie Costa ein Riff ansteuerte, das einen Teil der Bucht zum Meer hin blockierte. Der Aufprall war heftig, und Costa sprang ihn blitzschnell an, sodass sie beide über Bord gingen. Costa war ein guter Schwimmer, im Wasser unbezwingbar. Es machte ihm keine große Mühe, seinen Gegner so lange unter Wasser zu drücken, bis er kampfunfähig war.

Der Kapitän wurde verhaftet und direkt nach Madrid überstellt. Die jugendlichen Diebe schickte man zurück in ihr Heimatland, von wo sie wohl schon bald wieder anreisen würden.

Für Costa jedoch war der Fall erledigt, die Akte war vor drei Tagen geschlossen worden, gestern hatte ihn das Team gefeiert und heute begann sein Urlaub, der ihm von Santander als Auszeichnung zugeteilt worden war.

Während sie an dem letzten Fall arbeiteten, war Costa schon etwas abgelenkt gewesen, weil er sich dauernd mit dem vermissten deutschen Mädchen beschäftigte. Jeder auf Ibiza sprach darüber, und er hatte die anderen auch schon nach ihrer Meinung gefragt. Es gab niemanden mehr, der das deutsche Elternpaar nicht kannte, das überall Plakate klebte und mit Postern durch Hotels, Restaurants und Bars lief, weil es die siebzehnjährige Tochter suchte. Norma Jean war inzwischen überall ein Begriff. Eigentlich hieß sie Norma Lindner, hatte sich aber bei ihrem ersten Auftritt als Kandidatin in der Londoner EuroShow umgetauft. Wer die Eltern bei ihren verzweifelten Bemühungen noch nicht erlebt hatte, der wusste dies alles aus den Artikeln, die Karin Schäfer, Journalistin und Costas Freundin, in der spanischen und deutschen Presse verfasst hatte. Sie war mit der Mutter befreundet gewesen, hatte sie hier wiedergetroffen und wollte ihr nun aus alter Verbundenheit helfen, aber auch, weil sie das Schicksal sehr berührte. Karin hatte das Gefühl, dass etwas passiert sein musste, aber sie wollte es nicht aussprechen und redete nur davon, dass man dieses Schreckliche auf jeden Fall verhindern müsse.

Costa hatte alle Hände voll mit der Rolex-Bande zu tun gehabt, hatte ihr aber auch gesagt, dass die Nachforschungen nach Vermissten nicht in seine Abteilung fielen. Und dann war sie richtig ausgerastet und hatte ihn angefaucht: »Du hast nie Zeit für die wirklich wichtigen Dinge! Du musst dich entscheiden, für was du stehst! Stell dir vor, Annalena wäre verschwunden – was würdest du dann tun?«

Dieser Angriff war nicht spurlos an ihm vorbeigegangen, und er dachte ein paar Mal daran zurück, wie beiläufig die Sache überhaupt angefangen hatte. Sie hatten am Hafen zusammen gegessen, und er wollte schon wieder los, als sie sagte: »Du glaubst nicht, wen ich wiedergetroffen habe.«

Costa zuckte mit den Achseln.

»Hab ich dir je von meiner Sandkastenfreundin Petra erzählt?«

Er schüttelte den Kopf.

»Vor ein paar Tagen ist sie mir am Hotel Montesol zufällig über den Weg gelaufen. Sie ist mit ihrer Familie hier.«

»Machen die Urlaub hier?«, fragte er und war in Gedanken schon wieder bei seinem rumänischen Kapitän.

»Nein, so kann man das nicht sagen. Sie suchen ihre verschwundene Tochter.«

»Ist die abgehauen oder was?«

»Nein. Lass den Kellner, ich zahl das nachher, aber hör dir das mal an. Die Sache beschäftigt mich!«

Und so war es. Das Thema begann immer mehr, sie zu beherrschen. Sie war mit ihrer Freundin in die Apotheke gegangen, weil die kurz vor einem Kreislaufkollaps stand, musste dann mit ihr zum Arzt, weil sie sich einen Sonnenstich zugelegt hatte, danach kam eine Magen-Darm-Grippe oder etwas Ähnliches, und so ging das immer weiter. Mit dem Verschwinden der Tochter war nicht nur das Chaos über die Familie hereingebrochen, sondern veränderte offenbar auch Karins Leben. Dass es nicht nur ihr Interesse als Journalistin war, merkte er daran, dass sie ihm täglich alles berichtete. So hatte er das Gefühl, dass er bereits ganz nah am Puls dieser Familie lebte, obgleich er sie noch kein einziges Mal gesehen hatte. »Am Anfang steht man noch total neben sich und denkt, das ist doch gar nicht passiert, gleich kommt sie herein und alles ist wie immer«, waren Sätze, die er von Karin zu hören bekam, und manchmal wusste er im ersten Augenblick nicht, ob sie von den Lindners sprach oder von sich. Bei der Polizei war man allgemein der Ansicht, es habe keinen Zweck, wie die Lindners mit Plakaten herumzumarschieren, weil das im großen Vergnügungskarneval völlig unterging und niemand sich darum scherte, auf welcher Party oder auf welcher Hochseejacht sich eine Siebzehnjährige vor ihren Eltern versteckte. Aber für die Eltern schienen diese

Aktionen wichtig, denn mit jeder einzelnen keimten bei ihnen Hoffnungen auf, die dann allerdings immer wieder zunichtegemacht worden waren. »Jetzt nach zwei Monaten müssten die an einem Punkt sein, wo sie die Realität einholt«, hatte der Polizeipsychologe gesagt, den er vor zwei Tagen einmal angerufen hatte und der auch bei einem ähnlichen Fall dabei gewesen war, in dem ein englisches Mädchen in Portugal verschwunden war.

»Was heißt das?«, hatte er gefragt.

»Das Leben wird zum Albtraum, aus dem man nicht erwacht.«

Elena Navarro und Xico Palomo, der Surfer, betraten den Raum. Nun war Costas Team komplett versammelt. Elena hielt ein Päckchen in der Hand.

»Was ist los? Fangt ihr jetzt an zu singen? Oder bekomme ich eine goldene Uhr?«, fragte er.

»Nicht so ganz, Toni«, antwortete Elena. »Das hier ist für deine Tochter. Wir wollten dir einfach einen schönen Urlaub wünschen.«

Costa lächelte. Sentimentalitäten oder Höflichkeiten war er von Elena nicht gewohnt. Normalerweise war sie knallhart und sachlich. Er hatte sie ins Team geholt, weil sie einige Jahre Kriminalkommissarin bei der Rauschgiftfahndung in Köln gewesen war und er in Ibiza Kollegen brauchte, deren Horizont weiter reichte als bis zum Rand der Insel. Er war zwar gewarnt worden, eine Frau ins Team zu nehmen, aber sie hatte sich bewährt. Die Unkenrufe waren nach und nach verstummt, denn Elena Navarro leistete tadellose Arbeit. Manchmal fragte er sich allerdings, ob ihr gutes Aussehen nicht auch zu seiner Entscheidung beigetragen hatte. Für den Surfer, der sich seine Mädchen aus den Diskos holte, war sie mit siebenunddreißig zu alt, aber es verging kein Tag, an dem er nicht versuchte, mit ihr auf irgendeine ironische oder anzügliche Weise anzubändeln. Zum Ausgleich war Rafal freundlich und väterlich zu ihr.

»Danke«, sagte er. »Ich freue mich unglaublich, eure Visagen mal ein paar Tage nicht sehen zu müssen.«

»Oje, Chef, was sollen wir ohne dich nur machen? Wahrscheinlich wird Spaniens Polizeisystem bereits in zwei Stunden kollabiert sein, weil *teniente* Costa am Strand sitzt und Cocktails mit bunten Schirmchen drin trinkt.« Xico, der Surfer, war der jüngste im Team und der mit der größten Klappe. Die hatte, obwohl er der beste Spurenexperte weit und breit war, seine Strafversetzung nach Ibiza verschuldet – nicht, dass ihm das ungelegen gekommen war, denn seine drei Leidenschaften waren Frauen, Diskos und sein Surfbrett, auf dem er sogar auch im Winter durch die Buchten der Insel kurvte.

»Hier, vergiss das nicht«, sagte Elena und deutete auf das in Muschelpapier eingewickelte Geschenk.

Er befühlte es. »Oh, ein Buch. Danke. Ich werde ihr abends daraus vorlesen.«

»Komm mal mit ihr zum Essen«, rief ihm Rafal hinterher. »Da freuen sich Inès und die Jungs.«

»Wenn du willst, Toni, lad ich sie ins Privilege ein«, bot der Surfer lachend an.

Costa war schon in der Tür. »Sie ist neun, Xico! Da musst du noch zwanzig Jahre warten.«

Als er auf den Flur trat, traf ihn die Hitze wie ein Schlag. Er ging an den Büros vorbei zur Haupttreppe, grüßte Kollegen, die ihm entgegenkamen und lief die Stufen hinab. Sein blau-weiß gestreiftes Hemd wedelte er erst mit beiden Händen, knöpfte es dann auf und ließ es flattern.

Im Entree empfing ihn der übliche Lärm. Vier Marokkaner beschwerten sich lauthals darüber, dass man ihre Waren beschlagnahmt hatte – falsche Uhren, Sonnenbrillen und anderen Tand. Ein stämmiger Engländer mit aufgeplatzter Augenbraue und nacktem Oberkörper brüllte, er verlange, dass die *fuckin' police* etwas unternehme, um die fuckin' Schläger einzubuchten, die ihn fuckin' vermöbelt hatten. Ein sturzbetrunkener ibizenkischer Bauer knurrte den Beamten hinter dem Counter an: »*Cuidado, jovencito!* Ich kenne deinen Vater – und dich! Da hast du noch in die Hosen geschissen!«

Zwei Dragqueens in vollem Ornat beteuerten wild gestikulierend, nicht gewusst zu haben, dass gerade *diese* Droge illegal sei und starrten dem jungen Beamten, der sie vernahm, mit klimpernden Wimpern auf den Schritt. Costa wusste, es ging um *Deep Dive,* der letzte Schrei der Nachtszene, eine Mischung aus Speed, Haluzinogen und Gute-Laune-Macher, die in Überdosis tödlich wirkte. Die Fälle häuften sich, und deswegen hatte Rafal wegen der ausbleibenden Verstärkung aus Madrid geschimpft.

Auf den Stühlen an der Wand unter den Postern gesuchter ETA-Verbrecher saßen ein halbwüchsiges Mädchen und ihr jüngerer Bruder. Sie kauten im Takt Kaugummi und wippten mit ihren an den Knöcheln überkreuzten Beinen, als ob sie den Hospitalismus erfunden hätten. Ihre Eltern versuchten einem gereizten Beamten etwas auf Deutsch zu erklären, der Vater schwenkte mit hochrotem Gesicht eine Fotografie in seiner Hand, der Polizist schüttelte den Kopf und deutete mit dem Finger auf ein Schild über dem Tresen: *Wir können Ihre Anzeige nur aufnehmen, wenn Sie in Begleitung eines Dolmetschers sind,* stand dort in drei Sprachen. Die Frau blätterte in einem winzigen Lexikon und wiederholte langsam und übertrieben auf Spanisch: »Unsere Tochter verschwunden.« Und fügte hinzu: »Wo? *Donde*?«

Costa blieb kurz in der Tür stehen. Er hatte in dem ganzen Gewusel die Lindners nicht gleich erkannt. Der Mann war etwa fünfzig, nicht sehr groß und unscheinbar. Er trug ein kariertes Hemd mit kurzen Ärmeln, beigefarbene Shorts, Turnschuhe und ein silbernes Kettenband um das Handgelenk, von dem auch die lederne Herrenhandtasche herab baumelte, der er das Foto entnommen hatte. Wie ein weißer Heiligenkranz umgaben seine Locken den Kopf. Seine Frau trug trotz der Hitze eine Trachtenjeansjacke über dem Top, Stretchjeans, hochhackige Sandalen und im weißblonden Haar eine Sonnenbrille. Sie sprach nicht laut, aber besorgt. »Wir sind hier in Europa. Unsere Tochter ist verschwunden!«

»Hier! Auf dieser Insel!«, empörte sich der Mann. »Und Sie, Sie tun nichts, verstehen nichts!« Sein Gesicht bekam Flecken und er presste heraus: »Sie bellen nur herum, Sie, Sie Cocktailspanier, Sie!« In seiner Hilflosigkeit erinnerte er Costa an seinen Vater.

Der Beamte runzelte die Stirn und zeigte wieder auf das Schild, doch als die Frau sich näher an den Uniformierten heranpirschte und ihre spanischen Worte eindringlich wiederholte, brüllte er plötzlich los, sie solle sofort verschwinden. Costa fand es an der Zeit, sich auf den Weg zum Flughafen zu machen. Würde er sich hier einmischen, käme er auf keinen Fall mehr rechtzeitig zum Flughafen, denn die Lindners gerieten immer mehr in Verzweiflung. Karin hatte das in ihrem letzten Artikel schon deutlich dargestellt – Eltern vermisster Kinder würden keine Phase des Wundenleckens und der Umorientierung kennen, weil ihre Situation immer die gleiche bleibe. Sie teilten die Menschen auch nur noch in zwei Sorten – solche, die ihnen helfen wollten und solche, die es nicht wollten. Die Letzteren waren ihre Feinde.

Das Land lag in gleißender Sonne. Er erinnerte sich an die heißen Mittage seiner Kindheit, in denen sich der Wind und sogar die Ziegen und Katzen in den Schatten der zweihundertjährigen Olivenbäume kuschten. Damals hätte er es nicht für möglich gehalten, dass es einmal so viele Autos und Menschen auf dieser Insel geben könnte und einer unter den vielen umherginge, der nach jungen Mädchen Ausschau hielt wie er als Junge nach einem zarten Osterlamm in der Herde seiner Großmutter Josefa. Der Gedanke streifte ihn flüchtig, aber er verwarf ihn sofort, denn das wollte Karin auf keinen Fall hören. Bislang war jedenfalls der ganze Aufstand der Eltern umsonst gewesen. Bis jetzt hatte alles nichts genutzt und Karins Artikel in *Ibiza Heute,* der deutschen Zeitschrift, hatten keinen einzigen Hinweis gebracht.

Der Verkehr staute sich bis zur Höhe der Klinik C'an Misses auf der Umgehungsstraße. Er sah auf die Uhr, noch war Zeit, aber wenn das hier länger dauerte, müsste er Blaulicht aufs Dach setzen und auf der Gegenseite weiterfahren, wo die Straße leer war.

Die Sonne knallte unbarmherzig und sein Blick wanderte die kahlen, von einem braunen Hauch überzogenen Hügel entlang. Vor Jahren hatte es dort gebrannt. Kein Baum und kein Haus waren verschont geblieben, mehrere Menschen verkohlt. Wie viele Schluchten, Brunnen, Höhlen und Felsenrisse gab es hier, wo ein Mädchen verschwinden konnte?

Langsam rückte die Kolonne an den riesigen Reklametafeln vorbei. Auf so eine Tafel wünschte sich Norma Lindner. Dafür hatte sie ihre Kleinstadt mit den in sie verliebten Jungs, die Eltern und alles Vertraute verlassen. Hatte sie gewollt, dass ihre Eltern zwischen grellen Hoffnungen und düsteren Ahnungen auf Normas Trauminsel herumwanderten und vor fremden Polizisten ihre wachsenden Sorgen formulierten? Stammelnd, weinend, unaufhörlich redend? Er hatte mit ihnen persönlich noch keinen Kontakt gehabt, obwohl Karin immer wieder vorgeschlagen hatte, dass sie wenigstens einmal zusammen essen gingen. Er hatte das abgelehnt, denn Profi, der er war, müsste sie dann auch fragen, was sie sich im schlimmsten Fall vorstellten. Dieser Qual waren sie bisher entgangen. Nicht einmal in ihrer Fantasie wollten sie diesem kaputten Typen begegnen, für den ihre Tochter das Osterlamm war oder sein könnte.

Bisher sprachen sie immerzu davon, dass das Mädchen wieder auftauchen würde. Auch Karin bestärkte ihre Freundin aus Kindergartentagen stets darin, dass Norma sicherlich auf einer der Dauerpartys sei, die manchmal in einer der Villen ein oder zwei Wochen lang tobten, wonach sich die Feiernden dann erst mal eine Woche lang ausschliefen.

Vielleicht war sie auch auf einer der Hochseejachten, wo gerade Champagner serviert wurde und sie sich nach einer aufregenden Nacht splitternackt auf dem Deck aalte. Er glaubte nicht daran, aber dies waren die schlimmsten Bilder, die sich die Eltern vorstellen mochten. Der Vater jedenfalls. Er wusste von Karin, dass ihn immer wieder die Angst verfolgte, sie könne bei solchen Gelegenheiten vergewaltigt werden. ›Wär ja kein Mord‹ , hatte er dann zu Karin gesagt und sich anschließend vehement erklären lassen müssen, dass Mord nicht so schlimm wäre. Daher hatte sie ihn gebeten, sich der Sache anzunehmen, doch dann hätte er allein schon durch seine Fragen all ihre Vorstellungen zerstört. Deswegen hatte er sich zurückgehalten. Im Stillen war er bereits einige Möglichkeiten durchgegangen, doch nützen würden hier nur flächendeckende Nachforschungen und auch die nur mit einer geringen Wahrscheinlichkeit, denn die Fluktuation auf der Insel war für Ermittlungen dieser Art zu groß. Täglich reisten massenweise Touristen ein und aus.

Er dachte daran, wie erfrischend und würzig die Luft auf einem Boot jetzt wäre, während es ihm langsam auf den Wecker ging, die stinkenden Abgase des Lasters vor sich einzuatmen.

Schließlich reichte es ihm, er setzte sein Blaulicht aufs Dach und gab Gas. Als er an der langen Schlange vorbeirauschte, erfüllte ihn Genugtuung und Schadenfreude. Er ließ sich die Erklärung des Surfers, warum Norma aufgehört hatte, ihre Eltern anzurufen, durch den Kopf gehen: In den Telefonaten aus London war sie noch zu längeren Erklärungen und Darstellungen bereit gewesen, aber unter den Fragen und Kommentaren der Mutter und des stets mieselig eifersüchtigen Vaters waren die Gespräche kürzer und inhaltsloser geworden, bis sie sich schließlich auf ein Mama-mir-geht's-gut-mach-dir-keine-

Sorgen beschränkten. Und dann, als die Mutter neugierig zu fragen begann, wie ist die Schallplatte, singst du schön?, hatte sie entnervt aufgehört, die Nummer im Bergischen Land zu wählen, war auf die linke Seite ausgeschert, wo sie nichts mehr mit irgendwas verband und hatte Gas gegeben. Auf und davon. So sah es Xico, der mehr durch die Diskos segelte als durch die Wellen. Er konnte sich nicht vorstellen, dass eine Hübsche wie Norma Jean etwas anderes im Kopf hatte, als wegzukommen. Weg aus der Kleinstadt im Bergischen, die Karin im *Diario* und *Ibiza Heute* jedem klar vor Augen geführt hatte: Entlang der Hauptstraße reihten sich die Geschäfte, der Wäscheladen »Zauberwäsche, Wäschezauber«, die »Hirsch-Apotheke«, der »Döner Inn« mit Plastikstühlen vor der Tür, die »Bäckerei Fromm« mit Café, »Elektro Ernst« mit Fernsehern, Waschmaschinen, CDs, die Bushaltestelle mit Wartehäuschen, ein Zeitschriften- und Tabakladen, ein leer stehendes Lokal »Zum lustigen Bosniak«, weil der Jugo nicht beliebt war und sich nicht halten konnte, das Eiscafé »Cortina«, ein Stüssgen Supermarkt, die Kirche und gegenüber das Restaurant »Zur alten Post«. In der zweiten Reihe nur Wohnhäuser, die Volksschule, der Kindergarten, das neue Rathaus, die Druckerei Lindner und da, wo einst die Felder waren, Siedlungen und Blocks, weil sich 1985 ein britischer Hightechkonzern niedergelassen hatte. Alles blitzsauber. Am Ortseingang wies ein Schild auf die tiefe Freundschaft mit den Partnerorten in Frankreich, Israel und Dänemark hin. Wenn dort etwas verloren ging, dann war es der Autoschlüssel oder das Handy – aber nicht das Kind.

Da würde der Surfer nicht einmal ein Wochenende verbringen wollen.

Während Horden von Touristen durch die Schiebetüren trotteten, fragte er sich, was für seine Tochter wohl *gute* Dinge wären, die ihr Leben bestimmen sollten. Erfolg? Soziale Kompetenz? Familiäres Glück? Mitfühlende Liebe – zum Beispiel für die Eltern Lindner, wie Karin es ihm neulich gepredigt hatte? Seiner Tochter ein tägliches Vorbild in mitfühlender Liebe? ’n bisschen schwierig in seinem Job…

Er war neugierig, was ihm die Neunjährige nach Wochen der Trennung bringen würde und wie er mit einer solchen Situation wohl fertig werden würde. Sie hatten mit diesem rumänischen Gesindel eine

Menge Arbeit gehabt und seine Wohnung sah nicht gerade einladend aus. Seit Karin ausgezogen war, lebte er alleine und da blieb manches liegen. Vielleicht würde ihm Annalena bei einem gründlichen Jahresputz helfen.

Zumindest könnte sie ihn von Karin ablenken, sagte er sich. Die rutschte ihm immer viel zu oft und viel zu intensiv in seine Gedanken. Wie viel Male hatte er sich schon vorgenommen, einfach nicht an sie zu denken, einfach nicht darüber zu sinnieren, warum sie etwas getan oder nicht getan hatte? Vergeblich. Aber Kinder können das. Warum nicht etwas von Annalena lernen?

Er stellte sich das so lange vor, bis er Karins verblüffte Reaktion förmlich vor sich sah. Wenn sie abweisend sein würde, wäre er – wie die Kids heutzutage – freundlich, aber cool. Yeah, man, entspannt und witzig. Vor allen Dingen cool, wenn es darum ging, nur dann Sex zu haben, wenn sie es wollte.

Er winkte seiner Tochter ganz uncool zu, als sie mit der Stewardess durch die Schiebetür trottete und keine Notiz von ihm nahm. Er winkte heftiger – sie nickte.

Irritiert erinnerte er sich, wie fröhlich sie ihm immer in die Arme gesprungen war, als sie kleiner war. Auch noch vor einigen Wochen.

Endlich wandte sie sich in seine Richtung. Er strahlte sie an, die Arme weit geöffnet. Sie winkte kurz und sagte etwas zu der Stewardess. Die Flugbegleiterin zeigte auf ein junges Paar, das ebenfalls mit Gepäck herauskam. Costa schätzte das Mädchen auf fünfzehn. Annalena rannte zu ihr, gab ihr einen Zettel und sie wechselten ein paar Worte. Dann erst marschierte sie auf Costa zu. Die Stewardess folgte ihr und verlangte seinen Ausweis, um zu überprüfen, ob er auch der Vater sei.

Nachdem sie gegangen war, nahm er Annalena in die Arme. »Wer war das Mädchen, dem du den Zettel gegeben hast?«

»Das war Betty. Mit der muss ich unbedingt in Kontakt bleiben, weil die es genauso ungerecht findet, dass Norma Jean aus der Show geflogen ist.«

Für einen Moment war ihm, als bewege er sich im Traum. Eben noch war er den aufgebrachten Eltern auf dem Präsidium ausgewichen, hatte immer wieder versucht, die Gedanken an deren verschwundene Tochter beiseitezuschieben, um sich ganz auf seine eigene Tochter einzustellen, und kaum hatte er sie im Arm, da fing sie selbst davon an. Norma Jean und die EuroShow, mein Gott, aus der Norma Jean völlig zu Unrecht rausgeflogen sei!

»Vielleicht war sie nicht so gut wie die anderen und ist deswegen nicht wieder gewählt worden«, sagte er in einem beruhigenden Ton.

Aber das war genau das Falsche. »Nein!«, brauste sie auf. »Sie hat besser gesungen als Anita, sogar besser noch als Simon, und der hat gewonnen. Sie ist der hübscheste Typ auf der ganzen Welt, alle Mädchen mögen sie, total süß. Sie singt einfach toll und hat unglaubliche Augen und in jeder Show hatte sie andere Klamotten an, aber immer ganz toll.«

»Vielleicht konnte sie sich nicht bewegen, und deswegen wollten die Leute sie nicht mehr. Wer will schon 'n Pudding?«

»Oh, Papi!«, heulte sie auf. »Die hat die beste Figur und kann super tanzen, fast so gut wie Shakira! Du kannst ja Betty 'ne Mail schicken, die kann es dir bestätigen – sie ist der größte Star auf der ganzen Welt. Nach den Ferien muss ich unbedingt mit Betty telefonieren, weil wir eine Aktion starten wollen: Pro Norma Jean.«

»Und Betty macht da mit?«

»Alle machen da mit. Betty hat mir ihre beste Idee im Flugzeug gesagt, dass wir nämlich alle Mädchen in der Schule dazu kriegen, bei jedem Radiosender anzurufen, dass sie das Lied ›Michelle‹ nicht mehr spielen. Das war nämlich das Lied von Simon aus der Show. Aber das darf nicht das Siegerlied sein. Das Siegerlied ist ›Norma Jean‹.«

»Ich denke, so heißt sie?«

»So heißt sie und so heißt auch ihr Lied.«

Er nahm ihre Hand und mit der Rechten den Koffer und zog sie Richtung Parkplatz. »Eure Aktion wird erfolglos sein.«

»Warum denn?«

»Der Song ›Michelle‹ ist von den Beatles. Den werden die Radiostationen immer spielen.«

Seine Tochter blieb stehen und zwang ihn anzuhalten. Mitleidig sagte sie: »Wer? Papi! Bitte! Der Song ist ganz neu. So techno-mäßig mit einem unglaublich tollen Rhythmus.«

Er wollte sich nicht streiten. »Gut, wenn du das so toll findest.«

»Ich finde das nicht toll. Simon findet das toll, und Betty findet

Norma Jean toll. Genauso wie ich. Ich finde Norma Jean toll und Shakira. Aber die macht das Lied nicht.«

»*Bueno*«, sagte Costa. »Was für ein Lied macht die denn?«

»Sie macht nicht eins! Sie hat schon ganz viele Lieder gemacht.«

»Ja, ist ja gut, ich meine, welches du gern hast?« Dabei ging er weiter.

»Norma Jean.«

Diesmal aber blieb er nicht stehen, sondern ging weiter. Schließlich kam sie hinterher und erzählte ihm, dass das Lied eigentlich von Cunningham sei, aber dass sie es nur in der Version von Shakira möge. Costa kannte weder den einen noch den anderen, nahm es aber nicht so sehr als Bildungslücke, weil er wusste, dass sein Töchterchen sich Namen und Geschichten auch oft einfach ausdachte.

Während sie weiterschwatzte, versuchte er Karin zu erreichen. Er erwischte sie im Lizarran, dem Mode-Basken auf der Avenida Bartolomae Rosello, wo sie mit den Lindners zu Abend aß.

Sie war empört, wie die Familie auf dem Präsidium behandelt worden war. »Das ist ja wie in der Franco-Zeit.«

Franco, ja, aber Costa wusste auch, dass jeder Fortschritt heutzutage von Geld und von tief greifenden Umschulungen abhing. Er tat sein Bestes, weil die Insel seine Heimat war und die Heimat seiner Väter, wenngleich es in Hamburg bei der deutschen Polizei ein viel effizienteres Arbeiten gewesen war. »Tut mir leid«, sagte er.

»So 'n Typ da hat sie angebrüllt, dann haben sie sie eine ganze Stunde lang vollkommen ignoriert, und zu guter Letzt sind zwei von den uniformierten Chargen gekommen und haben sie rausgeschmissen. Petra ist dabei gestolpert und hat sich so das Schienbein gestoßen, dass sie einen blauen Fleck hat. Und das –«, sie machte eine große Pause, damit ihre Worte auf jeden Fall wirkten, »– obgleich sie sich auf dich berufen haben und gesagt haben, dass sie dich sprechen wollen. Die taten, als wenn sie gar keinen Costa kennen.«

Er wollte jetzt nicht zugeben, dass er das von der Tür aus gesehen hatte.

»Wo warst du denn?«, fragte sie.

»Ich habe Annalena vom Flughafen abgeholt. Heute ist mein erster Urlaubstag.« Er hatte sich gehütet, zuzugeben, dass die Sache anfing, ihn immer mehr zu beschäftigen. Das ging morgens schon los, wenn er ins Büro fuhr. Gerade um die Zeit war dann der Verkehr so dicht, dass er nicht selten zwanzig Minuten im Stau stand. Die auf seiner Seite wollten zu einer Badebucht, aber der Gegenverkehr kam aus den Diskos, und mit dem Blick auf die ausgeflippten Nachtschwärmer begann seit Karins Engagement für die Lindners jeden Morgen seine erste berufliche Tätigkeit. Natürlich war die Chance gleich null, dass er die Gesuchte dabei entdecken würde, dennoch trieb ihn seine Gefälligkeit an, in jedes Auto zu schauen, ob das Gesicht, das er nur vom Foto kannte, nicht doch irgendwo auftauchte. Er hatte die Sache sogar einmal schon seinem Chef gegenüber erwähnt, aber Santander hatte höhnisch erwidert: »Ein Fall, in dem es keine Tote gibt? Da haben Sie Ihre Mondanzüge vielleicht ganz umsonst aus Deutschland hierher geschleppt, wie?« Um nicht selbst Spuren zu legen, betrat man in Deutschland als Polizist den Fundort einer Leiche nicht ohne Thermoanzug, Handschuhe und Plastiküberzieher für die Füße, aber hier war es ein Anlass zum Spott.

»Shakira, wer ist das eigentlich?«

»Shakira ist wunderschön. Sie bewegt sich wie eine Göttin, hat Betty gesagt. Schwarze Augen. Blonde Haare. Sie ist eine Araberin oder Türkin und ist aus Kolumbien und hat ganz viel Energie.«

Von manchen Formulierungen war Costa überrascht. Er liebte es, ihr zuzuhören.

»Sehen wir Karin noch heute Abend?«

Costa schüttelte den Kopf. Karin wollte nach den Lindners noch ein Interview mit einem amerikanischen HipHop-Star machen, der jeden Sommer in Ibiza mit seiner Hochseejacht einlief und abends in den verschiedenen Restaurants und Diskos Hof hielt, bevor alle, die sein Hofmarschall eingeladen hatte, auf seinem Luxusdampfer außerhalb der Dreimeilenzone eine dieser babylonischen Partys bis in die Mittagsstunden des nächsten Tages zelebrierten. »Wohl kaum. Sie will noch ein Interview machen«, erklärte er.

Was würde so einer im Interview schon sagen? Würde er auch so begeistert und lebendig von Shakira erzählen, die ganze Sportarena mit Hunderten und Tausenden von Menschen füllte? Menschen, die nach ihr schrien, weil sie total auf ihre Bewegungen abfuhren, auf ihre Kraft, ihre Musik, ihre Stimme. Jedenfalls in der Fantasie Annalenas.

»Kannst du denn Shakiras Texte verstehen?« Wenn diese Sängerin aus Kolumbien war, würde sie wohl spanisch singen. Er hatte immer wieder versucht, Annalena Spanisch beizubringen. Zu seinem Ärger hatte es nicht viel bewirkt.

»Die kann man manchmal verstehen, manchmal nicht.«

»Wie singt sie denn?« Er bremste scharf, weil ein Paar plötzlich auf die Straße trat. Er im schwarzen Anzug, sie mit einer Margerite im pechschwarzen Haar und in einem gelben Kleid, bedruckt mit großen Blumen.

»Brems nicht so rucklig!«

»Wenn ich nicht gebremst hätte, würden wir wohl nicht mehr bei Omi zum Essen ankommen.«

»Sie ist meine Uromi.«

»Sag Omi, das reicht. Worüber sind denn die Texte von Shakira?«

»Liebe und alles. Was eben die Menschen gerne hören.«

Diesmal würde er sie fangen. Seine Laune war nicht gemütlich genug, um sie entkommen zu lassen. »Sag mal eine Zeile.«

»Wir wollen jetzt peace haben. Frieden haben. Wir wollen jetzt lieben, und wir wollen bloß lieben. Aber immer so frech. So ohne Angst. Und dann singt sie ganz viele Töne und bewegt sich wie ein Aal.«

»Wenn sie spanisch singt, heißt es aber *paz* und nicht peace.«

»Hab ich doch gesagt, pieza-paz.«

Plötzlich hatte er wieder Karin vor Augen, ohne Grund und ohne Anlass, wie ihm das auch im Büro oft so ging. Ein rotes Flatterkleid, am Arm den breiten Silberreif, den Costa ihr geschenkt hatte, das blonde Haar mit einem blauen Band zusammengebunden.

Costa bog nach rechts in die Urbanisation Siesta ein und fuhr die Straße zum Puig d'en Pep hinauf. Die starke Brise an der Küste war erfrischend. Am Beginn des Hügels endete der Asphalt, und er musste die Fenster schließen, um den Staub des trockenen Feldweges nicht überall im Auto zu haben. Das Meer lag weit unter ihnen, kleine Schaumkronen tanzten auf der glitzernden Oberfläche.

Sie erreichten den Privatweg, der zwischen Kiefern hindurch hinauf zu Josefas Grundstück führte. Er hupte, das elektrische Tor öffnete sich, und Gracia, die Haushälterin, kam ihnen auf dem Weg entgegen, eine Schürze um, an der sie die Hände abwischte. Sie führte einen der Freudentänze auf, zu denen nur Südamerikaner fähig sind, schlug immer wieder die Hände über dem Kopf zusammen, dankte Jesus und allen Heiligen und bejubelte die Ankunft der jungen *señorita.*

Costa parkte im Schatten eines Eukalyptusbaums und begrüßte die gute Seele des Hauses mit den ihr gebührenden Küssen und einer Umarmung. Der Duft von Magdalena-Plätzchen und Maya-Seife, den sie verströmte, war ihm seit seiner Kindheit vertraut.

Dann verschwand Annalenas Kopf in Gracias gewaltigem Busen, während sie mit Kosenamen überschüttet wurde.

Sie gingen gemeinsam zum Haupthaus, und einmal mehr bewunderte Costa dieses Juwel von Anwesen, das niemand hier vermuten würde.

Annalena fragte wie immer sofort nach den Tieren – Schafe, die in einem Wiesengrund weideten, zu dem das Grundstück nach Norden hin abfiel und wo sie ganz am Fuß ein Gehege für Pfauen hatte errichten lassen; Fische wusste Annalena in einem kleinen künstlichen See, in den ein Wasserfall gute fünfzehn Meter über einen Steilhang hinab fiel, und allerlei Vögel fand sie in einer Voliere neben dem Haus. Es gab auch viele Zugvögel, die im schnellen Wechsel auf den Rändern der Springbrunnen und Wasserbecken landeten, ein paar Mal nippten und wieder aufflogen. Annalena konnte sich daran kaum sattsehen und beschrieb ihm das oft noch Tage später, als würde sie es dadurch für immer festhalten.

Die Patriarchin der über die ganzen Insel verstreuten Familie saß unter der *porche* der alten Finca an einem Holztisch, an dem mindestens zwanzig Personen Platz fanden, neben ihr ihr jüngerer Sohn, Costas Onkel Joan Costa Mari, allen bekannt als El Cubano.

Jedes Mal, wenn er Josefa sah, war Costa über ihr Aussehen aufs Neue verblüfft. Sie hatte rötliches, krauses, beinah afrikanisch wirkendes Haar, schräg gestellte Augen, schwarz geändert, ein fein geschnittenes Gesicht, doch mit einer entschiedenen Nase und einem energischen Kinn, rougegefärbte Wangen, Lippen dünn und straff wie Draht, aber bemalt mit einem geradezu schamlosen, aggressiven Scharlachrot. Und wie ein leichter Dunstschleier hing ein Parfum in der Luft, eine Kombination aus Rosen und Moschus. Sie war so unzerstörbar wie das Holz der Sabinas-Zeder, das seit Jahrhunderten das Dach der Veranda trug. Klein und zierlich mit ihren etwa neunzig Jahren, erhob sie sich resolut, die Augen funkelnd von amüsierter Menschenkenntnis und Schalkhaftigkeit. Eine silbergraue Katze mit grünen Augen, die auf ihrem Schoß gelegen hatte, schoss davon.

»Toni, wen bringst du da mit?«, fragte sie augenzwinkernd. »Wer ist denn die junge Schönheit an deiner Seite? Etwa deine neue *novia*?«

Annalena kicherte. So viel Spanisch verstand sie. »Ich bin es doch! Annalena! Deine Urenkelin! Kennst du mich denn nicht mehr?«

El Cubano war ebenfalls aufgestanden, nachdem er zuvor einige Baupläne, die auf dem Tisch verteilt gewesen waren, in eine Architektentasche geschoben hatte.

Costa hatte nur einen kurzen Blick darauf geworfen, aber er wusste sofort, worum es ging. Die ganze Insel sprach darüber: Der Bauherr des neuen Fünf-Sterne-Spa im Jachthafen von Santa Eulalia war in die Bredouille geraten, ein Finanzier war abgesprungen, das Projekt stockte seit Mai, die Zimmer waren vermietet, aber nicht fertig. Die Agenturen liefen Sturm und forderten Schadensersatz.

Ihm war klar, dass seine Großmutter gerade besprach, ob sie einspringen sollten.

Die Familie Costa brauchte keine Investoren.

Der Onkel umarmte ihn. Costa fühlte seine Muskeln. Der Mann war siebzig und durch seine Mutter, die Piratin, die alles lenkte, der erfolgreichste Unternehmer der Insel. Er blickte Costa aus seinen warmen braunen Augen an und fragte lachend: »Na, Neffe? Was machen die Hühnerdiebe? Wie ich höre, erledigen sich die Rumänen ja von selbst?«

Na klar, dachte Costa, auf deiner Liste der Personen mit besonders üppigen Weihnachtsgeschenken steht auch der Chef der Guardia, Colonel Lopez Santander, und alles, was du wissen möchtest, erfährst du.

Costa wusste, wie sehr sein Onkel Leute verabscheute, die sich von ihm schmieren ließen – und das waren fast alle. Deshalb galt sein Respekt dem Staatsanwalt Franco Segundo, der ukrainische Tänzerinnen, Ferienflüge und deutsche Sportwagen gleichermaßen zurückwies.

Gracia brachte *montaditos*, kleine Häppchen auf Weißbrot, selbstgemachte Zitronenlimonade für Annalena, französischen Champagner für Josefa und einen leichten Rotwein für Costa und Cubano. Trotz ihres Alters und obwohl sie zu ihrer Entlastung vier Filipinos angestellt hatte, ließ sie es sich nicht nehmen, die Gäste heute selbst zu bedienen.

»Toni, mein einziger Enkel, wie geht es dir?« Er musste sich bücken, damit seine Großmutter ihn küssen konnte. »Warum gibst du nicht diesen schrecklichen Beruf auf und arbeitest für deinen Onkel?«

Das war die Standardbegrüßung, und er hatte sich mit der Zeit abgewöhnt, zu protestieren. »Einer muss die bösen Jungs doch schnappen, *abuelita*«, antwortete er.

»Und wen schnappst du gerade?«, fragte sie, während sie Platz nahm und an ihrem Kelch nippte.

»Im Moment habe ich Urlaub«, antwortete er. »Alle Bösen sind geschnappt.«

»Das scheint deine Freundin Karin aber anders zu sehen.« Cubanos Stimme war schneidend. »Diese polemische Meinungsmache im Diario über das verschwundene Mädchen – was soll der Quatsch?«

»Norma Jean«, sagte Annalena leise.

»Da! Siehst du?« Cubano schlug mit der Hand auf den Tisch, dass die Teller klirrten. »Deine eigene Tochter ist schon angesteckt. Deutsche auf Ibiza verschwunden. Rechtzeitig zum Ferienbeginn. Und in den deutschen Zeitungen steht dann: Wie sicher sind die Mittelmeerländer? Und wir werden in einen Topf geschmissen mit diesen fundamentalistischen Ölnasen in Algerien und Tunesien.« Er steckte sich eine Zigarre an, um sich zu beruhigen und legte seine Hand auf Costas Arm. »Toni, ich bin mir ziemlich sicher, dass das Mädchen gerade mit einem Glas Champagner in der Hand auf einer schicken Jacht sitzt und an seiner nahtlosen Bräune arbeitet. Aber so was wollen Eltern nicht wissen, und deshalb meldet sie sich nicht.« Cubano öffnete die Arme mit großer Geste. »So einfach ist das! Und im Oktober sitzt sie wieder mit ihren spießigen Eltern in ihrer spießigen Wohnung in Regenland!«

»Wer ist diese Norma?«, fragte Josefa. »Kennst du sie, Annalena? Eine Freundin von dir?«

Annalena schüttelte den Kopf. »Nein, sie ist berühmt. Sie hat bei einem Wettbewerb in London mitgemacht. Ich erkläre dir das, Omi. Es ist genau dasselbe wie in Spanien. Das gibt es Sonnabendabends im Fernsehen und heißt Operacion Triunfo. Beim letzten Mal ist David Bisbal der Gewinner und der Superstar geworden.«

Josefa betrachtete das Kind ernst. Sie schüttelte den Kopf. »Ich sehe so was nicht. Ich kenne keinen David Bisbal.«

Annalena hatte rote Wangen und rutschte auf ihrem Sitz hin und her. »Alle Kinder hier kennen ihn.«

»Was tut er im Fernsehen?«

»Singen und tanzen«, sagte sie stolz.

»Tanzen? Das ist gut. Kannst du auch tanzen?«

Annalena nickte, und Josefa machte eine ausladende Armbewegung. »Dann tanze. *Venga, baila para mi!*«

Annalena stand auf und begann, wie verrückt zu tanzen. Sie hüpfte und sprang herum, als stecke der Teufel in ihr. Da sie schon ein paar Jahre lang Ballettunterricht gehabt hatte, gliederten sich ihre wilden Bewegungen automatisch in bestimmten Gruppen und wiederholten sich. So wirkte es wild und gezügelt zugleich.

Josefa schaute interessiert. »Wunderbar!« Als Annalena plötzlich aufhörte, dastand und man außer ihrem Schnaufen nur den Gesang der Vögel hörte, applaudierte Josefa und betrachtete ihre Urenkelin mit amüsierter Neugierde. »So haben wir früher nicht getanzt«, sagte sie. Cubano lachte laut und applaudierte nun auch.

Annalena setzte sich wieder brav. »Wie habt ihr getanzt?« Nur ihr Vater konnte die ungeduldige Neugierde in ihrer Stimme hören.

Josefa überlegte einen Moment. »Auch leidenschaftlich. Wir ließen keine Gelegenheit aus, um zusammenzukommen und festliche Tänze aufzuführen. Tänze, die hier auf dieser Insel üblich sind.« Sie nahm ihren Stock, der neben ihr am Tisch lehnte und deutete auf ein großes Fotoalbum, das Costa ihr holen sollte. Cubano verdrehte die Augen. Sie bat Costa, es aufzuschlagen, rief immer wieder »weiter!«, bis mehrere Seiten kamen, die Feste und Tänze zeigten. Sie ließ sich das Album heran schieben und setzte ihre Brille auf, die an einer goldenen Kette um ihren Hals hing. »Komm näher, Annalena. Hier, da siehst du's. Das ist meine Hochzeit, da siehst du's, der Mann! Kräftig und feurig, und hier, das bin ich – anmutig, wie? Siehst du? Da, da auf dem Foto.« Sie lachte. »Sieht aus wie diese karthagischen Tonfiguren, die hier gefunden wurden und jetzt im Museum stehen. Nicht wahr? Hier – meine Finger und Handrücken mit Gold geschmückt. Die Oberarme an den Körper gepresst, die Unterarme abgewinkelt und nach vorne gestreckt, biete ich meine Hände dem Geliebten dar. Das ist er! Er ist der Großvater deines Vaters.«

Sie ließ Annalena die Fotos betrachten und lehnte sich ein wenig zurück. »Der Tanz, den ich da auf meiner Hochzeit tanze, nennt sich Tanz der zwölf Drehungen. *Ses dotzes rodades*, aber du verstehst ja unsere Sprache nicht, du quälst mich immerzu damit, dass ich Englisch reden muss.« Sie lachte auf. »Aber Cornflakes oder wie dieses Zeug heißt, esse ich nicht.« Sie warf wieder einen Blick zu ihrer Urenkelin und lächelte, als sie erkannte, welches Foto diese sich gerade ansah. »Ja, da siehst du, barfuß, nicht wahr? Denn die Frau zieht sich bei dem Tanz der zwölf Drehungen für gewöhnlich die Schuhe aus, um mit größerer Anmut tanzen zu können. In den ersten sechs Figuren tanzt sie das Locken und die Schönheit, gepaart mit Abwehr, während der Mann ... Siehst du, das ist Toni, dein Urgroßvater! Er legt sich den rechten Arm über die Brust, stampft mit dem Fuß auf und lässt die Kastagnetten erklingen, und dort, siehst du, blättere mal um, in den folgenden sechs Figuren drehen sich die Tänzer, berühren sich an den Händen, Ellbogen und an den Schultern, schauen sich aber die ganze Zeit über an. Dann kommen die letzten sechs Figuren, die wir *la llarga*, die Lange, nennen. Da tanze ich offener, mein Bein ist angewinkelt und mein Fuß zeichnet eine Acht, ich werfe mich in der Brust nach vorne, das Kinn erhoben, doch ich drehe mich, wende mich ab, blicke zu ihm über die Schulter zurück, während mein wundervoller Toni immer höhere Sprünge macht. Die Liebe gibt ihm die Kraft – Gott hab ihn selig«, fügte sie lachend ein, »– in den Himmel zu fliegen, dass er über mir schwebt, und dann, in einer abrupten, aber zugleich bezaubernden Wendung, stürzt er mir zu Füßen.« Ihre Augen glühten und die Erinnerung ließ sie mit lustvoller Stimme lachen. »Er hat die Prüfung bestanden. Meine Berührung erlöst ihn – siehst du hier? – er steht auf, nimmt mich, nimmt mich in die Arme und da, siehst du, da stehen wir vor dem Altar und werden gefreit.« Wieder lachte sie. »Es hat sich gelohnt. Nicht wahr?«

»Aber natürlich, Josefa«, sagten Costa und Cubano wie aus einem Munde.

Die Dämmerung brach herein, und Annalena schien von der Reise erschöpft, denn sie gähnte immer öfter. Cubano erzählte von seiner Zeit in Florida. Costa hatte ihn noch nie davon sprechen hören, denn dort hatte er seine zwei Söhne und seine Frau verloren. Aber Annalena, ihr Herumgehopse und ihre begeisterte Art, von Norma Jean zu sprechen, hatten ihn wohl an seine eigenen Kinder erinnert. Sie war aber inzwischen eingeschlafen, und Josefa schlug vor, sie in ein Gästezimmer zu legen. Costa trug sie auf den Armen dorthin, und sein Onkel öffnete die Türen.

Josefa wollte dann noch hören, ob er sich mit Karin wieder vertragen hatte. Costa nickte, aber er wusste nicht, auf welche ihrer vielen Auf und Abs sich Josefa bezog.

»Das ist auch kein Zustand«, sagte Cubano und saugte an seiner Zigarre. »Entweder heiratet ihr oder du trennst dich.«

Josefa trank noch einen Schluck aus ihrem Champagnerglas und lachte. »Vielleicht will er sie gar nicht heiraten.«

Costa äußerte sich dazu nicht, er schmunzelte nur. Er war sich sicher, dass er Karin gerne heiraten würde, aber er wollte deswegen nicht auf seinen Beruf verzichten. Das jedoch war eine ihrer Bedingungen. El Cubano hatte keine Kinder, er wollte Toni als seinen Nachfolger, zumal Josefa Toni von klein auf ins Herz geschlossen hatte. Es wäre so praktisch gewesen, es hätte so viel Sicherheit bedeutet, und Karin hätte den Zugang zum Bauch dieser Insel gehabt, die ihr so viel bedeutete. Vermutlich hätte sie sogar ihren Job bei der Zeitung an den Nagel gehängt. So aber hakten ihre Berufe ineinander, verhakten sich oft, wie es der Fall bei der großen Brandkatastrophe gewesen war. Während dieses grauenhaften Verbrechens, das sie beschreiben, er aber aufklären sollte, waren sie sich fast ganz entfremdet. Seine Mutter, Josefa, auch El Cubano, sogar der Bischof und Elena waren sich sicher, dass Karin ihn liebte und ohne ihn gar nicht mehr sein mochte, aber er glaubte, dass sie nur deswegen wieder zusammengekommen waren, weil er so nach ihr verlangte und sich nach ihr gesehnt hatte.

»Also würdest du sie nun heiraten?«, fragte Josefa.

»Würde schon«, antwortete Costa.

Cubano schüttelte den Kopf, drückte seine Zigarre aus und verabschiedete sich.

Auch für Costa wurde es Zeit, wenn er Karin noch treffen wollte.

Er ging noch einmal in das Zimmer seiner Tochter und streichelte ihr Gesicht. Niemand soll dich mir nehmen, dachte er und wurde sich bewusst, dass er schon wieder bei der Verschwundenen war.

Er hatte die Scheiben heruntergefahren, um sich durch den Fahrtwind etwas zu kühlen. Bei Josefa war es angenehm gewesen, aber als er jetzt ins Tal hinunterfuhr, spürte er die drückende Schwüle der Nacht. Sie spielten kubanische Musik im Radio, und er entspannte sich allmählich. Karin hatte eben am Telefon gesagt, sie freue sich, wenn er komme, und es war die erste Nacht seines Urlaubs. Morgen konnte er ausschlafen. Er fuhr noch etwas langsamer, atmete die würzige Waldluft ein und machte einen Moment das Radio aus, um die Grillen zu hören.

Das Leben war schön.

Er konnte diesen Satz nicht denken, ohne dass Karin vor ihm auftauchte. Blond, groß und hübsch – alles, was ein Spanier sich wünschte.

Eigenständig und zielstrebig – das, was er sich nicht so unbedingt wünschte. Besonders, wenn eines ihrer Ziele war, ihn zu ändern. Wollte sie das? Ja, verdammt noch mal, sie wollte das. Immer wieder beschlich ihn das Gefühl, dass sie ihn im Grunde gerne so hätte, wie El Cubano war.

Vielleicht mochte sie auch nur seinen Beruf nicht. Aber warum? Weil er als Polizist gesellschaftlich nicht aufsteigen konnte? Weil er nicht genug verdiente? Würde sie das zugeben? Sagen tat sie es jedenfalls nicht. Klagen tat sie nur darüber, dass er zu wenig Zeit für sie hatte. Aber er glaubte ihr das schon lange nicht mehr, denn sie selbst arbeitete manchmal mehr als er.

Was sie sicher nicht störte war, dass ihre Berufe gelegentlich kollidierten.

Das störte ihn. Es kam doch nicht so gelegentlich vor, wie er sich gerne weismachen würde, es war der Grund gewesen, weswegen sie sich beinahe getrennt hatten. Und jetzt fing es schon wieder an.

Sicher, es gab keinen Fall, in den sie sich einmischen konnte. Aber nun versuchte sie, ihm diesen Fall aufzudrängen. Er würde ihr sehr gerne helfen, aber er war Leiter einer Mordkommission und nicht der Vermisstenabteilung. »Vermisstenabteilung?«, hatte sie verächtlich bemerkt, »die heften nur Papiere in Akten.«

Sie hatte Recht, aber natürlich ließ keine Polizei der Welt eine Maschinerie wie die Mordkommission anlaufen, nur weil eine unternehmungslustige Siebzehnjährige sich für die Vergnügungsindustrie entschieden hatte und nicht mehr regelmäßig zu Hause anrief. Und das war es doch! Die Kids vergnügten sich beim Tanzen, identifizierten sich mit den Superstars, weil die von allen bewundert wurden und dachten, wenn sie so einen Job machen, ist alles Bewunderung und Liebe, was ihnen widerfährt. Interessierte sie es überhaupt im Geringsten, die Arbeit dieser Stars zu machen? Wollten sie überhaupt etwas davon wissen?

Aber Karin hatte sich natürlich alle Mühe gegeben, diese Norma als äußerst ehrgeizig zu beschreiben.

»Ehrgeizig«, hatte er gesagt. »Es kommt sicher darauf an, worauf sich der Ehrgeiz richtet.«

Aber Karin war von der Mutter vollkommen eingenommen. »Norma hat von klein auf hart gearbeitet. Ballett, Schauspiel, Singen, Englisch – und es hat ihr Spaß gemacht!«, hatte sie vehement erklärt.

Costa hatte die Musik ausgestellt, hörte auch die Grillen schon nicht mehr und merkte nicht, wie ihn die Gedanken davontrugen und sich nun allmählich zu drehen begannen. Die Energie schien von Karins Forderungen zu kommen, gegen die er sich wieder und wieder zu verteidigen suchte. Das ging so lange, bis wieder alles von vorne anfing. Bei dieser Rundfahrt, die eigentlich ein Liebesreigen mit Karin war, konnten auch andere mitspielen. Zum Beispiel der Surfer. Bei der Diskussion des Falles hatte er eine überraschende Idee gehabt: Trotz ihres Absturzes aus der Show hatte die berühmte Kailey Sheen sie mit nach Ibiza genommen, um mit ihr Aufnahmen zu machen. Ein Traum! Und da ging also ein Traum für dies Mädchen in Erfüllung, und die Eltern rannten zur Polizei, anstatt ihrer Tochter zu solchem Erfolg zu gratulieren. Würden sie je bei ihm erscheinen, um eine Anzeige wegen Mordes zu machen, so meinte er, würde er auf jeden Fall überprüfen, ob nicht die Idee dahintersteckte, ihr eigenes

Verbrechen zu kaschieren. Normale Leute fänden einen solchen Verdacht vielleicht seltsam, aber jeder von der Kripo wusste, dass man nicht selten auf der richtigen Spur war, wenn jemand unaufgefordert behauptete, seine Frau sei seit Tagen verschwunden und er mache sich große Sorgen, dass sie einem Verbrechen zum Opfer gefallen wäre. Costa selbst hatte das schon einmal erlebt.

Solche Erfahrung konnte er Karin in dieser Situation allerdings nicht vermitteln. Sie hatte sich auf eine für ihn unerklärliche Weise in die Idee hineingesteigert, dass sie ihrer Freundin aus den frühen Kindheitstagen helfen konnte und auch unbedingt helfen wollte.

Das wäre ja auch okay gewesen, wenn sie nicht immer mehr versucht hätte, ihn da mit einzubeziehen.

Karin war also die gute Fee, er der störrische Ziegenbock und die Lindners die Schlächter ihrer Tochter?

Die nächsten Stunden gingen wie im Schwebezustand vorüber. Eine unterschwellige Spannung lag in der Luft, eine schwüle Vorahnung, dass etwas passierte, etwas Schreckliches, das aber diese Hitze und die unausgesprochenen Erwartungen lösen würde.

Costa fühlte sich, als hätte er ein zu starkes Beruhigungsmittel genommen, alles war etwas abgerückt und verlangsamt. Auch die Bewegungen, wie Karin sich auszog. Ein weißes T-Shirt, das ihr bis über den Po reichte, behielt sie an und bürstete sich das Haar, was sie seit ihrer Kindheit immer vor dem Zubettgehen tat. Und auch das schien Costa irgendwie langsamer als sonst.

Als spürte sie seinen Blick, wandte sie sich um und lächelte.

Die Tür zum Balkon stand weit auf, Musik und Stimmen kamen vom Hafen herauf, und es war heiß, obgleich Karin in ihrer neuen Wohnung Air Conditioning hatte. Sie stellte sie fast nie an, sie mochte die Hitze, auch die feuchte Luft und ihre feuchten Körper.

Sie kannten sich seit Jahren, aber manchmal war es, als hätten sie sich all die Zeit nicht gesehen und träfen sich gerade neu, überrascht von einem unerwarteten Einverständnis, das sie Schwindel erregend schnell zusammenführte. Sie hatten einmal darüber gesprochen, und sie meinte, es läge vielleicht an ihren ähnlichen Erfahrungen. Sie hatten beide eine Seite des Lebens kennen gelernt, die für die meisten anderen Menschen eine fremde Welt war. Beide wussten, wie schwierig es war, das Gleichgewicht zu halten und wie leicht ein plötzliches Gefühl oder ein schlimmes Ereignis alles ins Rutschen bringen konnte.

Normalerweise hätte er ihr von Annalena erzählt und von dem Abend bei Josefa, aber jetzt würden all die alltäglichen Worte diese Stimmung zwischen ihnen zerschrammen, und er wollte nicht wieder an die gleichen Gedanken geraten wie eben im Auto, als er von Josefa hierher gefahren war.

Karin kam und setzte sich aufs Bett. Er nahm ihre Hand und wollte sie zu sich heranziehen.

»Toni, bitte.« Ihre Stimme war sanft.

Dennoch hatte er etwas anderes erwartet. Er sah sie fragend an.

»Ich weiß nicht mehr weiter. Die Lindners sind völlig verzweifelt.«

Da war es wieder, das Thema. Er konnte nicht ausweichen, aber er versuchte es diesmal anders. »Karin, weißt du, worauf du dich da einlässt? Was ist, wenn dem Mädchen tatsächlich etwas passiert ist? Willst du das den Eltern erklären müssen?«

Sie entzog ihm ihre Hand. »Bislang hast du gesagt, dass überhaupt kein Fall vorliegt, Toni. Das ist nicht gerade hilfreich.«

Er fühlte sein Herz schneller schlagen, aber er versuchte, ruhig zu bleiben. »Wir haben keine Leiche, habe ich gesagt.«

»Du hast noch mehr gesagt.«

»Ja, dass wir nicht einmal einen Angehörigen haben, der *behauptet*, dass sie tot ist.«

»Verstehst du nicht? Das zu denken, würde ihnen Schuldgefühle machen. Sie dürfen den Gedanken gar nicht zulassen!«

»Aber wir springen nur ein, wenn jemand tot ist.«

»Es ist doch viel wichtiger, dafür zu sorgen, dass es gar nicht erst so weit kommt.«

Er gab auf. »Was soll ich deiner Meinung nach denn tun?«

»Du kannst überprüfen lassen, in welchem Hotel sie wohnt.«

»Das können sie doch selbst.«

»Es gibt Hotels, die geben keine Auskunft, und manche machen es so oberflächlich, dass sie den Eindruck haben, die sehen gar nicht richtig nach. Die haben ja keine Pflicht, den Lindners zu sagen, wer in ihrem Hotel Gast ist.«

»Was glaubst du, wie viel Personal das erfordert?«

»Ja, okay.« Er konnte sehen, wie die Frustration ihr zu schaffen machte. »Was sollen sie machen?«

»Wenn wir von der Guardia ermitteln sollen, müssen sie irgendwelche Belege bringen, dass ihre Tochter umgebracht wurde oder wenigstens Anzeige wegen Mordes erstatten.«

»Wie denn? Sie haben doch gar nichts in der Hand!«

»Sie müssen mindestens einen Verdacht haben, den wir überprüfen können.«

»Sie wissen nur, dass sie mit Kailey Sheen von London nach Ibiza geflogen ist.«

»Wenn Norma mit Kailey Sheen nach Ibiza gekommen ist, müsste man die doch erst mal fragen.« Sie tat ihm leid. »Du könntest doch schon mal alles über Kailey Sheen herausfinden.« Er nahm wieder ihre Hand, hielt sie fest und drückte mit der anderen ihren Unterarm, gleichmäßig und sanft, als wollte er ihre Erstarrung auflösen.

Es wirkte, sie lächelte, er konnte sogar Schalk in ihren Augen sehen, als sie sagte: »Ich habe eine blendende Idee.«

»So?« Er lächelte zurück, zog die Augenbrauen hoch und fuhr sich ein paar Mal neugierig durch sein kurzes braunes Haar.

»Könntest du uns jetzt nicht helfen, Norma zu suchen, wo du doch Urlaub hast?«

»Karin, wir brauchen endlich mal Zeit für uns. Und du hast Recht: Ich habe Urlaub! Außerdem ist Annalena da. Wie stellst du dir das vor?«

Nun strahlte sie ihn sogar an. »Du schaffst Norma herbei, ich weiß, dass du das kannst, und ich kümmere mich um Annalena.« Sie tätschelte seine Wange und fuhr dabei mit dem Daumen über die Narbe an seiner rechten Augenbraue. »Ich kann doch üben, für den Fall, dass wir auch mal Kinder haben. Komm schon, in deinen letzten freien Tagen hast du dich jedes Mal furchtbar gelangweilt!«

Costa stimmte dem ganz und gar nicht zu, doch jetzt, da seine Tochter da war, wollte er unbedingt Harmonie zwischen ihnen. »Okay, schick sie morgen zu mir ins Büro. Ich werde mich mit ihnen unterhalten und sehen, was sich machen lässt. Aber ich bin nicht Columbo, klar?«

Karin ließ sich erleichtert in seine Arme sinken und blieb eng an ihn geschmiegt liegen.

»Und noch was: Warte mit einem nächsten Artikel, bis du mehr weißt. Du hast eine Menge Staub aufgewirbelt.«

»Wer sagt das?«

Er spürte ihren Atem an seinem Ohr. »Mein Onkel. Du hast Ibiza so dargestellt, als würde hier stündlich jemand verschwinden.«

»Das stimmt ja auch. In Deutschland waren es im letzten Jahr über elftausend Vermisste, und nach einem Monat waren achtzig Prozent bereits wieder da. Und die, die nach einem Jahr noch nicht wieder da sind, machen gerade drei Prozent aus. Aber hier –«

Costa zog sie fester an sich. »Karin, ich weiß das, o. k.? Lass es gut sein.« Er liebkoste sie zärtlich. »Was habe ich da vorhin rausgehört? Du willst Kinder? Seit wann denn das?«

Sie richtete sich auf und schaute ihn verliebt an. Dann küsste sie ihn, und er genoss es, auch während der ganzen Zeit, da sein Handy die ersten Takte von Rossinis Diebischer Elster spielte.

Karin hielt es schließlich nicht mehr aus, sprang auf und reichte es ihm.

Es war Elena. »Suchst du nicht dies deutsche Mädchen?«

Sofort saß er senkrecht im Bett. »Ja, sicher!« Was hatte Elena damit zu tun?

»Ich habe gerade über Funk gehört, dass sie sie gefunden haben. Sie soll irgendwo auf einer Rockerparty gefangen gehalten werden.«

Costa war mit einem Satz aus dem Bett.

»Was ist?«, fragte Karin. »Ich denke, du hast Urlaub! Was ist denn jetzt los?«

Der Anruf war um kurz vor eins im Präsidium eingegangen. Dem Akzent nach war die anrufende Person Holländerin. Sie war sich sicher, das vermisste Mädchen, dessen Bild mittlerweile an jedem Pfahl und auf jeder Ladentüre klebte, gesehen zu haben.

Es war halb zwei, als Costa und Elena die angegebene Adresse am Monte Perdido über der Cala Llonga erreichten.

Das Haus lag am Ende einer Stichstraße, in der Autos mit englischen, deutschen und spanischen Kennzeichen eng nebeneinander parkten. Offensichtlich wurde hier an Feriengäste vermietet. Der Wendekreis am Ende wurde zum großen Teil von einer ungewöhnlich hohen ibizenkischen Natursteinmauer beherrscht.

Aus der Ferne dröhnte gut hörbar der Autoscooter aus der Cala Llonga. Ansonsten war alles ruhig.

Nummer 17 lag rechts von der mächtigen Mauer im Dunkel hinter einer Hibiskushecke. Sie öffneten eine hölzerne Gartenpforte. Bäume und Büsche im Vorgarten waren mit Glühbirnchen geschmückt, die zu leuchten begannen, als sie an der Haustür klingelten. Sämtliche Hunde der Gegend fingen wie auf Kommando an zu bellen. Eine Frauenstimme fragte, wer da sei, und die Tür öffnete sich, nachdem Elena »Guardia Civil« gerufen hatte.

Vor ihnen stand die Hausfrau im Bademantel. Sie war über sechzig, strohblond, lederbraun von viel Sonne und ihr vermutlich stets guter Appetit hatte den Bademantel auch an Stellen ausgefüllt, die keiner Frau richtig Freude machen.

»Wir sind von der Guardia Civil, mein Name ist Costa, das ist meine Kollegin Elena Navarro. Sie haben vorhin angerufen?«

»Ja. Wegen des Mädchens, das der da drüben gefangen hält.« Sie machte mit ihrem Arm eine Bewegung in Richtung des Nachbarn hinter der Natursteinmauer.

»Wer wohnt da?«, fragte Costa.

Die Frau beugte sich vertraulich zu ihm, als sollte der Nachbar nicht hören, dass sie ihn beschuldigte. »Das Haus gehört einem Musiker, er heißt Steve oder Steven oder so, ich bin mir nicht sicher, aber er gehört zu einer ganz bekannten Rockgruppe. Aus Amerika ist der und meistens auf Tour. Sonst kommt er immer alleine, aber diesmal hat er eine Frau da, was ja nicht verboten ist, aber mein Mann meint, das ist die, die hier überall gesucht wird.«

»Sie sagten, er hält sie gefangen?«, sagte Elena.

»Ja. Das gibt's hier alles.«

»Woher wollen Sie das wissen?«, fragte Costa.

Sie kratzte mit dem Fuß, so als würde sie Hundescheiße abwischen. »Ich habe alles von meiner Dachterrasse aus gesehen.«

Costa hörte Elena leise seufzen. Gelangweilte Frau mit Feldstecher, dachte er.

»Nicht, dass Sie denken, ich spioniere, Minjheer, aber das ist einfach nicht zu übersehen. Und zu überhören. Sie hat geweint, er hat sie angeschrien. Dann wollte sie weg und er hat sie eingeschlossen.

Und überhaupt: so ein alter Knacker und sie ist grade mal siebzehn.« Sie schüttelte den Kopf.

»Woher wissen Sie, dass sie siebzehn ist?«, fragte Elena.

»Steht doch überall. Steht doch auf diesen Suchplakaten.«

»Und Sie sind ganz sicher, dass das dieselbe ist?«

»Mein Mann hat die im Fernglas gesehen.«

»Können wir ihn mal sprechen?«

»Aber ja! Der sieht nachts immer Autorennen. Kommen Sie rein, kommen Sie rein!«

Costa und Elena folgten der Frau durch eine Diele ins Wohnzimmer. Das ganze Haus war im Pizzaofen-Stil der spanischen Siebziger verputzt. Niedliche ibizenkische Fincas und allerliebste Bäuerinnen aus Ton standen auf weißen Häkeldeckchen. Die Möbel waren aus der gleichen Epoche: wuchtige polierte Holzmöbel, die Stühle mit geflochtenen Sitzflächen, die Schränke mit gelben Rauchglastüren. Ausdruckslose Kopien schlechtgemalter Bilder, die Meer und Landschaft der Insel zeigten, hingen auf dem Knubbelputz der Wände. Auf den Sideboards die Insignien der Hispanophilen: zwei gelbe *porrons*, Ornamentflaschen mit *hierbas*, Stierkämpfe und Flamencotänzerinnen. Der LCD-TV dröhnte in Surround-Stereo. Der Mann im Sessel erhob sich und schüttelte sehr fest die Hände der Polizisten. Er schien sich zu freuen, dass seine nächtlichen Fernsehsendungen unterbrochen wurden.

»Sie wissen, worum es geht?«, fragte Costa.

»Ja, sicher.«

»Wieso sind Sie so sicher, dass es die Gesuchte ist, die Sie bei Ihrem Nachbarn gesehen haben?«

»Norma Jean, ja klar, die haben wir doch in dieser EuroShow gesehen. Da kriegen Sie meine Frau ja nich vom Fernseher weg.«

»Das war im April und Mai, da hat's dies Jahr in Amsterdam immerzu geregnet, wat soll man da anders machen?«, verteidigte sie sich.

»Woran haben Sie denn erkannt, dass es Norma –«

»Norma Jean, ja, die habe ich ja auch hier noch auf den Plakaten gesehen!«

»Woran konnten Sie denn so genau feststellen, dass sie es ist?«

»Ja woran, woran? Woran erkennt man jemand? Aber ich hab sofort zu Marlies gesagt, dieser Rocker da drüben hat sich gleich die Frischeste geschnappt.«

»Dieser Rocker? Kennen Sie den?«, fragte Elena.

»Na, den kennt man schon!« Er griff nach der Fremdenverkehrsbeilage des Diario de Ibiza, die auf dem Beistelltischchen fünf Flaschen Grolsch als Untersetzer diente, wischte sie ab und hielt sie Costa hin. »Der da ist das!«

Costa las die Headline: »Die Dinosaurier des Rock sind zurück!«

Das dazugehörige Foto zeigte einen Mann mit brustlangen lockigen Haaren, blondem Henri-quatre-Bart im grünen Parka, die mehrfach beringten Finger der rechten Hand zum Peace-Zeichen geformt. Im Artikel stand, dass Steve Reed, der seit über dreißig Jahren den Sommer auf Ibiza verbringe, mit seiner Gruppe, dem Urgestein des Hard Rock, in London das größte Konzert seiner Karriere gespielt habe. Zwanzigtausend Zuschauer hatten die Band in der O2 Arena frenetisch bejubelt, und zweihunderttausend weitere hatten vergeblich um Karten gekämpft. Costa ließ die Illustrierte sinken und fragte: »Seit wann hält er Ihrer Meinung nach das Mädchen gefangen?«

»Seit Anfang Juli«, antworteten Joos und Marlies wie aus einem Mund.

Costa warf Elena einen ungläubigen Blick zu. »Das sind ja mehr als vier Wochen.«

»Ja, ich finde auch, das müsste langsam mal ein Ende nehmen«, sagte die Frau.

»Und warum haben Sie erst heute angerufen?«, fragte Elena.

»Ich saß auf dem Dach, weil es da etwas kühler war, und da hab ich wieder Schreie gehört«, sagte er.

»Von einer Frau?«

»Ja. Die kamen aus dem Haus da.«

»Waren das Angstschreie? Oder Schmerzensschreie?«

»Es hörte sich an wie Angst oder Wut und dann wie Schmerzen.«

»Was macht Sie so sicher, dass er sie gefangen hält?«

»Ich habe gesehen, dass sie ein paar Mal das Grundstück verlassen wollte, aber er hat das verhindert. Einmal hat er sie wieder aus dem Jeep gezogen und ihr den Autoschlüssel weggenommen, und ich meine, dass ich sie auch ein paar Mal mit Fußfesseln gesehen habe. Aber da bin ich mir nicht so sicher, weil der Garten ziemlich zugewachsen ist. Ich denke, Sie sollten da mal vorbeischauen«, sagte sie sehr bestimmt.

Die Zeiten, die sie angaben, passten, die Beschreibung des Mädchens passte, und es passte sogar, dass der Nachbar im gleichen Geschäft tätig war wie Kailey Sheen.

»Möchten Sie vielleicht einen Genever?«, fragte Marlies. »Der macht Mut.« Costa dachte daran, wie Karin sich freuen würde, wenn er den Eltern ihre Tochter zurückbrächte.

»Bedankt«, sagte Costa, »aber das schaffen wir auch noch ohne.«

»Aber Sie kommen da gar nicht rein«, sagte die Frau.

Costa verstand das nicht. »Wie meinen Sie das?«

»Sie haben doch die riesige Mauer links von unserem Grundstück gesehen, als Sie gekommen sind.«

»Ja.«

»Wenn Sie die fünfzig Meter entlanglaufen, kommt ein großes eisernes Tor, das ist die Einfahrt. Aber da ist keine Klingel, kein Name, kein Nichts. Da können Sie auch nicht drüber, weil er oben Rasierklingen und so ein scharfes Zeugs drauf hat. Das hat er auch auf der Mauer.«

Elena warf Costa einen Blick zu. Vermutlich fand sie es auch sehr originell, dass ihnen das jetzt zum Schluss gesagt wurde. »Und? Was ist Ihr Vorschlag?«

»Die Mauer hat er auch zu unserem Grundstück hin bauen lassen, aber an einer Stelle ist der Grund abgesunken und die Mauer eingebrochen. Jetzt im August ist hier Baustopp auf Ibiza, da kriegt man keine Leute, und für diese traditionellen Mauern braucht man Spezialisten. Es ist noch nicht wieder zu, da können Sie durch.«

Das war eine unangenehme Situation für Costa, denn es stellte sich die Frage, ob sie berechtigt waren, das Grundstück zu betreten. »Was meinst du, Elena?«

»Wenn die Informationen stimmen, die wir hier gekriegt haben, könnte das Mädchen in Lebensgefahr sein.«

Costa wandte sich der Holländerin zu. »Wären Sie bereit, Ihre Aussage morgen noch einmal zu wiederholen und zu unterschreiben?«

»Ja, machen wir.« Sie wandte sich zum Wohnzimmer zurück. »Oder Joos, was meinst du?«, rief sie laut. Sie wartete, bis ihr Mann in der Tür erschien.

»Machen wir, warum nicht?«, sagte er.

»Gut, dann zeige ich Ihnen das, kommen Sie mit.«

Elena und Costa folgten ihr. Als er in den hellen, vom Mond beschienenen Garten trat, hörte er den Mann noch rufen: »Passen Sie auf, der hat Waffen im Haus!«

Die meisten Pinien, die hier vorher gestanden hatten, waren abgeholzt und stattdessen allerlei andere Pflanzen gesetzt worden. Dies war offenbar der ganze Stolz der Holländerin, denn immer, wenn sie an einem Busch oder Baum vorbeikamen, erwähnte sie den Namen. Das erste war eine Gruppe von Yucca-Palmen, dann gingen sie an ein paar Agaven und Aloe-Vera-Sträuchern vorbei. Drei riesige Palmen ragten auf.

»Washingtonia Federpalme«, flüsterte sie, blieb stehen und zeigte rückwärts auf das Haus. »Das sind kanarische Dattelpalmen.«

Ein schmaler Pfad führte durch ein großes Beet von Feigenkakteen direkt auf den Bruch in der Mauer zu. »Hier können Sie durch«, sagte sie und ließ Elena vorgehen. »Ein bisschen kraxeln müssen Sie schon noch.«

Behänd kletterte Elena in den Mauereinsturz und verschwand auf der anderen Seite.

»Wir kommen dann hier wieder zurück«, sagte Costa.

»Wenn er Sie lässt«, feixte die Holländerin und Costa konnte sich ihre gute Laune nur wegen des vielen Genever erklären. Er selbst fand die Situation nicht zum Lachen.

Auf der anderen Seite standen nur Pinien, durch die sie in etwa hundert Metern Entfernung ein weißes Haus im neuspanischen Stil erblickten. In einigen Zimmern brannte Licht, und als sie näher kamen, hörten sie Musik, wenn auch nicht sehr laut. Costa lockerte seine Waffe, denn manche Ausländer schützten sich durch aggressiv abgerichtete Hunde. Er hatte keine Lust, bei dieser nächtlichen Exkursion ein Stück Fleisch zu lassen. »Hast du deine Waffe dabei?«

Elena nickte und hob die rechte Hand. Im Licht des Mondes leuchtete das Metall matt.

Sie erreichten den Weg, der von der Eisentoreinfahrt bis zu dem großen Parkplatz vor dem Haus führte. Als sie ihn betraten, sprangen überall Flutlichter an. Sie hielten sich in der Mitte der Auffahrt, um nicht mit Einbrechern verwechselt zu werden, überquerten den Parkplatz und blieben am Fuß einer nicht überdachten Freitreppe stehen. Außer der Musik im Haus und dem Gekläffe der Hunde in der Ferne war nichts zu hören.

»Ich gehe jetzt die Stufen hinauf zur Haustür und klopfe da an. Du bleibst hier«, sagte er zu Elena, doch bevor er den ersten Schritt machte, tönte eine Stimme aus einem Lautsprecher, der über der Haustür angebracht war. »Bleiben Sie stehen, und rühren Sie sich nicht von der Stelle!« Der Mann sprach Spanisch mit einem amerikanischen Südstaatenakzent.

»Polizei!«, rief Elena so laut sie konnte. »Wir möchten Mister Steve Reed sprechen!«

Für einen Moment war es totenstill. Selbst die Grillen hatten aufgehört zu zirpen, aber wie auf ein Signal setzten sie wieder ein und füllten die Luft mit ihrem ungeheuren Konzert.

»Zieht euch nackt aus, damit ich sehe, dass ihr keine Waffen am Körper habt! Sonst knall ich euch ab!« Zur Unterstreichung seiner Worte feuerte er einmal in die Luft.

»Es ist Scheiße, wir hauen lieber ab«, sagte Costa und fasste Elena am Arm, um sie wegzuziehen.

Doch als sie einen Schritt machen wollten, feuerte er wieder, und Steine spritzten vor ihnen auf. »Zieht euch aus, oder ich schieß euch in die Beine!«

Die Holländer hatten nicht übertrieben, der Kerl war verrückt.

Elena nahm beide Hände und legte sie an den Mund. »Wir sind Offiziere der Guardia Civil! Es liegt eine Anzeige gegen Sie vor! Hören Sie auf zu schießen und legen Sie die Waffe weg! Mein Kollege, Oberleutnant Costa, wird jetzt kommen. Öffnen Sie die Tür und beantworten Sie seine Fragen!«

Costa hatte sich gleichzeitig auf das Haus zu bewegt, um die Chance zu nutzen, dass ihr Gegner durch Elenas Worte abgelenkt war. Doch es war ein Irrtum, der Mann feuerte drei Schüsse ab, deren Einschläge jedes Mal ein Stück näher kamen. Der letzte Einschlag war nur zwei Meter von Costa entfernt.

Wie erstarrt blieb er stehen. »Wir müssen das tun, was er verlangt«, zischte er Elena zu.

»Ich ziehe mich nicht aus, Toni, vergiss es!«, fauchte sie. »Ich zähl bis drei, dann werfen wir uns auf den Boden, ich schieße die vorderen Scheinwerfer aus, und du sprintest auf das Haus zu.«

Costa war perplex. Wie konnte sie auf so eine Idee kommen? »Bist du lebensmüde? Das tun wir auf keinen Fall!«

In diesem Moment fiel wieder ein Schuss, der so scharf an seinem Kopf vorbeiging, dass er meinte, den Windzug zu spüren.

»Der will uns treffen!«, brüllte sie. »Hat bisher nur vorbeigeschossen, weil er betrunken ist. Los!« Sie warf sich flach hin.

Costa blieb nichts anderes übrig, als dasselbe zu tun. Im nächsten Moment hatte sie die Waffe in der Hand und schoss. Obgleich sie ein ganzes Magazin leer feuerte, schaffte sie nicht alle Scheinwerfer, aber Costa nützte die Gelegenheit während der Ballerei und sprintete los. Im Zickzack lief er auf das Haus zu.

Er hatte erst die halbe Strecke hinter sich, da war Stille. Die Panik aber trieb ihn und er hetzte weiter. Als er die Hauswand erreicht hatte, lief er gleich weiter um das Haus herum, denn auf der Vorderseite hatte er keine Möglichkeit, unentdeckt einzudringen.

Als er die Terrasse auf der Rückseite erreicht hatte, hörte er Elena wieder hintereinander Schüsse abgeben.

Er hatte damit gerechnet, dass bei dieser Hitze die Fenster alle geschlossen sein würden, doch eine Tür zur Terrasse stand sperrangelweit auf. Mit ein paar Sprüngen hatte er sie erreicht, lauschte einen Moment, und als aus dem dunklen Zimmer nichts zu hören war, huschte er hinein.

Der helle Mondschein erleuchtete das Zimmer, sodass er schnell gegenüber an der Tür war. Er öffnete sie leise und realisierte sofort, dass er nun die Halle vor sich hatte, in der der Wahnsinnige an der Haustür stand, die Waffe in der Hand. Die Tür war geschlossen, hatte aber eine Luke, die nach innen geöffnet war. Langsam hob der Kerl den Arm und legte den Lauf seiner Waffe auf eine Gitterverstrebung vor der Luke. Er zielte – vermutlich auf Elena. Wieder fielen Schüsse. Costa hörte, dass es Elenas Waffe war und sah, dass der letzte Scheinwerfer auf dem Vorplatz erlosch. Schnell brachte er seine Pistole in Anschlag, streifte sich die Schuhe ab, zögerte noch einen Moment, aber als der Verrückte das Feuer auf Elena eröffnete, schlich er mit schnellen Schritten durch die Halle und stand hinter ihm, als er das Feuer einstellte. Ein Schuss musste noch in der Waffe stecken. »Getroffen«, hörte Costa ihn murmeln.

Es war, als würde das Wort in Costa explodieren. Mit diesem Schwung wechselte er die Waffe in die linke Hand und schlug dem Burschen die rechte Faust mit solcher Wucht in die Nieren, dass er mit einem Röcheln zusammensackte. Seine Waffe fiel scheppernd auf die Fliesen. Er bückte sich schnell, nahm die Waffe an sich, steckte sie sich hinten in den Hosenbund, schloss die Haustür auf, riss sie weit auf, zerrte den Mann nach draußen, denn er durfte ihn nicht aus den Augen lassen und rief nach Elena.

Sofort packte der am Boden Liegende sein Bein und wollte ihn umwerfen, aber Costa war stärker und setzte ihm blitzschnell den anderen Fuß auf die Kehle, sodass er röchelnd losließ.

Als er wieder aufblickte, stand Elena neben ihm.

»Bist du verletzt?«

»Nein«, sagte sie, »aber der unter deinem Fuß vielleicht.«

Costa trat einen Schritt zurück. Stöhnend rieb der Zottelkopf sich den Hals. Sie zogen den Mann in die Halle. Elena schloss die Haustür und machte Licht.

Sie erkannten ihn sofort wieder, es war der, den ihnen der Holländer gezeigt hatte. Steve Reed.

Er wollte etwas sagen, aber er brachte nur ein heiseres Geröchel hervor.

Costa und Elena setzten ihn auf einen der hochlehnigen Sessel, die in der Halle standen.

»Sie haben auf uns geschossen, Mister Reed«, sagte Costa und zog seinen Ausweis. »Sehen Sie, hier, wir sind von der Guardia Civil. Ich habe jetzt ein paar Fragen an Sie, während meine Kollegin das Haus durchsuchen wird. Wenn Sie nicht sprechen können, macht das nichts – Sie werden dann nicken oder mit dem Kopf schütteln. Vorweg: Sind Sie alleine oder ist noch jemand im Haus?«

Er schüttelte den Kopf.

»Okay, ich werd's ja gleich wissen«, sagte Elena und verschwand.

Mister Reed stöhnte wegen seiner Schmerzen in der Nierengegend, aber Costa war das gleichgültig. Er war es gewöhnt, dass die Leute allerlei Unsinn anstellten, um sich zu unterhalten, auch wenn ihnen das Ergebnis dann nicht immer gefiel.

»Auf der Insel wird eine junge Frau aus der EuroShow in London gesucht. Norma Jean. Haben Sie davon gehört?«

Reed starrte ihn an und reagierte nicht.

»Mister Reed, wir können Sie auch mitnehmen und bei uns befragen, wenn Ihnen das lieber ist.«

Reed schüttelte den Kopf.

»Sie wollen nicht mitkommen?«

Reed schüttelte den Kopf.

»Aber Sie kennen Norma Jean?«

Jetzt nickte er.

»Dann sind Sie also doch nicht alleine im Haus?«

Er schüttelte den Kopf.

»Okay, Mister Reed, vielleicht ist es doch besser, Sie versuchen zu sprechen, denn sonst könnte es hier ziemlich lange dauern, und wir müssten dann doch zu uns umziehen.«

Er nickte.

»Wann haben Sie Norma Jean kennen gelernt?«

»Irgendwann Ende Juni oder Anfang Juli«, sagte er mit einem heiseren Krächzen.

»Gut, sehr gut. Und wo?«

»Im Privilege.«

»Aha. Und dann ist sie mit zu Ihnen nach Hause gekommen?«

»Ja.«

»Und wie lange ist sie geblieben?«

»Nur ein paar Stunden.«

»Wie kam's?«

»Wir haben uns nicht verstanden. Wir hatten völlig verschiedene Interessen.«

»Nämlich?«

»Sie wusste, wer ich bin, und sie wollte unbedingt mit mir singen. Aber ich hasse das. Es ist völlig absurd.«

»Warum?«

»Ich gehe ja auch nicht mit einer Frau nach Hause, die zufällig Chirurgin ist und mit mir vögeln will, und sage zu ihr, lass uns erst mal ein bisschen operieren. Oder?«

Costa wollte nicht darüber diskutieren, wie wenig treffend der Vergleich war, aber er verstand sofort, dass Norma ganz sicher aufs falsche Pferd gesetzt hatte.

»Und dann?«

»Und dann ist sie gegangen.«

Costa musterte ihn einen Moment. Reed warf den Kopf nach vorne und gleich wieder nach hinten, um die Haare zu packen und ein Gummiband darüber zu streifen, das er in der Tasche hatte. Der Kerl hätte eben fast eine Frau erschossen und kümmerte sich um seine Locken. »Ohne dass Sie auf sie geschossen haben?«

Reed lachte einmal auf, fasste sich aber sofort an die Kehle und begann zu husten.

»Haben Sie mit ihr Geschlechtsverkehr gehabt?«

»Was geht dich das an?«

Costa merkte, wie eine böse schwarze Stimmung in ihm anstieg, von der er normalerweise nichts wissen wollte und die er stets schon mit dem ersten unbehaglichen Ziehen im Rücken aufzulösen suchte, doch die Attacke dieses langhaarigen Affen auf Elena hatte seine Kontrollen aufgeweicht. »Diese Norma Jean –«

»Wenn du so geil auf diese Norma Jean bist und sie nicht finden kannst, dann geh doch hoch und krall dir die Braut, die du dabei hast, und vögel die richtig durch, dann geht's dir vielleicht schon besser.«

Costa schlug zu. Reeds Kopf flog zur Seite und schwoll unmittelbar an. Blut floss ihm aus dem Mund.

»Die wir suchen, war in deinem Haus, und wir haben ein paar Aussagen, aus denen hervorgeht, dass du sie tage- und wochenlang hier hattest, und nach dem, was du uns gerade vorgeführt hast, könnten wir auch annehmen, du hast sie umgebracht und hier irgendwo vergraben, sodass wir uns gezwungen sehen könnten, das ganze Grundstück in einer gewissen Tiefe auszubaggern.«

Mit einer gewissen Verzögerung fing Reed an zu brüllen, sehr heiser und so laut er konnte.

Als er sich wieder beruhigt hatte, kam Elena zurück, warf einen kurzen erstaunten Blick auf die Szene und sagte, sie habe alles durchsucht, aber kein Anzeichen dafür gefunden, dass noch jemand im Haus sei.

»Wie wäre es, Mister Reed«, sagte Costa, »wenn Sie jetzt mitkommen und uns alles über Ihre Begegnung mit Norma Jean zu Protokoll geben?«

Statt zu antworten spuckte Reed aus.

»Vielen Dank für die Zustimmung, Mister Reed, und jetzt öffnen Sie bitte Ihr Einfahrtstor, damit wir nicht wieder über die Mauer steigen müssen.«

»Ich bleibe hier.«

»Wir nehmen Sie erst einmal mit, Mister Reed«, sagte Costa. »Wenn wir alles überprüft haben und alles in Ordnung ist, kommen Sie wieder nach Hause.«

Diesmal sprangen keine Scheinwerfer an, als Costa und Elena mit Reed die Einfahrt auf das Tor zugingen, das sich langsam öffnete.

Davor stand ein Wagen von der Policia local, zwei von der Guardia und etliche Uniformierte. Einer von ihnen erkannte Costa, salutierte und fragte, ob sie helfen könnten, der Stille Alarm sei ausgelöst worden.

Costa wies auf Reed. »Bringen Sie den Mann aufs Präsidium. Meine Kollegin *Alferéz* Navarro wird Sie begleiten.«

Zwei Mann ergriffen Reed und führten ihn ab. Er ließ das alles passiv mit sich geschehen.

»Der Bischof soll ihn sich morgen vorknöpfen, und wenn er mit ihm fertig ist, kommst du dazu und bietest ihm einen Deal an. Das erspart uns einen langen Bericht an Santander«, sagte Costa. »Oder möchtest du, dass er ein Verfahren wegen versuchten Totschlags und Widerstand gegen die Staatsgewalt bekommt?«

»Er wird behaupten, dass er uns für Einbrecher hielt. Die Sache mit Norma Jean glaubst du ihm?«

»Ich denke ja. Ihr müsst euch auch noch mal die Holländer vorknöpfen, aber im Ganzen wird dabei nichts herauskommen.«

»Wenn es stimmt, was dieser Reed sagt, dann wäre sie ja Anfang Juli bei ihm im Haus gewesen.«

Costa nickte. »Ich denke, dass sie dabei ist, bittere Erfahrungen zu sammeln.«

»Du glaubst, sie ist noch am Leben?«

Er nickte, und er wusste, dass sie beide dasselbe empfanden. Er fühlte sich in diesem Moment Elena sehr nahe.

Als er sich abwandte, fiel sein Blick auf die beiden Holländer, die in der Haustür standen und alles beobachteten.

Und ganz offensichtlich hatten sich seine holländischen Nachbarn trotz des Fernglases geirrt oder sich für den ständigen Partylärm gerächt.

Das Zimmer lag schon in gleißender Helligkeit, als er seine Augen zu einem Spalt öffnete. Noch halb schlafend tastete er nach Karin, aber sie war nicht da. Abrupt richtete er sich auf. Die Balkontür stand auf und der Wind bauschte die weiße Gardine ins Zimmer. Er brauchte einen Moment, um sich zu erinnern, dass er eigentlich Urlaub gehabt hätte, dass Annalena bei Josefa geblieben war und dass Karin heute schon früh in die Redaktion wollte, um alles über Kailey Sheen herauszufinden. Schade.

Dann fiel ihm die Schießerei gestern Nacht ein, und er stand auf. Es war neun, und das Thermometer stand bereits auf zweiunddreißig Grad. Er rief bei Josefa an und sagte der Haushälterin, er werde seine Tochter später abholen. Für alle Fälle hinterließ er seine Handynummer. Dann rief er Karin an und sagte, sie möge die Lindners in sein Büro schicken. Er duschte, aß noch zwei trockene Toasts und fuhr ins Büro.

Dort wartete schon Elena auf ihn, die ihm sagte, dass Steve Reed vom Bischof und dem Surfer noch durch die Mangel gedreht werde, es aber so aussehe, dass der Bursche zwar übergeschnappt sei, aber in diesem Fall die Wahrheit gesagt habe. Man werde ihn jedoch noch mit den Aussagen der Holländer konfrontieren und ihn nicht eher entlassen, als bis das alles völlig geklärt sei.

Costa schob die kopfhohen Sichtblenden so, dass er mit den Lindners alleine sein würde. Alleine – abgesehen vom Lärm in dem provisorischen Großraumbüro.

Als sie gebracht wurden, konnte er ihnen ihre Freude anmerken, und plötzlich fühlte er sich auch heiter und irgendwie beschwingt nach all dem Theater gestern. Wieder stellte er fest, wie viel angenehmer es ist, Menschen zu helfen, statt sie zur Räson zu bringen.

»Oh, schön kühl«, murmelten sie alle vier, als der junge Gefreite, der sie von der Pforte heraufgebracht hatte, wieder ging.

Costa bot ihnen Plätze an. Er sagte, er sei im Groben und Ganzen bereits informiert, habe aber noch einzelne Fragen.

Bewegungslos saßen sie da und schauten ihn an, als erwarteten sie gleich ein Zauberkunststück. Nur Petra Lindner nickte auffordernd.

»Wann haben Sie sie das letzte Mal gesehen?«, fragte er.

»Am 28. Juni.«

Costa überlegte. Das stimmte mit den Informationen, die er von Karin hatte, nicht überein. Er dachte an die Theorie des Surfers und betrachtete Petra Lindners weißblondes Haar, ihren lippenstiftgeschminkten Mund, ihre großen goldenen Ohrringe, die hochgeschobene Sonnenbrille, die Louis-Vuitton-Handtasche, die sie auf dem Schoß hatte und mit beiden Händen festhielt, ihre satte Strandbräune und ihre strahlenden blauen Augen. So stellte er sich nicht jemanden vor, der verzweifelt nach seinem Kind suchte. Er wusste, dass sie einundvierzig war, zehn Jahre jünger als ihr Mann Martin. Er hatte volles weißes, leicht gelocktes Haar, und Karin hatte ihm erzählt, vor zwei Monaten sei er noch blond gewesen, aber dieses Unglück hätte ihm in kurzer Zeit alle Farbe geraubt. »Ich denke, da war sie schon längst auf Ibiza?«

»Ja, das war sie. Aber am 28. hat sie das letzte Mal angerufen.«

»Ich meinte, wann Sie sie das letzte Mal gesehen haben.«

»Ach so. Das war, als sie nach London flog. Es war am 5. April, einem Freitag. Martin und ich haben sie zum Flughafen nach Düsseldorf gebracht.« Dabei richtete sie sich auf, als wollte sie sich mehr Halt geben. Wie entschuldigend lächelte sie, als sie sagte: »Hübsch hat sie ausgesehen, die Haare hochgesteckt, die Augen etwas geschminkt und mein Parfum, das ich ihr an dem Morgen geschenkt habe.«

Ihr Mann nickte wehmütig. Er hatte ein weiches Gesicht, weiche rosige Lippen und ebenfalls blaue Augen, die durch die Hornbrille, die er trug, wie zwei Ausstellungsstücke vergrößert wurden. Costa wusste von Karin, dass sie kurz nach der Geburt Normas in die Kleinstadt im Bergischen Land gezogen waren, weil er bei einem englischen Chemiekonzern eine Stelle als Layouter bekommen hatte. Irgendwann aber war ihm das zu wenig gewesen, er hatte eine eigene Druckerei aufgemacht. Außerdem hatte er von klein auf Briefmarken gesammelt, und das mit so einer Konsequenz und so einem Erfolg, dass sie sich nach seiner Kündigung von dem Erlös ein Haus kaufen konnten, das genügend Platz für Büro, Druckerei und Sonnenstudio bot, das seine Frau betrieb. Sie hatten außer Norma noch Anja, die fünfzehn war, und den neunjährigen Mario, die jetzt auch beide vor ihm saßen. Mario hatte etwas von einem Lebkuchen-Jungen, braun und fest gebacken; sein Haar war eher braun als dunkelblond und wie eine Tonsur geschnitten. Man hätte auch denken können, dass er gerade in einem Fernsehfilm einen Novizen oder angehenden Mönch gespielt hatte. Seine Augen waren groß und rund; er schaute so aufmerksam und zugleich so grimmig verschlossen, dass es Costa nicht gewundert hätte, würde er plötzlich gesagt haben: »Ich hasse Sie.«

»Sie haben sie dann aber auch noch in London besucht?«

»Ja, das war am 11. und 12. Mai, da waren wir in der Show. Wir waren da Gäste, aber wir konnten sie nur nach der Sendung sehen, weil alle Kandidaten in einem Haus wohnten und da nicht weg sollten. Das war sehr streng, das wussten wir vorher, sonst hätten wir sie gar nicht weggelassen.«

»Und nachdem sie als Kandidatin ausgeschieden ist, was passierte dann?«

»Dann ist sie noch eine Woche geblieben, weil Kailey Sheen mit ihr Aufnahmen machen wollte. Das wissen wir alles, da hat sie uns ja noch jeden Tag angerufen.«

»Wo sollte das sein?«

»Hier auf Ibiza.«

»Wann ist sie dann hierhergekommen?«

»Am 31. Mai. Da ist sie mit Kailey Sheen von London hierhergeflogen.«

»Dann müsste die ja wissen, wo sie ist.«

Petra Lindner sah ihre Kinder an, dann ihren Mann. Costa zog die Augenbrauen hoch und wartete auf eine Antwort.

»An die kommen wir nicht ran.«

Costa wunderte sich nicht. Immer wieder erlebte er bei seinen Zeugenbefragungen die wundersamsten Reaktionen. »Wäre es nicht sinnvoll, erst einmal mit Mrs. Sheen zu sprechen, bevor man überall Poster aufhängt?«

»Wir haben das ja versucht. Aber die Polizei hier hat uns nicht geholfen, und sonst kennen wir außer Karin hier niemanden.«

»Und Karin?« Costa war ziemlich gespannt. Er hatte sich bisher keinmal konzentriert mit der Sache befasst und würde bei dem Theater, das Karin gemacht hatte, nicht verstehen, wenn sie nicht versucht hätte, diese Kailey Sheen irgendwie zu erreichen.

»Sie hat es versucht. Bei der Agentin in England, bei einer Agentur in New York, sie hat es auch über den englischen Sender 2U-TV versucht, aber sie sagt, das ist wie eine Mauer.«

Costa glaubte das. Er war so in seinen eigenen Fall vertieft gewesen, dass er gar nicht mitgekriegt hatte, wie Karin ihm das erzählte.

Der Junge schien seine Konzentration nicht mehr halten zu können und begann mit den Beinen zu baumeln.

Costa wollte mit der Befragung Petra Lindners fortfahren, aber der Junge sagte irgendetwas, das die Mutter und Anja offenbar verstanden hatten, aber er nicht. Costa schaute ihn an und fragte, was er gesagt habe.

Doch nicht er antwortete, sondern die Mutter. »Anja ist vor drei Tagen angesprochen worden, das meinte er. Ein großer Mann mit kurzen dunklen Haaren ist auf sie zugegangen und hat gesagt: Lasst Norma in Ruhe! Er hat es so schroff gesagt –«

»Er hat sie richtig angefahren«, unterbrach ihr Mann sie.

»Ja, sie hatte Angst und ist weggelaufen.«

Costa sah Anja an, die sich gerade einen Kaugummi in den Mund schob. Aber sie kaute nicht los, sondern biss nur ein paar Mal abgehackt zu. Sie war gekleidet wie für den Abend am Strand. Ihre Beine waren bloß, und sie trug türkisfarbene Flipflops mit goldenen Plateausohlen, einen kurzen rosa Faltenrock und ein rosa Top mit der Aufschrift »Love Parade« in rosa Pailletten, das sich über ihrer Brust spannte. Zwischen Rock und Top war ihre Taille entblößt, braun, glatt und ohne jeden Speck. Ihr Haar hing herab wie ein Vorhang aus Synthetik, aus dem ihr Gesicht mit einer Art wachen Misstrauens und kalter Wut hervorschaute. Irgendeine Reaktion auf die Geschichte der Mutter konnte er ihr nicht anmerken. Außer die Sache mit dem Kaugummi, das sie jetzt mit ihren energischen, von rosa Nagellack getoppten Fingern wieder herausnahm. Als würde sie gar nicht registrieren, wo sie sich befand, drückte sie ihn unter die Sitzfläche ihres Stuhls.

»Stimmt das?«, fragte er sie.

»Ja.«

»Kanntest du den Mann?«

»Nein.«

Costa fand die Sache seltsam. »Hat er dich dabei berührt?«

»Nein, aber er ist mir so nahe gekommen, richtig giftig.«

Costa wandte sich wieder an die Mutter. »Haben Sie irgendeine Erklärung dafür?«

Sie schüttelte den Kopf.

Nach all den Plakataktionen war es vielleicht kein Wunder mehr. »Woher wissen Sie so genau, dass der letzte Anruf am 28. Juni kam?«

»Das war ein Mittwoch, da haben wir Kirchenchor.«

»Und bis dahin hat sie jeden Tag angerufen?«

»Ja, jeden Tag, seit sie nach London geflogen ist.«

»Dann verliert sich ihre Spur«, sagte Martin Lindner leise und feierlich.

Costa fand diese Formulierung seltsam und schaute ihn an, aber er sagte weiter nichts.

Stattdessen erklärte Petra Lindner: »Norma ist außerordentlich zuverlässig, und deswegen habe ich mir schon nach zwei Tagen Sorgen gemacht. Ich habe überall angerufen, jedenfalls bei all denen, von denen wir die Nummer hatten. Aber es war nichts, und dann hat mich allmählich immer mehr ein beklemmendes Gefühl beschlichen. Ich wusste, sie ist weg, sie ist verschleppt, sie kommt nicht wieder. Ich hatte das im Gefühl, auch wenn ich es nicht wollte.« Costa konnte ihre plötzliche Aufregung spüren. Sie schaute zu ihrem Mann. »Aber dann hat mir Martin ja erklärt, dass das Blödsinn ist, dass ich so was nicht sagen soll, sonst tritt es noch ein. Jedenfalls sollen wir unsere Hoffnung bewahren. Ich habe ihr den Sieg gewünscht und natürlich Spaß und wie immer ›Pass auf dich auf‹ gesagt. Zum Abschied habe ich gewinkt, da hat Norma auch gewinkt und hat mir mit so einem Lachen gedroht, endlich abzuhauen.« Sie schaute Costa einen Moment starr an und fügte dann hinzu: »Sie ist ein herziges Mädchen.«

»Woher wissen Sie, dass sie überhaupt auf Ibiza angekommen ist?«

»Weil sie es gesagt hat.«

»Hat sie erwähnt, von wo aus sie anruft?«

»Sie hat gesagt, komm gerade aus dem Studio, Mama, wollte nur sagen, es geht mir gut. Das waren immer ihre kurzen Nachrichten.«

»Hat sie denn gesagt, ob sie bei Kailey Sheen wohnt oder in einem Hotel?«

Darüber hatten sie damals nicht nachgedacht. Sie hatten Kailey Sheen aber in London kennen gelernt, als sie Norma in der Fernsehshow besuchten, denn nach der Sendung feierten noch alle, und Norma holte sie aus dem Publikum dazu. Kailey Sheen kam extra an ihren Tisch. Sie war nett und erinnerte Petra Lindner an Tante Arni, eine Kusine ihres Mannes, die Norma dazu ermuntert hatte, Sängerin zu werden.

Der Vater fand nicht, dass Kailey Sheen Tante Arni ähnlich war. Seine Frau meinte aber: »Es kommt gar nicht darauf an, was mein Mann oder ich finden, für Norma jedenfalls ist sie jemand wie Tante Arni. Jemand, die ihr Talent erkannt hat. Kailey Sheen hat gesagt, dass sie auf Norma aufpasst.«

»Glaubst du, dass das in dieser Pop-Welt etwas gilt?«, sagte Martin Lindner.

»Natürlich, was denn sonst? Wenn es kein Vertrauen mehr gäbe, was dann noch?« Sie sagte es mit Entschiedenheit. »Wenn ich Menschen in die Augen sehe, täusche ich mich selten. Sie hatte einen offenen Blick, ein jugendliches Lachen und eine direkte Art. Das steht sogar in der Zeitung. Wir haben alle Artikel mitgebracht, die wir kriegen konnten. Sie sagt jedem ungeschminkt die Wahrheit. Dafür ist sie bekannt. Warum sollte sie das bei uns nicht tun?«

Ihr Mann blickte auf seine Hände.

»Kailey Sheen ist total beliebt«, sagte Petra Lindner stolz. »Wir haben es selbst erlebt.«

»Hatte Norma eine Chance, den Wettbewerb zu gewinnen?«, wollte Costa wissen.

»Sie ist schon auf Platz Neun ausgeschieden, aber das hat keiner verstanden! Sie war einfach die Beste. Die Gewinnerin war lange nicht so gut. Stimmt's?«

Martin Lindner hatte das sicher schon hundert Mal gehört und nickte.

»Und was hat sie selber gesagt?«

»Dasselbe. Totaler Schmu. Sie hat geheult wie ein Schlosshund.«

»Ist sie dann nach Hause gekommen?«

»Nein. Sie hatte ja die Einladung von Kailey Sheen nach Ibiza.« Sie strahlte dabei und streichelte die Hand ihres Mannes, der ernst und traurig dasaß.

Costa sagte, er wolle sich die Sache jetzt erst einmal überlegen und erhob sich. Beim Verabschieden sagte er: »Was wäre, wenn Norma einfach keine Lust mehr auf die heile Welt zu Hause gehabt hat? Sie wollte damit einfach keinen Kontakt mehr. Sie sind ja religiös, vielleicht hat der Gedanke an zu Hause ihr auch ein schlechtes Gewissen gemacht. Vielleicht ist sie ja auch frisch verliebt, und dann hat man eben für gar nichts anderes mehr Zeit.«

»Dann hätte sie ein zweites Leben haben müssen«, sagte Petra Lindner streng. »Das ist unrealistisch.« Sie sah die Kinder und dann ihren Mann an. »Norma ist nicht Lady Di. Sie muss uns nichts beweisen, sie muss keine Palastrevolution machen.«

»Sie hat noch nicht einmal lackierte Fingernägel«, sagte Anja mit einem Ton, der Costa kritisch, wenn nicht gar höhnisch vorkam.

Als sie weg waren, rief Costa noch einmal bei dem Psychologen in Madrid an. Er beschrieb ihm seinen Eindruck von der Familie und gab ihm die Informationen, die er eben noch erfahren hatte.

»Das größte Problem für die Eltern ist die Unklarheit über den Verbleib des Kindes«, erklärte er. »Sie können damit rechnen, dass sich zwangsläufig der Gedanke einstellen muss: Ich wüsste lieber, dass mein Kind tot ist, als diese Ungewissheit zu ertragen. Es mag sein, dass sie diesen Gedanken im Moment noch abwehren, denn er bedeutet eine absolute Tabuverletzung, die massive Schuldgefühle hervorruft. Es entsteht buchstäblich eine *irre Situation*: Der einzige Gedanke, der die Eltern entlastet, nämlich dass ihr Kind tot ist, macht sie gleichzeitig verrückt.«

Costa hatte sich mit Karin zum Essen verabredet, um ihr von seinem Gespräch mit den Lindners zu berichten. Vorher holte er Annalena von Josefa ab und fuhr mit ihr ins Lizarran. Es war schon früher Abend, Karin war um fünf noch einmal ins Büro gefahren und kam zehn Minuten später.

»Hallo, ihr zwei. Worüber habt ihr euch gerade unterhalten?«

Annalena war jetzt Feuer und Flamme. Mit Karin war ein neuer Zuhörer gekommen. Ihre Augen leuchteten und ihre Ohren waren rot vor Aufregung, das konnte er sehen, als er ihr das Haar zurück streifte.

Sie mochte es nicht und schüttelte abwehrend den Kopf. »Über den Freund von Shakira.«

»Antonio de la Rua?«

»Ja, genau.«

Schon hatte Karin sie gewonnen. »Der so gut aussieht.«

»Es ist der Sohn eines der letzten Präsidenten von Argentinien. Den haben sie rausgeschmissen, weil er so viel gestohlen hat und nichts taugte. Aber sein Sohn hat jetzt Shakira und tritt auch in ihren Videoclips auf.« Annalena schüttelte beide Hände aufgeregt in der Luft und lachte. »Da knutschen sie sich und dann bewegen sie sich. Denn das sieht ja ziemlich gut aus.« Im Tonfall einer weisen alten Frau fügte sie hinzu: »Er möchte sie natürlich heiraten. Und sie verdient ja so viel Geld. Aber ich weiß nicht, ob sie ihn heiraten wird. Auf jeden Fall, wenn sie die großen Shows macht, will sie nicht so gerne, dass er da auch ist. Da hält sie ihn so ziemlich nebenan, und er darf nur die Nase mal reinstecken.«

Costa fühlte sich etwas überfahren, denn seine Tochter hatte ein Thema mitgebracht, das überhaupt kein Ende zu haben schien und gar keinen Platz für seine Unterhaltung ließ. Immer nur Musik. Er mochte zwar kubanische, Buena Vista Social Club, und gelegentlich auch Jazz. In seinem Internatsjahr in Irland hatte er mal versucht, Schlagzeug zu spielen. Der Anführer in der Schulcombo hatte immer gemeckert, weil er den Gegenrhythmus betonte, also immer Eins statt Zwei – oder andersherum. Das spitzte sich zu, als die Hübscheste seines Jahrgangs ihm bei einem Schulfest sagte, sie würde ihn küssen, weil er so glatte Haut habe, doch als er sie dann küssen wollte und sie nein sagte, sie küsse nicht jemand, der so schlecht Schlagzeug spiele, hängte er das Schlagzeug an den Nagel. Sie küsste ihn trotzdem nicht. Daraufhin verlernte er alles, merkte sich nie mehr irgendwelche Komponisten, ging kein einziges Mal mehr in die Schulkonzerte, schon gar nicht in Madame Butterfly, dem musikalischen Ausflugsziel der Schule vor den Osterferien. Stattdessen meldete er sich zum Boxunterricht, obgleich er ziemliche Angst hatte, dass sie ihn in die Schulmannschaft aufnehmen könnten, wo er sich dann vor aller Augen prügeln müsste. Wozu es schließlich auch kam. Als die Schöne nach einem Wettkampf gegen zwei andere Schulen zufällig neben ihm an der Limonadenbar auf ein Getränk wartete, sagte sie, als Boxer scheine er ja einen besseren Rhythmus zu haben und fügte höhnisch hinzu, einen Rumsdada-Rhythmus.

Die Geschichte erzählte er seiner Tochter. Sie sah ihn einen Moment nachdenklich an und sagte, sie verstehe das Mädchen, sie würde so einen auch nicht küssen.

»Jedenfalls nicht in so einem Tapas-Laden«, fügte Karin ironisch mit einem Blick auf ihre Umgebung hinzu.

Vielleicht hatte sie Recht, denn das Ganze hier ähnelte sehr einem Brauhaus. Aber Annalena hatte sich dies Lokal gewünscht, weil er ihr erzählt hatte, dass hier Karin mit den Eltern von Norma Jean gegessen hatte. »Oh, da will ich auch hin!«, war sofort ihre Entscheidung gewesen. Lizarran war eine landesweite Kette von Tapas-Läden. Man konnte sich an einen Holztisch setzen und à la carte essen oder sich Tapas von einem der Tabletts nehmen, die die Kellner ständig zwischen Küche und Gastraum hin- und hertrugen.

Annalena begeisterte das. Sie nahm sich Datteln im Schinkenmantel, Krabben, kleine Tortillas, einen Hühnerflügel. Alles zu 95 Cents. Sie aß kaum etwas davon, denn es ging um die Zahnstocher. Karin hatte ihr erklärt, dass nach Zahnstochern abgerechnet würde, die in jedem Häppchen steckten und auf dem Teller gesammelt würden. Mit ernster Miene und roten Wangen zerknickte Annalena einen Zahnstocher und ließ ihn unauffällig zu Boden fallen. »Das hat mir nicht geschmeckt. Also müssen wir das auch nicht bezahlen.«

Karin lachte und bestellte sich einen Txakoli, den typischen baskischen jungen Perlwein, von dem man kaum betrunken wird. Sie ließ auch Annalena einmal nippen, die »iiih« krähte, das sei ja voll bitter. Costa fand es auch bitter, aber ein kleiner Rausch bewirkte bei Karin manchmal Wunder. Und gegen Wunder hatte er nichts.

Nach etlichen Txakoli schlenderten sie gut gelaunt in Richtung Hafen, gingen an der Avenida Ramon y Tur rechts und bogen am Mar y Sol auf den Vara de Rey ein, wo Karin im Häagen-Dasz Annalena ein Eis – Mango und Stracciatella – kaufte.

Die Stadt war heiß und voll. Bunte Lichter, Stimmengewirr, knatternde Mopeds, hupende Autos, kreischende Kinder, die zwischen den Passanten herum rannten, küssende Liebespaare – all das erzeugte eine so elektrisierende Atmosphäre, dass Karin und Annalena ihren Spaziergang nach dem Eis unbedingt bis zu C'an Alfredo fortsetzen wollten. Er war nicht wirklich einverstanden – es ist schon nach zehn und das Kind muss ins Bett, dachte er – und blickte fasziniert auf Karins flatterndes rotes Kleid, das ihre Figur im steten Wechsel zu enthüllen und zu verhüllen schien. Er legte seinen Arm um ihre Hüfte und erzählte ihr von seinen Eindrücken bei der Begegnung mit den

Lindners. Dabei erfuhr er, dass sie tatsächlich alles versucht hatte, um Kailey Sheen zu sprechen. »Es ist unmöglich, an so einen Star heranzukommen«, sagte sie. »Die wird so was von abgeschirmt. Sie wollten auch immer den Grund wissen, und ich sagte ihnen, dass die Eltern von Norma sie händeringend suchen, aber es war nichts zu machen. Sie meinten nur, Norma sei schon lange nicht mehr in der Show. Andrerseits tun mir Petra und Martin so schrecklich leid. Jeden Tag kämpfen sie zwischen Hilflosigkeit und Hoffnung um ein bisschen Normalität. Ohne Chance auf Erlösung. Sie haben keinen Augenblick alltäglicher Entspanntheit.«

Er konnte sich diesen Stress gut vorstellen, sah aber keine Möglichkeit, wie er das für sie ändern könnte.

Inzwischen näherten sie sich dem Club Social, aus dessen offenen Fenstern Jazz drang. Plötzlich war ihm, als verlöre alles seine Bedeutung und Dringlichkeit. Müßige lange Minuten erfüllten ihn, wie er sie als Junge erlebt hatte. Magisch angezogen von den Klängen, steuerte er auf den Eingang zu. Annalena, die ahnte, was er vorhatte, zog an seiner Hand. »Müssen wir da rein?«

Er warf Karin ein schnelles Lächeln zu. »Nur mal sehen, wer da spielt«, er zwinkerte ihr zu und zog Annalena hinter sich her, die die Stirn runzelte, doch sich nicht wehren konnte, weil sie sich um ihr Eis kümmern musste. Es tropfte unten heraus und schmolz oben, sodass sie die Tüte ständig drehen musste, um sich nicht zu bekleckern.

How high the moon. Das Thema erkannte er wieder – ein Schlager aus den Vierzigern, dem Charly Parker eine irrwitzige Seele eingeblasen hatte, indem er über die simple Akkordfolge eine schnelle komplizierte Melodie gelegt und das Ganze dann Ornithology genannt hatte. Hier allerdings wurde das Thema nicht von einem Saxophon, sondern von einer Klarinette gespielt.

Annalena wollte sich verdrücken, aber er hielt sie am Ärmel fest.

»Ich denke, du magst keine Musik. Du kannst doch keinen Rhythmus spielen«, protestierte sie.

Die Musik verwandelte seine Stimmung in eine erwartungsvolle Gespanntheit. »Einen Moment könnten wir doch bleiben«, bat er Karin um Unterstützung.

Der Klarinettist begann eine Improvisation über einen Song von Caterina Valente, den seine Mutter immer und immer wieder auf den Plattenteller gelegt und pathetisch und gestenreich mitgesungen hatte, und plötzlich tauchten sekundenlang Bilder vor seinem inneren Auge auf. Ein Mozart-Klarinettenkonzert in der Hamburger Staatsoper: seine Mutter weinend, er hilflos wegen ihres emotionalen Ausbruchs; und später noch einmal in »Jenseits von Afrika«, diesmal er weinend und seine Exfrau Sabine ratlos. Damals war sie gerade mit Annalena schwanger. All das hatte er vergessen, und alles war plötzlich wieder da.

Das Stück endete abrupt, er applaudierte dem Klarinettisten und ging zur Bühne. Wenn Norma ehrgeizig Sängerin werden wollte und hier auf der Insel war, würde sie sicher zu allen Konzerten und allen Veranstaltungen gehen. Vielleicht hatte der Musiker sie ja gesehen. Wenn sie so schön war wie auf dem Foto, das die Eltern mit sich herum trugen, würde sie jedem auffallen. »Sie haben wunderbar gespielt«, sagte er zu dem Klarinettisten. »Woher kommen Sie?«

Der Musiker, der mit dem Rücken zu ihm stand, legte sein Instrument in einen kleinen Koffer. Costa schätze ihn so alt wie seinen Vater, über siebzig.

Der Klarinettist drehte sich um und lächelte ihn an. »Ich bin aus Berlin. Sie interessieren sich für Jazz?«

»Nein, eigentlich nicht. Sind Sie mit der Truppe hier auf Tournee?«

Der Mann lachte. »Nein, ich lebe hier. Ich liebe Ibiza. Die wahnsinnigste Mischung von Schrott und Kunst im ganzen Universum. Mein Bruder«, er deutete auf den Pianisten, »lebt schon seit dreißig Jahren hier. Über den Salinen. Mehr Inspiration als hier gibt es nirgendwo. Seit über fünfzig Jahren spiele ich dieses Instrument.« Er ließ eine Hand über das Köfferchen gleiten, als ob er mit ihm verheiratet wäre. »Wir haben zusammen die ganze Welt gesehen und haben mit so ziemlich jedem gespielt: von Benny Goodman in der Carnegie Hall bis zu Miles Davis in Montreux.«

»Machen Sie auch Pop?«

»Pop? Jazz ist eine ehrliche, zerbrechliche Musik. Man kann sich nicht dahinter verstecken und auch nicht damit reich werden. Aber die paar, die davon gut leben, kennen sich überall auf der Welt. Aber Pop?«

Annalena hatte ihr Eis aufgegessen und versuchte ihren Vater wegzuziehen.

Er lächelte. »Und Sie? Sind Sie hier mit Ihrer Familie im Urlaub?«

Costa überlegte, ob er ihm jetzt von dem vermissten Mädchen erzählen sollte. »Ich bin halb Deutscher und halb Ibizenko. Ich bin mit meiner Tochter und meiner Freundin unterwegs.«

Der Musiker streckte seine Hand aus. »Hallo, kleines Fräulein, wie heißt du denn?«

Annalena blickte den Musiker misstrauisch an. »Annalena.« Sie drehte ihren Kopf zur Seite. »Wir müssen jetzt gehen.«

»Na, dann mal los.«

Costa entschuldigte sich achselzuckend.

»Das war nicht sehr höflich«, sagte er draußen zu ihr.

»Wie kannst du dir so einen Schrott anhören? Das groovt ja gar nicht. Richtig nervig.«

»Der spielt aber spitzenmäßig Klarinette.«

»Die quiekt so. Kann er die nicht so spielen, dass eine Melodie rauskommt?«

Costa wollte ihr etwas von Bebop erzählen, aber Karin unterbrach sie. »Was machen wir jetzt?«

»Sie muss ins Bett.«

Annalena protestierte und führte einen kleinen Teufelstanz auf, aber es nutzte ihr nichts.

Als sie sich beide die Zähne geputzt hatten und nebeneinander im Bett lagen, nahm Costa das Buch von Elena, König der Diebe, aber Annalena nahm es ihm weg, sie könne schon gut lesen, sie werde ihm vorlesen. Er sollte sich eine Geschichte aussuchen.

Er hatte keine Lust auf Diebe und schlug vor, dass sie sich lieber gegenseitig eine Geschichte erzählten.

»Oder fernsehen?«

»Nein, nein, das auf keinen Fall. Wir erzählen uns was.«

Er sollte anfangen, aber bevor er loslegen konnte, war sie schon mit einer Frage da. »Warst du im Musikunterricht auch so gut wie ich?«

Natürlich eine Falle; seine Geschichte über das Schlagzeugspielen hatte sie beeindruckt. »Nein. Aber im Geschichtenerzählen.«

Sie schaute ihn skeptisch an. »Welche denn?« Jede Geschichte über Shakira wäre wahrscheinlich ein Treffer gewesen, aber was die Kids sonst faszinieren könnte, wusste er nicht. Doch irgendetwas musste er sich einfallen lassen. Was könnte Kinder interessieren? Vielleicht von anderen Kindern zu hören. Er war ja auch mal ein Kind. Aus seiner Kindheit? Das würde ihr immerhin zeigen, wie sehr sich die Welt seit '67 verändert hatte. Damals wohnte er mit seinen Eltern über der Schreinerei in der Calle San Vicente in Santa Eulalia, einem winzigen verschlafenen Dorf, das Annalena nur als Kleinstadt kannte. Wie alle ibizenkischen Kinder war er mit vier nicht in den Kindergarten gekommen, sondern in die Vorschule. Das wusste Annalena. Das war bei ihr als große Neuerung auch so gewesen, aber sie grinste skeptisch, als er eindringlich beschrieb, dass sie von neun bis mittags mucksmäuschenstill in den Bankreihen sitzen mussten.

»Man darf doch wenigstens rufen, ich muss zur Toilette!«

»Leise nach vorne gehen und die Aufsichtsperson leise um diese Ausnahme bitten.« Sie glaubte es nicht. Er beschrieb ihr andere Unglaubwürdigkeiten, zum Beispiel dass die Klasse in der Calle San José in zwei Garagen untergebracht war und der Unterricht stets mit dem faschistischen Gruß und der Hymne an den Caudillo Generalisimo Franco begann: Gesicht zur Sonne! Er erinnerte sich noch an das Lied, sprang aus dem Bett, machte den Franco-Gruß nach und sang laut: »*Cara al sol.*«

Jetzt hatte er sie, wenngleich sie protestierte, das sei ein blödes Lied, das würde Shakira nie singen. Er ließ sich nicht darauf ein, sondern erklärte ihr, wie die Lehrer hießen – Don Pepito, Doña Margarita und Don Javier, allesamt voll rücksichtslosen Gehorsams gegenüber der Partei und inständiger Liebe zu den Likören der Insel. »Die brauchten das, weil sie immer so grüßen mussten«, und dann machte er für jeden – für Don Pepito, für Doña Margarita und Don Javier – noch mal den Gruß in voller faschistischer Wucht nach. »Die brauchten das als Ausgleich. Den ganzen Tag solche Grüße, das macht dich völlig besoffen, und damit du wieder nüchtern wirst, musst du die Schnäpse trinken.« Er musste innerlich lachen, blieb aber äußerlich bitterernst.

»Waren sie dann nüchtern?« Die Imitation all dieser gewaltigen Grüße hatte sie ganz ehrfürchtig gemacht, sie war im Bett hochgerutscht und folgte jeder seiner Bewegungen mit großen Augen.

Er stand immer noch vor dem Bett. Er war noch nicht fertig. »Am schlimmsten war Don Pepito dran, der nämlich vorher ein Kommunist war und in den Pausen immer zu den Bodegas in der Calle San Vicente gehen musste, um sich einen *chupito*, einen Schnaps, zu genehmigen. Wenn er zurückkam, musste ich lachen, und dann kam er so auf mich zu.« Wie ein Betrunkener ging er auf Annalena los, die die Hände aufkreischend und lachend zur Gegenwehr hob. Costa grinste. »Ja, aber ich durfte mich nicht wehren, zu mir beugte er sich ganz nahe herunter, und ich kann mich immer noch an seinen Mundgeruch erinnern und an die Schmerzen in den Fingerspitzen, auf die er sein langes Lineal heruntersausen ließ. Er stank nach Hierbas, und das ist der Grund, weshalb ich heute noch keinen Hierbas mag.« Er richtete sich steif auf und sagte streng: »Don Pepito war auch der Erfinder einer Strafe, die sich *rodear sobre garbanzos* nannte. Das ging so.« Dann führte er Annalena so übertrieben wie möglich Pepitos überaus wirksame Art der Schmerzenserzeugung vor, die darin bestand, dass Kichererbsen, hart und kantig wie Kieselsteine, in einen Kasten auf dem Boden des Klassenzimmers gestreut wurden, über die der zu bestrafende Sünder auf nackten Knien rutschen musste, die Arme ausgebreitet wie Jesus am Kreuz. Wie lange er solche Demut zu zeigen hatte, bestimmten Tagesform und Alkoholpegel Don Pepitos.

Annalena war ganz begeistert, setzte sich kerzengerade hin und forderte ihn auf, es noch einmal vorzumachen.

Es war ein anstrengender Tag gewesen, die Hitze hatte ihn ziemlich erschöpft, und in allen Gliedern spürte er nun bleierne Schwere. Annalena aber, die er eigentlich in den Schlaf hatte lullen wollen, war quicklebendig und behauptete, sie könne sich das sonst nicht vorstellen. Er schüttelte den Kopf, und sie bot an, ihm danach auch etwas vorzumachen. Das wollte er gerade nicht, sie sollte müde sein. Als Kompromiss willigte er ein, es noch einmal zu machen und kroch wie ein Einschlafender auf den Knien herum, gähnte und brummte, um sie mit seiner Schlappheit und Müdigkeit anzustecken. Sie erinnerte ihn aber daran, dass es doch wehtun müsse. Er erklärte ihr, dass man damals überhaupt keine Pein zeigen durfte, wenn man nicht zusätzliche Schläge mit dem Lineal haben wollte.

»Gut. Aber dann fang noch mal bei der Tür an!«

»*Bueno*, aber das ist das letzte Mal.« Er stand auf, ging zur Tür zurück, ließ sich dort auf Hände und Knie nieder und bewegte sich, wieder mit Gähnen und Brummen, als lahmer Esel auf sie zu. Als er näher kam, legte er den Finger auf den Mund, sie solle auch leise sein. Es war eine Ablenkung, denn er wollte sie überraschend packen, ins Bett drücken und kategorisch Schlaf fordern. Doch als er sich aufrichtete und zugreifen wollte, sprang sie aus dem Bett und bot ihren Teil der Vorführung an.

Stöhnend nahm er ein Handtuch, trocknete sich den Schweiß ab und kroch unter das dünne Laken. Müde schielte er auf seine Tochter, die regungslos wie eine Ballerina stand.

Plötzlich sprang sie wie verrückt im Raum umher und sang ein englisches Lied, dessen Inhalt ihm aus dem Mund seiner Tochter einigermaßen seltsam vorkam. Sie sei geboren in Los Angeles in einem einsamen Raum, sang sie, kenne ihre Mama kaum, und ihr Daddy habe sie schon früh verlassen. Niemals habe sie zu den anderen Kindern gepasst, die es in ihrer Umgebung gab, und als sie schreiben konnte, habe sie zu später Nacht Stift und Papier genommen und geschrieben: Norma Jean möchte ein Superstar sein, strahlend hell immer leuchten, und alle müssten ihr zurufen: *Wir kennen dich, Norma Jean, überall leuchtet dein Name!*, und Norma Jean lachte und tanzte, denn sie wollte das schönste Leben haben.

Auf dem Fernseher stand ein Windlicht, das er manchmal, wenn er spät aus dem Büro kam, für ein nächtliches Bier auf den Balkon mitnahm. In ihrem Überschwang schrammte Annalena dagegen, es fiel um und zersprang in tausend Splitter. Zum Glück blieb sie wie erstarrt stehen, sodass er seine Latschen anziehen konnte, um sie über knirschendes Glas ins Bett zu tragen. Ein Gutes aber hatte der Unglücksfall – sie wurde von einer Sekunde auf die andere müde und schon nach einer Minute schlief sie tief.

Nachdem er die letzten Splitterchen aufgewischt hatte, legte er sich zu ihr und löschte das Licht. Eigentlich war er hundemüde, konnte aber nicht einschlafen. Normas reale Eltern gingen ihm nicht aus dem Sinn. Wie konnte man so den Kontakt zur Tochter verlieren? Und dann so hilflos und hysterisch hier auf der Insel herumlaufen?

Er stand auf, setzte sich an den Küchentisch, entkorkte eine Flasche und starrte auf das halbmondförmig geschwärzte Holz, wo er eine heiße Pfanne einmal ohne Untersetzer abgestellt hatte.

Die batteriegetriebene Uhr über der Spüle schlug einen anderen Rhythmus als der kleine Wecker auf dem Tisch. Nach einer Weile hatten sich die Schläge eingeholt und drifteten wieder auseinander.

Am nächsten Morgen ließ er Annalena noch schlafen und schlich sich auf den Balkon. Er saß aber nicht lange da, da kam sie und setzte sich auf seinen Schoß.

Sie fühlte sich an wie ein warmes Brot frisch aus dem Ofen. Er ließ sie ihren Traum erzählen – langsam, gähnend und noch halb träumend. Es ging um Pferde, Hunde, Katzen und einen Papagei, der den anderen Tieren ständig Befehle gab. Dann fragte er sie, ob sie Lust habe, mit ihm in einem Hotel zu frühstücken, wo es auch einen Pool gebe. Als sie Pool hörte, nickte sie begeistert. Er hatte Karin versprochen, die Lindners noch einmal im Hotel aufzusuchen, und jetzt passte es. Er hatte den Ausflug für Annalena noch ein wenig attraktiver machen wollen, indem er sagte, Mario sei auch neun, aber das hatte sie überhaupt nicht interessiert. Erst nachdem er erklärt hatte, dass Norma aus der Londoner Show seine Schwester war, funkte es.

»Norma Jean?«, rief sie.

»Genau die. Die ist verschwunden, und ihre Eltern suchen sie.«

»Super! Dann können wir sie ja finden!« Sie war Feuer und Flamme und konnte gar nicht schnell genug in das Hotel kommen.

An der Rezeption zeigte Costa seinen Dienstausweis und fragte nach den Lindners. Der junge Mann schickte sie in den Frühstückssaal. Als sie den Saal betraten, sah er sie ganz hinten in einer Fensterecke an einem runden Tisch. Petra Lindner bemerkte sie und winkte. Martin Lindner stand sogleich auf und zog zwei weitere Stühle heran. Die Eltern begrüßten Costa herzlich. Er war sich nicht sicher, ob er so in trauter Familienrunde mit ihnen frühstücken wollte. Annalena aber hatte schon Platz genommen, blickte hungrig umher und wollte wissen, was es alles zu essen gebe. Der Junge zeigte auf eine Schüssel mit Crunchys.

Während Costa bestellte, begann Annalena von Betty aus dem Flugzeug zu erzählen; sie habe Norma auch so toll gefunden.

Einen Moment schwiegen alle. Dann berichtete die Mutter, dass sie herausgefunden habe, wo Kailey Sheen ein Haus besaß. Auf der

Karte hatte ihnen der Rezeptionist im Hotel die Privatinsel Tagomago gezeigt, wohin sie allerdings nur mit einem gecharterten Boot kämen.

Costa hatte als Kind mit dem alten Pep vor der kleinen Insel gefischt und manchmal dort auch die Nacht verbracht. Viele Seevögel nisteten in den Felsen, und es war der einzige Platz, wo es blaue Eidechsen gab. Aber an ein Haus oder gar eine Villa konnte er sich nicht erinnern. Wer würde auch auf einem kahlen Felsen im Wasser wohnen wollen?

Die Lindners waren direkt nach ihrem Gespräch mit Costa mit einem Mietwagen nach Cala San Vicente gefahren und hatten einen Fischer überredet, sie für hundert Euro überzusetzen. Lindner war an Land gegangen, aber sofort vom Wachdienst abgefangen worden. Er hatte das Foto von Norma den Wachen gezeigt, die lediglich den Kopf geschüttelt und ihn zurück an Bord gedrängt hatten. Er und seine Frau waren einigermaßen entrüstet über die grobe Behandlung.

Sie hatten dann den Fischer für weitere fünfzig Euro einmal um die Insel fahren lassen, wobei er mit beiden Händen am Mund immerzu »Norma! Norma!« gebrüllt hatte – ohne Erfolg

Mario stellte sich plötzlich neben seinen Stuhl und sagte: »Sie sang immer: Of course I can dance – sure, I can sing – of course I can dance …« Dabei wackelte er ungelenk mit der Hüfte. So abrupt wie er vom Frühstückstisch aufgestanden war, setzte er sich wieder und löffelte seine Crunchys weiter.

»Wollte deine Schwester immer schon ein Star werden?«, fragte Annalena, während sie sich ebenfalls Crunchys nahm.

»Sie wollte immer im Mittelpunkt stehen«, sagte Anja, die die ganze Zeit steif zurückgelehnt dasaß. Ihre Arme hingen leblos an den Seiten herunter. »Keine Bühne war vor ihr sicher.« Diesmal trug sie das gleiche bauchfreie T-Shirt wie gestern, dazu Hotpants und mit Herzchen verzierte Flipflops.

Die Eltern waren nicht schlecht erstaunt über den Einwurf ihrer Tochter. Aber als die Mutter etwas sagen wollte, ließ sie sie nicht zu Wort kommen. »In mein Poesiealbum hat sie aber was anderes geschrieben.«

Alle schwiegen, bis Annalena fragte: »Was denn?«

»Dass sie eine Familie will mit drei Kindern und einem Ponyhof.« Nicht einen Deut veränderte sie ihre Haltung, nicht mal den Ausdruck ihres Gesichtes. Nur ihr Mund hatte sich bewegt.

Costa sagte, vielleicht habe Norma ja gar nicht Sängerin werden wollen.

Die Mutter erzählte, dass für Norma schon als Dreijährige Tanzen die große Sache gewesen sei. Sie sei immer zum Ballett gegangen, ganz alleine, von sich aus und wäre auch gar nicht abzuhalten gewesen. Erst als sie bei einer Freundin zum ersten Mal die EuroShow gesehen hatte, habe sie Sängerin werden wollen.

Diese Geschichte kannte Costa bereits von Karin, denn natürlich hatte er sie gefragt, wieso Norma nach London an der EuroShow und nicht an »Deutschland sucht den Superstar« teilgenommen hatte. Wieso ging sie in ein fremdes Land? Costa hatte das eine Jahr in Irland auf einem Internat immer als Verbannung empfunden und würde es niemals freiwillig getan haben. Für ihn war die einzige Erklärung ihr Ehrgeiz. Die englischsprachigen Märkte waren gigantisch im Vergleich zu Deutschland und auch dort waren die englischen und amerikanischen Megastars zu Hause. Wer so groß sein wollte, musste dahin. Selbst den Namen – Norma Jean – hatte sie sich für eine solche Karriere ausgesucht.

Norma sei zudem sehr sprachbegabt gewesen, erklärte ihre Mutter, habe jeden Tag Englisch gepaukt, sei in der Schule die Beste in Englisch gewesen und habe zu Hause nur noch die englischen Sender gesehen, die niemand verstellen durfte. Schließlich hatte ihr der Vater einen eigenen Fernseher gekauft. »Kailey Sheen war ihr großes Vorbild. Sie wusste alles von ihr, konnte jeden Song von ihr nachsingen und hat immer wieder gesagt, so wie die werde ich auch mal, Mama.«

»Sie hatte nur ein bisschen Probleme mit dem Singen«, nuschelte der Vater und lächelte Costa dabei freundlich an.

»Das war nur zu Beginn der Pubertät, das hat dann gleich aufgehört«, sagte Petra Lindner in strengem Ton, und Costa wurde klar, dass es wahrscheinlich der Ehrgeiz der Mutter war, der sich in ihrer Tochter fortsetzte. Petra Lindner hatte immer darunter gelitten, dass sie aufs Land gezogen waren. Allein die Tatsache, dass sie Karin all die vielen Jahre immer Ansichtskarten und Briefe geschickt hatte, sprach dafür.

»Wenn sie was wollte, dann hat sie's auch gekriegt«, sagte die Mutter. »Ganz anders als ihre jüngere Schwester.«

Anja saß steif da. Nichts veränderte ihre Haltung, auch nicht dieser Seitenhieb. Vielleicht steckte hinter solcher Starrheit auch ein gewisser Ehrgeiz.

»Wenn ein Kind begabt ist, dann will sich diese Begabung auch durchsetzen«, sagte der Vater, um den scharfen Ton etwas abzumildern.

An dem Blitzen ihrer Augen sah Costa, dass Anja den Einwurf des Vaters keineswegs als versöhnlich empfand. »Sie kann nicht so gut singen …«, sagte sie, zögerte dann einen Moment, doch als sie sah, welch Gewitter sich zusammenbraute, fügte sie hinzu: »… wie …«

»Wie was?!«, fragte die Mutter. Es kam wie ein Schlag mit dem Lineal.

»… tanzen.« Anja hatte den Satz erneut zu Ende gebracht, ohne irgendetwas an ihrer Haltung zu ändern.

Die Mutter schnaufte lachend und sagte: »Ja, tanzen und sich bewegen kann sie wohl am besten.«

»Ist ja auch klar«, sagte der Vater erleichtert darüber, dass diese konfliktgeladene Situation vorüber war, »zum Ballettunterricht ist sie von Anfang an gegangen.«

»Hast du auch irgendein Hobby?«, fragte Costa Anja.

Sie sah ihn an, ohne ihre Kopfhaltung zu verändern.

»Ich tanze und singe am liebsten!«, rief Annalena, bevor Anja etwas sagen konnte.

»Als Tante Arni kam, war sie wohl schon sechzehn«, sagte der Vater.

»Ja genau. An ihrem sechzehnten Geburtstag hat Arni ein Ei an der guten Tasse aufgeschlagen, das Weiße ins Waschbecken gekippt, das Gelbe mit einem kräftigen Schluck Cognac verrührt, hat sich alles den Hals roh hinunterlaufen lassen und gegurgelt. Das ölt schön, hat sie gesagt, und gibt eine butterweiche Stimme. Die Norma hat ihr ganz interessiert zugeschaut, und sie hat gesagt, so triffst du jeden Ton. Von da an hat sie immer mit dem Singen herumprobiert.«

Ohne von seinen Crunchys aufzublicken, murmelte der Junge vor sich hin: »Norma hat ihr das nachgemacht. Aber nur heimlich, wegen Alkohol vor achtzehn und so.«

Ohne ihren Bruder oder irgendjemanden anzuschauen, sagte seine Schwester: »Das mit dem Alkohol hat keiner gemerkt, weil sie immer schwarzen Tee in die Cognacflasche nachgefüllt hat.«

Die Eltern schauten sich überrascht an, und Costa nutzte die Gelegenheit, um Anja zu fragen, ob sie auch so sei.

»Schön wär's«, sagte die Mutter. »Die ist schon mit dreizehn um die Häuser und hat Partys gefeiert. Norma ist das direkte Gegenteil, ein ruhiger Typ.«

»Auf der Bühne explodiert sie«, sagte Anja steif.

»Möchtest du denn auch Sängerin werden?«, fragte Costa sie.

Ihre Antwort war ein ungerührtes »Nein«.

»Sie möchte Computerdesign studieren«, sagte die Mutter. »Ist natürlich schwer für sie, einen Job zu kriegen heutzutage, aber jetzt, wo Norma den Start in die Musikbranche geschafft hat, ist es viel einfacher.«

Lindner gab seiner Frau Recht. »Nicht nur in England, auch in Deutschland. Sogar die Lehrer haben beim letzten Elterntreffen gesagt, jetzt stehen ihr alle Türen offen.«

»Mama meint, da kann sie auch für mich 'ne Tür aufmachen«, sagte Anja. Dabei verzog sie das Gesicht zu einem belustigten Grinsen.

Der Junge war mit seinen Crunchys fertig und blickte staunend auf Annalenas Teller, die nach den Crunchys schon das zweite Spiegelei verputzte. Ohne den Blick von den Eiern zu nehmen, sagte er: »Sie haben die Show mit Norma auch im deutschen Fernsehen gezeigt. Jetzt warten sie bei uns alle darauf, dass sie aus London zurückkommt.«

»Sogar die Feuerwehrkapelle steht bereit«, sagte Anja trocken und verdrehte die Augen.

Der Vater überging den bösen Ton. »Ein Freund von uns ist da Vorsitzender.«

Costa sah, dass Annalena sich schon wieder nach dem Büfett umdrehte und schlug vor, dass die Kinder jetzt an den Pool gingen. Niemand reagierte auf seinen Vorschlag. »Wo willst du hin?«, fragte er, als Annalena aufstand.

»Kuchen holen.« Sie sprang los, ehe er sie festhalten konnte. Sabine hatte ihm am Telefon ans Herz gelegt, darauf zu achten, dass sie nicht so viel Süßigkeiten in sich hineinstopfe.

Menschen wirkten auf Costa anfangs immer wie ein buntes Knäuel, von dem er nur die Oberfläche sah. Dann entheddерte er Faden für Faden. Ihn interessierten der Kern oder die Formel, nach der sie tickten. Im Allgemeinen waren sie naiv, gaben allerlei zum Besten, plauderten und plapperten, manche machten sogar versehentlich Geständnisse und andere wiederum sagten gar nichts, aber bei manchen erkannte er ein Schema, und das war bei Anja die Eifersucht auf Norma, bei Petra Lindner der Ehrgeiz, bei ihm selbst seine Nachgiebigkeit und Mario liebte seine Mutter.

In diesem Fall waren für ihn Anjas Reaktionen interessant. Er hielt es nicht für ausgeschlossen, dass sie mehr von ihrer Schwester wusste. Vielleicht sogar alles. Vielleicht wusste sie, wo sie sich gerade aufhielt oder was ihr passiert war. Im Moment genoss sie ganz offensichtlich das Leiden ihrer Eltern. Eine Art Rache dafür, dass sie neben Norma so wenig beachtet worden war?

»Das Hemd steht Ihnen«, sagte sie unvermittelt zu Costa, worüber die Mutter entschuldigend den Kopf schüttelte. Es war ein ganz normales kurzärmeliges Hemd, blau-weiß kariert, das er über seinen Jeans trug. Anders als Martin Lindner hatte er keinen Schmuck, sondern nur eine alte Uhr, ein Geschenk seines Vaters, die ihn noch nie im Stich gelassen hatte.

Er sah, dass Anjas Blick auf der Uhr ruhte. Er klopfte mit der Hand einmal darauf. »Das ist ein guter alter Esel«, sagte er.

»Das ist eine Uhr«, erwiderte sie ungerührt.

Das war dem Vater zu viel und er wies sie an, die Fotos und Zeitungsartikel von Norma zu holen. Widerspruchslos stand sie auf und ging.

»Haben Sie Angst, dass Norma nicht wiederkommt?«, fragte Annalena und wollte die Vanillecreme der Torte mit dem Finger vom Teller wischen, was Costa verhinderte.

Lindner rieb sich mit der Hand seinen Nacken. »Als Vater macht man sich natürlich seine Gedanken, wenn die Tochter über Nacht so berühmt wird. Plötzlich ist sie eine Europäerin und keine Kleinstädterin mehr. London ist ja riesig. Vom Bahnhof zu den Studios, wo die Show war, war es eine Weltreise. Und jetzt Spanien und dann vielleicht noch Amerika. Das ist auch für Norma eine verdammt weite Strecke. Wenn sie wieder da ist, will ich mal ein ernsthaftes Gespräch mit ihr führen. Über die Höhen und Tiefen des Showgeschäfts. Wenn man plötzlich so nachgefragt ist, kann man schnell an falsche Freunde geraten.«

»Ich finde es gut«, sagte der Junge, »dass mich jetzt die Schüler aus den höheren Klassen grüßen und mich fragen, ob ich ihnen ein Autogramm mitbringen kann.« Er lachte ein kleines Ziegenmeckern.

»Du kannst mir ja auch ein Autogramm geben«, sagte Annalena, die mit ihrem zweiten Stück Kuchen fertig war.

Sie musterte den Jungen einen Moment, als wollte sie ihm gleich die Nase abbeißen. »Welchen Sänger magst du?«

Er wackelte mit dem Kopf und dem ganzen Oberkörper hin und her, als wüsste er es nicht.

»Howard Carpendale«, half ihm seine Mutter sanft.

Er nickte. »Der macht schöne Lieder.«

»Kannst du auch singen?«, fragte Annalena.

Er begann wieder mit den Beinen zu schaukeln, wie er es in Costas Büro getan hatte. »Nicht so gut wie Norma, obwohl ich in Musik eine Eins habe. Ich spiele Blockflöte.«

Anja kam mit dem Ordner zurück, in den die Familie Fotos und Zeitungsartikel eingeklebt hatte.

»Das war sein Wunsch«, sagte der Vater. »Ich habe ihm ein Saxophon angeboten. Wir sind immer bis an die Grenze unserer finanziellen Möglichkeiten gegangen. Und haben all unsere freie Zeit geopfert. Meine Frau und ich haben nichts Schöneres im Leben gefunden als unsere Kinder. Wir würden sie nie zu was antreiben. Egal was. Ich habe zu jedem Kind gesagt, wenn du nicht mehr magst, hör auf, wir haben uns, das reicht. Und das bisschen zu knabbern bring ich immer zusammen.«

Costa hatte Martin Lindners Hände beobachtet, die den Ordner immer wieder öffnen wollten, es aber vor Nervosität nicht fertigbrachten. Er konnte den Fingernägeln den Beruf des Druckers ansehen – die Ränder waren dunkelblau, manche schwarz. An zwei Nägeln klebte rote und grüne Farbe.

Erst als seine Frau trocken konstatierte, dass Normas Gesangsausbildung zehntausend Mark jährlich gekostet hatte, verstummte er, und es gelang ihm. Sogleich versenkte er sich in die Fotos und Zeitungsartikel.

»Es hat sich ja gelohnt«, sagte sie dann wie entschuldigend zu Costa. »Sie war wirklich die Beste in der Show. Aber als wir selbst da waren, haben wir nicht bloß Freude und Stolz gefühlt. An dem Abend flog so eine kleine Japanerin raus. Obwohl sie Normas Konkurrentin war, musste ich weinen. Sie sah so unglücklich und verlassen aus. Und ich dachte, das wartet auf Norma vielleicht auch.«

»Und deine gute Kailey Sheen hat dann noch nachgetreten«, knurrte Martin Lindner, ohne von den Fotos aufzublicken.

Leise sagte die Mutter: »Ich glaube, sie wollte damit ihre Gefühle verdecken.« Dabei nahm sie ihrem Mann den Ordner weg und schob ihn Costa zu.

Annalena war aufgestanden und hatte sich hinter Martin Lindner gestellt, um auch in den Ordner schauen zu können. »Das sind Babyfotos von Norma Jean!«, rief sie begeistert. »Richtig süß!«

Norma mit Windel und Babyspeck. Die Mutter beugte sich herüber, sodass sie mitsehen konnte. »Schon als Baby war sie so süß«, sagte sie verzückt.

Costa schaute zur Uhr und erinnerte Annalena daran, dass sie doch schwimmen wollte.

Petra Lindner bat Mario, seine Badehose zu holen und Annalena den Pool zu zeigen. Er wollte nicht. Als der Vater sich einmischte, gab er murrend nach und beide Kinder zogen ab.

Costa fragte die Eltern, ob sie sich auch bei allen möglichen Freunden, Klassenkameraden und sonstigen Bekannten Normas erkundigt hätten. »Irgendwen wird sie doch anrufen«, sagte er und beobachtete dabei Anja. Sie merkte das, gab ihre steife Haltung nicht auf, aber er glaubte, ein winziges Lächeln um ihren Mund zu sehen. Worüber lächelte sie?

Frau Lindner zählte auf, wen sie bislang schon angerufen hatten. Es schien das ganze Dorf zu sein, aber niemand hatte etwas von ihr gehört. Nicht einmal die Ballettlehrerin, zu der sie, ohne je nachzulassen, jede Woche gegangen war.

»Jede Woche«, sagte Martin Lindner. »Das hat erst aufgehört, als die Karaoke-Mode anfing und sie das Singen entdeckt hatte. Da ist sie jeden Abend nach Ruppichteroth gefahren, nach Wiehl, sogar bis Schmitzwipper. Hat immer bei mir in der Druckerei herumgelungert, um als Erste von den Veranstaltungen zu hören, weil ich ja die Plakate für alle Vereine drucke, den Feuerwehrball und die Kirmesgesellschaften. Da hat sie immer sofort angerufen und sich als Sängerin angeboten.«

Unter dem Dauergeplapper spürte Costa die tiefe Verzweiflung der Eltern. Petra Lindner hatte ohne Zweifel seit Längerem keine Nacht mehr geschlafen. Ihr Make-up konnte die Schatten um die Augen und die Tränenspuren nicht übertünchen. Ihr Mann versuchte seine Rolle als zuversichtlicher Tröster aufrechtzuerhalten. Zum Weinen schloss er sich wahrscheinlich im Badezimmer ein. Mario war noch zu klein, um zu verstehen, was hier passiert sein konnte, aber seine Schwester begriff es. Ihre Verachtung gegenüber den hilflosen Eltern war offensichtlich. Es entging ihr nicht, dass sie immer noch den Traum beschrieben, der in Wahrheit schon längst ein Albtraum war. Sonst würden sie hier mit Norma, auf dem Sprung zum Weltruhm, sitzen. Umlagert von Fotografen, die sie genau das fragen würden, was er jetzt fragte, und denen sie antworten würden, was sie jetzt ihm, einem Beamten der Mordkommission, antworteten.

»Irgendwann hat sie auch ihre Freundin Sue beschwatzt, mit ihr die ABBA-Choreographien einzustudieren«, riss ihn Petra Lindner aus seinen Gedanken. »ABBA war ja wieder in Mode, ›Waterloo‹, ›Mama mia‹, ›Thank you for the music‹ und ›Money, money, money‹. Von da an wollte sie Popsängerin werden.«

»Sie hat jede Menge Retro-ABBA-Klamotten gekauft«, steuerte Anja bei, was mit einem Blick der Mutter bestraft wurde.

»Hier, das ist ihr Zimmer!« Die Mutter schob ihm den Fotoordner hin. Er warf einen neugierigen Blick auf die Relikte einer nicht allzu fernen Jugend: eine Dagobert-Duck-Uhr und aus Nüssen gebastelte Wichtelmänner, alte Kinokarten und ein Filmplakat der Vampir-Trilogie »Blade«, Orchideen auf der Fensterbank, an der Wand eine selbst gezeichnete Kopie von Michelangelos »Schöpfung Adams« und ein riesiges Poster eines Popduos. »Das sind Kailey Sheen und ihr Partner in Groove Control Vince Gordon«, erklärte sie. »Trotzdem war sie extrem heimatverbunden und ein Familienmensch.«

Costa dachte an Annalena und dass er gerade seine Aufsichtspflicht versäumte. Er rückte mit dem Stuhl vom Tisch ab. »Was erwarten Sie jetzt von mir?«

Seine Frage holte sie aus ihren Erinnerungen zurück, ja, erschreckte sie fast. Sie schwiegen.

»›Muriels Hochzeit‹ war ihr Lieblingsfilm«, sagte Anja, hob die herunter hängenden Hände an und legte sie in ihren Schoß. Dunkler Protest lag in ihren Augen.

Costa hatte Karin angerufen, um von ihr Genaueres über Kailey Sheen zu erfahren und sich bei ihr zu Hause verabredet. Er wollte Annalena mitnehmen, doch sie hatte so heftig protestiert, dass er sie am Hotelpool ließ. Auch die Lindners drängten ihn, sie ihrer Obhut zu überlassen. Martin Lindner wollte ihr das Schwimmen beibringen.

Costa versprach, sich zu erkundigen, ob Kailey Sheen auf der Insel sei und wie man sie erreichen könne. Mehr sei nicht möglich, da es keinen Hinweis auf eine Straftat gebe.

Sie waren damit einverstanden und bedankten sich zufrieden.

Er besaß zwar einen Schlüssel für Karins Wohnung, hatte ihn aber nicht dabei. So lehnte er sich im Hausflur an die Wand und las die Zeitungsartikel, die die Lindners ihm mitgegeben hatten. Er überflog die Schlagzeilen. »Spüren die Bewerber jetzt schon die Schattenseiten des Ruhms?« – »Auch Hisako stürzt aus dem Himmel ihrer Träume« – »Nach der Japanerin fliegt nun Norma Jean aus der Show!« – »Cindy Ann brach mit einem Heulkrampf zusammen.« – »Simon fällt auf die Knie und fleht: *Bitte nicht weinen!* – »Cindy Ann: *Ich mach das alles nicht mehr mit!*« »Cindy Ann und Simon auf dem Weg zum Sieg!« – »Simon lässt 33426 Mitbewerber hinter sich!« – »Norma Jeans riesige Fangemeinde hält ihr die Stange – Transparente rufen *Norma Jean come back!*« – »Jennifer, noch im Rennen, will das Handtuch werfen. Norma Jean hat es hinter sich, sagt sie. Auch ihr ist der Druck des Star-Marathons zu groß, das Projekt zu unheimlich.«

Costa wurde klar, dass er das Ganze in seiner Tragweite bislang nicht begriffen hatte. Er verstand nicht, was die Ansammlung von Superlativen rechtfertigte. Eine große Filmrolle zu spielen war schwierig, eine Goldmedaille zu gewinnen ebenfalls, aber es war auch schwierig, einen Mörder zu stellen. Was war so Besonderes an der EuroShow? Was rechtfertigte diesen exaltierten Ton?

Er blickte auf die Uhr. Sie müsste eigentlich gleich da sein.

Mit der Uhrzeit kam der Gedanke an Annalena. Hoffentlich vertrugen sich die Kinder. Er wollte an Karin denken, nicht an seine Tochter. Jetzt nicht! Doch er sah sie vor sich, wie sie kreischte und tobte, wo ist Papi, wo ist Papi, und wie das ganze Hotel zusammenlief.

Es wunderte ihn, dass die Norma-Jean-Fanclubs nach Normas Ausscheiden in den Zeitungen und Schlagzeilen so präsent geblieben waren und immer wieder die Frage stellten, wo Norma abgeblieben war. Die letzten englischen Ausgaben, die die Eltern auf ihrer Reise nach Ibiza gekauft hatten und die ihnen vermutlich noch gar nicht übersetzt worden waren, berichteten, dass Paparazzi sich an Norma Jeans Eltern herangemacht hatten, die auf der Suche nach ihrer Tochter waren. Die einen spekulierten, dass Norma schwanger war und heimlich eine Abtreibung vornehmen ließ, um ihre Karriere als Superstar nicht zu gefährden. Andere wollten wissen, dass sie in einer psychiatrischen Klinik untergetaucht war. Manche mutmaßten, sie wäre mit einer großen heimlichen Liebe in den Flitterwochen auf einer Segeljacht, die englische BILD-Zeitung *Sun* fragte, ob sie sich aufgrund der schweren Enttäuschung das Leben genommen hatte.

Costa schaute zur Uhr. Der Fahrstuhl war mindestens schon vier Mal herauf und herunter gefahren, aber Karin war nicht gekommen.

Er schlug wieder die Akte auf, denn eine Sache fiel ihm plötzlich auf, die er bislang überlesen hatte. In einigen Artikeln wurden dem englischen Privatsender 2U-TV der Vorwurf gemacht, die telefonischen Abstimmungsergebnisse bei Norma Jeans Abwahl manipuliert zu haben. »Immer größer werden die Zweifel an der Richtigkeit der Abstimmungsergebnisse bei der Niederlage Norma Jeans«, hieß es da. »Die bislang unangefochtene Favoritin Norma Jean wurde abgewählt, weil angeblich zu wenig Zuschauer für sie angerufen haben. Doch das glaubt in ganz Großbritannien kaum noch jemand!«

Der schwer unter Druck geratene Sender hatte sich mit der eidesstattlichen Erklärung eines Rechtsanwaltes verteidigt, der die Telefonanrufe überwacht hatte. Mehrere Zeitungen hatten inzwischen selbst Umfragen durchgeführt: Einundachtzig Prozent der Befragten hatten oder hätten für Norma Jean votiert. Keine der Zeitungen glaubte mehr, dass alles mit rechten Dingen zugegangen wäre.

Costa klappte die Akte zu.

Er hörte das Rauschen des Fahrstuhls. Jedes Mal stieg seine Spannung, und jedes Mal spürte er einen Stich im Magen, wenn er dann doch in einer anderen Etage hielt. Schon vier Mal hatte er sie umarmt, vier Mal seine Liebe geschworen, vier Mal sich an der Treppe versteckt, um sie zu überraschen. Jedes Mal umsonst. Als sie dann wirklich kam, bemerkte er nicht einmal, wie die Fahrstuhltür aufging. Er bückte sich gerade, um ein Foto aufzuheben, das aus der Akte gefallen war, und als er sich aufrichtete, stand sie vor ihm.

Ihre Nähe elektrisierte ihn. Langsam, wie in Hypnose, legte er seine Lippen auf ihre Stirn, während er mit den Fingerspitzen ihre Taille berührte. Ihr Atem wurde deutlicher, sie lehnte sich ein wenig nach hinten, und er zog sie fester an sich. Es war ein wenig wie eine Tangobewegung, der Tanz, den er ihr in ihrer ersten gemeinsamen Zeit beigebracht hatte.

Er ließ ihren Blick nicht los. Sie hauchte ihm belustigt zu, ihr sei, als würde sie im Himmel versinken, in dem Blau seiner Augen. Er spürte Herzklopfen bis in die Ohren, seine Haut zog sich zusammen, die Muskeln wurden fester, er bedeckte ihr Gesicht und ihren Hals mit Küssen, schob seine Hände unter ihr T-Shirt und wanderte mit seinen Fingern wie ein saugender Tausendfüßler den Rücken bis zum Verschluss ihres BHs hinauf. Als er ihn löste, verwandelte sich ihr scheinbarer Widerstand in ein lustvolles Schmiegen. Mit einem Arm zog er sie heran, küsste sie leidenschaftlich, während sich seine andere Hand unter ihren roten Seiden-BH schob und sie so streichelte, wie sie es liebte. Er merkte, wie ihre Brustwarzen hart wurden und ihr Herz rasend pochte. »Wie schön du bist«, flüsterte er.

Er schob ihren Rock langsam hoch. Sie hatte heute Morgen keinen Slip angezogen. Ein kleines Opfer, das sie manchmal frech der Göttin der Verworfenheit brachte. Sie stöhnte, der Gedanke, er werde sie jetzt hier im Hausflur nehmen, mache sie halb schwindlig vor Lust.

»Aber was, wenn jemand kommt?«, murmelte er. Der Fahrstuhl hatte stets eine ziemliche Geschwindigkeit, und die Türen öffneten sich schnell.

»*Cariño*, nicht«, protestierte er noch einmal halbherzig, doch sie nahm seinen Schwanz in die Hand und lächelte ihn so faunisch an, dass er bereit war, alles um sich herum zu vergessen. Im selben Moment hörte er den Luftzug des Fahrstuhls. Dennoch ließ er sich nichts anmerken. Es war ihm egal, wer nun ein Geschrei anstimmen würde, er wollte sich nicht weniger mutig zeigen als sie.

Doch Karin hatte es auch bemerkt und schob ihn zurück, rollte ihren Rock herunter und richtete ihr T-Shirt. Schon öffnete sich die Tür und ihr Nachbar, ein pensionierter Informatiker aus Schwäbisch Hall, wünschte unnötig laut einen schönen Tag. Sie fummelte den Schlüssel aus ihrer Tasche, schloss eilig auf und schob Costa in die Wohnung. Dann fielen sie übereinander her.

Er genoss, dass es ihr immer mehr gefiel, und er hörte erst auf, als sie sich zitternd an ihn klammerte und nicht mehr losließ.

Er wusste nicht, wie lange sie so gelegen hatten, als sie sagte: »Lächelst du?«

»Tue ich das? Ich bin eingeschlafen.«

»Du hast so viele Lachfältchen, da kommt's einem vielleicht nur so vor.«

»So?«

»Außerdem wirkst du lustig, weil dein dichtes Strubbelhaar immer hoch steht.«

Er strubbelte grinsend ihr Haar.

»Du wirst staunen, welchen Steckbrief ich in so kurzer Zeit von deiner Verdächtigen herbeigezaubert habe.«

Sie sprang auf, huschte zur Tasche, aus der sie einen Block nahm, und legte sich wieder neben ihn. »Kailey Sheen wurde 1953 in Baddeck auf Nova Scotia in Kanada geboren. Die Mutter stammt aus Italien, der Vater ist Ire. Sie hat noch eine sieben Jahre jüngere Schwester. Sie wohnt in London und auf Ibiza. Ihr Vater war Metallarbeiter, die Mutter Hausfrau. Er hat Klein Kailey immer knapp gehalten, sie stets ordentlich verprügelt und gezwungen, nach der Schule bei reichen Damen zu putzen. Bei so einem Vater lief nichts mit den Jungs, aber nachdem sie herausgefunden hatte, dass es mit der Gitarre im Arm doch klappte, klammerte sie sich daran fest und ließ nie mehr los.«

»Ein guter Tipp. Ich lass auch nie mehr los«, sagte er und zog sie näher heran.

»Es war außerdem die einzige Möglichkeit, dem Vater zu entkommen, und als sich die erste Gelegenheit ergab, nach England abzuhauen, tat sie das. Sie bekam eine Anstellung beim Konzern und versuchte, aus allen erfolgreichen Songs, die gerade liefen, neue erfolgreiche Songs zu machen.«

Spielerisch, wie um sie abzulenken, streichelte er sie. Er hatte Erfolg, sie kam aus dem Takt, nahm ihren Block und suchte nach Eintragungen.

»Was für ein Typ ist sie?«, fragte er, um ihr wieder auf die Sprünge zu helfen.

»Ein Skorpion. Schlau, geduldig und zäh. Tödlicher Stachel. Sie kann lange auf die günstige Gelegenheit und den todbringenden Stich lauern.«

Sollte diese Beschreibung die Sängerin als möglichen Mörder klassifizieren?

»Besondere Leidenschaftsverquickung mit Krebs-Männern. Der Skorpion lebt oft in Überfluss und Reichtum, hat Eifersuchts- und Geizanfälle, eine fatalistische und kräftige Aura. Sex verkauft sich gut, weiß er, wenn er sich oder andere anbietet. Er liebt die Öffentlichkeit und die Anstrengung. Herzinfarktgefährdet.«

Costa lächelte. »Ist Ibiza nicht die Insel des Skorpions?«

»Red nicht immer dazwischen, oder du musst dir deine Informationen in deiner Behörde für Legastheniker und Analphabeten besorgen«, erwiderte sie gut gelaunt.

»Tschuldigung«, murmelte er.

»Ihr gehört Tagomago.«

Karin hatte herausgefunden, dass die kleine Insel mit dem märchenhaften Namen vor vielen Jahren von einer deutschen Fürstenfamilie gekauft worden war, dann aber zum Spielball einer der erbittertsten Familienfehden im deutschen Hochadel wurde. Der alte Herrscher des Fürstenhauses hatte das von azurblauem Wasser umgebene Eiland als Feriendomizil für seine Familie gekauft. Für 8,6 Millionen Mark schrieb die britische Agentur Knight Frank Residencial die Insel aus. Der Hollywood-Star Michael Douglas hatte Interesse, auch ein englischer Maler, aber am schnellsten reagierte Kailey Sheen. Sie hatte die Information von ihrem Partner bei Groove Control, Vince Gordon, der schon seit etlichen Jahren eine Luxusjacht im Hafen von Ibiza liegen hatte. Sheen erwarb nicht nur die Insel, sondern auch die Baugenehmigung und setzte sich einen kleinen Sommerpalast dorthin mit hochmodernem Musikstudio, unterirdischer Bootsanlegestelle und einem Helikopterlandeplatz.

»Die Insel steht doch unter Naturschutz!«

»Richtig. Wie viel Geld auch immer dahintersteckt, so was geht hier nicht ohne die richtigen Leute. Das wären in diesem Fall wohl Carlos Matares und dein Onkel El Cubano.«

Costa staunte. Er war auch der Spross einer Bauunternehmerfamilie, obwohl alles seiner Großmutter gehörte und sein Vater Tischler war. Mit dem Tourismus war die Familie reich geworden, und immer wieder bot ihm sein Onkel Cubano den Platz neben sich in der Geschäftsführung an. El Cubano war die rechte Hand seiner Großmutter; er würde die Geschäfte nach ihrem Tod übernehmen, und da seine Kinder in den USA ums Leben gekommen waren, war Costa der Nächste in der Erbfolge. Aber bislang hatte er Cubanos Angebote abgelehnt. »Das macht dich innerlich reich, aber äußerlich bettelarm«, hatte Karin kommentiert, als er ihr einmal erzählte, wie hoch die Schulgebühren für seine Kinder waren. Eigentlich konnte er sich gar nichts leisten. Er selbst hatte es also zu nichts gebracht, aber zu den Bedingungen seines Onkels zu erben, lehnte er ab, und seine Position bei der Polizei bedeutete nichts weiter als Arbeit und Überstunden, Enttäuschung und Ärger. Im Grunde besaß er nichts als seine Liebe zu den Kindern und zu Karin.

»Wie ist sie denn an so viel Geld gekommen?«, fragte er irritiert.

Sie warf wieder einen Blick auf ihre Notizen. »Sie war damals schon zwei Jahre bei dem Konzern und produzierte für die allerlei Schrott, als William Henley, einer der Konzern-Leute, die Idee mit den geklonten Boy Groups in die Firma brachte. Schon die Monkees waren so eine von ein paar Geschäftsleuten künstlich hergestellte Gruppe gewesen, die in den Charts tatsächlich für eine Zeitlang die ersten Plätze belegt hatte. Henley wollte, dass Kailey Sheen sich in dieser Richtung umsah und schickte sie nach London. Es verschaffte in den Achtzigern dem Konzern einige Erfolge, dass er die Auslandsrechte sämtlicher Erfolgssongs der Neuen Schwedischen Welle kaufte und sie noch einmal neu in Englisch singen ließ.

Johannes Winter, ein Kollege von Karin, würde vielleicht wissen, wo eine Debütantin wie Norma Jean sich auf der Insel aufhalten könnte. Er erinnerte sich vage an ihn, hatte den Musikexperten im letzten Jahr durch Karin kennen gelernt. »Hast du seine Nummer?«

Er sah zur Uhr. All zu lange konnte er nicht mehr bleiben. Der Gedanke an Annalena begann ihn wieder zu beunruhigen. Er hatte sie jetzt schon mehr als zwei Stunden mit fremden Leuten alleingelassen.

»Der Rest ist schnell erzählt«, fuhr Karin fort. »Kailey Sheen gründete Anfang der Achtziger eine eigene Gruppe, Groove Control, wo sie Produzentin, Komponistin, Texterin, Sängerin und Gitarristin alles in einer Person war. Aber die eigentliche Attraktion, ohne die nichts lief, war Vince Gordon. Er faszinierte mit seiner Stimme und seinem Aussehen die Massen, und Groove Control war von 1985 an ununterbrochen auf den ersten Plätzen der englischen Charts. Die Songs waren außerdem die Renner in Japan und Russland, in Australien. Nur die USA wollten nicht so richtig anspringen. Kailey und Vince waren in kurzer Zeit steinreich. Dann trennten sie sich, brachten jedoch alleine für sich nichts Nennenswertes zustande. Da Sheen aber weiterhin für den Konzern tätig war, wählte der sie aus, in der Fernsehshow in London Jurymitglied und miese Sprüchemacherin zu sein. Dadurch kam sie wieder in die Medien. Außerdem durfte sie die Gewinner der Talentshow für den Konzern produzieren.«

»Das heißt?«

Karin lächelte. »Das heißt, dass sie für jeden, der in dieser Branche was werden will, jetzt der große Zampano ist. Also wird Norma ihre Eltern nicht anrufen, wenn Kailey Sheen das nicht gefällt. Die *Sun* hat sie seit der Show zur Diva of Pop befördert.«

Costa stand auf und zog Karin mit sich.

Nach einem letzten Kuss löste sie sich von ihm und sagte überzeugt: »Du wirst nicht an sie rankommen.«

Es sprach alles dagegen, nach Tagomago zu fahren, denn es bestand wenig Aussicht, dass er mehr herausfinden würde als Vater Lindner, der nur kurz seinen Fuß auf das kleine Eiland setzen konnte. Es gab keinerlei Anhaltspunkt, dass hier ein Verbrechen oder auch nur die kleinste strafbare Handlung vorlag. Darüber hinaus war seine Tochter zu Besuch, und er wollte sich nicht mehr Arbeit an den Hals hängen, als nötig war. Sabine hatte ihm das eingeschärft. »Annalena kommt, um ihren Vater zu besuchen. Ich hoffe, du hast dir das überlegt und die Zeit genommen.«

Er ließ den Wagen an. Er würde sich jetzt bei den Lindners bedanken, dass sie aufgepasst hatten und ihnen einen schönen Urlaub wünschen, weil er ohne überzeugende Indizien nichts tun konnte – und dann wollte er Annalena abholen und mit ihr das Wochenende in einer kleinen Bucht verbringen und im Wasser spielen, Eis essen, sich Geschichten erzählen.

Als er ins Hotel kam, war Annalena noch im Wasser. Sie hielt sich am Beckenrand fest, und Martin Lindner schwamm vor ihr herum wie eine Seekuh. Er rief ihr irgendwelche Anweisungen zu, die sie aber nicht zu befolgen schien. Sie ließ plötzlich los, schwamm zwei, drei Züge, das Gesicht aufgeregt zum Himmel gereckt, ohne zu atmen, aber als die Luft ausging, zappelte sie und klammerte sich schnell wieder am Rand fest. Lindner ermunterte sie loszulassen, aber sie war ganz mit ihrer Aufregung und ihrem Gepuste beschäftigt.

Als Costa sich näherte, sprang Petra Lindner auf und erklärte ihm, Annalena könne noch nicht richtig schwimmen, ob er noch etwas Zeit hätte? Gut, wenn es ihr Spaß machte, war es ihm recht. Es war ihr Tag. Er sah sich um und ging zu einem Tisch im Schatten, wo er sich einen Kaffee und ein Mineralwasser bestellte. Er war schweißgebadet und es war ihm unbegreiflich, wie die Lindners hier in der Sonne braten konnten.

Petra Lindner setzte sich zu ihm und bestellte eine Sangria. Er gab ihr die Akte zurück. Er habe alles gelesen und sehr interessant gefunden. Das alles sei sicher unglaublich aufregend für einen jungen Menschen.

Lindner war aus dem Schwimmbecken geklettert, hatte Annalena an der Hand herausgezogen und sich mit nasser Badehose dazu gesetzt.

»An Aufregung fehlt es uns auch nicht«, sagte sie. »Schon in London habe ich geweint, gelacht und gelitten.«

»Die Leute haben getrampelt und gepfiffen und gejubelt«, sagte er. »Das war unglaublich, der Applaus.«

Der Kellner brachte Kaffee und Sangria. »Für mich war es unerträglich, da zu sitzen und Norma auf der Bühne zu erleben. Ich glaube, mein Herz hat doller geklopft als ihrs. Als Norma geweint hat, weil eine andere rausgeflogen ist, da sind auch mir die Tränen gekommen. Ich wollte so gerne helfen, nach vorne laufen und sie in den Arm nehmen und trösten, aber das ging natürlich nicht.«

»Und hinterher hast du ihr das gesagt und hast es ja dann doch getan.«

»Mein Gott, ich musste sie endlich im Arm halten!«, protestierte sie, als hätte er sie kritisiert.

Martin Lindner warf Costa einen Blick zu, als gehörte er inzwischen schon zur Familie.

Er ließ sich die Selbstverständlichkeiten der Lindners gerne gefallen, gestand dieser sich ein. Er hatte zwar eine große ibizenkische Familie, außerdem seine Mutter, seine Kinder und eine Geliebte, aber irgendwie schien deren Leben besser zu funktionieren, wenn er nicht da war. Niemand brauchte ihn, er hatte keine Funktion und manchmal störte er sogar. Aber hier war er willkommen, und es tat ihm gut, willkommen zu sein.

»Meine Frau macht sich immer viel zu viele Sorgen. Das ist Norma dann 'n bisschen auf den Geist gegangen, und deswegen hat sie am Telefon nicht mehr viel erzählt. Sie hat dann bei ihren Anrufen nur noch gesagt, es geht ihr gut, sie schafft das schon alles ganz alleine, macht euch keine Sorgen, ich bin glücklich.« Petra Lindner blickte ihren Mann ärgerlich an, denn im Moment machte sie sich ja alle Sorgen zu Recht.

»Inzwischen wär's dir lieber, sie hätte dir ein bisschen genauer erzählt, was sie immer so macht und wo sie steckt und wo sie wohnt und mit wem. Stimmt's?«

Mit einem Auge Annalena im Blick sagte Costa: »Sie müssen sich damit abfinden, dass Ihre Tochter Norma volljährig ist und machen kann, was sie will.« Annalena war nun doch aus dem Wasser gestiegen und zog sich gerade an.

»Was meinen Sie damit?«, fragte Petra Lindner verblüfft. Sie fühlte sich nun offenbar auch von Costa angegriffen.

Er machte Annalena, die sich mittlerweile wieder getrocknet und angezogen hatte, ein Zeichen, dass sie abmarschieren würden und sagte: »Wenn Norma hier ist, dann verbringt sie ihren Urlaub mit jemandem, ohne das mit Ihnen diskutieren zu wollen. Vielleicht ist es Kailey Sheen, vielleicht auch jemand anderes.«

Beide drangen nun auf ihn ein, wenigstens das doch herauszufinden. Es könne doch für die Polizei nicht so schwierig sein, bei einem Bewohner der Insel nachzufragen, ob er Norma als Gast da habe oder nicht.

Costa atmete gleichmäßig und tief, um seine Geduld nicht zu verlieren. »Vielleicht ist Ihnen das nicht so bewusst, aber ich bin Leiter einer Mordkommission und nicht das Kindermädchen Ihrer Tochter.«

Er hatte geglaubt, diese Unfreundlichkeit würde das Gespräch beenden, aber das Gegenteil war der Fall. Beide nickten ihm zustimmend zu und sagten fast wie aus einem Mund, das sei richtig, deswegen sprächen sie ja mit ihm.

Er verstand das nicht. »Was meinen Sie damit?«

»Man hat ihr etwas angetan«, sagte die Mutter.

Costa war nicht gewillt, sich auf weitere Spielchen einzulassen. »Sie meinen, Kailey Sheen könnte Ihre Tochter ermordet haben?«

Er fasste es nicht, aber beide nickten.

»Haben Sie sich das ausgedacht, als ich weg war?«, fragte er und runzelte die Stirn.

Sie gaben zu, sie hätten in seiner Abwesenheit noch einmal mit Karin telefoniert, und sie habe ihnen erklärt, dass er nur etwas für sie tun könnte, wenn sie eine Anzeige wegen Mordes erstatteten. Frau

Lindner holte einen zusammengefalteten Zettel aus ihrer Badetasche und legte ihn auf den Tisch. *Mordanzeige*, stand in kindlicher Handschrift über den drei Zeilen, in denen Kailey Sheen, wohnhaft auf Ibiza, des Mordes an Norma Lindner, geboren, wohnhaft etc. etc. beschuldigt wurde.

Mittlerweile stand Annalena neben ihm und wollte ein Eis. Er sah die Lindners an. Beide hatten das gleiche Lächeln und hinter diesem Lächeln konnte er die Verzweiflung sehen.

Er steckte den Zettel ein, nickte den Lindners zu, nahm seine Tochter an die Hand und ging.

Auf der Fahrt nach Hause fragte er sie, ob es ihr gefallen habe.

»Es war ganz toll. Es hat richtig Spaß gemacht. Nur das Mädchen hat nicht mitgespielt. Sie ist traurig. Weil ihre Schwester weg ist. Norma«, sagte sie. Übergangslos zählte sie all die schönen Dinge auf, die sie gerade erlebt hatte, und dabei lernte er, dass Spiegeleier ihr Lieblingsfrühstück waren und dass sie nun schwimmen könne und gleich ihre Mutter anrufen wolle, um ihr das zu erzählen, damit sie es in ihren Kalender eintrüge. Dann erzählte sie ihm wieder von Shakira, sang etwas und wollte wissen, ob es nicht irgendwo eine Karaoke-Veranstaltung für Kinder gäbe.

Diese Möglichkeit empfand er eher wie eine Drohung, und daher überredete er sie, mit ihm aufs Meer hinauszufahren, wo es in der Hitze kühler und angenehmer war. Dann zog er sein Handy aus der Tasche und rief in der Kneipe an, in der Pep seine Stunden an Land zu verbringen pflegte.

Auf der Fahrt erzählte Annalena ununterbrochen von Norma Jean. Sie zeichnete sie als einen überirdischen Engel. So stand sie, umgeben von all denen, die sie liebten und verehrten, auf einem Sockel, strahlend und leuchtend, damit alle sie sehen konnten, wenn auch niemand imstande war, sie zu berühren. In ewiger Schönheit würde sie so verharren.

»Aber alle Leute werden alt und sterben mal«, wandte er ein.

»Sie nicht.« Annalena saß zurückgelehnt und blickte in kindlicher Gewissheit geradeaus, so als sähe sie Norma Jean auf der Kühlerhaube. Langsam wurde ihm klar, dass sie die Figur aus dem Lied meinte und nicht die Tochter der Lindners und wenn er es recht bedachte, begann es ihn als Vater zu stören, dass seine Tochter, für die er nur das Beste wollte, so großes Interesse an diesen eitlen und abgenutzten Medienbildern hatte. Je mehr er darüber nachdachte, desto verdrossener wurde er. Aber schließlich drehte er die Sache um und stellte sich vor, welche Überraschung es für Annalena wäre, wenn sie plötzlich der Diva of Pop gegenüberstünde. Ein echtes Ferienerlebnis. So was wie für ihn früher ein Besuch im Zoo.

Sie standen im Stau auf der Umgehungsstraße. Alle Scheiben waren heruntergelassen, aber es kamen nur Abgase herein. Sie mussten trotz der Hitze die Fenster wieder hochkurbeln, obwohl er keine Klimaanlage hatte. Er nutzte die Gelegenheit, um einen englischen Bekannten anzurufen, einen Kollegen bei Scotland Yard, einen ganz normalen Typ, der ihm sicher einiges über Kailey Sheen erzählen konnte, denn er wollte die Bootsfahrt gleich mit einem Ausflug nach Tagomago verbinden. Vielleicht würden sie Kailey Sheen antreffen. Costa interessierte es, was ein englischer Normalo über die Musikerin dachte. Vielleicht hatte der ja diese EuroShow auch mal gesehen.

Er hatte richtig vermutet und war erstaunt, wie gut informiert er war. Für ihn war Sheen die Größte, die Klügste, die Beste. Er schwärmte von ihrem trockenen Mutterwitz in den Shows. Er mochte die grauen Augen der Sängerin, die Art, wie sie ihre Hände bewegte und die Beine übereinanderschlug. Sogar die Stiefel, handgemacht von irgendeinem berühmten Londoner Schuhmacher. »Eigentlich ist sie der coole, witzige Countrysänger-Typ«, war seine Meinung.

Annalena zeigte auf jede Reklametafel längs der Straße, die für die verschiedenen Partys oder für die einzelnen DJs Reklame machten. Ein riesiges Bild zeigte einen halb Verrückten mit roter Sonnenbrille und Feuer speiendem aufgerissenem Maul, dem Tausende folgten. Plötzlich wusste Costa, was ihn so aufbrachte: Diese Norma, aber auch seine Tochter waren nicht von einem Märchen oder einem besonderen Erlebnis begeistert, sondern sie waren das Opfer einer Medienkampagne, der die Kids wie dem Rattenfänger von Hameln folgten. Er selbst hatte sich der platten Bauernfängerei immer widersetzt und schon als Junge nie Produkte gekauft, die stark beworben wurden, und nun war es dieser schäbigen Werbung gelungen, in seine Familie einzudringen, sogar bis in den Kopf seiner Tochter.

»Halt mal an!«, schrie sie. »Ich will den mal sehen! Den mit der roten Brille.«

»Ich kann hier nicht anhalten.«

»Wer war das?«, rief sie.

Er kannte die Reklameaufschriften auf den Tafeln schon längst alle auswendig. »Das war Beach Bum, ein Diskjockey.«

»Den find ich toll.« Sie lehnte sich befriedigt zurück.

»Du gehst doch auf eine englische Schule, da weißt du doch, was bum heißt.«

»Das weiß ich.«

»Und?«

»Das heißt Penner.«

»Na siehst du. Dafür halte ich nicht an. Viel besser ist, wenn ich dir erzähle, wer der alte Pep ist, zu dem wir jetzt fahren.«

»Warum?«

»Damit du weißt, wer er ist.«

Sie sah nicht aus, als wollte sie ihm zuhören, und daher zog er die Karte mit Kailey Sheen. »Wenn du mir heute Abend alles wiederholen kannst, was ich dir erzähle, zeig ich dir das Haus von Kailey Sheen.«

Sie brauchte fünf Minuten, bis sie sich wieder beruhigt hatte, und sie wollte sich unbedingt schon vorher alles vorstellen. Nach all dem Theater konnte er endlich seine Geschichte von Pep loswerden. Er begann damit, dass Pep der Sohn des Bruders seines Großvaters war. Schon da unterbrach sie ihn und wollte wissen, ob er Kinder habe. Er hatte keine, und schon unterbrach sie ihn wieder, sie finde ihn dumm, weil er nicht das Wichtigste im Leben besaß. Für sie waren Familie und Kinder das Wichtigste im Leben.

Er erklärte ihr, dass Pep keine Kinder hatte, weil er auch keine Frau hatte. Er war ein Einzelgänger, der beste Pescador im Dorf, der beste Fischer, der alle Geheimnisse des Meeres kannte.

»Aber nicht die Geheimnisse der Frauen«, muckte sie auf.

»Richtig.«

»Er ist auch nicht Kailey Sheen.« Sie griente ihn schelmisch an.

»Auch richtig.«

»Und warum ist er ein guter Fischer?«

»Er ist ein Weiser des Meeres. Wenn er mit seinem Boot nicht rausfährt, sondern in seiner Kneipe sitzt, das ist die Bar Cosmi, sitzen alle anderen Fischer auch da und spielen Domino. Wenn Pep nämlich weiß, es lohnt sich nicht, werden alle anderen auch keine Fische fangen.«

»Woher weiß er das?«

»Er geht an den Strand, sieht den Himmel an, schaut das Meer an, schnuppert die Luft, und dann weiß er, ob es sich lohnen wird, rauszufahren.«

»Die anderen können doch trotzdem rausfahren. Sie müssen doch nicht tun, was er sagt.«

»Die Fischer hier haben es im Gegensatz zu allen Fischern sonst auf der Welt nicht nötig, ein Risiko einzugehen. Obgleich sie keine vereisten Takelagen, plötzliche Stürme oder schwere See befürchten müssen, bleiben sie an Land, wenn sich das Meer auch nur ein wenig kräuselt oder Pep nicht rausfahren will. Dann sitzen sie lieber in der Bar Cosmi, trinken und spielen Karten. Es hat immer für alle gereicht, wenn sie nur an schönen Tagen arbeiten. Und was reicht, hat hier immer Gelassenheit und Armut bestimmt. Für beides war die Insel bis vor kurzem eine Heimat. Bis die Touristen kamen. Pep zum Beispiel lebt immer noch in einem Verschlag von drei mal vier Metern am Puig d'en Missa, den er sich mit seinem Schäferhund teilt. Was immer sich hier ändert, es lässt Pep ganz unbeeindruckt. Er ist wie das Meer, das ändert sich auch nicht. Es war ja schon die gleiche See, auf der die Römer nach neuen Provinzen Ausschau hielten, auf der Hannibals Schiffe nach Europa übersetzten und auf der die Phönizier ihre schnellen Boote aus leichtem Holz testeten.«

Mit großer Hingabe beschrieb er seiner Tochter dann die ältesten Freunde Peps, nämlich die Fische, damit sie eine Vorstellung von der Vielfalt der göttlichen Schöpfung bekäme, die seiner Meinung nach nicht nur aus Fernsehdokumentationen bestand. Er beschrieb den Drachenkopf, Roxa, der immer noch in der gleichen Höhle wie zur Zeit der Saurier sitzt, erzählte von Lubina-Schwärmen, torpedogleich und wie aus Stahl gegossen, von riesigen Meros mit weit aufgerissenen, gut bestückten Mäulern, Thunfischen, geschaffen für Hochgeschwindigkeit und schnellen Kampf, grazilen Langusten und Schwärmen von winzigen Babosas, die wie rote Zeigefinger das Licht der Sonne reflektierten. Das war die Welt Peps, das waren seine Freunde, die er zugleich in Netzen fing und tötete. Manche sagten, das sei die wirkliche, die zeitlose Welt. Er erzählte ihr, dass er als Junge ein paar Mal mit Pep hinausgefahren war, und sie wie die anderen Fischer auf Tagomago übernachtet hatten, damit sie rechtzeitig um sechs Uhr morgens die Netze einholten. Alles, was sie gefangen hatten, war auf den Markt gewandert oder direkt in die Küchen spezieller Restaurants, die den Fischern gute Preise für seltene Beute zahlten: Cigala Ibicenca, eine fühlerlose Languste, prall gefüllt mit Fleisch, Almejas de Caril, Venusmuscheln von der Größe einer Kinderhand, und Raons, felchenartige Fische, deren Paarungsweg sie nur einmal im Jahr an Formentera und Ibiza vorbei führte. Um Mindestfanggrößen machte man sich keine Sorgen, denn zentimetergroße Roxas oder Besugos waren auch als »Pescadita« eine gute Einlage in Suppen und Eintöpfen.

Sie hatte zugehört, das hatte er erreicht. Aber nach einer Weile protestierte sie dagegen, dass all die Tiere tot gemacht würden. Damit hatte sie eine Schwachstelle bei ihm getroffen, denn auch ihm hatte das Massensterben nie gefallen. Deswegen hatte er lieber nachts mit seinen Freunden gefischt. Natürlich wurde auch da getötet, aber er konnte der Versuchung nicht widerstehen, seiner Tochter von einem Leben zu erzählen, das nicht nur am Telefon, vor dem Fernseher oder unter Kopfhörern stattfand. So beschrieb er ihr mit einem grimmigen Unterton und etwas aufgesetzter Fröhlichkeit, wie sie in mondlosen Nächten mit Taschenlampe und Harpune bewaffnet ins Wasser gegangen waren, um als Jäger die Beute für den nächsten Tag zu besorgen. Natürlich waren schlafende Fische leicht zu fangen, weswegen diese Art des Fischens auch verboten war, aber davon sagte er nichts. Stattdessen beschrieb er den großen Mut, den es brauchte, um in zwei oder drei Metern Tiefe in die Höhlen zu leuchten und sich von meterlangen Muränen erschrecken zu lassen, um anschließend den anderen triumphierend einen Sargo oder eine Corva vor die Nase zu halten.

Er fuhr in Santa Eulalia nicht durch den Ort, denn er hatte vorher Pep in der Bar Cosmi erreicht. Wie schon vor dreißig Jahren saß Pep tags und abends auf seinem angestammten Platz, und wenn Costa gelegentlich vorbeikam, blinzelte er ihn mit halb zugekniffenen Augen an. »*Sienta te*, Toni«, sagte er dann, »trink einen mit mir.« Wie alle, die nichts anderes hatten als das Fischen, war er arm, aber es reichte immer für ein Glas Suissé und ein Stück Sobresada oder eine Flasche Wein und Chuletas de Cordero. Der Rest wurde ins Boot gesteckt, Benzin, die neue Takelage, Netze, Firniss. Er war gleich ans Telefon gekommen und bereit gewesen, mit Toni eine Spazierfahrt auf dem Meer zu machen, denn gefischt hatte er schon heute Morgen.

Costa parkte den Wagen auf der Zufahrtsstraße zu der kleinen Bucht und nahm Annalena bei der Hand. Als sie zum Strand kamen, sah er Pep sein Boot seefertig machen. Es war eine sieben Meter lange Llaut, typisch für die Fischer der Balearen. Das Dreieckssegel und der hoch gezogene Bug verrieten den arabischen Ursprung, Abmessungen und Gewicht standen in idealem Verhältnis für den Wellengang vor den Inseln. Er winkte Pep zu, und der winkte zurück.

Er bastelte an der Leerlaufsschraube des Hilfsmotors herum. »Hat keinen Zweck, heute zu kreuzen. Alte See, kein Wind«, brummte er. Er richtete sich auf, strahlte Annalena mit seinem wettergegerbten Gesicht an, schelmisch, denn er sprach ibizenkisch zu ihr. »Na, kleines Fräulein, möchtest du eine Seereise machen?«

Sie betrachtete ihn neugierig und konzentriert.

»Ist deine Tochter und versteht uns nicht.« Er beugte sich herunter, drückte auf den Starter, der Motor sprang an, Costa und Annalena kletterten an Bord, und schon tuckerte das Boot aus der Bucht, begleitet von einer dichten schwarzen Rußwolke.

Der Geruch alten Dieselöls, die Schreie der Möwen, die Hitze, das gleißende Meer, der freundliche Gleichmut seines Onkels – all das versetzte ihn zurück in seine Kindheit. Er wusste plötzlich, in welcher Schublade die Schachtel mit den Fußballsammelbildern gelegen, wo er immer sein Messer versteckt und wo er seine Lieblings-Comics geholt hatte. Genau wie früher saß Pep am Heck, den Arm auf die Ruderpinne aus Olivenholz gelegt, die Ducados im Mundwinkel. Er schien stets einen Punkt knapp über der Mastspitze zu fixieren, auch wenn er manövrieren musste. »Welchen Kurs nehmen wir?«, fragte er.

»Tagomago.«

Annalena hatte sich mit dem Oberkörper über die Bordwand gehängt und ließ eine Hand durch das Wasser ziehen. Ibiza lag im Dunst eines heißen Tages, nur die Küstenlinie war noch klar erkennbar. Dahinter verloren sich die Hügelketten in immer heller werdenden Grautönen und gingen schließlich in die Farbe des milchigen Himmels über.

Sie passierten Punta Arabi, und Pep steuerte das Boot wieder ein wenig auf die Küste zu. Die roten Steilwände des Ufers waren von Wind und Wellen über Tausende von Jahren in Schichten geschnitten worden, eine rote Buttercremetorte mit einem Topping von zerzausten grünen Sträuchern. Gefährliche Überhänge wechselten sich ab mit tief in den Fels gewaschenen Höhlen. Davor türmten sich abgebrochene Felsbrocken auf, manche größer als ein Haus. Costa musste an das Ereignis denken, das ihm seine Großtante Turia als Kind erzählt hatte. Er wollte wissen, warum man jedes Jahr ein großes Fest in Santa Eulalia feiert und erfuhr, dass man ein Wunder feierte. Die allererste Kapelle von Santa Eulalia war nämlich auf einem unterspülten Überhang erbaut worden und eines Tages, während eines gut besuchten Gottesdienstes, stürzte das kleine Gotteshaus mit allen Gläubigen ins Meer. Doch wurde niemand getötet. Dieses Wunder feierten die Dorfbewohner bis heute mit Prozessionen, Gottesdienst und einer Menge Wein.

Die Llaut passierte die Bucht von Es Canar, und Costas Gedanken fanden angesichts der Sünden des Massentourismus in die Gegenwart zurück. Ein Plattenbau drängte sich an den nächsten, nur unterbrochen von Wasserrutschbahnen, Imbissbuden, Ramschläden und billigen Pubs. All das hatte noch etwas Kleines, Harmloses, verglichen mit den großen Touristikbunkern in Mallorca und auf dem spanischen Festland. Er nannte es Krebsgeschwüre. Wer dem entgehen wollte, musste sich wie Kailey Sheen eine eigene kleine Insel kaufen, auf der nichts ohne ihre Zustimmung verändert werden durfte. Pep hatte ihm erzählt, dass es auf Tagomago zwar Wasser gab, aber keinen Stromanschluss. Costa fragte, ob er die jetzige Besitzerin der Insel schon einmal gesehen hatte, und Pep schüttelte den Kopf. Nur manchmal komme der Helikopter oder irgendjemand rase in einem der Rennboote aus der unterirdischen Höhle, in der die Anlegestelle war. Von da aus sollte es einen Fahrstuhlschacht bis hinauf in die Villa geben. Costa murmelte, wie wahnsinnig die Leute mit ihrer Bauerei seien, und Pep erzählte, wie sich diese Amerikanerin mit den spektakulären Sprengungen und Ausbauten den Zorn der Naturschützer zugezogen hatte, die um den Bestand der letzten Kolonie einer seltenen Lachmöwenart und der blauen Eidechsen bangten. Letztendlich aber hatten alle Klagen vor Gericht nur zu einer kleinen Geldstrafe geführt, denn Mrs. Sheen war inzwischen eine der großen Steuerzahler auf der Insel. Sie besaß außer der 1.200 Quadratmeter großen Villa mehrere Geschäftshäuser in Ibiza-Stadt, war Eigentümerin verschiedener Gesellschaften, deren Zweck nichts mit Musikproduktion zu tun hatte, und wickelte sämtliche Auslandsgeschäfte über die Bank von Carlos Matares ab. Außerdem munkelte man, dass sie mit Matares und El Cubano zusammen die Hauptanteile an der Diskothek »Space« in Playa d'en Bossa hielt.

Das wies die Frau, deren Land Costa in einigen Minuten ohne Erlaubnis und Gerichtsbeschluss betreten wollte, als eine ernst zu nehmende Gegnerin aus.

Im schwarzen Wasser zeigten sich immer häufiger türkisgrüne Flecken, Sandinseln in den unterseeischen Wäldern. Das Ufer von Kailey Sheens kleiner Insel war nur noch dreihundert Meter entfernt, und Costa erkannte den Chiringito, die Strandbude, die Toni Salvadó vor vielen Jahren gebaut hatte. Heute stand sie leer, weil er sie zumachen musste, als Sheen zu bauen begann. Auch die Schutzhütten für die Fischer, die hier oft in einem Sturm Zuflucht gesucht hatten, waren abgerissen worden.

Pep manövrierte die Llaut geschickt an die Terrasse der ehemaligen Strandbude. Als Costa den Fuß an Land setzte, sah er, dass das kleine Häuschen des früheren Verwalters durch einen einstöckigen Bau ersetzt worden war, in dem Kailey Sheens Leibgarde hauste.

Er hatte Annalena kaum an Land gehoben, da waren sie auch schon da. Es waren zwei Spanier vom Festland, die vermutlich bei einem der Wachdienste auf der Insel angestellt waren. Sie machten Anstalten, ihn hart anzufassen, aber sein Ausweis von der Guardia Civil stoppte sie. Aus Francos Zeiten hatte die Guardia immer noch den Ruf einer rücksichtslosen Sonderpolizei. Etwas ratlos standen sie vor ihm.

»Bringen Sie mich zu Kailey Sheen.«

»Worum geht's?«, fragte der eine mit einem Blick auf Annalena, während der andere davonging, um Bericht zu erstatten.

»Ich bin von der Mordkommission in Sa Coma.«

»Die Kleine auch?«

»Das ist meine Tochter. Die besucht mich ein paar Tage.«

Das schien ihn friedlich zu stimmen. Er zwinkerte ihr zu und sagte, er habe auch eine Tochter. Dann machte er ihnen ein Zeichen, und sie folgten ihm über ein paar breite Marmorstufen in eine überdachte, halb offene Halle, wo ein anderer die Führung übernahm. Der Neue war etwa vierunddreißig Jahre alt, hatte langes, dunkles, zu einem Pferdeschwanz zusammengehaltenes Haar, trug trotz der Hitze einen Trenchcoat, unter dem er nichts weiter anzuhaben schien, und war barfuß.

»Das ist aber nicht Kailey Sheen«, flüsterte Annalena ihm zu, während sie dem Typ hinterhermarschierten.

Costa nickte lächelnd und gab ihr ein Zeichen, zu schweigen.

»Verstehe«, raunte sie wissend.

In einem überdimensionalen Wohnzimmer ließ der Typ im Trenchcoat sie ohne eine Erklärung alleine. Er verschwand einfach durch eine der vier Türen.

Ein paar Minuten standen sie in der Mitte des Raumes, lauschten dem Klavierspiel, das aus einem Nachbarzimmer drang, und schauten sich in dem großen runden Saal um. Er war gänzlich verglast, um den

Blick auf das Meer freizugeben. Annalena zupfte an seinem Hemd und deutete auf eine Tür, in der eine Frau stand. Sie war zierlich, hatte auffallend große, dunkle Augen, lockiges, kurz geschnittenes, schwarzes Haar und sehr weiße Haut. »Señora Sheen erscheint sofort«, sagte sie.

Sie schien so etwas wie Sheens Privatsekretärin zu sein. Vermutlich würde sie wissen, ob hier eine siebzehnjährige Deutsche zu Gast war, obwohl sie als gute Sekretärin sicher nichts verraten würde. Costa versuchte, sie in ein Gespräch zu verwickeln. »Was ist das für ein Flügel?«, und deutete auf ein Instrument in nachtblauer Farbe. Es war mit Perlmuttsternen verziert und im Stil der zwanziger Jahre gebaut. Auf dem Notenpult prangte die New Yorker Skyline.

»Der Flügel wurde von Frank Pollaro aus Anlass des hundertsten Geburtstags von George Gershwin kreiert«, antwortete sie in einwandfreiem Oxford-Englisch und war damit auch schon verschwunden.

Sheen hatte sich offenbar in Gestalt dieser Dame die Bildung zugelegt, die selbst zu erwerben sie keine Zeit oder keine Lust gehabt hatte.

Costa nickte lächelnd zum Dank für die Erklärung in Richtung Tür und hatte die Vision, dass, wo immer sie erschiene, zwei Pfauen sie begleiten würden. Was für nette Unterhaltungen würde Sheen mit ihr haben, dachte er amüsiert, konnte das aber nicht weiter ausspinnen, weil Annalena wieder an seinem Ärmel zupfte und flüsternd wissen wollte, ob Kailey Sheen nun endlich käme.

Sie kam aber nicht, sondern die Sekretärin erschien wieder und bat sie herein. Sie hielt ihnen die Tür zu einem großen Wohnzimmer auf, das wie ein Museum eingerichtet war.

Die Sängerin saß an einem goldenen Tisch, auf dem Mokka serviert war. Sie hatte eine Illustrierte in der Hand und trug einen seidenen Morgenmantel mit einer großen goldenen Kordel. Er hatte sie sich groß und kräftig vorgestellt und war erstaunt, wie klein und zierlich sie hinter dem mächtigen Tisch wirkte. Als erstes fielen ihm ihre kunstvoll geschwungenen, sehr dunklen Augenbrauen auf, die im Gegensatz zu dem kurzen blonden Haar standen, das sie regelmäßig mit beiden Händen aufstrubbelte. Die Ringe trug sie an den Zeigefingern und an den Ohren lange Gehänge, die mitschwangen, wenn sie den Kopf bewegte, was sie oft und temperamentvoll tat. Im Übrigen hatte ihr Gesicht eher den Ausdruck eines Straßenmädchens, die obere Zahnreihe etwas vorgewölbt, was sie kess erscheinen ließ. Als sie lächelte, sah Costa, dass ihre Zähne echt waren. Wer Erfolg hat, muss seine Gefühle steuern können, dachte Costa, als er von ihren kalt blickenden grauen Augen taxiert wurde. Sie machte ihren beiden Gästen ein Zeichen, Platz zu nehmen. Dann hob sie die Kanne und deutete mit dem Schnabel fragend auf eine zweite Tasse. Costa nickte, und sie goss ein. Anschließend betrachtete sie Annalena lächelnd, als erwarte sie eine Bitte um ein Autogramm.

»Möchtest du ein Autogramm von mir oder Eiscreme?«, fragte sie, und Costa amüsierte sich über die Bestätigung.

»Eis«, grinste Annalena, deren Englisch schon recht gut war. »Aber kein Mokka-Eis.«

»Mit Sahne?«

Sie schüttelte den Kopf.

Kailey Sheen nahm eines von drei Handys. »Bitte Eis für das Mädchen. Ohne Sahne.«

Annalena schaute sich derweil ungeniert um. »Das Haus ist aber groß.«

»Ein geiler Platz, nicht wahr? Als ich das erste Mal hier stand, hatte ich das Gefühl, dass meine ganze Vergangenheit sich in Energie verwandelt, die mich trägt. Ich hatte das Gefühl zu fliegen.«

Plötzlich hatte Costa keinen Zweifel daran, dass Norma hier war. Er wusste nicht, warum und suchte nach einer Erklärung, fand aber nichts.

»Man kann nicht fliegen«, sagte Annalena frech. »Man kann froh sein, wenn man mit beiden Beinen auf der Erde bleibt.«

Kailey Sheen lachte und schlug die Illustrierte auf, die noch vor ihr lag. »Ich steh auf Quiz. Jede Ratesendung, die ich auf TV gesehen habe, hätte ich gewonnen.« Sie hielt die Illustrierte hoch. »Wie wär's mit einem Rätsel? Multiple-choice-Raten müsste deinem Vater doch von Berufs wegen liegen.« Sie lächelte vor sich hin und überflog eine Doppelseite, die sie aufgeschlagen hatte. »Welches war das wichtigste Verfassungsgesetz des Heiligen Römischen Reiches im Jahre 1356? – a) die Goldene Bulle, b) die Magna Charta oder c) das Goldene Vlies?« Grinsend sah sie ihre beiden Besucher auf dem goldenen Rokoko-Sofa an, das sie ihnen zugewiesen hatte. An jeder Seite stand ein Beistelltisch, wo die Sekretärin gerade Annalenas Eis abstellte. Er legte seinen Arm um Annalena und flüsterte ihr etwas zu.

»Magna Charta«, sagte Annalena strahlend und in vollem Vertrauen auf ihren Vater.

Costa war entschieden, diese egozentrischen Spielereien Sheens mitzumachen, denn er hatte keine Handhabe gegen sie, und sie konnte ihn jeden Moment zurück aufs Boot schicken.

Magna Charta war anscheinend richtig, denn Sheen zog erstaunt die Augenbrauen hoch und rief laut: »Fünfhundert Euro.« Offenbar glaubte sie, einen dummen Bullen vor sich zu haben. »Ich sehe, die Polizei ist auch in Wissensfragen geübt.« Etwas weniger gut gelaunt blickte sie wieder in ihre Illustrierte. Es dauerte einen Moment, dann fragte sie: »Welches Land begeht am 14. Juli seinen Nationalfeiertag – a) Spanien, b) Norwegen, c) Frankreich?«

Costa beugte sich wieder zu Annalena, um sich mit ihr tuschelnd zu beraten und flüsterte ihr dabei zu, dass er sie bei den nächsten Fragen heimlich antippen würde, welches die richtige Antwort wäre.

»Frankreich«, sagte Annalena mit einem triumphierenden Grinsen.

»Richtig! Ihr seid gut. Ein echtes Gewinnerteam. Mal sehen, ob ihr die nächste Schwierigkeit auch bezwingt. Wie heißt die weltberühmte Gemäldesammlung in St. Petersburg – a) Prado, b) Eremitage oder c) Uffizien?«

Uffizien war in Florenz, Prado war in Madrid, also Eremitage. Er tippte Annalena zwei Mal an.

»Eremitage«, sagte sie fröhlich. Es war klar, es war *das* Erlebnis ihrer Ferien. Durch nichts würde die Stunde zu überbieten sein. Sie in Kailey Sheens Villa mit ihr beim Rätselraten! Wahrscheinlich würde sie sich hinterher ärgern, dass sie keinen Fotoapparat dabeihatte, um ihren Klassenkameraden auch alles zu beweisen.

Sheens Gesicht hatte etwas Verlebtes. Costa sah zum ersten Mal, dass unter dem Sonnenbraun ein grauer Ton lag. Sie sah aus wie ein alt gewordenes Kind.

»Commissario, welcher Fall Sie auch immer beschäftigt, Sie werden ihn lösen. Noch eine für Sie leichte Frage: Was sind Wörter wie *du* oder *ich* – a) Prädikat, b) Pronomen oder c) Partizip?«

Annalena wusste aus einem Telefonat mit ihrem Vater kürzlich, was ein Prädikat und was ein Partizip ist und trompetete, ohne dass Costa sie angestoßen hätte: »Pronomen!«

Sheen fragte gleich weiter. »Als was bezeichnen die Mediziner einen Gedächtnisverlust – a) Amnesie, b) Anamnese oder c) Anämie?«

Diesmal musste Costa einen Moment nachdenken, ehe er Annalena das Signal geben konnte.

»Annesie!«, rief sie siegessicher.

Sheen tat, als wäre sie schwer betroffen. »Das heißt nicht Annesie, das heißt Amnesie. Aber wenn du so schlau bist, können wir ja mal etwas schwieriger werden. Welche Religionsgemeinschaft gründete im 17. Jahrhundert George Fox – a) die Baptisten, b) die Mormonen oder c) die Quäker?«

»Die Baptisten.«

»Wow! Warum sitzt ihr hier rum?« Sie mimte größte Bewunderung, und Annalena glühte vor Enthusiasmus. »Warum nehmt ihr nicht am Millionenspiel teil?« Sie schnitt Annalena eine Grimasse. »Welcher Sturm ist kein Wirbelsturm – a) Blizzard, b) Tornado oder c) Taifun?«

Auf einer Insel geboren, kannte Costa sich mit Stürmen aus.

»Taifun«, sagte Annalena, und Costa fiel ein, dass Sheen wahrscheinlich darauf wartete, ihre Gäste würden wie die Kandidaten in ihrer Londoner Show versagen und sie würde sie dann fertigmachen. Costa wusste von Karin, dass die meisten von Sheens zynischen Bemerkungen im Fernsehen von Gag-Schreibern vorfabriziert waren und sie sie immer einüben musste, damit sie wie aus der Pistole geschossen kamen. Sollte das jetzt eine Übungsstunde für sie werden? Falsche Antwort und dann: Du bist so dumm, dass du nicht mal deinen eigenen Namen weißt.

»Welcher Filmstar bekam im letzten Jahr einen Oscar für sein Lebenswerk – a) Faye Dannaway, b) Elizabeth Taylor oder c) Kirk Douglas?«

»Elizabeth Taylor!«, jubelte Annalena.

Sheen musterte sie scharf. Sie konnte keinen Kontakt zwischen Costa und ihr sehen und fragte sich vermutlich, ob die Antworten tatsächlich von ihr kamen und sie eines von diesen Wunderkindern vor sich hatte. Ohne sie aus den Augen zu lassen, fuhr sie fort: »Welche Katzenart kann schnurren – a) Gepard, b) Luchs oder c) Leopard?«

Das wusste Costa nicht, aber er hatte jetzt genug von dem Spiel. »Wir suchen die Norma Jean, die in Ihrer Show war.«

Sheen schaute Costa ärgerlich an.

»Ihre Eltern suchen sie. Norma hat ihnen gesagt, dass sie hier bei Ihnen Aufnahmen machte.« Plötzlich wusste Costa, was ihn so sicher machte, dass Norma hier war: Über die Lehne eines Stuhls auf der anderen Seite des Raumes hing eine Trachtenjeansjacke, wie er sie an Petra Lindner gesehen hatte. Es war ein Kleidungsstück, das er sich an Kailey Sheen nicht vorstellen konnte.

»Ja, mein Gott, sie war in der Auswahl und ist auf Platz neun gescheitert. Die Show lief ja weiter, und ich hatte keine Zeit, mich um sie zu kümmern. Ich war bis zum 15. Juni in der Jury und konnte da nicht weg. Tat mir natürlich leid. Sie hatte große Hoffnung in alles gesetzt.«

»Wo ist sie dann geblieben?«

»Keine Ahnung. Ich hab nichts mehr von ihr gehört.«

»Die Eltern meinen, Sie sind mit ihr zusammen hierhergeflogen.«

»Quatsch. Ich bin alleine gekommen.«

»Sie ist spurlos verschwunden, können Sie sich das erklären?«

Sheen erzählte, wie sie rausgeflogen war, was niemand begriff, und dass sie sie beruflich hatte unterstützen wollen. Sie habe ihr sogar einen Vertrag angeboten, aber sie hätte abgelehnt und seitdem habe sie nichts mehr von ihr gesehen oder gehört.

»Warum hat sie das Angebot abgelehnt?«

»Sie wissen doch, wie emotional diese Teenies sind. Alles Hormone. Heute dies, morgen das.«

»Haben Sie hier ein Studio?«

»Ein Superstudio.«

»Sie sind also tatsächlich alleine gekommen?«

»Warum soll ich lügen? Ich bin eine Frau einfacher Wahrheiten, direkt und offen.«

Costa dachte an die Aussage der Mutter. Warum sollte Norma sagen, sie machte auf Ibiza Aufnahmen, wenn es gar nicht stimmte?

»Darf ich Ihr Studio mal sehen?«

Kailey nickte und führte ihn in den hinteren Teil des Hauses. Annalena war aufgesprungen und folgte ihnen. Sheen öffnete eine große Doppeltür mit vergoldeten Türgriffen, die die Form ihrer Initialen hatten: Ein K verschlungen in einem S. Der Spleen war Costa schon vorher aufgefallen. Überall waren ihre Initialen eingraviert, sogar auf den Champagnergläsern in der Vitrine im Wohnzimmer.

Der Raum mochte fast hundertfünfzig Quadratmeter groß sein. Durch riesige Panoramascheiben sah man aufs offene Meer.

»Das ist alles geostet«, sagte Sheen. »Im Osten geht die Sonne auf. Aber hier ist mein liebster Aufenthalt.«

»Zwei Sonnen, die aufgehen«, sagte Annalena ernst, und Costa hätte fast losgebrüllt vor Lachen.

Das Ganze hatte die kalte aseptische Atmosphäre eines Kreißsaales. Aschenbecher oder Weingläser waren nicht zu sehen, alles war blitzsauber.

Stolz zeigte Sheen auf die mattschwarzen Metalloberflächen der ADDA-Wandler und Kompressoren. »Mein Altar. Mein Heiliger Gral.«

Es war ganz still. Er schaute aufs Meer. Selbst die Wellen schwiegen. Costas Tinnitus war in dieser keimfreien Umgebung überdeutlich zu hören.

»Ungewohnt, wie? Wenn Sie wollen, spiel ich Ihnen das Meer mit ein paar Möwenschreien vor.« Sie sprang auf die Empore, auf der mitten im Raum wie eine Kommandozentrale das Mischpult stand und drehte an einem der schwarzen Knöpfe. Mächtige Wellengeräusche kamen täuschend echt aus den verschiedenen Lautsprechern, und Costa kam es fast so vor, als überrolle ihn eine große Welle von hinten. Er duckte sich sogar, um nicht mitgerissen zu werden.

Annalena stand erschrocken da und Sheen lachte.

»Mein erster Übungsraum war ein kleines feuchtes Loch in einer üblen Gegend. Sogar noch unsere lauteste Musik ging im Straßenlärm und dem Gezeter der Besoffenen unter. Ein alter Luftschutzkeller, der nur über eine Falltür mit verrosteter Ausziehleiter zu betreten war.«

Sie verzog die Mundwinkel. »Was für ein akrobatischer Abstieg mit unseren Instrumenten und Verstärkern, die jedes Mal mitgeschleppt werden mussten: vom Studio zum Auftritt, vom Auftritt zum Studio. Gänge mit Ratten im Halbdunkel, der Geruch von Moder und Pennerpisse, und am Ende des Tunnels ein Licht – meine Zukunft. Eine Zukunft, erwachsen aus schalldämpfenden Eierkartons, Postern, stöhnenden Kaffeemaschinen, Verstärkertürmen, Effektgeräten, Kabeltrommeln, leeren Bierkisten und vollen Aschenbechern. Wir hatten gerade was zu fressen, und heute könnte ich mir das Mittelmeer als Privatpool kacheln lassen.«

Und heute raucht sie nicht mehr, dachte Costa.

Sheen schaltete das Licht an. Costa schloss geblendet die Augen. Ein ausgeklügeltes Beleuchtungssystem erhellte das Studio. Dutzende von Gold- und Platinplatten an den Wänden reflektierten Glanz und Glamour von Sheens Karriere. Hinten rechts standen eine Schlagzeug- und eine Gesangskabine. In der Ecke gegenüber eine von Alessi ausgestattete Kaffeeküche und ein überdimensionales Ledersofa.

»Wann sind Sie nach Ibiza gekommen?«

»Am 5. Juli um 15:00 Uhr.«

»Aus London?«

»Yes, Sir.«

»Und mit welcher Fluggesellschaft?«

»Mit der Iberia.«

»Sie wissen, wir werden das überprüfen.«

»Ich bin aus Mallorca mit der Iberia gekommen, von London nach Mallorca habe ich einen privaten Jet genommen. Unter normalen Passagieren werde ich aufgefressen.«

»Von welcher Firma war der Jet?«

»Private Wings.«

»Wie macht man das?«

»Ich rufe die Agentur an und die arrangiert das für mich.«

»Welche Agentur?«

»Das VIP Department bei Thomas Cook.«

»Entschuldigen Sie, wenn ich das frage, aber hatten Sie auf dem Flug die Trachtenjacke an, die in Ihrem großen Salon über dem Stuhl neben dem Bücherregal hängt? Diese grüne mit dem roten Besatz.«

»Nein, die gehört meiner Sekretärin. Da würde ich gar nicht reinpassen.«

Ihre Reiseangaben werden schon stimmen, dachte Costa, als sie den Ziegenpfad zum Wasser wieder hinunter wanderten. Sie ist nicht der Typ, der in grobe Fallen tappt. Nur die Sache mit der Jacke kam ihm nicht ganz koscher vor. Er hatte das auch nicht erwartet, sondern wollte den Lindners nur einen Gefallen tun. Wenn möglich, ihnen die Tochter auf einen Kaffee vorbeibringen, denn länger wäre sie vermutlich ohnehin nicht geblieben. Das war aber danebengegangen.

Pep war mit seinem Boot in der Nähe, und Costa rief ihm zu, er möge sie abholen. Als er anlegte, half der Bodyguard, der auch eine Tochter hatte, Annalena ins Boot. Sie setzte sich auf die Bank neben

Pep und nahm seine Angel. Gespannt blickte sie aufs Wasser. »Nicht so wackeln!«, rief sie, als Costa einstieg. Sie war schon ganz bei der Sache und wollte die Fische nicht erschrecken. Pep ließ den Motor an, fuhr scharf an einer Felsenkante vorbei.

Auf dem Meer kreiste ein Möwenschwarm. Pep schnippte einen Zigarettenstummel in den Fahrtwind, spuckte über Bord und erzählte, dass die Schleppnetzfischer den Fang heutzutage direkt auf dem Schiff verarbeiteten. Alles, was größer sei als so – er zeigte eine Spanne mit gespreiztem Daumen und Zeigefinger – werde herausgeholt und direkt an Bord tiefgefroren. Dann gehe alles nach Madrid, und einen Tag später könne man es hier auf dem Fischmarkt kaufen.

»Die Zeiten ändern sich«, sagte Costa.

Pep grinste. »Stimmt. Sogar Toni Salvadó hat jetzt ein neues Gebiss.«

Costa zog fragend die Augenbrauen hoch.

»Als deine Engländerin anfing zu bauen, musste Toni sein Bretterrestaurant aufgeben. Die Segler haben da mittags immer frischen Fisch gegessen. Von der Abfindung, die die Engländerin gezahlt hat, hat sich Toni zweiunddreißig neue Zähne gekauft und ein Los am Kanonenplatz. Vaya! Sechshundert Millionen Peseten hat er dann gewonnen. Ich glaube, mehr teuren Whisky als in der Woche nach der Auszahlung haben die Wirte von Eulalia noch nie verkauft.« Er spuckte zur Bestätigung noch einmal in die Wellen und bemerkte lobend, dass Costa eine geduldige Tochter habe.

Costa nickte und freute sich. Er wusste, es war gut, geduldig zu sein.

Bei ihrer Heimkehr war es schon dunkel, Annalena war die ganze Zeit ruhig und friedlich geblieben. Wahrscheinlich war sie von der frischen Seeluft, der vielen Sonne und dem Getobe im Hotelpool ziemlich müde.

Er versuchte noch einmal, Karin telefonisch zu erreichen, vergeblich. Dann putzten sie sich die Zähne und gingen ins Bett. Annalena gähnte: »Wie findest du Kailey Sheen, Papi?«

Er wollte, dass sie einschlief und beschrieb Sheen als eine Zauberin, die Töne in Dollarnoten verwandeln könne. Die Villa auf Tagomago verwandelte er in ein Schloss auf Mittelerde, veränderte die beiden Wächter, die Martin Lindner gleich wieder in sein Boot geschubst hatten, in sehr gefährliche Kreaturen, raubte dem nackten Mann im

Trenchcoat das Geschlecht, erklärte überzeugend, dass der nachtblaue Flügel eigentlich ein Prinz sei und seine Schwester als Sekretärin gefangen gehalten werde.

Sie wollte mehr über die Zauberin hören.

Er übertrieb Sheens Marotten und erfand gleich noch einige hinzu.

»Kailey Sheen ist so?«, fragte sie schläfrig.

»Ja, so ist sie und eine Zauberin.«

»Das ist keine Zauberin. Sie ist in der Fernsehshow, wo sie den EuroStar suchen. Da war auch Norma Jean.«

»Gut, dann erzähl du mir davon.« Dabei würde sie noch schneller einschlafen.

Sie gähnte wieder. »Ich habe dir schon davon erzählt. Simon ist der Sieger, aber tanzen kann Norma Jean am besten.« Nun aber wurde sie unerwartet munter und ihre Augen begannen zu leuchten. Das hatte er nicht gewollt.

»Sie war die Beste. Das war ganz gemein, dass sie rausgeflogen ist.«

»Siehst du diese Sendung immer?«

» Wir sollen englische Sendungen sehen, sagt Mrs McLane. Damit wir Englisch lernen.«

»Dann beschreib mir doch noch mal Norma Jean. Ich habe die nämlich nie gesehen.«

»Die sieht super aus. Aber manche sehen nur im Fernsehen gut aus. Die sieht auch in Wirklichkeit super aus. Die ist genauso. Ich dachte, vielleicht ist die im Fernsehen gar nicht geschminkt.« Dann legte sie sich wieder hin, starrte an die Decke und dachte eine Weile nach. »Als ich dich das letzte Mal besucht habe, da war sie am Airport. Ich habe sie bei den Koffern gesehen. Da bin ich hingegangen und habe sie gefragt, ob sie mir ein Autogramm gibt.« Sie gähnte wieder und drehte sich auf die Seite. »Streichelst du bitte noch meinen Rücken?«

Während er das tat, überlegte er, wann Annalena das letzte Mal hier gewesen war. Das war am 31. Mai, einem Freitag, ein kurzer Besuch übers Wochenende. »Du hast sie da getroffen? Das glaube ich nicht«

»Doch. Bei mir steht kein Wasser am Bett.«

»Hole ich noch. Und da hat sie dir ein Autorgramm gegeben?« Jetzt war er hellwach.

»Ja.« Es kam so leise, als schliefe sie schon fast.

Er schüttelte sie ein wenig sanft. »Hast du das Autogramm noch?«

»Das hab ich in meinem Heft, wo ich die alle einklebe. Ich denke, ich soll schlafen.«

»Und wo ist das Heft?«

»Auf dem Tisch, wo meine Bücher liegen.« Sie gähnte noch einmal und schlief ein.

Costa suchte, bis er das Autogramm gefunden hatte. Er starrte es eine Weile an. *Norma Jean* – es stimmte. *Ibiza, Freitag, den 31. Mai.* Er suchte die Handynummer von Martin Lindner und rief ihn an.

Sie sprachen noch einmal darüber, dass Norma am 31. Mai von London nach Ibiza geflogen war, weil sie mit Kailey Sheen die Musikaufnahmen machen wollte. Costa wollte das zur Bestätigung noch einmal hören. Er hängte ein, ohne etwas von seinem Besuch bei Sheen zu sagen.

Er ging zum Kühlschrank und nahm ein Bier. Es war schon zu spät, aber morgen früh würde er sofort Elena Navarro beauftragen, alles über die Flüge von Kailey Sheen und Norma Lindner am 31. Mai herauszufinden.

Er trank noch ein zweites Bier, dann legte er sich ins Bett und starrte an die Decke.

Norma und Kailey waren am selben Nachmittag aus London gekommen, sie kannten sich aus derselben Show, Kailey hatte mit ihr hier arbeiten wollen, und Norma hatte ihrer Mutter gesagt, am 31. fliege sie mit Kailey Sheen nach Ibiza. Die aber wollte von Normas Verbleib nicht das Geringste wissen.

Warum hatte Kailey Sheen gelogen?

Am Sonntag ging er mit Annalena frühstücken. »Es ist viel zu heiß und zu dreckig in deiner Küche«, hatte sie gesagt und ihn in dem Moment sehr an ihre Mutter erinnert.

Er hasste es zwar, zum Frühstück mit dem Auto zu fahren, aber an der Promenade von Santa Eulalia war jetzt der einzige Platz, wo ein frischer Wind vom Meer her kam und man es bei dieser Hitze aushalten konnte.

Vorher rief er Elena an und gab ihr den Auftrag, die Flüge von Kailey Sheen und Norma Lindner zu überprüfen. Sie putzte gerade ihr Motorrad und wollte auf eine Sonntagstour, nahm aber wie immer den Auftrag ohne ein Widerwort an. Er wusste, sie würde die Sache professionell durchführen.

»Guter Typ«, brummte er vor sich hin, als sie ins Auto stiegen.

»Wenn du nur wie ein Bär brummst, versteh ich dich nicht.« Seine Tochter klopfte auf seinen Arm.

»Es war nicht für dich.«

»Trotzdem.«

»Ich habe daran gedacht, dass eine Mitarbeiterin von mir ganz anders ist als Karin.«

»Wie denn?«

»Kooperativ.«

»Was ist das?«

»Karin muss immer ihren eigenen Kopf durchsetzen und kann nie klein beigeben.« Er grinste sie an. »Wie ich zum Beispiel.«

»Stimmt das?«

Jetzt musste er lachen. »O nein, stimmt nicht! Ich bin zwar ein feuriger Spanier, aber kein Macho. Ich kann klein beigeben.«

»Ich denke, ihr seid Ibizenkos oder Katalanen?«

Er konzentrierte sich darauf, einen Parkplatz zu finden. »Wir sind Ibizenkos und gehören zu Katalanien mit der Hauptstadt Barcelona, und das gehört zu Spanien mit der Hauptstadt Madrid.«

Als sie einen Tisch nah am Wasser gefunden hatten, staunte er erneut, was Annalena verputzen konnte, während sie Fragen nach diesem und jenem Familienmitglied stellte. Diesmal war natürlich Karin dran. »Was ist ein guter Typ?«, fragte sie.

»Herzlich, großzügig, offen, direkt, ehrlich und gelassen«, antwortete er.

»Ist sie das?«

»Außer gelassen – ja.«

»Möchtest du sie heiraten?«

»Ja.«

»Und noch Kinder haben?«

»Wenn sie will.«

Sie dachte eine Weile darüber nach. Dann fragte sie ohne Zusammenhang: »Was hast du ihr zum Geburtstag geschenkt?«

»Ich passe.« Er musste ihr erklären, dass er Karins Geburtstag vergessen hatte.

»Dann hasst sie dich«, sagte sie klar und entschieden.

Sie schob sich die Sonne vom Spiegelei in den Mund, die sie fein säuberlich ausgeschnitten hatte. Das Eigelb lief ihr über die Lippen und sie musste sich schnell vorbeugen.

»In einer Minute wirst du mich auch hassen«, grinste er.

Ihr Mund war so voll, sie konnte nicht sprechen, aber sie blickte ihn an und ihre Augen blitzten belustigt. Sie beeilte sich, alles herunterzuschlucken. »Warum?«

»Weil heute der beste Tag ist, die Matheaufgaben zu machen, die du mitgebracht hast.« Er hatte Recht. Das machte sie wütend und sie sprach nicht mehr mit ihm, obgleich er anbot, ihr zu helfen.

Sie fuhren nach Hause und trieben das grausame Spiel mit Mathe bis nachmittags um fünf. Dann konnte er nicht mehr. Der Nacken tat ihm weh, er hatte Kopfschmerzen, drei Hemden durchgeschwitzt und kam sich wie eine klebrige Ölsardine vor. Er ließ sich japsend aufs Bett fallen, während Annalena die Schulsachen wegräumte.

Er hatte Sehnsucht nach Karin. Warum blieb ihr eigentlich immer so wenig Zeit für ihn? Sie behauptete zwar, *er* habe nie Zeit, aber das konnte nicht stimmen, da hätte man sich ja schnell einigen können.

Als wäre es Gedankenübertragung, rief sie an. Er erzählte ihr von seiner Fahrt mit Annalena nach Tagomago. Er beschrieb ihr, wie selbstsicher die Sängerin aufgetreten sei und eine persönliche Beziehung zu Norma nicht zugegeben habe. Dennoch – da war die Sache mit der Trachtenjeansjacke, die mit Petra Lindner noch geklärt werden müsse. Sie schlug vor, gleich bei Petra anzurufen, aber er wollte das selbst machen, weil er die Jacke ja gesehen hatte. Er erzählte ihr auch von Annalenas Begegnung Ende Mai am Flughafen mit Norma und dass er Elena bereits den Auftrag gegeben habe, die Flüge zu überprüfen.

»Na bitte, jetzt kommt doch Zug rein. Da merkt man doch gleich, wenn ein guter Kriminaler Hand anlegt.«

»Besonders, wenn er das bei dir üben kann.«

Sie lachte. »Das behalte ich im Auge. Aber erst müssen wir hier ein bisschen weiterkommen. Wir dürfen nicht vergessen, Sheen ist eine nicht zu unterschätzende Gegnerin, Toni. Wenn sie wirklich Dreck am Stecken hat und es könnte rauskommen, wird sie alles tun, was in ihrer Macht steht. Sie kennt Carlos Matares, ist beteiligt am Space, vermutlich auch am Privilege, hat überall Freunde und wird bewundert. Was willst du demnächst tun?«

»Es wäre nicht schlecht, ich würde ein bisschen mehr von dieser Musikszene wissen.«

»Da musst du dich an Johannes Winter wenden. Es gibt keinen, der da besser Bescheid weiß, du weißt schon: Er ist mit deinem Cousin Mateo befreundet, schreibt für unsere Musikecke, war selbst Profimusiker und kennt die ganze Szene.«

»Wie wär's, wenn du dazu kommst?«

»Gut, verabrede dich mit ihm und sag mir Bescheid.«

Er merkte plötzlich, dass er gut drauf war. Es machte ihm Spaß, wenn die Verständigung klappte, und es machte ihn heiter, dass sie mit allem einverstanden war, was er tat. Sicher, es war ihr Wunsch und er erfüllte ihr eine Bitte, aber der Anlass war ihm egal, er liebte das Einverständnis zwischen ihnen.

Er warf einen Blick zu Annalena. Sie hatte schon wieder den Kopfhörer auf. Er gab sich einen Ruck und rief Johannes Winter an.

Winter war einverstanden und schlug die Bucht von S'Estanyol vor. Dort gebe es ein Strandrestaurant mit gutem Fisch und Wein.

Außerdem würde er seine Tochter Jenny mitbringen, die wollte da im Wasser plantschen.

Costa hielt den Hörer zu und rief Annalena. »Wie wär's, wenn wir beide im Meer schwimmen gehen?«

Seine Tochter war Feuer und Flamme. Er trank ein Bier, während sie die Strandtasche packte.

Sie fuhren nach Jesús und dann den langen staubigen Zufahrtsweg zum Strand. Er nahm Annalena bei der Hand und ging mit ihr zur Bucht hinunter, vorbei am Hippie-Stand. Bunte Tücher und Traumfänger flatterten leuchtend im abendlichen Wind. Vom Wasser kam eine kleine Brise und strich ihnen schmeichelnd ins Haar. Annalena blickte zu ihm auf. »Der Wind kitzelt mich.«

Die Luft war samten, seine Tochter friedlich, und er hatte das beruhigende Gefühl, das vermisste Mädchen bald zu finden. Er zog die Sandalen aus. Der Sand unter seinen Füßen war fein und warm. Annalena packte ihn und zog ihn zum Wasser. Sie zwang ihn, Hemd und Hose auszuziehen und mit ihr ins Meer zu gehen.

Eigentlich war er zu müde zum Schwimmen oder Toben, lieber wäre er zu dem kleinen Strandrestaurant gewandert, wo der Besitzer seine Musikanlage gerade aufdrehte. »*Volare!*«, hörte er den Schlagersänger jubeln, bevor er unter Wasser tauchte, um mit Annalena Haifisch zu spielen.

Johannes Winter war Anfang vierzig, ungefähr in Costas Alter. Er erinnerte ihn an den John Lennon der späten Siebziger mit seinem braunen schulterlangen Haar und der runden getönten Nickelbrille. Er trug ein offenes weißes Leinenhemd, Jeans und weiße Espardenyas. Ohne die goldene Uhr hätte man ihn für einen Bilderbuch-Hippie halten können. »Schöne Uhr«, sagte er.

Costa grinste über den seltsamen Gesprächsbeginn. Wer würde schon als Erstes seine eigene Uhr preisen?

»Müsste dringend überholt werden.«

Jetzt bemerkte Costa, dass er seine meinte und machte ein skeptisches Gesicht, aber Johannes widersprach. »Ist doch eine Calatrava! Darf ich mal sehen?« Costa nahm die Uhr vom Arm und gab sie ihm.

»Pateck Philipp. Calatrava. 1970. Dürfte jetzt so um die siebentausend Euro wert sein.« Er reichte die Uhr zurück. »Die Überholung würde sich lohnen«, sagte er.

Die Uhr hatte ihm 1972 sein Onkel zur Erstkommunion geschenkt. Über ihren Wert hatte Costa nie nachgedacht, Hauptsache, sie ging. »Ich dachte, Sie sind Musiker und nicht Uhrmacher?«

Johannes warf einen kurzen Blick zu seiner sechsjährigen Tochter Jenny, die bereits mit Annalena am Wasser spielte. »Ich bin Musiker und Uhrensammler. Und weil ich auch noch was von Wein verstehe, habe ich diese Strandbude empfohlen. So entgehen wir dem obligatorischen Ví pagés. Stattdessen hat uns der Häuptling einen anständigen Priorato gebracht. Zum Wohl.«

Der Wein war hervorragend. Wenn Johannes Winter in allem so kompetent war, hatte er den richtigen Helfer gefunden.

Im Laufe des Abends und zweier Flaschen Priorato fand er heraus, dass Winter einer der bestbeschäftigsten Studiomusiker Deutschlands gewesen war, bevor er mit seiner Frau Esther nach Ibiza gekommen war und eine Wohnung in Santa Gertrudis gekauft hatte. Gitarre spielte er nun nur noch, wenn befreundete Musiker ihn einluden oder wenn er Lust dazu hatte. Aber er leitete eine Kindermusikgruppe in der Stadt und gab den Begabteren Klavier- oder Gitarrenunterricht. Er wollte sein Leben genießen, was für ihn hieß, ausreichend Zeit zu haben, um sein erstes und einziges Kind aufwachsen zu sehen. Von den Tantiemen früherer Produktionen konnte die Familie in »würdevoller Bescheidenheit« leben, wie er sich ausdrückte.

Unter Ausländern war es auf der Insel üblich, das vergangene Leben in ein paar Sätzen darzustellen.

»Was also ist Ihr Problem?«, fragte Winter nach der kurzen Vorstellung.

»Ich will morgen eine Komponistin treffen, verstehe aber von Musik nichts und wäre gerne etwas besser informiert.«

»Wenn ich sie kenne.«

»Kailey Sheen.«

»Komponistin ist gut!« Winter warf sich auflachend nach hinten und schlug mit der Hand auf den Schenkel. »Die kenne ich allerdings. Ich habe sie mal auf einer Party auf Paradise Island erlebt, so in den Achtzigern. Da waren die Bahamas noch gar nicht so lange unabhängig. Sie kreuzte nachts dort mit ihrem Vierzig-Meter-Boot auf. Es war eine Spezialkonstruktion, denn an der Seite konnte man als Tanzfläche eine Klappe runterlassen. Die Disko für die Party war in dem Boot. Vom Hafeneingang bis zu ihrem Boot ließ sie dann stramme einheimische Männer aufstellen, jeder mit einer Pechfackel in der weiß behandschuhten Faust. Bestimmt hundert, und die Fackelhalter mussten alle Viertelstunde wie bei den Pharaonen Bwana schreien.«

»Also war sie mit ihrer Musik schon damals erfolgreich?«

»Das hat mit Musik nichts zu tun. Sheen macht das wie beim Aldi-Einkauf: Dose Eintopf von Erasco, Flasche Maggi, Asti Spumante, alles mit Geschmacksverstärker. Einmal umrühren, fertig ist die Sauce. Sheen ist die Top-Hausfrau der Musik, keine Fünf-Sterne-Küche. Ihre Küche hat nicht mal einen Stern.«

Costa blinzelte. Er konnte sich unter Asti Spumante in der Musik nichts vorstellen.

Winter sah ihm das an. »Sheen ist eine Lego-Musikerin: Zweier passt auf Vierer, Vierer passt auf Achter. Wenn du lange genug in der Kiste wühlst, dann findest du auch noch die blauen Ecken.«

»Sie meinen, sie macht schlechte Musik?«

»Wie Frank Farian, Andy Amalfy, Quincey Jones oder ganz viele andere, die nicht singen können oder inzwischen zu alt geworden sind, muss sie sich Stimme und Aussehen woanders suchen. Das war für sie Vince Gordon, für Frank Farian war es Boney M., für Quincey Jones Michael Jackson. Eigentlich brauchen diese Interpreten nicht einmal singen zu können, sie müssen nur wirken. Sie müssen nur die gute Verpackung sein. Die Musik und die Stimmen können im Studio hergestellt werden und bei den Konzerten im Playback laufen. Auch wenn die Stimme und der Sänger identisch sind, laufen bei den großen Konzerten meist die Stimmen auf vorproduzierten Bändern.«

»Also singen die gar nicht?«

»Je nachdem. Wenn sie singen können, singen sie, wenn nicht, singen sie ein bisschen dazu.« Er grinste. »Oder eben gar nicht.«

»Also machen sie diese Shows, um die Sänger zu finden?«

»Das ist als Nebenzweck auch willkommen. Das Wesentliche: Es ist die erfolgreichste TV-Show der Welt, die in fast allen Ländern läuft und einem einzigen Konzern gehört. Dem Konzern gehört alles, was mit den Shows verbunden ist – die Verträge mit den Gewinnern der Wettbewerbe, Bücher, T-Shirts, Kugelschreiber, Einschaltquoten – alles.«

Annalena rannte am Wasser entlang, Jenny hinterher. Jenny war zierlich und kleiner als Annalena. Ihre langen Zöpfe flogen durch die Luft, während sie laut kreischend versuchte, Annalena zu fangen.

»Was wollen Sie denn von Kailey Sheen?«

»Darüber kann ich nichts sagen«, wich Costa aus, »es betrifft eine laufende Ermittlung.«

Winter sah ihn für einen Moment nachdenklich an. »Sie wissen, dass ich mal an einer Biografie über Sheen gearbeitet habe?«

Nein, das hatte Karin nicht erwähnt. »Und was ist daraus geworden?«

»Ich traf sie ein paar Mal, und sie wollte, dass ich alles, was sie redet, aufzeichne, abtippe, ausputze, aber möglichst alles so stehen lasse, wie es ist. Anfangs ließ ich mich sogar darauf ein, merkte aber bald, dass ihre Art, das Leben zu sehen, von meiner zu weit auseinander war. Alles nur Geld und Erfolg.«

»Damit würde ich kaum einen Fall lösen.«

»Sie sind Analytiker. Sie ist Macherin. Ihre Stärke ist, dass sie an einer Idee festhält und die zweite Stärke, dass sie nichts weiter tut, als sich durchzusetzen. Mit nichts meine ich, es gibt keinen Moment der Muße oder der Poesie. Nie gibt's was andres als action und money. Wenn man erst mal begriffen hat, wie es funktioniert, ist es langweilig. Für mich jedenfalls. Ich sagte ihr das, und damit war es aus. Außerdem kenne ich ihren Partner Vince Gordon recht gut, und ich wäre da in Schwierigkeiten gekommen. Menschlich.«

»Wie das?«

»Weil Sheen zwar die Stimme von Vince benutzt hat, ihn ansonsten aber verachtet.«

»Warum?«

»Weil sie vollkommene Gegensätze sind.«

»Die sich anziehen?«

»Ja. Und dann die Abstoßung erleiden, wie das auch in anderen Beziehungen ist. Aber es könnte noch einen besonderen Grund geben: Es gab eine Zeit, da war Vince schwer selbstmordgefährdet, und seine Frau Laurie bestand darauf, dass er in Behandlung ging. Dabei stellten sie eine psychopathologische Fixierung auf seine Partnerin fest.

Immer wenn er sich eine Trennung einbildete, wurde diese Trennungsangst von der Neigung überlagert, sich umzubringen. Kailey weiß davon aber nichts, sie sieht nur, wie er an Lauries Schürze klebt. Und das verachtet sie.«

»Hat *sie* denn eine Beziehung?«

»Nein. Nur One Night Stands. Ihr Ehrgeiz verträgt nicht die geringste Bindung.«

»Vielleicht hätte sie so eine Beziehung gerne, wie Vince sie hat, und unterdrückt das mit dem Trick, dass sie es verachtet.«

»Schwer vorstellbar. Sie würde nie etwas für eine Beziehung tun, keine zehn Euro hingeben, geschweige denn sich selbst. Aber wenn Sie Recht haben, muss ihre Sehnsucht danach sehr stark sein.« Johannes grinste breit; der Gedanke schien ihn ziemlich zu amüsieren. »Die Verachtung drückt sich nämlich in jedem Satz aus, den sie spricht. Das war der Grund, warum ich für sie nichts schreiben konnte. So was kann man nur im Comicstrip präsentieren. Wenn ich sie nach Vince gefragt habe, ging es gleich so los, *mein Gott, Vince, ja, ich habe immer alles vorbereitet, die Songs waren fertig, da musste nur noch die Ponystimme drauf. Ich hab es dann von der Wiese holen lassen, und das Pferdchen war happy, wenn es den ganzen Tag am Mikro seinen Schmalz abwiehern konnte. Dann war alles perfekt und unser Pferdestall brauchte nur noch einen Namen, und ich nannte es Groove Control, weil das auf einer Mülltüte stand, die im Studio lag. Das Pony bekam einen fürchterlichen Hormonanfall und wollte nicht, dass sein kostbarer Name damit in Verbindung gebracht wird. Müll. Ich lachte bloß, das Ding kam raus und stieg in den Charts auf wie eine Rakete. Die Kohle floss rein wie lauer Regen und das Pony war so stolz, dass es dachte, es ist eine Kreuzung zwischen einem Pfau und einem Rennpferd. Nachts konnte Vince nur noch im Stehen schlafen.*« Winter grinste. »O-Ton Sheen. So geht das in einem durch, ein ganzes Leben lang. Ein Comicstrip.«

»Wäre so jemand imstande zu töten?«

»Eine interessante Frage.« Winter stand auf, reckte sich und betrachtete das gelbrote Licht in der Bucht. Ein Karmesinstreifen hob es vom Türkis des Wassers ab. Oben auf dem roten Steilhang leuchtete das frische Grün an den Spitzen der Pinien trotz der Trockenheit. Zwischen den ersten Abendschatten der Bäume hetzten zwei ibizenkische Wildhunde hindurch. Sie waren beige, fast weiß. Die Podencos waren phönizischen Ursprungs und mit den ersten Seefahrern gekommen. Katzenliebhaber hielten sie für Windhunde.

»Da im Comic nur Grobheit, Action und ein paar Sex- und Liebesklischees zugelassen sind, muss das Meiste ja unterdrückt und verdrängt werden. Wenn sich diese Kräfte zusammenballen und jemand sich ihrem Erfolg in den Weg stellt … Ich denke ja.«

Annalena winkte und Costa winkte zurück. Der Himmel färbte sich rot. Mit großer Kraft tauchte er alles in ein helles Rot, auch Annalena und Jenny, die vor dem purpurnen Meer herum hüpften und ihren Vätern Tiere, Clowns und Poptänzerinnen vorspielten. Ein Duft von Sonnencreme, Algen und Coca-Cola lag in der Luft. Er kam von einer Gruppe halb nackter, braun gebrannter junger Leute, die am Strand gelagert hatten und nun einen der Nebentische besetzten.

»Sheen wusste von Anfang an, dass man als gute Geschäftsfrau mit Musik viel Geld verdienen kann und zog deshalb das Studium an der Toronto Business School durch. Nebenbei spielte sie Gitarre und kopierte Songs. Nach dem Examen aber wurde es dramatisch, denn der Vater wurde krank und konnte das Studiengeld nicht mehr bezahlen. Kailey hatte höllisch Angst, dass ihr Plan nun scheitern würde. Sie gab sich ein halbes Jahr, setzte sich in ihr Wohnzimmerstudio Marke Eigenbau und stellte am Fließband Songs her, die sie wie ein Autist an jede Musikfirma auf dem Kontinent verschickte. Dafür musste sie sich Geld für eine Maschine leihen, mit der sie erst die Gitarre aufnahm, dann die Gitarre noch mal, bis es wie eine Gitarrengruppe klang. Dann ein paar Flötentöne, dann Mundharmonika, dann vielleicht ein Saxophon von einer Schallplatte, dann Schlagzeug mit dem Kochlöffel auf den Tisch bumsen und mit den Füßen trampeln. Sie sang die Melodie, dann eine Chorstimme, noch eine und noch eine, bis es wie ein zwanzigstimmiger Chor klang. Sie hatte keine Freundinnen, keine Männer, keine Partys, nur die Kochlöffel, die Gitarre, die Chorstimmen und den Gedanken, auf der Bühne zu stehen, größer als Elvis und die Beatles. Sie wollte das Ergreifendste sein, was es jemals gab. Dann würden alle wichtigen Leute und die Partys zu ihr kommen. Wir sind im Jahr 1975. Sie stellt eine Band zusammen, spielt jedes Wochenende in jedem Kaff rund um Toronto und beweist allen, dass sie keinen begeistern kann. Sie covert alle Erfolgstitel von bekannten Gruppen.«

»Covert?«

»Imitiert. Das zwingt sie immerhin, genau hinzuhören, was am Markt läuft. Ein Jahr später veröffentlicht sie eine Single ›You 'll miss me when I am gone‹, die so was von floppt, dass jede andere alles hingeschmissen hätte. Nicht Kailey. Die Weltmeisterin der Penetranz fängt gerade erst an. 1978 stürmt dafür aber ein anderer Besessener die Charts, Michael Jackson, fortan The King of Pop. Ihr Ziel von nun an: Empress of Pop. Als Kailey ihn zum ersten Mal auf der Bühne sieht, kapiert sie sofort, dass sie an eine solche Performance niemals herankommen wird, sondern eine verdammt mittelmäßige Sängerin und miserable Tänzerin bleiben wird. Ihre Stärke, funkt ihr ihr zielgerichtetes Kleinhirn, sind zusammengebastelte Musikprodukte für Supermärkte. Fortan erhält jede Plattenfirma in den USA monatlich ein fein geschnürtes Best-of-Kailey-Sheen-Päckchen, das manchmal nett, aber stets eindeutig abgelehnt wird. Manche verbitten sich die weitere Zusendung dieses Schrotts. Dazu kommt weiteres persönliches Pech: In Toronto hat sie ein Strafverfahren, weil bei ihr Marihuana gefunden wird. Sie kommt in U-Haft, niemand zahlt eine Kaution, und sie muss ein Jahr lang in einer Zelle ihre Finger zählen.«

Der Wirt brachte eine neue Flasche Wein, weil Johannes sich immer kräftig nachschenkte. Er war in seinem Element und Costa spürte die Gier, selbst an einem so abenteuerlichen Leben teilzuhaben, wenn auch nur, indem er darüber redete.

Die beiden Mädchen waren zu dem Hippie-Stand gelaufen und starrten die Tücher an, die an einer langen Bambusstange zum Verkauf hingen. Costa sah, wie die Hippiefrau, die die Sachen verkaufte, etwas zu ihnen sagte. Annalena berührte vorsichtig den Stoff und ließ ihn andächtig durch die Hände gleiten. Sie machte das mit mehreren Tüchern, während die Verkäuferin sie lächelnd beobachtete. Schließlich nahm sie ein Tuch und gab es ihr. Sie schien es nicht nehmen zu wollen und wehrte es mit steifen Armen ab, aber dann flatterte ihr ein Windstoß das Tuch ins Gesicht. Sie sprang erschrocken zurück und rannte davon, das Tuch vom Wind an ihr Gesicht gepresst.

»Wenn jemand so verdammt feststeckt wie Sheen damals, sogar noch Knast, frage ich mich immer, ob und woher dann die Wende kommt«, sagte er zu Johannes.

Der grinste. »Ja, interessant. Das war so: Beim Konzern begann man Anfang der Achtziger erstmals über Retortenbands nachzudenken. Nicht bereits existierende Bands, sondern Bands, die vom Konzern selbst über die eigenen TV-Sender stromlinienförmig und keimfrei geschaffen werden. In diesem Zusammenhang erinnerte sich William Henley an die penetrante Sheen, die den Konzern monatlich mit ihren Fließbandkompositionen bombardiert hatte.«

»Sturheit zahlt sich aus.«

»In diesem Fall ja. Henley jedenfalls bat Sheen zu einem Gespräch nach Los Angeles und bot der Achtundzwanzigjährigen einen Job an. Für zweitausend Dollar im Monat plus Erfolgsbeteiligung sollte sie jeden Tag zwei Songs herstellen. Sheen zögerte keinen Moment, sie konnte ja schließlich auf einen Riesenkatalog abgelehnter Meisterwerke zurückgreifen. Eine Bedingung stellte Henley aber: Sie durfte nicht singen. Kailey tat es trotzdem, Henley merkte es und sagte, hör mit dem Gequäke auf, unser Konzept ist nicht, dich als Sängerin in die Stuben zu drücken, damit du bei den Männern ankommst. Such dir deine Typen unter den Bewerbern, die durchfallen. Sheen schnallte das, und los ging's. Zwölfjährige Lesbe mit Bauchnabeltattoo, die Englisch mit kolumbianischem Akzent singt. Bringt mir mal hundert davon, ich such mir eine aus. Natürlich muss sie sich bewegen können. Auch ein bisschen singen. Aber ihre Melodien hatten eh nur fünf Töne. Sie hinterließ Charakterwracks, ausgebrannt, auch wenn sie tatsächlich talentiert waren und eigentlich eine Chance hatten. Sie waren immer nur eine eingeklebte Tonfolge in Kailey Sheens Synthetikware.«

Er sog tief an seiner Zigarette. Costa fragte sich, wie er die Synthetikware Norma wohl finden könnte und wie er seine Tochter vor so etwas bewahren konnte.

»Kailey war also Hausproduzent beim Konzern. Wir schreiben 82, als sie nach London geschickt wird, weil der Markt dort für geklonte Boygroups viel versprechend aussieht. Aus der Werbebranche hat ihr jemand gesagt, dass jeder Artikel mit einer Katze, einem Hakenkreuz oder Sex verkäuflich ist. Sie schreibt in dieser Zeit über tausend Songs, immerhin werden zweihundertsechzig veröffentlicht und sieben schaffen es ganz unten in die Charts. Während dieser Zeit veröffentlicht sie zwei eigene Alben unter dem Pseudonym ›Sheena Love‹. Es ist

Discobeat mit Orchester, und sie tritt damit auch selbst im Fernsehen auf. Das trägt ihr recht bissige Bemerkungen von William Henley und anderen ein, aber Dreck schlucken und verdauen ist eines von ihren größten Talenten. 1984 schafft es der Titel ›Yellow bird‹ auf Platz 58 der amerikanischen Charts, wenn sie auch in England weniger als tausend Alben verkauft. Im Konzern weiß man, dass sie arbeiten kann und keinem Debakel ausweicht. Insofern ist sie sehr nützlich, denn die meisten Produzenten sind nicht willens, mit ausgelutschten Konzern-Künstlern zu arbeiten und sich dabei den eigenen Namen zu verderben.

Jetzt aber kommt's! Im Spätsommer ruft Henley sie an, inzwischen Europa-Boss und in London stationiert, und erzählt ihr von einem Sänger mit einer unglaublichen Stimme und einer sagenhaften Bühnenpräsenz, der es bis jetzt nicht geschafft hat, sich zu verkaufen. Alles war ein gnadenloser Flop, und der Konzern stand nun vor der Frage, rausschmeißen oder ein Experiment wagen. Der Name: Vince Gordon.«

Johannes goss Costa Wein ein und leerte den Rest in sein Glas. Er stellte die Flasche mit einem Rums auf den Tisch und grinste Costa an. Die dunkelblaue Linie des Horizonts löste sich in dem dunkler werdenden Abendhimmel auf.

»Wie Simon & Garfunkel oder die Pet Shop Boys treten sie zusammen auf, Kailey & Gordon. Die Mischung aus Synthetik und Schmalz wird ein Riesenerfolg. Weil Kailey gleich daran denkt, dass sie Vince eines Tages durch einen anderen ersetzen wird, nennt sie das Duo Groove Control. Und so halfen sie, weltweit die Stille von der Erde zu verbannen.«

Annalena winkte mit ihrem rot-grünen Tuch wie mit einer Siegesflagge. Johannes hätte sicherlich noch stundenlang weitererzählt, aber es begann dunkel zu werden, und er wollte noch ein wenig Zeit mit Annalena verbringen.

Er dankte Johannes, zahlte, und sie gingen beide den Strand hinunter, wo die Kinder noch am Wasser spielten. Annalena sah ihn und rannte auf ihn zu. Er fing sie mit beiden Armen auf. Das alte Spiel. Er drehte sich zweimal mit ihr um seine Achse, setzte sie ab und bewunderte ihr Geschenk. Immer wieder zeigte sie ihm Einzelheiten und erklärte jede Farbe des Tuches. Er musste endlos den Stoff befühlen und setzte sich schließlich in den Sand. Das war es, was sie wollte: Sie wollte von ihm gesehen werden. Er tat es. Vielleicht würde er ihr damit ersparen, entsetzliche Anstrengungen und Kopfstände zu machen, um später von fremden Menschen bewundert und bejubelt zu werden. Darin hatten er und Sabine übereingestimmt, das war der harmonische Punkt ihrer Ehe gewesen – Kinder brauchen liebevolle Wahrnehmung. Keine Warnungen und Vorsichtsschreie. Beide hatten sie von Anfang an versucht, diese Einsicht umzusetzen. Dafür hatte er Sabine geliebt und geachtet.

Er entspannte sich, nahm sich bewusst die Zeit und lauschte Annalena, die ihm selbstversunken erzählte, wie es dazu gekommen war, dass die Verkäuferin ihr das Tuch schenkte.

Als sie zurückfuhren, war es schon dunkel, und sie spielten Kannst-du-den-Baum-auf-dem-Strand-noch-sehen?

»Kann ihn sehen! Und kannst du das Haus dahinter sehen?«

»Das ist kein Haus, das ist ein Auto.«

Der Fahrer stand daneben und winkte. Offenbar hatte er eine Panne. Als Costa näher kam, erkannte er Johannes Winter und seine Tochter. Er hielt, und die beiden stiegen ein.

»Keilriemen gerissen«, erklärte Johannes lakonisch. »War klar, er heulte schon bedenklich.«

Er wollte in der Stadt abgesetzt werden, aber Costa bot an, sie nach Hause zu fahren. Dabei dachte er über das nach, was Johannes ihm erzählt hatte, und immer wieder kamen ihm die Beatles in den Sinn. »Meine Tochter kennt die Beatles nicht, sie kennt Kailey Sheen«, sagte er zu Johannes. »Aber sind sie nicht die Heroen gewesen, die unser Musikzeitalter eingeläutet haben?«

Er hatte kaum das Wort ausgesprochen, da legte Johannes schon los.

»Kailey Sheen und die Beatles, um Gottes willen! Das ist der Unterschied zwischen einer Fertigsuppe und dem Koch selbst.« Er drehte sich nach hinten und fragte Annalena: »Kennst du Mozart?«

»Ja.«

Er ließ nicht locker: »Gut. Kennst du die Kleine Nachtmusik? Jam pa pam papapapapapam …«

»Klar«, rief Annalena, »das ist aus der Werbung! Und in der Schule haben wir das auch gehört.«

»Gut. Was ist damit?« Johannes begann zu singen. »Yesterday, all my troubles seemed so far away …«

In Costas Ohren klang es ziemlich gut.

»Kenn ich auch. Weiß aber nicht mehr, woher.«

»Gut.« Johannes wandte sich an Costa. »Die Beatles haben eine Musikepoche geschaffen, genau wie Barock, Romantik oder Impressionismus – dank der Medien die erste globale Epoche. Sheens Verdienst, und das ist auch schon ihr einziger, ist die perfekte Ausnutzung dieser Medien, um ihren Schrott zu verkaufen. Ungefähr auf dem Niveau von Pornofilmen und CNN-Kriegsberichterstattung.«

Costa verstand nicht, warum Johannes Winter die Organisations- und Verkaufsqualitäten Sheens stets heruntersetzte. Vielleicht war die Musik nicht gut, okay, aber war es jemandem zu verübeln, die schlechte Musik, die sie mochten, mit viel Geschick unter die Leute zu bringen?

»Die Beatles hatten ein geistiges und künstlerisches Abenteuerleben, während Kailey Sheen maschinell vorgefertigte Musikbauklötzchen zusammenklebt, Dollars zählt und in der Disko Männern an den Hintern fasst. Als Sheen vierzehn Jahre alt war, hatten die Beatles Pomade in den Haaren, trugen Lederjacken und spitze Schuhe, mit denen sie den Leuten in den Arsch *traten.*«

»Arsch darf man nicht sagen«, kam es im Chor vom Rücksitz. Die beiden Mädchen lachten.

Er ließ sich nicht unterbrechen: »Bis auf die erste Single *Love me do* hatten sie nur Top-Hits in den Charts. Der oberste Platz war von da an für sie reserviert. In zwei Jahren hatten sie alles abgehängt. Wenn Sheens Vater auch Pfandleiher war, so hat Kailey doch studiert. Die Beatles aber nicht. Sie waren zwar Arbeiterkinder, aber keine Arschlöcher. Jaja, ich weiß schon«, nahm er den Einspruch vorweg.

Die Kinder kicherten. Er beugte sich näher zu Costa, der, obwohl er sich auf den Verkehr konzentrieren musste, merkte, dass seine Frage bei Johannes eine Lawine ausgelöst hatte.

»Wieder ein Unterschied zu Kailey. Sie hatten Persönlichkeit. Sie waren höflich, sie machten Jokes, sie waren verspielt, und sie waren charmant, aber sie haben sich nicht angebiedert wie Miss Sheen. Man kann sagen, die Beatles waren ein Einschnitt in der westlichen Kultur. Durch sie wurde die musikalische Kultur der Massen und Arbeiter in allen gesellschaftlichen Kreisen und Schichten wahrgenommen. Bis dahin hatten die geistig tragenden Schichten im Westen zu ihrer Entspannung und zu ihrem Vergnügen nur die Kunst zugelassen. Ich würde sagen, sie stellen zusammen mit den Stones die Freiheitsstatue dar, neben der Groove Control eine weggeworfene Zigarettenpackung ist, eine über Island of Liberty flatternde Mittwochausgabe der *Sun*. Umweltverschmutzung.«

Als Costa zu Hause angekommen war, setzte er sich noch eine Weile auf den Balkon und rief bei Petra Lindner an. Er fragte sie, ob Norma auch so eine Jacke habe, wie er bei ihr gesehen hatte. Sie wusste im ersten Moment nicht, welche er meinte, und er beschrieb sie ihr.

»O ja, beim letzten Feuerwehrball haben wir uns einen Jux daraus gemacht, im Partnerlook zu gehen. Ja, sie hat die gleiche Jacke.«

»Die wird sie nicht mit nach London genommen haben, oder?«

»Hat sie nicht, aber ich hab sie ihr mitgebracht, weil sie gesagt hat, es ist ziemlich frisch da, und wenn sie mal ein paar Schritte gehen möchte, hat sie nichts anzuziehen.«

»Würden Sie die Jacke an irgendwas erkennen? Es gibt ja sicherlich mehr solche.«

»Aber sicher würde ich sie erkennen, die hab ich ja von Loden Frey aus München mitgebracht. Ich habe die beiden zusammen gekauft, die sind aus derselben Kollektion. Warum fragen Sie?«

»Es war nur so eine Eingebung von mir. Ich suche natürlich nach jedem Anhaltspunkt.«

»Aber die würde sie ja jetzt nicht tragen, es ist ja viel zu heiß. Ich nehme die immer nur über den Arm und ziehe sie an, wo Air Conditioning ist.«

»Ja, ist klar. Noch eine Frage: Hat Anja ein eigenes Handy?«

»Ja, haben die heutzutage doch alle ab zehn.«

»Könnte es sein, dass Norma die Nummer auch anruft?«

Er hörte, wie Petra Lindner aufseufzte. »Ich glaube nicht. Norma hat sich zwar immer wieder mal Mühe gegeben, aber Anja ist ein sehr eigenwilliges und seltsames Mädchen, muss ich sagen. Sie scheint immer darüber nachzudenken, wie sie ihrer Schwester das Leben schwer machen kann. Ich glaube, da hat Norma Besseres zu tun, als sich von Anja anmachen zu lassen.«

Costa sagte, er werde sich sofort melden, wenn er irgendetwas habe.

Annalena stand schon vor ihm und wollte wissen, was es zum Abendbrot gebe. Er schlug vor, Spiegeleier zu machen, aber es war ihr zu heiß, und sie wollte nur Eiscreme. Er schickte sie herunter zum Chinesen, damit sie sich dort einen Eisbecher holte und machte sich in der Zwischenzeit drei Eier mit Schinken.

In der folgenden Nacht hatte er einen Traum. Annalena sang und tanzte auf der großen Bühne des Privilege zu dröhnender Musik. Die Menschen in der Halle schrien und tobten. Immer wahnsinniger sprang sie herum, so als wäre ein she-devil in sie gefahren und treibe sie an, geißle und peinige sie. Anfangs lag in diesem Traum noch Überraschung und Freude über ihre Energie und ihren Erfolg, dann aber wurde es bedrückend, er geriet selbst in Atemnot, und schließlich senkte sich das vermisste Mädchen aus dem Bühnenhimmel herab, nackt aufgehängt an den Füßen. Das Haar schien sie nach unten zu ziehen. Sie war tot, Blut rann aus all ihren Adern. Seine Tochter tanzte immer weiter und schien nichts zu bemerken. Die Massen jubelten, die Musik dröhnte, und er begann, sich körperlich zu wehren, als er sah, dass die Tote im wechselnden Bühnenlicht ihre Farbe änderte, mal weiß, mal schwarz, und dass diese Farben Annalena anzustecken drohten. Er kämpfte sich hoch und stieß endlich durch die Nebeldecke seines Albtraums, bis er schwer atmend dasaß.

Annalena schlief tief und fest, den Rücken ihm zugewandt. Endlich bemerkte er, dass die Musik aus dem blechernen Lautsprecher seines Weckradios kam. Es war heiß. Schweiß rann ihm über Hals und Schultern.

Er schaltete das Radio aus, sprang aus dem Bett und lief ins Bad, um sich abzutrocknen. Er sah zur Uhr. Gerade mal fünf. Er musste lange überlegen, bis ihm einfiel, dass Annalena und Pep ausgemacht hatten, heute Morgen zusammen zum Fischen rauszufahren, und er den Wecker so früh gestellt hatte, weil er sie hinbringen wollte.

Für einen Moment setzte er sich auf den Balkon und starrte auf die gegenüberliegende Hauswand. Er wollte sich beruhigen. Das Pfeifen in seinen Ohren erinnerte ihn daran, dass Beethoven von der gleichen Geißel gepeinigt wurde. »Meine Ohren, die sausen und brausen Tag und Nacht, ich kann sagen, ich bringe mein Leben elend fort«, soll er geklagt haben. Doch die Zeiten hatten sich wohl auch geändert, denn hier auf der Insel traf er immer wieder Leute, die sagten,

Krankheit, Alter und Tod seien die drei Götterboten, die den Menschen mahnen, sich zu läutern, edler und liebevoller zu werden.

Er ging zu Annalena, um sie im Schlaf zu betrachten. Sie streckte die Arme aus und er beugte sich zu ihr hinab. Er mochte den lieblichen Kinderschlafgeruch. Eine Weile hielt er sie im Arm, dann zog er sie hoch und trug sie ins Bad zum Zähneputzen.

Er verabredete mit Pep, sie nachmittags um vier in Santa Eulalia wieder abzuholen.

Auf dem Weg zum Präsidium geriet er in den Verkehr, der von den Diskos kam und morgens zwischen sechs und sieben ebenso heftig war wie nachts zwischen eins und zwei, wenn die Partys begannen. Nach dem Traum letzte Nacht war er ziemlich schlecht drauf. Er setzte das Blaulicht aufs Dach und fuhr mit hoher Geschwindigkeit durch die Mitte der sich langsam bewegenden Autoreihen.

Als er im Präsidium ankam, war noch keiner von seiner Truppe da. Das Dienst habende Wachpersonal grüßte ihn verwundert. Hatte *teniente* Costa nicht eigentlich Urlaub?

Er schaltete die Klimaanlage auf die kleinste Stufe und schlug eine Akte auf, die ihm der Bischof mit den Worten »Vielleicht ist das deine Gesuchte« hingelegt hatte. Mehrmals las er die Zeugenaussage eines Anglers, der gesehen haben wollte, dass mit zwei Männern auch eine junge Frau in ein Schlauchboot geklettert war, die Norma Jean glich. Wort für Wort las er die Beschreibung und verglich sie mit den Aussagen der Lindners. Es passte haargenau zusammen. Die Frau, die am Dienstag, den 2. Juli mittags gegen ein Uhr in das Dingi von zwei Kölnern gestiegen war und mit ihnen zu der weiter draußen geankerten Motorjacht gefahren sein sollte, hätte Norma Lindner gewesen sein können. Der Angler hatte am Torre d'es Sal Rossa gestanden, und Costa würde den Surfer heute gleich mit dem Foto Normas losschicken, um den Angler und die zwei Kölner aufzusuchen. Dann sollte er die Strandbuden abklappern, ob irgendjemand irgendwann Norma gesehen hatte.

Der Bischof, Elena und der Surfer kamen herein. Der Bischof ging geraden Schrittes zur Klimaanlage und stellte sie auf die höchste Stufe. Es war sinnlos, es ging den ganzen Tag so, nicht nur der Bischof wollte es eisig haben. In grantigem Ton sage Costa, sie sollten ihren Kaffee mit ihm zusammen am großen Tisch einnehmen. Nach seinem Bericht waren alle verblüfft, welche Wendung der Vermissten-Fall genommen hatte. Er bat sie, darüber noch Stillschweigen zu bewahren, denn die Verwicklung Kailey Sheens war etwas, worüber sich der Chef erst einmal nicht freuen würde.

»Wir können eigentlich nichts für dich tun«, sagte der Surfer. »Wir haben keinen Auftrag, es gibt keine Leiche und Vermisste sind nicht unser Bier.«

In diesem Moment wurden die Lindners heraufgebracht. Er hatte sie darum gebeten, eine formgerechte Anzeige wegen des möglichen Mordes an ihrer Tochter zu unterschreiben. Martin Lindner tat es mit zusammengebissenen Zähnen, aber sie brach in Tränen aus, als er ihr den Text des Formulars übersetzte. Dennoch bedankten sich beide dafür, dass die Polizei sich nun endlich um die Sache kümmern wollte.

Zum ersten Mal ging Costa das Leid der Mutter nahe. Er spürte Druck im Magen und im Hals Sodbrennen. Vielleicht auch Wut. Oder Angst um all diese Mädchen, zu denen seine Tochter ja auch gehörte, die ihm im Moment sehr nahe war.

Als die Lindners gegangen waren, wiederholte er seinen Auftrag an den Surfer und erklärte allen, dass jetzt eine Anzeige wegen Mordes gegen Kailey Sheen vorliege, er seinen Urlaub abbreche und die Ermittlungen aufnehme. Er nahm die Anzeige und ging hinauf zum Chef.

Santander ließ sich alles vortragen, während er seinen sorgfältig gepflegten Schnurrbart zwirbelte. Im Ganzen reagierte er recht verhalten und brachte allerlei Einwendungen vor, die aus den Erwägungen rührten, welche Touristikunternehmen wohl durch das Gebaren der Lindners Schaden nähmen und welche nicht. Schließlich fragte er: »Steckt Ihr Onkel dahinter?«

Costa musterte ihn ausdruckslos und wartete einen Moment. Dann sagte er: »Es geht hier nur um die Opfer.«

Santander nahm seine Brille ab, putzte die leicht getönten Gläser und schüttelte verständnislos den Kopf. Als er wieder klar sehen konnte, erinnerte er sich daran, wen er vor sich hatte und nickte. »*Bueno*, sehen Sie mal, wie weit Sie da kommen, Costa.«

Im Büro hielt Costa dem Surfer den erhobenen Daumen hin. »Du kannst dich auf die Socken machen.«

Elena telefonierte gerade. Während die anderen beim Telefonieren brüllten, sprach sie sehr leise, und er erinnerte sich daran, dass sie, wenn sie es wollte, sich selbst zum Verschwinden bringen konnte.

Obwohl sie stets sehr präsent mitarbeitete. Ihre Ergebnisse waren immer gut durchdacht, ihre Beobachtungen kühl und genau, die Resultate ihrer Recherchen präzise. Nie enthielten sie etwas Überflüssiges. Wenn er seinem Cousin, dem Maler Mateo glaubte, so war das die Beschreibung einer Künstlerin. So lebte sie auch – allein mit einer Katze, einem Hund und ihren zwei Motorrädern in einem winzigen Häuschen im Zigeunerviertel. Er fragte sich manchmal, ob sie einsam war.

»Hast du irgendetwas erreicht?«, fragte er sie, die ihn in seinen Gedanken zu beobachten schien.

Sie klappte ihren Block auf und las die Flugdaten von Norma Lindner und Kailey Sheen vor.

Sie hatte nicht nur ihre letzte Anreise am 5. Juli überprüft. Da hatte es sich so verhalten, wie Sheen behauptete. Sie war mit einem Charterjet der Firma Private Wings von London nach Mallorca geflogen, von da aus mit der Iberia nach Ibiza und war um 15.00 Uhr hier angekommen. Elena hatte sich aber auch nach früheren Anreisen erkundigt. Die vorletzte war am Freitag, den 31. Mai gewesen, an demselben Tag, an dem Norma Lindner ebenfalls aus London gekommen war. Sie hatte diesmal einen Privatjet von London direkt nach Ibiza gehabt, war 16.27 Uhr gelandet, während Norma mit British Airways von London nach Mallorca und von dort mit Iberia nach Ibiza geflogen war, wo sie um 16.00 Uhr ankam.

Costa hatte inzwischen in seinem Terminkalender nachgeschaut. Das war auch Annalenas Maschine aus Mallorca gewesen. Sie war von Hamburg aus dort umgestiegen. Das beseitigte alle Zweifel daran, dass sie von Norma Jean bei ihrem letzten Besuch ein Autogramm erhalten hatte.

Er blickte Elena an. Das war eine schlechte Nachricht für Sheen, obgleich es noch nicht bewies, dass sie von der gleichzeitigen Anreise Normas wusste.

Elena wich seinem Blick nicht aus. »Du hast mir gesagt, dass sie von Ibiza Airport meist mit dem Heli weiterfliegt. Ich habe das überprüft. Es war auch diesmal so.«

»Und?«

»Ich habe auch mit dem Piloten gesprochen. Er hat tausend Euro extra kassiert.« Sie lächelte. »Schweigegeld.«

»Was sollte er verschweigen?«

»Dass noch eine junge Dame zugestiegen ist und ihn nach Tagomago begleitet hat.«

Costa lehnte sich zurück und atmete einmal tief durch. Das war heftig. Jetzt hatte Sheen ein Problem. »Wie hast du das herausgekriegt?«

Sie zuckte spöttisch mit den Schultern. »Er ist auch aus Valencia.«

»Und die Leute aus Valencia lügen nie und verschweigen nichts?«

»Nicht, wenn sie zusammen ein Glas Wein aus Valencia trinken und sich gut verstehen.«

»Gibt's da noch was anderes als ein paar erfrischende Weißweine?«

Sie lächelte und ihm fiel auf, wie weiß und gepflegt ihre Zähne waren. »Die haben sehr gute Tafelweine dort.«

»Und die habt ihr alle durchprobiert?« Nun merkte er selbst, dass er die Stichelei über den Wein nur benutzte, um seine Eifersucht ein wenig zu maskieren. Ehe sie antworten konnte, lenkte er ein: »Okay, Elena, war nur ein Scherz. Super. Gute Arbeit. Hast du ihm auch ein Foto von Norma gezeigt?«

»Habe ich. Er sagt, er hatte kaum eine Gelegenheit, sie sich anzusehen.«

Costa verzog das Gesicht.

»Es war nichts zu machen, Toni, er wollte sich da nicht festlegen.«

»Dennoch – gute Arbeit. Vielleicht willst du dir die Fortsetzung ansehen und mit mir nach Tagomago kommen?«

Ihm war, als würde sie ein wenig erröten, als sie zustimmte. Er bat sie, die Wasserpolizei zu verständigen und ein Boot klarzumachen.

Bevor er ging, sah er, dass der Surfer immer noch da war. »Und finde du bitte heraus, wie wir den Angler und die zwei Kölner jederzeit erreichen können«, sagte er, nun etwas schärfer im Ton.

Um halb zwölf legte das Polizeiboot mit Costa, Elena Navarro und drei Beamten der Küstenpolizei ab und nahm Kurs auf Tagomago.

Der Fahrtwind bei der Hitze war angenehm. Costa knöpfte sein kurzärmeliges Hemd auf und stellte sich vorne an den Bug, um nach Pep und Annalena Ausschau zu halten. Es war zwar unwahrscheinlich, aber vielleicht würden sie ja zufällig in der Nähe vorbeikommen, und er könnte ihnen zuwinken.

Der Wind war weich und warm und er fühlte sich in jeder Zelle seiner Haut wohl.

Er hatte es vermieden, mit Elena auf der Bank vor der Kajüte zu sitzen. Mit einer Frau auf See zu sein, machte ihn schwach. Die Weite, die mögliche Gewalt des Meeres, die Unberechenbarkeit des Wassers und seine geradezu poetische Klarheit brachten ihm eine Frau schnell nahe. So nahe, als gebe es keine Grenzen zwischen ihnen, als fließe sie in ihn über, ströme durch seine Zellen und Adern. Gut, dass die drei Uniformierten als Anstandsdamen dabei waren. Über den Gedanken musste er lachen, und Elena kam nach vorne. Sie fragte, was es so Lustiges gebe.

Er drehte sich um und schmunzelte. »Du siehst es.«

»Dich?«, fragte sie und ein Lächeln, das er an ihr noch nicht kannte, huschte über ihr Gesicht.

»Ich musste lachen, weil ich mir gerade Kailey Sheen vorgestellt habe, wie sie da im Wasser paddelt und versucht, uns davon zu schwimmen.«

Sie steuerten auf die in den Felsen gesprengte Bootsgarage zu. Der Bootsmaat ließ zweimal die Polizeisirene aufheulen. Es dauerte etwas, dann fuhr das Hängegitter hoch. Natürlich waren sie schon längst gesichtet worden und Sheen hatte wahrscheinlich mit ihrer schwarz gelockten Sekretärin bereits ein kurzes Gespräch gehabt, wen sie anrufen sollte, falls sie ihr ein Zeichen gäbe oder sie sogar irrtümlicherweise verhaftet würde. Damit rechnete Costa.

Die unterirdische Bootshalle war eine ziemlich große, von Flutlichtern ausgeleuchtete Höhle. Landekais liefen um die Wände herum. Ganz vorne an der breitesten Stelle lag eine dreißig Meter lange Motorjacht, daneben zwei Speedboote, doppelt so groß wie das Polizeiboot, eine Segeljacht und zwei Ruderboote. Um die Flotte zu warten, brauche Sheen allein schon drei Mann und einen Mechaniker, meinte einer der Polizisten. Sie tuckerten langsam an ihren Anlegeplatz, der ihnen von einem Bootsmann zugewiesen wurde, hinter dem die zwei Wächter standen, die Costa bereits kannte.

Er sprang an Land und reichte Elena die Hand. Von den Wächtern wurden sie dreißig Meter weiter zu einem Fahrstuhl geführt, der sie mit erstaunlicher Geschwindigkeit in die Halle brachte, in der Costa von dem seltsamen Typ im Trenchcoat in Empfang genommen worden war. Diesmal erwartete sie die Sekretärin, die ein marineblaues Jil-Sander-Kostüm trug. Sie kam lächelnd auf sie zu und streckte Elena die Hand hin. Sie begrüßte sie in fließendem Spanisch und sagte, Señora Sheen erwarte beide im kleinen Salon. Bei dieser seltsamen Zeremonie überging sie Costa, als wäre er gar nicht da.

Sheen trug wieder ihren seidenen Morgenrock mit der großen Kordel. Sie fläzte in einem Sessel und hatte die nackten weißen Füße auf einem schwarzen Panther aus Porzellan. Mit dem großen Zeh kraulte sie ihm die Ohren. »Na, haben Sie sie gefunden?«, rief sie.

Costa verneinte und sah sich kurz um, nachdem die Sekretärin wie ein Schatten wieder verschwunden war. Der Raum war im viktorianischen Stil eingerichtet und alles mehr oder weniger auf einen großen Kamin hin bezogen, der im Winter vermutlich durchgehend geheizt wurde, jetzt aber als Ablage für mehrere Stapel CDs diente. Große Panoramascheiben ließen den Blick über das tiefer liegende Meer bis zu der Steilküste von Ibiza gleiten. Es war ein Winterraum, abgewandt von der offenen See.

»Sag ich doch. Können Sie auch gar nicht.«

Sheen hatte ihnen keinen Platz angeboten, Costa und Elena standen immer noch in der Mitte des Raumes. »Warum nicht?«

»Die ist nicht auf der Insel. Sonst wüsste ich das.« Sie griff zur Seite, wo ein Teller mit Doughnuts stand, eine große Frühstückstasse mit Bärchenmuster und ein Topf Kakao. Sie schob sich einen halben Doughnut in den Mund: »Bleibt nur noch die Frage, was mir die Ehre Ihres Besuches gibt.«

Costa wusste, dass Elena diese Allüren gleichgültig waren, und er selbst hatte schon zu viele Sonderlinge erlebt, als dass er irgendetwas anderes wahrnahm, als eine Schmalzkringel kauende neunundvierzig Jahre alte, etwas kindische Frau, die sich in einer schwierigen Situation befand.

»Sie sagten mir das letzte Mal, Sie seien eine Frau einfacher Wahrheiten, direkt und offen. Und Sie sagten, Sie seien am Freitag, den 31. Mai *nicht* mit Norma Jean nach Tagomago gekommen. Ist doch ein Widerspruch, oder?«

»Wieso ein Widerspruch?« Sie grinste, schob sich die andere Hälfte des Doughnuts in den Mund und wischte die Hände am Morgenrock ab.

»Sie sind an dem Tag am Ibiza Airport mit Norma Jean zusammen gesehen worden.«

Sheen nahm sich noch einen Doughnut. »Das soll wohl ein Witz sein. Das müsste ich ja wohl wissen.«

»Richtig. Ich nehme auch an, Sie wissen es. Die Frage ist nur, ob Sie es mir sagen werden.«

Sheen fuhr hoch, eine Hälfte des Doughnuts in der Luft herumschwenkend. »Sind Sie verrückt? Glauben Sie, ich bringe eine aus der Show um?«

»Wie kommen Sie darauf, dass sie umgebracht wurde?«

Sie warf den Doughnut zurück auf den Teller und kam auf Costa zu. »Deswegen kommen Sie doch her, Sie Schnullifax! Oder will die Mordkommission der Guardia nur ein Autogramm von mir?«

Allem Anschein nach hatte sie sich nach ihm erkundigt. Costa fielen Karins Worte über Sheens Beziehungen zu Matares und El Cubano ein.

»Ich habe nur etwas von vermisst gesagt. Im Übrigen erzählten Sie mir, dass Sie bis zum 15. Juni in der Show zu tun hatten und daher London nicht verlassen konnten.«

Sheen änderte ihre Richtung und ging auf einen Flügel zu, perlweiß mit eleganter übergroßer Muschelornamentik im Stil der dreißiger Jahre. Er war hochgeklappt, sie schlug einen Akkord an und drehte sich, verführerisch lächelnd, zu Elena um. »Satin heißt dieser Flügel. Mary Vicker und Terrance Hunt entwarfen ihn zu Ehren von Duke Ellington. Sie nannten ihn Satin nach Ellingtons Erkennungsmelodie Satin Doll. Zweihundertfünfzigtausend Dollar in cash.«

Costa hatte gelernt, dass Verbrechen nicht Ausdruck von Intelligenz, sondern Ausdruck der Unfähigkeit sind, sich selbst und die Umstände geduldig zu ertragen. Sheen war dieser Typ. Immer in Bewegung, immer dabei, etwas zu erobern, eine Eroberung zu verteidigen, und das alles mit Ungeduld und Schärfe. Die Intelligentesten dieser Sorte passten allerdings höllisch auf, dass sie nicht geschnappt wurden, wenn sie Menschen umbrachten. »Sie sagten letztes Mal, Sie hätten London gar nicht verlassen können, weil Sie Jurorin in der Show waren. Doch sind Sie nicht am 31. Mai nach Ibiza geflogen?«

»Ja. Ich hatte ein freies Wochenende.«

»Auf welche Weise sind Sie denn hierhergekommen?«

»Wie immer, mit dem Charter von London und dann mit dem Heli hierher.«

»Als Sie am Ibiza Airport umgestiegen sind, haben Sie dann noch jemanden hierher mitgenommen?«

»Nein.«

»Sie wissen ja, dass wir den Piloten befragen werden.«

»Ich nehme an, dafür werden Sie bezahlt. Oder singen Sie nebenbei?«

»Sie sind also am 31. Mai mit dem Heli vom Airport alleine nach Tagomago geflogen?«

Sheen setzte sich an den Flügel und begann ein Stück zu spielen. Dadurch klangen ihre Antworten wie ein Sprechgesang.

Costa warf Elena einen amüsierten Blick zu. »Wollen wir dazu tanzen?«

Sheen ging darauf nicht ein. »Was spielt das für eine Rolle, ob ich allein kam oder nicht, mit wem ich reise und warum? Ich bin eine freie kanadische Bürgerin, warum soll ich mich hier von Ihnen ausquetschen lassen? Bin ich überhaupt verpflichtet auszusagen?«

Plötzlich schaltete sich Elena ein. Costa war ebenso überrascht wie Sheen. »Wenn Sie Gefahr laufen, sich selbst zu belasten, können Sie die Aussage verweigern. Als Angeschuldigte haben Sie auch in Spanien das Recht, nur mit einem Anwalt und nur vor einem Richter auszusagen.« Costa war erstaunt, wie gut sie Englisch konnte.

Sheen spielte plötzlich etwas akzentuierter, unterstrich ihre Worte mit Akkorden. »Ich *laufe* nicht Gefahr, Baby! Wenn ich *laufe*, jogge ich. Und was die Schwester anbetrifft, die ich im Heli mitgenommen habe, so war das irgendeine, aber nicht die, die Sie suchen.«

Elena ließ nicht locker. »Waren Sie mit ihr vorher verabredet?«

Costa überlegte, ob das Stück von Gershwin war, das sie spielte. Wahrscheinlich war es nicht Satin Doll und nicht von Gershwin. Sheen war nicht der Typ für Zitate und Anspielungen. Wenn sie etwas nahm, war es Diebstahl und musste Profit bringen. Wahrscheinlich war es etwas, das sie selbst komponiert hatte. *Sie* war wichtig, nicht Gershwin.

»Sicher war ich verabredet, Baby. Die meisten haben keine Spürhunde, die mich überall auf der Welt finden. Bitter, aber wahr.« Sie grinste. »Meistens aber sehr nützlich.«

»Könnten Sie uns den Namen nennen?« Mit dem Hauch eines Lächelns fügte Elena hinzu: »Wenn Sie ihn kennen.«

»Oh, wie smart! Ich kenne alle Namen meiner Freundinnen. Bis auf Ihren. Sie haben sich nicht vorgestellt.«

»Ich heiße Elena Navarro und muss Ihnen sagen, dass der Pilot, der Sie am 31. Mai hergeflogen hat, morgen vor dem Richter unter Eid aussagen wird, dass Sie ihm tausend Euro Schweigegeld gezahlt haben, damit er niemals erwähnt, welche Frau Sie mitgenommen haben. Ich habe ihm ein Foto von Norma Jean gezeigt, und er erkannte sie als seinen Passagier vom 31. Mai wieder. Heute Morgen kamen die Eltern des Mädchens in unser Büro und erstatteten Anzeige wegen Mordes. Sie können sich überlegen, *Baby*, aus welchem Restaurant Sie sich morgen Abend das Essen in Ihre Zelle bringen lassen. Sie sollten allerdings nicht davon ausgehen, dass Sie in einem Ihrer Boote oder auf dem Luftwege anreisen können. Dieser letzte kleine Hinweis erspart Ihnen Fehlentscheidungen und unnötige Aufwendungen.«

Sheen setzte einige besonders klangvolle Akkorde, zwischen die sie ihre folgende Aussage platzierte: »Oh, Baby, Baby, du hast mich vollkommen durchschaut. Unnötige Aufwendungen sind für mich das rote Tuch des Stiers! Wie kürzen wir es also ab und halten's preiswert?« Sie hämmerte noch einmal in die Tasten und stand auf. Sie ging auf und ab und erklärte ihnen dabei, dass sie zu jeder Aussage bereit wäre, wenn sie versprächen, der betreffenden Dame und ihrem Ehemann nichts von ihrer Indiskretion zu sagen.

Elena versprach es ihr. Costa warf ihr einen kurzen Seitenblick zu. Er hätte ein kleines Problem gehabt, dieses Versprechen so leichthin zu geben.

»Ich habe kein Problem. Die Dinge, die ich tue, kann jeder wissen. Aber hier geht es um meinen ehemaligen Partner Vince Gordon, mit dem ich nämlich wieder zusammenarbeiten will. Und leider ist er ein Pony, das bei jedem Wetterumschlag die Krise kriegt. Wenn das Pony erfährt, dass ich hier mit seiner Bereiterin Geheimverhandlungen hatte, hört es nicht mehr auf zu wiehern. Wenn Vince von diesem kleinen Betrug seiner Laurie erfährt, wäre das sehr schlimm. Das versteht man nur, wenn man das Pony kennt. Daher bitte ich die spanische Polizei, deren oberster Herr der König ist, mit einem ergebenen höfischen Kniefall, über diese Sache nicht nur vollkommenes Stillschweigen, sondern auch die Schnauze zu halten.« Sie deutete breit grinsend so etwas wie einen Knicks an. »War's das?«

Elena sah Costa an, der nickte und ein Zeichen gab, dass sie gehen konnten.

Im selben Moment stand die zauberhafte Sekretärin wieder in der Tür und deutete mit einer spöttischen Fingerbewegung an, ihr zu folgen.

Elena wandte sich noch einmal um. »Wie können Sie denn beweisen, dass Laurie Gordon hier war? Ich frage das, falls Mrs. Gordon und der Pilot es bestreiten. Sie wollen ja nicht, dass wir zu oft kommen.«

Sie ließ die Hände über die Tasten laufen. »Ich habe nichts dagegen, wenn Sie alleine kommen.«

»Hat sie einer Ihrer Angestellten an dem Tag gesehen?«

Sie hämmerte in die Tasten und brüllte: »Nein, denen habe ich vorher frei gegeben. Laurie wollte das alles top secret. Das kann ich beweisen.«

»Wie denn?«

»Durch einen Zeugen.«

»Wer sollte das denn sein?«

»Vince Gordon.«

Costa hatte von der Tür aus zugehört. Vor Erstaunen machte er jetzt wieder einen Schritt in das Zimmer.

»War der denn auch dabei?«, fragte Elena, ebenfalls erstaunt.

»Nein.« Jetzt spielte sie die ersten Töne von Hänschen klein.

»Und wie kann er das dann bezeugen, Miss Sheen?«

Sie hämmerte einen Akkord. »Ich mach Ihnen jetzt vor, werte Lady, wie Laurie McPhee wiehert, wenn sie im vollen Galopp mit einem zu allem entschlossenen Bereiter ist. Das können Sie dann Vince Gordon vormachen und der wird es Ihnen bestätigen.« Damit erhob sie sich vom Flügel, holte tief Luft und stimmte ein ohrenbetäubendes Geheul an, das jeder entfesselten Amazonenhorde Ehre gemacht hätte.

Elena verließ kopfschüttelnd den Raum, wobei sie Costas Arm fasste und ihn mitzog. Die zauberhafte Sekretärin öffnete ihnen mit ungerührter Miene die Fahrstuhltür. Costa aber stellte den Fuß dazwischen und sagte: »Haben Sie hier im Haus schon einmal eine grüne Trachtenjeansjacke gesehen?«

»Eine Damenjacke?«

»Ja.«

»Da müsste ich Miss Sheen fragen.«

»Ich frage Sie, ob Sie persönlich eine grüne Trachtenjeansjacke besitzen?«

Die Sekretärin sah Costa interessiert an. Ihm schien, als funkelte in ihren Augen ein spöttisches Lächeln.

»Wenn ja, würde ich Sie bitten, mir zu sagen, woher Sie sie haben.«

»Ich besitze so eine Jacke nicht.«

»Noch nie gehabt?«

»Noch nie.«

Costa trat in den Fahrstuhl und die Tür schloss sich.

Diesmal stellte sich Costa nicht wieder an den Bug, als sie auf die See hinaus fuhren, sondern setzte sich neben Elena und schüttete sich aus vor Lachen. »Das war wunderbar, Elena!« Sicherlich verdankte er ihr den unterhaltsamsten Auftritt eines Verdächtigen, den er je erlebt hatte. Er überreichte ihr eine Rose, die er aus einer der Vasen in Sheens Palast genommen hatte. Es war kurz vor vier, als er sich in Santa Eulalia absetzen ließ.

Er winkte Elena zu und ging die Straße hinauf zu Peps Stammkneipe, wo dieser mit Annalena auf ihn wartete. Sie wollte auf seinen Arm, aber dazu war sie ihm zu schwer. Er nahm sie auf den Schoß und trank mit Pep einen Suissé. Sie legte ihren Kopf an seine Schulter, und er streichelte ihren Rücken. Von Peps seeblauen Augen ging ein Strahlen aus, sodass man immer den Eindruck hatte, er lächelte einem zu. Reden war seine Sache nicht. Schweigend saßen sie da. Costa genoss die Ruhe, nichts reden, nichts denken, und die Entspanntheit, die sich von Annalena auf ihn übertrug. Immer höher krempelte Annalena die ohnehin kurzen Ärmel seines hellblauen Jeansshirts um. Dann sollte er für sie die Muskeln anspannen, und als er das ein paar Mal gemacht hatte, brachen sie auf, um im Supermarkt für die nächsten Tage einzukaufen.

Der Tag versprach harmonisch zu enden, denn als er Karin anrief, war sie einverstanden, mit ihm und Annalena heute Abend essen zu gehen. Sie wollten sich in einem typisch ibizenkischen Lokal treffen.

Costa machte keinen Hehl aus seiner Freude. Er nahm Annalena bei den Händen, tanzte mit ihr herum, schubste sie aufs Bett und imitierte die Simpsons, die gerade im Fernsehen liefen und die sie unbedingt sehen wollte, bevor sie gingen. »Ich seh die immer«, war ihr Argument, gegen das er nichts ausrichten konnte. Er sprühte sich sein neues Duftwasser ins Haar, das Karin ihm zu Weihnachten geschenkt hatte, und wuschelte es mit beiden Händen durch. Als er zum Schlafzimmer hineinrief: »Jetzt ist Schluss! Los, anziehen«, stellte Annalena vergnügt fest, dass er nun aussehe wie die Spülbürste von den Simpsons.

Auch gut, aber ich dufte wie Limonen im Frühling und Karin mag das, dachte er vergnügt.

Im Treppenhaus aber beschwerte sie sich: »Iih, du stinkst!«

»Lass das nicht Karin hören.«

Sie gingen zu Fuß, es war nicht weit, er hatte gleich unten am Hafen ein einfaches Restaurant ausgesucht. Er kannte den Wirt, einen alten Widerstandskämpfer aus der Franco-Zeit. Sein Sohn machte nun alle Arbeit. Er hieß wie sein Vater, war genau so starrsinnig und veränderte, genau wie sein Vater, die Preise für die ibizenkischen Freunde schon seit zehn Jahren nicht mehr.

Costa war guter Dinge, denn Annalena war müde und würde wahrscheinlich schon im Restaurant einschlafen. Sie hatte den ganzen Tag auf dem Meer verbracht, hatte sich furchtbar aufgeregt, sich vor den zappelnden Fischen und aufgerissenen Mäulern gefürchtet und geekelt, aber trotzdem kräftig mitgearbeitet.

Annalena beschwerte sich, dass er überhaupt nicht zuhöre.

»Der Verkehr ist zu laut«, verteidigte er sich, obgleich er mit den Gedanken woanders war. »Und außerdem weißt du, dass ich nicht so gut höre.«

Sie nickte und nahm Platz, ohne Karin zu begrüßen.

Karin und er turtelten miteinander, bis Annalena genervt mit dem Esslöffel auf den Tellerrand schlug.

»Man wird ja wohl noch nett zueinander sein dürfen«, sagte Costa grinsend.

»Aber nicht vor allen Leuten«, maulte sie.

»Warum bist du denn so schlecht gelaunt?«, fragte Karin.

»Papa hat mich die Simpsons nicht zu Ende sehen lassen.«

Costa hatte schon befürchtet, Annalena würde sich mit Karin wieder verschwestern und damit seine Pläne vereiteln. Aber so saß sie wie eine alte Dame in ihre Mufflaune eingesperrt.

Der Wirt kam mit der Flasche und goss ein. Karin stieß mit Costa an. »Erst der Rotwein und dann du«, sagte sie zwinkernd und setzte sich über Annalenas Laune völlig hinweg. Für seinen Geschmack sah sie ihn zu lange an und tastete seine Narbe über dem rechten Auge zu zärtlich mit dem Finger ab. Ihm war das wegen seiner Tochter etwas peinlich.

»Der Knick über deinem Auge macht dich interessant«, erklärte Karin.

»Leute mit einem Knick sind immer interessant«, stimmte Annalena zu. »Zum Beispiel die Simpson-Familie.«

Karin ging nicht darauf ein, sondern musterte ihn weiter in einer Mischung von gierig und amüsiert. »Es gibt dir etwas Verletzbares und Nachdenkliches.«

»Er denkt nicht nach«, kam es leise und mürrisch von rechts, aber Karin ließ sich nicht beirren. »Deshalb mag ich deine Augen.«

Seine Augen huschten immer wieder schnell in Richtung Annalena. War das echt, oder wollte Karin ihn in Verlegenheit bringen? Um abzulenken, erzählte er von seinem Besuch mit Elena bei Kailey Sheen, aber sie schien ihm kein Wort zu glauben. Als er berichtete, wie sich Sheen im schwarzen seidenen Morgenrock mit den Vögeln darauf ans Klavier setzte und seine Aussagen musikalisch untermalte, neckte sie ihn: »Gut erfunden. So stellt sich ein Polizist eine Musikerin vor.« Sie beugte sich vor und gab ihm einen Kuss. »Oh, du benutzt ja mein Geschenk!« Sie küsste ihn aufs Ohr. »Deine Tochter schläft schon fast.« Noch ein Kuss. »Ich freue mich auf dich.«

Obgleich der Abend perfekt verlief, machte ihn die Gegenwart Annalenas befangen. Es waren für ihn zu verschiedene Ebenen – die kindliche Welt und die der Erotik der Erwachsenen, auch wenn im Fernsehen das alles vermischt wurde.

Das Problem löste sich aber wie von selbst, als plötzlich die Lindners am Tisch standen.

Es war so viel Betrieb, und die Leute schoben sich so dicht gedrängt an den Tischen vorbei, dass er die Lindners anfangs gar nicht bemerkte. Erst irgendetwas in Karins Gesicht ließ ihn sich umdrehen, und da standen sie. Sie wirkten so hilflos und verloren, dass es sich sogar auf andere übertrug. Er kannte dies Gefühl aus seiner Zeit als Schüler in Irland.

Petra Lindner hatte ihre Trachtenjeansjacke dabei. Er vermutete, dass Karin sich mit ihnen verabredet und gesagt hatte, bring die Jacke mit, dann kann Toni sie sich ansehen. Sie lächelte ihn an – Sonnenbrille im weißblonden Haar, Nase nach zu viel Sonne etwas zu rot, der Mund zu groß durch den Lippenstift. Sie hatte viel Sorgfalt auf ihr Make-up verwandt; es sollte offensichtlich Zuversicht und Stärke ausdrücken. Ihr Mann hatte sein Handtäschchen am Handgelenk, und der Kranz seiner weißen Locken leuchtete in den letzten Strahlen der Abendsonne.

Karin war aufgestanden und hatte Petra in die Arme genommen. Costa erhob sich auch und rückte Stühle heran, nur Annalena saß da und musterte die Neuankömmlinge teilnahmslos. Anja setzte sich zwischen Costa und Mario, der seine Mutter neben sich haben wollte, und Martin Lindner begann vergeblich eine Unterhaltung mit Annalena.

Costa fragte herum und gab beim Wirt die Bestellungen auf. Als Mario alles hatte, was er wollte, schaukelte er mit den Beinen und machte mitten in die Unterhaltung der Erwachsenen eine freche Bemerkung über Karins Kleid. Costa liebte ihr weißes Leinenkleid mit den Spaghettiträgern, aber bevor er etwas sagen konnte, fragte sie Mario lächelnd, ob sie es ausziehen solle. Mario schlug die Augen nieder und stieß ein paar Mal mit dem Finger gegen den Eiswürfel in seiner Sprite.

Anja schwieg, und durch ihr Schweigen und ihre steife Haltung zog sie mehr Aufmerksamkeit Costas auf sich, als ihm lieb war. Immer wieder wandte er sich ihr zu, als hätte sie ihn am Arm oder an der Schulter berührt, um ihm zu sagen, dass sie etwas Besonderes sei und völlig zu Unrecht hinter dem Theater um ihre große Schwester zurücktreten müsse.

Um sich davon zu befreien, ließ er sich von Petra Lindner die Trachtenjeansjacke reichen und betrachtete sie genau. Es war die gleiche wie die, die er bei Kailey Sheen über dem Stuhl gesehen hatte.

Petra Lindner verfolgte jede seiner Bewegungen und wartete auf eine Erklärung. Endlich die Befreiung! Wir haben Norma gefunden!

Costa überlegte, ob er sie fragen sollte, ihm die Jacke für die Zeit der Ermittlungen zu überlassen.

»Mittlerweile ist alles grau«, sagte sie. »Man kann nichts dagegen tun. Die Hoffnung ist eine Illusion.« Selbstbeherrscht wischte sie ein

Staubkorn von ihrem weißen Teller. »Wir wissen schon gar nicht mehr, was wir verdrängen sollen.«

Alle schwiegen, aber es war ein unruhiges Schweigen. Mario versuchte sein Eis mit zwei Fingern aus dem Glas zu fischen, Anja hatte zwar aufgehört, abgehackt ihr Kaugummi zu kauen, aber sie blies es nun wie eine rosa Blase aus dem Mund.

»Ich weiß es genau, sie lebt noch!«, sagte Martin Lindner.

»Jedenfalls halten wir zusammen, nicht wahr?« Petra Lindner blickte ihre Kinder und ihren Mann der Reihe nach an.

Ihr Mann nickte.

»Wir sind ein gutes Team«, sagte Petra Lindner lächelnd zu Karin.

»Ihr schafft das«, entgegnete Karin. »Und Toni hilft euch. Er wird schon herausfinden, wo sie steckt.« Dabei lächelte sie ihn an und strich über seine Hand.

Er erlebte einmal wieder, dass sein Beruf wenig Übereinstimmung zwischen den Fakten und den Empfindungen der Menschen zuließ.

»Was haben wir falsch gemacht?«, fragte Martin Lindner. »Wir haben niemand etwas getan, wir haben einfach so Tag für Tag dahin gelebt, und Petra sagt immer, vielleicht sind wir gar nicht die Eltern des Kindes und bilden uns das nur ein.«

»Vielleicht hat Norma gesagt, sie fährt mit Tante Arni nach Norwegen, und ihr habt es nur vergessen«, sagte Anja in angespanntem, etwas zu schrillem Ton.

Petra Lindner musterte sie und schüttelte dann stumm den Kopf. Aber wie ein plötzlicher Sonnenstrahl fiel ein Lächeln in ihr Gesicht. »Wir waren so froh, dass mit Norma alles so gut lief. Sie war eigentlich aus allem raus. Als wir vom Flughafen zurückfuhren, habe ich noch zu Martin gesagt: Die geht ihren Weg.«

»Haben Sie denn so etwas schon mal erlebt?«, fragte ihr Mann Costa.

Dieser dachte an einen Fall in Hamburg, bei dem eine Studentin von einer Großveranstaltung verschwunden war. Sie hatten sofort reagiert und eine Sonderkommission gebildet, mit Suchtrupps und Spürhunden das ganze Terrain um die Großveranstaltung durchkämmt, mit Hubschraubern das Gelände von oben Stück für Stück ins Visier genommen und fotografiert, Taucher hatten in der Elbe, in den Kanälen und in den Baggerseen der Umgebung gesucht, es gab endlose Zeugenbefragungen – Freunde, Bekannte, Kommilitonen. Alles ohne Ergebnis. Sie hatten 1.200 Hinweise erhalten und etwa 600 Spuren verfolgt, alles vergeblich. Für Costa stand schließlich fest, dass sie es mit einem Kapitalverbrechen zu tun hatten. Sie hatten überprüft, ob das Mädchen Opfer einer organisierten Zuhälterbande geworden war, obwohl das eher unwahrscheinlich war, denn in Hamburg gab es viele Frauen aus Osteuropa, in denen die Menschenhändler viel leichtere Opfer hatten als in deutschen Mädchen. Auch die aufwändigen Bemühungen des Fernsehens brachten nichts, nichts die Nachforschungen unter Ausländern, ebenso wenig wie die intensiven Suchaktionen einer an der Universität spontan gegründeten Helfergruppe, die Infostände baute, Tausende von Handzetteln verteilte, Plakate klebte und bundesweit mit einer spektakulären Website auf sich aufmerksam machte. Es war alles ohne Erfolg geblieben.

Sollte er all das den Eltern auseinandersetzen? Das würde ihnen den letzten Schimmer von Hoffnung nehmen. Wahrscheinlich war der Täter aus dem Bekanntenkreis der Studentin gewesen.

Auch in Normas Fall lag für Costa der Akzent mehr auf Menschen, die Norma persönlich kannten, obgleich das nicht viel bedeutete, denn alle, die sie im Fernsehen verfolgt hatten, würden sich ihr so vertraut und nahe fühlen, als wäre sie ein Familienmitglied.

Inzwischen war Annalena das Kinn auf die Brust gesunken und sie war fest eingeschlafen.

Er bat Karin, ihn zu entschuldigen, verabschiedete sich von den Lindners, zog Annalenas Stuhl vom Tisch weg und lud sie sich auf die Arme. Er wollte gerade los, da stand Petra Lindner vor ihm, die Trachtenjacke in der Hand und fragte, ob er sie vielleicht noch brauchen könne.

Er nickte. »Legen Sie sie ihr über die Beine.«

»Ja, dann stechen sie die Mücken nicht.«

Gut, dass man diese Sorgen noch hat, dachte er und ging davon.

Als Costa am nächsten Morgen erwachte, hatte er Kopfschmerzen und war schweißgebadet. Er schaute nach Annalena, sie war nicht da. Alarmiert sprang er auf, aber sie saß friedlich auf dem Balkon und malte.

»Wann sind wir denn nach Hause gekommen?«, fragte er.

»Weiß nicht. Ich hab da in dem Lokal geschlafen.«

»Genau«, sagte er, »so war's.« Dumpf fiel ihm ein, dass er eine Pause in seiner Eckkneipe eingelegt hatte, weil ihm Annalena zu schwer geworden war, und der Wirt des Sa Calima ihn eine Stunde lang mit Absinth traktiert hatte.

Er sah zur Uhr. Schnell ging er unter die Dusche und rasierte sich. »Wir fahren an den Strand zum Mittagessen«, rief er Annalena zu, »und heute Abend zu Oma Maria.«

Er hatte sich mit Johannes in Sa Caleta verabredet, einer kleinen Bucht zwischen Flughafen und Cala Jondal. Das gleichnamige Restaurant war zwar nur mittags geöffnet, da aber das spanische Mittagessen meist bis in die frühen Abendstunden andauerte, fiel die Sperrstunde mit dem pünktlich zum Sonnenuntergang auftauchenden Mückenschwarm zusammen.

Als Costa und Annalena um fünf nach zwölf auf den Parkplatz der Bucht fuhren, wurden sie bereits von Johannes und Jenny erwartet. Die Temperatur lag bei zweiundvierzig Grad, doch die leichte Brise vom Meer brachte Erleichterung. Das Thermometer bewegte sich auch nachts kaum nach unten, und obgleich Costa kein Freund von Klimaanlagen war, hatte er den dicken Toni von Frigoricos Escandell in der Bar »Stop« nach einem Gerät gefragt.

»Kein Problem, Anfang Oktober komm ich persönlich vorbei und installier dir eins. Davor geht nix. Oder du musst es klauen, *teniente*«, lachte der Dicke. »Wir sind seit zwei Monaten ausverkauft. Hier und in Mallorca.«

Costa verschluckte eine Bemerkung über miserable Logistik und schwitzte seitdem ergeben in seiner Wohnung.

Jenny kam angesaust und riss Annalena mit sich. »Komm, da unten am Strand gibt's tolle Muschelschalen. Ich hab sogar ein Ojo gefunden!« Sie zeigte stolz eine kleine versteinerte Urschnecke, von Wind und Wellen zu glattem Perlmut geschliffen.

Die Kinder liefen davon, während Johannes und Costa zum Restaurant schlenderten.

Sie waren die ersten Gäste. Die Kellner waren noch damit beschäftigt, Bestecke zu polieren und die Tische einzudecken. Costa warf einen Blick ins Hummerbecken, in dem Langusten, Cigalas und Taschenkrebse herumkrabbelten.

»Wie ist der Tagespreis?«

»Neunzig Euro das Kilo«, rief einer der Kellner.

Johannes und Costa sahen sich an und schüttelten gleichzeitg den Kopf.

In der Kühlvitrine lagen Roxas, Rotbarben, verschiedene Brassen, Sardinen, Tintenfische, Sepias und ein aufgeschnittener Thunfisch von einem halben Meter Durchmesser. »Sieht gut aus«, sagte Costa, »wir sollten Fisch essen.«

Sie nahmen an einem bereits gedeckten Tisch im Schatten einer Pinie Platz und betrachteten für einen Moment schweigend die roten Felsen und das Meer.

»*Para beber?*« Der Kellner stellte Brot, Oliven und Aioli auf den Tisch.

»*Vino de verano*«, antwortete Costa und auf Johannes' fragenden Blick: »Rotwein mit Limonade. Und für die Kinder zwei Orangensaft.«

»Bueno«, begann Johannes das Gespräch, »*que quiere usted saber*, Don Antonio?«

Costa schüttelte grinsend den Kopf. Johannes hatte einen überdurchschnittlichen spanischen Wortschatz, drückte sich auch stets korrekt aus, nur machte er sich nicht die geringste Mühe, es wie Spanisch klingen zu lassen. Er sprach weder ein rollendes noch ein scharfes »R« und kein weiches »S«. Alles klang deutsch. Ist das seine

Art von Musikalität, fragte sich Costa, diese Sprache so gut zu beherrschen und sie dann nicht zum Klingen zu bringen?

»Lassen Sie uns das Gespräch auf Deutsch führen, Johannes«, sagte er. »Was ich wissen will? Alles, was Ihnen über Kailey Sheens Partner und seine Frau bekannt ist.«

Johannes musterte ihn eine Weile. »Warum will ein Bulle das alles wissen?«

Costa zog die Augenbrauen hoch. Er hatte sich vorgenommen, Norma zu finden, tot oder lebendig, und er würde seiner Methode folgen, ob andere das verstanden oder nicht. Er benutzte journalistische Recherchen, wenn das passte; er versuchte, sich psychologisch einzufühlen, wo es um menschliche Motive und Verhaltensmuster ging; er setzte sogar auf wissenschaftliche Methoden. Er wusste, dass das die Duldungsbereitschaft jeder Behörde strapazierte, aber das war ihm egal. Zweimal hatte er die Grenze überschritten und die Fälle waren ihm abgenommen worden. Das war in Hamburg gewesen. Hier war der Spielraum noch wesentlich enger. Allerdings nicht in jeder Beziehung. Ob er lange Gespräche mit Informanten, Zeugen oder Verdächtigen führte, unterlag hier keiner besonderen Kontrolle, denn die Kollegen saßen auch in Cafés herum oder spielten Billard oder verschwanden schon mittags, wie der Surfer, mit der Behauptung, sie hätten eine lange Nachtermittlung gehabt.

»Ich habe zwei Jahre an der Sheen-Biografie gearbeitet, *teniente*«, sagte Johannes. »Sie fragen mich, ob ich ihr einen Mord zutraue, aber Sie sagen mir nicht, worum es geht.«

Wollte er Geld für die Informationen? Costa sah ihn erstaunt an, musste dann aber lachen. »Ich verstehe, dass es manchmal für Sie bitter ist. Andere, wie Kailey Sheen, kleben ein paar Legosteine zusammen, wühlen ein bisschen in der Kiste herum und finden obendrein nicht nur die blauen Ecken, sondern auch noch Millionen von Euros.« Johannes wollte protestieren, aber Costa ließ ihn nicht zu Wort kommen. »Wissen Sie, Winter, ich frage Sie hier nicht für mich. Mir geht es nicht um Geld oder persönliche Neugierde. Wie sehr es mir nutzt oder nicht, was Sie mir erzählen – ich persönlich habe nichts davon. Ich werde weder befördert noch mehr Geld kriegen.«

Johannes runzelte die Stirn. »Was ist dann Ihr Motiv?«

Costa zeigte zum Strand, wo die Mädchen mit den Muscheln spielten. »Ich bin auf der Suche nach einem Mädchen, das nicht viel älter ist als Jenny und Annalena. Sie wissen, was manchmal mit netten Mädchen passieren kann?«

Johannes zuckte mit den Schultern.

»Erinnern Sie sich nicht an den Polanski-Fall? Angeklagt wegen ähnlicher Delikte mit jungen Mädchen. Vielleicht ist das im internationalen Musikgeschäft nicht so viel anders als im großen Filmgeschäft. Sie werden sich an den berühmten Regisseur erinnern, der die USA bis heute nicht mehr betreten darf. Ein großer Künstler, gar nicht vergleichbar mit Sheen, aber dennoch. Möchten Sie Ihre Tochter in diesem Milieu untergehen sehen?« Costa spürte plötzlich eine unterirdische Wut in sich. Galt denn heute nichts anderes mehr als der reine, flache Egoismus?

Johannes hob beide Hände, machte eine ironische Verbeugung mit der Stirn bis zur Tischplatte und sagte, er habe nicht an Geld für seine Informationen gedacht, nur, dass man sich wenigstens das Du anbieten könnte, wenn man schon so viel von dem anderen erwartete.

»Meine Mutter war in ihrer Jugend ein Hippie, die duzt jeden. Auch jeden fremden Mann. Das hat mich schon damals gequält. Ich duze nur Menschen, die ich schon eine Weile kenne und mag«, erwiderte Costa kühl.

Johannes streckte ihm die Hand entgegen. »Diesmal geben Sie Kredit, *teniente*. Mein Name ist Johannes, genannt Jo.«

»Toni.«

»Okay, Toni.«

Costa schlug ein, und die Sache war besiegelt.

»Was willst du wissen über Vince?«

»Mich würde interessieren –«

»Über Laurie McPhee kann ich dir nichts erzählen«, unterbrach Winter. »Ich weiß nur, dass er sie irgendwann in Sheffield geheiratet hat, dass er nichts ohne sie tut und kein Paar Socken trägt, das sie nicht wäscht. Er kennt sie seit seiner Schulzeit.«

»Andere Frauen?«

»Fremdgehen ist für ihn unvorstellbar. Alle Weiber fallen in Ohnmacht, wenn sie ihn sehen, und er sagt nein. Außerdem macht Laurie richtig Stress, wenn eine in seine Nähe kommt. Und bei Stress kriegt er Herpes.«

»Fällt sie auch in Ohnmacht?«

»Wohl kaum.« Johannes grinste sarkastisch. »Ich kann allerdings über sie nichts sagen. Mir ist sie vollkommen fremd. Es gibt jedoch eine österreichische adlige Dame, mit der sie befreundet ist. Die weiß alles über sie.«

»Wohnt die hier?«

»Sie hat für zwanzig Jahre eine Finca gemietet und sie Laurie überlassen, weil sie selbst kaum noch hier ist. Manchmal kommt sie, aber dann wohnt sie im Ocean Drive. Ich könnte den Hoteldirektor anrufen, dass er mich benachrichtigt, wenn sie wieder da ist. Aber mir oder dir würde sie eh nichts erzählen.«

»Dann nutzt es nichts.«

»Die Richtige dafür wäre Karin. Ein riesiger Zeitungsartikel über Laurie, das wär's. Laurie im Mittelpunkt. Dann würde sie sogar dieser österreichischen Freundin erlauben, über sie zu sprechen. Jedenfalls wenn's in die Richtung geht: Laurie als Yoko Ono. Der große Geist, der hinter allem steht.«

»Ist sie Yoko Ono ähnlich?«

»Äußerlich nicht. Aber wenn Yoko es im obersten Stockwerk der Musik geschafft hat, das Zeitalter der Beatmusik zu beenden, dann hat Laurie im Keller Groove Control auf dem Gewissen.«

Costa dachte an Sheens Behauptung, sie habe das letzte Maiwochenende heimlich mit ihr auf Tagomago verbracht. Nach dem Wenigen, was Johannes ihm bisher erzählt hatte, war es doch kaum wahrscheinlich, dass Sheen, der es immer um Erfolg ging, gerade die zum Tête-à-Tête bat, die ihre luxuriöse Kellerwohnung im Palast der Popmusik zerstört hatte.

»Diese Zerstörung hat am meisten Laurie selbst und Vince getroffen, denn Groove Control gibt es nicht mehr, Vince hat keine Jobs mehr und seine Kohle verzockt. Die Illusionen von Laurie und Vince dürften wohl so allmählich zerbröselt sein.«

»Worin bestanden die?«

»Alleine die große Karriere fortsetzen. Hat aber nicht geklappt. Alles Staub und Asche. Nichts ist geblieben als seine Hochseejacht, auf der sie leben. Würde ich inzwischen schon eher Hausboot nennen.«

»Auch im Winter?«

»Wenn sie das Geschaukel nicht mehr ertragen oder wenn es im Winter zu ungemütlich wird, gehen sie in die Finca der österreichischen Freundin.«

»Warum verkauft er das Boot nicht?«

»Erstens kriegt er nicht mehr viel und zweitens wäre es das Eingeständnis der vollkommenen Pleite. Sie haben die Jacht mit dem ersten Geld erstanden und werden sie erst beim letzten Cent verkaufen. Lieber wird sich Laurie mit ihr in die Luft sprengen. Außerdem hat sie nicht aufgegeben. Sie sieht alles nur als vorübergehendes Tief. Sie wird uns und der Welt zeigen, dass alles nur ein Vorspiel war und es erst richtig losgeht.«

»Warum kann er nicht Geld verdienen, wenn ihn doch seine Stimme mal so reich gemacht hat?«

Johannes nickte und winkte dem Kellner, um noch eine Flasche Weißwein zu bestellen. »Es geht rauf und runter, aber bei den meisten geht's nicht wieder rauf. Außerdem gibt es hoch begabte Musiker, die werden nie ein Bein auf die Erde kriegen. Der eine ist zu verträumt und selbstverliebt, um sich einem Publikum mitteilen zu können; der andere ein technischer Perfektionist, übt jeden Tag acht Stunden, aber sein Spiel bleibt seelenlos. Charly Parker hat mal gesagt, du musst die Technik perfekt beherrschen und dann komplett vergessen. Wenn so einer Glück hat, trifft er dazu noch den passenden Partner. Wie Lennon und McCartney, Jagger und Richards oder Simon und Garfunkel. Wenn man sich deren erste Gehversuche anhört, wirkt das zwar heute dilettantisch, aber ihre Kraft ist zu spüren: die Spannung innerhalb einer gut kommunizierenden Gruppe. Synergie. Da steigern sich zwei plötzlich zu einem Vielfachen ihrer Möglichkeiten. Wie in einer guten Ehe. Bei Vince und Kailey ging der Effekt nicht auf gute Musik, sondern auf Pfund, Dollars und Euros. So ein Groove Control Album, das jeder Teenie von hier bis Melbourne kapiert hat, singt Vince in einer Stunde wie ein Gott herunter.«

Er lachte einmal auf. »Nur gilt er nicht als Gott, sondern als Esel, der einen Karren mit Gold zieht und den seine Frau am Nasenring vorwärts zerrt, während Sheen hinten mit der Peitsche auf dem Kutschbock sitzt.«

»Kränkend.«

»Richtig. Darüber war Vince unglücklich. Für ihn hatte Sheen mit Prostitution zu tun und nicht mit Musik. Dennoch sang er Sheens Kram, die Kollegen lachten über ihn, und er verachtete sich.«

Der Kellner erschien mit gezücktem Stift und fragte, ob sie gewählt hätten.

»Ich verhungere bereits«, sagte Costa, hatte aber noch gar nicht in die Karte geschaut. »Der Fisch sah gut aus. Bring uns erst mal eine große Portion Pescadito frito, *para picar*. Danach sehen wir weiter«, sagte er. Als der Kellner weg war, fragte er Johannes: »Was weißt du über Vince' und Lauries persönlichen Hintergrund?«

»Über Laurie weiß ich nichts, da kann ich nichts sagen«, wiederholte Winter und Costa kam es so vor, als hätte er Angst vor ihr.

Die Kinder tobten am Strand herum und bewarfen sich mit Sand.

Costa bat den Kellner, er solle noch eine Flasche Weißwein bringen und eine Platte mit gegrilltem Fisch, und Johannes rückte seinen Stuhl herum, sodass er aufs Meer schauen konnte, zündete sich einen Joint an und schlug die Beine übereinander.

»Vince' Vater war Stahlarbeiter gewesen und starb an einem Gehirntumor, als Vince zwei Jahre alt war. Seine Mutter zog ihn alleine auf. Geschwister hatte er nicht, und weil sich seine Mutter eigentlich eine Tochter gewünscht hatte, durfte er zu Hause ihre Kleider tragen, sich schminken, und zu seinem zehnten Geburtstag bekam er sogar von ihr eine Perücke.

Sie weckte bei ihm das Interesse für Musik und Poesie. Schon mit sechs fing er an Klavierunterricht zu nehmen, mit zehn Gitarre.

Als er in die Schule kam, litt sie, denn nun war sie tagsüber alleine. Zum Ausgleich verwendete sie besondere Mühe auf das Abendessen, während er ihr all die Dinge erzählte, die ihn am Tag bewegt hatten. Beide liebten diesen Abschluss des Tages. Er machte anschließend am Küchentisch seine Hausaufgaben, während sie beim Abwasch die neusten Songs im Radio nachsang.

Die anderen Jungen in der Schule konnten mit ihm nicht viel anfangen, sie respektierten ihn dennoch, weil er sehr gut aussah und in ihren Augen etwas Erwachsenes hatte.

Eine große Nummer aber war er von Anfang an bei den Mädchen. Sie fanden ihn süß, und er war für sie der einzige Junge, mit dem man sich unterhalten konnte. Da auch die Lehrer viel von ihm hielten, merkte er, dass etwas Besonderes an ihm war. Seine Mutter bestätigte ihn darin, und wenn irgendetwas für sie beide feststand, dann war es die Tatsache, dass er mehr erreichen würde als alle anderen.

Bei der ersten Probe der Schülerband wurde ihm plötzlich bewusst, dass sein Weg über die Musik gehen müsste. Er war der beste Gitarrist. Gesungen aber hatte ein anderer. ›Du hast doch eine so schöne Stimme, ich verstehe das nicht‹, sagte seine Mutter. ›Das nächste Mal musst du singen! Du musst ihnen gleich eine Probe geben, damit sie wissen, wie göttlich du bist.‹ Er zögerte, aber sie begleitete ihn das nächste Mal, und es klappte auf Anhieb. Er vergaß nie mehr das Gefühl, wie es war, da vorne zu stehen, die Musiker im Hintergrund und seine Mutter in der ersten Reihe vor sich. Nun kam sie immer mit, sofern es nicht störte oder zu sehr auffiel. Er vergaß dabei alles um sich herum, tauchte ganz ein in Musik und fühlte sich überirdisch gut.

Es dauerte nicht lange, da war er der Star der Schule, und ›Radar Love‹, seine Band, wurde berühmt in Sheffield. Es war die Stadt, in der Joe Cocker geboren war, auch das nahm Vince als ein Zeichen. Es war seine Bestimmung, ein berühmter Sänger zu werden.«

Er hatte aber die Schule noch gar nicht verlassen, als sein Schicksal schon die erste entscheidende Weiche stellte. So jedenfalls sah es Johannes Winter. Es war der Tag, an dem die drei Jahre jüngere Laurie McPhee auf die Secondary School kam, wo nach der Begrüßungszeremonie in der Aula die Schulband auftrat und »Nights in White Satin« von den Moody Blues spielte. »Ich nehme an, sie sah in dem Moment ihr ganzes Leben vor sich und wusste, dieses Leben würde an Vinces Seite sein. Und da er immer auf der Bühne stehen würde, war es klar: Dort würde auch sie stehen. Sony & Cher, Ike & Tina Turner, Glen Campbell & Bobby Gentry, Dave Stewart & Annie Lennox. Oder, wenn's sein muss, Peter, Paul & Mary – Kailey, Vince & Laurie.«

Laurie begann, Catering und Aufräumarbeiten zu übernehmen, trug seinen Gitarrenkasten, handelte schon bald die Gagen aus und übernahm jeden Streit, den die Gruppe mit anderen hatte. Bald wurde sie dafür berüchtigt, dass sie die Auseinandersetzungen auch gewann. Sie sah sich als seine Managerin, und Vince musste mehr und mehr klar geworden sein, dass er ohne sie nichts schaffen würde. Schon damals wollte er nur Musik machen, Stücke üben und proben. Das war seine Welt.

Seine Leidenschaft zu Laurie entflammte besonders nach Konzerten, wenn er von der Bühne aus beobachtet hatte, wie sie von anderen Kerlen angebaggert wurde. Er hatte Johannes ganz stolz erzählt, dass sie darauf nie reagierte, die Augen nie von ihm abwandte und ihm immer das Gefühl gab, dass sie ihn auch brauchte und liebte und keiner der Kerle jemals an sie heran kommen würde. Das törnte ihn richtig an, machte ihn geil, und an solchen Abenden hatten die beiden den besten Sex.

Je erfolgreicher er wurde, desto mehr betete er Laurie an. Sie wurde zu seiner Göttin, der er jeden Wunsch erfüllte und jedes Opfer brachte. Sie hatte ihn erschaffen. Für ihn war sie die Schönste und Begehrenswerteste, alle sollten sehen, was für eine Wahnsinnsfrau er an seiner Seite hatte. Deswegen kaufte er ihr in den fetten Jahren alles, was sie haben wollte und wäre nie auf den Gedanken gekommen, die überfüllten Kleiderschränke zu kritisieren.

Als er mit der Schule fertig war und in London für eine Weile an einer Musikhochschule Gitarre studierte, verließ sie ebenfalls die Schule und machte in London einen Kurs in Management. Sie wollte noch mehr Wissen für ihr Projekt »Vince« erwerben. Nebenbei knüpfte sie die ersten Kontakte mit Plattenfirmen und lieferte die Demotapes mit seinen neuesten Songs und Balladen selbst ab.

Ihr Ehrgeiz und sein Fleiß führten jedoch zu nichts. Die Welt der Musik war schon damals ein riesiger Dschungel, in dem nur der lauteste Schrei oder das bunteste Gefieder auffielen. Sie schauten aus ihrer kleinen kalten Wohnung aus dem Fenster in den Regen, als eines Tages das Telefon klingelte: Am Apparat war ein Mister Henley. Er hatte gerade eines von Vince' Demotapes gehört, wollte den jungen Mann kennen lernen und fragte, ob er Interesse habe, in einem professionellen Musikstudio Lovesongs aus den Siebzigern aufzunehmen. Laurie und Vince sprangen jubelnd auf und tanzten um das Feuer ihrer Hoffnungen. Schnell erlosch es, denn die Veröffentlichung wurde ein Flop. Aber ein Anfang war gemacht, und Mister Henley rief wieder an, Vince Gordon solle es mal mit der Produzentin Kailey Sheen versuchen, die damals schon einen gewissen Namen hatte. Vince sagte, nein danke, und erklärte es Laurie damit, dass er sich nicht schon am Anfang seiner Karriere alles mit dem schlechten Namen einer Kantinenköchin versauen wollte. Es dauerte jedoch nicht lange, da bekam Mister Henley einen Anruf von einer gewissen Laurie McPhee, die sich als Managerin von Vince Gordon ausgab und Henley darüber unterrichtete, dass Vince es nach reiflicher Überlegung eine grandiose Idee fände, mit Kailey Sheen ein Album zu machen.

Jos Monolog war vom Kellner unterbrochen worden, der eine riesige Platte mit frittierten Fischen, Kartoffeln, süßen Zwiebeln und gebratenen Paprikas brachte.

Costa rief nach den Kindern, die mit dem Schrei »Durst!« angeschossen kamen. Beide waren mit Sand paniert und hatten die Hände voller Muschelschalen.

»Schätze bitte hier abladen«, sagte Johannes und deutete auf den Boden neben sich. »Dann Hände waschen.«

Die Kinder trabten gehorsam ab. Johannes schien ein guter Vater zu sein und Costa fragte, wie es seiner Frau gehe.

»Ganz gut. Sie arbeitet zurzeit im Es Paz. Gehört einem Freund von uns. Ist ganz schön fertig jeden Abend. Italiener, Franzosen, Deutsche, Spanier, Holländer, ganz Europa hat Ferien. Alle kommen gleichzeitig zum Essen und haben komischerweise auch im Urlaub keine Zeit.«

Die Kinder kamen zurück und Annalena fragte: »Wie isst man das?«

»Guck zu, ich zeig's dir«, sagte Jenny, nahm eine Rotbarbe und begann, sie wie einen Maiskolben rund um die Mittelgräte abzunagen. »Die kleinen Gräten verbrennen, wenn man sie frittiert«, dozierte sie, »und die großen sieht man ja wohl. Trotzdem, erst mal mit den Schneidezähnen kauen!«

Costa staunte amüsiert darüber, dass sich Annalena von Jenny etwas zeigen ließ. Er dachte daran, wie Annalena sich abends im Bett darüber mokiert hatte, dass Jenny stolz darauf war, acht geworden zu sein. »Dabei wachsen ihr am Nacken und auf der Stirn noch Babyhaare, und sie wiegt bloß zwanzig Kilo«, hatte sie gemosert. »Weißt du, was sie gesagt hat? Dass sie ab sofort eine hundert Zentimeter große ernst zu nehmende Person ist. Ein laufender Meter. Aber sie ist halb so groß wie ihr Mundwerk, das ist ihr Problem. Ich hasse sie.« Gerade machten die beiden einen Unterarmvergleich, um festzustellen, wer brauner war. Jenny gewann um Längen. Sie zog ihr sommersprossenübersätes Näschen kraus und ihre blauen Augen blitzten. »Du solltest dich besser mal eincremen, siehst schon aus wie 'ne Gamba.«

Bevor Annalena zurückschlagen konnte, fragte Costa schnell, wer noch ein Eis wollte und beide schrien: »Ich!«

»Wo waren wir stehen geblieben?«, fragte Johannes.

»Bei Kailey Sheen.«

»Kailey Sheen?«, rief Jenny. »Das ist eine Lieblingssängerin von meiner Mama! Die hat ›Sweet sister, sister sweet‹ gesungen.«

»Das war Vince Gordon«, belehrte sie Costa. Jetzt hatte er auch mal einen Trumpf.

»Und gestern haben wir sie besucht«, warf Annalena zu Winters Verblüffung ein. »Die hat ein komisches Ratespiel mit uns gemacht. Stimmt's, Papa?«

Costa nickte und schaute Winter streng an. »Du erfährst hier ein paar Dinge, die eine laufende Ermittlung betreffen. Bitte behalt das für dich, o.k.?«

Winter schaute immer noch verblüfft, sagte aber lediglich: »Kein Problem, Toni. Da, lauft zum Kellner, wenn ihr ein Eis wollt.«

Nach einer Pause erzählte er weiter. »Ab dann hat's geklappt. Vince erschien in Kaileys Studio. Kailey hatte jede Menge musikalisches Material auf Halde. Ich hab dir ja erzählt, wie Kailey mir diese erste Begegnung beschrieben hat. Für sie war Vince nur der Pferdearsch. Ich habe auch mit Vince darüber gesprochen. Aus seiner Sicht klang das so: Das beschissene Material war es nicht wert, mehr als einen Tag zu investieren. Ich habe die Scheiße Song für Song runtergesungen, meine Jacke genommen und bin gegangen. Das Ergebnis nannten sie Groove Control, und William Henley machte mit Kailey einen Vertrag, der dem Konzern den Löwenanteil ließ und Sheen und Gordon nur reich machen konnte, wenn sich das Album wie wahnsinnig verkaufen würde. Jeder, der sich damals den Mist angehört hat, wettete dagegen, und jeder irrte sich. Jeder schüttelte den Kopf, wenn die Zahlen reinkamen, aber Kailey sprang wie ein Massai-Krieger herum. *All my love is in my heart* wurde ein gigantischer Erfolg. Für Laurie war klar, nun wird geheiratet, aber es gab mit ihr gleich Ärger, weil der Konzern es nicht schaffte, Lady Di zu ihrer Trauung in der St. Paul's Cathedral einzuladen.

Sie machten ein zweites Album, natürlich wollte Kailey diesmal mehr Geld, das versprach Henley auch, aber es waren Peanuts, verglichen mit den Verträgen von Andy Amalfy, den Sheen von Anfang an als großes Vorbild vor Augen hatte. Henley nutzte dabei einfach Kaileys Hauptschwäche aus, die zugleich auch ihre größte Stärke war – ihre Gier. Er hielt ihr den neuen Vertrag hin, legte hunderttausend Dollar in cash daneben und sagte: Nimm die hundert und den Vertrag. Oder das Cash bleibt hier, du gehst zu deinen Anwälten, und wir verhandeln alles neu. Kailey schnappte das Geld und unterschrieb. Immer wieder passierte so was, und Kailey fluchte so regelmäßig über die bösen Manager wie Gläubige zur Kirche gehen. Aber mit anderen hat sie es genauso gemacht.

Jedenfalls feierte Vince seinen ersten Erfolg mit Groove Control und Laurie war nicht bloß seine Geliebte, seine Freundin, seine Mutter, sie war inzwischen auch seine Managerin, Beraterin und Ehefrau. Ihr Vince-Wissen hatte sonst niemand. Nach der ersten Begegnung mit Sheen war Vince nach Hause gekommen, hatte ihr davon erzählt und wollte nicht mehr. Von Anfang an bestand diese Aversion gegen Sheens Musik. Laurie hat dem zwar immer zugestimmt, aber gleichzeitig das Ziel im Auge behalten. Kailey hatte sich und Vince beispielsweise den Namen ›Double Gold‹ geben wollen, was Vince zum Kotzen fand, und Laurie hat mit dem Namen Groove Control die Situation gerettet. Natürlich meint Kailey, dass der Name von ihr ist. Von einer Mülltüte. Aber ich glaube, er ist von Laurie, die all die Jahre nicht nur bei den Texten und Arrangements über Vince Einfluss nahm, sondern schon in der Anfangszeit ein genaues Konzept entwickelt hat, wie Inhalte und Präsentation der Gruppe zu sein haben. Wichtigster Punkt: Sie brauchten eine zweite Frau! Vince brauchte eine Partnerin, eine wirkliche Göttin. Und Vince wusste, dass sie Recht hatte, sonst würde er nie mehr irgendwas Ähnliches wie Paul Simon werden.

Mit Kailey Sheen aber war all das nicht zu machen. Sie widersetzte sich, und es kam zu dramatischen Konflikten. Dennoch veröffentlichte Groove Control in den Folgejahren sieben Alben, die sich mit den Single-Auskopplungen insgesamt über 40 Millionen Mal verkauft haben. Sie schafften es als Erste nach den Beatles, gleichzeitig in den USA und in England auf Platz Eins zu stehen, und die Uni in Toronto setzte Sheen den Ehrendoktorhut auf. Die Auseinandersetzungen steigerten sich aber trotzdem jeden Tag so lange, bis alles zerbrach. Die Beleidigungen, die Vince am Ende einstecken musste, waren nicht mehr zu überbieten. Aber auch Kailey musste einstecken, allerdings meist von Laurie. Bei einem Treffen in einem Londoner Hotel verlangte sie schließlich auch von Kailey, dass sie sich ihr unterwirft. Kailey tobte. Der Bruch stand in allen Massenblättern.

Vince dachte, nun seien alle Probleme erledigt. Der Konzern bot ihm sofort einen Supervertrag ohne Kailey an, aber alles wurde eine einzige Pleite. In den nächsten Jahren verlor er sein Geld. Die beiden können sich nicht mal mehr den Sprit leisten, um mit ihrer Jacht einen Ausflug nach Mallorca zu machen. Darunter leidet Laurie mehr als Vince. Ihr ehrgeiziges Ziel ist es immer noch, mit ihm zusammen Musik zu machen. Laurie ist nicht der Typ, der aufgibt, und ich glaube, sie hat inzwischen begriffen, dass sie erst mal wieder zu Geld kommen müssen. Der schnellste Weg wäre, die Kuh, die sich so gut melken ließ, wieder zum Leben zu erwecken. Vince hat mir gegenüber so was erwähnt, aber Kailey anrufen will er nicht. Er hasst sie abgrundtief. Er kriegt Ausschlag, wenn er nur von ihr spricht. Bloß im Moment hat Kailey die besseren Karten. Sie hat den Konzern immer gut bedient, hat keine Experimente gemacht, kein Geld verloren und vor einiger Zeit von William Henley den Job gekriegt, in der massenwirksamsten Fernsehshow aller Zeiten als Jurorin einen Dauerauftritt zu haben. In London heißt das Ding EuroShow, eine Talentshow, in der die Sieger schon berühmt sind, bevor sie ihr erstes Album gemacht haben. Vince und Laurie sind hingegen vom Misserfolg gebrandmarkt. In dieser Branche bedeutet das, die Pest haben. Niemand möchte mit so jemandem in Berührung kommen.«

»Wäre es denkbar, dass Sheen Laurie heimlich mit nach Tagomago nehmen würde?«

Johannes blickte Costa eine Weile verwundert an, so als hätte er etwas auf Chinesisch gesagt, das er übersetzen sollte. »Wie kommst du auf so was?«

»Fiel mir gerade ein.«

»Nun … ja. Wenn sie Vince zerstören wollte. Wenn sie ihn vollkommen vernichten wollte. Auslöschen durch Demütigung.«

»Aber wahrscheinlich nicht, wenn sie Groove Control reaktivieren will?«

»Todsicher nicht.«

Costa sah zur Uhr, es war vier. »Wir müssen fahren«, rief er seiner Tochter zu und winkte mit beiden Armen. »Wohin?«, kam Annalena atemlos angerannt. Ihr Gesicht und ihre Schultern waren knallrot.

Er ärgerte sich, dass er vergessen hatte, sie nach dem Mittagessen noch einmal einzucremen. »Zur Oma, schon vergessen?«

»Stimmt, schon vergessen«, antwortete sie und verabschiedete sich widerwillig von Jenny. »Kann sie nicht mitkommen?«

»Ein andermal, mein Herz, da müssen wir erst die Oma fragen.«

Sie folgte ihm zum Auto betont langsam mit hinter dem Rücken verschränkten Armen. Er öffnete alle Türen des Wagens und nahm die Sonnenfolie von der Windschutzscheibe. Sie kletterte auf den Rücksitz. »Puh, ist das heiß!«

»Wir machen alle Fenster auf, dann geht's schon«, sagte er und fuhr los. Er wählte den Weg über Sant Josep und San Antonio, um dem Verkehr auf der Schnellstraße zu entgehen.

»Wann sind wir endlich da?«, quengelte Annalena.

»Dauert nicht mehr lange. Schau dir lieber mal die Aussicht an!«

Vor ihnen lag die weite Bucht von San Antonio mit dem Zuckerhut, der Bahia von Port d'es Torrent und der kleinen Inselgruppe um die Illa de sa Conillera. Das Meer glitzerte in der Nachmittagssonne bis zum Horizont.

»Warum schreit der Mann so?«, fragte Annalena und zeigte auf ein Denkmal, als sie durch die Calle Ramón y Cayal fuhren.

»Das ist der Uc, der berühmte ibizenkische Schrei. Früher, als es noch kein Telefon gab, haben sich die Ibizenkos durch Schreien von Berg zu Berg verständigt. Man sagt sogar, dass der lauteste Schreihals Bürgermeister wurde.« Als er den Gipfel des Berges hinter C'an Germa erreichte, war seine Tochter eingedöst. Das ganze Land von hier bis Santa Agnés hatte früher dem alten Planells, einem Freund seines Großvaters, gehört. Noch als er fast neunzig war, ging er jeden Tag die vier Kilometer herunter nach San Antonio, trank einen Hierbas in seiner Lieblingsbodega und stieg, versorgt mit dem Tagesklatsch, die vier Kilometer zu seiner Finca wieder hinauf. Der Alte hatte ihm einmal sein Leid geklagt:

Keines seiner Kinder wolle die Finca übernehmen. »Sie warten nur darauf, dass ich sterbe. Dann verkaufen sie das Land und sind reich.«

Die Straße schlängelte sich in Serpentinen abwärts ins Tal von Santa Agnés. An dem Lebensmittelladen, wo sie die Straße nach Buscastell kreuzte, fuhr Costa geradeaus in den kleinen Camino nach San Matteo. Annalena schlief tief und fest. Nach einem Kilometer tauchte das kleine weiße Fincahotel seiner Mutter an der linken Seite auf. Er bog langsam in den holprigen Feldweg ein und wich den Schlaglöchern aus, um nicht mit dem Wagen aufzusetzen. Er parkte im Schatten eines Mandelbaums.

Maria war im Garten hinter dem Haus und zupfte Unkraut. Sie trug einen Strohhut und eine blaue Schürze über einem schwarzen Rock. Bis auf die blonden Haare hätte man sie für eine ibizenkische Bäuerin halten können.

»Da seid ihr ja. Wo ist Anna?«, fragte seine Mutter und richtete sich auf.

»Im Auto. Sie ist eingeschlafen. Wann lässt du denn mal den Weg machen?«

»Der bleibt so, wie er ist«, antwortete sie und ging zu Costas Wagen. »Hallo, mein Engel«, flüsterte sie ihrem Enkelkind zu und ließ ihre Hand zärtlich über den Kopf der Schlafenden gleiten. »Sie ist ja ganz heiß. Und rot. Du hast vergessen, sie einzucremen. Hoffentlich hat sie keinen Sonnenstich«, tadelte sie.

Diese Sorge stellte sich als unbegründet heraus, denn als Annalena erwachte, wollte sie sofort in den Pool. Maria cremte sie so dick ein, dass sich auf dem Wasser eine Fettschicht bildete und ging mit ihrem Sohn zum Haus.

»Und? Macht dir das Räuber-und-Gendarm-Spiel noch Spaß?«, fragte sie, während sie einen Tonkrug mit Wasser, Honigmelonen und Schinken auf den Tisch stellte.

»Wie geht's Elmar?«, fragte Costa, der auf diese Frage schon lange keine Antwort mehr gab.

»Gut. Er war bis April in Asien und hat ein paar schöne Sachen mitgebracht. Im Moment baut er gerade hinter dem Schuppen ein thailändisches Teehaus zusammen.«

»*Bueno*, will ich mir mal ansehen.«

Costa begrüßte Marias zehn Jahre jüngeren Lebensgefährten, lobte seinen Fleiß, bei der Hitze herumzuzimmern, und verabschiedete sich von Annalena, die schon dabei war, ihre Omi mit Tanz und Gesang zu beeindrucken. Natürlich tanzte Omi mit, um zu zeigen, dass sie es auch noch drauf hatte. Die beiden Männer schauten anerkennend und lächelnd zu, wie es von ihnen erwartet wurde.

»Gehst du auch mal mit Karin tanzen?«, rief seine Mutter.

Das tat er nicht. »Gute Idee.«

»Tanzen macht glücklich, ist ihre Theorie«, nuschelte Elmar in seiner zurückhaltenden, leidenschaftslosen Art.

»Elmar und ich tanzen jede Woche einmal«, rief sie.

»Ist das wahr?«, tat Costa erstaunt.

Überraschenderweise kam in Elmar Bewegung, er nickte mit dem Kopf und machte einen Schritt zur Seite, so als wollte er gleich mal loslegen. »Ja, ja, das stimmt. Darauf besteht sie.«

Annalena hörte nicht zu. Sie war ganz konzentriert, um all die Bewegungen Shakiras genau nachzuahmen, während ihre Großmutter sie zu imitieren versuchte, was aber mehr einem Gezappel ähnelte. Elmar und Costa lächelten immer noch und als Costa wie ein Champion beide Arme hob, um sich zu verabschieden, kam seine Mutter auf ihn zu, zupfte an seinem T-Shirt und sagte: »Deine Tochter ist begabt. Lass sie Klavierunterricht nehmen.«

»Das klappt nicht«, wandte er ein. Genau das hatte er in Hamburg ein paar Mal vergeblich vorgeschlagen.

Maria machte eine wegwerfende Bewegung. »Sabine kümmert sich nicht, aber jetzt, wo sie hier ist, kannst du das mal organisieren. Dann hat sie einen Anfang. Mehr braucht sie nicht. Sie braucht nur einen Anfang.«

Für seine Mutter war das Leben einfach, niemals hatte er sie etwas anderes sagen hören, gleichgültig, ob sie als junges Mädchen kurz vor dem Abitur mit seinem Vater nach Ibiza durchbrannte, ob sie sich dann hier den Hippies anschloss und wegen ihres aufgebrachten Mannes die Insel fluchtartig verlassen musste, ob es ihr neues Leben dann mit ihrem Sohn ohne einen Pfennig in Hamburg war, der Kauf der Finca, auf der sie jetzt ihren Lebensabend verbrachte oder das wöchentliche Tanzen mit Elmar.

»Also, was ist?«

Costa wusste, dass er nur durch ein entschiedenes Ja oder Nein loskäme. »Ja, ist gut, ich werde es probieren.«

»Versprochen?«

»Versprochen.« Er umarmte alle, zuletzt Annalena. »Du bleibst hier, bis ich dich abhole. In Ordnung?«

»Wenn du Norma Jean gefunden hast, bring sie mit, Papa. Bitte!«

Costa ging die Mole entlang. Er trug weiße Turnschuhe, Jeans und ein hellblaues, kurzärmeliges Oberhemd über der Hose. Am liebsten mochte er weite Segelhosen, aber Karin favorisierte seinen knackigen Hintern und bestand auf Jeans. Die Sonne stand noch hoch. Sie brannte so stark auf der Haut und in den Augen, dass er den Arm hob, um sich zu schützen. Jetzt hätte er eine Baseballkappe brauchen können, wenngleich er die Dinger eigentlich nicht mochte.

Die meisten Anlegeplätze waren leer. Wahrscheinlich waren die Boote noch in Formentera oder einer der Buchten. Ein Landsmann sang laut, während er einen großen Segler mit der Aufschrift »Emily Morgan« putzte. Costa wollte ihn schon fragen, als sein Blick auf das Boot dahinter fiel. »Harmony« stand auf dem Heck. Am Mast baumelten ein schlaffer Union Jack und eine spanische Flagge. So groß hatte er sich Gordons Schiff nicht vorgestellt. Es hatte eine eindrucksvolle Flybridge, auf der Satellitenschüsseln und Radar montiert waren. Es war immer noch schmutzig braun von den Spuren des roten Regens, der der Insel vor Monaten sein Gewand übergeworfen hatte.

Laute Musik drang von Bord. Costa rief mehrmals Gordons Namen. Da der elektrische Steg ausgefahren war, ging er hinüber. Der ganze Heckbereich war mit Plastikplanen verkleidet. Er öffnete den Reißverschluss.

Obwohl die Klimaanlage im Innern auf Hochtouren lief, roch es unangenehm nach Brackwasser, Küchenabfällen und Alkohol. Die Inneneinrichtung war aus Rosenholz und weißem Leder, die Metallteile aus Messing. Der einst weiße Sisalboden war mit Flecken und Brandlöchern übersät. Costa konnte durch den Salon ins Esszimmer schauen, wo sich auf dem Teakholztisch Geschirr, Gläser und Töpfe stapelten. Vince Gordon, dessen Gesicht er sich vorher im Internet angesehen hatte, saß auf einer halb runden Couch, die achtzehn Personen Platz geboten hätte. Seine Beine lagen auf einem runden Glastisch, auf dem stapelweise CDs, Zigarettenschachteln, leere Flaschen, Zettel mit Notizen, Haufen zerknüllter Papiertaschentücher verstreut waren.

Gegenüber dem Sofa-Halbrund war eine verspiegelte Bar mit sechs Hockern. An einem lehnte eine Gitarre und auf der Bar war eine zweite. Neben dem Sänger lag noch eine, auf der er wohl gerade gespielt hatte.

»Erkältet?«, fragte Costa.

Gordon antwortete nicht. Er betrachtete ihn desinteressiert und wartete offensichtlich darauf, dass er erklärte, was er wolle.

Für einen Moment war Costa wie weggetreten. Vielleicht war es diese stickige Atmosphäre oder die Tatsache, dass er schlecht geschlafen hatte. Vielleicht sollte er keinen Absinth mehr trinken, das bekam ihm nicht. Er stand da, als wüsste er nicht mehr, wo er sich befand und in welcher Zeit, er hörte nur das Zischen seines Tinnitus und spürte seine trockene Zunge, die ihm wie gequollen vorkam.

Der Mann auf dem Sofa fragte ihn, was er hier suche, aber Costa konnte nicht antworten, seine Schultern waren schwer wie Stein. Die Hitze drückte ihn nieder, er brauchte etwas zu trinken, aber er konnte nicht sprechen, und den Whisky, der vor seinem Gegenüber auf dem Tisch stand, wollte er nicht.

»Was ist los?«, fragte der Typ auf der Couch.

Costa bekam keine Antwort heraus, irgendein Ekel würgte ihn, vielleicht der Widerwille, sich um diese Leute zu kümmern, sich in ihr Leben einzumischen, sich in sie hineinzuversetzen und all diesen Unsinn nachzuvollziehen, den sie aufführten.

Ihm wurde schwindlig, er stützte sich auf einen der Barhocker, wobei die Gitarre umfiel, die dort lehnte.

»Laurie!« Es klang wie ein Hilferuf, und dann stand sie in der Tür. Sie musterte ihn kühl. Er stellte sich vor und bat um ein Glas Wasser.

Sie trat hinter die Bar, öffnete einen Kühlschrank und goss ein Glas voll, das sie vor ihn hinstellte. Sie setzte es so fest auf, dass es überschwappte. Dabei ließ sie ihn nicht aus den Augen.

Er dankte und trank. Wenn es stimmte, was Johannes ihm erzählt hatte, war sie sechsunddreißig, aber er hätte sie eher auf neunundzwanzig oder gar vierundzwanzig geschätzt. Sie war etwa einen Meter siebzig groß, hatte gleichmäßig matt getönte Haut, kastanienbraunes Haar und grüne Augen. Sie war sorgfältig geschminkt. Volle Lippen und Katzenaugen dominierten ihr Gesicht. An beiden Armen trug sie Bänder und Kettchen, mehrere Ringe an den Fingern, und eine Kette lief sogar über den Rücken ihrer linken Hand.

Während er langsam und in kleinen Schlucken trank, taxierte sie ihn abschätzend. Wie er von Karin wusste, war sie Steinbock. Ihre Figur passte dazu, sie war schlank wie eine Gazelle. Steinböcke ziehen Lustgewinn aus ihrer manipulativen Kraft, die ihnen oft selbst nicht bewusst ist, aber weil sie ja alles »von oben« sehen, glauben sie auch, alles »richtig« zu sehen. Wenn Karin mit dieser Philosophie Recht hatte, würde diese Frau nicht aufgeben, was immer ihr Ziel war.

Hinter sich hörte er einen Gitarrenakkord. Für ihn waren das nur ein paar Töne, aber die Frau vor ihm schien die Sprache zu verstehen. »Sie haben sich im Boot geirrt«, sagte sie. »Der Einbruch war auf der Santa Maria, zwei Boote weiter.«

»Wie kommen Sie darauf?«, fragte er.

»Sie sagten doch, Sie seien Polizist, oder?«

Wie kam sie darauf? Dennoch fühlte er sich wie ertappt. Sein Ärger riss ihn aus dem Nebel der Hitze. Er wollte etwas Gemeines sagen. »Sie haben Recht. Aber ich komme nicht wegen eines Einbruchs, ich komme wegen einer Mordanzeige.«

Sie nahm sein Glas und stellte es weg. »Dann sind Sie erst recht auf dem falschen Dampfer.«

»Es geht um eine der Teilnehmerinnen aus der EuroShow bei 2U-TV, Norma Lindner. Sie trat dort als Norma Jean auf. Kailey Sheen war in der Jury. Vielleicht haben Sie die Sendung mal gesehen und können mir weiterhelfen.«

»Fehlanzeige«, sagte sie. »Hier sind Sie falsch.« Sie kam um die Bar herum, offensichtlich um ihn zum Ausgang zu bringen.

»Haben Sie denn die Sendung mal gesehen?«, fragte er und warf einen schnellen Blick herum. Hinter der Bar war ein großer Flachbildschirm. Als er das Boot betrat, war ihm schon das Cockpit mit Satellitennavigationssystem aufgefallen. Er wusste, es gab hier Satellitentelefon, Radar, und über die riesige Schüssel würden sie jeden europäischen Kanal empfangen, auf jeden Fall 2U-TV, den er sogar in seiner Wohnung kriegte.

»Wir sehen solchen Schrott nicht«, sagte sie und bewegte sich weiter langsam auf ihn zu, sodass er zurückweichen musste, wollte er nicht unhöflich sein. Sie war ihm jetzt nah, und er bemerkte ihr Parfum. Es gefiel ihm, es war ein frischer Kontrast zu der übrigen Atmosphäre hier. Es kam ihm in den Sinn, dass sie wahrscheinlich niemals Tiere gehabt hatte und ihr Pflanzen auch nur etwas bedeuteten, wenn sie ihr als große, teure Blumensträuße gebracht wurden.

»Lass ihn doch mal.« Die müde Stimme war aus der Couchecke gekommen, aber dann hielt der Sänger ihrem Blick nicht stand, sondern verrieb etwas auf dem Holz der Gitarre, wobei seine langen kupferroten Haare über sein blasses Gesicht fielen. Er war, wie David Bowie, ein androgyner Typ mit einer schmalen Figur. Als Erstes waren Costa seine weit geschwungenen Augenbrauen und langen Wimpern aufgefallen.

Er antwortete seiner Frau nicht direkt, sondern murmelte vor sich hin, dass der Typ – er meinte Costa – doch ruhig erzählen solle, wen Kailey umgebracht habe.

Mit einem Auflachen wandte sie sich wieder Costa zu, war plötzlich völlig verändert und forderte ihn in einem fast mütterlichen Ton auf, sich zu setzen. »Na bitte, wenn Sie möchten. Erzählen Sie, was Sie auf dem Herzen haben.« Sie fragte, ob Costa noch etwas trinken wolle. Dabei beugte sie sich über den Tisch und nahm dem Sänger wie nebenbei die Whiskyflasche weg.

Costa bat noch einmal um Wasser, sie brachte eine große Flasche, drei Gläser und setzte sich dazu.

»Ich nehme an, Sie sind Laurie McPhee und Vince Gordon«, eröffnete Costa das Gespräch.

Vince hob den Kopf, sah ihn gleichmütig an und zupfte wie unbewusst einige Töne aus einem alten Song, den sogar Costa aus seiner Schulzeit wiedererkannte, Tom Dooley, die Ballade eines Verbrechers, der gehenkt wird. »Wen hat Kailey umgebracht?« Seine Stimme war warm und weich.

»Es geht um eine siebzehnjährige Deutsche, die in der EuroShow in London als Norma Jean aufgetreten ist. Sie ist aber schon in einer der Vorrunden ausgeschieden und seither verschwunden. Das Letzte, was die Eltern von ihr gehört haben, war ein Telefonanruf, in dem sie der Mutter sagte, sie sei in Ibiza, um mit Kailey Sheen eine CD aufzunehmen.« Costa wartete auf eine Reaktion, aber beide schwiegen.

Schließlich zündete sich Vince eine Zigarette an und sagte: »Eine CD. Und?«

Costa erklärte, er habe gehofft, sie könnten ihm irgendwie weiterhelfen.

»Wie?«, fragte Vince und zupfte wieder ein paar Takte. »Ich sehe solche unterirdischen Sendungen nicht. Ich denke auch nicht, dass sie diese Norma produziert. Der Konzern hat sie ja in die Jury gesetzt, damit sie mit den Gewinnern arbeitet und nicht mit den Verlierern.«

»Wieso kann der Musikkonzern bestimmen, wer bei dem Fernsehsender in der Jury sitzt?«

»Der Sender gehört dem Konzern«, klärte ihn Gordon auf.

»Außerdem konnte sie ja nicht wirklich singen«, sagte Laurie. »Sie wäre nicht mal bis Platz Neun gekommen, wenn die Typen nicht alle mit ihr ins Bett wollten.«

Offenbar hatte sie die Sendung gesehen. Vermutlich alle. Costa entspannte sich, endlich schien ein Gespräch in Gang zu kommen. Er fühlte sich wie ein Angler, der den ersten Fisch auftauchen sieht. Es war nicht sicher, dass er anbeißen würde, aber immerhin war etwas in Bewegung. »Gehört Kailey Sheen auch zu denen, die ausschließlich ein sexuelles Interesse an Norma Jean hatten?«

»Auf die Idee bin ich noch gar nicht gekommen. Aber bitte. Warum nicht? Wenn sie sowieso keiner will, ist es ja auch egal, ob es Männer sind, die sie nicht wollen, oder Frauen.« Spöttisch blitzte es in Lauries Augen. »Bliebe aber immer noch die Frage, wie karrieregeil diese Norma ist.«

»Das könnte der einzige Grund sein?«

Sie antwortete darauf nicht, aber ihre ganze Haltung drückte aus, dass sie den Gedanken, mit Sheen ins Bett zu gehen, ohne karrieregeil zu sein, äußerst fernliegend fand.

»Mister Gordon hat doch jahrelang mit ihr gearbeitet. Was für ein Mensch ist Kailey Sheen denn?«

Die beiden warfen sich einen Blick zu, blieben aber stumm.

Er versuchte es dennoch, aber es war aus ihnen nichts mehr herauszukriegen. Sie speisten ihn mit vagen, freundlichen und nichts sagenden Floskeln ab, beschrieben Kailey Sheen als ehrgeizig und sehr erfolgreich, wollten sich über sie als ehemalige Partnerin aber nicht weiter auslassen.

»Bitte gehen Sie jetzt«, Laurie erhob sich. »Ich glaube, es ist alles gesagt.«

Costa spürte wieder eine bleierne Schwere. Er spannte seine Muskeln an, um sich wachzurütteln. Der Polizeiarzt hatte sein Muskelkleid, wie er es nannte, immer gelobt, aber im Moment zog ihn alles nach unten. Er wollte nichts als schlafen. »Kennen Sie das Haus auf Tagomago?«, fragte er.

»Nein. Sie ist *nach* der Trennung dort eingezogen.« Sie gab ihm ein unübersehbares Zeichen, sich zu erheben.

Er blieb sitzen. »Miss Sheen behauptet das Gegenteil. Sie sagt, Sie hätten mit ihr dort ein Wochenende verbracht. Heimlich. Ohne das Wissen Ihres Mannes.« Er brach das Versprechen, das Elena Kailey Sheen gegeben hatte; er musste diese Karte ausspielen, es nutzte nichts. Dabei warf er Vince einen kurzen Blick zu, der langsam und ungläubig den Kopf schüttelte, wobei ein wehmütiges Lächeln seine Züge umspielte.

Laurie allerdings fuhr hoch wie eine Furie. »Das glauben Sie doch wohl selbst nicht! Wann will sie Ihnen das denn erzählt haben? Und warum sollte sie so einen Blödsinn reden?« Sie machte eine schroffe Handbewegung. »Bitte verlassen Sie das Boot. Ich will mir diesen Unsinn nicht länger anhören.«

Costa wollte ihrer Aufforderung gerade Folge leisten, als Vince sich zu Wort meldete. »Wann soll das denn gewesen sein?«

Laurie drehte sich herum. »Was soll denn diese blödsinnige Frage? Willst du dich mit dem Unsinn etwa auseinandersetzen? Es spielt doch gar keine Rolle, was diesem kranken Hirn entspringt! Vielleicht hat sich das aber unser Herr Polizist nur ausgedacht, um uns zu veranlassen, etwas über Kailey zu sagen.« Mit einem Mal hatte sie alle Selbstkontrolle zurück, und in einem kalten Ton sagte sie: »Wir haben die Wiederaufnahme von Groove Control beschlossen, und wir werden uns jetzt weder von Ihnen noch von der guten Kailey zu irgendwelchen Reaktionen verleiten lassen, die das Projekt in Frage stellen. Das versteht doch selbst ein Polizist, nicht wahr?«

Das klang, als planten sie das alleine, ohne Sheen. Wenn Costa Johannes Winter richtig verstanden hatte, würde Sheen das wie einen Paukenschlag empfinden und mit allen Mitteln verhindern. Costa reckte sich grinsend. »Weiß Miss Sheen davon?«

Vince wollte etwas sagen, aber schon als er den Mund aufmachte, sagte sie in einem sonderbar bittenden Ton: »Vince, ich flehe dich an.«

Das war's. Costa erhob sich. »Haben Sie hier eigentlich auch ein Studio an Bord?«

»Ja. Wollen Sie für uns singen?« Sie drängte ihn hinaus und kam ihm dabei so nahe, dass er wieder ihr Parfum roch. Zu gerne hätte er sie gefragt, was es war, aber sie hätte die Frage sicher als Beleidigung aufgefasst. Das wollte er nicht, denn er würde sicher noch einmal wiederkommen müssen. Dabei interessierte es ihn tatsächlich. Er hätte Karin gerne gefragt, wie sie es fand.

Als er von Bord ging, empfand er die Sonne noch heißer. Er fühlte sich wie unter einem Brennglas. Er beschattete sein Gesicht mit der Hand. Während er die Mole entlangschlenderte, überlegte er, welche Konsequenzen sich aus seinem Besuch ergaben. Zum einen war sicher, dass sie Groove Control wieder ins Leben rufen wollten, nur dazu mussten sie Kailey erst einmal alle Rechte daran abknöpfen – wohl nur über ihre Leiche. Und zum anderen hatte Laurie McPhee entschieden bestritten, in Tagomago gewesen zu sein. Das ließ sich überprüfen. Er würde gleich zum Flughafen fahren und den Helikopterpiloten selbst sprechen. Das hatte er mit Elena bereits vereinbart.

Er rief sie an und berichtete von seinem Gespräch. Elena sagte, es wäre natürlich besser, wenn sie ein Foto von Laurie hätten.

»Stimmt. Hab auch dran gedacht, aber sie hätte mir kein Foto gegeben. Komischerweise ist im Netz kein Foto von ihr. Nach allem, was mir Johannes Winter erzählt hat, hätte ich das Gegenteil vermutet. Aber sie ist ein schriller Vogel, unberechenbar. Sie wirkt auf mich, als wenn sie immer was im Schilde führt. Karin kann uns da vielleicht helfen. In der Zeitung gibt's doch bestimmt Fotos von Vince Gordons Frau.«

Elena versprach, die Verabredung mit dem Piloten auf den Spätnachmittag zu legen, sodass Costa Zeit hätte, die Sache mit Karin zu klären.

Er war einverstanden und rief Karin an. Er erreichte sie auf ihrem Handy und erklärte ihr sein Problem.

»Das Foto kriegen wir«, sagte sie. »Wir waren doch Ende Juni zusammen auf der Vernissage deines Cousins Mateo. Da war Laurie McPhee mit ihrer österreichischen Freundin. Dieser Gräfin. Weißt du das nicht mehr?«

Er konnte sich im Moment nicht erinnern, aber das spielte auch keine Rolle, es ging ihm jetzt nur um ein Foto.

Karin sagte, Ann Talbachi, die Fotografin, sei auch da gewesen. Kein Problem, sie zu fragen. »Wie schnell brauchst du es?«

Sie verabredeten sich im Montesol, drinnen, weil es da kühler war.

Als er dorthin auf dem Weg war, tauchte in seiner Erinnerung das Bild eines verheißungsvollen Maiabends auf. Jetzt fiel ihm wieder alles ein. Die Inseleinwohner trafen sich vor und nach der Saison zu ihren privaten Festen. Er hatte Karin zu Hause abgeholt, Mateo Verdera hatte zu einer Ausstellung seiner Jahresproduktion in der Galerie C'an Daifa in Santa Gertrudis geladen, wenngleich er eigentlich schon ein bisschen spät dran war. Es war keine Verkaufsveranstaltung, mehr ein relaxter Abend für befreundete Künstler. Karin hatte auch eine Einladung erhalten, separat.

Jesus von der »Bar Costa« hatte für alle pa' tomat gebracht, geröstetes ungesalzenes Brot, auf dem frische Tomaten zerrieben waren und dazu seinen besten Pata-Negra-Hinterschinken angeschnitten, hauchdünne Scheiben mit einem ansehnlichen Fettrand, dem Zeichen von Qualität.

Es war eine sehr friedliche Stimmung gewesen, wie er sie sich vom Frühsommer wünschte. Ein ruhiger Winter lag hinter ihm, und der Saisonstress hatte noch nicht eingesetzt. Die Tage waren klar und die Abende noch kühl, jedenfalls in diesem Jahr. Dass es so eine sengende Hitze geben würde, hatte im Juni niemand geahnt.

Für die Musik sorgte ein Gitarrist. Weil Karin oft darüber spottete, wie wenig Ahnung er von Musik hatte, erklärte sie ihm, der Gitarrist spiele Etüden von Hector Villa-Lobos und Albeniz. Der Gitarrist war Johannes Winter gewesen.

Die meisten Anwesenden kannten einander, waren entweder Kreative oder verkauften Kreatives.

Costa hatte an sein verrauchtes Büro gedacht und die Party verlassen, bevor Laurie McPhee erschienen war. Daher hatte er nicht gewusst, wie sie aussah, bevor er sie heute auf ihrer Jacht aufsuchte.

Sie wirkte entschiedener und intelligenter, als Winter sie dargestellt hatte. Sie passte zu Vince Gordon, darin stimmte er mit Winter überein; allerdings hatte er auch oft erfahren, dass die Fassaden oft nicht zeigten, was in den Menschen steckte. Oft verbargen sie es sogar. Vielleicht war Vince Gordon nur bequem; vielleicht war er verliebt in eine faule Lebensart und benutzte Laurie als bissige Hündin, die alle Störungen von ihm fernzuhalten hatte. Vielleicht aber war er auch voller Ängste, ein verschrecktes Kind, das sie dominierte und bestimmte, wie es zu leben hatte. Das war die Sicht Winters. Aber Costa blieb skeptisch. Vielleicht war Gordons Kraft einer Kailey Sheen weit überlegen, vielleicht war all der Erfolg gerade dieser Kraft und Begabung entsprungen, während Laurie McPhee und Kailey Sheen nur die grellen Figuren waren, die er heimlich bewegte und die das selbst nicht einmal merkten. War alles möglich. Kein Vorurteil haben hieß, auf alles eingestellt zu sein.

Costa und Karin trafen fast gleichzeitig im Montesol ein. Die Tische draußen unter dem Sonnendach waren nicht alle besetzt, aber ihm war es zu heiß. Er schlug vor, drinnen einen Tisch zu suchen.

Dort war es kühl, er atmete auf und nahm Karin kurz in die Arme.

»Wo ist Annalena?«, fragte sie.

Während sie in zwei Ledersesseln Platz nahmen, erzählte er ihr von dem Wunsch seiner Mutter, Annalena Klavierunterricht zu organisieren.

»Eine gute Idee«, meinte Karin. »Kann doch Johannes Winter machen.«

»Hast du denn als kleines Mädchen nicht Klavier gespielt?« Er wollte sie aufziehen und dachte, vielleicht würde er sie so weit kriegen, ihm ein Kinderstück vorzusingen. Irgendwas von Mozart, aber da stand schon eine große schlanke Frau im Raum, und Karin sagte: »Da ist sie.«

Ann Talbachi trug ein luftiges Safarihemd, Jeans und eine Sonnenbrille, die sie zurück ins Haar schob, als sie herumschaute. Karin winkte ihr, und sie kam mit einem Lächeln an den Tisch. Karin stellte die beiden einander vor.

Ann Talbachi warf eine Mappe auf den Tisch und ließ sich in den Sessel fallen. »Schön kühl hier.«

Costa fand sie sofort sympathisch. Man merkte ihr die praktisch zupackende Frau an, die viel im Ausland gelebt hatte.

»Sie möchten die Fotos von Laurie McPhee sehen«, begann sie ohne Umschweife, löste ein Band von ihrer Mappe und reichte Costa das erste Hochglanzbild. »Eigentlich hätte Laurie Model werden sollen«, sagte sie zu Karin.

Costa gab ihr Recht, denn jedes einzelne Foto war interessant, egal in welchem Licht und aus welcher Perspektive es aufgenommen war. Die Bilder hatten etwas Klares, Entschiedenes und dadurch Intensives. Costa hatte das Foto von Norma dabei, das ihm die Eltern gegeben hatten. Es war nicht leicht auszumachen, ob die beiden Frauen so verschieden waren oder ob das auf den Fotos nur so wirkte. Auf diesen Aufnahmen jedenfalls waren die beiden nicht zu verwechseln. Laurie McPhee war ohnehin älter als Norma und sehr viel ausdrucksstärker. Allerdings musste er zugeben, dass er sie auf diesen Aufnahmen nicht wiedererkannt hätte. Ann war zum Teil sehr nah herangegangen, hatte auf manchen nur ihre Seite mit Ohr fotografiert oder nur ihre Hände oder nur eine Hand, die mit mehreren Armbändern geschmückt auf der Lehne eines dunkelroten Sofas lag. Auf dem Foto der Lindners aber stand Norma lächelnd und mit schief gelegtem Kopf vor der Haustür ihrer Eltern, die Tür einen Spalt geöffnet – ein Amateurfoto, schnell geknipst und nun auf Postkartengröße vervielfältigt, um es überall zu verteilen.

Costa suchte eine möglichst normale, unkünstlerische Aufnahme. Schließlich wählte er eine, die der von Norma am nächsten kam: Laurie McPhee im Eingang des Ausstellungsraumes.

»Worum geht's eigentlich?«, fragte Ann.

»Hast du nicht von den Aktionen dieser deutschen Eltern gehört, die ihre Tochter suchen?«

Ann überlegte. »Vielleicht war ich da grad in Düsseldorf.«

»Sie haben hier überall diese Postkarten verteilt, Plakate geklebt, und ein Bekannter von ihnen in Deutschland hat eine Webseite gemacht – ›Findet Norma‹ in allen Sprachen, um auf Normas Verschwinden europaweit aufmerksam zu machen.«

»Wo ist sie denn verschwunden?«

»Sie war in dieser englischen Sendung EuroShow, in der ein neuer Popstar gesucht wird. Die gibt's in allen Ländern, auch in

Deutschland. Das ist in jedem Land dasselbe, auch hier in Spanien.«

»O ja, das habe ich mal gesehen. Wenn die sich so ausstellen, bieten sie sich ja geradezu an, dass ein Wahnsinniger zuschlägt. Alle anderen haben doch Bodyguards heutzutage.«

»Wir haben Hoffnung, dass sich alles noch aufklärt«, sagte Karin, und es klang wie eine Zurechtweisung.

»Zeigen Sie noch mal das Foto.«

Costa reichte es ihr.

Sie schaute es sich lange an. »Ich glaube, ich habe die schon mal gesehen.«

»Wann?«

»Vor kurzem.«

»Wo?«

»Das weiß ich eben gerade nicht mehr. Aber ich habe ein mulmiges Gefühl.«

Karin ließ nicht locker, aber es war nicht mehr aus ihr herauszukriegen.

Es war kurz nach fünf, als Costa am Flughafen ankam. Elena wartete schon. Sie war mit dem Motorrad gekommen, hatte aber keinen Schutzanzug an. Es war natürlich eine Versuchung, bei dieser Hitze nur in der Bluse, Jeans und Sandalen zu fahren, aber seinen Kindern hätte er es nicht erlaubt. Sie stieg zu ihm ins Auto. Seine Laune hob sich um einige Grad. Er mochte ihr Parfum. Es war nicht so direkt wie das von Laurie McPhee, es war leicht und frisch, aber er kannte es, es war ihres, und es lockte ihn immer wieder, mit ihr vertraut zu werden.

Er zeigte seinen Ausweis, die Schranke öffnete sich, und sie fuhren in den Bereich, wo die Privatmaschinen abgefertigt wurden.

Als sie das Büro betraten, erkannte die Sekretärin Elena sogleich, stand auf und rief: »Hallo, Señora Navarro, ich hole Marikol gleich« und verließ den Raum.

Costa betrachtete die Maschinen auf dem Flugfeld. Als sie wieder zurückkam, fragte er sie, wem der große Düsenjet mit dem seltsamen Emblem gehöre. Sie trat zu ihm ans Fenster und sagte, das sei der Privatjet eines Komponisten und Musikproduzenten. »Aber da gibt es ja noch mehrere«, fügte sie hinzu. »Sehen Sie den knallroten Jet dahinter? Der gehört dem Musikproduzenten Andy Amalfy. Und der dort, der grüne? Mit dem ist eine Boy Group aus Los Angeles gekommen. Und das Riesending da ganz in Schwarz? Das ist der Privatjet von Puff Daddy, dem HipHopper.«

»Und der silberne?«

»Der gehört einem von Queen.« Sie sah ihn strahlend an. »Das ist die Gruppe von Freddy Mercury, Gott hab ihn selig. Den hab ich mal in Barcelona erlebt, als er mit Montserrat Caballé die Olympischen Spiele eröffnet hat.«

»Wahnsinn«, sagte Costa amüsiert und lächelte ihr zu.

»So ’n Jet ist für die nur wie für uns ’n Fahrrad. Ah, da ist ja Señor Marikol!«

Der Mann, der zur Tür hereinkam, war Mitte dreißig und hätte von der Statur her eher ein Jockey sein können als ein Pilot.

»Das ist *teniente* Costa von der Guardia Civil«, stellte sie ihn vor, und Costa bemerkte, dass Elena ihn perfekt avisiert hatte.

Der Pilot schaute Costa misstrauisch an, ging dann auf Elena zu, um ihre dargereichte Hand mit beiden Händen zu drücken, wobei er freundliche Formeln der Begrüßung murmelte.

Der Typ war ein Murmeltier, Costa traute ihm nichts zu, nicht wie einer der Brandpiloten, die er mal bei einer Katastrophe kennen gelernt hatte; er war ein Privatchauffeur für reiche Säcke, bestechlich obendrein.

»Ich werde Sie einen Moment alleine lassen, ist das okay?«, sagte die Sekretärin.

»Ja, vielen Dank. Können wir diese Stühle nehmen?«, fragte Costa.

»Gerne.« Sie lächelte Costa zu und verschwand.

Marikol rührte sich nicht. Costa blieb auch stehen. »Sie sind aus Valencia, nicht wahr?«

Marikol brummte etwas, und Costa zeigte ihm die beiden Fotos.

»Meine Kollegin Señora Navarro sagte, Sie hätten die Frau, die Sie am 31. Mai zusammen mit Kailey Sheen nach Tagomago geflogen haben, nicht gut beschreiben können. Würden Sie sich diese Fotos mal ansehen?« Sein Ton war freundlich, denn die Aussage des Piloten war ziemlich entscheidend.

Marikol betrachtete beide Fotos lange. Obwohl er nicht sprach, bemerkte Costa starken Knoblauchgeruch.

Plötzlich hob er den Kopf und sagte: »Die hier ist es gewesen!«

Costa wandte sich an Elena, die knapp hinter ihm stand. »*Bueno*. Das ist Norma. Das wird Miss Sheen erheblich in Schwierigkeiten bringen.«

Dem Piloten stand Schweiß auf der Stirn, obwohl es nur draußen heiß war.

»Sind Sie sicher? Meine Kollegin sagte mir, dass Sie kaum Gelegenheit hatten, sich die Begleiterin von Miss Sheen anzuschauen.«

Marikol zuckte mit den Schultern und knurrte: »Was soll ich sagen? Die auf dem kleinen Foto war's.«

Costa wusste, was Zeugenaussagen wert waren. »Haben Sie die andere auch schon einmal gesehen?«

»Die hab ich auch schon mal geflogen«, antwortete er leichthin.

»Und wann?«

»Keine Ahnung. Ich kann mir all die Flüge im Einzelnen nicht merken.«

Costa griff in die Tasche und holte sein Portmonee mit einem Foto von Karin heraus. »Und die hier?«

Der Pilot nahm Costas Hand und zog sie näher, um das Foto besser zu sehen. »Die auch.«

Costa war sich sicher, dass Karin noch nie mit einem Helikopter hier auf der Insel geflogen war.

Es reichte ihm, doch als er gehen wollte, hielt ihn Marikol am Arm fest. »Die Blonde hab ich gleich wiedererkannt.«

»Wiedererkannt?«

Plötzlich fing Marikol an zu sprudeln. Er beschrieb die EuroShow, doch es dauerte eine Weile, bis Costa begriff, dass er ein süchtiger Zuschauer dieser Talentshows war. Er sah regelmäßig nicht nur die spanische, sondern auch die in Stockholm, in Deutschland, die in Italien und in Frankreich. Costa war ziemlich verblüfft.

Er zog den Stuhl heran, machte dem Piloten ein Zeichen, sich zu setzen, setzte sich selbst ihm gegenüber, während Elena sich hinter Marikol an die Wand lehnte und die Arme verschränkte. Costa war immer wieder beeindruckt von ihrer Zurückhaltung, die er mit Gelassenheit gleichsetzte. Das Murmeltier war ihr Mann aus Valencia und manch anderer Kollege hätte nun alles getan, um ihn zu retten, damit er sein eigenes Gesicht nicht verlor. Nicht so Elena.

Er hörte sich alles genau an. Er ließ sich vor allem den letzten Auftritt Normas beschreiben. Als Costa immer wieder nachfragte, sagte Marikol schließlich, dass er alle Shows aufgezeichnet hatte und Costa die Kassette leihen könne.

Elena bat ihn, er möge die Kassette hier im Büro abgeben, sie werde sie abholen und auch wieder hierher zurückbringen.

Costa fragte, wo die Toiletten seien und gab Elena ein Zeichen, dass er draußen beim Auto warten würde. Er wollte ihr Gelegenheit geben, mit ihrem Landsmann noch unter vier Augen ein paar Worte zu wechseln; vielleicht fiel ihm dann noch etwas anderes ein.

Zwei Minuten später stieg Elena in seinen Wagen. Er fuhr herunter von dem Gelände und hielt dort, wo ihr Motorrad stand. »Nett, die Valencianer«, sagte er und stellte den Motor ab.

Sie zog die Augenbrauen hoch: Was soll's.

»Gab's noch was?«

»Ich habe ihn gefragt, ob er nicht ein Logbuch führen muss, in das er die Passagiere einträgt. Muss er, aber dafür, dass er es nicht tut, hatte die Sheen bezahlt. Ich ließ es mir trotzdem zeigen, und da stand auch nur die Sheen als Passagier drin.«

»Na super. Glaubst du ihm?«

»Ich glaube, dass er außer Kailey Sheen noch jemanden mitgenommen hat, und ich glaube auch, dass er uns die nicht extra verheimlicht. Warum hat er sie sonst überhaupt erwähnt?«

»Du meinst, er hat gar nicht hingeschaut, wer einstieg und wer hinter ihm saß?«

»*Si, Señor.* Die Sheen hatte ihm das vorher angekündigt, und er hat das Problem für sich so gelöst, dass er sich bemüht hat, von Anfang an nichts zu sehen. Ist doch normal.«

»In Valencia?«

»Überall, wo die Leute Gewissenskonflikten ausweichen wollen.«

»Gut. Aber warum ist er zum Schluss dann so auf Norma Jean angesprungen? Wenn er die so toll findet, würde es ihm ja wohl kaum gelingen, sie nicht zu sehen.«

»Stimmt. Auf was man scharf ist, kann man schlecht übersehen. Deswegen bemerke ich es ja auch immer, wenn du ins Büro kommst.«

»Danke, Mylady. Gilt dasselbe auch für Ihr Schlafzimmer?«

Sie nickte verschmitzt lächelnd. »Keine Chance, den späten Gast zu übersehen.«

»Dann habe ich ja jetzt was über Valencianer gelernt.«

Er sah, wie sie ihre Antwort verschluckte. Das war auch gut so. Er hatte mit ihr geflirtet, obgleich er das nicht wollte, doch wenn er mit ihr zusammen war und nicht achtgab, passierte ihm das immer wieder. Es war harmlos, aber durchaus typisch für ihn: Schon als Junge hatte es immer wieder Ärger gegeben, weil er in die Speisekammer oder den Kühlschrank geschaut und eine frische süße Creme vernascht hatte.

So sehr er Elena mochte – er war mit Karin zusammen und hielt Treue für eine Voraussetzung in einer Beziehung. Dennoch war ihm Elena einmal sehr nahe gekommen. Sie hatten lange im Büro gearbeitet, es war schon Nacht und niemand mehr im Haus. Sie verließen zusammen das Büro, gerade als im Gebäude das Licht ausging. Diese Pannen passierten zwar andauernd, inzwischen hatte man das Gebäude ja auch abgerissen, aber dieses eine Mal hatte er sich nicht geärgert, sondern sich gefreut. Instinktiv nahm er ihren Arm, um sie durch das dunkle Treppenhaus zu führen. Sie hatte ihn gewähren lassen und kein Wort gesagt. Es war ein intensiver Moment, er spürte das jetzt noch. Fast hätte er den Schritt über die Grenze getan und sie gefragt, ob sie noch mit ihm ins Sa Calima komme, aber Gott ließ ihn über einen Werkzeugkasten stolpern. Er wäre gefallen, hätte sie ihn nicht gestützt. Ein Omen?

»Was machen wir nun?«, fragte sie und er kehrte ruckartig aus seinen Gedanken in die Wirklichkeit zurück.

»Unser Ziel ist eigentlich klar. Wir müssen einen Hausdurchsuchungsbefehl für Tagomago kriegen. Könnte schwierig werden.«

»Deswegen müssen wir unserem Valencianer dankbar sein«, sagte sie lächelnd. »Solange er bei seiner Aussage bleibt, haben wir eine Handhabe. Vielleicht reicht das Richter Montanyà.« Sie hielt Costa eine von Marikol unterschriebene Aussage hin.

»Sehr gut. Ohne dich sollte ich eigentlich nicht aus dem Haus gehen.«

Er hörte, wie sie langsam die Luft einsog. Dann fragte sie übergangslos, wie es Karin ginge.

»Sehr gut«, antwortete er, ließ sich aber nicht ablenken und schlug vor, die Sachlage noch einmal kritisch durchzugehen. Er wollte sicher sein, für einen Haftbefehl gegen Kailey Sheen genug in der Hand zu haben.

»Am 31. Mai sind Norma Lindner und Kailey Sheen fast zur gleichen Zeit auf Ibiza angekommen. Sie selbst gibt zu, mit einer *Frau* im Hubschrauber weitergeflogen zu sein. Das bestätigt Marikol und sagt auch, es sei Norma gewesen, während die Sheen sagt, nein, das war Laurie McPhee. Die es aber bestreitet. Also muss der Richter hier annehmen, dass es Norma war. Passt alles, fragt sich nur: Welches Verbrechen? Für einen Mord fehlt uns die Leiche, für Entführung oder Menschenraub reichen die Indizien nicht, Indikatoren für Kuppelei oder Drogenmissbrauch gibt es gar nicht. Segundo könnte sagen: Mag sein, die Leute lügen, mich interessieren aber nur Verbrechen!«

»Richtig. Doch wir haben die Anzeige wegen Mordes von den Lindners, und es ist eine *Tatsache*, dass Norma verschwunden ist. Diese Tatsache beginnt übrigens zu wirken: Ich soll dir bestellen, dass der Chef dich sprechen will. Der Tourismusminister war bei ihm. Ich glaube, die werden langsam gereizt wegen der dauernden Plakataktionen der Lindners«, sagte Elena.

»Gut, dann bewertet Staatsanwalt Segundo Sheens Lüge vielleicht anders. Sie hätte doch einfach sagen können, sie hat Norma aus der Show mit in ihren Inselpalast genommen. Wer hätte was dagegen? Sie ist doch auch volljährig und kann machen, was sie will. Wie auch immer, wir werden es herausfinden. Elena, du wirst Segundo die Gründe vortragen, er soll sich dann bei Montanyà um den Hausdurchsuchungsbefehl bemühen. Übrigens, ehe ich es vergesse: Dass sich die Sheen Laurie McPhee als Alibi ausgesucht hat, ist ja nicht ungeschickt, denn sie kann jederzeit behaupten, Laurie gibt das nur deswegen nicht zu, weil Vince Gordon keine Gemeinsamkeiten zwischen den Frauen will.«

»Verstehe«, sagte Elena, »aber ich glaube, wir brauchen das gar nicht, denn mit der Trachtenjeansjacke und der Aussage von Petra Lindner haben wir doch einen sehr starken Beleg dafür, dass Norma auf Tagomago ist. Und mit der unterschriebenen Erklärung von Marikol schnappt die Falle zu, meine ich.«

Costa war einverstanden, doch bevor Elena auf ihre Maschine stieg, rief er vorsichtshalber noch einmal die Lindners an, ob es irgendetwas Neues gebe. Martin Lindner meldete sich sofort. Er trug das Handy immer eingeschaltet bei sich. Nein, Norma hatte nicht angerufen, es war alles beim Alten. Sie liefen jeden Tag herum, zeigten überall Fotos ihrer Tochter, ohne Erfolg. Nur ein paar halb nackte Spinner, bunte Vögel in verrückten Kostümen, hatten gekichert und gelacht. Sie behaupteten, sie hätten Norma gesehen, sie sei der schöne Engel aus den Rave-Nächten, sie schwebe über allem, schwebe und strahle. Martin Lindner hatte sich furchtbar darüber aufgeregt, dass es Leute gab, die andere in so einer Situation noch verhöhnten. Hätte seine Frau es nicht verhindert, wäre er ihnen an den Kragen gegangen.

Dann fragte er, ob Costa irgendwas Neues wüsste. Costa zog es vor, sein vorläufiges Ergebnis für sich zu behalten. Was Sheen anbetraf, konnten die Lindners nicht helfen. Sie hätten sich nur zusätzlichen Ärger eingebrockt, wenn sie plötzlich mit aller Macht gegen die Produzentin zu Felde gezogen wären. Auf jeden Fall hätte es ihnen die Energie genommen, weiter nach ihrer Tochter zu suchen, und das war ja das Einzige, was sie im Moment tun konnten.

»Alles klar, du kannst los. Wenn es mit Segundo Probleme gibt, ruf mich an.«

Er schüttelte den Kopf, als Elena mit wehenden Haaren Gas gab. Aber schon nach fünfzig Metern hielt sie an, schaute sich lachend um und setzte ihren Helm auf. Costa winkte anerkennend.

Amüsiert rief er in dem kleinen Familienhotel seiner Mutter an. Elmar wusste, dass die beiden im Ferienclub Cala Pada waren, wo Johannes Winter den Kindern gerade Klavierunterricht gab.

Auf der Fahrt dorthin überlegte er, welche Motive Kailey Sheen haben könnte. Sollte es ihr wirklich nur um Business und Erfolg gehen?

Was wusste er eigentlich konkret von ihr? Dass sie viel Geld hatte? Aber auch das war nicht sicher, denn wie viele Menschen traten reich auf, steckten aber in Wirklichkeit tief in Schulden. Und dann die Aktion mit Marikol! Wenn sie wirklich wollte, dass Marikol die Klappe hielt, war sie dann tatsächlich der Meinung, dass tausend Euro ausreichten? War das die Arroganz der Reichen? Oder ihr Geiz? Vielleicht Letzteres, denn Costa wusste, dass diese Leute die Welt durch ihren Reichtum beherrschten, selbst aber meist Knechte des Geldes waren. Da waren eben tausend Euro manchmal schon viel. Und dieses kleine Schweigepflaster hatte bei Marikol nicht gehalten. Dazu war Elena zu attraktiv.

Costa parkte und lief mit schnellen Sprüngen die Treppen zum Musikzimmer im zweiten Stock hinauf.

Als er eintrat, saß Annalena am Klavier, Johannes neben ihr und Maria auf einem der Stühle an der Wand. Auf Zehenspitzen ging er zu ihr und setzte sich neben sie. Sie tätschelte seine Hand und hielt sie fest.

Johannes tippte mit dem Bleistift auf die Tasten. Annalena blieb unbeweglich sitzen und starrte auf die Noten.

»Was ist das für eine Note?«

»Weiß nicht.«

»Du bist ganz sicher, nicht zu wissen, was das für eine Note ist?«, wiederholte er.

Das Kind antwortete nicht. Johannes ließ als Ausdruck seiner Machtlosigkeit die Schultern sinken und klopfte mit dem Bleistift auf die Tasten. Keine Wimper des Kindes zuckte. Er drehte sich zu Costa um. »Sie weiß es ganz genau.«

Costa nickte und seine Tochter sog hörbar die Luft ein.

»Du weißt es. Du willst es nur nicht, weil Omi und Papi zuschauen.«

Das Kind ließ sich nicht herab, zu antworten und untersuchte stattdessen mit der Zungenspitze seine Vorderzähne.

»Sie wird es schon lernen«, sagte Costa leise zu seiner Mutter.

»Was ist los?«, fragte Johannes. »Willst du nicht spielen?«

Sie legte folgsam die Hände auf die Tasten, bewegte sie aber nicht, sodass ihr Lehrer auf einen Finger drückte, um den ersten Ton zum Klingen zu bringen. Aber auch das setzte die Hände nicht in Bewegung. Stattdessen blickte sie zu ihrem Vater und lächelte ihn an, so als wollte sie sagen, wenn ich frei wär, könnte ich fliegen.

Johannes stand auf und ging in die Küche. Er zündete sich dort eine Zigarette an, sog vier-, fünfmal den Rauch tief ein, löschte die Glut unter dem Wasserhahn, warf den Rest in die Mülltonne, pustete einmal tief aus und kam wieder herein, eine Entschuldigung murmelnd. Er setzte sich wieder neben das Kind und deutete auf das Notenblatt.

»Kinder haben ihren eigenen Kopf«, sagte Costa.

»Sie müssen die Schwingungen des Äußeren, des Sozialen und der musikalischen Vorgaben in Übereinstimmung mit ihren inneren Schwingungen bringen«, antwortete Johannes irritiert. »Das müssen sie lernen.«

Draußen war es plötzlich für einen Moment still und man hörte drinnen, wie der Wind durch die Palmenblätter klapperte. In der Ferne rauschte die leise Brandung des Meeres. Costa dachte, wie viele Nachmittage unbemerkt an ihm vorübergingen. Er entzog Maria seine Hand.

»Tu es mir zuliebe«, flüsterte Johannes.

Das ferne Dreieck eines vom Meer hereinkommenden Segelbootes erschien im offenen Fenster. Irgendwo knallte eine Tür, und plötzlich hörte man Kindergeschrei aus dem Club.

Annalena blieb stur und Johannes jammerte, die Kinder wollten das Handwerk nicht annehmen. Er versuchte es wieder, vergeblich, und erweiterte seine Klage, es seien heute nicht nur die Kinder, überhaupt wehre sich das Volk gegen die zunehmende Theorielastigkeit des Lebens. »Nicht lernen müssen als Grundrecht«, sagte er zerknirscht.

Vom Schiff war nur noch das Heck zu sehen, langsam glitt es vorbei.

»Welche Note das ist?« Sie nahm die Finger von der Tastatur, hob das rechte Knie an und zog mit beiden Händen die herunter gerutschte Socke hoch. Der Stoff spannte sich stramm, wobei sie den Fuß hin und her bewegte. »*No lo se*«, sagte sie auf Spanisch, nachdem sie die Hände wieder in die Position gelegt hatte.

Die Sonne wechselte durch verschiedene Wolkenschichten und ein weißer Strahl fiel auf ihr Haar, das hell aufleuchtete.

»Komm, noch mal von vorn«, sagte Johannes und sprühte sich etwas gegen den Schnupfen in eines seiner Nasenlöcher.

»Man kann den Kindern etwas anbieten, aber *sie* müssen die Entscheidung treffen«, sagte Costa.

»A, b, c, d, e«, sagte Annalena. »Reibekuchen und Bebekuchen.«

Johannes stöhnte auf und drehte sich zu Maria um. »Schluss für heute.«

»Gut«, sagte Maria entschieden, »sie bleibt über Nacht bei mir und wir kommen morgen wieder.«

Costa fuhr über San Antonio zurück. Er wollte im Büro noch den Stand der Ermittlungen mit den anderen besprechen, aber als er ankam, war es schon sieben, und er traf keinen mehr an. Vielleicht war Karin gerade in der Redaktion fertig und sie könnten gemeinsam zu Abend essen?

Der Akku war fast leer, wahrscheinlich hatte Annalena seinen Monatslohn für eines ihrer endlosen Gespräche nach Hamburg verpulvert, in denen sie ihrer Mutter allerlei bewegende Dinge schilderte.

Für einen Anruf reichte es gerade noch. Er erwischte Karin in der Redaktion. Sie war einverstanden und schlug eine ibizenkische Bar in der Nähe ihrer Zeitung vor, Bon Temps, eine ungemütliche und laute Kneipe mit Neonlicht und einem Hinterzimmer, in dem sie Billard spielten. Ein paar Mal hatte er den Münchener Maler getroffen, der Skizzen von den Spielern machte.

Er setzte sich in eine Ecke und gab sich ganz seiner Vorfreude auf Karin hin. Nach einer halben Stunde sah er zur Uhr, und nach einer Stunde war sie immer noch nicht da, doch immerhin genoss er die Ruhe, die ihn erfüllte, wenn er in einer Lärmhölle saß. Der Fußboden war aus Granitplatten, Tische und Stühle aus gebogenen Metallrohren und Resopal. Jedes Mal, wenn ein Stuhl gerückt wurde, schrillte es. Dazu kam der Fernsehton, das alles übertönende Radio, grölende Gäste und der ewige Singsang von drei Spielautomaten. Er hatte sich vorgenommen, nichts zu denken. Er betrachtete die Leute, hörte dem Maler zu, der pünktlich wie immer erschien und ihm von dem weißen Licht nach dem Tode erzählte, dann an einen anderen Tisch wechselte, wo er einen anderen, jemand, den er den Musiker nannte, zu bekehren suchte. Offenbar gelang das nicht, denn sie gerieten in einen Disput und schließlich haute der Maler dem Musiker auf seine Kappe.

Costa wurde immer hungriger. Richtiger Ärger erfüllte ihn, als er feststellte, dass er schon den fünften Absinth intus hatte und auf der Reklameuhr von Mahou an der gelb gestrichenen Wand sah, dass es mittlerweile zwei Stunden über der Zeit war.

Das war Karin. Sie erschien nicht und rief auch nicht an. Verdammt! Jeder normale Mensch würde doch merken, dass sein Handy leer war und dann im Lokal anrufen! Ganz langsam stieg Wut in ihm hoch. Er schob die Sachen herum, die auf dem Tisch standen – den Serviettenständer, die Menagère, Ketchup, Senf und das Töpfchen mit den Zahnstochern. Alles rebellierte in ihm. So wollte er nicht seine Zeit verbringen, nicht in dieser elenden Kneipe mit dem grellen Licht, den schlecht gespülten Gläsern, dem grinsenden Maler, dem aidskranken Musiker, der sich nicht wehren konnte, wenn ihm einer auf die Kappe haute, und mit der Musik, die sie hier spielten. Gerade war es Lou Reed mit »Please, say hallo«.

Er stand auf, ging zur Bar und studierte angeekelt die üblichen Tages-Notlösungen in der Kühlvitrine – Russischer Salat aus dem Zwanzig-Liter-Eimer, Fleischbällchen, die hier Albóndigas hießen, Muslitos de Pollo, Pansen mit Erbsen, Paprika und Kartoffeln, sauer eingelegte kleine Heringe, die seine Tochter immer Makerones statt Boquerones nannte. Daneben die Ständer mit Chips, Erdnüssen und Kaugummis.

Sein Blick fiel auf die Pokale der örtlichen Sportmannschaften hinter der Bar, vergilbte Fotos von Festen und Kacheln mit Sinnsprüchen. »Kein Geld, keine Frauen.« Auf einer anderen stand: »Sie war so hässlich, sie wurde Nutte und starb als Jungfrau.« Im Fernsehen lief eine Dokumentation über einen nach USA ausgewanderten Spanier, der Hirsche züchtete.

Der Maler rief ihn, und Costa schlenderte durch die billige Aluschiebetür in den Hinterraum. Er kannte diese Art von Billardtischen. Alle hatten eine leichte Neigung zu irgendeiner Seite, was nur die ansässigen Spieler wussten. Das Tuch wies alle Schattierungen von Grün auf: Biergrün, Kaffeegrün, Hierbasgrün. Die Bande quittierte jeden Versuch von Effet mit einem trockenen Plopp. Der Kreidespender, der an einer Kordel hing, war seit Jahren leer, und daher drehten die Spieler die Queue im losen Putz, wo mittlerweile ein großes Loch entstanden war. Die Stöcke hatten am Ende kein Gewicht mehr, und die Spitzen waren im Lauf der Zeit immer wieder aufeinander gesteckt worden, sodass die Pomeranze aussah wie der Schwanz eines Gürteltiers. Über dem Tisch hingen die Billardlampe mit Troddeln und eine Hochspannungsinsektenlampe, die mit ihrem blauen Licht Moskitos, Fliegen und Falter anlockte. Sausten die Flügel in den Draht, zischte es einmal laut und die Insektenleiche segelte auf den Billardtisch. Der Maler trat vom Tisch zurück, stützte sich auf seinen Stock und fragte, wie es Karin gehe. Costa musterte ihn kurz und wunderte sich, dass der Mann in diesem Zustand noch einen Satz zustande brachte. Wortlos drehte er sich um und ging.

Als er die Kneipe verließ, sang Tom Waits »I never heard the melody till I needed the song«, und der völlig betrunkene Maler knüppelte eine Kugel über die Bande, die Costa über den Boden rollen hörte.

Er blieb noch einen Moment in der Tür stehen und schaute die Straße links und rechts hinunter. Es hätte ja sein können, dass sie gerade käme. Irgendjemand stieß ihn an, und er war gleich so wütend, dass er bereit war, sich zu prügeln, aber es war der Musiker, der ihm mitteilte, morgen gingen alle ins Eden, da spiele Bill Wyman, der Bassist von den Stones.

»Wenn einer mit Musik was zu tun hat, dann muss er dahin kommen«, sagte er und taumelte in Richtung Vara de Rey.

Costa ging ins Sa Calima, seine Stammkneipe, die nur ein paar Schritte von seiner Haustür entfernt war, ließ sich Buena Vista Social Club vorspielen und goss sich so viel Absinth ein, dass er kleine Sternchen sah, als er die Treppen zu seiner Wohnung hinaufstieg. Sie waren so klar, funkelten und hüpften so nahe herum, dass er ein paar Mal mit der Hand danach griff, als könnte er sie wie Fliegen fangen.

Am nächsten Tag saß er um neun im Büro. Wie er dort hingekommen war, wusste er nicht, aber er hatte es jedenfalls geschafft. Eine Packung Aspirin lag vor ihm. Er schob fünf Tabletten in eine Reihe und spülte sie jeweils zusammen mit einem Schluck Wasser hinunter.

Er versuchte, nicht an seine Tochter zu denken. Diese Scham wollte er sich ersparen. Wann immer er Gelegenheit hatte, äußerte er sich vor den Kindern gegen jede Art von Rauschmitteln, womit er Drogen, Alkohol und Zigaretten meinte. Dennoch sah er es als großen Fortschritt, das Richtige zu *wissen*, auch wenn man nicht imstande war, es sogleich oder gelegentlich oder letztendlich überhaupt zu *tun*. Es gab eben die aufgeklärten Sünder und die unwissenden; er hielt es für einen Fortschritt, ein aufgeklärter Sünder zu sein.

Für seine Sünde gestern war er genügend gestraft. Sein Tinnitus heulte, sämtliche Glieder taten ihm weh, er hatte höllische Kopfschmerzen, seine Zunge war pelzig und eine Verabredung mit Karin würde, wenn man Sex für sinnvoll hielt, ohne jeden Sinn sein.

Bevor die anderen erschienen, klingelte das Telefon. Karin war am Apparat. Normalerweise wäre er elektrisiert gewesen. Ein Gutes also hatte sein momentaner Zustand: Seine Taubheit verhinderte jede Elektrizität.

Er nahm an, sie wollte sich dafür entschuldigen, dass sie ihn gestern so erbärmlich hängen gelassen hatte, aber Karin kritisierte lediglich, dass er sein Handy nicht eingeschaltet hatte, nicht einmal die Mailbox an war. Er sagte nichts, stattdessen legte er zwei Aspirin so, dass er eine dritte hindurch schießen konnte. Sie prallte gegen die Trennwand zu einem anderen Arbeitsplatz. Er erfuhr, dass sie gestern nicht gekommen war, weil sie ganz überraschend den Auftrag zu einem Interview bekommen hatte. Einer der Rolling Stones war zu einem Konzert eingeflogen, Bill Wyman.

»Heute gibt er mit seinen Rhythm Kings ein Konzert im Eden. Er gab mir ein paar Karten, vielleicht möchtest du mit?«

Eigentlich machte ihn alles wütend – sie kam nicht, sie entschuldigte sich nicht, sie nahm jetzt das Konzert nicht einmal als Anlass, ihn zur Versöhnung einzuladen. Monsieur Wyman hatte ihr eine Hand voll Karten gegeben, okay, vielleicht wollte er auch mal einen von den Stones hören?! Obwohl er nichts von Musik verstand, ja, leck mich.

In seinem Grimm kam ihm die Idee, möglichst viele Karten zu verlangen. »Ich bräuchte allerdings sieben Karten«, sagte er so cool wie möglich.

»Kein Problem«, sagte sie locker, »kannst du haben. Wen willst du mitbringen?«

Wen sollte er mitnehmen? Seinen Vater? Das würde sie ihm ja wohl kaum glauben. »Norma könnte dort sein. Daher würde ich gerne das Team mitnehmen und die Lindners.«

Für einen Moment war Schweigen auf der anderen Seite.

»Und Johannes«, sagte er. »Den auch.«

»Gut«, überraschte sie ihn, »dann treffen wir uns alle um neun vor dem Eden.«

»Gehst du denn überhaupt gerne zu so einem Konzert?«, fragte er, um das Gespräch zu verlängern.

»Das ist nicht meine Art von Musik, das weißt du doch. Aber es ist nun mal mein Job. Genau wie du da hingehst, um Norma zu finden.«

Auch diese Bemerkung ärgerte ihn, wenn es ihn auch tröstete, dass sie leiden würde. Seine Rachsucht war damit aber noch nicht befriedigt. Er würde auf jeden Fall überprüfen, ob die Geschichte mit dem Interview gestern überhaupt stimmte. »Noch eins«, sagte er, bevor sie einhängte, »vielleicht könntest du mir das Interview faxen?«

»Ins Büro?«

»Ja, bitte«, sagte er, obgleich er Widerspruch erwartet hatte.

»*Hasta pronto*«, sagte sie und hängte ein.

Sie hatte ihn sitzenlassen, hatte sich nicht entschuldigt, sondern *ihm* die Schuld gegeben. Obendrein hatte sie ihn jetzt am Telefon nicht verstehen wollen. Das verletzte ihn am meisten. Elena, die einmal bei einer dieser Szenen dabei gewesen war, hatte ihn am nächsten Tag gefragt, warum er sich so quäle, um verstanden zu werden. Er beschrieb ihr seine vergeblichen Bemühungen, und sie sagte: »Ich weiß ja, wie sehr du dich abstrampelst. Aber warum? Warum willst du verstanden werden?«

Er begriff nicht, was sie meinte, denn für ihn war es eine Selbstverständlichkeit, dass man sich in einer Beziehung verstehen wollte. Immer wieder hatte er darüber nachgedacht, ob Elena so gelassen in sich ruhte, dass sie die Bestätigung nicht brauchte, die man im Verstehen suchte. Er wollte jedenfalls, dass Karin begriff, wie ihm zumute war, wenn er in der beschissenen Kneipe auf sie wartete.

Seine Eifersucht kochte in ihm. Es dauerte ihm viel zu lange. Musste sie das Interview erst noch erfinden? Er ging zur Faxmaschine und wartete ungeduldig, ob da nun was von Karin kommen würde.

Nach einer halben Stunde schob sich endlich eine Seite durch. Er riss sie heraus und spürte sein Herz schlagen.

»Heute bin ich um acht aufgestanden und hatte einen heißen klaren Sonnentag«, fing der Text an. »Ich hab mich in meinem Hotelzimmer bis Viertel nach elf entspannt und bin dann auf die Terrasse gegangen, wo die anderen aus der Band herumhingen. Wir haben eine Weile über dies und das gequatscht, dann sind die meisten zum Strand abgehauen oder sind einkaufen. – Und was unternahmen Sie, Mister Wyman? – Ich hab mit meiner Digi-Kamera ein paar Fotos von der Landschaft geschossen. Gegen zwölf rief ich meine Frau an, die mir erzählt hat, dass es Mum nicht so gut geht und dass sie gestern wieder nach Ashford ins Krankenhaus gebracht worden ist. – Das ist keine gute Nachricht. – Okay, aber den Kids geht's gut. – Und was taten Sie dann, Mister Wyman? – So gegen halb eins bin ich wieder auf mein Zimmer, und dann kam Terry und wir haben die Fotos von gestern auf den Computer geladen. Ich scannte etliche Zeitungsartikel ein. – Waren Sie zufrieden? – Yap. Um Viertel vor zwei bin ich wieder runter auf die Terrasse und hab mit einigen von der Band Mittag gegessen und so 'n bisschen herumgequatscht. Dann hing ich eine Weile im Schatten, aber ich bin auf der linken Schulter ziemlich verbrannt worden, weil sie in der Sonne war.«

Costa gab auf. Das Interview musste echt sein. So was würde sich keiner ausdenken, dem die Kohle nicht von selbst aufs Konto flutete.

Ärgerlich machte er sich an die Protokolle, die der Surfer nach seinen letzten Recherchen angefertigt hatte und die er noch durcharbeiten musste. Er konnte allerdings kaum glauben, was er da las.

Der Surfer hatte dem Angler das Foto von Norma gezeigt, und der behauptete, dass es die junge Frau auf dem Foto war, die am 2. Juli mit den beiden Kölnern in das Boot gestiegen und zu ihrer Jacht gefahren war. Die Entfernung, aus der er das gesehen haben wollte, schätzte der Surfer auf dreißig bis vierzig Meter. Der eine oder andere Barkeeper am Strand war sich nicht sicher, zwei aber wollten Norma ebenfalls in Begleitung der Kölner gesehen haben. Die Kölner selbst bestritten alles. Sie sagten, das Mädchen auf dem Foto sei ihnen vollkommen fremd.

Costa wollte gerade die Aussage eines der Kölner lesen, der sich Kölner Büb nannte, als sich ihm auf jede seiner Schultern eine Hand legte. Er blickte sich um und sah in die grinsenden Gesichter des Bischofs und des Surfers. »Was ist mit euch? Habt ihr Geburtstag?«, fragte er misstrauisch.

Jetzt erschien auch Elena und brachte einen Teller mit einem Croissant. »Kaffee kommt noch«, sagte sie lächelnd.

»Was ist los? Warum seid ihr so fröhlich?«

»Kannst du dich nicht erinnern?«, fragte der Bischof. »Wir waren doch gestern Nacht noch in deiner Stammkneipe und haben mit dir einen getrunken.«

Costa war sicher, sie machten sich über ihn lustig, aber alle drei sahen ihn mit unschuldigen Mienen an. »Wann war denn das?«, fragte er skeptisch.

»Um halb drei. Wir haben dich dauernd versucht zu erreichen, schon von nachmittags um fünf an, aber es war nichts zu machen. Du hattest dein Handy abgestellt. Wir dachten, wird ja schon gute Gründe haben, aber als wir auf Tagomago fertig waren, meinte Elena, lass uns doch noch mal im Sa Calima nachsehen, vielleicht hängt er da mit Pep rum und quatscht über Kindheitszeiten.«

Der Surfer grinste. »War ja auch so. Aber quatschen konntest du nicht mehr.«

Auch Elena strahlte. »Jedenfalls keine Sachen, die wir Santander berichten würden.«

Costa verstand gar nichts mehr. »Was hat der Chef damit zu tun?«

»Toni, das wirst du nicht auf mich abwälzen, ich habe dir am Airport nach dem Gespräch bei Marikol gesagt, dass Santander dich sprechen will! Und dass der Tourismusminister bei ihm war. Ich weiß nicht, wo du hingefahren bist, aber ich habe den Staatsanwalt gleich aufgesucht, und als ich ankomme, sagte Segundo schon, wo ist der Costa, sein Chef sucht ihn. Ich habe es auf dem Handy versucht, aber war nichts zu machen. Segundo meinte dann, es wäre am besten, ich würde bei Santander im Büro anrufen. Hab ich gemacht und Santander hat sich heftig beschwert, dass wir nicht vorankommen. Er meinte, du hättest den Fall ja unbedingt haben wollen, hättest sogar deinen Urlaub dafür an den Nagel gehängt, er ist deinem Wunsch gerecht geworden und hat dich unterstützt, aber jetzt muss er sich vom Tourismusminister eine lange Klage anhören, was das alles für Scheiße ist. Die Mutter des verschwundenen Mädchens hängt überall Transparente auf, spaziert mit Warnschildern vor der spanischen Polizei und der Guardia Civil durch die Stadt, lässt den Eindruck entstehen, dass hier dauernd Mädchen geraubt, vergewaltigt, mit Drogen vergiftet und ermordet werden, die zuständigen Behörden aber nicht den kleinsten Finger rühren. Der Minister hatte bei ihm einen Stapel Medienberichte dagelassen, die meisten aus Deutschland, und daraus hat er mir dann zitiert.«

Costa war nicht sehr verwundert, das war typisch für Santander. »Erst ist er dagegen, weil wir ja nicht die Vermisstenstelle sind, dann nimmt er meine Arbeit gnädig hin, weil ich dafür ja meinen Urlaub drangebe, den ich seiner Meinung nach sowieso nicht brauche, dann fragt er plötzlich, wie weit wir überhaupt sind und meckert, dass es nicht schneller geht, aber wenn dann von irgendwo Druck kommt, bläst er sich auf, als wenn er den Fall schon längst alleine gelöst hätte, wenn wir ihn nicht zwingen würden, uns auch ein bisschen Arbeit zu lassen.«

Alle grinsten, aber der Surfer war so richtig in seinem Element, denn er war vor einigen Jahren in Madrid geschasst worden, weil er die Tochter vom Chef vernascht hatte und sie dann nicht heiraten wollte. »So ist er, Toni, du hast es erkannt. Und wenn du auch so eine geniale Begabung aus dir herauslocken kannst, wirst *du* Chef, und ich –«

»– vernasche deine Tochter«, fiel der Bischof ein.

Der Bischof hatte nebenbei Kaffee gemacht und goss nun allen ein. »Nach dem Telefonat mit Elena ist er übrigens gleich hier hereingeschneit«, sagte er und löffelte sich dreimal Zucker rein, »hatte den Hausdurchsuchungsbefehl für Tagomago dabei, verlangte sofortige Durchführung und schickte uns mit vier Schnellbooten und fünfzig Mann los.«

Costa war vollkommen sprachlos. »Wo hat er die denn her?«

»Ich habe sie gefragt, die kamen aus allen Dienststellen. Der Einsatzbefehl war direkt von Santanders Büro aus gekommen.« Der Bischof zog ein befriedigtes Gesicht und schob Costa den Kaffee hin. »Vergiss dein Croissant nicht.«

Costa interessierte das Croissant jetzt nicht. »Und? Habt ihr sie gefunden?«

Alle sahen ihn schweigend an. Keiner antwortete.

»Was ist?«

»Nein«, sagte der Bischof, »keine Spur von ihr, gar nichts. Du kriegst nachher den Bericht.«

»Doch«, wandte Elena ein, »wir haben die Trachtenjeansjacke gefunden und auch beschlagnahmt. Die findest du bei den Asservaten.«

»Wir untersuchen die andere Jacke noch«, sagte der Surfer, »aber sie scheint absolut aus der gleichen Produktion zu sein. Auf jeden Fall hat sie innen als Verkaufsadresse auch Loden Frey, München.«

»Und habt ihr sie nicht ausgequetscht?«

»Doch, haben wir. Alle Mann. Ich habe mir die schnuckelige Sekretärin genommen und Elena hat Kailey Sheen drei Stunden in der Mangel gehabt«, sagte der Surfer.

Costa musste grinsen. »O ja. Ist sie nicht ausgerastet, als ihr da mit einer ganzen Armee angekommen seid?«

»Das ist eine kluge und sehr erfolgreiche Frau«, sagte Elena. »Wenn eine Armee auftritt, wie du es nennst, sprüht sie nur noch Charme.«

»Und was ist dabei rausgekommen?«

»Sie ist bei ihrer Story geblieben. Laurie McPhee ist mit ihr am 31. Mai vom Airport im Helikopter nach Tagomago geflogen, die tausend Euro für Marikol waren ein Trinkgeld für den Flug und die supergute Landung, Norma Jean hat sie seit London nicht mehr gesehen, Laurie McPhee bestreite ihren Besuch auf Tagomago, weil sie möchte, dass Groove Control wieder aktiv wird und Vince von den Einzelheiten erst einmal nichts erfahren soll, damit er nicht ausschert.«

»Und die Jacke?«

»Ihre Koffer packt in London das Personal. Die müssen die Jacke mit eingepackt haben, wovon sie nichts wusste. Sie hat auch keine Ahnung, wo die Jacke herkommt. Sie kann sich das nur so erklären, dass irgendjemand sie in ihrer Villa in Chelsea liegen ließ und das Personal dachte, das ist ihre und die dann mit eingepackt hat.«

»Warum hat sie dann zu mir gesagt, die gehört ihrer Sekretärin?«

»Sie hat gedacht, deine Frage war ein Witz, und sie wollte auch einen Witz machen.«

»Was ist daran so witzig?«

»Ihre Sekretärin sei Jüdin, sie würde altdeutsches Volksgut, wie sie es nannte, auf keinen Fall tragen.« Elena lächelte.

»Super. Dann ist ja alles klar.« Costa schaute sie alle drei an und fühlte sich wie nach einem Überfall. All das war passiert, während er seiner Tochter dabei zusah, wie sie *nicht* Klavier spielte, dann umsonst ins Büro fuhr, wo niemand mehr war, und anschließend stundenlang den Lärmpegel im Bon Temps registrierte, als würde er für die Umweltkontrollen zuständig sein. Er war stinksauer und konnte nicht ganz die Frage verdrängen, wer schuld war. Seine Tochter, weil sie den Akku leer telefoniert hatte, oder Karin, weil sie ihn sitzenließ, oder der Alkohol? Oder der Zufall?

»Alles ein dummer Zufall«, sagte Elena süffisant.

Er holte einmal tief Luft und sagte dann: »*Bueno*, was machen wir jetzt?« Er wandte sich an den Surfer. »Ich habe deinen Bericht über die zwei Kölner gelesen. Das sind alles sehr dünne Indizien, zu einer Verhaftung reicht das vorne und hinten nicht. Die Frage allerdings bleibt, warum sie vom 28. Juni an ihre Eltern nicht mehr angerufen hat.«

Der Surfer stimmte zu und schilderte, dass immer mehr Menschen, denen er Normas Foto zeigte, sie kannten oder wiedererkannten und die Aussage des Anglers deswegen kein großes Gewicht mehr hatte. Das hatten die Lindners mit ihren Plakaten und Postern sicherlich erreicht, aber der Surfer hatte auch immer mehr Nachtschwärmer getroffen, die Norma auf Anhieb zu kennen meinten oder glaubten, sie auf einer ihrer Nachttouren gesehen zu haben.

Das war ein Aspekt, der die Sache noch mysteriöser machte. Norma, der Geist, dessen Körper nicht zu fassen war.

Natürlich war es möglich, dass Norma mit Kailey Sheen auf ihre Insel geflogen war, dort einige Zeit verbracht hatte, dann vielleicht ihre eigenen Wege gegangen und später den Kölner Zuhältern in die Hände gefallen war. Zu einer Verhaftung der Zuhälter reichte das nicht. Allerdings machten die Ergebnisse des Surfers wahrscheinlich, dass Norma bis zum 2. Juli auf der Insel war, und es blieb die Frage, warum sie plötzlich vom 28. Juni an ihre Eltern nicht mehr angerufen hatte.

Costa sagte, er wolle sein Team zur Entschädigung zu einem Konzert einladen und freute sich, dass sie zusagten. Er rief die Lindners an und überzeugte auch sie, dass es wichtig wäre, wenn sie heute Abend mitgingen, weil sie ihre Tochter am ehesten erkennen würden. »Das ist einer der Rolling Stones und da werden Tausende kommen. Es wird für mich und mein kleines Team dann sehr schwierig, alles zu durchkämmen.«

Sie waren einverstanden. Er schlug vor, sie heute Abend vom Hotel abzuholen.

Costa steckte noch Annalenas Autogramm von Norma Jean in seine Tasche, rief bei seiner Mutter an und bat sie, Annalena ans Telefon zu holen. Er hörte sie mit viel Geschnaufe und Hallo ankommen und erklärte ihr die Situation. »Hast du Lust, eine Stunde mit mir dort hinzugehen? Bill Wyman ist der Bassist von den Rolling Stones.«

Es stellte sich aber heraus, dass sie noch nie von den Rolling Stones gehört hatte und dauernd fragte, ob Shakira da auch singe. Er verneinte das und versuchte, ihr zu erklären, worum es gehe, aber sie wiederholte ihre Frage, als wär sie taub, und schließlich riss ihm der Geduldsfaden und er sagte: »Nein, es ist ein alter Mann, der dort Bass spielt, aber er gehört zur berühmtesten Rockgruppe der Welt.«

Einen Moment war sie mäuschenstill, sodass er dachte, endlich habe sie verstanden, und der Respekt bringe sie zum Schweigen. Er hörte sie atmen, und schließlich fragte sie, ob er »Underneath your clothes« singe.

»Weiß ich nicht«, sagte er, »was ist das denn?«

»Das ist mein Lieblingssong von Shakira.«

»So was singen die wahrscheinlich nicht.«

»Dann geh ich da nicht hin. Dann bleibe ich bei Omi.«

»*Bueno*, wunderbar, ich wollte dich nur fragen.«

»Ich muss sowieso bleiben«, fügte sie ungerührt hinzu, »Switch ist nämlich von einer Wildkatze gebissen worden. Ich muss sie immer füttern und mit ihr spielen, damit sie wieder gesund wird.«

»Wer ist Switch?«

»Meine Lieblingskatze. Hast du Norma Jean schon gefunden?«

»Nein.« Seine schlechte Laune klang durch.

»Mensch, Papi, das kann doch nicht so lange dauern! Du bist doch der Superbulle.«

Die Hitze hatte bis zum letzten Sonnenstrahl nicht abgenommen. Auch unter dem Sternenhimmel lag das Meer träge da und kein kühlender Hauch streifte die Küsten.

Costa hatte sich lauwarm geduscht – kaltes Wasser gab es schon lange nicht mehr –, ein frisches T-Shirt und sehr dünne, leichte Leinenhosen angezogen, aber als er das Haus verlassen und seinen Wagen erreicht hatte, rann ihm der Schweiß schon wieder den Rücken hinunter. Es war zehn, der Abend begann und überall leerten sich die Häuser. Die Straßen quollen über von Lärm, Stimmen, Hupen und Musik, und manchmal hatte Costa den Eindruck, alle versuchten in wenigen Stunden nachzuholen, was sie die ersten zwanzig Jahre ihres Lebens verpasst hatten oder vor einem nahen Weltuntergang noch einheimsen wollten.

Bei dem stockenden Verkehr war es keine gute Idee, die Fenster herunterzulassen; es war besser, das kalte Gebläse im Wagen aufzudrehen und den Schweiß wie eine dünne Eisschicht auf der Haut zu ertragen.

Als er beim Torre del Mar ankam, saßen die Eltern Lindner schon in ihrem Twingo und warteten. Er hupte, winkte ihnen zu und fuhr langsam an ihnen vorbei. Martin Lindner folgte ihm und er musste immer wieder in den Rückspiegel blicken, um ihn nicht zu verlieren. Dabei hatte er Zeit, über einige Dinge nachzudenken. Er freute sich, Karin gleich zu treffen, und ihm wurde bewusst, dass es nur die Liebe war, die dem Leben einen Sinn gab. Er dachte an seine Tochter und war froh, dass sie sich gegen das Konzert entschieden hatte; es wäre viel zu spät gewesen. Dennoch war es für ihn ein kleiner Schock, wie anders ihre Welt aussah. Auch er war nicht mehr wirklich aus der Zeit der Stones, aber er zollte ihnen Respekt. Sie produzierten nicht so einen Margarine-Verschnitt wie Sheen, den er sich inzwischen angehört hatte. Die Stones waren interessante und widerspruchsvolle Menschen, die das auch in ihrer Musik ausdrückten. Sie waren in ihrer Wildheit, ihrer offen gezeigten Sexualität, ihrer eiskalten Lässigkeit wie eine wilde rote Flagge gewesen, auf der stand: Wir sind jung und können alles haben! Der Jugend damals vermittelten sie eine Vision von Unabhängigkeit. War Unabhängigkeit nicht Würde?

Annalena konnte darin natürlich nichts Besonderes sehen – niemand hatte je ihre Würde angetastet, ihren Willen gebrochen, niemals war ihr jemand über den Mund gefahren. Die Eltern benutzten sie in keiner Weise, weder zum Vorzeigen noch als Figur in dem Spiel ›Ich bin stärker, ich bin klüger, ich bin unentbehrlich‹. *Sie* brauchte die Stones nicht, sie wollte Shakira sehen, die Lust pur vorführte. Lust direkt – nicht über den Umweg von Disziplin und Kunstfertigkeit. Annalena war erst neun, aber sie würde später nicht zu den Teens gehören, die Dinge liebten, weil ihre Eltern sie hassten. Sie führte mit ihrer Mutter eine offene und stete Diskussion über alle Dinge, die sie beschäftigten. Weder Ansichten noch Gefühle waren ausgesperrt. Ihre Generation würde keine Tobsüchtigen oder Rebellen brauchen, die für sie wütend waren. Sie war das allerletzte Ende der Französischen Revolution. Annalena war imstande, ohne Grund wütend zu sein.

War Norma auch auf diesem Weg gewesen? Hatte sie zu schnell den großen Glücksschuss gewollt? War sie zu wenig kunstfertig und zu wenig erfahren im Umgang mit Widerständen? Hatte sie die Orientierung verloren? War sie von dem verschluckt worden, was sich unter der lieblichen Oberfläche von erotischer Aufregung und Spaß verbarg?

Oder kämpfte sie noch und hatte einfach keine Zeit, sich bei den Eltern zu melden?

Der blaue Twingo folgte Costa in die Straße zur Bahia von San Antonio, an der Kirmes vorbei und nach ein paar hundert Metern bog er rechts ab. Sie parkten, und er glaubte im ersten Moment, er hätte sich vertan, denn es war außer sehr viel Security kein Mensch vor der Tür.

Elena, der Bischof, der Surfer und Karin warteten schon. Karin winkte ihm zu. Als er sie begrüßte, strahlte sie ihn an, und dieses Strahlen erfüllte ihn jedes Mal so mit verliebter Heiterkeit, dass er spontan alle schlechten Gefühle vergaß, die je zwischen ihnen waren. Sie gingen gemeinsam hinein und er zeigte den Lindners den Platz, wo er die ganze Zeit zu finden sein würde. Falls sie die Suche irgendwann aufgeben wollten, weil sie zu müde waren, sollten sie ihm vorher Bescheid sagen.

Es waren nur etwa hundert Leute da. Karin meinte, sie hätten sich vielleicht geirrt und das Konzert würde später beginnen, aber nach einer Stunde fingen sie an. Costa staunte – die verschiedenen Ebenen und die Galerien waren leer. Allein die tief unten liegende Haupttanzfläche war voll, aber auch später wurden es nicht mehr als hundertfünfzig Leute. Karin kannte jeden. Die meisten waren um die vierzig.

Nachdem Martin Lindner ihm bestätigt hatte, dass die Schrift auf Annalenas Autogramm tatsächlich Normas Handschrift war, überließ Costa die Suche nach der Vermissten den Eltern und seinen drei Kollegen. Er wollte einfach nur Musik hören und den Abend mit Karin genießen.

Sie fingen an mit »Let the good times roll«, dann »Jitterbug Boogie«, »Jump, jive and wail«, »Baby work out«, »Hit the road Jack«, die ganze Reihe runter bis »Chicken Shack Boogie«. Die Zuhörer ließen sich bereitwillig mitreißen. Der Keyboarder sprang von der Bühne und wälzte sich mit der Klaviatur mitten zwischen den paar Leuten auf dem Boden.

Costa wusste, dass Karin die verschiedenen Typen faszinierten, er selbst kam eigentlich erst an Menschen und Dinge heran, wenn ein Kriminalfall ihn dazu zwang. Dann bewahrte er sein seelisches Gleichgewicht, indem er die Fische in Josefas Springbrunnen oder die Wolken, das Meer, das Wetter oder seine Kinder beim Spielen beobachtete. Karin sagte, Bill Wyman habe ihr erzählt, dass er einen Riesenspaß habe, ein Zigarettchen zu rauchen, mal zwei oder drei Töne auf dem Bass zu zupfen, aber ansonsten da zu stehen, als rufe er der Welt zu: Freude komm zu mir. An der Schaffe, wie die Musiker sagten, also an der mühseligen oder gierigen Leidenschaft der anderen Rocker nehme er gar nicht teil. Es stimmte – er wirkte eher so, als hätte er die Band nur zusammengestellt, damit ihm zu seinem Spaß aufgespielt würde.

Damals war das anders gewesen. Damals war es irre, einen Mann zu sehen, der mit seinen dünnen Beinen über die Bühne hüpfte, sprang und schrie wie ein Strichmännchen, der wie ein Satyr die

Lippen blähte und Augen rollte, den Kopf mit den langen Haaren zwischen seine Beine warf, hochkam wie ein geiler Pavian und weit seine Zunge herausstreckte. Damals hatten sie eine wilde Bühnenshow gebracht, hysterisch, gewalttätig und krank, aber immer aus einer coolen Überlegenheit heraus, immer mit dieser Distanz und unangreifbaren Würde, die darin lag, dass sie an nichts hingen, sondern mit den Dingen nur spielten, nicht mit der Wimper zuckten und sich auch nicht ärmer fühlten oder gar beraubt, wenn die Dinge davonschwammen. Unabhängigkeit.

Johannes tauchte auf.

»Wie findest du das?«, fragte Costa.

»Nicht schlecht. Jedes Instrument ist perfekt besetzt. Ich glaube, das hat keine Gruppe sonst.« Er winkte einem braun gebrannten Typen mit einer Baseballkappe zu, unter der lange blonde Haare hervorlugten. »Das ist Andy Amalfy«, sagte er zu Costa. »Einer der Supercracks im Business.« Er winkte noch einmal, als er sah, dass Amalfy näher kam.

Johannes stellte Costa als Beamten der Guardia vor. »Ist es denn den Mitgliedern einer paramilitärischen Vereinigung gestattet, Rock'n' Roll zu hören?«, fragte Amalfy spöttisch.

»Franco ist tot«, antwortete Costa gelassen. »Das müsste sich doch auch bis in die USA herumgesprochen haben.«

»Nun, ich hoffe, Sie genießen das Konzert.« Dann wandte er sich an Johannes. »Der Sound ist nicht schlecht.«

»Stimmt. Gar nicht so einfach in einem leeren Raum.«

Plötzlich stand Karin neben ihm und lächelte ihn an. Costa sah, dass sie vorgestellt werden wollte und gab Johannes einen heimlichen Schubs.

»Das ist Karin«, sagte dieser. »Sie hat gestern das Interview mit Bill gemacht.«

Amalfy nickte ihr zu.

Das Toben der Hundertfünfzig auf der Tanzfläche war so laut, dass jeder schreien musste. Amalfy redete auf Johannes ein und Costa verstand nur »nicht singen«, aber plötzlich waren die Musik und das Gebrüll der Zuschauer zu Ende, und in die plötzliche Stille platzte Jos Frage: »Norma Jean?«

Costa war elektrisiert.

»Die ist 'n bisschen durchgedreht«, erklärte Amalfy, »und hat sich erst einmal verabschiedet.«

»Wo ist sie jetzt?«, fragte Winter.

»Keine Ahnung. Sie wird schon wiederkommen.«

»Also soll ich dir das Gitarrensolo nicht für sie einspielen?«

»Nein, nein, das ist 'ne andere Sache, die Norma-Jean-Produktion ist praktisch fertig.«

Sie machten einen Termin aus, schlugen sich auf die Hand, und Amalfy ging wieder zu der Gruppe zurück, bei der er gestanden hatte.

Costa hatte Johannes zwar erzählt, dass er wegen eines verschwundenen Mädchens ermittle, den Namen Norma Jean jedoch nie erwähnt.

Amalfy kam noch einmal zurück und sagte, es solle Statuen oder Wachsfiguren oder Ähnliches von Norma geben, ob Johannes irgendetwas in der Art begegnet sei. Der schüttelte den Kopf, deutete grinsend auf Bill Wyman und sagte, der Alte da vorne sei zwar ein Denkmal, aber nicht Norma Jean. Amalfy zeigte ihm den Finger und verschwand.

Costa fiel ein, was Lindner ihm von den Drogentypen erzählt hatte, die Norma als Engel irgendwo gesehen haben wollten. Ein Mythos?

Costa wollte fragen, was Amalfy mit Norma Jean zu tun hatte, aber ein Typ im langen weißen Seidenumhang, der seine Freundin in einem fast durchsichtigen Kleid hinter sich herzog, trat dazwischen. »Eben haben sie tatsächlich die Stones zitiert: Die ersten vier Takte von ›Satisfaction‹. Gehört?«

Johannes grinste. »Grad wenn man's erkennt, ist's schon wieder weg. Mehr ein Witz. Aber sie sind noch frisch, oder?«

»Total! Meine Freundin«, er zog die Durchsichtige etwas näher heran, »hasst Konzerte normalerweise, ist nur mir zuliebe mitgegangen, aber sie ist hin und weg. Stimmt's, Baby?«

Costa hätte sich beinah eingemischt, aber da lachte sie schon. Es war ein schallendes Lachen, das er ihr gar nicht zugetraut hätte. Sie schüttelte die Hand ihres Freundes ab, begann herausfordernd vor Johannes und Costa zu tanzen und sang den Song, der gerade spielte, laut mit. »Tear it up!«

»Das sieht man ja nicht alle Tage«, hörte er jemand sagen, und als er sich umwandte, standen die Lindners neben ihm.

Sie hatten immerzu herumgesucht, aber Norma nicht entdeckt. »Was sollen wir nur machen?«, fragte Petra verzweifelt.

Costa nahm sie beiseite und erklärte ihnen tröstend, dass der Abend nicht umsonst gewesen sei. Sie wollten mehr wissen, aber er sagte, er müsse der Sache erst einmal auf den Grund gehen. Sie sahen ziemlich erledigt aus. Costa begleitete sie nach draußen und machte ihnen Hoffnung, bald ein klares Ergebnis zu haben.

»Mein Gott«, sagte die Mutter.

Als er wieder hereinkam, wurde gerade die letzte Zugabe gespielt, und er lud Johannes an die Bar zu einem Bier ein. Er wollte von ihm wissen, was Amalfy mit Norma zu tun hatte.

Elmar, der Lebensgefährte seiner Mutter, hatte Annalena inzwischen zu Josefa gebracht, weil ihr kleines Hotel bis obenhin voll war, und sie keine Zeit für das Kind hatten. Die Gäste waren schon älter, ihre Kinder schon lange nicht mehr in Annalenas Alter.

Costa hatte keine Gelegenheit mehr gehabt, Josefa vorher zu fragen, ob ihr das recht war und war gleich losgefahren zum Puig d'en Pep, wo die Villa seiner Großmutter in den Kiefernwäldern stand.

Amalfy war der Einzige, der bisher zugegeben hatte, Norma auf Ibiza getroffen zu haben. Also musste er an diesem Punkt weitermachen. Auf der Fahrt zu Josefa rekapitulierte er, was Johannes ihm gestern über den Musikproduzenten erzählt hatte.

Er war 1949 in Miami geboren worden, hatte seinen Vater nie kennen gelernt. Dafür erfüllte ihm seine Mutter jeden Wunsch, kaufte ihm, als er acht war, sogar ein Klavier und kratzte alles Geld zusammen, damit der Junge Musik studieren konnte. Freunden hatte der kleine Andy erzählt, sein Vater wäre der Pianist von Chuck Berry und dauernd auf Tournee. Andy hatte nicht nur Talent, er hatte auch Glück, denn ihn entdeckte schon früh ein berühmter Jazzpianist, der den Sechzehnjährigen ermunterte, einen Titel in seinem Studio aufzunehmen. Das war »Sharine«, eine soulige Ballade mit allen Zutaten des aufkommenden Motown-Sounds, und es wurde auf Anhieb zur Nummer eins in ganz USA.

Andy spielte in einer schwarzen Band, und er hatte einen Riesenspaß, mit den Jungs auf der Bühne herumzutoben, aber sein Lehrer machte ihm klar, dass er nicht der Typ sei, der eine Karriere auf der Bühne haben würde. Für Andy war das der endgültige Spruch Gottes, und er verließ nie mehr das Studio. Er hatte sich vorgenommen, eine neue Musik zu erfinden, einen neuen Sound, ein Crossover von weißem Beat und schwarzem Rhythm'n Blues. Der Erfolg von »Sharine« öffnete ihm alle Türen, sodass er die Besten treffen und von ihnen lernen konnte: Phil Spector, Arif Mardin, Robert Stigwood, Quincey Jones, Herb Alpert, Andrew Loog Oldham.

Obwohl er noch nicht geschäftsfähig war, gründete er 1966 eine Firma: Chess produzierte vor allem schwarze Künstler, jedoch nur solche, die auch auf den weißen Märkten ankamen. Was niemand wusste – Chess war tatsächlich ein Ein-Mann-Betrieb. Amalfy spielte alle Instrumente, Amalfy sang und saß bis zu fünfzig Stunden ohne Unterbrechung am Mischpult. Neuerdings bat Amalfy Johannes gelegentlich, eine Gitarrenpassage irgendwo hinein zu spielen. Man beschrieb Amalfy als einen wahnsinnigen Perfektionisten, als ein Genie. »Mister Soulman« legte keinen Wert auf ein Eintauchen in die Masse. Auch da war er das Gegenteil zu seiner Kollegin Sheen. Journalisten konnten ihn nicht erreichen, und wenn er telefonierte, sprach er mit Marvin Gaye, Barry White, Tina Turner und Michael Jackson, für die er auch Hits schrieb. James Brown hatte von ihm 1981 in einem Interview gesagt: »Ich dachte immer, Amalfy ist schwarz. Mann, das ist der weißeste Nigger, den ich je getroffen habe.«

Ab 1975 dominierte Chess den amerikanischen Markt, mit dem Aufkommen des HipHop und des Gangsta Rap wurde die Luft für schwarze Marionetten dünner. Amalfy verkaufte Chess 1986 rechtzeitig für achthundert Millionen Dollar an den Konzern.

Bis 1990 hörte man nichts von ihm. Dann tauchte aus dem Nichts eine Gruppe mit drei jungen schwarzen Sängerinnen auf, die mit ihrem Song »Something deep inside« eine weltweite Nummer eins schafften. Produzent: Amalfy.

In aller Stille hatte er sich auf die Herstellung neuer Produkte konzentriert, hatte Talentsucher ausgeschickt, hatte Wettbewerbe veranstaltet, hatte von bezahlten »Profi«-Zuschauern weltweit TV-Sendungen anschauen, bewerten und aufzeichnen lassen.

Hintereinander schob Amalfy seine Schachfiguren an die Spitze der Charts, unablässig begleitet von Medien-Gedonner. Gesichter und Körper ohne Biografien und Namen schnürte er zu Dreier-, Vierer-, Fünferformationen, die er über Nacht zu Stars machte.

Costa hatte inzwischen den Privatweg erreicht, der zwischen Kiefern hindurch die Berge hinauf zu Josefas Grundstück führte. Er hupte, das elektrische Tor öffnete sich, und Gracia kam aus dem großen Eingangsportal, eine Schürze um, an der sie die Hände abwischte. Hinter ihr erschien Annalena und rannte auf ihn zu. Er hupte, damit sie nicht vors Auto lief. Dann stieg er aus und sie sprang laut juchzend in seine Arme. Sie ergriff seine Hand und zog ihn hinter sich her.

Er musste die große Runde machen, denn Annalena wollte ihm alle Tiere zeigen und hatte vielen von ihnen schon Namen gegeben.

Schließlich landeten sie bei Josefa, wo Annalena sich wieder auf das marokkanische Sitzkissen setzte und die Hände in den Schoß legte.

Gracia brachte Sherry, dazu Toast und Schälchen mit sieben unterschiedlichen Marmeladen, eine Platte mit Schinken, einen Teller mit gegrillter Leber und den besten Rotwein, den Costa je getrunken hatte, einen 86er Unico von Vega Sicilia. Josefa nahm sich erst eine Scheibe Schinken, knabberte dann an einer großen Olive und leerte in einem Zug das Glas Champagner, das bereits vor ihr gestanden hatte.

»Ein schönes Haus hast du, Großmutter«, sagte Costa und machte eine Armbewegung zum Garten.

»Ich habe Pläne, was damit nach meinem Tod geschehen soll. Es soll eine Voliere werden. Das Grundstück und der Park werden Vogelschutzgebiet.«

»Warum machst du nicht ein Kinderferienheim daraus?«, fragte er und legte ein Stück Leber auf den Toast.

Sie sah ihn eine Weile durchdringend an. Wie eine Entscheidung klang plötzlich ihre spröde heisere Stimme: »Das ist eine Idee.« Sie betrachtete ihn, dann wandte sie sich Annalena auf dem mit Blumen bestickten Lederkissen zu, während sie ihren Enkel fragte: »Was treibst du?«

Er berichtete von dem Fortgang des Falles und dass sie nun bei der Kanadierin auf Tagomago eine Hausdurchsuchung machen müssten.

»Gut so. Vertreib sie dort, dann kaufe ich es.« Sie lachte.

Costa nahm ein großes Stück Käse und kippte immer ein wenig Rotwein nach. Die verrückten Ideen Josefas waren für ihn nicht mehr als das Vogelgezwitscher draußen.

»Geht es immer noch um diese Sängerin, deren Mutter demonstriert?«

»Norma Jean, Norma Jean!«, rief Annalena.

»Ich brauche jetzt Ruhe, geht«, verkündete Josefa plötzlich und stieß mit dem Stock auf.

Costa und Annalena erhoben sich, küssten Josefa auf die Wangen und ließen sie allein.

Draußen lachten sie beide und liefen in den Innenhof, wo Costa sich auf den Rand des sechseckigen blauen arabischen Brunnens setzte. »Komm auf meinen Schoß«, sagte er. »Dann beobachten wir die Fische.«

Sie saßen still im Schatten des heißen Tages, der hier oben durch den aufsteigenden Wind vom Meer kühler war.

»Die kommen alle angeschwommen, weil sie denken, sie werden gefüttert«, sagte Annalena und erzählte, dass der vierjährige Enkel von Gracia einen der rot-weißen Hochzeitsfische herausgeholt habe. Sie war darüber sehr wütend und schimpfte, weil er behauptet hatte, er habe die Hand nur so ins Wasser gehalten und der Fisch sei mit dem Maul an seinem Finger hängen geblieben.

Sie brauchte eine Weile, bis all ihre Gefühle abgeebbt waren, während er in gleichmäßigen Kreisen ihren Rücken streichelte.

»Wie lange bleibst du?«, fragte sie.

»Ich muss noch arbeiten. Ich habe eine Verabredung.«

»Kann ich mit?«

Es war schon kurz vor fünf, aber das Thermometer zeigte immer noch neunundreißig Grad im Schatten, als Costa Josefas Anwesen verließ und langsam durch das Tor auf den *camino privado* fuhr. Er wollte zu Amalfy, dabei konnte er Annalena nicht gebrauchen. Der einspurige Weg mit den wenigen Ausweichstellen war vor einem Jahr repariert worden, doch die Schicht kleiner Basaltsteine war abgefahren oder lag unter einer Decke aus weißem Mehlsand, der die Kiefern und Büsche an beiden Seiten des Weges einstaubte. Wie lange hatte es schon nicht mehr geregnet?

Er nahm den Cami de Can Carlos kurz vor Can Fernat. Die Bäume leuchteten grün vor einer Himmelskuppe, die von der Hitze und der Feuchtigkeit diesig blau war. Costa liebte diese Abkürzung zur Hauptstraße nach Santa Eulalia, weil dort selten ein Auto fuhr. Links und rechts standen Oleanderbäume in verschiedenen Rottönen, dahinter stuften sich Felder hinunter ins Tal.

Eine junge Frau mit einem gelben Tuch um die Hüfte trieb mit einer Rute Schafe über eine Wiese.

Er hatte von Johannes eine Wegbeschreibung. Er musste hinter der Orchideenzucht Orquidea, nach der er Ausschau hielt, nach Portinatx abbiegen. Die hohen Pinien, unter denen Bambus und Schilf standen, sahen wie aufgespannte Regenschirme aus. Er kam an einem ockerfarbenen Möbelgeschäft vorbei, das unterhalb von Olivenplantagen lag, erreichte dann den kleinen Obstladen, an dem er links abbog und bald das Azurblau der Amalfy-Villa am Waldrand erblickte.

Das Tor war offen, er fuhr in den Innenhof.

Das Haus war ursprünglich eine große alte Finca gewesen, deren Decken noch von den sehr harten Sabina-Hölzern getragen wurden. Doch von der Ursprünglichkeit war nichts mehr zu sehen, denn Amalfy hatte tief in den Farbkasten gegriffen und alles in den verrücktesten Farben anmalen lassen: Die Stämme der Sabina waren weiß lackiert, Wände und Kacheln des herrschaftlichen Bauernhauses in den verschiedensten modernen Farben.

Außer dem fernen Bellen von Hunden war es still, nirgends ein Mensch.

Da die Türen offen waren, trat Costa ein und ging durch sämtliche Räume. In einem der größeren Zimmer war ein riesiger Flachfernseher, dem zwei weiße Ledersessel mit Goldarmen gegenüberstanden, prunkvoll wie ein aztekisches Königspaar. Bis auf einen riesigen Strauß weißer Kunstblumen in einer roten Vase war das Zimmer leer. Costa warf einen schnellen Blick in ein rotes Gästezimmer, dessen hellrote Vorhänge zugezogen waren. Gegenüber stand die Tür zu einem halbrunden Bad aus kleinen Kacheln auf. Ein blaues Band schloss oben die Decke ab. Auch hier waren die Savina-Hölzer weiß lackiert, der Boden blau. Etwas weiter kam ein weiteres Schlafzimmer, diesmal in Blau mit einer rot-grünen Damastdecke auf dem Bett.

Das Verrückteste, weil Unpraktischste waren die schneeweißen Wollteppiche, die fast überall die Böden bedeckten.

All das hatte er auf der Insel noch nie gesehen. In einem weiteren Raum war ein großer Kaminplatz mit heruntergezogenem Feuerdach. Daneben wachte ein Pekinese, der in Glas oder Acryl eingegossen war. Im ersten Moment hielt Costa es für ein Kunstwerk, aber irgendetwas machte ihn neugierig, er ging näher heran und wunderte sich, wie exakt der Hund nachgebildet war. Das Ganze schaute aus wie eine Glaspyramide mit Hund. Er hielt sie ins Licht und drehte sie. Da Amalfy auch Kunst an den Wänden hatte – ein blau-gelbes Bild mit Vase und Blumen von Matisse –, lag es nahe, dass diese Acrylpyramide die Skulptur eines namhaften Künstlers war, aber Costa schloss die Möglichkeit nicht aus, dass es ein echter Hund war. Seltsame Idee, dachte er, andere begraben ihren Bello unterm Kastanienbaum im Garten, aber dieser Knabe stellt seinen toten Hund als Nippes aus. Ihm fiel ein, dass Amerikaner manchmal so etwas machten, wenn sie sich von ihren Lieblingstieren nicht trennen wollten.

Costa ging wieder auf den Hof. Alles in dem Haus widersetzte sich dem Charakter der arabisch geprägten Insel. Die Einrichtung kam ihm vor wie ein Song. Miami goes Ibiza.

Auf dem Parkplatz hinter einer Hecke standen zwei Landrover und ein paar Kleinwagen. Also musste jemand da sein. Er klopfte an die Tür eines der Studios. Jemand brüllte etwas, er öffnete die Tür und schaute hinein. Die vier Räume waren durch große Glasscheiben voneinander getrennt, sodass man sich sehen, aber nicht hören konnte. Amalfy war nicht da, aber ein schlaksiger Typ machte ihm Zeichen hereinzukommen. Er war ein wenig größer als Costa, aber so extrem dünn, dass Costa ihm nicht mehr als sechzig Kilo zutraute. Sein schwarzes gelocktes Haar lag wie eine Trockenhaube um den Kopf. Seine Haut war weiß wie hier selten. Der kommt nicht oft ins Freie oder ist erst gestern angekommen, dachte Costa. In einem anderen Zimmer stand eine Farbige vor einem Mikrofon, als warte sie darauf, dass Costa sich setze und wieder Ruhe einkehre. Sie trug ein schwarzes T-Shirt mit dem lachenden Gesicht von Norma Jean.

Costa setzte sich nicht, denn überall standen Eimer mit Farbe, die Räume waren zur Hälfte gestrichen, zur Hälfte roh verputzt. Einige von den an den Wänden und Decken angebrachten Schaumgummimatten, die wie Eierkisten aussahen, lagen übereinandergestapelt auf dem Boden. Die Stühle waren mit Farbe bekleckert. Der Dünne machte ihm ungeduldig Zeichen, Platz zu nehmen, aber Costa zeigte auf die Eimer und Kleckse. Er riss die Arme in die Luft und kam aus der Kabine heraus. Nun konnte Costa ihn verstehen.

»Was gibt's?«

»Ich bin von der Guardia Civil und habe eine Verabredung mit Señor Amalfy.«

»Wenn Sie von der Polizei sind, dann können Sie uns vielleicht helfen«, rief er, rannte wieder in seine Kabine und kam mit einem Polaroidfoto zurück.

»Wer sind Sie?«, fragte Costa.

»Ich bin Snook. Das Mädchen für alles hier.« Er hielt Costa ein Handy hin; auf auf dem kleinen Schirm grinste ihn ein schwarzhaariger, farbbekleckerter Bursche an. Costa erkannte Pichuri. »Das ist der Maler, der das hier angerichtet hat.«

Er war ein entfernter Verwandter. Nun wusste er, warum der Außenwandkamin im Hof nicht rot wie das Haus, sondern noch weiß war. Er kannte Pichuris Arbeitsweise: Er erschien morgens, begann sein Werk damit, dass er angetrocknete Farbe mit einem Stock von den

Blechtonnen schlug, in denen er die neue Farbe anrühren wollte. Dieses Schlagzeugsolo, Indiz seiner orientalischen Vorliebe für Lärm, die er mit vielen seiner Landsleute teilte, war das Signal für die Nachbarn, dass er mit der Arbeit begann, während die anderen noch schliefen. Dann setzte er sich auf eine der Tonnen, packte einen Tetrapack mit Don Simons rotem Wein, ein Bauernbrot, eine Flasche Olivenöl, Tomaten, Schinken, Käse und sein Messer aus und begann zu frühstücken. Gegen halb neun, wenn die Sonne den richtigen Winkel zum Anstreichen erreicht hatte, machte sich Pichuri ans Werk. Immer begann er mit einer Grundierung des gesamten Hauses, ob die Eigentümer das so wollten oder nicht. Sie wünschten in verschiedenen Räumen verschiedene Farben und hatten zuvor an den Wänden Proben der jeweiligen Mischung hinterlassen, die Pichuri sich gut merkte und dann übermalte. Mittlerweile stand die Sonne hoch, zwei Räume waren grundiert, die Farbe verbraucht und alle Geschäfte bis siebzehn Uhr geschlossen. Also setzte sich Pichuri in den Schatten und ruhte aus. Die Zigeunerfrauen aus der Nachbarschaft trugen ihre Käfige mit den Kanarienvögeln in die Sonne, rafften die Röcke, sodass das Licht ihre Waden wärmen konnte und begannen ihren Gesang. Pichuri sang auch, eine anklagende Bulerias, in der erzählt wurde, dass die Brüste seiner Schwester zwar nach Zimt dufteten, sie aber den falschen Kerl kennen gelernt hatte, der nur Schande über die Familie brachte. Dann war das zweite Tetrapack leer, und Pichuri fand, dass es an der Zeit war, in der Bar Ximeu einen Kaffee mit Veterano zu trinken. Gegen zwanzig Uhr würde er noch einmal ins Haus zurückkehren und zufrieden feststellen, dass die Grundierung vorschriftsmäßig getrocknet war. Nun wollte er noch die Küche streichen oder wie in diesem Fall die Studios, doch welche Farbe hatte es da sein sollen? Gelb? Blau? Pichuri musste erst mal ein paar Absinth trinken, dann würde es ihm schon wieder einfallen. Am nächsten Tag würde er neue Farbe mitbringen und die zweite Grundierung auftragen, *mañana* oder einen Tag nach *mañana*.

Hier waren es schon vier Tage nach *mañana*, erzählte ihm Snook und schimpfte, der Maler habe genug Zeit gehabt, das hinterlassene Chaos störe den ganzen Betrieb. Sie stünden mit dieser Produktion richtig unter Druck. »Können Sie ihn verhaften und herbringen?«, fragte er.

Costa grinste und sagte, es komme darauf an.
»Worauf?«, fragte Snook gehetzt.
»Wie mir hier geholfen wird«, sagte Costa.
»Amalfy! Sie wollen Andy, ich ruf ihn an!« Er verschwand wieder, telefonierte und gestikulierte hinter der schalldichten Scheibe. Dann kam er wieder heraus gerannt. »Er war beim Joggen. Gehen Sie rüber in die Küche, da presst er sich gerade Orangen aus. Und holen Sie uns den Maler ran! Wenn ich mit der Produktion nicht fertig werde, kostet's mich meinen Job!«
Costa nickte und dachte an Pichuri, wie er seine Wohnung gestrichen hatte, nachdem er bei Karin ausgezogen war. Er hatte alles in einem eierfarbenen Weiß haben wollen, aber am Ende war das eine Zimmer giftig orange und das andere grünlich weiß. »Ist das weiß?«, hatte Costa ihn gefragt. »Du wolltest doch die Farben eines Eies«, hatte Pichuri gesagt. »Aber nicht die eines faulen!«, hatte Costa die Unterhaltung resigniert beendet.

Amalfy stand am Küchentisch, vor sich einen Berg Orangenschalen und machte Costa ein Zeichen, sich zu setzen. »Auch ein Glas?«, fragte er.
Costa nickte, bedankte sich und erzählte, worum es ihm gehe.
Sein Instinkt sagte ihm das Gleiche wie gestern Abend: Hier hatte er es mit einem anderen Kaliber zu tun als bei Kailey Sheen. Amalfy lebte zurückgezogen in seiner Musik. Er verließ kaum seine Häuser, ging nicht zum Friseur und wenn er mal irgendwo hin musste, wechselte er weder die Klamotten noch nahm er die blaue Kappe ab. Für seine Reisen hatte er ein eigenes Flugzeug.
Er setzte Costa ein Glas vor und fläzte sich auf die Küchenbank, das eine Bein hoch, die Hand mit dem Glas auf dem Knie.
Costa fragte ihn nach Norma Jean.
Er war bereit, alles zu erzählen, blieb aber sehr allgemein und beschränkte sich auf laue positive Statements. So war Norma ein »good girl« und Kailey Sheen eine »nice lady«. Er hatte Norma zum ersten Mal in einer Aufzeichnung der EuroShow bei 2U-TV gesehen, fand sie attraktiv und »very interesting« und hatte seinen Assistenten Snook nach London geschickt, um ein Treffen mit ihr vorzubereiten. Er flog dann selbst und bot ihr an, sie zu produzieren.

Zu seiner Verblüffung lehnte sie dieses vermeintliche Superangebot ab. Später aber änderte sie ihre Meinung, er flog erneut nach London und machte mit ihr einen Vertrag. Einzelheiten aus dem Vertrag wollte er nicht nennen. Am 30. Mai wurde unterzeichnet und am nächsten Tag kam sie nach Ibiza. Snook holte sie vom Flughafen ab und quartierte sie in Amalfys Penthouse am Jachthafen ein, weil da ein Flügel stand und sie zwischendurch noch mit Snook an den Songs arbeiten konnte. Sie unterbrachen die Produktion für eine Woche, das war nach dem 16. Juni, und drehten das Video, das mit dem Album zusammen auf den Markt kommen sollte. Alles war fertig, es fehlte nur noch das Coaching für ihre öffentlichen Auftritte. Dafür sollte eine Spezialistin aus New York kommen, Flip Moser.

Aber am 28. Juni erschien Norma nicht.

Am Tag zuvor hatte er sie noch getroffen und nichts bemerkt von Abreiseplänen oder dergleichen. Er schickte Snook ins Penthouse, und der berichtete, dass sie mit ihren Sachen abgehauen sei.

Immerhin wusste Costa nun, warum Norma in keinem der Hotels angemeldet war. Und es schien auch, als hätte Kailey Sheen die Wahrheit gesagt, dass sie nicht mit Norma aus London gekommen sei und Norma auch nicht mit im Helikopter gesessen habe. Der verdammte Pilot hatte sich geirrt oder gelogen. Wie aber war Normas Jacke in Sheens Villa gekommen? War sie am 28. Juni zu Sheen gezogen? Dass Norma sang- und klanglos aus Amalfys Penthouse verschwunden war, konnte er nicht nachvollziehen. »Da muss doch irgendwas vorgefallen sein.«

Amalfy stand auf und bereitete beiden einen doppelten Café Cortado zu. »Nichts, was mir aufgefallen wäre. Sicher, in dem EuroStar-Rummel knallen die Mädels und Jungs schnell mal durch. Jeder hat so seine Starallüren und Marotten. Der eine macht seiner Angebeteten vor laufender Kamera einen Antrag, der andere verschwindet im Table-Dance-Puff. Ich hatte mal eine, die bestand auf Mineralwasser, das von Long Island eingeflogen werden musste.«

»Und Norma hat gar nichts angedeutet?«

»Ich sag Ihnen doch, Flip Moser sollte aus New York kommen und mit ihr arbeiten.«

»Was sollte sie mit ihr arbeiten?«

»Ihr beibringen, was sie der Presse zu erzählen hat und wie sie's erzählen muss, wie sie in Talkshows aufzutreten hat, was sie anzieht, wenn sie in ein Behindertenheim geht, und was, wenn sie bei der Kanzlerin eingeladen ist.«

Costa fragte, ob er sich das Videomaterial mit Norma Jean mal ansehen dürfe.

»Wozu?« Amalfy kippte den Rest Saft hinunter und leckte den Honig von dem Teelöffel aus einem Bienentopf.

»Es würde mir nutzen, einen Eindruck von ihr zu haben.«

»Was für einen Eindruck?«

»Warum Sie als extrem erfolgreicher Produzent ihretwegen extra nach London fliegen, zum Beispiel.«

»Ich sehe alle Talentshows. Ich lasse sie aufzeichnen, und wenn ich morgens nicht schlafen kann, sehe ich mir den Schrott an.«

»Da haben Sie Norma Jean das erste Mal gesehen?«

»Ich dachte, Marilyn Monroe ist wieder zur Erde gekommen. Verwandelt. Aber besser, mehr natürliche Kraft. Und etwas Tiefes, das Marilyn nicht hatte. Sie war Sex ganz an der Oberfläche, weiß und mütterlich, genau das Richtige für die GIs an der Front. Norma«, er lachte, »Marilyns eigentlicher Name war ja auch Norma, witzig, habe ich nie dran gedacht, bei Norma kommt es aus der Tiefe, wie das Gurren einer Raubkatze.« Er lächelte in sich hinein. »Und die Angst gleich mit dabei.« Er lehnte sich zurück. »Sie strahlt Sex und Angst aus. Darauf fährt das Publikum ab.«

»Und deswegen haben Sie sie getroffen?«

»Die Kollegen sehen alle Shows, um neue Talente zu finden. Norma hat wirkliches Charisma. Sie bewegt sich sogar gut. Kailey hat ihr auch einen Vertrag angeboten. Gleich aus der Show heraus. Sie ist eine geizige Elster und sagt sich, warum die Preise hochziehen.«

»Das wussten Sie, bevor Sie nach London flogen?«

»Kein Problem, oder?«

»Den Inhalt des Vertrages kannten Sie?«

»Es war ja nur ein Vertragsentwurf, aber lausig. Norma hat ihn Snook gezeigt.«

»Und Sie haben Norma gekriegt, weil Sie Kailey überboten haben?«

»Die Menschen geben nie mehr, als was sie selbst kriegen. Und Kailey ist eine Konzernsklavin. Alles, was sie je gemacht hat, hat sie für den Konzern gemacht. Sie wollten, dass sie ein paar Countryjodler produziert, die niemand mit der Kneifzange angefasst hätte, also hat sie die Jodler produziert. Hat noch mitgejodelt. Dem Konzern gehört ja auch diese verdammt erfolgreiche Talentshow auf der ganzen Welt, und der Konzern hat sie da reingesetzt. Sie in London. Hier in Spanien ist es Ricardo Fuente, in Japan Yasuo Kitamura. Die haben zu Kailey gesagt, komm, du setzt dich da hin und wirst zusammen mit den Siegern jede Woche von einem Millionpublikum gesehen und machst für uns mit den beiden Siegern gleich die Hitsongs.«

»Dann hätte sie Norma doch gar nicht gebraucht, die schon als Neunte ausscheiden musste.«

»Norma wäre Nummer eins geworden. Sie hatte die Klasse als Superstar. Das wusste Kailey. Da ist sie schlau.«

»Sie ist es aber nicht geworden.«

»Richtig.«

»Und wieso nicht?«

»Das ist das große Rätsel. Das hat niemand verstanden. Vielleicht hat jemand an der Telefonauswertung gedreht? Sie hätten mal die Presse lesen sollen.«

»Sie haben keine Ahnung, wo sie jetzt ist?«

Amalfy holte tief Luft, nahm seine Kappe ab, kratzte sich im zerzausten Haar, schüttelte den Kopf und hob die Hände.

Costa erinnerte sich daran, was Johannes ihm erzählt hatte. »Konnte sie denn für Ihre Ansprüche, Mister Amalfy, gut genug tanzen und singen?«

»Als ich sie zum ersten Mal im Fernsehen hörte, wusste ich, mit der arbeite ich ein bisschen, und dann hat sie eine gigantische Stimme. Und so ist es auch geworden. Sie sollten das Album mal hören, ein Hammer. Deswegen bedaure ich, dass sie die Arbeit unterbrochen hat.« Er grinste und machte eine freundliche einladende Geste. »Wenn das Video geschnitten ist, können Sie sich's mal anschauen, und dann spiel ich Ihnen dazu den vollen Sound vor. Sie werden sehen. Die wird ein Chartbreaker. Die lässt alle anderen abstürzen. So was hat's seit Madonna nicht mehr gegeben, glauben Sie's mir. Allerdings singt Madonna im Vergleich zu Norma wie ein Scheuereimer.«

»Und da sitzen Sie hier so gelassen und ruhig, obgleich sie sich seit mehr als einem Monat nicht gemeldet hat?«

Amalfy lehnte sich vor, wischte mit der flachen Hand und einer weit ausholenden Bewegung über die Tischplatte. »Auf dieser Insel herrscht die Göttin Tanit, die Göttin des Sex und der Liebe. Das ist nun mal so, da kann man nichts machen.«

In der Tür erschien eine sehr attraktive Farbige in einem weiten rosafarbenen Überhang, gewebt aus einem luftigen und hauchdünnen Material. Costa suchte mit den Augen verlegen Halt an den verschiedenen Kettchen aus Gold und Edelsteinen, die das Mädchen unter dem rosa Nichts trug, aber es half ihm nicht; seine Blicke glitten immer wieder über den braunen, nackten, rosa umwehten Körper. Auf bloßen Füßen huschte sie an ihm vorbei. Ein sinnbetäubender Duft folgte ihr.

»Ich komme wieder«, sagte er, während sein Gastgeber sie schon in die Arme nahm.

Er musste noch einmal ins Studiohäuschen, weil jemand seinen Wagen eingeparkt hatte.

»War ich«, sagte Snook. »Wollte Sie noch mal an den Maler erinnern.«

Costa grinste. »Wir können ja gleich zusammen hinfahren und ihn holen.«

»Wahrscheinlich die beste Idee. Bin in drei Minuten am Auto.«

Er rief der Sängerin etwas zu und verschwand in seiner Kabine.

Costa nutzte die Zeit, um den Bischof anzurufen und ihn zu bitten, Pichuri aufzutreiben und mit ihm zu dem kleinen Obstladen zu kommen, der vier Autominuten von hier auf der Straße nach Portinatx lag. So lange würde er mit Snook herumkutschieren.

Costa saß am Steuer und fuhr ein so langsames Tempo, dass der zappelige Snook ihn immer wieder aufforderte, schneller zu fahren. Doch Costa hatte anderes vor. Amalfys Assistent saß quasi auf dem Präsentierteller und er würde ihn so lange weich kochen, bis er ihm das von Norma erzählt hatte, was er wissen wollte. Er fuhr in Richtung Norden.

Zuerst versuchte er, sich nett an das Thema heranzupirschen und berichtete von dem guten Gespräch mit Andy Amalfy über Musik. »Ihr macht ja tolle Musik«, sagte er, und sein Beifahrer berichtete über die Schwierigkeiten, eine gute Qualität zu erreichen.

»Ja«, sagte Costa, »da muss man früh üben«, räsonierte dann über Talent und die richtige Ausbildung, wiederholte Andys Ratschläge, die er aus dem Stegreif erfand und sagte: »Mister Amalfy meinte, das A und O ist Stehvermögen und Zuverlässigkeit. Nicht so wie –« Er wurde unterbrochen, als er sagen wollte, nicht so wie Norma Jean.

»Genau! Nicht so wie dieser Maler!«, fiel ihm Snook ins Wort.

Idiot, dachte Costa, sagte aber nur: »Stimmt. Mister Amalfy allerdings meint wohl eher Norma Jean. Schließlich ist Flip Moser umsonst aus New York hergekommen. Das findet er sicher ärgerlich.«

Snook schüttelte den Kopf. »Nee. Sie ist nicht gekommen. Amalfy hatte seine Pläne geändert.«

Costa horchte auf. Wieso sagte Amalfy diesen doch wichtigen Termin ab, wenn er gar nicht wissen konnte, dass Norma nicht mehr erscheinen würde?

»Ich kann nicht so lange wegbleiben, wie lange dauert das denn noch?«, brummte Snook mürrisch.

Costa überging das. »Irgendwie schreibt er das mit Norma auch auf deine Kappe.«

Das saß. »Auf meine?!« Snook fuhr herum. »Das soll ja wohl ein Witz sein! Sie wollte singen! Sie ist eben der Typ, der singen will! Sie steht da drauf! Muss er doch verstehen, ist doch seine Theorie.« Er imitierte Amalfy: »Unsere Pupillen vergrößern sich, der Endorphinspiegel steigt, die Musik wirkt auf den ganzen Körper, auch auf das Gehirn – und dann sein Text über die *heilenden Eigenschaften*, o Gott. Er hat doch die Theorie, dass Patienten im Koma auf Musik reagieren und autistische oder lernbehinderte Kinder oft weniger Schwierigkeiten haben, sich durch ein Lied auszudrücken, als zu sprechen. Deswegen singt Andy selbst ja vielleicht auch immer«, schnaubte er höhnisch.

»Klingt 'n bisschen bitter.« Costa hatte den richtigen Ton gefunden.

»Bitter nicht – positiv! Ich hatte 'ne total positive Einstellung zu Norma. Ich verstehe, dass sie ausgerastet ist. Aber mir kann er das nicht anhängen, ich muss die Tonspuren markieren, das ist doch logisch!«

»Was markieren?«, fragte Costa.

Snook sah ihn plötzlich misstrauisch an.

»Warum musst du die denn markieren?« Weiter kam Costa nicht.

Snook hatte seinen Fehler bemerkt und schaltete auf taub.

»Sind es bestimmte, die du markieren musst?«, fragte ihn Costa und schaute ihn dabei naiv an.

Snook starrte unbeweglich irgendwo in die Ferne.

»Was hatte das denn damit zu tun, dass du positiv Norma gegenüber eingestellt bist?«

Es war nichts zu machen. Costa fuhr noch eine Weile und bog dann in einen dunklen dichten Wald ein.

»Wohnt hier Pichuri?«, fragte Snook misstrauisch.

»Ja. Weiter vorne.«

In einer Schneise hielt Costa an, stieg aus, ging um den Wagen herum, öffnete die Beifahrertür und packte Snook am Kragen. Er zog ihn mit beiden Fäusten heraus und stellte ihn gegen das Auto. Snook kreischte laut und so anhaltend, dass Costa ihm eins in die Magengrube gab. Er krümmte sich und schnappte nach Luft. Als er sich wieder beruhigt hatte, packte Costa ihn am Genick. »Du wirst ziemlichen Ärger kriegen, wenn du nicht mit der Guardia kooperierst.«

Snook starrte ihn an, Tränen liefen ihm über das Gesicht, seine Lippen waren schmal und blutleer, weil er sie zusammenpresste.

»Du hast zwei Möglichkeiten: Ich kriege jetzt Antworten auf meine Fragen und sorge dafür, dass der Maler innerhalb der nächsten Stunde seine Arbeit beginnt, oder ich nehme dich mit ins Präsidium zu einem sehr, sehr langen Verhör. Dazwischen kannst du wählen.«

Plötzlich gab Snook nach, fasste Costas Unterarm mit beiden Händen und befreite sich von seinem Griff. »Okay, ich erzähle Ihnen die Geschichte unter einer Bedingung.«

»Und die wäre?«

»Wenn Sie versprechen, dass Andy nichts davon erfährt.«

Costa war einverstanden. Sie setzten sich wieder ins Auto und Snook erzählte alles, was er über Norma wusste, bis zu dem Moment, wo sie aus seinem Blickfeld verschwunden war.

Sie hatte von Anfang an ideal in Andys Konzept gepasst. Sie war nicht nur äußerst attraktiv, sie hatte auch eine starke persönliche Ausstrahlung und konnte tanzen. Schon in kurzer Zeit hatte sie eine große Fangemeinde in England, Menschen, die Norma-Jean-T-Shirts trugen und in Norma-Jean-Bettwäsche schliefen. Norma-Jean-Sprüche wurden in Chatrooms bequatscht, und aus dem Netz konnte man Zeichentrickfilme herunterladen, in denen Norma Jean in ihrem erfundenen Alltag zu sehen war. Ein international bekannter Bildhauer arbeitete an einem Monument, das im Sockel eine Rubens gleiche Sheen zeigte, die die zehn Wettbewerber aus der Show auf ihren Schultern trug. Zusammen mit der entstehenden Norma-Biografie sollte das Denkmal zur feierlichen Eröffnung des International Book Market in London enthüllt werden. Am gleichen Tag sollte die Norma-Biografie in allen Buchläden ausliegen.

»Wer hat die Rechte?«, fragte Costa erstaunt.

»Hat alle Andy.«

»Bringt das was?«

»Eine Mörderkohle.«

Die Norma-Jean-Welle war stetig angeschwollen, und Andy hatte das vorausgesehen. Die vielen englischen Fans hatten den Norma-Kult inzwischen auch nach Ibiza gebracht, es gab NJ-Partys, bei denen sie von etlichen Frauen imitiert wurde und in deren Mittelpunkt eine Skulptur stand, die Norma lebensecht zeigte. Snook hatte die noch nicht gesehen, aber er wusste, es war so eine Art Hologramm. Amalfy, mit seinem Gespür für die Massen, hatte all das sofort erkannt, als er sie das erste Mal auf dem Bildschirm sah. Schon am nächsten Tag hatte er Snook nach London geschickt, wo er hinter dem Rücken Kailey Sheens den Kontakt zwischen Amalfy und Norma vorbereitet hatte. Sie trafen sich in der Nähe der Studios von 2U-TV. Doch zu diesem Zeitpunkt war sie noch nicht rausgeflogen und glaubte noch, es warte etwas Besseres auf sie. Nach ihrem Sturz aber rief sie Amalfy auf Ibiza an, akzeptierte sein Angebot und unterschrieb den Vertrag.

Costa wollte wissen, wann das war und stellte fest, dass sie Amalfy nicht gleich nach ihrem Rauswurf angerufen hatte, sondern erst zwei Wochen später. Zwei Wochen also hatte sie sich in London aufgehalten. Wo hatte sie dort gewohnt? Was hatte sie dort gemacht? Warum schrieben die englischen Zeitungen, die Costa gelesen hatte, sie sei gleich nach ihrem Sturz aus der Show verschwunden? Was war in diesen zwei Wochen geschehen?

Snook wusste nichts darüber. Er traf Norma Jean erst wieder, als sie am 31. Mai auf Ibiza ankam, wo er sie im Auftrag Amalfys vom Flughafen abholte.

»War sie verändert?«, fragte Costa ihn. »War sie anders als in London, wo du sie das erste Mal gesehen hast?«

Snook hatte davon nichts bemerkt. Sie war nett und freundlich wie schon in London. Er brachte sie in Amalfys Penthouse, wo der sie abends abholte, um mit ihr in John Moons Bambuddha Grove essen zu gehen.

Bis hierhin hatte Snook die Dinge heruntergehaspelt, wie es seine Art war, aber jetzt stockte er. Costa stieß ihn an. »Und dann?«

Costa merkte, wie er sich einen Ruck geben musste, bevor er sagte: »Danach hat er mich angerufen und mir gesagt, dass wir morgen mit Norma Jean anfangen und alles okay ist.«

Costa runzelte die Stirn. »Na und? Das war doch sowieso klar. Deswegen ist sie doch gekommen.«

Irgendetwas stimmte nicht, aber Snook nickte und sagte fast erleichtert: »Genau.«

»Pass mal auf, Freundchen, du kannst mir nichts vormachen, dafür hätte er dich nicht angerufen. Also spuck aus, was war die interessante Nachricht?«

Snook war sichtlich unbehaglich zumute. Immer wieder fummelte er an seinen Haaren herum, war nervös und seine Augen flitzten hin und her. »Mein Gott, was soll er gesagt haben?«

»Also was?« Costa stieß ihm den Ellbogen in die Rippen.

»Er hat gesagt, dass sie ein einfach gestrickter Typ ist, dass sie Geld im Grunde nicht interessiert und sie nur den einen Traum hat, eine große Sängerin zu werden.«

Dass Norma Geld nicht viel bedeutete, war nichts Besonderes, auch bei anderen jungen Mädchen spielte immer nur der eine große Traum eine Rolle. Sängerin. Vielleicht stimmte *damit* etwas nicht. Costa erinnerte sich, dass Amalfy bei dem Wyman-Konzert zu Johannes gesagt hatte, Norma könne nicht singen, ihm selbst aber vorhin erklärt hatte, ihr Gesang sei Spitzenklasse. Er wollte ihm das ja zusammen mit dem Video sogar noch vorführen. »Was denkst du? Singt sie gut?« Costa legte ihm die Hand auf die Schulter.

Snook schüttelte die Hand ab. »So was zu beurteilen, ist nicht mein Job.«

Jetzt hatte ihn Costa. Erstens: Snook mochte das Mädchen. Zweitens: Sie hatte den Traum, eine weltberühmte Sängerin zu werden. Drittens: Amalfy sagt zu Johannes, sie könne nicht singen. Viertens: Amalfy fängt aber trotzdem mit den Aufnahmen an. »Ihr habt ihr nicht gesagt, dass ihre Stimme nicht hinhaut!«

Snook sagte nichts.

»Das war's doch, oder? Ihr habt sie angeschissen und irgendeinen Zweck wird das schon für euch haben. Welchen? Ging es euch auch nur um die Kohle aus den anderen Vermarktungen wie Bettwäsche? So wie der Konzern das macht und Kailey Sheen das wohl auch machen wollte?« Costa hatte ihm in sein Haar gegriffen und seinen Kopf nach hinten gezogen.

Er brüllte wie ein Schwein, das man aus dem Stall zerrt. »Hören Sie auf!«

Costa ließ ihn los. »Also?«

»Amalfy kann's eben.«

»Und Sheen nicht?«

»Keine Ahnung.«

Amalfy konnte also das Äußerste aus einem jungen Mädchen herauspressen. »Ist sie abgehauen, weil sie rausgefunden hat, dass sie bloß ein quakender Werbefrosch ist?« Costa stieß ihn wieder. »'ne klare Antwort will ich haben, hörst du, sonst fahren wir jetzt aufs Präsidium und du bleibst da ein paar Nächte. Amalfy hat mir gesagt, dass sie eine super Sängerin ist. Besser als Madonna. Will mir das ja auch vorspielen. Also lügst du.«

»Ich lüge nicht.«

»Also wie kommt's dann zu der guten Stimme?«

»Er legt noch 'ne zweite drunter, ist doch ganz einfach.«

Costa wollte ihn gerade wieder am Schlafittchen packen, als sein Handy klingelte. Es war der Bischof, der mit Pichuri an dem kleinen Obstladen wartete und wissen wollte, wie lange es noch dauern könnte.

»Lass ihn nicht laufen, wir kommen gleich«, sagte Costa und fügte nach einem Blick auf Snook hinzu: »Ich glaube nicht, dass wir ungeduldig werden müssen.«

Inzwischen war es dunkel geworden, er hatte kein Licht im Wagen angemacht, und zusammen mit seiner rätselhaften Andeutung eben am Telefon war Snook ziemlich unbehaglich zumute, und er bekam wieder Angst. »Andy hielt Normas Stimme für vollkommen unzureichend.«

»Hat er das gesagt?«

»Er hat gesagt, sie singt zu deutsch. Keine Spur von Soul, alles auf die Eins, bum-bum-bum-bum. Bis die Tusse endlich die Lippen synchron zu Emilys Gesang bewegen kann, das wird uns schon Nerven kosten. Aber ich habe gesagt, wenn du ihre Stimme gar nicht nimmst, sondern nur Emilys, wird sie das merken. Quatsch, meinte er, hören kann die auch nicht.«

»Das begreife ich nicht«, sagte Costa. »Erst macht Amalfy ein großes Theater, um sie Sheen auszuspannen und als Sängerin unter Vertrag zu kriegen. Dann merkt er, es ist ihr Traum, eine große Sängerin zu werden und dann ruft er dich an und sagt, sie soll nicht merken, dass sie gar nicht singen kann.«

»Das merken andere Sänger auch nicht«, sagte Snook. »Das ist normal. Hier ging's darum, dass sie nicht merkt, dass noch eine andere Stimme aufgenommen wird.«

»Wie geht das?«

»Sie singt, aber ich nehme es nicht. Wenn sie weg ist, singt die, die Sie im Studio gesehen haben, Emily. Ihre Stimme ist auf dem Album. Normas Stimme ist nur auf der einen Tonspur, die ich markiert habe. Das geht völlig unter.«

Allmählich dämmerte es Costa, doch er wollte sichergehen. »Warum produziert er nicht gleich Emily?«

»Schon mal ihren Arsch gesehen? Außerdem ist sie zu alt und sieht nach nichts aus. Norma aber hat alles für einen Medienstar. Nur keinen Soul.«

»Amalfy sagt, sie hätte die Show in London gewonnen.«

»Ja, richtig. Für Kailey Sheen ist ihre Stimme auch okay. Und im Fernsehen – was für 'n Sound kommt da schon rüber. Aber für Andy ist das nur singen in der Badewanne.« Er sah Costa unsicher an. »Ist nun mal so.«

Costa schüttelte den Kopf. »Da hat sie sich ja richtig zwischen die Stühle gesetzt.«

Snook nickte. »So ist es.«

»Warum ist sie nicht bei Sheen geblieben?«

Snook zuckte mit den Schultern. »Keine Ahnung.«

»Das Geld, das Amalfy ihr bot?«

»Glaube ich kaum. Sie ist nicht geldgierig. Sie ist ein ganz liebes unkompliziertes Mädchen.« Snook schaute in die Dunkelheit hinaus. »Sie wollte einfach nur singen.«

Costa schüttelte genervt den Kopf. Man geht nicht nach London in so einen tobenden Affenkäfig, wenn man einfach nur singen will. Schon gar nicht, wenn die Beurteilung der Stimme so kontrovers ist.

»Jedenfalls fand Norma alles heraus. Das war am 27. Juni. Sie hatte eine halbe Stunde allein im Studio gesessen und gesehen, dass nur an einer von den zwanzig Tonspuren ihr Name stand und an den anderen Emilys. Sie verlangte von mir, dass ich ihr die Aufnahmen vorspiele, einmal mit ihrer Tonspur und einmal ohne. Sie ließ mich das dreimal machen und konnte keinen Unterschied hören. Im Ergebnis war ihre Stimme überhaupt nicht vorhanden. Es machte keinen Unterschied, ob ihre Tonspur abgeschaltet war oder nicht. Dann bekam sie einen hysterischen Anfall, kreischte herum, beschimpfte Emily, sie hätte sie betrogen, und ich musste sofort Andy rufen. Er konnte sie auch nicht beruhigen. Im Gegenteil, sie drohte damit, an die Presse zu gehen und den ganzen Betrug öffentlich zu machen. Amalfy hatte in die Produktion nicht nur weit über eine Million gesteckt, sondern auch viel Zeit und Arbeit und fand das überhaupt nicht witzig. Ich musste sie ins Penthouse fahren, wo sie mir die Tür vor der Nase zugeworfen hat. Abends bin ich noch mal hin, aber da war sie mit Sack und Pack verschwunden.«

»Und niemand hat sie je wieder gesehen?«

Snook schüttelte den Kopf.

»Wer hat der PR-Frau aus New York abgesagt?«

»Flip Moser? Keine Ahnung.«

»Erschienen ist sie jedenfalls nicht?«

Snook schüttelte den Kopf.

»War die Produktion so weit fertig?«

»Bis auf die Arbeit von Flip Moser, ja. Das Video natürlich nicht. Aber das ist morgen oder übermorgen fertig.«

»Die Arbeit daran hat Amalfy also nicht gestoppt?«

»Nein, warum? Er geht davon aus, dass sie wiederkommen wird. Sie kommen alle wieder angekrochen, sagt er, sie hat ja keine Kohle.«

»Allerdings ermitteln wir aufgrund einer Mordanzeige.«

Snook zuckte mit den Achseln. »Keine Ahnung. Aber es ist ausgeschlossen, dass Andy damit was zu tun hat.« Er warf Costa einen Blick zu. »Ganz ausgeschlossen.«

Er betonte das noch einmal, wahrscheinlich, um sein Gewissen zu beruhigen, weil er Informationen preisgegeben hatte, die sein Chef geheim halten wollte.

Costa ließ den Wagen an, fuhr rückwärts aus dem Wald und dann in Richtung Amalfy. An dem kleinen Obstladen traf er den Bischof. Er saß mit Pichuri im Auto.

Der Bischof stieg aus. Er wollte das Haus von dem berühmten Amalfy aber auch einmal sehen und schlug vor, hinter Costa herzufahren.

Als sie auf dem Hof von Amalfy ankamen, setzten sie Snook und Pichuri ab. Pichuri beteuerte in seinem unverständlichen Inseldialekt, den Snook nicht verstehen konnte, dass er alles so machen würde, wie Costa und der Bischof es wünschten.

»Nur malen«, sagte der Bischof.

»Aber fertig malen«, fügte Costa hinzu.

Pichuri nickte dienstfertig und folgte Snook zum Studio.

»Gehen wir irgendwo essen?«, fragte der Bischof.

Lieber hätte er Karin getroffen. Außerdem hatte er noch keinen Hunger. Der Café Cortado war höllisch stark gewesen und rumorte in ihm herum. In letzter Zeit war er zu Tee übergegangen, weil Tee ihn nicht so aufputschte. Richtig starken Kaffee vertrug er eigentlich überhaupt nicht mehr. Er machte ihn nervös und aggressiv, er geriet dann zu sehr in Aktion, war aber anschließend schlecht gelaunt und müde.

Vor allem war es jetzt wichtig, dass er sich seine nächsten Schritte genau überlegte. Er hatte sich bei Snook ein bisschen weit vorgewagt, hatte den Jungen unter Druck gesetzt, und es war nicht anzunehmen, dass er das einfach so wegstecken oder für sich behalten würde. Nachdem seine Aufregung abgeklungen wäre, würde er sich sehr schnell der Tatsache zu erwehren versuchen, dass er seinen Chef verraten hatte.

»Lass uns erst noch mal mit Amalfy reden«, sagte er.

»Er ist im Haus«, sagte der Bischof.

Sie klopften am Kücheneingang. Es dauerte nicht lange, da öffnete sich die Tür und Amalfy wollte eisig und abweisend wissen, was es schon wieder gebe.

Costa sagte, er habe noch ein paar Fragen an ihn.

»Wir sitzen auf der Terrasse«, sagte Amalfy, drehte sich um und verschwand im Haus.

Der Bischof stieß Costa an, und sie beeilten sich, Amalfy durch das Wohnzimmer auf die Terrasse zu folgen.

Der Wasserfall des Swimmingpools war erleuchtet, der Park lag in einem orangefarbenen Licht, und – Costa traute seinen Augen nicht – an dem großen Holztisch saßen Rechtsanwalt Campaña und sein Schwiegersohn Ramón.

Campaña war durch Heirat zum Verwandten Costas geworden. In allen Dingen smart und kompetent, hatte er sich die schöne Lola geangelt, siebzehn Jahre jünger und Tochter von Soledad, einer reichen Erbin aus Venezuela, die auf einer Europareise den Kellner Lucas Planells Mari, Costas Verwandten, in der Kathedrale von Ibiza gefreit hatte.

Campaña tat alles für Geld. Bereits kurz nach Beendigung seines Studiums in Madrid wickelte er für Franco Immobiliengeschäfte ab. Sein Riecher für Geschäfte und die Einschätzung der politischen Entwicklung ließen ihn 1976 auf die Insel übersiedeln, wo er dank guter politischer und gesellschaftlicher Kontakte binnen Kurzem zum Staranwalt aufstieg.

Costa und er kannten sich gut, denn Costa hatte schon in dem ersten Fall nach seiner Rückkehr aus Hamburg mit ihm zu tun gehabt. Er war immer höflich, blitzschnell im Kopf und konnte kaum einen Moment ruhig sitzen. Diese nervöse Energie rief bei Costa Unbehagen hervor. Er schnappt, dachte Costa, er schnappt wie ein Piranha. Und wie eitel er ist! Einundsechzig, aber färbt sich die Haare, als würde Pichuri ihn jede Woche besuchen.

Der Anwalt trug einen dreiteiligen dunkelgrauen Anzug, die Weste war trotz der Hitze bis oben geknöpft und selbst die Krawatte nicht gelockert. Er schien in einem Kühlschrank zu sitzen, während Costa und der Bischof ihre kurzärmeligen Hemden schon mehrfach durchgeschwitzt hatten.

Campaña sprang auf und begrüßte sie. »El Bisbe, El Bisbe!«, rief er. »Die Cousins! Wie immer rastlos im Dienste der Gerechtigkeit?

Wie geht's den Kindern?« Da keiner antwortete, zeigte er auf den Bischof und beugte sich zugleich zurück, als könnte er ihn so besser sehen. »Hast du abgenommen?« Doch bevor der Dicke antworten konnte, stellte er mit großer Armbewegung seinen Schwiegersohn Ramón vor: »Ramón, der so glücklich verheiratet ist mit meiner Tochter Monse – ihr kennt ihn ja schon.« Er machte ein paar ungeduldige Handbewegungen zu Ramón, der sich aus dem Kolonialstil-Korbsessel erheben sollte. Widerstrebend erhob sich der schlaksige junge Mann, dessen Haut durch seine pechschwarzen Haare fast käsig wirkte und streckte die Hand aus.

»Habt ihr schon zu Abend gegessen?«, fragte Campaña und schmunzelte Amalfy zu: »Ich erlaube mir, den Hausherrn zu spielen. Wir waren zwar schon beim Kaffee, aber Señor Amalfy lässt sicher gern noch zwei Gedecke bringen.« Er blickte zur Terrassentür, wo der philippinische Angestellte wartete. »Wir haben noch genügend übrig gelassen – Kaviar auf gestoßenem Eis, Jabugo-Schinken und karamellisierte Jakobsmuscheln, o ja, und ausgelöste Hummerzangen!«

Costa konnte über den Schlaukopf nicht lächeln. »Keine Umstände bitte, ich hab nur ein paar kurze Fragen an den Hausherrn.«

Amalfy saß mit ausgestreckten Beinen in einem der großen Sessel, einen Kaffee in der Hand.

»Wenn du Fragen an meinen Mandanten hast, können wir über meine Kanzlei gerne einen Termin vereinbaren.« Er sprach ibizenkisch mit Costa, eine Sprache, die er als Castillano verachtete, und nahm wieder Platz. Dann beugte er sich vor, um das winzige Espressotässchen vorsichtig mit Daumen und Zeigefinger zu nehmen. Dabei spreizte er den kleinen Finger weit ab, weil ihm sein dicker goldener Siegelring im Weg war. Er schlürfte laut den kleinen Schluck und stellte die Tasse vorsichtig zurück. Am Ende dieser Zeremonie sah er Costa in die Augen. »Was ist los? Essen wollt ihr nicht, sitzen und liegen auch nicht, nehme ich an. Also gehen?«

Amalfy, der der Unterhaltung teilnahmslos gefolgt war, stand auf und bot sich an, die Polizisten zur Tür zu begleiten.

Der Bischof warf einen letzten wehleidigen Blick auf die entgangenen Delikatessen und folgte.

An der Tür zum Hof sagte Amalfy: »*Si puc ajudar-te, tinent, cap problema.*« Costa traute seinen Ohren nicht. – Amalfy sprach fast akzentfreies Ibizenkisch. »Wir können alles gütlich klären«, schlug er vor, »wenn dabei meine Nerven geschont werden.«

Costa war nicht nach diesen Kungelgeschäften zumute. Er hatte Norma vor Augen und vielleicht auch immer ein wenig seine Tochter. »Sie haben die Stimme des Mädchens in höchsten Tönen gelobt, haben ihr alles versprochen, aber nie die Absicht gehabt, sie singen zu lassen. Ihre Behandlung war wie ein Hohn. Sie haben sie für dumm verkauft. Wo ist diese unglückliche Frau nun?«

Amalfy lächelte. »Unglücklich? Was sie wollte, war Ruhm, das ist alles. Und Ruhm – was ist Ruhm? Die Menschen wollen gesehen werden. Vor einiger Zeit gab es noch welche, die *gehört* werden wollten, aber die Zeiten sind vorbei. Wir sehen sie singen, hören tun wir die Maschinen.«

»Wo ist sie?«, fragte Costa scharf.

Amalfy lachte einmal auf und machte ihnen die Tür vor der Nase zu.

»Der ist komisch«, sagte der Bischof.

Costa warf ihm einen kurzen Blick zu. »Komisch?«

Er sah noch einmal nach Pichuri, der dabei war, das Studio zu streichen. »Wo ist Snook?«

»Der ist von zwei ziemlich kräftigen Kerlen abgeholt worden.«

»Wann?«

»Eben.«

Nun war ihm alles klar. Amalfy hatte geahnt, dass sein Assistent die Geschichte ausplaudern würde und sofort Campaña verständigt.

»Ich erzähl dir mal, was alles so gelaufen ist. Dann werden wir wissen, was wir tun müssen und sehen, ob wir essen gehen«, schlug er dem Bischof im Auto vor.

Der Bischof stöhnte auf und wälzte sich mit seinem Riesenleib einmal auf dem Sitz hin und her, dass das Auto wackelte. »Zu lange darf das aber nicht dauern, sonst nehme ich ab«, brummte er.

Costa fuhr den Feldweg mit abgeblendeten Lichtern hinunter. Im hellen Silberlicht des Vollmondes lag die Landschaft. Sie hatten die Scheiben heruntergelassen, die Grillen zirpten, und nicht weit entfernt heulten ein paar Hunde durch die heiße Augustnacht. Der Staub auf dem Zufahrtsweg zu Amalfy schien ein eigenes gelblich silbernes

Glimmen zu haben, von dem sich das Kaninchen deutlich abhob, das im Zickzack den Weg ein Stück entlanglief und dann im Feld verschwand.

»War es schwer, Pichuri aufzutreiben?«

»Nein.«

Rafal kannte die Welt der Ibizenkos wie kein anderer. Es war ihm kein Problem, Pichuri, den Maler, zu finden oder den mächtigen El Cubano anzurufen. Er kannte die Richter und Staatsanwälte und lud sie nicht selten zu sich nach Hause zum Essen ein, denn er kochte gut und gerne und kochte dann eben für zwei Staatsanwälte, einen Richter, seine Frau und seine Kinder.

»Ich denke, dieser Snook, den ich eben ausgequetscht habe, ist schwer verknallt in Norma Jean und hat deswegen mehr erzählt, als ihm guttun wird. Er war eifersüchtig auf seinen Chef und konnte endlich Luft ablassen.«

»Was hatte diese Norma denn zu tun, wenn die Sängerin eine andere war?«

»Lächeln.«

»Kann die Farbige nicht lächeln?«

»Ich habe sie gesehen. Nach den Maßstäben der internationalen Märkte ist sie zu dick.«

»Hört, hört!«, dröhnte der Bischof mit seinem tiefen Bass. »Und Pavarotti? Der war genauso ein hübsches Kerlchen wie ich und ganz berühmt auf den internationalen Märkten.«

»Ein Mann.«

Der Bischof hob seine mächtige Pranke. »Und die Caballé? Eine Frau! Nicht ganz so hübsch wie ich, aber auch wundervolle drei Zentner«, rief er mit Begeisterung.

»Oper.«

Bischofs Begeisterung ließ nicht nach. »Ella Fitzgerald! Ich versteh auch 'n bisschen was von Musik.«

»Jazz.«

»Ihr habt in Deutschland Trude Herr gehabt.«

»Anderes Zeitalter.«

»Hey«, grunzte er, »Meat Loaf!«

»Hat abgenommen.«

»*Hostia*! Dann nenn du mir eine.«

»Shakira«, sagte Costa trocken.

»O nein! Die von dem argentinischen Volksausbeuter?«

»Wir suchen nach dem Gewicht der Schuld und nicht nach dem Gewicht der Körper«, grinste Costa.

»Was sagt Amalfy denn selbst dazu, dass Norma so plötzlich abgehauen ist?«

»Er meint, sie hat sich verliebt und ist deswegen einfach nicht mehr erschienen.«

»So wie du sie beschrieben hast, ist das doch vollkommen unwahrscheinlich. Und das weiß er auch, so unerfahren ist er ja wohl nicht.«

»Richtig.«

»Also lügt er.«

»Und dazu kommt noch eine seltsame Sache«, sagte Costa. »Alles war angeblich okay, bis sie am 28. nicht mehr erschien. Amalfy konnte aber am 27., also einen Tag vorher, nicht wissen, dass sie am nächsten Tag nicht kommen würde. Trotzdem hat er einer PR-Trainerin in New York abgesagt, die sonst gekommen wäre. Das ist doch komisch, oder?«

»Was wird Campaña tun?«

»Die Richter anrufen und die Staatsanwälte, Matares, den guten Onkel El Cubano – je nachdem, wer seine Finger mit im goldenen Topf hat, der diesmal Amalfy heißt.«

»Dann wird es wohl am besten sein, wir gehen *vorher* essen«, grinste der Bischof, und in dem Moment sah Costa im Scheinwerferlicht am Straßenrand eine Gestalt torkeln.

»Der ist betrunken«, sagte Costa und fuhr langsamer. Sie fuhren langsam und hielten an. Der Mann konnte jederzeit von einem Auto angefahren werden. Der Bischof stieg aus, um zu sehen, was los war. Er brachte ihn zum Auto und bugsierte ihn auf die Hintersitze. Es war Snook mit einem blauen Auge und geschwollener Nase. Blut war ihm aus dem Ohr über den Hals gelaufen.

Costa wollte ihn fragen, was passiert war, aber der Bischof protestierte. »Wir nehmen ihn mit und machen einen Stopp bei Juanito da vorne an der Straße. Da kann ich was essen, und er kriegt einen Schnaps zur Stärkung. Den braucht er.«

Die besten T-Bone-Steaks auf der Insel gab es bei Juanito auf dem offenen Holzkohlengrill. Sie gingen durch die alte Kneipe hinaus in den Garten, wo auf mehreren Feuern gegrillt wurde. Als sie an den voll besetzten Tischen vorbeiflanierten, blickten die Frauen auf. Sie wunderten sich über das seltsame Duo mit dem Verletzten.

Juanito begrüßte sie, ohne die ewige Zigarre aus dem Mund zu nehmen, warf einen mäßig interessierten Blick auf Snook und gab ihnen einen guten Tisch, dessen ganze Längsseite vom Bischof eingenommen wurde. Er bestellte sich gleich zwei Steaks vom Grill. Costa nahm auch ein Steak, dazu ein Bier. Snook begnügte sich mit einer Flasche Wasser und einem dreifachen Magenbitter.

Costa und der Bischof taten so, als würden sie die Blessuren im Gesicht Snooks nicht bemerken. Sie wollten ihn nicht aufregen. Daher wartete Costa, bis die Getränke da waren, alle drei hoben die Gläser, prosteten sich zu, und dann erst sagte Costa beiläufig: »Die haben dich ja ganz schön zugerichtet.«

Snook nickte, wollte aber nicht darüber sprechen.

»Was ich nicht verstehe«, sagte der Bischof, »wenn Amalfy so reich ist und alles hat, warum muss er dann der Sheen eine Frau wegschnappen?«

»Jeder, der heutzutage ein Produkt herstellt, Buch, Platte, Film, Gummibärchen, braucht einen Produkt-Träger. Die Massen kaufen das Produkt nur, wenn ihnen der Träger bekannt ist.«

»War die denn so bekannt?«

»Ja, durch den Container-Effekt.«

»Was ist das?« Der Bischof warf einen ungeduldigen Blick zum Grill.

Snook trank einen Schluck Wasser. Er war nervös und giftig. »Das sind Möchtegernstars auf dem Klo, öffentlich gefilmt und jeden Tag in der Glotze. Das reicht.« In seinen Worten lagen Wut und Verachtung. »Bei denen sind schon 'ne Menge Millionen an öffentlichem Vorschuss auf dem Konto. Weiß Andy natürlich. Er hat genau verfolgt, wer aus der Show sich auf dem Bildschirm halten kann. Und es war vollkommen klar, die Perle ist Norma Jean. Er hat zu mir gesagt, Kailey sitzt bereits auf ihrer Bettkante, aber ich blas sie da weg. Das ist ihm gelungen. Und Normas Vermarktung läuft ja schon wie wahnsinnig. Da wird er die CD und das Video dazu auf jeden Fall rausbringen. Das wird noch mal der Megahit. Mit der Stimme von Emily haben wir alles – die beste Stimme, das beste Aussehen, Supertanz und vor allem die Sehnsucht, die Norma ausstrahlt, ihre sehnsuchtsvolle Erotik. Jeden Tag hat er ihr vorgeleiert, du bist die Beste, du bist die Größte, Kailey Sheen nimmt jede, aber ich habe number-one-hits in den USA, ich bin ein ganz Großer, auf dich hab ich zehn Jahre lang gewartet, und hier habe ich dir einen Scheck mitgebracht über eine Million Euro. Klar.«

Er redete wie im Fieber. Costa war überzeugt, dass er in Norma bis über beide Ohren verliebt war. Vermutlich waren seine Liebe, seine Eifersucht und sein Hass in den Wochen, in denen sie zusammenarbeiteten, gewachsen und der große Amalfy stand zwischen ihm und dieser Frau. Er hätte es vielleicht noch verstanden, wenn Amalfy in sie verknallt gewesen wäre wie er selbst. Aber so war es nicht. Amalfy benutzte sie nur, er wollte sie ausbeuten, er tat es um des Geldes wegen, wovon er sowieso schon so viel hatte. Während Snook nichts besaß. Costa konnte das verstehen, hatte einmal eine ähnliche Situation erlebt, hatte einfach zugeschlagen, aber Snook konnte nicht zuschlagen. Er hatte selbst Prügel bezogen.

»Du hast eine Million erwähnt. Kann eine Anfängerin so eine Summe bekommen?«, fragte er.

»Sie hat mir den Vertrag gezeigt.«

»Warum hat sie das getan?«

»Weil ich's nicht geglaubt habe.«

»Wann war das?«

»Als sie das mit Emily herausgefunden hat. Sie meinte, das kann doch nicht sein, ich habe doch einen Vertrag, da steht so viel Geld drin, das gibt er mir doch nicht, wenn ich gar nicht singe. Dabei hat sie natürlich überhaupt nicht geschnallt, dass Andy über die Lizenzen an ihrem Namen und Gesicht inzwischen schon weit mehr gemacht hat.« Snook warf sich gegen die Stuhllehne. »Sie konnte es nicht fassen. Sie begreift nicht, *wofür* gezahlt wird. Sie hat ihren Vertrag aus der Tasche geholt, und da hab ich gemerkt, dass sie ihn immer bei sich hat. Wie zur Bestätigung: Ich bin wichtig, ich bin die Sängerin, mich kann man nicht wie einen alten Putzlappen behandeln.« Er lachte einmal auf und fasste sich an die schmerzende Nase. »Das Gemeinste ist, wie eiskalt er sie ausrechnet. Er weiß, sie will singen, und also lässt er sie singen und arbeitet sogar mit ihr. Der leidenschaftliche Produzent! Der an das junge Talent glaubt und das Letzte herausholen will!« Er imitierte Amalfy. »Das ist gar nicht schlecht, weißt du, du musst den Text *fühlen*. Probier mal. Mach noch mal. Ach ja, besser. Ach weißt du, versuch mal zu lächeln beim Singen. Sing leise, sing lauter, mehr Power, ist das alles? Komm, ich hör dich nicht – lass raus, was du drauf hast! Ja, nein, jetzt machst du Whitney Houston nach. Du bist viel besser, glaub mir! Glaub an dich, du musst an dich glauben!«

Der Wirt brachte das Essen, aber Snook ließ sich nicht stören. »Und als sie ihn auf Emily angesprochen hat –«, er grinste, aber weil ihm die Nase wehtat, konnte er nur so eine vorsichtige schiefe Grimasse schneiden, »– hat Andy sie beschworen: Die is' doch nur 'n Hintergrund, 'n Chor! Du brauchst doch 'n Chor hinter dir als Kontrast! Ich hab die als Backing-Group-Sängerin geholt, um das 'n bisschen fetter zu machen, 'n bisschen kontrastiger. Das schwarze dicke Brot unter dem Kaviar, verstehst du, Liebling?« Snook gurrte, was das Zeug hielt. »Ein Hintergrund, verstehst du. Sodass du der richtige Glanz bist und leuchtest. Vertrau mir, ich weiß genau, ja ja, ich weiß schon, ich weiß schon, wie du der reine Wahnsinn wirst! Shakira wird weinen, weinen wird sie. Und sich dann aufhängen. Wär nicht die Erste.« Snook grinste, griff sich aber gleich wieder an die Nase. »So ungefähr.«

»Wie macht es denn Kailey Sheen, wenn sie mit einer Stimme nicht zufrieden ist?«, wollte Costa wissen.

»Technisch. Hat sie ja bei sich selbst gelernt. Grauslig. Viel schlimmer als Norma. Die will sich bestimmt nicht durch Emily selbst ausbooten. Könnte ja rauskommen.«

»Wie macht sie das?«

»Dazu hat sie Knechte. Das wird editiert, digital, das wird gepitcht, Silben werden hin und her gerückt und ausgetauscht. Ihr letztes Album waren Jungs aus New York. Sieben Jungs. Über zweitausend Spuren hat sie aufgenommen und ihre Knechte müssen das am Computer immer zuschneiden. Editieren nennt man das. Es gibt auch Auto-Tune-Geräte, die alles korrigieren. Man wechselt aus, man legt übereinander und untereinander. Aber Kailey sitzt nicht da und macht es selbst, das machen ihre Knechte, die nie das Tageslicht sehen und nichts anderes tun. Sie bringen Stimmen zum grooven. Der Ton, der nicht genau auf dem Punkt ist, wird zurechtgerückt. Das sind die Knechte.«

»Aber die Knechte grooven nicht?«, fragte der Bischof, und Costa musste lachen.

Snook warf dem Bischof einen misstrauischen Blick zu.

»Was hat sich abgespielt, nachdem Norma bemerkt hat, dass sie betrogen wird?«, fragte Costa.

»Sie war enttäuscht. Sie hat geschrien, sie hat geweint.«

»Was hat sie gesagt?«

»Du hast mir etwas anderes versprochen. Du bist nicht besser als Kailey. Du hast immer erzählt, dass Kailey so etwas tut, dass du aber ehrlich bist und echt. Du willst richtige Emotionen und Gefühle. Du willst Authentizität. Sie ist eine Schummelantin, hast du in London gesagt. Du hast sie eine Betrügerin genannt, deren dümmste und lächerlichste Lüge es ist, immer die Wahrheit zu sagen. Aber bei *dir* wär das anders, du würdest mit mir so lange arbeiten, bis wir's hinkriegen.«

»Und was hat er dazu gesagt?«

»Na ja, das es eben nicht geht, weil der Druck zu groß ist. Wir haben die Termine, wir müssen jetzt fertig werden. Das wirst du schon noch lernen. Beim nächsten Mal. Wir werden üben. Ich werde dir die besten Gesangslehrer besorgen. In einem Jahr hast du's. Aber jetzt ist *deine* Zeit. *Jetzt* bist du populär. *Jetzt* bist du berühmt. Mit diesem Album müssen wir *jetzt* rauskommen! Es wurde richtig schlimm, und dann hat er zu mir gesagt, ich soll verschwinden.«

»Und dann?«

»Ich bin raus. Was dann vorgefallen ist, weiß ich nicht. Als ich sie ins Penthouse gebracht habe, hat sie keinen Ton gesagt. Sie war wie versteinert. Wir saßen im Auto, und ich hatte richtig Angst vor ihr. Ich hab dann abends noch einmal nachgeschaut, aber da war sie weg. All ihre Sachen, es war nichts mehr in der Wohnung.«

Costa dachte an den Satz von den Haien im Goldfischbecken, doch im Fall der globalen Musikkonzerne waren die Haie auch noch die Bademeister.

Rafal fragte ihn zum Abschied, ob sie wegen Snooks Verletzungen etwas unternehmen sollten, aber Snook winkte ab und ging hinkend davon.

»Eine nette Familie«, sagte der Bischof.

Costa nickte. »Lass uns das morgen weiter besprechen.«

Als er seinen Cousin abgesetzt hatte und zur Uhr blickte, stellte er fest, dass Karin noch wach sein könnte.

Ihre Fenster waren dunkel, aber er hatte einen Schlüssel.

Er schloss leise auf, schlich sich durchs Zimmer und wollte vorsichtig unter die Decke schlüpfen. Er freute sich auf ihre Überraschung. Schön, dass du da bist, pflegte sie in solchen Momenten zu flüstern.

Doch ihr Bett war leer. Er sah zur Uhr – zwanzig nach eins. Er machte Licht. Auf dem Tisch lag eine Notiz in ihrer großen runden Schrift: »Toni ist ein tiefes C«. C war die Abkürzung für Costa.

Ein tiefes C? Einen Moment überlegte er, ob er sich in ihr Bett legen sollte. Dann würde *sie* eben die sein, die als Zweite unter die Decke kam und sich an seinen Rücken schmiegen musste. Er strich einmal mit den Fingern über seiner Augenbraue. Dann nahm er den Stift und schrieb: »Noten geben nur eine Melodie, wenn sie zusammengefügt werden.«

Die Morgensonne in Costas Gesicht schien durch das offene Fenster, das er nicht verdunkelt hatte. Er tastete hinter sich, aber Karin war nicht da. Er war noch einen trinken gegangen. Ein Fehler. Er sah auf die Armbanduhr, sieben Uhr neunundzwanzig. Im gleichen Moment schrillte der Wecker; er machte eine rasche Bewegung, um ihn abzustellen und sank erschöpft in die durchgeweichten Laken zurück. Mit der linken Hand tastete er nach der Wasserflasche neben dem Bett. Der Pelz in seinem Mund, sein wunder Rachen, der Sirup im Kopf, der die Augen von hinten verklebte, und der Ton in beiden Ohren ließen ihn zum wiederholten Mal den festen Vorsatz fassen: kein Absinth mehr!

Er schlurfte in die Küche, durchwühlte die Küchenschränke und fand zwischen Mehl- und Salzresten einen letzten, bereits angelaufenen Teebeutel. Im Schlafzimmer klingelte das Handy.

Er hastete zurück und wäre fast auf den Fliesen ausgerutscht, weil er die Wasserflasche beim Aufstehen unbemerkt umgestoßen hatte. Mit rudernden Armen fiel er aufs Bett und wäre am liebsten liegen geblieben.

Das Telefon lärmte neben dem Kopfkissen. Am anderen Ende war Xico Palomo, der Surfer: »Wir haben eine weibliche Wasserleiche. In Sa Trincha. Elena und Rafal sind schon da und ich bin auf dem Weg.«

Zwanzig Minuten später war Costa auf dem Parkplatz. Er stellte seinen Wagen neben Elenas Motorrad ab und hastete durch das Piniewäldchen, dass die Salinen von Sa Trincha trennte. Von der Anhöhe konnte er den gesamten Strand überblicken, den seine Kollegen bereits weitläufig abgesperrt hatten. Außer ein paar Joggern und Hundebesitzern war noch niemand unterwegs: Das Klientel von Sa Trincha schlief bis nachmittags oder tanzte noch in den Diskos.

Er sah den Surfer und den Bischof mit zwei Tauchern und dem Gerichtsmediziner Dr. Torres, der neben einer Tragbahre kniete. Ein schwarzes Schlauchboot der Küstenwache lag am Ufer. Elena war nicht zu sehen.

In übergroßen Schritten stapfte er weiter die Dünen hinunter. Plötzlich tauchte sie hinter einer Krüppelkiefer auf, klinkte sich bei ihm mit einem beiläufigen »Morgen« ein und schritt neben ihm her. Es war so überraschend, dass er lachen musste. Sie blieb ernst. Er bot ihr die Hand an als Halt gegen den rutschenden Sand. Sie nahm es als Galanterie und lachte schallend auf, als er ins Rutschen kam. »Weil ich da zum Heli hoch geschaut habe«, knurrte er und blickte wieder nach oben, wo ein Hubschrauber Kreise über der Salzfabrik drehte. Eine zweite Unachtsamkeit und sein Schuh geriet unter die Wurzel eines Strauches. Er verlor die Balance und rollte die abschüssige Düne hinunter, bis er wie ein paniertes Schnitzel vor Elenas Füßen landete, die ihn dabei noch überholt hatte. Sie half ihm auf die Beine und rieb den Sand aus seinem Gesicht. »Du siehst scheiße aus, *teniente*«, sagte sie lachend.

»Ich weiß«, murmelte er und klopfte ächzend sein Hemd ab. Sein Knöchel schmerzte, als er zu seiner Truppe humpelte.

»*Bon dia*«, sagte er in die Runde und entnahm ihren Gesichtern, dass sie ihm seinen Kater ansahen.

»Praktischerweise hat sie uns gleich ihren Namen gesagt. Hier …« Der Bischof deutete auf den Arm der Toten, den ein schmaler gravierter Kupferring umschloss. »Nicoletta. Fehlanzeige also. Somit wird der Chef den Griff um deine *cojones* wohl kaum lockern, Primo.«

»Sieht aus wie 'ne Amazone«, sagte der Surfer.

Costa warf einen Blick auf die Bahre. Die junge Frau trug einen schwarzen Neopren-Anzug. Oberhalb der Taille war er eingerissen oder aufgeschnitten, sodass eine Brust, die Schulter und der Arm wie bei einer Amazone frei lagen. Ihre Fußgelenke waren rot angelaufen.

Elena war seinem Blick gefolgt. »Wahrscheinlich hat die Dünung ihren Anzug durchgescheuert. Ein Tauchermesser hat sie nicht dabei.«

Torres hatte seine Untersuchungen beendet und erhob sich. Er überragte Costa um Kopfeslänge, obwohl seine Körperhaltung stets gebeugt war. »Sie war vierzehn Tage im Wasser«, begann er seine Ausführung, »vielleicht länger.« Torres' Rotweinfahne nahm Costa deutlicher als sonst wahr. Gefrühstückt hat er also schon, dachte er.

»Abschürfungen am ganzen Körper. Das ist nicht ungewöhnlich, wenn sie über Steine getrieben wurde. Der zweite Halswirbel und das Nasenbein sind gebrochen. Schwerer Schlag ins Gesicht und Aufschlag auf eine harte Kante.« Torres grinste ihn an. »Wetten?«

Costa kannte seine Manie, jede seiner forensischen Diagnosen mit einer Wette zu untermauern und ging nicht darauf ein, denn seine Schlussfolgerungen waren meistens richtig. Er war ein pedantischer Logiker, der Entscheidungen aus dem Bauch verachtete.

»Ein Fall für uns?«, fragte Costa.

»Nein. Aber trotzdem – sieh dir mal die Finger an. Sie muss sich verzweifelt gegen das Ertrinken gewehrt haben.« Die Tote hatte an beiden Händen kaum noch einen Fingernagel. »Aber wie gesagt, nichts für uns«, sagte er und stakste durch den Sand davon.

»Wer hat sie gefunden?«, fragte Costa. Elena zeigte in Richtung der Absperrung. Costa sah eine ältere Frau mit kurzen, weißen Haaren, die einen Mischling an der Leine hatte. »Der Hund«, sagte Elena, »dahinten am Steg.«

»Ich denke, Hunde sind am Strand verboten?«, fragte Costa.

»Du kannst ihn ja verhaften«, lächelte Elena mit einem koketten Augenaufschlag.

Costa ging den schmalen grünen Steg entlang, der auf so vielen CD-Hüllen abgebildet war und Sa Trinchas Badegästen die Möglichkeit bot, ins Meer zu gelangen, ohne sich die Füße an den scharfkantigen Felsen zu verletzen.

Die See war spiegelglatt und klar. Kleine Einsiedlerkrebse wuselten von Stein zu Stein und Schwärme winziger bunter Fische zeichneten schnelle, wirre Muster.

Das Meer ist noch jungfräulich, dachte er, und ich habe einen Kater und eine Wasserleiche vor dem Frühstück.

Der Surfer kam hinterhergehechelt. »Toni, willst du meine Theorie hören?«

»Schieß los.«

»Wir haben doch vor einem Monat diese beiden Typen aus Hamburg vernommen, die mit dem Abate-Boot. Denen ich vorgestern das Foto von Norma Jean gezeigt habe.«

»Aus Köln«, verbesserte Costa.

»*Bueno*, aus Köln. Also hör mir zu. Norma Jean macht diesen fantastischen Vertrag mit einem der größten Produzenten, Andy Amalfy.

Kaum ist er unterschrieben, fliegt sie nach Ibiza und fängt gleich am nächsten Tag an zu arbeiten. Die Songs gefallen ihr, alles klingt super, und sie, die noch niemals eine einzige Aufnahme im Studio gemacht hat, denkt, es ist ihre Stimme, die so großartig klingt, wenn man nur Amalfys Aufnahmekunst beherrscht. Das hat ihr Amalfy ja auch eingeredet. Am Ende merkt sie, sie ist verarscht worden, spielt die eingeschnappte Diva und sagt sich, das kriegen wir bei Kailey Sheen besser hin. Kailey Sheen weiß natürlich, dass sie mit Amalfy diesen unglaublichen Vertrag hat, und damit ist sie auch für sie attraktiv. Sie holt sie nach Tagomago, merkt aber, dass das mit dieser kleinen beschissenen Stimme nicht gut wird, es gibt Krach, Norma haut ab, vergisst aber ihre Jacke. Nun geht sie auf die Partys und trifft den Heavy-Metal-Rocker Reed. Sie versucht es bei dem, versucht den rumzukriegen, aber der steht nicht auf Pop und schmeißt sie raus. Sie geht zur Bank, holt sich von ihrer vielen Kohle was ab, kauft sich super Klamotten und geht auf die Piste, wo sie wegen ihrer Bekanntheit, ihres Aussehens und ihrer Kohle überhaupt keine Probleme hat. Das ist der super geile Showlauf. Dabei fällt sie den zwei Zuhältern aus Köln auf, die sie anmachen und von ihren Wahnsinns-Connections ins Musikbusiness erzählen, die richtig Schampus und Drogen laufen lassen und sie dann in ihrem schwarzen Hummer mitnehmen. Natürlich geht die ganze Rechnung nicht auf, sie zieht genau so eine Nummer ab wie bei Amalfy, Kailey Sheen und Reed, aber diesmal klappt das nicht. Die Aktion der beiden Kölner Zuhälter ist auch ein bisschen unglücklich, und sie müssen sich anschließend überlegen, wo sie die Leiche verschwinden lassen. Und da liegt der Punkt, Toni: Wir müssen in diese Überlegungen einsteigen.«

»Meinst du, diese Nicoletta ist Norma Jean?«

»Nein, nein, die ist ertrunken, das sagt doch Torres. Nur, das bringt mich auf die Idee. So werden wir Norma auch finden, sie werden sie im Meer versenken.«

Costa war nicht der Meinung, aber er akzeptierte, dass man einen unlösbaren Fall immer wieder von allen Seiten aus betrachten muss. Gleichgültig, wie verrückt es klang, wichtig war nur, dass die gefundenen Fakten alle in so einer Darstellung vorkamen. Das ging am besten im Team, wo die Chance, dass Details vergessen wurden, am geringsten war. »Hast du auch eine Erklärung, warum die alle lügen?«, fragte er.

Der Surfer überlegte einen Moment. »Warum die Kölner lügen, ist klar: Sie haben sie umgebracht. Die aus dem Musikbusiness lügen aus Arroganz. Die sind erfolgreich, berühmt und beliebt. Sie sind deine Behandlung nicht gewöhnt, Toni. Sie denken, da kommt so 'ne Küchenschabe von der Guardia und stellt uns hier Fragen. Nicht einen Moment fühlen sie sich verpflichtet, etwas anderes zu sagen, als was ihre Laune ihnen eingibt.«

Costa sah ihn einen Moment erstaunt an. Ihn selbst beschäftigte Amalfy. Aber vielleicht hatte er Recht, vielleicht war es ein einfaches Gewaltdelikt, dem Norma zum Opfer gefallen war.

Er bat den Surfer, für den ordnungsgemäßen Transport der Leiche in die Gerichtsmedizin zu sorgen, wo sie bleiben musste, bis irgendwelche Touristen sich als Angehörige gemeldet hatten.

Als er durch den Sand zurück zu seinem Wagen stapfte, machte er sich klar, dass an dem, was der Surfer gesagt hatte, etwas dran sein könnte, wenn es auch nicht dazu geeignet war, seine Laune zu verbessern. Natürlich waren Sheen, Amalfy, Reed, Gordon und so weiter Menschen, die jeden Tag wie Halbgötter behandelt wurden und von einem gewöhnlichen Polizisten nicht so ohne weiteres auf den Boden simpler Gleichheit zurückgeholt werden konnten. Die Gerechtigkeit, für die Costa arbeitete, verlangte aber gerade das. Diese simple Gleichheit war der Maßstab.

Wie wenig Amalfy selbst das so sah, zeigte seine Reaktion darauf, dass Snook Dinge ausgeplaudert hatte, die Amalfy geheim halten wollte. Costa war sich sicher, dass er es gewesen war, der Snook verprügeln ließ und dann gleich seine Anwälte kommen ließ, um sich verteidigen zu können.

Costa war entschlossen, Amalfy verhaften zu lassen.

Er fuhr langsam die Salzfelder entlang und sah in der Ferne eine Gruppe Flamingos. Als er näher gekommen war, hielt er an und beobachtete, wie sie langsam und elegant ihre roten Beine bewegten, mit dem Schnabel zustießen, eine Weile unbeweglich standen, wieder bedacht das Bein anhoben und behutsam einen Schritt machten. Er bemerkte aber, dass seine Gedanken immer wieder abschweiften und immer wieder zu der Geschichte zurückkehrten, die Snook ihm erzählt hatte. War es denkbar, dass Amalfy eine Million Euro an Norma gezahlt hatte und sie ihren Eltern davon nichts gesagt und nichts abgegeben hatte? Er stellte sich deren Gesichter vor, wenn sie erführen, dass ihre Tochter so reich geworden war. Das wäre ja vielleicht mal eine gute Botschaft. Wenn sie noch lebte.

Er hatte so eine Ahnung, dass da irgendetwas nicht stimmte und überlegte sich, wie er vorgehen müsste, um ihr Konto zu überprüfen.

Dazu brauchte er einen Gerichtsbeschluss. Er fuhr zum Gericht und holte sich von Richter Montanyà eine Genehmigung, das Konto von Norma Lindner einzusehen. Er hatte etwas warten müssen, aber in einer Sitzungspause konnte er ihm die Umstände seines Falles knapp erklären und sagte, er würde mit den Eltern des Mädchens zur Bank gehen und sich die Kontoauszüge zeigen lassen. Montanyà hatte keine Bedenken.

Dann rief er die Lindners an, holte sie vom Hotel ab und fuhr mit ihnen zur Bank.

Martin Lindner war nicht erstaunt, als sie zusammen feststellten, dass Norma das Konto am 3. Juni mit 2.426,33 Euro eröffnet und in der ganzen Zeit nur etwa achthundert Euro ausgegeben hatte. Sie war ein sparsames Mädchen.

Costa allerdings fiel etwas anderes auf. Erstens entnahm er den Bankauszügen, dass keinerlei Überweisung, weder aus London noch sonst woher eingegangen war. Zweitens hatte sie die meisten der achthundert Euro in der Zeit vom 27. Juni bis zum 2. Juli ausgegeben und danach gar nichts mehr. Die Abbuchungen ihres Handys liefen auch über ihr Konto, und sie hatte die Rechnung zur Bank schicken lassen. Costa bat um die Einzelaufstellungen. Das letzte Telefonat hatte sie am 4. Juli um 12.03 Uhr mit einem Teilnehmer in London geführt. Costa notierte die Nummer.

Danach war Funkstille.

Costa war, als könnte er im Magen den Schock spüren. Bitter. Er tauschte schnell ein paar belanglose Sätze mit dem Bankangestellten aus, schob die Unterlagen zurück, bat um Kopien von allem und sagte, er würde sich das später abholen. Er fühlte sich im Moment nicht imstande, die möglichen Schlussfolgerungen den Eltern mitzuteilen.

Sie verließen die Bank und luden ihn noch in das Café nebenan zu einem Café Cortado ein. Costa willigte ein und bestellte einen Tee.

Lindners bemühten sich, hoffnungsvoll zu klingen. Sie erzählten ihm von ihrer Heimatstadt, aber alles klang bedrückt und bedrückend. Sie konnten nicht verbergen, wie schwer es ihnen fiel, gegen ihre Verzweiflung anzukämpfen.

Costa entschuldigte sich für einen Moment, tat so, als würde er zur Toilette gehen, betrat aber einen Flur nebenan, von wo aus er die Nummer in London anrief. Er hatte das Gefühl, dass hier der Schlüssel für die Lösung des Falles liegen könnte.

Er hatte Glück, es meldete sich eine Frauenstimme. Misstrauisch und abweisend wollte sie wissen, wer er sei. Er erklärte, wer er war, und sie fragte, woher er ihre Nummer habe. Als er den Namen Norma Jean nannte, hellte sich ihre Stimme auf und sie wurde sehr freundlich. Sie sei Cindy Ann, eine Freundin Norma Jeans und mit ihr in derselben Show gewesen, aus der Norma gemeinerweise durch Intrigen hinausgefeuert worden war. Sie selbst war Dritte geworden. Dann wollte sie wissen, wie es Norma gehe.

Er sagte, dass er mit ihren Eltern gerade in einem Café sitze und sie sich große Sorgen machten, weil Norma schon länger nichts mehr von sich hören ließ.

»O Gott«, sagte Cindy alarmiert, »hoffentlich ist ihr nichts passiert!«

»Was soll ihr denn passiert sein?«, fragte Costa. »Sie hat doch einen unglaublich guten Vertrag mit Andy Amalfy, und ihre erste CD ist sogar schon fertig. Oder wissen Sie davon nichts?«

»Doch. Als sie mit Andy gearbeitet hat, hat sie mich immer angerufen. Aber was meinen Sie mit gutem Vertrag? Er hat sie doch so übel reingelegt.«

»Wissen Sie denn, wie das abgelaufen ist?« Costa stellte Cindy ein paar Fragen über die Zusammenarbeit zwischen Norma und Amalfy. Bei diesem Thema wurde sie so aufgeregt, dass sie sich mehrfach verhaspelte.

»Wenn sie doch so wütend darüber war, dass ihre Stimme nicht aufgenommen wurde, dann hätte sie doch wenigstens das viele Geld annehmen können«, sagte er.

Cindy kreischte auf. »Geld! Das hab ich ihr ja auch immer gesagt, aber sie hat ja gar keins gekriegt!«

»Hat sie ihm das nicht gesagt?«

»Doch. Aber er hat irgendwas von Überweisungsfehler und Schuld der Banken gesagt. Sie würde es ja auf jeden Fall kriegen, sie sollten erst mal die Produktion zu Ende bringen. So in der Art.«

»Und wollte sie das Geld dann nicht mehr, als sie abgehauen ist?«

»Doch. Ich hab ihr gesagt, du musst dir Anwälte nehmen, damit du wenigstens das Geld kriegst. Das wollte sie auch.«

»Hat sie einen Anwalt erwähnt?«

»Nein. Aber sie hat Amalfy gesagt, dass sie einen Anwalt nimmt und an die Presse geht und das ganze Projekt stoppen lässt. Also ich meine, sie hat ihm richtig gedroht und sie hätte das auch wahr gemacht.«

»Und er hat sich das gefallen lassen?«

»Er hat gesagt, bevor du an die Presse gehst, bring ich dich um.«

»Sind das jetzt Ihre Worte? Oder hat sie das so wiedergegeben?«

»Das sind nicht meine Worte, daran erinnere ich mich ganz genau. Sie hat gesagt: Wenn du das Album unter einem anderen Namen rausbringst, gehe ich an die Presse, das schwör ich dir, Andy! Und da hat er gesagt: Vorher bringe ich dich um. So hat sie es gesagt, das waren genau ihre Worte.«

»Würden Sie das vor Gericht bestätigen?«

»Das würde ich. Für Norma würde ich das tun«, sagte sie mit fester Stimme.

»Vor einem spanischen Richter?«

»Klar.«

»Amalfy ist sehr einflussreich.« Costa wollte sichergehen.

»Hören Sie mal, glauben Sie, ich würde den Mord an einer Freundin zulassen, nur um ein Album zu machen?!«

Andere schon, dachte Costa. Er bedankte sich und gab ihr seine Nummer mit der Bitte, ihn anzurufen, falls ihr noch etwas einfalle.

In Wahrheit wollte er, dass sie seine Nummer hatte, falls sie in Schwierigkeiten geriet. Irgendetwas gab ihm diese düstere Ahnung, als er ins Café zu den Lindners zurückging.

Er blieb noch eine Weile sitzen und hörte ihnen zu, wie sie von Normas Kindheit erzählten.

Nach einer Weile entschuldigte er sich, stand auf und zahlte die Rechnung an der Bar. Dann verabschiedete er sich von ihnen und sagte, wie leid ihm das alles tue.

Die Erklärung Cindys gab der Sache ein neues Gesicht. Er musste die Morddrohung ernst nehmen. Sie beschuldigte Amalfy und war auch bereit, vor einem spanischen Gericht auszusagen. Das sollte immerhin einen Hausdurchsuchungsbefehl bei Montanyà einbringen.

Costa hatte Montanyà nicht im Gericht erreicht, hatte es aber wegen der Dringlichkeit zu Hause versucht und Glück gehabt. Der Richter war mit seinem Besuch einverstanden. Kurz vor der Cova Santa bog Costa in Richtung Cala Yondal ab. Er war lange nicht mehr dort gewesen.

Obwohl Richter Montanyà mittlerweile auf die siebzig zuging, wäre niemand auf die Idee gekommen, ihn in Pension zu schicken. Dies gehörte zum dörflichen Charakter Ibizas: Montanyà hatte längst den Status des weisen Dorfältesten erreicht und jeder schätzte seinen Rat.

Das bäuerliche Haus war schlicht und ohne Schnörkel. Sein besonderer Schmuck bestand in dem reichhaltigen Garten, dem der Richter in seiner Freizeit seine ganze Liebe und Aufmerksamkeit widmete. Er war ein kenntnisreicher Orchideenliebhaber und ein eingefleischter Junggeselle. Er hatte dies für sich entschieden, nachdem Costas Onkel El Cubano ihm die Liebe seines Lebens ausgespannt hatte. Über fünfzig Jahre war das her, aber die Ibizenkos vergaßen nicht.

Costa nahm an, dass der alte Mann hinten bei seinen Beeten war, öffnete das unverschlossene Tor und ging durch den Vorgarten hinter das Haus. Der Richter blickte auf, als er Costas Schatten über den Weg fallen sah, und erhob sich aus seiner Hocke. Er streifte den rechten Gummihandschuh ab, hängte den kleinen Rechen mit seiner Schlaufe ans Gürtelband seiner Gärtnerschürze und begrüßte Costa.

»Gehen wir auf die Veranda, Toni. Ich habe Staatsanwalt Franco Segundo ebenfalls hierher bestellt. Das spart uns allen Arbeit.«

Sie nahmen im Schatten Platz, und Montanyà erkundigte sich nach dem Wohlergehen von Costas Großmutter Josefa. Dann schwiegen sie für einen Moment.

Costa verspürte ein vertrautes Gefühl, das er oft hatte, wenn er mit Männern aus der Generation seines Vaters zusammensaß; sie alle hatten eine fast arabisch anmutende Art von Gelassenheit, der weder der Tod noch das Geld etwas anhaben konnten.

Ein Duft von hundert Orchideen lag über diesem friedvollen Platz.

Ein winziger gelber Gecko kroch über die Fliesen, hob den Kopf, um Costa zu mustern und verschwand blitzschnell unter den fleischigen Bodendeckern, die die Terrasse begrenzten.

Ein Wagen näherte sich, ein Motor wurde ausgeschaltet, eine Wagentür fiel ins Schloss. Staatsanwalt Segundo kam schnellen Schrittes um die Ecke. Unter dem einen Arm hatte er die unvermeidliche schwarze Aktentasche, unter dem anderen das »Diario de Ibiza« und eine Literflasche Wasser.

Der magische Moment war vorüber. Hier kam die Arbeit.

Franco Segundo grüßte Costa mit einem kurzen Nicken und einem knappen *»teniente, como esta usted?«*. Mehr als ein kurzes Wie geht's? gab es selten von ihm.

Dann wandte er sich dem Richter mit ausgestreckter Hand und einem Lächeln zu. »Don Pere, nun, wenn nicht Sie es gewesen wären, der mich gebeten hätte, mein Büro im Stich zu lassen ...«

Er setzte sich, griff in die Hosentasche und wischte sich mit einer Papierserviette, die er anscheinend vom Mittagessen mitgebracht hatte, den Schweiß von der Stirn. »Mein Büro ist völlig überlastet. Meine Sekretärin bekommt ein Kind. Im Moment dreht die Insel durch. Vier ungeklärte Selbstmorde. Drei tote Engländer, die sich in der Distanz vom Hotelbalkon zum Pool verschätzt haben – das muss man der Regenbogenpresse erst einmal erklären –, acht Drogentote, davon zwei minderjährig, ein Fall von Sodomie in San Miguel und zu guter Letzt vierhundert Illegale, die wir am liebsten in das gleiche Paddelboot setzen würden, mit dem sie gekommen sind.« Segundo knallte die Mappe auf den Tisch. »Also Costa, womit kann ich der Guardia helfen?«

Costa blieb unbeeindruckt von Segundos Vortrag. Die Guardia war auch nicht gerade arbeitslos.

»Sie kennen Andy Amalfy?«

»Das ist der Musikproduzent, richtig? Carretera San Juan?«

Costa nickte.

Segundo lehnte sich zurück und trank einen Schluck Wasser aus der mitgebrachten Plastikflasche.

»Sie entschuldigen, aber ich dehydriere zu stark.« Er verschloss die Flasche. »Das Haus hat er von der Kusine meiner Frau gekauft. Er hat es azurblau angestrichen und die Sabinasdecken weiß lackiert. Dafür würde ich ihn gerne einsperren lassen. Aber leider reicht das nicht mal für eine Anklage. Was haben Sie noch auf der Pfanne? Hat er das vermisste Mädchen auch blau-weiß angestrichen und in seinem Goldfischteich versenkt?«

Richter Montanyà lachte. Es klang wie ein leiser Husten. »Er hat Recht, Toni. Karten auf den Tisch. Was hast du?«

Costa räusperte sich. Er wusste, dass er verdammt wenig hatte. Sein Motiv war vor allem Amalfys unbarmherzige Haltung einem so jungen und unerfahrenen Mädchen gegenüber. Mit einer für eine Schülerin enormen Summe lockte er sie auf die Insel, nutzte ihre Illusion und ihren Traum aus, eine große Sängerin zu sein, wenngleich er wusste, dass er etwas ganz anderes von ihr wollte – ihre Eignung als Reklamefigur. Es wäre für Costa okay gewesen, wenn Amalfy das mit Norma und ihren Eltern offen diskutiert hätte und alle wären einverstanden gewesen. Aber so war es Betrug, und das gleich in zweifacher Weise, denn er täuschte sie auch mit dem Vertrag, den er mit ihr geschlossen hatte. Schon längst verdiente er eine Menge Geld mit den Norma-Jean-Produkten, hatte aber noch nicht einen einzigen Cent auf ihr Konto gezahlt. Costa nahm es auch persönlich sehr gegen Amalfy ein, dass er sich überhaupt nicht darum scherte, wie es ihr nun ging und wo sie steckte. Allerdings galt das alles nur, wenn sie noch lebte. Die Wahrscheinlichkeit war aber inzwischen gleich null, denn es gab fast niemand mehr auf der Insel, der nicht von dem vermissten Mädchen wusste und ihr Foto gesehen hatte. Würde sie noch leben, würde sie sich wohl melden. Das entscheidende Argument gegen Amalfy aber war, dass er seiner PR-Beraterin in New York schon am 26. Juni abgesagt hatte. Elena konnte das feststellen, weil Flip Moser ihren Flug an diesem Tag gecancelt hatte und Amalfys Absage Elena gegenüber am Telefon auch bestätigte. Amalfy aber behauptete, er wäre ganz überrascht davon gewesen, dass Norma am 28. Juni nicht mehr zur Arbeit erschien.

Costa legte all dies dem Richter dar, gewann ihn aber erst mit dem letzten Punkt, dass Cindy Ann nämlich bezeugt hatte, Amalfy habe Norma mit Mord gedroht.

»*Bueno*, Toni, du hast mich überzeugt, wenn auch eher in einem menschlichen Sinne als in einem streng juristischen. Ich wünsche deine Tochter niemals in die Hände solcher Typen. Ich werde jetzt Amalfys Anwalt Campaña anrufen und mir seine Einwände anhören. Dann werde ich entscheiden.«

In dem Moment klingelte drinnen das Telefon. Montanyà erhob sich und verschwand gemächlichen Schrittes im Haus. Als er zurückkam, hob er grinsend beide Hände. »Das war Campaña. Die Buschtrommeln sind schnell. Es muss ihm im Ohr gejuckt haben.«

Der Staatsanwalt und Costa sahen ihn erwartungsvoll an.

»Wir haben uns auf Hausarrest geeinigt«, sagte er. »Wir alle wissen, dass mehr nicht drin ist. Also, die Zeit läuft. Findet bessere Beweise, Toni.«

Als Costa durch das Tor auf Amalfys Hof fuhr, war das Meiste schon erledigt. Überall standen Uniformierte herum, das Haus war durchsucht worden, das Unterste zuoberst gekehrt, und Amalfy saß rauchend in der Küche, ein Bein auf die Eckbank gestellt, den Arm mit der Zigarette auf das Knie gelegt, die Basketballmütze in den Nacken geschoben. Als Costa hereinkam, führte er die Zigarette zum Mund, inhalierte laut und sagte mit tiefster Verachtung: »Sie sind ein Arschloch, Costa.«

Elena kam und blieb in der Tür stehen. Sie trug einen kurzen grauen Leinenrock und eine leichte zitronengelbe Bluse.

»Ah, noch ein Amtsschimmel«, sagte Amalfy und zog wieder an seiner Zigarette. »Ihr kommt wohl immer im Rudel, gespannt vor einen Wagen mit einem Riesenhaufen Scheiße, an dem Gerechtigkeit steht, nicht wahr?«

Elena musterte ihn gelassen und fragte Costa, ob er sie brauche. Er verneinte. Immer wieder war er fasziniert von ihrer Konzentration, ihrer gesammelten Energie und einer Ruhe, die man, wie sie sagte, zum Motorradfahren unbedingt brauche.

»Mich interessiert eine Sache, Amalfy.«

»Was könnte das sein?« Amalfys Worte waren beißend vor Hohn.

»Wie haben Sie es hingekriegt, dass Norma Jean so früh aus dem Wettbewerb flog?«

Amalfy grinste. »Gute Frage. Hab ich mir auch gestellt.«

»Und was war Ihre Antwort?«

»Darling Sheen hat einen Hacker beauftragt, einen Spezialisten aus Petersburg. Die Abstimmung läuft immer über die letzte Zahl der Telefonnummer. Norma hatte neun, Anita acht. Die Auswertung ist einfach umgedreht worden. Die Anrufer stimmten dann, ohne es zu wissen, für Anita. Allerdings hat Kailey das in einer zu frühen Runde gemacht, weil sie nicht wusste, ob es klappt und sie es wiederholen müssen. Sie sollte ja keinen der ersten zwei Plätze erreichen, weil sie dann automatisch beim Konzern unter Vertrag gewesen wäre. Sie hätte sie dann nicht für Groove Control nehmen können. Control war ihr Vehikel zum Erfolg, und sie versucht es jetzt wieder flottzumachen. Ein bisschen mehr auf jüngere Märkte gerichtet. Nicht schlecht gedacht, nur ist Norma ihr leider davongelaufen.«

»Warum eigentlich?«

»Keine Ahnung. Darüber wollte sie nicht sprechen. Vielleicht hat sie etwas geahnt.« Er zündete sich eine neue Zigarette an.

»Von der Telefonaktion meinen Sie?«

»Könnte doch sein.«

»Haben Sie denn mit ihr darüber gesprochen?«

»Das wusste ich da noch gar nicht. Ich habe mich erst bemüht, das herauszufinden, nachdem Sie hier so schlechte Stimmung verbreitet haben. Wär mir ja sonst wurscht gewesen.«

»Haben Sie ihr gedroht, sie umzubringen, wenn sie der Presse sagt, wer auf der CD singt?«

Amalfy zog die Augenbrauen hoch. »Wer hat Ihnen das erzählt?«

»Norma.«

»Haben Sie sie also gefunden?«

Costa grinste. »Wo sollte ich sie gefunden haben? Also haben Sie ihr gedroht?«

»Ich irr mich nie. – Sie sind ein Arschloch, Costa«, beschloss Amalfy die Unterhaltung.

Campaña kam aufgeregt herein. »Was sucht ihr hier eigentlich?«

Costa wandte sich ihm kühl zu. »Wir suchen den Vertrag, den Señor Amalfy mit Norma Lindner geschlossen hat.«

»Norma Lindner?«, fragte Campaña irritiert.

»Norma Jean. Jean ist bloß ihr Künstlername.«

»Können Sie haben. Liegt in meinem Tresor.« Amalfy erhob sich. Sie gingen hinauf in sein Schlafzimmer mit dem prunkvollen Doppelbett und den in Gold eingefassten Spiegeln. Er übergab Costa den Vertrag.

Er überflog ihn. Es stimmte. Eine Million Euro war als »front up money«, wie es hieß, ohne Bedingung vorweg fällig. »Eine Million. Ist das bezahlt worden?«

»Keine Ahnung. Ich kümmere mich nicht um finanzielle Abwicklungen. Das macht mein Büro in Miami.«

»Es ist gar nichts gezahlt worden«, sagte Costa. »Könnte das ein Grund sein, uns die junge Dame vorzuenthalten?«

Amalfy lachte auf und kam auf sein Lieblingsthema des heutigen Tages zurück. »Sie sind nicht nur ein Arschloch, Costa, Sie sind ein Superarschloch.«

Costa grinste. »Ihre Platte hat ’n Riss, Amalfy, aber so wie die Dinge liegen, können wir da noch eine Weile drauf herumtrampeln.«

Amalfy stand zwar nur unter Hausarrest, aber Costa würde ihn hier in den nächsten Tagen so lange verhören, bis er weich gekocht wäre.

Er wandte sich zum Gehen, aber Amalfy sagte, er habe noch etwas für ihn und gab ihm ein Blatt Papier.

Costa nahm es. »Beach Bum«, stand dort, eine Telefonnummer und eine Wegbeschreibung. »Was soll das?«, fragte Costa.

»Nachdem Sie gestern gegangen waren, um meinem Assistenten Ihre Betreuung anzudienen, habe ich was Nützliches getan. Ich habe herumtelefoniert und herausgefunden, dass Norma mit einem Diskjockey zusammen ist. Sie ließen sich als Liebespaar feiern, gleich nachdem sie hier abgehauen war. Ich sagte Ihnen doch, so ist es hier auf Ibiza. Das war wahrscheinlich der ganze Grund. Sie sollten der Sache nachgehen und Norma endlich mal selbst fragen, statt mein Haus in Unordnung zu bringen.«

»Sagen Sie, Amalfy, wieso haben Sie eigentlich Flip Moser, die doch hier ab 28. die Medienbetreuung für Norma machen sollte, plötzlich am 26. abgesagt?«

»Ich hatte meine Meinung geändert. Ich wollte mit Norma nach New York fliegen.«

»Warum das?«

»Norma ist provinziell und sehr deutsch. Ich wollte sie ’n bisschen in den Wind stellen. Habe ich auch immer noch vor.«

Costa hatte dazu nichts zu sagen und ging kopfschüttelnd raus.

Auf dem Hof stand plötzlich Campaña neben ihm und zischte ihm ins Ohr, er hätte ihn ruhig vorher davon benachrichtigen können, dass er diese Aktion sofort durchführen würde. Es sei ein schwerer Schlag für Amalfy, dieses Eindringen fremder Menschen in sein Privatestes, er würde schon seit zwanzig Jahren nicht mehr rauchen und jetzt eine nach der anderen.

Costa zuckte die Achseln. »Campaña, wenn es Sie bei den langen Besprechungen, die Sie jetzt mit ihm haben werden, stört, dann verbieten Sie's ihm doch einfach.«

»Sie werden mir immer unsympathischer, Costa. Wenn Sie nicht der Neffe El Cubanos wären –«

»Sparen Sie sich das, Campaña«, unterbrach er ihn und steckte den Zettel mit den Angaben über den DJ ein. Er würde dem Hinweis sofort nachgehen. Der Surfer kannte sich in der Diskoszene aus und konnte ihm sicher sagen, was dieser DJ Beach Bum für ein Typ war.

Draußen traf er auf den Surfer, der bei der Durchsuchung dabeigewesen war. Xico berichtete, da drinnen hätten sie Filmmaterial gefunden, auf dem die Gesuchte zu sehen sei, was damit zu geschehen habe. Costa forderte ihn auf, es zu holen. Er wollte es sich bei nächster Gelegenheit anschauen.

Statt im Wagen auf ihn zu warten, ging Costa zum Studio, um mal zu sehen, was Pichuri angerichtet hatte. Er öffnete die Tür und staunte. Alle Eimer waren verschwunden, alle Kleckse und Flecke beseitigt, alle Wände in einer einheitlichen Farbe bemalt. Als er in den Hof schaute und einen Blick auf die Hauswand warf, musste er grinsen – auch der weiße Kamin hatte nun das unpassende Blau des Hauses.

Schließlich kommt die Welt doch zu einem Happy End, dachte er, als er sich ins Auto setzte.

Der Surfer warf das Filmmaterial durch das Fenster auf den Rücksitz, schwang sich mit dem Ausruf »*Vamos!*« auf den Beifahrersitz und zog die Tür heftig zu. »Wohin geht's?«

Costa ärgerte sich. Er beschloss aber, die Klappe zu halten und den Surfer stattdessen zu fragen, was Funktion oder Attraktion eines DJs eigentlich seien. »Jetzt ist mal dein Spezialwissen gefragt«, sagte er, als er losfuhr.

Der Surfer protestierte, Costa habe einen ganz falschen Eindruck von ihm. Nicht ein einziges Mal sei er in dieser Saison im Privilege gewesen.

Costa warf ihm einen spöttischen Blick zu. »Du hast mir doch gerade neulich von einer Nachtermittlung in den Diskos erzählt. Deswegen bist du doch schon mittags nach Hause verschwunden.«

»Das war 'n Witz. Es war mein letzter freier Tag, ich hatte 'ne Woche Urlaub.«

»Da wundere ich mich, dass du nach einer Woche Urlaub so müde bist.«

Der Surfer erklärte ihm leicht verlegen, dass er in der Urlaubswoche einen Security-Job bei einem berühmten HipHop-Star gemacht hatte.

Das war zwar verboten, aber Costa wusste, dass sie es alle taten. Das klägliche Gehalt bei der Guardia war der Grund. Der Surfer erzählte, dass die Hochseejacht eines amerikanischen Sängers die Insel für eine Woche angelaufen hatte. Als Quartier zu Land war ein Haus angemietet worden, für das der Surfer als Sicherheitsmann gearbeitet hatte.

»Wie war das?«, fragte Costa.

»Wie war was?«

»Na ja, die Nähe zu so einem Reichen und Berühmten?«

»Als Erstes haben sie eine neue Soundanlage installiert. Immer wieder neue Lautsprecher, immer wieder verändert, und zwar so lange, bis es groovte. Dann groovten alle anderen auch. Hey, Puff groovte, und dann groovten alle zwanzig Leute, die er immer um sich hatte.« Der Surfer lachte.

»Wie soll ich mir das vorstellen?«, fragte Costa. »Grooven.«

Der Surfer machte ein paar komische Bewegungen. »Wackelten mit dem Arsch. Groovten eben. Fühlten sich wohl.«

»Und dann heißt Groove Control von unseren beiden Kunden, dass sie das Wohlfühlen kontrollieren wollen?«

»Na ja, könnte sein, so ungefähr.«

»Und du warst der Boss der Sicherheit?«

»Schön wär's«, brummte er missmutig. »Der Bossleibwächter war George Forman. Ich war nur einer von den vier Securities.«

»Der Boxweltmeister?«

»Wer denn sonst? Der Klavierweltmeister heißt Clayderman, Forman hat geboxt.«

»Und was passierte dann?«

»Wenn sie abends zum Essen gingen, fuhren zwei Motorräder voran, ein Hummer, dann die Stretchlimo von Puff, dann drei schwarze große Mercedes-Limos und sechs Jeeps. So rollten sie vor das El Divino, wo die Tische für sie gedeckt waren. Ich fuhr auf einem Moped vorneweg und hielt die Tür auf.«

»Toll«, grinste Costa. »Und dann?«

Der Surfer wirkte jetzt etwas unsicher. »Von da aus ging's mit dem ganzen Wagenpark ins Pacha.«

»Sind doch nur drei Minuten zu Fuß von da aus«, wunderte sich Costa.

Der Surfer warf ihm einen zweifelnden Blick zu, ob er sich nur so dumm stellte oder ob er so dumm war. Er erzählte, dass er auch da vorneweg ging, die Leute beiseiteschob und für Puffs Truppe die Stühle und Tische zurechtschob, die zwischen der Gruppe von Bernie Ecclestone, dem Herrscher über das Formel-Eins-Rennen, und einer Gruppe um Elle MacPherson, dem Model, eingeklemmt waren.

»Siehst du, wenn du Sänger wärst und nicht Surfer, könntest du auch so berühmte Leute treffen«, witzelte Costa, aber der Surfer fand das gar nicht komisch.

»Puff grüßt diese Leute nicht, dazu ist er zu arrogant.«

»Zu arrogant zum Grüßen?«

»Yeah, man, a cool black guy. Wenn dem mitten in der Nacht plötzlich einfiel, hey, ich geh in die Disko, dann haben die mich angerufen, und ich musste andampfen, weil alle mit mussten. Die ganze Crew. Nachts um vier.«

»Und? War gut?«, fragte Costa grinsend.

Der Surfer schüttelte den Kopf. »Er ist manchmal nur zehn Minuten geblieben. Dann hat's ihm gereicht, alle wieder ab nach Hause. Nur schlafen konnte ich nicht mehr.«

Costa hatte nicht gewusst, wie das Privatleben des Surfers aussah, aber auf so eine Geschichte wäre er nie gekommen. Irgendwie fühlte er sich ihm nun näher. »Machst du das immer im Urlaub?«

Der Surfer sah geradeaus und gab keine Antwort. Das war eine Seite bei ihm, an die sich Costa erst hatte gewöhnen müssen – er gab manchmal keine Antwort.

Immerhin sammelt er dabei Erfahrungen, die für uns wichtig sein können, dachte Costa und fragte ihn, ob er sich auch mit den DJs gut auskenne.

»Ich glaube, da kenne ich mich ziemlich gut aus. Meistens hab ich bei denen natürlich auch Security gemacht. Das letzte Mal bei DJ Kaan Kool.«

»Vielleicht kennst du auch den, wo wir jetzt hinfahren.« Er reichte ihm die Wegbeschreibung.

Der Surfer blickte eine Weile auf den Zettel und kratzte sich dauernd, was Costa nervte.

»Ist das nicht der, mit dem wir schon mal zu tun hatten?«

»Wann?«

»In der Mordsache Schönbach. Zuerst dachten wir doch, er hätte die Armenierin umgebracht.« Costa erinnerte sich an die schöne Frau des Chirurgen. Der DJ hatte damals behauptet, sie habe ihn verführt, was sich dann als reine Angeberei herausstellte.

»Richtig, den haben wir doch im Privilege getroffen«, fiel dem Surfer nun ein.

»Arbeitet er immer noch dort?«

»Keine Ahnung. Ins Privilege geht Puff Daddy nicht, und ansonsten war ich, wie gesagt, noch nicht on tour in dieser Saison.«

Ein aggressiver Typ, kalter Blick und völlig durchgedreht. »War der damals eigentlich auf Drogen?«

»Aber hallo! Speed, hundertprozentig.«

Costa blickte zur Uhr. Es war halb drei.

Der Surfer folgte seinem Blick. »Heute Nacht war doch Manumission, diese Megaparty. Dann sind die heute Morgen um zehn oder elf nach Hause gekommen und feiern gerade richtig ab. Deep Dive ist die neue Droge.«

»Schon mal genommen?«

»Das Interessante ist«, sagte der Surfer, ohne das Gesicht zu verziehen, »jede Überdosis ist tödlich. Davon hatten wir schon ein paar Fälle.«

»Davon weiß ich ja gar nichts.«

»In den Diskos diagnostizieren die Ärzte immer Herzinfarkt.«

Costa war über Santa Gertrudis gefahren, dann ein Stück nach San Mateu und Richtung San Antonio. Er suchte die Feldeinfahrt zu der Finca des DJs. Er hielt an und warf einen Blick auf die Skizze.

»Du musst noch ein Stück weiter, es geht rechts am Brunnen ab.«

Bis dahin war es ein halber Kilometer. Nachdem er abgebogen war, hielt er hinter dem Brunnen an. »Erzähl mir erst mal was über diesen DJ, bevor wir da rauf fahren.«

»In Deutschland ist er ziemlich bekannt. Beliebt würd ich jetzt nicht unbedingt sagen. Ich finde seine Musik total daneben, jedenfalls in der vorigen Saison, und wir haben immer gesagt: Beach Bum – ab ins Meer. Der peilt nix.«

»Macht also schlechte Musik?«

»Das nicht, aber er ist nicht so toll und so groß, wie er sich darstellt. Der kommt da rein wie Mohammed Ali im großen Boxermantel mit 'ner riesigen goldenen Schnalle vorne. Er ist eigentlich eine Witzfigur, obwohl er ja immer berühmter wird. Vor allem ist er kein Komponist, kein Musiker. Das sind aber die Großen wie Sven Väth oder Carl Cox oder Tiesto. Wenn einer selbst produziert und also vom Musikmachen eine Ahnung hat, dann sind für den die CDs die Instrumente. Er setzt dann drei oder vier verschiedene CDs ein, mischt sie, sodass ein ganz neues Stück entsteht.«

»Wann ist denn ein DJ richtig gut?«

»Wenn er eine Einheit schafft aus Musik, sich selbst und dem Publikum. Alles muss in Schwingung kommen, und zwar die gleichen Schwingungen, die gleichen Wellenlängen, sodass sich auch alle im selben Rhythmus bewegen, die ganze Masse von zehn- oder fünfzehntausend Leuten. Das ist schon eine große Kunst. Profi-DJs bringen einen Saal zum Kochen.«

»Gut. Eine andere Frage: Wohnt er da oben alleine, oder was meinst du?«

»Ich glaube nicht. Ich denke, der wird so drei Frauen dabeihaben, den Drogenkurier, den Manager, den best boy und zwei für die Security.«

Costa glaubte das nicht, und der Surfer sagte, bei DJ Kaan Kool sei das alles noch ein bisschen größer und verrückter gewesen.

»Warst du etwa der best boy? Ich denke, der Beste ist der DJ selber?«

»Erstens bin ich Security«, klärte ihn der Surfer genervt auf, »und zweitens heißt best boy Mädchen für alles. Der macht so die kleineren Sachen, wie, nix mehr im Kühlschrank? Geh mal Bier holen. Oder er legt die Linien aus oder fährt los, um noch ein paar Mädchen zu holen.«

Jetzt dachte Costa wieder an Norma Jean. »Kommen die Mädchen denn da so ohne weiteres mit?«

Der Surfer machte eine wegwerfende Handbewegung. »Die großen DJs werden heutzutage wie Rockstars behandelt. Im letzten Jahr war ein Blowjob an der Hafenmeile die gängige Währung für ein Ticket in die Disko.«

»*Bueno*, dann wollen wir mal angreifen«, sagte er und ließ den Wagen an.

Die Luxusvilla mit Pool hatte etwa zehn Zimmer, eben so viele Kühlschränke und fast so viele Stereoanlagen. Mehrere Wagen standen auf dem Hof, und es war so, wie der Surfer vermutet hatte – sie hatten vor kurzem die Party im Privilege verlassen und waren alle »drauf wie Rasiermesser«. Sie lagen nackt auf blau-weiß gestreiften Matratzen um den Pool herum, und jeder hatte ein oder zwei Gläser Champagner neben sich. Neben einem umgestürzten Sonnenschirm versuchte ein Pärchen einen neuen Weltrekord im Dauervögeln aufzustellen. Niemand nahm davon Notiz.

DJ Beach Bum schien sich nicht unter den Anwesenden zu befinden, denn Costa konnte keinen entdecken, den er irgendwann schon mal gesehen hatte. Er wollte fragen, aber er spürte eine Hemmung, weil sie alle nackt waren.

Ein junger Mann in engen Plastikhosen und T-Shirt mit Jägermeister-Emblem kam aus dem Haus und blinzelte in die Sonne. Er hatte blonde lange ungepflegte Haare, die einen dunklen Ansatz zeigten. Im Gegensatz zu den anderen war er frisch rasiert. Costa schätzte ihn auf etwa fünfundzwanzig. Als er auf ihn zuging, setzte der Typ eine verspiegelte Sonnenbrille auf. Dabei zeigte er weiße Zähne.

Er war nur mit Mühe wiederzuerkennen, aber ohne Zweifel der Bursche aus dem Arminé-Schönbach-Fall. Damals hatte er sich nur DJ genannt, was zugleich seine Initialen waren für Dominique Jacques. Fünfundzwanzig Jahre alt. Hatte im Pass eine Anschrift in Berlin. Mittelgroß, kräftiger Typ, schön aufgebaute Muskeln, so 'n brauner Teint, fast arabisch, schwarze Haare, Irokesenschnitt. Er dachte noch einen Moment nach. Ach ja, Haare auf der Brust. Davon hatte er für die Genanalyse eines ausgerissen.

Ein durchgeknallter Unsympath, der gelegentlich auch an Käfigkämpfen teilnahm. Warum hatte er seinen Namen gewechselt?

»Ich suche DJ Beach Bum«, sprach er ihn an.

»Wo?«

Costa musste innerlich grinsen – dieselbe Stimme, die gleiche unsympathische Art. »Hier«, sagte er.

»Wie?«

Er hatte sich wirklich gewandelt – von einer Rattersäge zu einem Einsilbigen. »Mit meinen Augen«, sagte Costa. »Ich kenne ihn nämlich.« Bei Vernehmungen war Costa Geduld gewohnt, aber wenn die Burschen alles in die Länge zogen oder nichts weiter als ihr Ego vorführten, ließ er es sie am Ende büßen. Diesem Typ würde er seine Rechnung auch versalzen.

»Wer den Balken im Auge hat, sieht den Splitter nicht«, sagte Beach Bum.

Nun wurde Costa sauer. »Ist Ihnen nicht gut? Sie sprechen wie in Trance.«

Dominique Jacques lächelte selig, als hätte er sich in Costa verliebt. »Weißt du, was Trance ist?« Er wartete einen Moment, und als keine Antwort kam: »Ich gebe mich nur der Entspannung hin. Mein Atem singt die Lieder des Meeres und der Wüste, ich bin vollkommen gelöst und gleite wie ein Hauch, der nicht fallen und nicht steigen kann. Ich *bin* mein Atem, der der Hauch ist, und ich spüre, wie es mich atmet.«

»Merke ich am Knoblauch.«

Ein nacktes Mädchen huschte herbei, küsste den DJ und flüsterte: »You are such a fun, DJ Beach Bum.«

»Können Sie mir eine einfache Frage beantworten?«

Dominique Jacques rührte sich nicht. Er stand vor ihm, als sei er im Stehen eingeschlafen.

»Sie haben die ganze Nacht gearbeitet ... Soll ich wiederkommen, wenn Sie ausgeschlafen haben?«

Der DJ legte seine linke Hand auf Costas Schulter. »Da ist kein

Schlaf«, sagte er. »Was kommt, ist das Koma. Wenn der Körper sagt, so, jetzt hast du genug Drogen genommen, jetzt hast du genug Sex gehabt, jetzt hast du genug gestanden, leg dich hin, tauche ein in das Schwarz der Ewigkeit.«

Costa schüttelte die Hand herunter. »Hören Sie, ich bin Leiter einer Mordkommission bei der Guardia Civil.« Jetzt hielt er ihm ein Foto von Norma Jean unter die Nase.

»Oh!«, sagte der DJ mit einem kleinen Schreck. »Sie sind der Mörder von Arminé, nicht wahr?«

Costa war sich nicht sicher, ob der Typ ihn verarschte oder ob das die Wirkung der Drogen war. Auf jeden Fall spielte er – wenn auch in Zeitlupe – genau die Nummer wie damals, als sie ihn im Privilege verhört hatten. Die Stimme, diese immer höhnische Stimme, die absurden Sprüche – alles war gleich, und es ging wieder um eine schöne Frau, die vermutlich ermordet worden war. Nach den Informationen auf der Bank zweifelte Costa nicht mehr daran, dass Norma tot war. Kein Mensch konnte heutzutage ohne Kontobewegung und ohne zu telefonieren leben.

In dem vorigen Fall allerdings war Monsieur Jacques unschuldig gewesen.

Er nahm seine Brille für einen Moment ab und betrachtete das Foto von Norma genauer. Mit einem Ausdruck des Erstaunens rief er aus: »Oje, du schöne Fee, du tust mir weh, so weh!« Dann begann er zu singen. Als Costas Geduld sichtlich am Ende war, ging der Surfer dazwischen. »Kommen Sie mit aufs Präsidium, Mann, wir werden da die Vernehmung fortsetzen.«

Inzwischen hatten sich all die Nackten um sie versammelt und wollten das Foto sehen. Beach Bum hielt es hoch: »Kennt ihr die?«, wandte er sich an die anderen. »Ich kenne sie nicht!«

Alle murmelten wie im Chor: »Kennen wir nicht, wir kennen sie nicht.«

Er hob es wieder hoch und rief beschwörend: »Doch hat sie nicht Ähnlichkeit mit der heiligen Acrylla?«

Alle starrten wieder auf das Foto, nickten und begannen Verszeilen zu murmeln, die Costa anfangs nicht verstand, doch schließlich hörte er immer wieder heraus: »Lucy in the sky with diamonds, Lucy, Lucy in the sky …«

Costa machte dem Surfer ein Zeichen zu gehen. Sie würden im Moment hier nichts erreichen.

Der Surfer nahm dem DJ das Foto weg.

Costa hatte schon ein paar Schritte gemacht, als er hörte, wie der DJ »Lucifer« zischte und ausspie. Gemeint war er.

Jetzt reicht's, dachte er und wandte sich noch einmal um, trat nah an ihn heran, packte mit der Faust das lange schmierige Haar und kam ihm so nahe, dass sich fast ihre Nasen berührten: »Wo hast du das Mädchen gesehen?«

Der DJ setzte ein schmerzverzerrtes Grinsen auf und sagte leise, aber klar: »Sie ist immer auf meinen Partys.«

Costa ließ ihn los und ging davon.

Als sie in das Auto stiegen, kam die Nackte angelaufen, die den DJ geküsst hatte und wisperte, sie habe das Mädchen erkannt. Es sei nach der Party von Beach Bum am nächsten Vormittag noch im Space gewesen und dann nachmittags bis abends im Bora Bora am Strand. »Da war sie mit den Victims of Circumstances zusammen«, sagte sie lächelnd und zitternd.

»Wer soll das sein?«, fragte Costa, immer noch wütend.

»Das sind die alten Rocker«, antwortete das Mädchen, drehte sich um und verschwand.

Costa stieg ins Auto. Er war nicht gut gelaunt, als sich sein Handy meldete. Karin war am Apparat. Sie wollte ihm nur kurz berichten, dass sie das Interview mit Laurie McPhee gestern gemacht hatte.

»Gestern? Wann?«, fragte er und dachte daran, wie enttäuscht und eifersüchtig er auf sie in ihrer Wohnung gewartet hatte.

»Ich habe sie kurz nach elf im Ocean Drive getroffen, wir haben da was zusammen gegessen, und sie hat bis um halb zwei geredet. Sie war richtig gut drauf. Wir haben uns super verstanden. Ich kann sie wieder anrufen, wenn ich noch was wissen will.«

»Wann könnten wir uns treffen?«

»Eilt ja nicht so. Im Moment habe ich keine Zeit, ich ruf dich an.«

Es knackte in der Leitung, und dieses Knacken empfand er wie einen Schlag. »Scheiße.«

»Was ist Scheiße?«, wollte der Surfer wissen, aber Xico wäre der Letzte gewesen, dem er etwas von Karin erzählt hätte.

Er hatte eigentlich ins Büro zurückkehren wollen, aber jetzt änderte er seine Meinung. Er war entschlossen, dem Hinweis des Mädchens sofort nachzugehen, auch wenn er nicht wusste, wer die Victims of Circumstances waren und wo er sie finden könnte. Opfer der Umstände – klang ja eher nach einem Gewerkschaftsorchester als nach einer Musikgruppe.

Ob der Surfer schon mal was von Victims of Circumstances gehört habe?

»Klingt komisch«, sagte der. »Kenn ich nicht. Wir sollten uns auf jeden Fall das Filmmaterial erst einmal ansehen. Vielleicht entdecken wir da irgendwas auf dem Video, das uns weiterhilft.«

Seit heute Morgen klar war, dass Norma nach dem 4. Juli gänzlich aufgehört hatte zu telefonieren, fühlte sich Costa unter einem ungeheuren Zeitdruck. Wenn das Mädchen noch am Leben war, könnte jede Stunde zählen. Als er an die Ertrunkene dachte, sah er plötzlich das Bild eines Wahnsinnigen vor Augen, der Norma im Käfig hielt, dann irgendwann umbrachte und ins Meer warf.

Er versuchte Johannes auf seinem Handy zu erreichen und hatte Glück.

Johannes kannte die Victims of Circumstances von gemeinsamen Sessions. Sie lebten auf einer Finca zwischen Santa Gertrudis und San Mateu. Costa ließ sich von ihm den Weg beschreiben. »Du hast doch hoffentlich noch Zeit. Du könntest mir während der Fahrt 'n bisschen was über die Typen erzählen.«

»Am Telefon?«

»Wein trinken wir hinterher.«

Damit war Johannes einverstanden. »Das sind Dinosaurier«, sagte er, und Costa spürte förmlich, wie Johannes seine Redelust überkam.

»Dinos sind ausgestorben. Also nun mal zum Punkt.«

»Sheen, Amalfy und der ganze Rest leben im digitalen Zeitalter, aber wenn ich mit denen jamme, ist das für mich wie Ferien in den Siebzigern.«

Costa war nicht überrascht, dass Johannes musikalisch auf der Seite der Altrocker stand und nicht auf der Sheens oder Amalfys, fragte sich aber, was Norma bei diesen alten Männern verloren hatte.

Er warf einen kurzen Seitenblick auf den Surfer neben sich, der am Radio herumfummelte und nun anscheinend den richtigen Sender gefunden hatte und den maschinenmäßigen Rhythmus einer sich nie verändernden Technomusik auf seinen Oberschenkeln mit klopfte. Nun starrte er aus dem Fenster. Vielleicht ging sein Blick bis zum Surferstrand von Kalifornien, dachte Costa.

»Steve, Alan, Richie und Machete leben in der Finca.«, begann Johannes. » Sie waren ›Deadheads‹, Anhänger der Grateful Dead, eine der damals erfolgreichsten Rockgruppen. Sie sind ihr durch ganz Amerika gefolgt, und Steve hat sehr bald begriffen, dass die Fans ständig mit Dope versorgt werden mussten und begann ein Netzwerk aufzubauen für die Graslieferungen aus Mexiko und LSD aus den kalifornischen Universitätslabors. Damals tobte der Vietnamkrieg, und die drohende Einberufung war ein Grund, die USA zu verlassen. Natürlich hatten sie noch einen Grund in Reserve, den göttlichen Grund:

die Suche nach dem Nirwana. Deswegen kauften sie 1967 in Goa eine portugiesische Kolonialvilla für zwölftausend Dollar, deren Türen für jeden offen standen. Anfang der Siebziger lief dann die Schiene Goa-Ibiza auf Hochtouren, und Steve, Alan und Richie hörten zum ersten Mal von diesem Inselchen im Mittelmeer, einem Fleckchen mit ewigem Frühling, ohne Monsun, mit Häusern ohne Schlösser und Weiden ohne Zäune. Die Party, die nie enden würde! Gehört, getan – 1968 waren sie zum ersten Mal Ibiza.«

Costa erinnerte sich. Schon 1968 kamen die Hippies an, und seine Mutter eröffnete in Ibiza unten am Hafen in der Calle San Telmo eine Boutique. Sein Vater litt vor Eifersucht, sie aber lachte, rauchte Joints und spielte die Cat-Stevens-Lieder im Laden so laut, dass sie auch draußen vor der Tür mitsingen konnte. Anfangs fuhr sie abends immer noch zurück in die eheliche Wohnung nach Santa Eulalia, aber später mietete sie sich ein kleines Apartment in Ibiza.

In dem heißen Jahr, an das er sich erinnerte, kochte die Fehde seiner Eltern über, weil sein Vater sich wieder einmal betrogen fühlte und eines Tages vor der Boutique seiner Mutter erschien, wo Klein Costa auf den glatt polierten Stufen in seiner neuen kurzen Samthose saß und ein Eis leckte. Gegenüber am Hafenbecken lag die riesige Fähre »Ciudad de Valencia« und tutete. Seine immer gut gelaunte Mutter hockte mit drei zottelig aussehenden Männern vor einem zierlichen indischen Tischchen und trank Tee. Die Männer redeten von einem Land in Indien namens Goa, aus dem sie gerade mit viel Gold gekommen waren. Sie wollten eine Finca mieten, um Ibiza zu testen. Das mit dem Gold gefiel ihm, und so sagte er schnell, frag doch Papa, Oma hat doch so viele Häuser. Seine Mutter lachte, aber bevor sie ihm erklären konnte, dass das seinem Vater ganz und gar nicht gefallen würde, stand wie ein großer Schatten el Padre schon da und brüllte, die Kerle sollten herauskommen. Sie taten das auch, und er schlug dem ersten seine Faust ins Gesicht, dass dessen Lippe aufplatzte und schrecklich blutete. »Warum hast du das getan?«, schrie seine Mutter, und sein Vater brüllte: »Weil du mich mit Mister Richie betrogen hast!« Sie lachte und rief: »Nicht Richie, Steve!« Auf den wollte sich sein Vater dann auch noch stürzen, aber da waren die drei schon verschwunden. Hippies hatten lange Haare und lehnten die Gewalt der Kurzgeschorenen ab.

Er fand das als Kind alles schrecklich, fühlte sich aber dennoch zu seiner Mutter hingezogen. Allerdings war er ebenfalls auf sie eifersüchtig, wenn auch vielleicht anders als sein Vater. Nachts träumte er davon, wie er die Hippies mit dem Degen besiegte und ins ewige Himmelreich schickte. Aber sie kamen wieder, während sein Vater sich immer verbitterter in seine Schreinerei zurückzog, die er nach der Stilllegung zu seinem Refugium machte, was sie heute noch war. Die drei Hippies kamen wieder und luden seine Mutter zu einer Goa-Session ein, weil sie bei San Miguel eine schöne große Finca gefunden hatten. Viele Erwachsene hockten am Boden im Schneidersitz und schlugen auf fellbespannte Trommeln. Manche spielten Flöte, manche Gitarre. Einer hatte ein Instrument, das wie ein dicker Kürbis mit einem langen Hals aussah.

In einem Nebengebäude hatten die drei ihr Studio eingerichtet. Seine Mutter wollte ihm all die Instrumente und elektrischen Geräte erklären, hatte aber nicht viel Geduld und verschwand sehr bald mit Steve, Alan oder Richie. Er blieb mit seiner Wut alleine, bis er eingeschlafen war.

Sollten das jetzt die Typen von damals sein?

»Die Finca heißt S'es Colincs bei San Miguel. Das ist ein riesiges Ding. Die elf Hektar Orangen- und Olivenhaine werden bis heute vom Eigentümer bewirtschaftet. Sie zahlen ihre Rechnungen, und da sie seit ihrer Jugend passabel Spanisch sprechen, sind die wichtigsten Bedingungen für ein gutes nachbarschaftliches Verhältnis erfüllt. Die Bauern kommen noch gerne auf einen Suissé oder Hierbas vorbei, wenn sie auf der Terrasse eine Jam-Session veranstalten.«

Jam-Session, davon hatten sie auch damals gequatscht, daran konnte sich Costa sehr gut erinnern.

»Ihre Post holen sie in der Bar Anita in San Carlos ab. In der Musikszene waren die vier von Anfang an eine besondere Familie. Das sind sie auch noch heute. Sie spielten am Strand von Benirras, auf den Partys der Berühmtheiten der Siebziger, bei den legendären Steinbruchfesten in C'an Germa und als Vorgruppe von Girasol in der Stierkampfarena. Dabei haben sie auch Ricardo Nuñez kennen gelernt, mit dem sie 1993 Victims of Circumstances gegründet haben. Ricardo wohnt mit ihnen nicht zusammen, vielleicht ist er deswegen die treibende Kraft der Gruppe. Er setzt die Proben an und schreibt die Arrangements. Er ist ein kleiner drahtiger Kerl, trägt immer noch die offenen weißen Rüschenhemden der Siebziger, schwarze, hautenge Jeans mit verziertem breitem Gürtel und Stiefel mit hohen Absätzen. Er hat dichtes Haar bis zur Brust, zigeunerschwarz bis auf zwei graue Strähnen, schwere Goldkette mit Kreuz und Ringe an jedem Finger.«

»'n Kreuz? Ist er religiös?«

»*No*, Sir, damit er den Glauben an sein Comeback nicht verliert.«

»Was ist mit Machete? Kommt mir irgendwie bekannt vor.«

»Schon möglich, dass du den kennst. Javier Mola. Er ist aus Formentera.«

Costa erinnerte sich an Dorffeste aus seiner Kindheit, auf denen ein wilder Mann den *s'espadi*, den Klangdegen, geschlagen hatte. Ein *bobo,* ein Verrückter, hatte damals sein Vater fast ehrfürchtig gesagt.

»In den Sechzigern trommelte er in Formentera für Bob Dylan und spielte Perkussion für Pink Floyd.«

»Wie sieht er jetzt aus?«, fragte Costa.

»Ziemlich fett. Seit sein Bauch die Trommel immer weiter von ihm entfernt, ist er zu wallenden indischen Gewändern übergegangen. Auf dem Kopf hat er immer einen Bauernstrohhut und ein Tonpfeifchen um den Hals. Er hat sich der Dreifaltigkeit von Hierbas, Dope und Schlagzeugspielen ergeben. Du siehst, *teniente*, er wird deine deutsche Jungfrau kaum auf einem feurigen Ross entführt haben.«

Costa war inzwischen einigermaßen irritiert und fragte sich, ob an der Information, die ihm das Mädchen vorhin gegeben hatte, überhaupt etwas dran war. »Ist es denn überhaupt wahrscheinlich, dass die mit einer Frau aus der EuroShow etwas zu tun haben?«

»Gottes Wege sind unergründlich.« Er sah im Geiste Johannes' amüsiertes Grinsen. »Steve vielleicht.«

Steve war der, den seine Mutter seinem Vater gegenüber genannt hatte. »Er trägt eine Lederweste mit Silberknöpfen auf nackter Haut, enge Lederhosen mit Fransen, hat um seinen Bizeps süße Lederbändchen geknotet und an seinen Handgelenke breite Silberreifen. Und er fährt natürlich eine Harley.«

Norma dort zu finden, war wohl ein Drogenwitz. Wahrscheinlich hatte ihm Beach Bum in seiner unendlich perversen Weisheit die Dienerin hinterher geschickt, damit sie alle was zu lachen hatten. Allerdings führten solche Gemeinheiten nicht dazu, dass er aufgab.

»Es gibt noch Alan. Ein dürrer Vogel. Er ist ihr Drogenexperte. STP, Opium, Pilze, Heroin, Morphium. Er hat nichts ausgelassen. In eurer berühmten Klinik ›C'an Misses‹ legten sie ihm '96 einen fünffachen Bypass. Seitdem achtet er sehr auf seine Ernährung und meditiert.«

Costa bog links ab und sollte jetzt wohl auf dem Feldweg sein, der zur Finca führte. Wegen der tiefen Schlaglöcher hörte der Surfer mit der Taktklopferei auf und stützte sich am Sitz ab. Alles hat eine gute Seite, dachte Costa.

Der Surfer blickte ihn fragend an. »Was hast du rausgefunden?«

»Dass wir in ein Funkloch fahren«, murmelte Costa und steckte das Handy weg.

Der Weg, den Johannes ihm beschrieben hatte, bog noch einmal rechts ab. Irgendwann war dieses letzte Stück asphaltiert worden, doch etliche Winterregen hatten alles unterspült. Geblieben waren noch tiefere Schlaglöcher und noch höhere Asphaltinseln. Costa hielt sich am Steuer fest, aber der Surfer flog mit dem Kopf gegen das Dach. Er fluchte und murmelte irgendetwas von Gefahrenzulage.

Auf beiden Seiten des Weges weideten Schafe, das linke Vorderbein mit einem Strick an das linke Hinterbein gefesselt. Eine unfreundliche Methode, sich den Zaun zu sparen, dachte er, aber dann fiel ihm ein, wie brutal seine Landleute immer mit der Natur umgingen.

Der Weg wurde schmaler und führte unter dichter werdenden Pinien einen Hügel hinauf. Er hatte seit einiger Zeit kein Haus mehr gesehen. Der Wagen ächzte in allen Fugen, und er hoffte, dass der weiße Kubus, der jetzt vor ihnen auftauchte, die Finca war.

Wie aus den Nebeln seiner Vergangenheit aufsteigend erkannte er sie wieder.

Er parkte sein Auto zwischen zwei *furgonetas*, den ibizenkischen Kleinlastern, deren Verwendungszweck stets auf einem Schild an der Rückseite zu lesen war – ein Poolservice und ein Fischhändler. Er wies den Surfer an, er solle im Wagen warten. Der nickte, beugte sich vor und suchte einen neuen Sender.

Vor dem Haus lagen vier schwarze Hunde, die kaum ihre Köpfe hoben, sodass er über sie hinweg steigen musste. Einer hatte eine offene, mit Fliegen bedeckte Wunde an der Leiste.

Die Tür war angelehnt.

Im Innern war es dunkel. »*Hola*, Machete«, rief er. Nichts. Er versuchte es noch einmal. »Alan? Steve?«

Aus einer Ecke jenseits seines Blickwinkels kam ein Grunzen.

»Richie?« Er stieß die Tür auf und nahm die Umrisse dreier Sofas wahr, auf denen je ein Mann lag. Die einzigen Lichtquellen waren die Stumpen in ihren Mündern. Der Geruch von ibizenkischem Gras drang ihm in die Nase.

»Jo Winter sagte mir, dass ich hier das Tonstudio von Richie finde.«

Einer der Typen schwang die Beine vom Sofa. »Was spielst du denn?«

»Ich bin ein Freund von Johannes und wollte mir mal euer Studio angucken.«

»Na, dann komm mal mit«, sagte der Mann und erhob sich. Er war schätzungsweise Mitte sechzig, trug O'Neill-Shorts und ein Hawaiihemd. Es musste Richie sein. Wie hatte Johannes ihn beschrieben? Der ewige kalifornische Beachboy mit dem Dreitagebart. Jede Achtzehnjährige am Strand von Agua Blanca kennt seine Geschichten von Woodstock, Altamont, Isle of Wight, den großen Festivals in Indien und wie er mit Hendrix einen durchgezogen hat. Okay.

Jede Achtzehnjährige am Strand von Agua Blanca läuft eher davon, dachte Costa, als er Richies sonnenstrapazierte Haut sah.

Er hatte schwarzgraues Haar bis zum Gürtel und einen Dreiblatt-Joint in der Hand, den er Costa mit der Filterseite vors Gesicht hielt.

»Rauchst du? Selbst angebaut. Törnt wie Sau.« Er sprach Ibizenkisch mit einem scheußlichen Akzent.

Costa lehnte ab und unterdrückte einen Hustenanfall. Richie hob übertrieben entschuldigend die Hände und wies durch das Fenster auf ein weiteres Haus. Costa hatte es vorher nicht bemerkt, weil es in einer Senke lag. Das Dach war so mit Moos bewachsen, dass man es auf den ersten Blick für eine Rasenfläche hielt.

Richie wandte ihm den Rücken und ging vor. »Das Studio also willst du sehen?« Er hielt eine niedrige Tür auf, die nach hinten hinausführte.

Während Richie an seinem Bund den richtigen Schlüssel suchte, aber seine Lesebrille nicht dabeihatte, begann er plötzlich laut zu singen:

»I'm so afraid of the mistakes that I made
Taking every time that I wake
I feel like a hard-boiled and cut-up man
So give me a dime if you can
or a line but no ham.«

»Yeah«, sagte Costa im Ton eines Gospelsängers.

Richie öffnete die Stahltür und knipste das Licht an. »Bist du Musiker?«

Costa schüttelte den Kopf.

»Auch als Nichtmusiker wirst du sehen, dass das hier ein Vermögen gekostet hat.« Er deutete mit seinem Joint auf ein riesiges Ding und erklärte: »Ein super Mischpult.« Er stellte sich in die Mitte des Raumes. »Da: Mehrspur-Tonbandgeräte, hier vierzehn Lautsprecherboxen, da Flight-Cases und Stative, und die Bündel da – alles Aufnahmepläne. Und da unten –«, er zeigte auf einen Aufnahmeraum eine halbe Etage tiefer, »Orgeln, Leslies, ein Moog-Synthesizer mit Steckverbindungen, Bässe, Gitarren, Bassdrums, Becken, Tom-Toms.« Er lachte. »Und Kabelrollen.«

»Yeah«, sagte Costa erneut und ließ seinen Blick über all diese Dinge wandern, die in einem chaotischen Dornröschenschlaf versunken schienen. Er schnüffelte. Es roch unangenehm. Der typische Modergeruch einer feuchten Finca, aber es war noch etwas anderes. Er beugte sich vor und sah, dass die Schallschutzplatten über und über mit Schimmel bedeckt waren.

»Damals waren wir manchmal wochenlang auf Trip, es gab nur Musik, das blaue Wasser von Ses Illetes und *mucha follada*«, er schlug sich mit der flachen Hand auf die Faust. »Das kriegst du heute nicht mehr hin.« Er schob einen Regler nach oben und aus den Boxen dröhnte ein mächtiges Gitarrenriff. »Jimmy Page in San Antonio«, brüllte er. »Das Größte! Fünfhundert Mann auf Purple Haze!«

»Johannes sagte mir, dass er heute mit euch hier jammen will«, brüllte Costa.

Richie stoppte das Tape.

»Schon richtig, aber Machete, der Drummer, hat mal wieder zu viel eingeworfen. Der ist mittlerweile so oft auf Echo, dass er eigentlich bis an sein Lebensende nichts mehr nehmen muss.«

»Echo?«

»Dies neue Zeug, Deep Dive. Da kriegst du alles auf Echo. Du hustest und denkst, du bist in einer Herde röhrender Wale.«

Ja, dachte Costa, schlecht für einen Musiker.

»Wenn du uns hören willst, fahr am Samstag nach San Carlos. Im Las Dalias ist 'ne Benefizparty für die Witwe von John. Nur für Musiker.«

Costa hatte keine Ahnung, wer John war. Er holte das Foto von Norma aus der Tasche und zeigte es Richie. »Kennst du die?«

Richie nahm das Foto, kniff die Augen zusammen, fasste sich an die Hemdtasche und tatschte gegen die Taschen seiner Shorts. »Scheiße, Brille«, murmelte er. »Ist drüben.«

Costa folgte ihm.

»Alan, hast du meine Brille gesehen?«

Erst kam keine Antwort, und dann krächzte es vom Sofa in der Ecke: »Ich glaube, die hat Machete.«

»Dann gib mal deine, God dammit.« Alle sprachen sehr langsam. »Meine hat Machete verloren, deshalb habe ich ihm deine gegeben.«

Costas Augen hatten sich an die Dämmerung gewöhnt. Alan sah ausgemergelt aus, war sehr blass, hatte langes schwarzes Haar, einen Vollbart. Cowboystiefel aus Schlangenleder trotz der unerträglichen Hitze.

»Steve, dann gib mal deine.«

Von dem anderen Sofa reckte sich ein langer Arm, der irgendwo hinzeigte. »Liegt in meinem Hut.« Dann kreuzte er die Beine anders herum, saugte noch einmal tief an seiner Papiertüte und drückte sie neben sich auf dem Boden aus.

Richie angelte von einer gemauerten Umrandung einen Cowboyhut mit langer Feder und indianischem Schmuck, suchte drin herum, setzte ihn und die Brille auf.

Costa freute sich auf die Geschichte, die er seiner Mutter demnächst erzählen konnte. Welcher von denen mochte ihr einstiger Lover gewesen sein?

Richies Augen strahlten. »Jesus!«, rief er aus. »Das ist Norma!«

Alle kamen von ihren Sofas hoch, Brille und Foto wanderten von Hand zu Hand, alle nickten und murmelten »Norma«. Sie erzählten, dass sie manchmal dienstags nachmittags oder am Abend ins Bora Bora gingen, um sich das crazy Volk in all den unglaublichen Kostümen anzusehen. Costa wusste, dass im Privilege die Wahnsinnsfeten bis in die Morgenstunden gingen, anschließend zogen viele rüber ins Space, feierten dort weiter und wechselten am frühen Nachmittag zum Strand ins Bora Bora, was nur zweihundert Meter waren.

Die drei erzählten ihm, Norma habe die ganze Nacht durchgemacht, vom Privilege ins Space und dann ins Bora Bora. Sie hätten ihr nicht angeboten, behaupteten sie, bei ihnen zu übernachten, sie habe selbst darum gefragt. Natürlich sei sie nach all der Feierei, den Drogen und vierzig Stunden auf den Beinen todmüde gewesen. Sie zeigten Costa eine Kammer, in der ein Gästebett stand. Normas Kammer. Sie sei einen Tag geblieben, sie hätten zusammen Abendbrot gegessen, Musik gemacht, und sie habe gesungen. Es sei lustig gewesen und sie ein richtig nettes Mädchen. Als die anderen am nächsten Mittag aufstanden, war sie schon verschwunden. Sie fanden in der Küche einen Zettel, auf dem sic sich für alles bedankt habe und schrieb, sie würde im August auf das Benefizkonzert in Las Dalias kommen.

Am Sonnabend in Las Dalias. Da würde Costa sie also treffen, wenn sie ihr Versprechen hielt. Und noch am Leben war.Inzwischen war sie schon zum Gespenst geworden. Sein Hals brannte von der stickigen Luft. Er fragte, ob er Wasser bekommen könne.

»Willst du dich jetzt waschen, Alter?«, witzelte Alan. »Sieh mal im Kühlschrank nach, da ist noch 'ne Flasche Bitter Lemon, die das Mädchen hiergelassen hat. So was trinkt hier keiner.«

Vielleicht waren an der Flasche Spuren von Norma. Er nahm ein Taschentuch, packte damit zu, um keine Fingerabdrücke zu verwischen und trug sie zum Auto, wo er sie in eine Tüte steckte.

»Hier, Xico. Die Typen behaupten, die sei von Norma. Lass die auf alle Spuren untersuchen.« Er legte die Tüte auf den Rücksitz.

»Wenn sie hier war, ist Amalfy wohl aus dem Schneider.«

Costa ließ den Wagen an. »Vermutlich.«

»Ist ja wie 'ne Schnitzeljagd.«

Hoffentlich keine vom Teufel veranstaltet, dachte Costa.

Er hatte sich vor drei Tagen eine Strickjacke mit ins Büro genommen, die er anzog, wenn er verschwitzt aus der Hitze in diese Tiefkühltruhe kam. Mehrere hatten sich schon einen steifen Hals oder sonst was zugezogen. Natürlich war jeder froh, dass er der Glut für eine Zeitlang entkommen konnte, aber wenn das nasse Hemd sich auf dem Rücken wie ein Eisbrett anfühlte, wusste man nicht mehr, ob die Hölle oder das Eismeer einem lieber waren. Außerdem brachte er jeden Morgen noch zwei Ersatz-T-Shirts mit, sodass er seine Hemden wechseln konnte. Elena schien diese Art von Problemen gar nicht zu haben. Mit Karate und Yoga, gesundem Essen und Trinken schien sie für solche extremen Temperaturen besser gerüstet.

Es war ein langer Tag gewesen, er wollte die Besprechung nicht zu sehr ausdehnen, aber die Ergebnisse mussten ausgetauscht werden. Spätestens um neun wollte er Annalena bei Josefa abholen.

Elena erzählte, dass sie an der Kreuzung beim Montesol warten musste und auf dem Mittelparcour des Vara de Rey Petra und Martin Lindner stehen gesehen hatte. Sie demonstrierten wieder und hielten ein Schild mit dem Poster ihrer Tochter hoch, wo vorne zu lesen war: »*Todo por la patria* – alles für das Vaterland und nichts für die Menschen!« Und hinten: Wer hat diese Frau gesehen?

Es war auf dem Weg in die Gerichtsmedizin gewesen, wo die Mutter der Ertrunkenen ihre Tochter identifizieren sollte. Im Kühlraum hatte sie neben der Bahre gestanden und sich nicht gerührt. Dreimal musste Elena fragen: »Ist das Ihre Tochter?«, aber sie hatte nicht geantwortet. Schließlich war Dr. Torres gekommen und hatte sie abgelöst. Gerade als sie die Lindners mit ihrer politischen Anklage sah, rief Torres an, um ihr zu sagen, dass die Mutter die Identität bestätigt hatte.

»Und wo stehen wir?«, fragte der Bischof. Der Surfer sah zur Uhr.

»Wir müssen uns den DJ Beach Bum noch mal vornehmen. Er hat bestritten, Norma schon mal gesehen zu haben, aber eine seiner Anhängerinnen gab uns den Tipp, wo wir sie finden könnten. Es ist eine alte Rockgruppe, Victims of Circumstances nennen sie sich, und die haben behauptet, dass Norma die Nächte vom 2. auf den 4. Juli bei ihnen war. Danach scheint sie endgültig verschwunden zu sein und hat nach dem 4. Juli auch nicht mehr telefoniert.«

Elena schob eine Zeitung mit einem halbseitigen Foto herüber. »Das ist die Ausgabe von heute. Hast du die schon gesehen?«

Costa traute seinen Augen nicht. Es war ein Schnappschuss aus einer Disko. Man sah den Oberkörper von Beach Bum und das lächelnde Gesicht von Norma Jean.

»Von wann ist das Foto?«

»Ich habe in der Redaktion angerufen und mit der Fotografin gesprochen. Sie hat das Foto gestern Nacht im Privilege gemacht.«

Costa wollte es erst nicht glauben, merkte aber, wie ihm leicht wurde. Er schaute die anderen an – alle lächelten.

»Ein gutes Gefühl«, sagte der Bischof, der selbst Kinder hatte. »Ich lad euch zur Feier des Tages ins Cas Pagès ein.«

»Dann kann Amalfy ja wieder spazieren gehen«, sagte der Surfer. »Auch wenn er sie sonst beschissen hat.«

»Wo wir doch jetzt erst einmal ansetzen müssen, ist dieser DJ Beach Bum«, sagte Elena. »Irgendwas stimmt da doch nicht. Er ist mit Norma zusammen, behauptet Amalfy, dann fährst du hin und er redet nur konfuses Zeugs und am nächsten Tag ist er groß mit ihr in der Zeitung. Wer knöpft ihn sich vor?«

»Wir können ihn nicht verhaften, nur weil er gelogen hat«, sagte der Bischof.

»Gut, aber was schlägst du vor?«, fragte Costa.

»Wir sollten heute Nacht die Diskos durchkämmen, so unangenehm das auch ist«, antwortete er.

Sie diskutierten das eine Weile und stimmten schließlich zu. Da vor zwei Uhr nachts überhaupt nichts los war, gab Costa allen den darauf folgenden Tag frei, wies jedem eine Disko zu und sagte, alle sollten über Handy in Kontakt bleiben.

Es war halb sechs, als sie das Büro verließen. Elena holte ihn an der Treppe ein.

Costa bat sie, Marikol noch einmal in die Mangel zu nehmen. Im Moment war es egal, mit wem Kailey Sheen am 31. Mai nach Tagomago geflogen war, aber es widerstrebte ihm, den Kerl einfach so davonkommen zu lassen.

Als er in seinen Wagen stieg, erklang seine Handymelodie. Rechtsanwalt Campaña redete auf ihn ein und forderte die sofortige Aufhebung aller Maßnahmen gegen seinen Mandanten Amalfy. Costa wehrte sich und sagte, es sei jetzt zu spät, er werde um diese Zeit auf keinen Fall den Richter Montanyà anrufen, aber er versprach, es morgen früh zu tun.

»Amalfy muss noch heute Abend nach Miami fliegen, der wird euch auf Schadensersatz verklagen.«

»Kann sein, kann nicht sein«, sagte Costa und drückte das Gespräch weg.

Er hatte noch ein paar Stunden Zeit, bevor die Diskos öffneten und musste vorher noch Annalena bei Josefa abholen. Er hatte ihr versprochen, heute Abend mit ihr zu essen. Leider müsste sie dann die Nacht ab zwei alleine bleiben, aber sie hatte versichert, keine Angst zu haben.

Der Besuch auf der Finca der Rocker und die damit verbunde-nen Erinnerungen hatten ihn tiefer berührt, als er sich zunächst eingestehen wollte. Er verspürte das Bedürfnis, seinen Vater zu sehen. Für einen Kaffee würde es noch reichen, bevor er Annalena abholte, entschied er mit Blick auf die Uhr. Mit Tempo fuhr er über San Rafael nach Santa Eulalia. Am Kreisel vor der Hauptstraße staute sich der Verkehr. Die Kollegen vom Trafico hielten jeden Wagen an und durchsuchten ihn. Er wusste, warum: Seit die Katalanen sich im letzten Jahr geweigert hatten, weiterhin Schutzgeld an die ETA zu zahlen, häuften sich die Warnungen. Die Autobombe auf der Fähre von Valencia war die erste gewesen, das Hotel in Denia die zweite. Noch riefen die Terroristen vorher an, aber das konnte sich jederzeit ändern. Er setzte das Blaulicht aufs Dach und fuhr an der Kontrolle vorbei. Als er in die Calle San Vincente einbog, sah er, dass die Fenster der Schreinerei hell erleuchtet waren. Er parkte vor dem großen Holztor, das immer noch eine Ausfahrt vortäuschte, obwohl sein Vater seit über zwanzig Jahren kein Auto mehr hatte.

Die Musik drang aus der Schreinerei auf die Straße, die Freizeitkapelle seines Vaters tagte also wieder. Er grinste. Nichts, aber auch gar nichts hatte sich seit seinen Kindertagen verändert, außer dass er im Frühjahr seinen siebzigsten Geburtstag gefeiert hatte. Er trat ein.

Die Originalbesetzung der Band hatte Unglück und Krankheit getrotzt. Vier alte Männer, die kubanische Musik spielten, als würde jeden Moment Antonio Machin zur Tür hereinspazieren, eine Rose quer im Mund, die Blume mit großer Geste ins Publikum des Tropicana werfen und »Quizas« schmettern. Bartolo, der Süßigkeitenverkäufer, inzwischen geplagt vom Alterstimbre, traf die hohen Töne nicht mehr. Benitos gichtverkrümmte Finger reparierten seit langem keine Autos mehr und verfehlten die Terzen auf dem Piano, was er jedoch mit mehr Verve und Rhythmik ausglich. Nur Juanito, der Schreibwarenhändler, hatte seinen Stil nicht verändert: Die Stöcke huschten über Hihats, Tom-Toms und Becken wie vor dreißig Jahren. Sie nickten ihm zu, ohne ihr Spiel zu unterbrechen. Sein Vater spielte den Kontrabass nach wie vor mit ernster Miene, die sich in den sentimentalen Passagen mit süßem Schmerz mischte.

Costa nahm sich einen Schemel.

Über dieser Schreinerei hatte sein Kinderbett gestanden, der Geruch von Firnis und Sägespänen hing ihm immer noch in der Nase. Die Klänge waren bis in seine Träume gedrungen, aber bis auf seinen Schlagzeugversuch im Internat hatte er sich nie wirklich mit Musik beschäftigt. Im Moment allerdings stürzte sie von allen Seiten auf ihn ein: die Größen der Musikbranche, die alten Rocker, seine Tochter, das verschwundene zukünftige Popidol.

Sie hatten das Stück beendet und begrüßten ihn mit echter Freude. Auf die Rüge seines Vaters, er habe seine Enkelin noch gar nicht gesehen, versicherte Costa ihm, er werde dafür sorgen, dass sie einen der nächsten Tage mit ihm verbringe. Als er auf allerlei Fragen hin von seinen Ermittlungen in der Welt der Pop- und Rockstars erzählte, waren sie fasziniert. Das alles hier auf Ibiza? Auf ihrer Insel? Doch sein Vater legte ihm besorgt die Hand auf die Schulter und sagte: »Ich konnte dir, als du klein warst, nichts von der Seele der Musik mitgeben. Es waren schlechte Zeiten, als ich mich mit Maria nicht mehr verstanden habe. Aber du bist mein Sohn, deshalb bist du schlau.« Die anderen lachten. Er unterbrach sie mit einer Handbewegung. »All das, was du uns da erzählt hast, hat mit Musik nichts zu tun. Das ist Geschäft, und wie mir scheint, ein heilloses dazu. Musik, die ist nur hier.« Er legte die Hand auf sein Herz und seine Mitspieler nickten andächtig.

»*Madrecita de mi alma querida*«, erhob sich leise und flehend Bartolos Stimme, »*te traigo una flor.*« Die anderen gingen zu ihren Instrumenten und stimmten behutsam ein. Costa sah in ihre Gesichter, es war ihre Art, die Gefühle auszudrücken, die sie vor Ehefrauen und Bekannten nicht zeigen konnten oder mochten.

Leise begann er mitzusingen.

Großmutter Josefa lag schon im Bett. Er lud Annalena und ihre Tasche ins Auto. Auf der Fahrt nach Hause erzählte sie ihm die ganze Zeit von einem Vogel, den sie gesund gepflegt hatte. Außerdem hatte sie allen Vögeln im Vogelkäfig einen Namen gegeben. Es war gar nicht einfach, ihrem Vater zu erklären, warum das so schwierig gewesen war, die vielen ähnlich aussehenden und durcheinander flatternden Vögel zu benennen.

Costa hörte nur halb zu, denn allmählich ärgerte er sich immer mehr über den Hubschrauberpiloten. Wieso hatte der Idiot mit so einer Bestimmtheit auf das Foto von Norma gezeigt? Wie konnte man die beiden überhaupt verwechseln? Norma war siebzehn, Laurie sechsunddreißig, auch wenn sie zehn Jahre jünger aussah. Beide hatten sie zwar einen eher asketischen, sportlichen Körper, aber Norma war blond, blauäugig und vom Typ her eher lieblich, auch mit dieser für eine ehemalige Tänzerin etwas ungewöhnlichen Oberweite, während in der Durchgestyltheit Lauries etwas sehr Strenges lag. Selbst auf dem Boot sah sie aus, als wollte sie gerade auf eine Abendparty gehen – schwarzer, kurzer Rock, auffälliges Oberteil. Auf den Fotos von Ann Talbachi hatte sie enge schwarze Hosen angehabt. Brünett, grüne Augen und sehr gute Haut. Bei seinem Besuch auf der Harmony hatte sie links und rechts Armbänder getragen, während er bei Norma gar keinen Schmuck gesehen hatte. Er würde heute aber noch einmal darauf achten, denn er hatte mit Karin besprochen, sich nach dem Essen zusammen das Video von Norma anzusehen.

Unterwegs rief Elena an, um ihm mitzuteilen, dass sie Marikol nicht erwischt hatte. In seiner Firma war ihr gesagt worden, er habe Urlaub.

Kurz darauf rief Karin an und bot an, für alle drei zu kochen. Sie schlug vor, sich vorher am Großmarkt zu treffen, um einzukaufen. Annalena was sehr einverstanden und beschrieb ihm die verschiedenen Märkte, die sie in ihrem Leben schon gesehen hatte.

Sie hatten Glück und fanden einen Parkplatz direkt am Parque de Pou.

Karin war schon da, wollte aber noch kurz bei Javi Escandell im Enotecum vorbei, um den Wein zu holen, den sie letzte Woche bestellt hatte.

Der Park war abends um diese Zeit gut besucht: Kinder spielten an einem kleinen See, Schüler knutschten auf den Bänken und Rentner hielten ein Schwätzchen.

Er nahm Annalena an die Hand und schlenderte durch den Park, in dessen Mitte sich das Monument befand, auf dem das Wort »Frieden« in allen Weltsprachen verewigt war. Sie wollte, dass er ihr alle Worte vorlas. Am besten gefiel ihr das chinesische, das er für Frieden erfand. Dann erklärte er ihr, wie schnell Ibiza-Stadt gewachsen war. Er konnte sich noch gut an die Felder erinnern, die sich hier früher erstreckt hatten.

»Da, wo die Anlage endet und das Marktgelände anfängt, ist es vorbei mit dem Frieden«, erklärte er ihr. »Tag und Nacht werden hier Lastwagen be- und entladen, Gabelstapler fahren waghalsige Kurven zwischen den Arbeitern, die Eigentümer der Stände brüllen Befehle von der Laderampe, überall wird wild gehupt, es ist ein irrsinniger Lärm. Diesen Markt haben sie vor zwanzig Jahren gebaut, weil der alte am Fuß der Stadtmauer zu klein geworden war. Die Gässchen sind zwar breit genug für einen Eselskarren, aber nicht für einen Fünfzehntonner. Natürlich ist die Calle Extremadura nicht mit Hamburg zu vergleichen, aber es ist der größte Umschlagplatz für Frischwaren hier auf der Insel. Im Sommer werden von hier aus hunderttausend Insulaner und zwei Millionen Touristen mit Lebensmitteln versorgt. Ohne Unterbrechung fahren Lastwagen aus den Fähren von Barcelona, Denia und Valencia; stündlich entlädt Iberia-Cargo, übrigens die größte Fluggesellschaft der Welt, Container um Container mit Waren aus den ehemaligen Kolonien des spanischen Weltreichs.« Costa hatte sich in Begeisterung geredet, bugsierte seine Tochter durch das Gewimmel und blieb vor Diegos Metzgerei stehen. »Ja, da staunst du, oder?«

Karin erschien wieder und hielt eine Tüte hoch. »Er hat ihn bekommen, Anima Negra aus Mallorca! Ein herrlicher Wein. Leider fast immer ausverkauft. Der wird uns schmecken«, schwärmte sie und drückte Costa die Tüte in die Hand. »Wir können im Sidney später noch einen Kaffee trinken, dann muss ich nach Hause.«

»Du kochst doch nachher?«, vergewisserte sich Costa.

Sie nickte lächelnd. *»Si, Señor.«*

Die Cafés im äußeren Ring waren gefüllt mit Lastwagenfahrern, Lagerarbeitern und in dieser Hitze schnaufenden Hausfrauen, die sich einen Café con leche, einen Hierbas, ein Stück Chorizo oder die hervorragenden Riñones al Jerez schmecken ließen.

Annalena war vor einem Stand mit Süßigkeiten stehen geblieben. Er drehte sich um und wartete.

Karin hakte sich bei ihm ein. »Dann kannst du den Artikel lesen und wir sehen uns das Video von Norma Jean an. So wollten wir es doch, oder?«

Er küsste sie. So hatte er es sich gewünscht. Er schlug vor, dass Annalena heute Nacht bei ihr schlief und erzählte ihr den neuesten Stand.

»Kaufen wir hier was, bitte?«, unterbrach Annalena.

Er legte seinen Arm um Karins Hüfte und zog sie mit zu dem Süßigkeitenstand.

»Ich möchte einen Churro. Du auch?«

»Um Gottes willen, da könnte ich ja gleich ein Pfund Butter pur verschlingen.«

Costa seufzte. Kein Deutscher würde je verstehen, welch ein Hochgenuss es war, einen ausgebackenen Schmalzkringel in eine Tasse mit Kakao zu stippen, nein, nicht Kakao: richtige ausgelassene Schokolade. »Meine Vorliebe für Bacalao verstehst du auch nicht.«

»Was ist das denn?«, fragte Annalena.

»Stockfisch.«

»Nein, wirklich nicht«, lachte Karin.

Also kaufte er Churros für sich und Annalena, für Karin ein kleines Stück Turrón aus Castellón.

Am riesigen Fischstand von Carmen Ruiz drängten sich die meisten Kunden. Sieben Verkäuferinnen waren damit beschäftigt, Bestellungen entgegenzunehmen, die Ware von Schuppen und Innereien zu befreien, meterlange Thunfische zu zerhacken und abzuwiegen.

Eine Horde agiler Flusskrebse machte Ausflüge auf dem gestoßenen Eis. Ein besonders Mutiger kam bis zur Kante des Standes, direkt vor Annalenas Nase. Dann reckte er beide Scheren in die Luft und blieb stehen: Seine Antennen signalisierten ihm, dass die Distanz zum Boden zu groß wäre, um sie lebend zu überwinden. Annalena fasste ihn vorsichtig mit Daumen und Zeigefinger und setzte ihn zurück in die Holzkiste, aus der er gekrochen war. Das Spiel wiederholte sich mehrmals: Kind und Schalentier begannen, sich zu mögen.

Karin prüfte alles mit den Fingern, schaute den Fischen in die Kiemen und feilschte in ihrem akzentreichen Spanisch mit den Marktfrauen.

Costa konnte sich ein Lachen nicht verkneifen: »Ich wusste gar nicht, dass du eine levantinische Ader hast.«

»Mein geliebter ibizenkischer Bauer, ich bin in einem Bazar aufgewachsen.« Nach einer Weile hatten sie alles beisammen: Sommertrüffel aus Lleida, drei Wolfsbarsche, Granatäpfel, Sesamkörner, Walnüsse, Petersilie, frische Knoblauchzehen, süße kernlose Weintrauben aus San Mattheo, rote Paprikas, ibizenkische Zwiebeln, fein geschnittener Pata-Negra-Schinken und mit dem Hammer geknackte Kräuteroliven von den Bäumen San Juans.

Als sie im Sidney am Jachthafen saßen, wollte Annalena nur einen großen Eisbecher, Karin ein Wasser und einen Espresso, und er begnügte sich mit einem Eistee. Es war immer noch zu heiß, um zu essen. In der Sonne konnte man es kaum aushalten. Dennoch lief Annalena auf den Pier, lag auf den Knien und stocherte mit einem Stock, den sie vor dem Lokal gefunden hatte, an der Kaimauer herum.

»Pass auf, dass sie nicht reinfällt«, sagte Karin, aber er war nicht beunruhigt. Costa hatte die Erfahrung gemacht, dass Erwachsene Kinder immer für ungeschickter und unwissender hielten, als sie waren und sagte ihr das.

»Müssen wir jetzt darüber diskutieren?«, fragte Karin, plötzlich patzig.

Costa blickte erneut hinüber zu Annalena und schüttelte lediglich den Kopf. Über Erziehungsfragen konnte er mit Karin nicht gut reden. Mit einiger Sicherheit ging das schief, obgleich er nicht einmal verstanden hatte, warum. Er wollte nicht einsehen, warum das Thema Zusammenleben, Familie und Kinder »ganz generell so heikel« war, wie sie immer behauptete. Hatte sie nicht neulich eine Andeutung gemacht, dass sie sich Kinder wünschte?

Es war nichts passiert und dennoch war die Stimmung kurz vor dem Kippen. Das war eines ihrer Probleme in der Beziehung: Alles war gänzlich friedlich, aber auf einmal war diese Feindseligkeit da. Sie bemerkten es kaum, und schon waren sie mitten im Streit.

»Du wolltest doch etwas über Laurie McPhee hören.« Karins Ton war aggressiv. »Oder?« Sie wartete.

Im Magen spürte er seinen Ärger brodeln. Sicher, er hatte sie gebeten, alles über Vince Gordons Frau herauszufinden. Sie hatte auch richtig losgelegt, hatte sich große Mühe gegeben, und dafür war er ihr dankbar, kein Zweifel. Er hatte sich sogar vorgenommen, sich heute Abend nach dem Essen dafür zu entschuldigen, dass er in diesem Jahr ihren Geburtstag vergessen hatte und wollte sie nach ihrem Wunsch fragen. Er war bereit, ihn zu erfüllen, egal, was es sein würde.

Er würde sich aber bestimmt nicht ihre Geschichte über Laurie McPhee als eine aggressive Strafpredigt anhören, nur weil seine Ansichten über Kinder und Erziehung mit den ihren nicht übereinstimmten. Im Gegenteil – er konnte auf den verdammten Vortrag über Frau McPhee auch verzichten. Zumal sich die ganze Sache sowieso überholt hatte. Ob Laurie hinter Vince' Rücken irgendwas mit Sheen kungelte, war ihm egal; das würde bloß Vince Gordon interessieren.

Sheen hatte Norma Jean durch eine Telefonintrige an ihrem Erfolg gehindert, war dann zu geizig oder zu zögerlich gewesen, sie wirklich zu ihrer Sängerin zu machen, hatte also diese Runde an Amalfy verloren und war ihr nach ihrem Rausschmiss aus der Show vermutlich gar nicht mehr begegnet. Was sollte Costa da noch die Frau ihres ehemaligen Kompagnons Vince Gordon interessieren?

Ihr Blick ruhte immer noch auf ihm, sie wartete auf eine Antwort. Er dachte an den schönen Abend, den sie sich heute vorgenommen hatten und daran, dass er sie endlich mal wieder entspannt in den Armen halten wollte. Er freute sich auch auf das gemeinsame Kochen und Essen mit den beiden. Dabei warf er einen schnellen Blick zum Pier. Annalena war nicht mehr zu sehen. »Warum fragst du? Natürlich möchte ich erfahren, was du herausgefunden hast«, sagte er zu Karin.

Karin warf ihm einen skeptischen Blick zu. Er konnte förmlich sehen, wie sie sich innerlich einen kleinen Ruck gab. »Ich weiß nicht, ob dir das was nutzt, aber für mich ging es darum, diese Frau zu verstehen. Ich denke, dass mir das gelungen ist. Eine Bitte hab ich aber: Unterbrich mich nicht, weil du lieber irgendwelche ›harten Fakten‹ hättest. Jetzt kriegst du meine ›psychologischen Spekulationen‹ – harte Fakten habe ich alle wohl geordnet zu Hause in der Akte. Dass sie in Sheffield geboren ist, dass Sheffield in England liegt, wer ihre Eltern waren, was für ein Beruf, das kannst du selbst nachlesen. Verstehen wir uns richtig?«

Ja, er verstand sie. Aber er war nun mal Polizist, und alles, was er tat, musste logisch, belegbar und beweisbar sein und nicht nur seinen Vorgesetzten und den Staatsanwalt überzeugen, sondern eine ganze Menge Leute mehr. Er nickte lächelnd. Dabei ließ er noch einmal schnell seinen Blick zum Pier wandern, konnte aber Annalena nicht entdecken. Der Kellner brachte gerade einen großen Becher Eis, so was hatte sie noch nie vergessen.

»Aufgefallen ist mir sofort, dass Laurie sechsunddreißig Jahre alt ist, aber aussieht wie sechsundzwanzig. Sie hat eine sehr schlanke, knabenhafte Figur, ich will nicht sagen, dass sie magersüchtig ist, aber auf jeden Fall sind da ganz starke Energien, die verhindern möchten, dass sie eine Frau wird oder sogar schwanger«, legte Karin los. »Auch in ihrer Kleidung und in ihrem Make-up betont sie das. Als Zweites ist mir aufgefallen, dass sie einen ungeheuren Ehrgeiz hat, der aber nicht lärmend nach außen tritt, sondern eher eine stille Kraft ist. Ich empfinde bei ihr eine starke innere Gewalt, die sie sich antut, die sie aber auch anderen antun kann, Leuten, die ihr nahestehen. In unseren Gesprächen hab ich herausgehört, dass sie nicht nur den Namen Groove Control erfunden hat, sondern auch sehr viel von den Texten, der Musik und dem ganzen Konzept. Doch das hat ihren Ansprüchen noch nicht genügt. Alles hätte anders sein müssen, und für alles hatte sie klare Vorstellungen, ist damit aber an Kailey Sheen gescheitert. Das beschäftigt sie stark. Heute ist sie sich vollkommen sicher, dass die Gruppe wieder ins Leben gerufen wird, dass sie dann mit auf der Bühne stehen wird und ihr Einfluss sich allmählich durchsetzt. Sie meint, wenn man für das Publikum sichtbar ist, kann man nicht mehr so einfach ausgewechselt oder übergangen werden. Sie ist aber sehr vorsichtig in all diesen Aussagen und möchte auf keinen Fall, dass das jetzt schon irgendwo in der Presse erscheint. Mein Gefühl ist, diesen starken persönlichen Ehrgeiz verbirgt sie auch vor Vince. Sie kaschiert es mit Sorge um ihn.« Sie trank ihren Espresso.

Während Karins Vortrag hatte Costa weiter nach Annalena Ausschau gehalten.

»Du kennst ja meine Theorie, dass sich das Schicksal eines Menschen schon in seinen ersten Kindheitstagen vorbereitet. Laurie ist das jüngste von drei Kindern, ihre Brüder Spence und Michael sind jeweils zwei Jahre älter. Ich habe mit den Brüdern gesprochen, sie sind beide lange Jahre in Behandlung gewesen. Der Ältere, Michael, hat eine achtjährige Analyse hinter sich, und Spence ist immer noch in Therapie. Das ist für dich uninteressant, aber jetzt kommt's: Beide leiden an einem Trauma, und das heißt Laurie! Für viele Jahre hatten sie nur das Thema Laurie, und was immer ihnen passiert ist oder was immer sie anstellten oder verpatzten, führten sie auf Laurie zurück. Laurie war für sie der Teufel. Sie selbst aber sagt, meine Brüder lieben mich, wir waren immer ganz, ganz eng, und was immer wir tun, besprechen wir vorher zusammen. Ich empfinde eine ganz starke Fürsorge für sie. Wie die Brüder über sie denken, ist bei ihr nie angekommen. Michael saß mit zwanzig bereits in der Klapsmühle, weil er in der Nähe von Sheffield eine Hühnerlegebatterie anzündete, und Spence hatte stets sehr gravierende Probleme mit Frauen. Er ist immer noch unverheiratet.«

Costa hörte gespannt zu. Er war wie Karin der Meinung, dass Leute nicht etwas taten, weil es ihnen plötzlich einfiel, sondern dass sich vieles lange vorher anbahnte. Wie bei Krankheiten, Stürmen oder Gewittern, wo ungünstige Umstände aufeinandertreffen und eine Kettenreaktion in Gang setzen. Erst an der Oberfläche, erst wenn es vor unseren Augen passiert, erst wenn die Blase platzt und das Verbrechen geschieht, fällt es uns auf.

Allmählich wurde er wegen Annalena unruhig. Er hatte den Kai nicht aus den Augen gelassen und konnte sich nicht erklären, wohin sie gelaufen sein mochte. Auf beiden Seiten des Piers lagen Hochseejachten wie die von Vince Gordon. Sie hätte natürlich zur anderen Seite laufen können, die Promenade überqueren und dann hier irgendwo zwischen den Cafés und Restaurants entlang des Jachthafens verschwinden können. Dann würde sie wahrscheinlich plötzlich hinter ihm oder neben ihm stehen und meckern, dass ihr Eis geschmolzen war.

Karin erzählte weiter von Lauries Eltern, Costa hingegen konnte inzwischen seine Nervosität nicht mehr verbergen. Abrupt stand er auf, machte ein paar Schritte und blickte aufmerksam um sich. Seine Tochter war nirgends zu sehen.

»Was ist denn?«, fragte Karin verdutzt.

Der Pier war leer. Ganz am Ende saß ein Ibizenko und flickte ein Netz. Vielleicht hatte der sie gesehen?

Schnell ging er den Pier hinunter, wobei er zwischen den einzelnen Booten immer wieder ins Wasser sah. Plötzlich hörte er Annalenas Stimme hinter sich. Er fuhr herum. Da stand sie, winkend und lachend. Wie war sie denn dahin gekommen? Er rannte zurück und nahm sie in die Arme. »Wo bist du gewesen?«

»Da auf dem Boot.« Sie zeigte auf die Harmony, Vince Gordons Jacht.

Er nahm sie bei der Hand und ging zurück zum Café. »Wie bist du auf das Boot gekommen?«

»Da war ein Mann, der hat das Lied ›Norma Jean‹gesungen. Ich habe mitgesungen, und da kam eine Frau und hat gesagt, dass ich gut singe. Da hab ich gesagt, dass ich das nicht weiß, weil ich mich ja nicht hören kann. Und da hat sie gesagt, sie haben ein Studio auf dem Boot, und da kann ich mich hören, und dann hat sie mich mit aufs Boot genommen und mir das Studio gezeigt.«

»Himmel, Annalena, du kannst doch nicht zu jedem aufs Boot gehen, der ein Lied singt!«

»Der hat aber ›Norma Jean‹ gesungen.«

»Norma Jean, Norma Jean! Die heißt Norma Lindner und ist verschwunden! Du hast mir 'n schönen Schreck eingejagt, Annalena.«

»Unsere Gesangslehrerin hat gesagt, böse Menschen haben keine Lieder.«

Er sah sie einen Moment an. »Was meinst du damit?«

»Also können sie nicht böse sein.«

Seine Anspannung löste sich in einem schallenden Lachen. »Und – hast du dich singen gehört?«

»Nein, ich habe ihnen gesagt, dass ich ein Eis bestellt habe und dass das schmilzt. Da haben sie gesagt, ich kann wiederkommen, dann machen sie mit mir eine Aufnahme, und der Mann spielt dazu auf der Gitarre, und ich kriege das auf einer CD und kann das mit nach Hause nehmen und Mama vorspielen.«

Als sie zu Karin an den Tisch zurückkamen, ging es ihm schon besser. Er hatte Recht damit gehabt, dass Kinder nicht ins Wasser fallen, und außerdem brauchte er nun niemanden mehr zu fragen, ob seine Tochter mal im Studio singen dürfe, was er ihr für diese Ferien versprochen hatte. Er würde mit ihr einfach bei Vince Gordon vorbeigehen. Karin sagte, Lauries sehnlichster Wunsch mit sieben sei ein Tonbandgerät gewesen, mit dem sie sich hätte aufnehmen können, stattdessen habe sie ein Kleid und eine weitere Puppe zum Geburtstag bekommen. »Sicherlich hat sie daran gedacht, als Annalena gesagt hat, sie will mal singen.«

Als sie gegen neun bei Karin ankamen, wollte Annalena in der Küche helfen. Costa freute sich über ihre Bereitschaft und sie wurde in die Geheimnisse des Nussknackens und Zwiebelschneidens eingewiesen, während Karin den Fisch mit Salz einrieb und ihn in eine feuerfeste Form legte, die sie zuvor mit Öl eingepinselt hatte. Dann heizte sie den Backofen vor. »So, der Fisch muss fünfzehn Minuten liegen. Annalena kann jetzt Simpsons sehen und dir kann ich weiter von meinem Besuch bei Laurie erzählen.«

Annalena verschwand im Schlafzimmer, wo der Fernseher stand, und Costa machte es sich auf dem Balkon mit einem Glas Sherry und einer Scheibe Pata Negra bequem. Jenseits des Hafens sprangen die Lichter an, die die Burg und die Kirche erleuchteten. Glühend rot stand der Himmel dahinter. Er beugte sich etwas vor – das Schiff von Vince konnte er von hier aus nicht sehen, obwohl es nur vier Minuten zu Fuß waren.

Karin hatte sich ebenfalls einen Sherry eingegossen und prostete ihm zu. »Den Artikel über Laurie kann ich nämlich vergessen.«

»Was ist passiert?«

»Erst dieses großartige Angebot, mit ihren Eltern zu sprechen und ihren Brüdern. Dann liest sie die Seiten, wird immer blasser, und als sie fertig ist, geht sie zur Bar, nimmt einen Kugelschreiber und streicht alles durch. Alles! Kannst du dir das vorstellen?«

Er hätte beinah schallend gelacht, aber er wusste, wie sehr sie enttäuscht und wütend war. Sie hatte sich enorme Mühe gegeben, all diese Telefonate nach England zur Mutter, zu früheren Freunden und danach alles übersetzt. Der Artikel war schon fertig gewesen, den ganzen Nachmittag hatte sie immer wieder Verbesserungen vorgenommen. Umsonst.

Costa begriff jetzt, warum diese Leute Stars sein wollten. Warum sie sich ins Fernsehen, auf die Bühnen, an die Mikrofone, in die Studios drängten, warum sie sich gegenseitig hassten, warum sie von ihren Mitarbeitern verachtet wurden: Sie alle wollten einen Stift nehmen können und alles durchstreichen und dafür bewundert werden. Welch eine Geste! Würden sie für Bewunderung und Ruhm auch töten?

Er fragte Karin, ob sie Laurie für die Streichungen gelobt hatte.

»Gelobt? Wofür denn?!«, fragte sie empört. »Dafür, dass sie meine ganze Arbeit mit einem Strich zunichtemacht?« Sie blickte ihn wütend an, als wäre er der Schuldige. »Das Wahnsinnige daran ist ja, es war wirklich ein verdammt guter Artikel. So einen gab's über sie noch nie, und so einen wird sie nie mehr kriegen! Ich habe sie dargestellt in ihrer Widersprüchlichkeit, wodurch sie ja überhaupt erst interessant wird. Ist sie so dumm, das nicht zu verstehen?«

Costa fragte vorsichtig, welche Widersprüche es waren.

»Ihre ungeheure und vollkommene Hingabe an einen Mann, die fast schon an Selbstaufgabe grenzt, und die absolute Klarheit und Härte, mit der sie von ihm die Erfüllung seines Talents und seines Genies fordert. Mit ihren Brüdern war das ja so ähnlich.«

»Aber sie will doch selbst in Groove Control auftreten«, wandte er ein.

»Richtig. Und ich bin überzeugt, sie wird es auch schaffen. Es war ja immer nur Kailey Sheen dagegen. Der Plattenkonzern und alle anderen wären ja einverstanden gewesen. Aber nun hat sie Sheen irgendwie am Haken. Ich konnte das spüren, ich bin da ganz sicher. Bloß durfte ich den Punkt überhaupt nicht ansprechen! Sie selbst sieht das nämlich anders. Sie muss auf die Bühne, damit sie Vince nahe ist. Sie schirmt ihn ab gegen andere Frauen, gegen Sheen, gegen schlechte Einflüsse.«

Annalena kam hereingesaust. »Simpsons zu Ende. Was soll ich jetzt machen?«

»Weißt du, wie man Granatäpfel entkernt?« Karin konnte von einem Moment auf den anderen umschalten. Sie stand auf und schob Annalena in die Küche. »Komm, ich zeig's dir.«

Er trank seinen Sherry aus und stellte sich in die Küchentür, um den beiden zuzuschauen. Karin briet Zwiebel- und Paprikawürfel scharf an und gab dann die gehackten Walnüsse, die Granatapfelkerne, Petersilie und Knoblauch dazu. Mit dieser Mischung füllte sie die Barsche und verschloss sie mit Holzspießchen. Er fasste ihre Taille und schaute ihr über die Schulter. Sie machte sich los, um die Fische in den Backofen zu schieben. »So, jetzt müssen sie fünfzig Minuten lang garen. Das ist der Trick: Slowfood!« Sie setzte das Wasser für die Tagliatelle auf. »Sieh bitte genau auf die Uhr«, bat sie Annalena. »Wenn das Wasser kocht, tust du einen Teelöffel Salz, einen Tropfen Öl und die Tagliatelle hinein. Dann wartest du neun Minuten und rufst mich.« Sie wandte sich wieder Costa zu. »Wir sehen uns inzwischen deine Videokassette über Norma Jean an.«

»Die will ich auch sehen!«, kreischte Annalena.

Er streckte die Beine auf der Couch aus. Karin setzte sich daneben und er legte den Arm um sie, aber Annalena stellte sich verbockt davor und wollte in die Mitte.

»Nein.«

»Ich möchte aber neben Papi.«

Er gab nach und rückte, Karin rückte und dann drückte er auf play. »Los geht's!«

Am Anfang explodierte der leuchtende Titel *Ibiza Nights* und ging in ein Feuerwerk über. Zu den Klängen des Intro verwandelte sich der Himmel in einen orangefarbenen Sonnenaufgang. Der Betrachter flog über glitzernde Salzberge, blaue und lila Salzlagunen, in denen Scharen von Flamingos standen. Dann Schnitt auf Norma, die in einem gewagten, aber raffinierten Kostüm aus einem Flugzeug steigt, über das Flugfeld geht, durch die Empfangshalle und bis zur kleinen romantischen Mühle gegenüber der Ankunft.

Costa war überrascht von ihrer Kraft. Jede kleinste Bewegung, jeder Blick war voller Konzentration. Aber dennoch floss alles, alles schien von ihrer Mitte auszugehen, von einer geistigen und kompositorischen Kraft beherrscht zu werden. Und sie war noch so jung!

Immer mehr Männer, gekleidet wie englische Touristen, folgen ihr, aber bald stellt sich heraus, dass es durch einen Trick im Kopierwerk immer Joaquin Cortéz ist, der berühmte spanische Flamencotänzer. Ein schönes Gesicht, große dunkle Augen, sinnlicher Mund, Haar bis zur Schulter, glänzend, dicht und schwarz, doch noch sieht er aus wie ein normaler Engländer, wie vierzig oder fünfzig normale Engländer.

Norma dreht sich um, singt mit einem verführerischen Lächeln: »Let me take you to a place«. Bei der nächsten Einstellung ist sie wie durch Zauber verschwunden. – Der hundertfach kopierte Cortéz kommt ihr in Badeshorts am Strand entgegen. Sie trägt ein khakifarbenes luftiges Kleidchen, am Saum nass von der Gischt, die Sandaletten in der Hand, die Füße in der Brandung.

»Let me take you to a place
Where sun meets moon
And time meets space.«

Doch bevor sie sich mit den entgegenkommenden Männern treffen kann, ist sie schon wieder verschwunden.

»An island in the deep blue sea
A place of love and harmony.«

Die zurückbleibenden Männer tanzen und singen den Refrain:

»Ibiza nights, Ibiza days.«

Costa hatte gespannt auf die Stimme gewartet. Bei den ersten Klängen löste sich seine Spannung in ein Lachen. Amalfy hatte Recht: Es war eine unglaubliche Stimme. Sie hatte einen riesigen Umfang, eine schwarze Stimme, ja, aber er hätte es nicht bemerkt. Auf Weltniveau erwartet man, dass alles stimmt.

»Sie singt verdammt gut«, sagte Karin, und Annalena fügte ergriffen hinzu: »Besser als Shakira. Ehrlich.«

Schnitt. Norma tanzt in der Stierkampfarena, die Ränge voller Joaquins.

»Sie tanzt so gut wie Shakira«, murmelte Annalena vollkommen hingerissen.

»Ibiza nights, Ibiza days
You'll feel the power
You'll feel the grace.«

Schnitt auf Norma mit Top, Jeans, Piratenkopftuch und dunkler Chanel-Brille, wie sie am Steuer eines pinkfarbenen Cadillacs durch nächtliche Straßen fährt.

»Das sind alles Anspielungen auf Marilyn-Monroe-Filme«, raunte Karin.

»Das ist Figueretas«, sagte er.

Wieder Hunderte von Cortéz. Sie lungern auf den Gehwegen herum, sitzen in Hauseingängen oder auf der Bordsteinkante, die coolen Hänger, die ihre Geschäfte auf den Straßen abwickeln, Latino-Style. Alle blicken Norma Jean hinterher. Sie hat die Hände vom Lenkrad genommen und schwingt die Arme über dem Kopf.

Die nächste Einstellung springt ins helle überstrahlende Licht auf den Vorplatz der Kirche von San Rafael, Burg und Meer im Hintergrund. Auf einer Steinbank sitzt eine alte Ibizenka in der schwarzen strengen Tracht der Insel mit schwarzem Hut, zerknittertem Gesicht. Die Alte flicht Schuhe, und im kühlen Torbogen der Kirche lehnt Joaquin Cortéz an einem Pfeiler. Blaue Augen, eine schwarze Strähne fällt ihm ins Gesicht. Diesmal ohne kopierte Doubles, alleine. Aus dem Himmel schwebt langsam Norma Jean nieder, herab zum Kirchenplatz, die Arme erhoben, ein nackter Engel. Im Gegenschnitt hat sich Cortéz wieder vervielfältigt, Hunderte von ihm kommen aus der Kirche, schauen auf zu Norma Jean wie zur Heiligen Jungfrau, heilig und nackt – eine Blasphemie in den südlichen katholischen Ländern –, die Flamencotänzer singen den Refrain und tanzen, doch bevor sie ganz zu ihnen herunterkommt, entschwindet sie, löst sich in der strahlenden Sonne auf. Die Flamingos erheben sich zu einem großen Flug. Schönheit, Erotik, Heiligkeit, Begehren, Sehnsucht. Amalfy – ein Meister der Herzen.

Annalenas Wangen glühten, sie hatte die Luft angehalten, sprang nun pustend auf und warf die Arme in die Luft. »Das war toll! Und sie hat richtig toll getanzt in der Arena!«

»Das ist extrem professionell«, sagte Karin. »Wenn er das Mädchen so aufbaut, kostet das nicht nur Millionen, sondern da braucht er ihre Unterstützung in jeder Phase der Vermarktung.«

Costa nickte. Es war völlig unverständlich, dass er nichts unternommen hatte, nachdem Norma verschwunden war. »Auch wenn sie sich gestritten haben, da wartet man doch nicht ab, bis sie wiederkommt.«

»Wenn sie nicht will, kann ich ja singen«, rief Annalena.

»Schluss jetzt mit dem Gesinge«, sagte Karin. Sie eilte in die Küche. »Setzt euch schon hin, in einer Minute gibt's die Vorspeise.«

Costa beobachtete sie durch die offene Küchentür. Sie machte alles ganz konzentriert. Er dachte daran, dass sie mal gesagt hatte, sie wolle sich nicht vorstellen, wie ein Abend mit ihm ausgehe, sondern sich lieber überraschen lassen.

Sie prüfte die Nudeln auf Bissfestigkeit und schwenkte sie zusammen mit einem Löffel von dem Nudelwasser in einer Pfanne mit lauwarmer Butter. Dann verteilte sie die Tagliatelle auf drei Teller, gab einen Tropfen Trüffelöl hinzu und hobelte die schwarzen Knollen hauchdünn darüber. Ein intensiver Duft von feuchter Walderde erfüllte die Wohnung.

Annalena saß schon am Tisch, und Karin kam mit je einem Teller in der Hand. »Voilà! Hier meine Kreation: Tagliatelle con tartuffi neri. Zu Trüffeln trinkt man Rotwein. Oder Fanta. Salud!« Alle stießen an.

Nach der Vorspeise verschwand Karin wieder in der Küche. Sie vermischte zerdrückte Sesamkörner mit Olivenöl, Knoblauch, Zitronensaft und Salz in einem Mörser zu einer sämigen Sauce. Dann holte sie die Fische aus dem Ofen, bestreute sie mit den übrig gebliebenen Granatapfelkernen und halbierten Weintrauben und trug die Platte mit Schwung auf. »Lubina à la Salazar!«

Nach dem köstlichen Mahl und einer Tasse Café solo brachte Costa seine Tochter ins Bett. »Schlaf gut, mein Schatz«, flüsterte er und hoffte, dass sie sofort in einen Tiefschlaf fallen würde.

»Kann ich noch fünf Minuten lesen?«

»*Bueno*, aber ich sehe auf die Uhr.« Er küsste sie auf die Stirn und ging hinaus. Die Tür ließ er angelehnt.

Karin saß auf der Couch und blickte in ihr Rotweinglas. Er setzte sich daneben und legte den Arm um sie. Sie ließ sich fallen und im nächsten Moment hatte er seine Hand unter ihrem Rock. Ihm stockte der Atem, als er die Glut in ihren Augen sah. Endlich war er ihr wieder so nahe, wie er es sich erträumt hatte. Schwindel erfasste ihn, als er zwischen ihren Beinen lag und still hielt, um ihr in die Augen zu schauen.

Karin lächelte selig.

»Großomi hat mir erzählt, warum sie Piratin heißt«, kam es wie eine Eisdusche aus dem Nebenzimmer.

Sie erstarrten. Mit bemüht normaler Stimme fragte Costa zurück: »Warum denn?«

»Weil sie nicht so ein Schaf ist wie die anderen Frauen.«

Karin schob ihn seufzend zurück und richtete sich auf.

Um seinen Verdruss zu kaschieren, rief er zurück: »Was hat das denn damit zu tun?«

»Dann würde sie ja Schaf heißen und nicht Piratin.«
»Ich lese ihr noch was vor«, sagte Karin und stand auf.
Frustriert sah er auf die Uhr.
Karin folgte seinem Blick. »Geh du in dein Privilege.« Ihre Stimme klang belegt.

Costa hatte den Lindners gesagt, dass sich ihre Tochter vielleicht in der Diskoszene aufhalte und sie aufgefordert, mit ins Privilege zu kommen. Es sei jedenfalls einen Versuch wert.

Er holte sie ab. Beide hatten sich fein gemacht. Sie trug Goldfäden im weißblonden Haar und ein silbernes Top mit Stickerei. Er hatte sich das Papageienhemd extra für diesen Abend gekauft, erzählte er. Auf der Straße nach San Antonio standen die Autos bereits in einer kilometerlangen Schlange. Alle warteten auf Einlass zu den Parkplätzen. Rave und House dröhnte aus den offenen Wagen, die Mädchen standen auf den Sitzen, tanzten und winkten sich einander zu. Verkäuferinnen, nur mit String unten und zwei aufgeklebten Erdbeerstickern oben, marschierten mit Kühltaschen an der Autoschlange entlang, boten Bier und Red Bull an.

Die Lindners freuten sich, als Costa mit Blaulicht an den wartenden Autos vorbeifuhr. Den Diskogängern schien ihre Warteparty Spaß zu machen, die Atmosphäre war friedlich und entspannt.

Am Eingang zeigte Costa seinen Polizeiausweis und erklärte, er komme dienstlich mit zwei Zeugen, wobei er auf die Lindners zeigte. Der Kleiderschrank an der Tür, dem Akzent nach aus Andalusien, war von seinem Ausweis nicht beeindruckt. Auch die Polizei müsse den normalen Eintrittspreis zahlen, sagte er. Costa fuhr sich übers Kinn und stellte fest, dass er sich schon zwei Tage nicht rasiert hatte. Unablässig drängten junge Leute an ihm vorbei. Die Türen waren eben erst geöffnet worden, und in den nächsten zwei Stunden würden acht- bis zehntausend Leute in den Laden strömen. Costa wartete, bis der Kleiderschrank, dem der Stress anzusehen war, zwei weitere Male wiederholt hatte, die Zeiten Francos seien vorbei, er habe seine Anweisungen, er müsse schon einen Durchsuchungsbefehl bringen. Costa holte sein Handy aus der Jeanstasche und sagte, er könnte auch mit einem

Durchsuchungsbefehl und einem Einsatzkommando zurückkommen. Er deutete auf fünf halb nackte Engländer, die mit verdrehten Augen und seltsam lachend an ihm vorbeitanzten. »Deep Dive«, sagte er und verkündete, er werde auch die Kollegen von der Drogenfahndung benachrichtigen.

Der Kleiderschrank zuckte resigniert mit den Schultern und ließ alle drei durch. Vater Lindner raunte ihm zu, er hätte doch auch bezahlen können, aber Costa winkte ab.

Die riesigen Hallen der Diskothek füllten sich nur langsam, sie konnten sich ohne Mühe einen Standort suchen, von dem aus sie möglichst viel überblickten.

Er wählte den Platz oben auf einem großen Podest, sodass sie die Menschenmassen unter sich hatten. Von da aus konnte er auch die Bühne sehen. Vielleicht trat Norma Jean ja auf.

Die Bühne war riesig und ließ jede Theaterbühne wie eine Streichholzschachtel erscheinen, dreißig Meter breit und zwanzig Meter hoch. Hundertfünfzig oder zweihundert Darsteller würden da reichlich Bewegungsfreiheit haben. Alles war in Schwarz-Weiß, und den Hintergrund der Bühne bildete die Skyline von New York im Comicstil.

Sie mussten warten, bis es voller wurde. Vielleicht wäre es besser gewesen, die verschiedenen Eingänge mit Polizisten zu besetzen. Er hatte damit jedoch schlechte Erfahrungen gemacht, denn nur wenige waren imstande, ein Gesicht von einem Foto in der Wirklichkeit wiederzuerkennen. Die unsichere Aussage des Hubschrauberpiloten bestätigte seine Erfahrung. Vater Lindner hatte ein Fernglas mitgebracht, das er heute noch in Ibiza in einem Jachtladen gekauft hatte. Er hatte Probleme, es hier vor den Augen anderer Menschen zu benutzen, aber Costa ermunterte ihn und sagte, er sehe mit dem Feldstecher auch nicht komischer aus als jene da drüben und zeigte auf einen nackten Schwarzen, der nichts als einen Pelzzylinder trug. Neben ihm stand eine dralle Tänzerin im Samba-Kostüm mit einem Sombrero voller Früchte und Federn, einem Collier um den nackten Hals und einem Slip aus türkisfarbenen Pailletten. Ein Silikon-Cowgirl mit Stetson, Boots, Top und einem Slip aus dem Stoff der amerikanischen Flagge hielt Martin Lindner ihr Glas hin, aber er lehnte verlegen ab.

Schnell nahm er sein Fernglas und unterzog die Hereinströmenden einer genauen Betrachtung.

Costa hatte Durst und fragte, ob er von der Bar Getränke holen sollte. Petra Lindner lächelte schief und gestand, sie habe die Flasche Bitter Lemon aus seinem Wagen mitgebracht.

Hatte der Idiot von Surfer vergessen, die Flasche mit ins Labor zu nehmen?

»Die Tüte war nass, aber ich habe die Flasche abgewischt«, sagte sie, als sie sie ihm hinhielt. *Bueno*, sie hatte sie von allen möglichen Spuren ihrer Tochter befreit. Es gab keinen Grund mehr, daraus nicht zu trinken.

Sie öffnete die Flasche, er ließ sie zuerst trinken und nahm dann selbst einen tiefen Schluck.

In der Mitte der Halle war ein Pool, in dessen Zentrum eine Kabine stand, die durch Laufstege aus Plexiglas mit den einzelnen Tanzflächen verbunden und mit einem Mischpult und Türmen von CD-Playern ausgerüstet war. Costa ließ sich das Fernglas reichen und erkannte DJ Beach Bum, der aus einem Koffer Platten auspackte.

Er wusste vom Surfer, dass die Engländer auf harten Techno standen, aber dass der Sound hier auf der Insel nicht so gut ankam. Das sei nicht das Wesen dieser Insel, hier sei alles sanfter, und jeder DJ müsse lernen, die Masse sanft in die Hand zu nehmen, um sie dann alle in dieselben Schwingungen zu versetzen. Der Rhythmus sei nicht nur Stakkato, sondern eher balearisch, Ibiza Beach House eben, wie im Café del Mar. Karin mochte das Café del Mar, und Costa wollte, weiß Gott, kein Ignorant sein, aber bisher hatte ihn die Musik nicht gepackt.

Er schlug den Lindners vor, dass sie hierblieben, wo sie alles im Auge hatten, und er die dunkleren Ecken, Nischen und Toiletten absuchen würde. Er war noch keine drei Schritte fort, da fasste Petra Lindner seinen Arm, zog ihn zu sich heran und schrie ihm ins Ohr, er möge sofort Bescheid sagen, wenn er Norma finde.

Er hoffte natürlich, dass er sie fand, aber bei dem Gedanken, sie ihren Eltern quasi zurückzubringen, fühlte er sich plötzlich gar nicht mehr wohl. Vielleicht hatte sie nach dem Zerwürfnis mit Amalfy all ihre Nächte auf diesem fantastischen Weltmarkt der Shows und Verrückten verbracht, rief deswegen nicht mehr an und wollte möglicherweise gar nicht mehr nach Hause. Ihr plötzlicher Ruhm in England und die Tatsache, dass es bereits Zehntausende gab, die in Norma-Jean-Bettwäsche schliefen, hatten sicherlich nicht nur ihre Nächte, sondern auch das Verhältnis zu ihren Eltern verändert.

Man konnte das auch positiv sehen: Die Kinder wollten irgendwann frei sein von ihren Eltern. Wer weiß, welch schöne Erfahrungen sie gerade machte. Vielleicht fühlte sie sich genauso wie Costa: stark und total gut drauf. Sogar die Musik riss ihn mehr und mehr mit.

Irgendetwas hatte Costas Sicht erweitert und er war sicher, dass er Norma finden würde. Er erinnerte sich an das Video und hatte ihren konzentrierten Blick, ihr Lächeln und ihre Bewegungen klar vor sich.

Inzwischen hatte die Show auf der Bühne begonnen, eine Mischung aus Theater, Revue, Zirkus und Varieté. Der Surfer hatte ihm erzählt, dass hier sogar schon Artisten aus dem Cirque du Soleil aufgetreten waren. Alle Kostüme der Darsteller waren schwarz-weiß und im Stil der dreißiger Jahre, Candy Girls mit Hüten, die aussahen wie Haribo-Bonbons mit fruchtgroßen Lutschern.

Er sah den großen angestrahlten Diamanten, und er sah die halb nackten Kubaner Seile hochklettern, welche sich wie zum Flötenspiel eines Magiers aufrichteten. Costa lachte und verspürte den Impuls, auf die Bühne zu gehen und mitzuklettern. In der Schule war er in Seilklettern immer ein Ass gewesen. Sollten sie mal sehen!

Es wurde immer voller, mühselig musste er sich durch die Menge kämpfen. Er schaute allen Mädchen ins Gesicht und drehte sich nach denen um, die er überholte. Die ist nicht Norma, die ist sie nicht, die auch nicht, sang es ihm durch den Kopf. Mehr und mehr fragte er sich, ob Norma sich wohl freuen würde, wenn er sie tatsächlich fände. Was sollte er sagen? »Ein Glück, du lebst!« Obgleich er normalerweise junge Damen nicht duzte, kannte er sie inzwischen zu gut, um sie zu siezen. »Du lebst! Wunderbar, lass uns tanzen!«

Er strebte der Nordseite der Halle zu, wo sich laut Surfer eine besondere Grotte befinden sollte. Dort standen in phosphoreszierendem Licht weiße Gips- oder Steinstatuen, die sich im Lichtwechsel zu bewegen schienen und je nach Thema der Saison einen berühmten Guru, den amerikanischen Präsidenten, das englische Königspaar, die

Callas oder, wie im vorigen Jahr, den englischen Fußballer Beckham darstellten. Dort wollte er hin.

Anfangs war es kühler gewesen als draußen. Riesige Kaltluftanlagen bliesen ihren frostigen Atem in die Hallen. Jetzt kochte die Stimmung, in den Gesichtern lag Selbstvergessenheit, und wenn er in die Augen der Mädchen oder der jungen Männer sah, schienen sie zu blitzen und zu funkeln. Ein Rausch stieg aus allem auf, Sucht nach einem Leben, das mit süßen Tönen begann, die sich zu Freude steigerten, zu Lachen und Ekstase. Schreiend hoben die Tänzer die Arme, stampften und trampelten, ihre Becken zuckten, die Brüste bebten.

Auch Costa glühte und innerlich sagte er Ja zu einem Leben als Liebesakt. Never ending. Er erinnerte sich an die Verzückungen seines eigenen Lebens, angefangen bei dem Duft des ersten Lippenstiftes bis hin zum selig glücklichen Aufschrei in der Hochzeitsnacht, in der sein Sohn gezeugt wurde. Er hob ebenfalls die Arme, denn es war kein Platz, er lachte, und andere lachten zurück. Er versuchte, sich wie eine mit den Flügeln schlagende Ente in die Lüfte zu erheben. Fliegen. Ja, ein bisschen fliegen. Zum Tanze fliegen.

Und er tanzte ebenso elegant wie die anderen. Er liebte die Menschen um sich herum, und er spürte ihre Begeisterung, ihren Herzschlag und ihren heißen gierigen Atem.

Wo war Norma? Surfte sie auch auf einer so hohen Welle wie er und die anderen?

Fünfzig Schritte war er von der Grotte noch entfernt, die sie Hall of Fame nannten, aber plötzlich sah er einen Mann, der sich rücksichtslos durch die Tanzenden auf eine breite Säule zu bewegte. Er war kein tanzender Strahlemann wie Costa und die anderen, er hatte etwas Verbotenes und Hartes, das Costas Aufmerksamkeit erregte, ihn misstrauisch und zugleich ärgerlich machte. Dies Gefühl nahm rasend schnell zu. Wut. Er würde ihn packen und zerfleischen. Er folgte ihm.

Mit einem Klebespray besprühte der Unhold eine Säule. Er hatte ein Poster in der Hand, das er mit einer einzigen schnellen und geschickten Bewegung gegen die präparierte Fläche drückte. Er wischte mit der flachen Hand darüber, die ein weißer Handschuh schützte. Dann war er weiter.

Auf dem Poster war Norma Jean. Das Foto hatte eine große Ähnlichkeit mit dem, welches Costa in der Zeitung gesehen hatte und auf dem sie zusammen mit DJ Beach Bum gewesen war.

Er folgte dem Typ wie ein Hund der Blutspur. Der Kerl trug ein schwarzes enges T-Shirt, eine Nickelbrille, die nicht getönt, aber sehr stark geschliffen war. Er hielt noch eine Rolle von Postern in der Hand und verschwand in einem dunklen Nebenraum. Costa verlor ihn aus den Augen.

Costa ruderte sich durch die Herumstehenden, durchquerte den Raum, aber vergeblich. Er ging zurück in die große Halle.

Die Sache war wahrscheinlich belanglos. Der Kerl war einer der vielen Anbeter Norma Jeans.

Er versuchte per Handy die Lindners zu erreichen, stellte aber fest, dass sein Handy nicht funktionierte.

Er war der Hall of Fame nahe und bemerkte sechzig oder siebzig Leute, die alle das Norma-Jean-T-Shirt trugen, das er aus einer der englischen Illustrierten kannte. Sie hielten Wunderkerzen hoch, zündeten neue an, und wie feiner elektrischer Schnee rieselten die Fünkchen auf sie nieder.

Es war noch heißer geworden, Costa stand der Schweiß auf der Stirn, er fühlte sein Herz rasen, er fühlte das Pulsieren bis hoch in die Kehle, und die Musik, die aus allen Wänden drang und alles füllte, kam ihm wie ein Echo vor. Kam das alles von außen, oder hatte er ein Problem mit seiner Wahrnehmung?

Er bahnte sich den Weg durch die Norma-Jean-T-Shirts, und dann sah er sie.

Für einen Moment blieb sein Herz stehen, und dann raste es los! Er wischte sich den Schweiß von der Stirn. Er bückte sich und rieb sein linkes Knie, das sich dick und geschwollen anfühlte. Es pochte im Galopp seinem Herz hinterher.

Norma Jean war vollkommen nackt. Ein geheimnisvolles und zwiespältiges Lächeln lag auf ihren Zügen. Es war das Lächeln, das Amalfy als so unergründlich erotisch beschrieben hatte – Sex und Angst. Bewegungslos stand sie, die Arme leicht abgewinkelt, die Beine ein wenig auseinander. Lag in dieser Haltung etwas Anbötiges? Es schien eine Mischung zu sein zwischen einem Engel und reiner, sich nie erschöpfender Sexualität.

Costa schob sich näher an sie heran. Schließlich hatte er ein Recht, sie mussten ihn durchlassen. So lange, bis er festgestellt hatte, dass alles in Ordnung war, mussten sie ihm Vorrang lassen.

Er sah nun schärfer hin. Es war eine Statue, das war klar, aber es war eine Arbeit von äußerster Feinheit. Fast wie aus Elfenbein. Das konnte er sehen, obgleich er noch einige Meter entfernt war und ihn schwindelte.

Als sie sich bewegte, schreckte er zurück. Das Licht hatte gewechselt, es war jetzt ein fluoreszierendes Blau und ihre Augen waren tot. Meerblaue Augen, dachte er.

Das Licht wechselte wieder, er war jetzt sehr nah und bemerkte für einen kurzen Moment eine Spiegelung, einige seltsame Reflexe, und dann begriff er, dass sie in einem Glaskasten stand. Noch glaubte er an einen von Amalfys PR-Einfällen. Vielleicht trat sie später auf einer der Bühnen auf.

Doch er musste es genau wissen. Er klopfte gegen das Glas. Als er es berührte, bemerkte er, dass es keine Glasscheibe war, sondern ein solider Block, in dem die Figur ebenso klar und ruhig stand wie der Pekinese.

Nur war es nicht ein Hund, es war Norma Lindner. An den Haaren könnte man's erkennen, fiel ihm ein.

Er schob einen schlaksigen Kerl beiseite, der sich die Nase am Acryl platt drückte, stellte sich auf die Zehenspitzen und starrte auf Normas Schamhaar. Es war echt. Der Künstler hatte echtes Haar genommen und seiner Wachs- oder Kunststofffigur aufgeklebt. Er konnte sehen, wie die kleinen krisselnden Haare vom Körper abstanden.

Er schluckte beklommen und wischte sich den Schweiß ab. Reingefallen! Er war ein Opfer dieser unglaublich kunstvollen und realistischen Nachbildung geworden. Er dachte an den merkwürdigen Pathologen, der Leichen neu präparierte und in Museen ausstellte.

Ärger wallte in ihm hoch. Er fand die Welt täuschend und betrügerisch, worauf sie auch noch stolz schien. Er liebte das Meer, das schwer und echt war, nicht aber die Lichtspiegelung auf den Wassern, die den Schiffsfahrer in Strudel und Tiefe lockte.

Was sollte er tun? Er musste die Eltern holen. Vielleicht würden sie ja auch stolz sein. Da stand ihre Tochter in ewiger Jugendschönheit und dem verführerischen Lächeln von Lebendigkeit.

Nach einiger Zeit des Herumirrens fand er schließlich den Platz wieder, an dem er sie zurückgelassen hatte.

Petra Lindner benahm sich seltsam, aber er hatte keine Zeit, sich damit auseinanderzusetzen. Er nahm sie bei der Hand und zog sie durch das Gedränge. Martin Lindner folgte.

Als sie die Wunderkerzenversammlung erreichten, hielt sie andächtig einen Moment an. Sie konnte es nicht glauben, dass all diese Leute ihre Tochter auf dem T-Shirt hatten. »Es kommt mir vor wie ein Zaubertrick, den ich mal gesehen habe. Plötzlich gibt es hundert Normas.« Sie fasste seinen Arm kräftiger an. »Ich fühl mich richtig von Norma umzingelt«, lachte sie und blickte wild um sich.

Costa ging nicht darauf ein, er schob sich weiter nach vorne und zog sie mit. Bei einem kurzen Blick zurück sah er, dass Martin Lindner sich nicht hatte abhängen lassen.

Schließlich drängten sie sich in die erste Reihe, aber das Vorankommen war für sie so beschwerlich gewesen, dass sie keine Gelegenheit gefunden hatten, die Statue von fern richtig zu betrachten, bis sie davor standen. Der Sockel reichte Petra Lindner bis zum Bauchnabel und sie blickte nach oben.

»Warum haben sie sie als Nackte modelliert?«, fragte sie enttäuscht.

Costa konnte darauf keine Antwort geben, er wusste nur, dass er vor einer makellosen Schönheit stand.

Er warf einen Blick zu Martin Lindner. In seinem Gesicht spiegelten sich Überraschung, Zärtlichkeit und Entsetzen. Costa hatte den Eindruck, dass dieser geradlinige Mann, der die raffinierten Herstellungsverfahren einer täglich sich verändernden Technik nicht kannte, gegen das Gefühl ankämpfen musste, seine geliebte und so lang gesuchte Tochter stehe leibhaftig vor ihm.

Als er wieder zu Petra Lindner schaute, musste er schnell zufassen, um sie zu stützen. Sie war kreideweiß, hatte Augen und Mund weit aufgerissen, die Hände von sich gestreckt. Als Costa sie berührte, merkte er, dass ihr Körper starr wie Holz war. Sie begann zu wimmern. Immer lauter, bis ihr Schrei die Musik übertönte. Er war unfasslich laut und schrill. Der Schrei ging weiter, und sie hörte nicht auf zu schreien.

Die Leute nahmen ihre Wunderkerzen herunter, näherten sich ihr, drängten sich um sie, und Costa musste sie mit beiden Armen schützen. Er musste sie irgendwo hinlegen, ihr Wasser geben. Hoffentlich hatten sie hier einen Sanitätsraum. Er bat ihren Mann, sie von der anderen Seite zu stützen.

Costa winkte, drohte und brüllte, um die Leute beiseitezuschieben. Er sah eine Toilette und sie brachten die Schreiende dorthin. Ihr Mann schüttete ihr Wasser ins Gesicht. Das brach den Bann. Costa empfahl, sie in die Arme zu nehmen und ihren Rücken kräftig zu reiben und erklärte, er werde telefonisch Verstärkung anfordern und gleich zurückkommen.

Er bahnte sich den Weg in einen Raum, dessen riesige Fensterfront nach Süden hin geöffnet war, sodass er dort in den Garten konnte, wo er mit seinem Handy wieder Empfang hatte. Er erreichte den Bischof und erklärte ihm die Situation, möglicherweise handele es sich um die wahre Norma Jean, man müsse auf jeden Fall die Acrylfigur abtransportieren lassen.

»Was ist los mit dir, Toni? Du klingst so anders?«, fragte sein Cousin besorgt.

»Es ist möglich«, sagte Costa heiser, »dass das Mädchen in dem Glasblock eingeschweißt ist.«

»Du meinst, sie lebt noch?«, fragte der Bischof.

»Vielleicht ist es eine Kunstfigur, aber es könnte auch sein, dass die wirkliche Norma Lindner einem Verbrechen zum Opfer gefallen ist.«

»Wie meinst du das?«, fragte der Bischof verwirrt.

Langsam wurde Costa wütend und begann zu brüllen. »Dass man sie in dieser Glasmasse erstickt hat, Mann!«

Der Bischof sagte, er werde alles Nötige veranlassen.

»Und eine Hausdurchsuchung bei Beach Bum«, ordnete Costa an. »Elena soll die Leitung dabei übernehmen.«

»*Vale*«, sagte der Bischof, »es wird alles so gemacht.«

»Und noch was: Es darf hiervon nichts bekannt werden. Es muss erst mal so geheim wie möglich bleiben.«

»Geht klar, Toni.«

Costa wischte sich den Schweiß ab und kämpfte sich mit letzter Kraft zurück bis zu der Toilette, in der Martin Lindner seine Frau immer noch im Arm hielt. Ihr Gesicht war von Tränen gezeichnet.

Costa fragte sie, wie es ihr gehe.

»Es ist Norma. Es ist meine liebe kleine Norma, mein Kind!« Sie klammerte sich an ihren Mann. »Wer hat das getan?«

Costa lag auf dem Rücken. Ohne zu begreifen, was er sah, folgten seine Augen der kleinen Jagdspinne, die an der Zimmerdecke nach Nahrung suchte. Geräusche von der Straße drangen wie Wellen ins Zimmer. Irgendwo sang eine Frau, bis ihre Stimme im Lärm der Autos unterging, die an der Ampel starteten. Er wollte den Schweiß von seinem Gesicht wischen, aber er konnte den Arm nicht bewegen. Er stöhnte leise. Sein Mund war trocken. Er schlief wieder ein.

Es war dunkel im Zimmer. Der Wind blies gegen die Vorhänge. Ihm war kalt, doch er konnte keine Decke fühlen, um sich zuzudecken. Irgendwo klingelte ein Telefon, aber er wusste nicht, ob es seines war.

Seine Großtante Turia stand am Bett. Sie fühlte mit der Hand die Temperatur seiner Stirn, und dann schlief er wieder ein.

Er erwachte wieder wegen eines stechenden Gefühls auf seinen Händen. Er richtete sich mühselig auf. Die Sonne brannte auf sein Bett, und er bewegte die Hände in den Schatten. Wie lange hatte er hier gelegen? Seine Blase schmerzte. Er quälte sich zur Toilette. Er war so schwach, dass er sich setzen musste. Er roch nach bitterem, altem Schweiß und Erbrochenem. Langsam kehrte seine Erinnerung zurück.

Er war im Privilege gewesen, hatte das Telefonat mit dem Bischof geführt, war dann durch die tanzenden Massen gewankt, zurück zur Toilette, wo die Lindners waren. Sie hing besinnungslos in den Armen ihres Mannes, und sie hatten sie beide hinausgeschleppt, ihr Mann hatte den Oberkörper genommen und er ihre Beine. Es war ein Kampf gegen diese Menschenmassen, gegen die Musik, die blitzenden und wechselnden Lichter und die Hitze. Als der Krankenwagen mit den Lindners abgefahren war, befiel ihn ein fürchterlicher Schwindel. Er ließ sich von den Kollegen nach Hause fahren. Er wusste nicht mehr, wie lange er gebraucht hatte, um die Haustür aufzuschließen und wie lange, um in den dritten Stock zu kommen und ins Bett. Es war die Erlösung aus der Hölle, als er zwischen den Laken lag und sich fallen lassen konnte. Er wusste nicht, wie lange all das her war, wie viel Tage und Nächte er ohne Bewusstsein hier gelegen hatte, ob er aufgestanden war, getrunken oder gegessen hatte.

Er musste die Kontrolle über sein Leben zurückgewinnen. Wo war Annalena? Was war passiert?

Er versuchte irgendetwas in seinen Erinnerungen zu finden, aber er sah nur Bilder, die ihn verwirrten: die Klaviatur eines Steinway-Flügels, dann einen Käfer, der sich in eine Kakerlake auf einer der schwarzen Tasten des Flügels verwandelte. Ihr brauner Chitinpanzer wurde erst sichtbar, als sie auf ein weißes Feld taumelte. Am Ende des Flügels stand Norma Jean, lächelnd, strahlend, nackt und regungslos, wie sie von Vince Gordon die Meldung entgegennahm, der Beatle sei jetzt von der B-Taste zum zweigestrichenen C gekrabbelt. Norma lächelte, als mache sie das glücklich. Costa litt darunter, dass das Klavier lange nicht gesäubert worden war. Brotreste und Asche lagen auf den Tasten, und die Kakerlake fischte in den Zwischenräumen nach Nahrung. Ihr achtbeiniger Körper glich mühelos die Schwankungen des Instrumentes und des Bootes aus, auf dem es stand. Sie spannte ihre Flügel auf. Sie konnte nicht wirklich fliegen, sondern nur von höher gelegenen Objekten auf tiefere segeln. Der Geruch von Speichel und Essenresten signalisierte ihr, wohin die Reise gehen sollte. Mit einem tiefen Brummen verließ sie ihre Plattform, segelte über eine Bar, machte für einen kurzen Moment Station auf einem Kugelschreiber, der in einem Glas stand, glitt über eine an die Bar gelehnte Gitarre und landete neben dem offenen rot geschminkten Mund einer jungen Frau, deren Körpersekrete sich auf dem weißen Sisalboden verteilten. Mit dem Instinkt ihrer Milliarden Jahre alten Rasse sog sie die verwertbaren Stoffe durch ihre röhrenförmigen Tentakel ein, während sich die Frau in Norma Jean verwandelte. Ein Schuh, auf dem das Gewicht von fünfundachtzig Kilo lastete, beendete ihr Leben. Als der Panzer platzte, verteilte sie ihre lebende Brut in den Rillen und Fasern des Sisalbodens.

Costa schlug um sich und wälzte sich schweißgebadet von einer Seite auf die andere. Sein Kopf dröhnte, und er begann zu begreifen, dass er mit Deep Dive vollgetankt war.

Er schleppte sich in die Küche und öffnete den Kühlschrank. Kaum hatte er den ersten Schluck Wasser getrunken, musste er sich übergeben. Auf den Rücken legen, Beine nach oben auf einen Stuhl, einen festen Punkt an der Decke fixieren, schossen ihm Teile seiner Erste-Hilfe-Ausbildung durch den Kopf. Tee mit Salz. Ich bin dehydriert. Ich muss Tee mit Salz trinken, ich schaffe es, mich aufzurichten!

Der letzte Teebeutel, den er fand, lag, um einen Löffel gewickelt, in der Spüle.

Nachdem er die salzige Brühe getrunken hatte, wankte er zurück ins Bett. Was war passiert? Droge im Bitter Lemon. Deep Dive? Wie wirkt das? Ich weiß nichts über die Nebenwirkungen. Sterben? Er fiel in einen schmerzhaften Schlaf, in dem er seinen wunden Körper fühlte. Immer wieder bahnte er sich einen Weg durch verkleidete Menschen, immer wieder sah er die Gesichter der Lindners vor sich, immer wieder hämmerte der gleiche Beat aus den Boxen.

Schließlich bemerkte er, dass es die Klingel an seiner Wohnungstür war.

Er wollte es klingeln lassen, er wollte liegen bleiben, einfach noch ein paar Stunden, doch es fiel ihm ein, dass es Annalena sein könnte.

Mit möglichst wenig Kraftaufwand versuchte er auf die Füße zu kommen, wankte in den Flur und öffnete die Tür. Vor ihm standen der Bischof, Elena und der Surfer. Sie grinsten, jeder hatte etwas in der Hand, und es hätte Costa nicht überrascht, wenn sie »happy birthday« gesungen hätten.

»Glück, dass du noch am Leben bist«, sagte der Bischof.

Mit weichen Knien ging Costa in die Küche, bot ihnen Plätze an und setzte sich vorsichtig auf einen Stuhl.

»Wir wussten gar nicht, dass du auf Deep Dive abfährst«, spöttelte der Surfer.

Costa erfuhr, dass Petra Lindner ins Krankenhaus eingeliefert werden musste und die Ärzte der Meinung gewesen waren, dass sie eine Lebensmittelvergiftung hatte.

Das Bitter Lemon.

Ihr Mann hatte das Getränk, von dem noch ein Viertel übrig war, aufs Präsidium gebracht, und Elena hatte es untersuchen lassen.

Costa erinnerte sich daran, dass ihm nach dem ersten Schluck so warm geworden war.

Ihm wurde wieder übel, und er musste sich hinlegen. Alle folgten ihm ins Schlafzimmer. Er wälzte sich auf die Seite und starrte sie an.

»Ist es Norma?«

Alle nickten.

Er fragte nach dem Wochentag, und der Bischof sagte, Freitag. Das sei auch der Grund, warum sie vorbeikämen. Der Wirt vom Niu blau habe Costa nicht erreichen können und sich an den Bischof gewandt, um die nachträgliche Geburtstagsfeier für Karin morgen vorbereiten zu können. Erst einmal aber wollten sie wissen, ob das Fest überhaupt stattfinden würde.

Costa rieb sich den Kopf. Nun erst fiel ihm ein, dass er mit dem Bischof die Organisation von Karins Geburtstagsnachfeier besprochen, aber sich nicht weiter drum gekümmert hatte. Mein Gott, die Feier sollte natürlich stattfinden. »Ich fühle mich verdammt schuldig, dass ich dich das alles allein habe machen lassen, Rafal.«

»Elena und der Surfer haben mir dabei geholfen«, winkte der Bischof ab.

Als er sich über das Kinn strich, merkte er, wie dicht sein Bart war. Er blickte zur Uhr, es war kurz vor zwei. Es war also Freitag, und sie waren in der Mittagspause im Präsidium abgehauen. Damit hatte er immerhin schon eine Orientierung. Außerdem stand Karins Feier morgen auf festen Füßen. Ihm fiel ein Stein vom Herzen. Was war sonst noch geschehen?

Das Mädchen. Er fragte sie, was passiert sei, nachdem er den Bischof angerufen hatte.

Der Bischof berichtete plastisch über den Gang der weiteren Ermittlungen, während Elena jeweils die Schlussfolgerungen zog, sobald er eine Pause machte.

Der Surfer blockierte Elena immer wieder mit seiner These, nur Amalfy könne an einer so spektakulären Geschichte Interesse gehabt haben. »Er hat die Kohle, er hat die Macht, er hat die Möglichkeiten, so was durchzuführen, ohne dass es ihm je nachgewiesen werden kann. Und es passt ihm in den Kram. Die Produktion ist abgeschlossen, er braucht sie also als Sängerin nicht mehr, gesungen hat sie eh nicht, ausplaudern kann sie auch nichts mehr. Super, wenn sie dann als ihr eigener Mythos in der größten Disko der Welt steht und Reklame für ihn macht. Der Skandal wird die Medien anstacheln, und das ist das, was heute die Produkte verkauft.« Der Surfer lachte bitter. »Wahrscheinlich werden noch tausende unveröffentlichte Songs von ihr auftauchen, die sie eh nicht selbst gesungen hat. Ich habe mir von einem Engländer, der bei mir im Haus wohnt, einen ganzen Berg von Zeitungen geben lassen, die der immer aufhebt. Jede Menge *Sun*. Da kannst du sehen, wie es funktioniert. Jeden kleinen Scheiß bauscht Sheen zu einem intimen Bekenntnis auf, zu einem Skandal, in jedem Satz versucht sie *shocking* zu sein, nur damit ihr Zeugs in die Charts kommt. Aber niemand wird mehr von ihr reden, wenn die Fotos von Amalfys neuem Star, die die Fans und die Touris von der toten Norma Jean im Privilege gemacht haben, erst mal in der *Sun* sind.«

Sie hatten dem Surfer schweigend zugehört. Elenas Gedanken dabei konnte er nicht erraten, sie war ausgeglichen und wach wie immer, aber dem Bischof war es schwergefallen, nicht dazwischenzufahren, und auch Costa war kurz davor gewesen, ihm ins Wort zu fallen. Sicher war die Idee nicht von der Hand zu weisen, aber er sagte es in einem Ton und in einer Art, die solchem Erfolgschauvinismus noch Recht zu geben schienen. Für Costa schien er sagen zu wollen, ist doch logisch – in dem Sinne, dass anderes nicht denkbar wäre, es sei doch ganz natürlich, jemand umzubringen, wenn das solch einen Erfolg beschert. Dächten alle wie der Surfer, würde Amalfy anschließend im Fernsehen sitzen und sagen, klar hab ich die umgebracht, dafür hattet ihr auch die Nummer eins, warum soll ich daraus 'n Hehl machen; andere würden vielleicht lügen und sagen, das war doch DJ Beach Bum oder Kailey Sheen, aber ich habe das nicht nötig, ich steh zu mir. Und der Surfer hätte dann voller Bewunderung zu seinen Freunden gesagt, der Typ ist stark, der nimmt kein Blatt vor 'n Mund, der ist offen und direkt. Costa hatte solche Töne immer wieder von ihm gehört, und vielleicht kam er aus einer Familie, in der nur gelogen und geleugnet wurde, sodass brutale Direktheit für ihn etwas Großartiges war. Nicht Liebe, Fürsorglichkeit und Sanftmut. Daher war der Surfer auch ein Anhänger dieser Superstar-Shows, in denen gnadenloser Konkurrenzkampf und Deklassierung gefeiert wurden.

Scheußlich, wenn es sich so verhielt.

Costa bedankte sich bei allen. Er hatte sich Notizen gemacht und wollte all die Informationen noch einmal alleine in Ruhe durchgehen.

Er fühlte sich noch zu schwach, aber er versprach, später anzurufen, wenn er ein Ergebnis und einen Standpunkt hätte.

Sie erhoben sich. Der Bischof nahm ihn zur Seite. »*Bueno, primo*, das war der eigentliche Grund, warum wir gekommen sind. Wir stecken fest und haben keine Ahnung, in welche Richtung wir weitermachen sollen. Ruf uns an und sag uns, wo es langgeht. Wenn möglich, bald. Wir wollten dir das ersparen, aber es ist die Hölle los. Der Chef war persönlich da und hat uns einen großen Vortrag gehalten. Es kann nicht angehen, dass eine ermordete Frau hier auf der Insel in einer Disko in Acryl ausgestellt wird! Die gesamte Polizei muss Stärke und Aufklärungswillen demonstrieren. Er hat auch der Drogenabteilung Anweisung gegeben, bei Deep Dive rücksichtslos vorzugehen. Die Droge kommt als CD gepresst in Fünfziger-Spindeln auf die Insel.«

Er hatte die Tür gerade hinter ihnen zugemacht, da klopfte es wieder. Es war der Surfer. »Tut mir leid, dass ich störe, aber ich hab Johannes Winter mal überprüft. Nicht, dass du da nachher in der Scheiße sitzt. Ist doch okay, oder?«

Costa nickte.

Der Surfer sah auf seine Notizen. »Johannes Winter ist am 1. November 1957 in Köln geboren, evangelisch, mit vierzehn aus der Kirche ausgetreten, weil er statt Religionsunterricht Gitarre üben wollte.«

Costa klopfte ihm auf die Schulter und unterbrach ihn sarkastisch: »Der Mann ist hoch verdächtig. Vielen Dank.«

Der Surfer runzelte die Stirn. »Wieso?«

Costa schob ihn zur Tür. »Das versuche ich doch grad herauszukriegen. Deswegen treffe ich mich mit ihm so häufig.«

Der Surfer sah ihn einen Moment zweifelnd an. Dann fiel ihm noch etwas ein, und er berichtete gewichtig, dass es bei der Guardia und anderen Behörden Anfragen von Norma-Jean-Fans gebe, die um ein Stück von ihr in Acryl baten oder es kaufen wollten. »In dieser Sache möchte dich Dr. Torres sprechen.« Dann bedankte er sich für die Einladung morgen Abend und sprang die Treppe hinunter, immer drei Stufen auf einmal nehmend.

Als er alleine war, rief er Karin auf ihrem Handy an. Er hatte ein ziemlich schlechtes Gewissen. Zu seiner Erleichterung aber war sie gut gelaunt. »Annalena und ich haben beschlossen, dass sie noch bis morgen hierbleibt und wir zusammen zu deiner Einladung kommen. Annalena hat sich Sorgen um dich gemacht. Geht's dir gut?«

Costa beruhigte sie und bedankte sich. Nun konnte er all die Details und Fakten noch einmal in Ruhe durchgehen.

Sie hatten die Statue von Norma Jean abtransportieren und in die Gerichtsmedizin schaffen lassen. Bis dahin hatte niemand gewusst, ob der Acrylblock eine extrem naturalistische Nachbildung Norma Jeans enthielt oder ihre fachgerecht präparierte Leiche.

Elena hatte beschrieben, wie sie in der Gerichtsmedizin unter dem grellen Scheinwerfer sprachlos um den Block herum gestanden hatten. Dr. Torres, ein Ingenieur, mehrere Ärzte, der Staatsanwalt, sein Team und selbst Richter Montanyà waren gekommen. Erst schoss der Fotograf seine Bilder. Wie Schneewittchen im gläsernen Sarg lag Norma da, splitternackt, bis auf ein Armband über dem linken Handgelenk.

Selbst zu diesem Zeitpunkt vertrat der Staatsanwalt noch die These, es würde sich um eine sehr fein durchgeführte Kunststoffarbeit handeln. Er war der Meinung, dass sich natürliches Haar auf dem Kopf, an der Scham, den Augenbrauen und den Wimpern nicht halten könne, wenn ein Kunststoff darüber fließe.

Das werden wir ja sehen, hatte Torres gesagt und das Zeichen gegeben anzufangen. Vorher hatte er mit dem Ingenieur diskutiert, wie dick er die Scheiben brauche und schließlich entschieden, mit relativ dicken Scheiben zu beginnen: fünf Zentimeter an den Füßen, und dann allmählich auf einen Zentimeter vermindern. Nach den ersten Schnitten bestand kein Zweifel mehr, es war die echte Norma Lindner, deren Körper zersägt wurde.

Auch das Wunder mit dem natürlich erhaltenen Haar löste sich. Der Kopf lag in einer Kapsel aus einem speziellen Glas, das den gleichen Lichtbrechungsgrad wie Acryl und das Gas hatte, mit dem die Kapsel gefüllt worden war. Auf einen solchen Glasschutz stießen sie auch beim Zersägen der Scham.

Von dem ganzen Vorgang hatte Elena Fotos mitgebracht, die jetzt vor Costa auf dem Tisch lagen. Ihm kam es vor wie zersägte Hoffnungen.

Ein zusätzlicher Schock war es für Costa gewesen zu erfahren, dass Norma schwanger war. Bei der Untersuchung des Gebärmutterschnittes waren ein zwei Zentimeter großes Embryo und Eihüllen gefunden worden. Anhand der erst schwach ausgebildeten Struktur eines winzigen Kopfes hatte Torres eine Schwangerschaft im ersten Monat diagnostiziert. Elena hatte es genauer wissen wollen, aber Torres ließ sich nicht festlegen.

»Es können die letzten zwei Wochen in London oder die erste Woche hier gewesen sein«, berichtete sie Costa.

Ansonsten war Norma gesund gewesen und alle Organe waren von regelrechter Struktur, wie es in dem Bericht hieß.

Im Labor hatten sie einige Schwierigkeiten, das Acryl aufzulösen, um das Leber- und Nierengewebe zu untersuchen.

Im Magen wurden Fleisch- und Faserreste von einem Steak gefunden. Und zwei Kirschkerne.

Für einen gewaltsamen Tod gab es keine Anzeichen, außer einem kleinen Schnitt in einer Vene am rechten Unterschenkel. Es bestand die Möglichkeit, dass der Mörder sie betäubt hatte, um sie dann verbluten zu lassen. Ansonsten war keines der inneren Organe oder Knochen verletzt, und Torres ließ eine immunologische Schnelltestuntersuchung nach Partydrogen und Betäubungsmitteln durchführen. Die Immunologen hatten schon von der neuen Droge Deep Dive gehört und probierten auch einen speziellen Antikörper für Psylocibin aus. Das Ergebnis war positiv. Norma hatte so viel Deep Dive geschluckt, oder ihr war so viel davon verabreicht worden, dass sie in Barcelona von einem Laborrekord sprachen. Da keinerlei Anzeichen für eine andere Todesursache gefunden wurden, diagnostizierte Torres abschließend Tod durch eine Überdosis von Methylendioximedamphitamin und Psylocibin mit anschließendem Verbluten.

Das Letzte, was sie vermutlich erlebt hatte, war eine starke Herzschlagbeschleunigung, Hitzewellen, Schweißausbrüche und Krampfanfälle.

Costa war Torres besonders für seine Umsicht dankbar, dass er aus dem Gewebe des Embryos, der Plazenta und eines Muskelstranges auch gleich die DNA-Eigenschaften des Vaters und der Mutter hatte bestimmen lassen. Wegen des Acryls konnten nur *short tandem repeats* gemacht werden, mit denen besonders einfache DNA-Eigenschaften bestimmt wurden.

Costa rieb sich mit beiden Händen seine Kopfhaut. Er hatte immer noch Kopfschmerzen. Wer konnte der Vater sein? Würden sie damit den Mörder haben? Im Geiste ließ er Andy Amalfy, DJ Beach Bum und Snook Revue passieren. Diese drei hatte er zuerst im Auge. Doch auch von den fünf Altrockern der Victims of Circumstances brauchten sie Blutproben oder anderes DNA-Material; heutzutage war alles möglich.

Aber wie sollte er ein *match*, wie die Gerichtsmediziner die Blut- oder Speichelprobe in diesem Fall nannten, von den Musikern bekommen? Hey, Mr. Amalfy, könnten Sie vielleicht mal aus Ihren Lear Jet spucken, damit wir Ihnen nachweisen können, dass Sie Norma Jean geschwängert haben? Er würde diese Aufgabe Elena übertragen und war sich sicher, dass sie es mit dem Bischof zusammen schon schaffen würde.

Den DJ Beach Bum allerdings hatten sie. Das hatte der Bischof beim Richter durchgesetzt, und ihm war eine Blutprobe in der Untersuchungshaft abgenommen worden. Das Resultat lag noch nicht vor.

Die eigentliche Ungeheuerlichkeit war die Art des Todes. Irgendein Wahnsinniger musste sie wie ein Tier gefangen haben, vorsichtig, damit sie sich nicht verletzte, weil er wusste, er würde sie wie einen Schmetterling oder eine Raupe präparieren. In flüssiges Acryl einbetten, das Acryl erstarren lassen, das Ganze vorsichtig und weich einpacken, damit es keine Kratzer und Schrammen bekäme und in der Hall of Fame ausstellen. Costa hatte keine Ahnung, wie man so etwas machte, aber es war klar, dass es sicherlich eine langwierige und Tage dauernde Arbeit gewesen war. So etwas tat niemand, der keinen genauen Plan hatte. Torres konnte nicht einmal sagen, ob sie bei der Prozedur noch am Leben gewesen war.

Costa blätterte noch einmal den Bericht durch, ob irgendwo erwähnt war, dass sie vor ihrem Tod sexuell missbraucht worden war. Er fand nichts. Keine Blutergüsse, keine Spuren irgendeines fremden Sekrets. Keine Gewebeverletzungen außer dem Schnitt am Unterschenkel.

Für diese Arbeit, Norma Jean als eine moderne Mona Lisa der Ewigkeit zu erhalten, brauchte es große Sachkenntnis und Sicherheit in der Handhabung. War das dem DJ zuzutrauen?

Er machte sich eine Notiz. Das würde er später überprüfen. Jetzt musste er sich erst einmal mit dem Gutachten auseinandersetzen, das vor ihm lag und von Elena bei der Zentralstelle für polizeilich technische Untersuchungen in Madrid in Auftrag gegeben worden war. Es beschrieb, wie der Täter vermutlich vorgegangen war.

Für diese Art der Mumifizierung hatte der Killer fünfzehn Liter Formalin oder Formaldehyd, wie es auch hieß, und siebenhundertfünfzig Liter Methylalkohol sowie vierhundertfünfzig Liter Wasser benötigt. Außerdem brauchte er dreihundert Liter Polymetacrylat für das Acryl und zehn Liter Dibuthylphthalat als Härter. Bei beiden Chemikalien handelte es sich um hoch giftige flüssige Gefahrengüter, deren Einfuhr auf die Insel besonderen Vorschriften unterlag. Elena und der Bischof hatten alle Chemikalienhandlungen, Produktionsbetriebe und Labors sowie alle Importeure und Speditionen gründlich überprüft und nichts gefunden, was sie weitergeführt hätte.

Bei der Haussuchung des DJs hatten sich entsprechende chemische Spuren nicht gefunden. Außerdem war das ganze Verfahren so kompliziert, dass Costa sich nicht vorstellen konnte, DJ Beach Bum besäße Geduld und Fähigkeit genug, um sich so ein Wissen anzueignen und die schwierige Aktion durchzuführen. Sicher hatte er genug Geld, um irgendwo auf der Insel eine zweite Villa zu mieten, einen Spezialisten einfliegen zu lassen und die nötigen Chemikalien auf einer privaten Hochseejacht aus Frankreich oder vom Festland zu verschiffen. Jedoch keiner der Leute, die Costa am Pool herumliegen sah, würde seiner Einschätzung nach dafür in Frage kommen.

Elena und der Bischof hatten auch festgestellt, dass es keine Firma auf der Insel gab, die ein solches Acrylisierungsverfahren anbot oder überhaupt beherrscht hätte.

Die Leute, die während seiner Haft zu ihm in Kontakt getreten waren oder in Kontakt treten wollten, waren alle überprüft worden. Ein Acrylfachmann, ein Chemiker oder irgendetwas Ähnliches war nicht dabei gewesen.

Dennoch stand der DJ unter Verdacht, weil er behauptet hatte, Norma nicht zu kennen, wenngleich inzwischen erwiesen war, dass sie das Wochenende von Freitag bis Montag bei ihm verbracht hatte, nachdem sie aus Amalfys Penthouse ausgezogen war. Elena hatte bei der Durchsuchung seiner Finca Normas gesamtes Reisegepäck und ihr Handy gefunden. Eine weiße Bluse Normas war in der Kammer, wo ihre Sachen standen, mit gespreizten Armen an die Wand genagelt worden. Rote Flecken waren auf dem Stoff zu sehen, Blutstropfen, die aus einer Wunde in Höhe ihres Herzens ausgetreten sein konnten. Über der Bluse war eine Perücke als Kopf an die Wand genagelt worden, rote Handschuhe als Hände, eine schwarze Strumpfhose als Unterkörper. Darunter standen Schuhe, und dort, wo ihr Gesicht gewesen wäre, war ein roter Mund auf die weiße Wand geküsst worden.

Costa saß am Küchentisch, den Kopf in die Hände gestützt und starrte auf die Fotos. Gab es da eine Ähnlichkeit zu der Acrylstatue? Irgendeine Gleichheit, eine Anspielung? Konnte es derselbe kranke Irre sein, das seine Herrschaft über eine schöne lebende Frau dadurch behauptete, dass er sie tötete und aufstellte oder an die Wand nagelte?

Möglich schon, aber zu spekulativ. Besser wäre es, den Todeszeitpunkt festzustellen, um Beach Bums Alibi überprüfen zu können.

Das war in diesem Fall ziemlich schwierig, weil durch die Bearbeitung des Körpers alle physiologischen und natürlichen Prozesse gestoppt worden waren. Für Normas Körper war die Zeit nach ihrem Tod stehen geblieben. Es war vier Wochen oder länger her, und er musste es nun genau wissen.

Er blätterte noch einmal den Obduktionsbericht durch und stieß auf das Kapitel mit dem Mageninhalt. Steak und Kirschkerne.

Eine Weile saß er da. Dann stand er auf, ging ins Bad und blickte in den Spiegel. Er sah verwegen aus mit seinem wuseligen kurzen Haar, dem dichten Viertagebart und der von einer Narbe gezeichneten Augenbraue. Aber seine Augen waren müde. Er wusste, dass er nicht mehr viel Zeit hatte, den Fall zu lösen. Er fühlte es. Entweder schnappte er den Täter jetzt, oder die Spuren würden sich verlieren, die Zeugen vergessen, der Täter abreisen. Vielleicht war er berühmt, ein Star, geliebt und angehimmelt von vielen. Manchmal würde er beim Autogrammgeben ein Gesicht sehen und denken, dieses Gesicht sollte für ewig schön bleiben, sollte ihn anbeten, ohne sich zu verändern und dann würde er wieder töten.

Er hielt den Kopf unter die Wasserleitung. Er musste einkaufen gehen, er brauchte Tee und Mineralwasser. Er musste wieder funktionieren.
Er setzte sich an den Küchentisch und blätterte noch einmal die Akte durch.

Das Handy hatten sie gefunden und die letzte Nummer angewählt. Es war die Freundin in London gewesen. Cindy Ann. Sie aber hatte gesagt, das auf dem Handy registrierte Telefonat war nicht das letzte, Norma habe noch einmal später angerufen, am 4. Juli, aber sogleich um Rückruf gebeten. Hatte sie nicht einmal mehr Geld zum telefonieren? War sie gefangen und hatte plötzlich eine Gelegenheit, Cindy um den Rückruf zu bitten? Zum Glück hatte Cindy sich die Nummer notiert. Eine handschriftliche Notiz Elenas besagte, dass Norma am 4. Juli mittags um 12.05 Uhr aus dem Café Sidney angerufen hatte.

Er rief Elena an. Sie war inzwischen dort gewesen und hatte den Kellner danach gefragt, ob er sich an Norma erinnere. Das hatte er, und Elena traute ihm. Norma war hereingekommen, hatte einen Kaffee bestellt und darum gebeten, telefonieren zu dürfen, um sich zurückrufen zu lassen. Nach dem Telefonat war sie gegangen, und er war ihr bis vor die Tür bis zur Promenade gefolgt, um zu sehen, ob ein Begleiter draußen auf sie wartete. Da war aber niemand. Sie war den Pier entlanggegangen bis zu einer roten Jacht, die Tanger hieß und dort in der Kajüte verschwunden. Elena hatte mit den Leuten von der Spurensuche das ganze Schiff auf den Kopf gestellt, aber nichts gefunden.

Costa machte sich eine Notiz. Er wollte sich den Eigner einmal ansehen. Der Mann wohnte auf dem Boot.

Das letzte Telefonat am 4. Juli, dachte Costa, ein Donnerstag.

Er nahm einen Kugelschreiber und malte Karrees auf ein weißes Blatt. Plötzlich kam ihm der Zettel wieder in den Sinn, der an der Kühlschranktür der Victims of Circumstances gehangen hatte. Norma Jean hatte ihn geschrieben, was von dem Graphologen, dem er den Zettel zusammen mit Annalenas Autogramm gegeben hatte, bestätigt wurde. »Ich habe euer Steak und das Kirschkompott gegessen.« Er hatte bezweifelt, dass eine Siebzehnjährige wie Norma schon morgens Steak mit Kirschkompott essen würde und daher die Handschrift vergleichen lassen. Aber jetzt, nachdem er wusste, dass sie schwanger war, leuchtete ihm das ein.

Er griff zum Telefon und rief Johannes an. Er bat ihn, die Victims of Circumstances zu fragen, wann genau Norma Jean bei ihnen gewohnt hatte und wann sie gegangen war. Er hatte sie selbst gefragt, aber er wollte ganz sichergehen, dass sie nicht fahrlässig etwas Falsches gesagt hatten. Johannes rief ihn nach kurzer Zeit zurück und sagte, es sei der 4. Juli gewesen. »Das sind Amerikaner«, sagte er. »Das ist ihr Nationalfeiertag.«

Costa erhob sich und ging auf und ab. Er blieb am Küchenfenster stehen und blickte hinunter in den Hof. Er sah die Katze, die einen Gecko gefangen hatte. Die Eidechse stellte sich tot, doch als sie eine Bewegung machte, schnappte die Katze zu. Ob Annalena das gefallen würde? Er war sich nicht sicher.

Der Bischof rief an und sagte, sie könnten jetzt das Alibi des DJs überprüfen, Norma sei in der Zeit vom 4. Juli, 12.30 Uhr, bis zum 5. Juli, 10.00 Uhr mit einer Überdosis Deep Dive getötet worden. Als Costa nachfragte, musste er einräumen, dass die Todesursache nicht zweifelsfrei feststand. Costa rief Torres an, der der Meinung war, sie könnte auch lebendig in Acryl erstickt sein.

Am nächsten Tag gegen Mittag wurde der DJ aus der Untersuchungshaft entlassen. Er war einen Tag vor der Ermordung Normas nach New York geflogen, wo er in einer Disko auftrat, und sechs Tage später erst zurückgekommen. Damit schied er als möglicher Täter aus. Bei seiner Entlassung bestellte er Costa einen schönen Gruß, dies sei nun das zweite Mal gewesen, beim dritten Mal solle sich Costa selbst in die Zelle setzen und meditieren, damit so etwas wie Verstand auf ihn herunter käme.

Was gab es jetzt noch zu tun? Costa fühlte sich am Ende, und es ermunterte ihn nicht einmal, als er an Karins Party dachte.

Er nahm eine Dusche, zog sich an und ging zum Barbier hinüber, um sich rasieren zu lassen. Er liebte es, wenn Tomaso ihn einseifte, wenn schnell und sicher das Messer über seine Haut glitt und er hinterher eingecremt und beklatscht wurde. Es entspannte ihn. Er brauchte das jetzt. So ein ungelöster Fall war etwas, das immer wieder zu ihm zurückkam, das ihn stach und stichelte und immer wieder ablenkte.

Als ihm Tomaso Eau de Toilette auf die Stirn, den Nacken und hinter die Ohren rieb, klingelte sein Handy. Es war Karin, die seinen Anruf beantwortete. Annalena und sie hätten sich wunderbar verstanden. Beide hofften, dass es ihm wieder besser ginge. Sie gab Annalena das Telefon, die ihn behutsam fragte, ob er sich von seiner Krankheit erholt habe. Er sagte, er sei traurig und hätte sie gerne auf dem Schoß.

»Gut, Papi, dann kommen wir jetzt, und dann kann ich gleich meine Sachen bei dir abstellen, weil ich heute Nacht bei dir bin.«

Das liebte er an ihr – sie wusste immer, wie alles richtig war. Heute Nacht war es richtig, dass sie bei ihm schlief. *Bueno.*

Er ging einkaufen und genoss den langsamen Weg durch die kleinen Läden, das Fühlen und Wiegen der Früchte, des Brotes, der Paprika in seiner Hand. Ebenso langsam ging er nach Hause, und bei jedem einzelnen Schritt spürte er, wie seine Kraft zurückkam. Er nahm nicht den Fahrstuhl, sondern ging die Treppen zu Fuß, vorbei an der Frau mit ihren zwei Kindern, die die Stufen scheuerte. Als er seinen Einkauf weggeräumt hatte, klingelte es an der Tür.

Karin erzählte ihm, was sie unternommen und wie sie herausgefunden hatten, dass die Zeit hier auf der Insel langsamer verging als in Deutschland. Er beobachtete mit innerem Lächeln, wie ihr Mund sich bewegte und wohin ihr Blick ging. Nun freute er sich doch auf heute Abend und hoffte, dass ihr die verspätete Geburtstagsparty gefallen würde. Das Licht schimmerte auf ihrem Haar. Jede Bewegung war ihm vertraut. Diese Vertrautheit entspannte ihn. Fast hätte er vergessen, dass Annalena auch noch da war, aber in diesem Moment hörte er sie aus der Küche sagen: »Das ist ja dieselbe Kette.«

»Welches ist dieselbe Kette?«, rief er zurück, ohne Karin aus den Augen zu lassen.

»Die, die die Frau vom Boot umhat, wo ich singen darf, und die von Norma Jean.«

»Norma Jean?«, dachte er laut. »Da liegen doch nur die Fotos aus der Gerichtsmedizin.« Er sah Karin an, als wüsste sie die Antwort.

Er hoffte, dass das Kind die Fotos der Leiche nicht gesehen hatte und ging schnell hinüber, um sie wegzunehmen.

Annalena hatte die Fotos alle auf dem Küchentisch ausgebreitet und schaute sie mit kindlicher Faszination an. Es waren auch die dabei, die die Fotografin Ann Talbachi von Laurie McPhee gemacht hatte. Sie hatte die vielen Detailaufnahmen gemacht, ein Ohr, das obere Gesicht, das untere Gesicht, nur der Mund, und dabei waren auch ihre Hände und Handgelenke mit den Ringen und Ketten.

»Was meinst du?«, fragte er Annalena.

Annalena zeigte auf die Ketten an Lauries linker Hand. »Diese Kette hier, diese eine mit den Herzen, Sternen und Monden. Norma hat die auch.« Sie zeigte auf ein Foto von Normas Hand aus der Gerichtsmedizin. »Schau, Norma hat diese Kette auch.«

In einer seiner Schubladen hatte Costa ein Vergrößerungsglas. Er riss die Schubladen auf. Natürlich, wenn man etwas braucht, findet man's nicht. Er wühlte alles durch.

Annalena fragte verwundert, was er da mache.

»Ich suche ein Vergrößerungsglas!«, schnaufte er. Und da hatte er's. Er ließ die Schubladen auf, nahm eines der Fotos und betrachtete es ganz genau. Langsam, Millimeter für Millimeter verglich er es mit dem anderen Foto. Es gab keinen Zweifel, Annalena hatte Recht, die Kettchen am Arm von Laurie und von Norma waren identisch.

Er erkannte sofort, was das bedeutete. Norma musste Laurie vor ihrem Tod getroffen haben. Als er auf dem Boot war, hatte Laurie zwar ihre Verachtung für Norma gezeigt, aber sie hatte in keiner Weise durchblicken lassen, dass sie sie kannte. Er konnte sich nicht so genau erinnern, aber er hätte schwören mögen, dass es alles so klang, als hätten sich die beiden nie persönlich getroffen.

Vielleicht war das nicht viel, aber in seiner momentanen Stimmung war für ihn jedes kleine Indiz eine Sensation.

Annalena fragte ihn, ob er mit ihr zur Belohnung ein Eis essen gehe. Er war so stolz über ihre genaue Beobachtung, dass er es ihr nicht abschlagen konnte. Karin hatte nichts dagegen, wollte aber nicht mit und sagte, sie werde Annalena in zwei Stunden wieder abholen. Sie hatte versprochen, mit ihr vor der großen Party noch ein Kleid zu kaufen und wollte dann die Zeit bis zum Abend mit ihr verbringen. Annalena würde ihr beim Schminken zuschauen und dann kämen beide zusammen zur Party.

Costa hörte das alles, war aber nur halb bei der Sache, weil ihn unablässig das Rätsel mit dem Kettchen beschäftigte. Eis essen, klar, aber im Sidney. Annalena würde dann schon noch ihr Gesangstest einfallen, den Laurie McPhee ihr versprochen hatte. Auf jeden Fall steckte er die Fotos ein.

Sie gingen um den Hafen herum, am Casino, dem Kinderspielplatz mit gelber Fun-Rutsche und dem El Divino vorbei, entlang der Restaurants und Cafés am Jachthafen. Fast ganz am Ende machten sie Halt und setzten sich im Café Sidney in den Schatten. Diesmal ließ er sie nicht davonlaufen. »Du willst doch dein Eis nicht immer trinken, wie voriges Mal, als du da so lange auf dem Schiff warst.«

»O ja, die wollen mich ja noch singen lassen. Jetzt kann ich die Studioaufnahme machen. Die Leute haben es versprochen!«

»Kein Problem. Gehen wir hin. Aber erst kriegst du dein Eis.«

Er konnte von hier aus die Tanger sehen, und daneben musste der Platz 204 sein, wo Vince Gordons Harmony mit dem Union Jack und der spanischen Flagge am Mast lag. Als er sich vorbeugte, tauchte hinter dem Mast der Tanger die Fly-Bridge der Harmony auf.

Als Annalena das Eis verputzt hatte, schlenderte er mit ihr langsam den Pier entlang. Vor der Harmony blieb er stehen und rief Vince Gordons Namen.

Laurie schaute heraus und juchzte entzückt auf, als sie Annalena sah. »Meine Süße, da bist du ja!«, rief sie. »Willst du jetzt deinen Song singen?«

Annalena war gleich Feuer und Flamme und lief den Steg hinüber, ohne Costas Reaktion abzuwarten. Sie verschwand unter einer der Plastikplanen.

Falls sie überrascht war, Costa zu sehen, ließ sie es sich nicht anmerken und wollte wissen, was er mit der Kleinen zu tun habe.

»Meine Tochter«, rief er.

Sie lud ihn mit einer Handbewegung ein, auch zu kommen, aber er lehnte ab, er habe noch eine Erledigung zu machen, er werde seine Tochter später abholen. Sie war einverstanden und verschwand unter den Planen. Costa blieb einen Moment verwundert stehen. Laurie McPhee hatte ihn höflich eingeladen?

Er wandte sich der Tanger zu und sprang hinüber.

Die Tanger konnte gesegelt werden, war aber eigentlich ein Kutter. Sie hatte eine große Kajüte, in der der Bootsmann lebte. Er schien trotz der Hitze zu kochen. Als Costa die Kajütentür öffnete und eintrat, stieg er in einen unbekömmlichen Mief hinunter, ein Geruch aus Reis, Knochen und Kohl, gemischt mit dem Qualm des ibizenkischen Krautes, das der Bootsmann rauchte. Costa wusste aus der Akte, dass Augusto Benares Asthmatiker war, ihm aber offenbar an seiner Gesundheit nicht viel lag. Seit der Kellner im Sidney ausgesagt hatte, Norma sei nach ihrem Telefonat auf der Tanger verschwunden, war der Schiffseigner zweimal verhört und sein Boot durchsucht worden.

Augusto Benares war früher Kapitän auf einem der Fischkutter in Mallorca gewesen. Seine Schwester hatte ihm das Nähen beigebracht, und irgendwann entdeckte er seine Begabung, Bilder in Stoff auszuführen. Wenn Besucher kamen, breitete er seine Teppiche auf dem Fußboden aus – Rosenbuketts, Schiffe unter vollen Segeln, eine Schale mit Äpfeln, die Stadt Ibiza in ihrem Schneckengehäuse, Gassen mit Balkonen und bunter Wäsche. Im Augenblick hatte er gerade eine Flamencotänzerin in Arbeit.

Costa zeigte ihm seinen Ausweis und sagte, er habe noch ein paar Fragen an ihn. Er legte ihm das Foto von Norma in Acryl auf den Tisch und fragte, ob er die Frau schon einmal gesehen habe, dies sei die letzte Aufnahme von ihr.

Benares wollte gerade zu einer Flasche Absinth greifen, die vor ihm auf dem Tisch stand, aber statt sich selbst einzugießen, schob er sie Costa zu, sodass sie über den glatten Tisch rutschte und von Costa mit knapper Not aufgefangen wurde. Dann betrachtete er das Foto und schüttelte den Kopf. Natürlich hatte man ihm schon das Foto gezeigt, das die Eltern für ihre Suche verwandten, und auch da hatte er gesagt, er kenne das Mädchen nicht.

Costa war gekommen, um sich einen eigenen Eindruck zu machen und musterte ihn in aller Ruhe. Würde man gegen den Mann weiter vorgehen? Oder ihn trotz der Aussage des Kellners von der Liste der Verdächtigen streichen?

Laurie McPhee, die Dame vom Nachbarboot, sollte er allerdings kennen.

Costa stand auf und tauschte Normas Foto gegen das von Laurie McPhee aus. »Haben Sie die denn schon einmal gesehen?«

Benares warf einen Blick darauf und fragte mürrisch: »Ist die auch verschwunden?«

Costa registrierte unwillig, dass Benares eine Gegenfrage stellte, statt einfach mit Ja oder Nein zu antworten. Er setzte sich ihm wieder gegenüber und ließ ihn nicht aus den Augen. Wenn er herausfinden wollte, wer die besseren Nerven hatte, so wäre Costa dabei; er hatte kein Problem damit. Nach einer Weile senkte Benares den Blick und betrachtete Laurie McPhees Foto.

Costa lehnte sich zurück und taxierte derweil den Bootsmann.

Benares war ein großer, massiger Kerl. Sein rotes Gesicht war voller Pusteln und zeigte ein Netzwerk kleiner violetter Adern auf den Wangen. Seine Züge versanken im Fett. Die Augen waren blutunterlaufen und Wülste zogen sich um den Hals. Schwer und plump saß er in seinem Stuhl, den großen Bauch vorgewölbt, die dicken Beine gespreizt.

Costa begann eine kubanische Melodie auf den Tisch zu trommeln und wartete. Nach einer Weile schob der Bootsmann das Foto zurück und setzte seine Stickarbeit fort. »Das ist die von nebenan, die in Mondnächten immer so laut schreit«, sagte er mit schleppender Stimme.

»In Vollmondnächten?«

»Auch«, sagte der Mann.

»In allen Mondnächten?« Er hörte auf zu nähen und sah Costa ausdruckslos an, der hinzufügte: »In Ibiza scheint fast jede Nacht der Mond«, sagte Costa.

»Eben«, sagte der Mann und setzte seine Stickarbeit fort.

Costa nahm das Foto und betrachtete es. Er erinnerte sich an Kailey Sheen – sie hatte ja lautstark vorgeführt, wie sich Laurie angeblich beim Sex benahm. Vielleicht war es gar kein Witz gewesen. Vielleicht kannte sie Laurie McPhees sexuelle Gewohnheiten. Vielleicht war sie schon mal dabei gewesen. Er steckte das Foto ein und erhob sich.

Dieser Bootsmann war nicht der Typ, der ein Verbrechen verheimlichen konnte, wenn die Polizei ihn erst mal im Visier hatte. Er gehörte zu den Typen, die nur Delikte in ihrer eigenen Familie geheim halten konnten.

Er wollte sich ebenfalls erheben, aber Costa winkte ab. Der Kerl war etwa doppelt so schwer wie er selbst und etwas Abstoßendes lag in dieser groben Fettleibigkeit, in den stechenden Gerüchen seiner Behausung, der Dumpfheit des Lichtes und dem Schweigen.

Auf dem Pier wehte ein leichter Wind vom Meer und einen Moment blieb er stehen, um die Möwen und den Himmel zu betrachten.

Er rief nach Annalena und nach einem kurzen Moment kam sie über den Steg balanciert, eine CD in der Hand, die sie ihm stolz zeigte. Vince Gordon hatte ihren Song aufgenommen, sogar mit der gleichen Musik wie auf Shakiras Platte. Vince hatte Shakira gewissermaßen verjagt und Annalena an ihrer Stelle zur Popkönigin gekrönt. So hatte es ihr Laurie erklärt und das Ergebnis schwenkte sie in der Luft. Sie streckte ihm die CD mit Hülle entgegen. Er wollte sie nicht nehmen, aber sie bestand darauf. »Du hebst sie auf, bis ich nach Hause fliege. Dann geht sie nicht verloren«, sagte sie eifrig.

Er wollte sie in die Tasche stecken, in der er die Fotos hatte, aber sie protestierte übertrieben besorgt. »Das ist ein ganz berühmter Sänger, hat mir die Frau gesagt, und er wollte mir ein Autogramm geben, aber ich will kein Autogramm, ich habe gesagt, ich nehme eine Locke.«

Sie musste das aus einem Roman haben oder Film, denn sogar ihm kam das ziemlich altmodisch vor. »Und?«, fragte er grinsend. »Hat er dir eine Locke gegeben?«

»Ja. Sie hat sie auf das Cover geklebt. Deswegen musst du das ganz vorsichtig einstecken.«

»*Bueno, no hay problema*, mache ich.«

Annalena hatte Karin auf der Promenade entdeckt. »Tschüss, bis heute Abend«, rief sie und rannte davon.

Costa freute sich, dass sich die beiden so gut verstanden.

Als er unter die Plane des Vordecks schlüpfte, fragte er sich, ob Laurie McPhee ihn wohl auf die Behauptung Kailey Sheens noch einmal ansprechen würde, sie wäre mit ihr Ende Mai nach Tagomago geflogen.

Er rief einmal kurz »Mister Gordon!«, und Laurie rief zurück, ob Annalena noch etwas vergessen habe.

Als er den Salon betrat, lag der Sänger wie bei seinem ersten Besuch auf der halb runden Couch, die Beine auf dem Glastisch mit Stapeln von CDs. Er rauchte, aber die Müllberge von Zigarettenschachteln, leeren Flaschen, zerknüllten Papiertaschentüchern waren verschwunden. Alles war sauber und aufgeräumt, und in der Luft kämpfte ein frischer Zitronenduft mit dem Rauch, den Vince in kleinen Ringen ausstieß. Sogar der Sisalteppich war gereinigt worden. Irgendetwas musste passiert sein.

Laurie war hinter die Bar gegangen, als er hereinkam, und goss ihm ein Glas Wasser ein. »Sie haben eine süße Tochter.«

»Konnte sie ihren Song?«

»Als Kind kommt es nicht darauf an, dass man etwas kann, sondern dass man das, was man tut und lernt, mit Freude tut«, belehrte sie ihn. Mit einer Handbewegung bot sie ihm einen Platz an und brachte ihm das Wasser, während sie lächelnd hinzufügte: »Nur als Kind kann man lernen, ein Handwerk mit Freude zu meistern. Wird das verpasst, heißt es Arbeit und wird aus Angst um den Lebensunterhalt getan.«

»Es hat ihr totalen Spaß gemacht.« Er lächelte Vince an, aber der senkte sofort den Blick und probierte eine Grifffolge auf der Gitarre.

Sie stellte das Wasser vor ihn hin. »Ich habe als Kind drei Jahre lang Klavier gespielt. Aber es ist nicht einfach, daran Freude zu haben, wenn einem niemand zuhört und wenn sich der Vater nur dafür interessiert, ob seine Söhne in der Rudermannschaft der Schule sind, wo ich ausgeschlossen war.«

»Wollten Sie denn rudern?«

»Ich wollte. Aber irgendwann war Vince der Star an der Schule, und da habe ich meine Brüder und meinen Vater aufgegeben und bin mit fliegenden Fahnen zu ihm übergewechselt.« Sie lächelte Vince an, doch er blieb ernst und in sich versunken. Costa wusste nicht, ob sich ihm ihre Koketterie überhaupt mitgeteilt hatte.

»Sie sehen ja, ich bin immer noch hier.« Sie strahlte Costa dabei an, und er war überrascht von der Wärme und Lebendigkeit in ihren Augen. Das hatte er vorher nie bei ihr gesehen, und nicht einmal Karin war eine solche Seite an ihr aufgefallen. »Meine Konkurrentin in der Schule ist Ärztin geworden und hat das größte Fachwissen über eine spezielle Rheumaerkrankung der Gelenke. Ich habe eben das größte Fachwissen über Vince.« Sie lachte. Es klang nicht ironisch, sie schien sich wirklich zu freuen.

Sie erhob sich und nahm Costas leeres Glas umständlich von der falschen Seite, sodass ihn der weite Ärmel ihrer Bluse streifte. Sie bemerkte das und sagte beiläufig: »Guter Stoff, nicht wahr? Versace.«

»Sie sind verändert«, sagte er. »Haben Sie heute Geburtstag?«

Sie lachte. »Morgen beginnen die Aufnahmen für das neue Groove Control Album.« Sie strahlte und machte eine große Geste, als würde sie das Publikum von der Bühne aus begrüßen: »Vince Gordon und Kailey Sheen featuring Laurie McPhee!«

Jetzt lächelte auch Vince und gab einen gespielten Applaus. Zwei glückliche Kinder, dachte Costa und fragte sich, wie das gutgehen sollte.

Sie setzte sich wieder und goss ihm neues Wasser ein. »Wissen Sie, es geht mir gar nicht um mich. Ich möchte, dass Vince in einer Gruppe spielt, in der ihm Gerechtigkeit widerfährt, die ihn ehrt und achtet und ihm all die Kompetenz gibt, die er verdient. Kailey ist ein tief enttäuschter Mensch. Es fing damit an, dass ihre Mutter sie nicht vor dem brutalen Vater schützen konnte. Also musste sie sich mit dem Vater arrangieren, und das hieß, kapieren, was in der harten Welt der Stahlarbeiter gilt. Maloche, Qual, Profit. Wo andere, wie Vince, Prophet sein wollen, interessiert Kailey nur Profit. Liebe ist für sie Schwanz und Möse. Vince lebt in einer Welt von Poesie, Mitgefühl und Hingabe. Er braucht jemanden, der ihn schützt, gerade bei der Arbeit, gerade, wenn er Musik macht. Verstehen Sie das?«

Sie war guter Laune und offen. Es kümmerte sie nicht, wer er war. Vielleicht hatte sie es auch für einen Moment vergessen.

»Das interessiert ihn doch gar nicht. Der Bulle will doch nur wissen, ob du mit Kailey Ende Mai nach Tagomago geflogen bist.« Mit diesen Worten griff Vince in die Saiten, ein weicher Moll-Akkord erklang.

Plötzlich war die Stimmung dahin, ihre Stimme schneidend wie das erste Mal. »Das interessiert nicht ihn, das interessiert dich!«, kam es kalt aus ihrem Mund, und es klang, als hätten sie schon vorher Streit gehabt, der bei der ersten Gelegenheit wieder aufflackerte.

Vince reagierte nicht, obgleich sie auf eine Reaktion wartete. Schließlich wandte sie sich wieder Costa zu, lehnte sich im Sessel zurück und schlug die Beine übereinander. Sie lächelte ihn an, aber ihre Worte waren an Vince adressiert. »Nach dem ersten Album dachte Vince, Kailey Sheen würde alles für ihn tun.« Sie warf ihm einen kurzen Blick zu. »Und jetzt ist er dem anderen Extrem verfallen, jetzt ist Kailey die große Verführerin, die uns auseinander bringen will.« Sie hatte heute einen grell roten Mund. Sie lachte laut. Es klang wie ein Glockenläuten. Dann wurde ihre Stimme wieder weich. »Dabei habe ich ihm immer gesagt, es gibt nur zwei Menschen in deinem glorreichen Leben, die alles für dich tun – der eine bin ich, und den anderen gibt's ja nicht mehr.«

Es war klar, dass sie damit Vince' Mutter meinte.

Costa zog ein Foto aus der Tasche, auf dem Laurie in voller Größe von ihrer linken Seite aufgenommen worden war, wie sie mit der Hand in ihr Haar fasste, sodass man das Armband an ihrem Gelenk sehen konnte. Er nahm noch ein zweites Foto, auf dem das Armband ganz groß war.

Vince hatte einen Song angefangen und summte die Zeilen vor sich hin. Der Song erzählte von einem Mann, der morgens, halb erwacht, das Haar seiner Geliebten streicheln will, und dann bemerkt, dass sie ihn verlassen hat. Auf ihrem tränennassen Kopfkissen findet er eine Notiz, in der sie ihn bittet, aufzugeben und sich dem Gesetz zu stellen.

Laurie nahm das Foto. »Das war auf der Vernissage von Mateo Verdera. Das ist meine Herzkette.«

Costa nickte zustimmend und fragte, ob sie den Verlust der Kette ihrer Versicherung gemeldet habe. Für sie musste es so geklungen haben, als hätte er sie wegen Versicherungsbetruges in Verdacht. Empört protestierte sie, sie habe die Kette gar nicht verloren, wieso sie das irgendeiner Versicherung melden solle?

»Wenn das so ist, würde ich sie gerne mal sehen.«

»Ich denke, Sie suchen diese verschwundene Deutsche und nicht irgendein Kettchen.«

»Richtig. Die Verschwundene wurde mit diesem Armband gesehen. Wenn Sie Ihres noch haben, können Sie mir sicher sagen, wo sie es gekauft haben könnte.«

Laurie starrte ihn ungläubig an. »Dasselbe? Das glaube ich nicht.«
Costa fasste in die Tasche und holte die Nahaufnahme von Normas Handgelenk heraus.

Laurie betrachtete es genau. »Das ist sie! Das ist meine Kette! Sehen Sie hier –«, sie deutete auf ein Sternchen, an dem ein Zacken fehlte. »Da fehlt eine Zacke. Ich mache das immer mit meinen Sachen, damit ich sie wiedererkenne.«

Vince sang leise vor sich hin: »... I turned to touch her hair, and she was gone, she was gone ...«

Costa bat sie, doch einmal nachzuschauen, vielleicht lag doch ein Missverständnis vor.

Sie sprang auf und verschwand hinten im Schiff. Als sie wiederkam, sagte sie, sie hebe ihren ganzen Schmuck im Tresor oder in der Muschelschale auf der Toilettenablage auf, doch die Kette sei weder da noch dort zu finden. Sie sprach halb zu Costa und halb zu Vince. Vince hörte auf zu singen, spielte die Begleitung auf der Gitarre aber weiter. Sein rostbraunes langes dichtes Haar fiel ihm dabei über das Gesicht wie eine Gardine.

»Hast du 'ne Ahnung, Vince, wie mein Herzkettchen an den Arm von dieser Norma Jean gekommen sein kann?«

Er hob den Kopf, lächelte ein wenig, griff die Akkorde schärfer und hielt dann aber die Hand auf die Saiten, sodass nichts mehr nachklang. »Keine Ahnung. Wenn sie da nicht liegt?« Seine Worte waren sanft und langsam wie aus weiter Ferne. Dann griff er wieder in die Saiten und sang lächelnd: »She said give up and face the law ...«

Das war zu viel für Laurie. Sie war rasend vor Eifersucht. Costa konnte es ihren funkelnden Augen ansehen. Eifersucht schuf immer das gleiche Drama, den gleichen Ablauf.

Wenn Norma das Kettchen von Vince hatte, dann hatte er das nicht nur Laurie verheimlicht, sondern auch ihm, Costa, denn er hatte gesagt, er kenne Norma Jean überhaupt nicht. Warum hatte er gelogen?

»Du erinnerst dich doch, du wolltest Kailey nicht anrufen, und da bin ich vom 28. Juni bis zum 5. Juli nach Düsseldorf zu Gräfin Kuenburg geflogen. Du hast mir ja noch unterstellt, ich wär nicht zu erreichen gewesen!«, fauchte sie. »Ich dachte, wenn ich dich alleine hier sitzen lasse, krieg ich dich dazu, Kailey anzurufen. Aber du hast das vielleicht nur so gedeichselt, damit ich abhaue, wie!?« Sie starrte ihn an, als wollte sie ihm gleich an die Kehle.

Wenn du Kailey nicht anrufst, fahre ich nach Düsseldorf – das klang für Costa wie eine Drohung. Hatte sie ihn alleine gelassen, um ihn unter Druck zu setzen? Und jetzt stellte sie fest, dass er gar nicht gelitten hatte, sondern sich mit einer Jüngeren und Schöneren amüsierte. Costa konnte das verstehen. Enttäuschung, Wut, Eifersucht.

Vince hatte die Gitarre beiseitegelegt und stützte sich mit beiden Händen auf die Couch. Die Haare fielen ihm ins Gesicht, und er warf sie immer mit derselben sanften Kopfbewegung nach hinten. »Du hast sie hier an Bord gehabt!«, schrie sie. »Du hast meine Abwesenheit ausgenutzt! Und vielleicht nicht das erste Mal! Deine kleinen Fahrten nach Mallorca, die du ja nie richtig erklären konntest … oh, ich Idiotin!«

Beide schienen Costa vollkommen vergessen zu haben. Er hielt es für möglich, dass Vince den Inhalt ihrer Worte gar nicht realisierte. Vielleicht stand sie wie der drohende Untergang vor ihm. Kannte er solche Attacken von seiner Mutter, die ihn vielleicht schon als Kind paralysiert hatten? Anders hätte Costa nicht erklären können, warum Vince schon gar nicht mehr sang, aber auf den Lippen immer noch stumm den Takt des Liedes bewegte und sein Gesichtsausdruck so völlig unberührt und fast fröhlich war.

Aber Laurie nahm es als Gleichgültigkeit oder gar als Hohn. Vielleicht liebte er die andere und fühlte sich in dieser Liebe sicher, mochte sie argwöhnen. »Deshalb hast du mich nicht vom Flughafen abgeholt!«, raste sie. »Du warst so fertig, so erschöpft, so ausgevögelt, dass du die Zeit verschlafen hast! Du hast es verschlafen, als ich am Flughafen auf dich wartete, erinnerst du dich? Vielleicht hast du nicht *alleine* geschlafen?! Vielleicht musstest du die erst evakuieren, ehe du mich abholen konntest!«

»Wie kommst du auf so 'ne Scheiße?«

»Scheiße?! Jetzt kannst du mir vielleicht mal erklären, woher die blonden Haare auf der Couch kamen? Die langen blonden Haare?!« Sie wandte sich Costa zu und trat mit dem Fuß gegen einen Stapel CDs. Eine traf Costa am Schienbein. Es schmerzte ziemlich, aber er widerstand dem Impuls, sich das Bein zu reiben. »Hatte sie blonde Haare? Blonde lange Haare?!«

»Die hatte sie«, antwortete Costa, obwohl er nicht gefragt war.

»Und wenn ich noch ein Haar hätte? Sie sind doch Polizist, könnte man dann feststellen, ob er es hier mit dieser Norma Jean getrieben hat? Was ist los? Wissen Sie das nicht? Haben Sie Ihr Scheiß-Polizisten-Latein nicht richtig gelernt?«

Vince standen die Tränen in den Augen. Er gestand, sie sei aufs Boot gekommen, weil sie Kaileys Handynummer haben wollte.

»Die Handynummer?« Sie starrte ihn eine Weile ungläubig an. Dann sagte sie sarkastisch: »Ich will noch mal nachschauen, ob ich die Kette nicht vielleicht übersehen habe.« Damit verschwand sie wieder im hinteren Teil des Bootes.

Vince atmete tief durch. Er wischte sich mit dem Ärmel den Schweiß von der Stirn und ließ sich stöhnend zurück in die Polster sinken.

Aber da war sie schon wieder zurück, falsch lächelnd, freundlich und sanft. »Hast du ihr die Kette gegeben?«

Er sah sie mit großen Augen an und schüttelte den Kopf.

»Sie hat sie sich also genommen, die Schlampe?«, fragte sie zuckersüß.

Er zuckte mit den Schultern und nickte.

»Wunderbar«, sagte sie fürsorglich, aber bestimmt. »Dann werden wir sie anzeigen.« Damit wandte sie sich wieder an Costa. »Sie sind ja Polizist, nicht wahr?« Er wollte etwas sagen, aber sie ging schon wieder auf Vince los. »Und hast du ihr die Handynummer gegeben, du Idiot?«

Er schüttelte den Kopf.

»Was denken Sie, Herr Polizist, was die hier gemacht haben?«

Vince richtete sich auf. Ihre Fragen an Costa nervten ihn ganz augenscheinlich. Vielleicht war es ihm peinlich, dass Costa so direkt einbezogen wurde, obwohl er gar nichts damit zu tun hatte. »Als ich dich nicht erreichen konnte in Düsseldorf, habe ich Kailey angerufen, und wir haben uns in Mallorca verabredet. Das war an dem Tag.«

Sie ging um den Tisch herum und setzte sich neben Vince. Sie legte ihren Arm um ihn und fasste mit der anderen Hand sein Kinn, damit er sie ansehen musste. »Am selben Tag. Da hättest du sie doch gleich mitnehmen können, wenn sie sie treffen wollte.«

Er versuchte sie nicht anzusehen, blickte überall herum, außer in ihre oder Costas Augen.

»Und das hast du auch gemacht?«

Er stöhnte ein mehrfaches, aber halb abgebrochenes Ja.

»Und dann warst du mit Kailey im ›Tristan‹essen, das hast du mir ja erzählt.«

Er wollte sich von ihr lösen, sie hielt ihn aber fest.

»Doch, doch, das hast du mir erzählt. Wolfsbarsch-Carpaccio, Steinbutt im Salzmantel und Isles flotantes. Stimmt's?«

Er nickte.

»Und danach hast du die Nacht mit dieser Nutte auf dem Boot verbracht?«

Plötzlich wurde seine Stimme fester, und er beteuerte, dass er mit Norma nichts zu tun hatte, dass sie unbedingt Kailey sehen wollte und ganz verrückt darauf war, sodass er sich nicht dagegen wehren konnte.

»Du konntest dich nicht wehren. Wie ist das möglich? Was ich aber sage, tust du nicht. Sonst hättest du ja Kailey angerufen, wie ich das wollte, und ich hätte gar nicht erst nach Düsseldorf fliegen müssen!«

Sie schüttelte ihn und wollte immer wieder wissen, warum er sich bei Norma Jean nicht wehren konnte.

Er antwortete nicht. Was hätte er auch darauf sagen sollen, schließlich wehrte er sich bei Laurie McPhee auch nicht.

»Und wie hat Kailey das aufgenommen, dass du ihr Norma Jean gebracht hast?«

»Weiß ich nicht, sie haben ja schon vorher telefoniert.«

Laurie McPhee stürzte sich wie ein Habicht auf diese Aussage. »So? Sie hatte doch ihre Nummer gar nicht?! Deswegen ist sie doch gekommen, denke ich.«

»Ja, ist sie auch. Ich hab ihr die Nummer aber nicht gegeben.«

»So? Und wie hat sie dann mit ihr telefoniert?«

»Ich hab die Nummer gewählt und ihr mein Handy gegeben.«

»Habt ihr das immer so gemacht, wenn irgendwelche Fans eure Nummern wollten?«

»Nein.«

Vince wirkte vollkommen am Ende. Costa beobachtete ihn scharf. Er konnte sich nicht vorstellen, wie ein Mann sich solche Beleidigungen gefallen ließ. Warum sprang er nicht auf und sagte, Schluss jetzt! Runter von meinem Boot! Seine lasche Haltung schien Laurie obendrein noch wütender zu machen. Costa fühlte sich ganz entspannt. Eigentlich machte Laurie seine Arbeit besser als er es selbst. Vince Gordon würde ihm wohl kaum freiwillig all diese Fragen beantwortet haben. Nachdem er aber nun vor ihm als Zeuge alles preisgegeben hatte, würde es ein Leichtes sein, ihn dazu zu bewegen, in einer offiziellen Vernehmung alles noch einmal zu wiederholen. Er belastete Kailey Sheen schwer, obgleich er sich in dieser Situation dessen sicher nicht bewusst war. Er hatte Norma an Kailey Sheen übergeben, sie hatte sie in ihre Wohnung auf Mallorca mitgenommen und anschließend vermutlich mit nach Tagomago. Wie das im Einzelnen alles abgelaufen war, würden Kailey Sheens Vernehmungen ergeben müssen. Das Entscheidende war, dass Costa jetzt einen Haftbefehl bekäme. Alles andere würde sich dann ohne große Schwierigkeiten ergeben. In dem Zusammenhang hätte er auch noch eine Frage an Vince Gordon gehabt, aber er wollte im Moment die familiäre Stimmung nicht stören.

»Du hast also daneben gesessen, als sie mit Kailey telefoniert hat?«

Gordon nickte.

»Was wollte sie von ihr?«

»Sie hat gefragt, ob es okay ist, wenn sie mitkommt. Sie wollte sie treffen. Warum, weiß ich auch nicht.«

»Hast du das nicht gefragt?«

»Sie wollte es mir nicht sagen.«

»Hatte es nicht mit Groove Control zu tun?« Laurie McPhees Stimme bebte vor Wut und Sarkasmus.

»Blödsinn. Was hat denn Norma damit zu tun? Ich hab mit Kailey darüber geredet, wann wir anfangen, welche Songs wir zuerst aufnehmen und ihr gesagt, dass meine Bedingung aber ist, dass du mitmachst.«

Costa fiel auf, dass sich Laurie McPhee dafür gar nicht interessierte. All diese Feinheiten einer Vereinbarung hatte sie besser im Griff als Vince.

»Wo haben sich die beiden getroffen?«

»Nachdem ich mit Kailey gegessen habe, ist sie mit zum Boot gekommen. Norma hat da gewartet. Ich habe sie gerufen, sie ist sofort rausgekommen und bei Kailey ins Auto gestiegen.«

»Und dann?« Laurie lauerte auf den geringsten Widerspruch.

»Dann sind sie weggefahren. Ich bin die Nacht geblieben und morgens ganz früh zurückgesegelt.«

»Und wie ist meine Kette an ihr Handgelenk gekommen?« Sie stand vor Vince, leicht vorgebeugt, die Stimmung war zum Zerreißen gespannt, und jeden Moment hätte sie ihm die Augen auskratzen können.

Vince warf die Haare nach hinten und hob den Kopf, um sie anzuschauen. »Keine Ahnung ... Wenn du sie ihr nicht gegeben hast?«

»Wenn ich sie ihr nicht gegeben habe?!« Es war wie ein Schrei, voller Hass und Aggression. Dann schlug sie zu. Eine schallende Ohrfeige. Vince fiel nach hinten.

Einen Moment war Stille, dann drehte sie sich um und fauchte Costa an: »Was glotzen Sie so blöd?! Was haben Sie hier überhaupt zu suchen?! Verschwinden Sie!«

Er kannte sich viel zu gut aus, um nicht zu wissen, dass dies eine Übersprungshandlung war: Bevor sie ihre Attacke auf Vince bereute und unangenehme Schuldgefühle zuließ, griff sie lieber ihn an.

Er entschuldigte sich, dass er unfreiwilliger Zeuge dieses Familiendramas geworden war, packte die Fotos ein und erhob sich. »Wenn Sie mir auch eine Frage erlauben, bin ich sofort weg.«

Sie musterte ihn skeptisch. »Und die wäre?«

»Mister Gordon, die Eltern suchen eine Trachtenjeansjacke. Könnte Norma die dabeigehabt haben?«

Vince Gordon hatte sich inzwischen wieder aufgerichtet und schaute ihn so gleichgültig an, als blicke er durch ihn hindurch. Costa wartete, aber er reagierte nicht, und seine Augen blieben völlig ausdruckslos.

Diese passive Haltung schien seine Frau aufs Neue zu reizen. »Was ist los?«, fragte sie wütend. »Hast du die Frage nicht gehört?«

»Sie hatte so was dabei«, sagte Vince schlaff. »Es war kühl abends auf dem Wasser, und da hat sie sie angezogen.«

Es schien, als würde die Jacke Kailey Sheen zum Verhängnis werden. »Mister Gordon, erinnern Sie sich an die Farbe?«

»Grün.«

»Nur grün?«

»An den Taschen und in den Knopflöchern rot.«

»Danke.« Es gab nun für ihn nichts weiter zu erledigen hier. Er nickte Laurie McPhee zu, ging zur Treppe, wandte sich aber noch einmal um. »Vielen Dank noch mal für die CD meiner Tochter.«

Als er auf dem Pier stand, rief er sofort den Bischof an, berichtete ihm alles und schärfte ihm ein, sich um nichts anderes zu kümmern als um den Haftbefehl für Kailey Sheen. Eigentlich hätte er diese Aufgabe nicht abgegeben, aber er wollte nach Hause. Nur in seiner Küche hatte er ein ruhiges Plätzchen, von wo aus er ein langes Telefonat ungestört führen konnte. Der Lärm im Büro erlaubte weder eine konzentrierte Unterhaltung, noch war garantiert, dass er den Gesprächspartner verstand, wenn die Leitung nicht ganz klar war. Und das war bei den Gesprächen nach London manchmal der Fall.

Er setzte sich an den Küchentisch und goss sich ein Glas Wasser ein, obgleich er einen quälenden Durst auf ein kaltes Bier hatte. Im Kühlschrank war keines mehr, er hätte auf dem Weg hierher ein paar Dosen kaufen sollen, doch er hatte nicht daran gedacht. Mit all seinen Gedanken konzentrierte er sich bereits auf das Gespräch, das er mit Cindy Ann führen wollte. Sie war die Einzige, der Norma offenbar vertraut und mit der sie in der letzten Zeit telefoniert hatte. Sie war die Einzige, die vielleicht wusste, was Norma von Kailey Sheen gewollt hatte.

Costa wählte wieder die Nummer, aber es war besetzt. Während er wartete, fiel ihm ein, dass er die Sechserpacks manchmal auch irgendwo in einen Schrank stellte. Er suchte überall herum. Nichts.

Er trat ans Fenster und schaute, wie viel Grad es waren. Aus der Küche unter ihm kamen die Dämpfe einer schmorenden Paella. Er machte alles zu und zog die Vorhänge vor.

Er versuchte es wieder, und diesmal klappte es. Cindy war am Apparat.

Sie war ziemlich aufgekratzt und lachte darüber, dass er in diesem Moment aus Ibiza anrief. Bei ihr war nämlich besetzt gewesen, weil sie bei ihrer Reiseagentur einen Flug nach Ibiza im Herbst gebucht hatte. Der Grund war ein Angebot einer Gruppe, die sich T. C. Boyle nannte, in allen möglichen Clubs und privaten Villen Live-Auftritte absolvierte und eine Sängerin suchte. Costa notierte sich ihre Ankunft und bot ihr an, sie abholen zu lassen, wenn er selbst keine Zeit hätte. Sie bedankte sich und wollte wissen, ob er Norma inzwischen gefunden habe.

»Sie ist tot«, sagte er.

Mehrmals fragte er nach, ob sie noch in der Leitung sei. Schließlich kam ein leises Wispern: »Tot? Wie ist das passiert?«

Er erklärte ihr die Umstände und fragte sie, ob sie irgendeine Idee habe, was Norma von Kailey Sheen wollte. »Sie hat Sie doch noch angerufen, kurz bevor sie auf das Boot zu Vince Gordon gegangen ist. Sie hatte die Handynummer von Kailey Sheen nicht mehr und wollte sie von Ihnen haben. Hat sie denn nicht gesagt, warum sie mit ihr sprechen wollte?«

»Sie hat es nicht gesagt, weil ich es mir denken konnte.«

»Und?«

»Ich habe ihr versprochen, niemals irgendjemandem etwas davon zu sagen.«

»Spielt das jetzt noch eine Rolle?«

»Ich weiß nicht.«

»Wen schützen Sie denn damit, wenn Sie es nicht sagen?«

Einen Moment war Schweigen, und er hörte nur irgendeine Musik im Hintergrund. »Kailey Sheen«, sagte sie dann.

»Okay.« Costa wartete einen Moment. »Würden Sie sie auch schützen, wenn sie es war, die dieses unglaubliche Verbrechen an Norma begangen hat?«

»Nein.«

»Vielleicht macht es Ihnen das etwas leichter, wenn ich Ihnen sage, dass wir kurz davor sind, Kailey Sheen wegen Mordes an Norma Lindner zu verhaften.«

»Sie hatten ein Verhältnis.«

Costa glaubte, sich verhört zu haben. »Ein Verhältnis? Was meinen Sie damit?«

»Das große Geheimnis, das keiner wissen darf, ist, dass Kailey lesbisch ist. Norma hat mir erzählt, dass nur Kaileys Vater es weiß, und der hat sie dafür einmal fast totgeschlagen.«

Costa brauchte einen Moment, um das alles zu verstehen. In all den Zeitungsartikeln über Kailey Sheen hatte niemals davon ein Wort gestanden. Im Gegenteil, es wurden immer wieder Männergeschichten angedeutet. Wenn das stimmte, was Cindy sagte, hatte Kailey offenbar systematisch ein Gegenimage aufgebaut und sich dargestellt als eine Frau von großer Direktheit, deren hauptsächliche Vorliebe harte Kerle und One Night Stands waren. Und jetzt sollte sie mit Norma ein Verhältnis gehabt haben? »Wissen Sie denn Genaueres darüber?«, fragte er.

Wenn Costa bis jetzt noch nicht erstaunt war, dann wartete nun eine Überraschung auf ihn, mit der er niemals gerechnet hätte. Cindy berichtete von einer Liebesgeschichte, wie er sie eigentlich nur im Kino erwarten würde. Aber auch für Norma war es so überwältigend gewesen, dass sie jemanden gebraucht hatte, dem sie sich anvertrauen und immer wieder Rat erbitten konnte. Dafür war Cindy die Richtige gewesen, denn sie kam aus Kanada, einem Land, das weit genug entfernt war von allem, was Norma hätte bedrohen können. Außerdem entstammte sie einer Künstlerfamilie und war verrückt und positiv genug, alles »fantastic« und »wonderful« zu finden.

Von Anfang an hatte Norma gespürt, dass Kailey sie anders behandelte als die übrigen Kandidaten. Es war immer eine Spannung da, und Kailey hatte jede Aktion und jeden Satz stets so gedreht, dass Norma intelligent, glänzend, witzig und bewundernswert dastand. Natürlich hatte es ihr gefallen, es hatte ihr eine enorme Sicherheit gegeben, aber dann kamen auch persönlichere Offerten, die erste Begegnung unter vier Augen – Kailey hatte das Make-up-Girl hinausgeschickt – und dann die erste Einladung in Kaileys Villa in Chelsea. Alles wurde unter den größten Vorwänden und Sicherheitsvorkehrungen abgewickelt. Norma war wie im Rausch, ihr gefiel das alles, sie ließ sich alles gefallen und machte alles mit. Schließlich aber gab es doch den großen Schock.

Costa vermutete, der Schock war der von Kailey arrangierte Rauswurf aus der Sendung, aber er hatte sich geirrt.

»Da war sie schon längst raus aus der Show«, sagte Cindy. »Da wohnte sie schon bei Kailey und alle dachten, sie wär schon längst abgereist. Es war das letzte Ding vor dem Bruch. Kailey hatte 'n irres Dinner vorbereiten lassen, es gab Champagner und alles, und vorher hatte sie diese berühmte Modetante bestellt, die für Norma extra ein Kleid entwerfen musste. Alles war super, die Stimmung, die Musik, aber vor allem Normas Laune, weil Kailey ihr nämlich nach dem Rausschmiss versprochen hatte, dass sie einen Platz in Groove Control kriegen würde. Ist ja klar, damit wäre Norma Jean Top of the Pops gewesen.«

»Das verstehe ich alles«, sagte Costa, »aber was war denn so schockierend daran?«

»Warte doch, es kommt ja. Es war also alles vorbereitet, Norma hat dieses unglaubliche Kleid an, die Kerzen brennen und Kailey hebt ihr Champagnerglas und sagt, dass sie Norma heiraten will.«

Costa traute seinen Ohren nicht. Er hatte sich nie damit befasst, aber natürlich wusste er, dass in Spanien und auch in England homosexuelle Paare heiraten durften. Das war es nicht, was ihn verblüffte, sondern diese plötzlich aufscheinende Sehnsucht nach so etwas Altmodischem wie der Ehe. »Die wollte sie heiraten? War das ein Witz?«

Cindy lachte auf. »Nein, das war kein Witz. Darüber hatten sie schon vorher gesprochen. Das mussten sie ja, denn das würde natürlich eine gigantische Medienwelle auslösen.«

Costa saß aufrecht auf seinem Küchenstuhl und schüttelte den Kopf. »Das ist klar, das ist klar«, stammelte er, »gar keine Frage. Aber was war der Schock?«

»Warte, warte, du unterbrichst mich ja immer. Sie stießen also an auf das Datum, das sie schon festgesetzt hatten, aber statt zu trinken, sagte Kailey, ich möchte dann aber nicht, dass du so voll in der Öffentlichkeit stehst.«

Costa dachte an die Eintragung in Anjas Poesiealbum, von der sie erzählt hatte und die irgendwie Normas Wunsch nach Ehe, Kindern und Ponyhof zum Inhalt hatte. Ein häusliches Leben. Kinder hätten sie sogar auch gehabt, denn schwanger war Norma zu dem Zeitpunkt schon gewesen.

»Norma war total geschockt, denn vorher hatte Kailey ihr gemeinsame Auftritte mit Groove Control versprochen. Aber der Hammer war dann die Begründung, nämlich Normas Stimme!«

»Wegen der Stimme?«

»Ja. Weil Norma fest überzeugt ist, dass sie eine Superstimme hat. Und da hat Kailey ihr erklärt, dass ihre Stimme vollkommen belanglos ist. Norma hatte so was noch nie gehört, alle hatten ihr was anderes erzählt, Kailey auch, ich war selbst dabei. Norma hatte auf alles immer nur Komplimente kassiert, und jetzt fand Kailey wohl, wenn man jemand so liebt, dann gehört da auch ein bisschen Wahrheit dazu. Jedenfalls war das Normas wundester Punkt überhaupt, sie hat es auch null eingesehen, hat sich das Kleid vom Leib gerissen und ist sofort abgehauen. Die Nacht drauf hat sie bei mir gepennt, mir alles erzählt und geheult wie ein Schlosshund. Dann hat sie die Wut gepackt, und sie hat Andy Amalfy angerufen, von dem ja das Angebot noch stand. Der hat sofort den Vertrag mit ihr gemacht. Danach ist sie zu mir gekommen, wir wollten gerade los, den Vertrag feiern, da ruft Kailey an und sagt, es tut ihr leid, aber wenn Norma darauf besteht, dann geht das in Ordnung und sie treten zusammen auf. Vince war ja sowieso schon einverstanden. Na ja, aber Norma hatte bei Andy schon unterschrieben, und das war's dann wohl. Zwei Tage später ist sie nach Ibiza geflogen.«

Nach dem Telefonat lief Costa sofort runter und holte sich ein Sechserpack Bier. Dann setzte er sich wieder in die Küche und ließ das ganze Telefonat mit Cindy Ann noch einmal Revue passieren.

Er kam zu keinem anderen Resultat, nur dass ihnen Cindy nun auch noch ein Motiv für den Mord geliefert hatte.

Er rief den Bischof an, der ihm gleich die schlechte Nachricht präsentierte, dass weder Staatsanwalt Segundo noch Richter Montanyà zu erreichen waren.

»Egal«, beschloss Costa. »Wir ziehen das jetzt durch.«

Als das Boot den Hafen verließ und beschleunigte, stand er an der Reling und genoss den würzigen, kühlenden Wind an diesem heißen Sommerabend. Der Kurs war Nordost, von wo die Nacht kam. Sie fuhren in sie hinein. Der Bischof legte einen Arm um Costa und drückte ihn. »In einer Stunde haben wir das Haus gefilzt, dann sperren wir die Drossel in unseren Käfig und schaffen's noch zu Karins Party.«

Costa war sich da nicht so sicher, aber er nahm es hin, wie es kam. Auch die überraschenden und unangenehmen Dinge in Stärke und Ruhe anzunehmen, war eine Übung, die er immer wieder versuchte.

Als sie ankamen, wurden sie in die Bootshalle eingelassen. Sie fuhren mit dem Fahrstuhl hinauf und wurden von Sheens Sekretärin mit den Worten empfangen, unangemeldeter Besuch berge leider das Risiko, die Dame des Hauses nicht anzutreffen.

»Ist sie da?«, fragte Elena kalt.

Die zierliche Person trug zu ihrem weißen originell geschnittenen Seidenkostüm Schmetterlingshandschuhe. Auch in ihrem schwarzen kurz gelockten Haar saß eine Schmetterlingsspange. Aus dunklen Augen blickte sie Elena mit verwunderter Neugierde an. »Nein«, sagte sie und lächelte strahlend.

»Wann wird sie wiederkommen?«, fragte Elena.

»Das weiß ich nicht. Sie ist mit dem Schnellboot auf und davon.«

Costa warf einen kurzen Blick zu Elena, was sie mit dieser Formulierung wohl anfangen würde. Es klang so, als wäre sie geflüchtet.

»Hat sie das Land verlassen?«

»Ich denke nicht.«

»Warum denken Sie nicht?«, fragte Elena und gab ihren Worten einen sarkastischen Dreh, denn sie wusste natürlich inzwischen, dass Sheens Sekretärin Philosophie in Oxford studiert hatte.

Ärgerlich schaltete sich der Bischof ein. »Wir können die Hausdurchsuchung auch ohne sie machen.«

Die Sekretärin wandte sich ihm zu. »Gerne, gerne, wenn Sie mir einen Durchsuchungsbefehl zeigen können.«

Das war der Schwachpunkt. Costa hatte weder bei Gericht noch zu Hause jemanden erreicht. Richter Montanyà war an diesem Wochenende nach Mallorca zu einer Orchideenausstellung geflogen, und Staatsanwalt Segundo war schon nachmittags zu einer Weinprobe gefahren.

»Für den Fall, dass Sie sich nicht an Ihre Vorschriften halten, habe ich hier eine Reihe von Nummern eingegeben«, sie hielt ihr Telefon hoch, »die ich anrufen und um Hilfe bitten werde.«

Costa kochte vor Wut über Segundo, dass er nicht zu erreichen gewesen war. Sie arbeiteten sich hier den Arsch ab, und er ging zur Weinprobe! Er war nicht mal auf seinem Handy zu erreichen. Irgendein Richter würde wohl Dienst gehabt haben, aber es wäre Segundos Job gewesen, ihm den Fall vorzutragen.

Als sie wieder unten waren und gerade ins Boot einsteigen wollten, hatte seine Wut etwas nachgelassen und ihm fiel die Telefonaktion ein, die Sheens Sekretärin gegen Norma Jean organisiert hatte. In diesem Punkt hatte er Amalfy geglaubt. Er fuhr noch einmal mit dem Fahrstuhl hinauf, und da stand sie wieder, genau am selben Fleck in der Lobby, als hätte sie sich gar nicht fortbewegt. Wahrscheinlich wurde sie permanent über alles verständigt und wusste, dass er zurückkommen würde.

»Ich habe noch eine Frage an Sie persönlich.«

Sie riss ihre Augen etwas weiter auf und sah aus wie ein schöner orientalischer Märchenvogel. »An mich persönlich?«

»Wir wissen, dass Sie mit Hilfe eines Computerspezialisten das Ergebnis der telefonischen Abstimmung manipuliert haben. Das Ziel war, die deutsche Teilnehmerin Norma Jean aus der Show zu kippen. Wissen Sie, warum sie nicht weiterkommen sollte?«

»Sicher.«

Costa begann sich schon wieder zu ärgern. »Und warum?«

»Kailey Sheen wollte sie als Mitglied bei Groove Control haben. Hätte sie einen der ersten zwei Plätze in der Show erreicht, wäre das nicht möglich gewesen.«

»Und hat sie dann Aufnahmen mit Groove Control gemacht?«

»Nein. Sie hat es vorgezogen, sich von Mister Amalfy unter Vertrag nehmen zu lassen.«

Er war fertig und wollte gehen, aber irgendwie ärgerte ihn diese glatte, nicht fassbare Frau so, dass er sich nicht zurückhalten konnte, noch eine Bemerkung zu machen. »Haben Sie keine Bedenken, sich für solche Machenschaften herzugeben?«

»Sie haben Recht. Ich habe eine viel beachtete Doktorarbeit über den deutschen Philosophen Kant geschrieben. Ich habe mein Studium als Beste meines Jahrgangs abgeschlossen. Ich fühle mich hier geistig vollkommen unterfordert.« Sie lächelte. »Ich verdiene aber sehr gut, habe viel Urlaub und freie Tage, an denen ich mich erholen kann. Dieser Job ist mir wie ein Falter unter das Nachthemd geflattert.«

Costa schüttelte den Kopf und wandte sich ab. Ihm fiel noch eine Frage ein. »Hatte Kailey Sheen die Idee zu dieser Telefonintrige?«

»Nein. Ihre Anwaltskanzlei in London. Mrs. Sheen arbeitet immerzu. Sie hat keine Zeit für Ideen.«

Sie sprach in einem Tonfall, der den Zuhörer im Ungewissen ließ, ob es ein Witz war oder ernst sein sollte. Es war so herausfordernd, dass er nicht widerstehen konnte, noch eine Bemerkung zu machen. Während die Fahrstuhltür aufging, drehte er sich noch einmal um. Wie eine japanische Porzellanfigur stand sie da.

»Wenn Mrs. Sheen verhaftet ist, wird es wohl kein Groove Control mehr geben?«, sagte Costa

»Doch«, sagte sie. »In der Zeit wird Laurie McPhee die Leitung übernehmen.«

Die Fahrstuhltür schloss sich. Niemals würde Costa das Bild vergessen, wie sie da stand, aus weißem seidigem Porzellan, die Hände in ihren Schmetterlingshandschuhen, die jeden Moment losfliegen konnten.

Er verständigte über Funk die Küstenwache, nach Sheens Boot zu fahnden. »It's a crazy world«, brummte er die Zeile aus irgendeinem Schlager, als sie zurückfuhren und der Wind ihm sein Hemd wie ein Segel blähte. In der Ferne sah er die Lichterkette von Santa Eulalia vorbeigleiten, und als er sich dem Meer zuwandte, stand am dunklen Horizont ein voll erleuchteter Dampfer wie eine glühende Märchenerscheinung.

Als sie in Ibiza ankamen, war es elf. Er stellte das Handy wieder an, das er ausgeschaltet hatte, weil er sich all die Fragen der vorwurfsvollen Anrufe ersparen wollte, die ihn von Karins nachträglichem Geburtstagsfest erreicht hätten. Er dachte an die fröhlichen Gesichter von Karin und Annalena und fühlte sich schuldig. Er war während der Fahrt nicht einmal zu einer netten Unterhaltung mit Elena aufgelegt gewesen. Sie hatte sich die ganze Zeit unten in der Kajüte mit dem Bischof und dem Surfer unterhalten.

»Ich werde weiterhin versuchen, den Haftbefehl zu kriegen, aber es wird wohl vor Montag nichts werden, fürchte ich.«

»Was soll das heißen?«, fragte der Bischof. »Gehst du jetzt nicht mehr zu der Feier?«

»Was soll ich denn machen? Ich kann das doch jetzt hier nicht abbrechen!«

»Aber wir gehen!«, riefen sie, »Wir haben verdammten Hunger und Durst.«

Kaum saß er im Wagen, da klingelte sein Handy. Es war Johannes Winter. »Mann, wo steckst du denn? Die Party ist in vollem Gang.«

»Auwei«, sagt Costa. »Was macht Karin?«

»Ach, die tanzt mit jedem und amüsiert sich hervorragend. Ich muss jetzt gehen, weil man mich in Las Dalias erwartet. Wenn du die Sheen treffen willst, komm dahin.«

»Gut, ich komme sofort«, antwortete Costa und fuhr in Richtung San Carlos.

Seine Kehle war trocken und er fühlte sich furchtbar elend, als er daran dachte, dass die Party nun ohne ihn stattfand. Wie sehr hatte er sich darauf gefreut, mit Karin, Annalena und seiner ganzen Familie zu feiern. Und was würde Karin in ihrer Wut mit ihm anstellen?

Er hatte sich mit Johannes auf dem Parkplatz von Las Dalias verabredet, aber als er ankam, war nichts mehr frei, weder auf Catalinas Seite noch auf dem neuen »Busbahnhof«, der an den Samstagen Touristenmassen auf der Suche nach dem letzten authentischen Hippieschnäppchen ausspuckte. Er parkte seinen Wagen am Straßenrand in der Hoffnung, die Kollegen von der Verkehrspolizei würden ihn erkennen.

Als er auf den Eingang zuging, sah er Johannes auf ihn warten.

Die Bühne war mit künstlichen Bäumen und einer Hintergrundleinwand dekoriert, auf der Szenen aus Johns Leben zu sehen waren. Davor standen Verstärkertürme, eine Hammondorgel, ein Schlagzeug mit zwei Basstrommeln und drei Mikrofone. Zwei Helfer huschten auf der Plattform herum, um verschiedene Bühnenpositionen mit schwarzem Klebeband zu markieren. Einer der Helfer machte einen Mikrofontest: »One two three test test test …« und sah fragend zu dem Mann am Mischpult, der die Höhen auspegelte, damit es später keine Rückkopplungen gäbe. Der am Mischpult hob den Daumen, alles okay. Ein anderer stimmte die Gitarren und den Bass, wechselte den Winkel der Verstärker und legte allerlei Zubehör bereit. Eine Kellnerin, deren Jeans das Meiste ihres Hinterns frei ließen, sodass die symmetrischen Tätowierungen knapp oberhalb ihrer Grübchen zu sehen waren, stellte an jedes Instrument eine Flasche Absinth, einen Cognacschwenker und einen Kübel Eis. Danach brachte sie ein silbernes Tablett mit einem großen Haufen weißen Pulvers auf die Bühne. Costa staunte. Kokain? Öffentlich?

Mittlerweile hatte sich der Saal gefüllt. Das Licht wurde gedimmt, und die Leute applaudierten. Ein Mann trat an eines der Mikrofone. Langes Haar hing ihm über den Nacken und vorne hatte er eine Glatze. »Wir geben dies Konzert zu Ehren von John, dem ersten Bassisten Bob Dylans. Er starb zu jung, aber wir haben ihn im Herzen.« Dann machte er eine Geste in Richtung des silbernen Tabletts. »Asche zu Asche und Staub zu Staub.« Der Saal applaudierte. »We are dust in the wind. And now, ladies and gentlemen: Victims of Circumstances! Enjoy!«

Selbst im Koma hätte Costa dieses Lied an der ersten Zeile erkannt: »There must be some way out of here, said the joker to the thief. There's too much confusion, I can't get no relief.«

Ein Dylan-Song, den Jimi Hendrix berühmt gemacht hatte. Der Schalldruck ließ seinen Magen im Takt vibrieren. Da standen sie, die fünf alten Rock'n' Roller, und es zahlte sich nun aus, dass sie zusammen lebten und immer zusammen spielten, denn ihre Einsätze und Intonationen passten zusammen wie ein perfekt gelegtes Puzzle. Sie spürten es, und ihre Freude sprang über auf den Saal. Costa, als Kind der Sechziger, war fasziniert, ohne zu verstehen, warum. Erinnerungen an Schulfeten, unbeholfene Küsse, Selbstbefriedigung und grüne Parkas stiegen in ihm auf. Er bemerkte, dass er sich bewegte wie vor fünfundzwanzig Jahren. Der Saal war inzwischen bis auf den letzten Stehplatz gefüllt.

Er bahnte sich einen Weg durch die schwankende Menge und erklomm die ersten Stufen der Treppe zur Empore. Obwohl die Lüftung auf Hochtouren lief, waren die Lichtkegel der Scheinwerfer massive Rohre aus weißem Rauch. Süßlich roch es, nach Patchuli, Räucherstäbchen und Schwarzem Afghanen.

Johannes kämpfte sich ebenfalls die Treppe hinauf. »Na, *teniente*, entdeckst du deine Rockerseele?«, lachte er. »Kennst du die Leute hier?«

Costa schüttelte den Kopf. Er suchte nach Kailey Sheen.

»Hier, direkt vor uns: Ruben Cervantes, Mister Chill persönlich. Hat sich eine goldene Nase mit dieser Luftmatratzenmusik verdient. Jeden Abend sitzen tausend Leute vor dem Café del Mar und hören seine Stücke. In Wirklichkeit heißt der Mann übrigens Herbert Achnitz und ist aus Dortmund.«

Am Eingang drängten sich drei Männer herein, die in ihrer Mitte ein junges Mädchen hatten. Es war nichts Besonderes, dass die Eltern hierher ihre Kinder mitbrachten, aber Costa glaubte zu seinem Erstaunen, Anja Lindner erkannt zu haben, Normas fünfzehnjährige Schwester.

Johannes stieß ihn an, und für einen Moment war er abgelenkt. »Und da, die neue Bette Middler, die Engländerin mit dem Maßkrug da vorne, Typ Lastwagen fahrende Kampflesbe. Gnadenlos hat sie sich den Weg in die englische Hitliste gebahnt. Sie singt immer flat oder sharp, das heißt einen Achtelton zu tief oder zu hoch, dafür aber aus übervollem Herzen. Wenn diese Fregatte ›Titanic‹ kräht, dann geht jeder Dampfer unter.«

Costa hatte Anja Lindner im Auge behalten und wollte nun von Johannes wissen, wer die drei Männer waren, mit denen sie hereingekommen war.

»Meinst du die mit der Hupfdohle da, die sich jetzt gerade von der Titanic ihren Maßkrug reichen lassen und jeder einen Schluck nimmt, oder?«

»Richtig. Wer sind sie?«

»Der gerade seinen Arm um die Hupfdohle legt, ist Joel König, Gitarrist. Mann, wenn der spielt, bin ich sofort wieder siebzehn und im Partykeller und schüttele meine Mähne vor den Lautsprecherboxen!« Er lachte.

»*Bueno*. Und der da?«

»Soenke Soerenssen, klassische Ausbildung, Chopin-Meisterklasse mit Auszeichnung. Jedes Jahr kommt er für drei Wochen aus Spaß und spielt in der gleichen Bar für sechzig Euro am Abend.«

»Und der Dritte? Der Dunkelhaarige, der dem Mädchen gerade seine Uhr zeigt.«

»Wahrscheinlich ’ne Rolex aus Platin, das ist nämlich unser moderner Produzent, Arnoldo der Global Player, der jeden Abend in seinem Schlafzimmer kniet und den Euro anbetet. Er linkt alle Musiker. Kein Vorschuss, keine Verträge, keine Lizenzabrechnung. Die können froh sein, dass sie nicht noch bezahlen müssen, und wenn sich einer beschwert, hat er sein Label längst vertickt und ein neues gegründet. Hast du schon mal einen Klempner gesehen, der umsonst arbeitet? Die meisten Musiker sind Handwerker, die nicht begreifen, dass sie einen Beruf ausüben. Die spielen einfach viel zu gerne.«

Wenn Normas Schwester auch singen wollte, wär sie ja bei ihm vielleicht an der richtigen Adresse, dachte Costa, während er zugleich versuchte, Kailey Sheen irgendwo zu entdecken. Vergeblich. »He, da ist Amalfy.« Johannes stieß ihn an. »Da drüben, hast du gesehen?«

Costa nickte. Der Produzent lehnte unter ihnen an der Bar und folgte interessiert dem Geschehen auf der Bühne. Er winkte jemandem.

»Wow, da ist ja auch Steve Reed«, sagte Johannes.

Costa nickte. »Kenn ich.«

Johannes warf ihm einen erstaunten Blick zu. »Woher, Mann?«

»Ich steh auf Heavy Metal.«

Johannes nickte, wenn auch mit einem leichten Zweifel und zeigte auf einen kräftigen Blonden. »Das ist der Veranstalter, Yuma.«

Amalfy formte die Hände zu einem Trichter und brüllte etwas, das bei Yuma euphorisches Kopfnicken auslöste. Dann drängte sich Yuma zur Bühne und sprach mit einem der Helfer. Als die Band den Song beendet hatte, trat Steve Nobbs ans Mikrofon: »Ladies and Gentlemen, ich habe das Vergnügen, euch einen wirklichen Tycoon der Popmusik anzukündigen!« Ein Raunen ging durch die Menge, als Amalfy auf die Bühne kletterte. »Mister Success himself: Have a big hand für Andy Amalfy! Bitte Applaus für Andy!«

Amalfy verbeugte sich knapp in Richtung Publikum und setzte sich an Richies Keyboard. Er machte ein paar kurze Fingerübungen auf den Diskanttasten, griff nach dem Galgen und bog sich das Mikrofon zurecht: »*Buenas noches*, Las Dalias! Are you alright?« Das Publikum grölte. Costa warf einen Blick zu Anja hinüber. Ihre Begleiter grölten ebenfalls und klatschten, aber sie bewegte keinen Finger, sondern schmachtete ihre drei väterlichen Freunde an.

»Okay. Ihr wisst vielleicht, dass ich ein passabler Arrangeur bin«, Amalfy zwinkerte mit dem Auge, der Saal lachte, »aber das Singen überlasse ich lieber Profis. Heute Abend ist ein wirklicher Champion unter uns, den ich jetzt zu mir herauf bitte. Come on, Vince, let's rock!«

Costa hatte Vince Gordon nicht bemerkt, weil er auf der Bühnenseite mit Laurie hinter dem Monitormixer gehockt hatte. Jetzt kamen sie beide hervor. Er hatte Lauries linke Hand gefasst und winkte mit der anderen dem Publikum zu. Er folgte ihr bis auf die Bühne, sie begrüßte Andy mit Küsschen links, Küsschen rechts, rückte das Mikrofon von Ricardo weg, während Vince die Hände der anderen Musiker abschlug. Das Mikro war nun frei für ihn, Laurie hatte Ricardo in den Hintergrund manövriert, wo er sich eine Kuhglocke schnappte, um nicht ganz dumm herumzustehen. Sie stellte sich an der Bühnenseite auf, immer bereit einzugreifen.

Kailey Sheen war nirgends zu sehen.

Anja klatschte verhalten.

Vince beugte sich zum Mikrofon. Er fasste es nicht an, denn er brauchte seine Hände, um sein Haar zur Seite zu streichen. Costa konnte sehen, dass es frisch gewaschen war. Es glimmte unter einer kupfernen Schicht, und es fiel, als wäre es aus schwerer Seide. Er war sich nicht sicher, ob Vince geschminkt war, aber er wirkte sehr verändert, nicht mehr aufgedunsen und deprimiert, eher wie ein griechischer Jüngling mit langen Augenwimpern, einem vollen Mund und sanftem Kakaoteint.

»Okay, ich möchte gerne einen Song von einem guten Freund singen, der leider auch schon tot ist. Freddy, für dich und die anderen da oben … one, two, three, four:

Buddy you're a boy make a big noise
Playin' in the street gonna be a big man some day
You got mud on yo' face
You big disgrace
Kickin' your can all over the place
Singin'
We will, we will rock you!«

War das Publikum schon bei den Victims begeistert gewesen, so rastete die Menge jetzt regelrecht aus. Selbst Anja, wie Costa mit einem schnellen Blick feststellte. Alle hatten die Arme über den Köpfen und klatschten den Takt des Stückes. Amalfy rockte an den Tasten ab, als ob er sein Leben lang nur auf Bühnen gestanden hätte. Vince Gordons unglaubliche Zauberkraft schlug auch Costa in den Bann. Dieser verweichlichte, rauchende und besoffene Jammerlappen verwandelte sich unter Scheinwerferbestrahlung in Fleisch gewordene Musik.

Der Saal tobte. Er sah sich um. Vince war im Herzen eines jeden Zuhörers, in seiner Seele und in seinem Bauch. Es war unfassbar, wie jemand mit einem Timbre, einem gedehnten Ton, einem Schluchzer oder Schrei ihn und alle anderen an der schutzlosesten Stelle packen konnte, um ihm Verzweiflung oder Euphorie in die Seelen zu hauchen. Zu brüllen. Zu röhren. Mit einer plötzlichen hohen Kinderstimme hineinzubeten.

»Unglaublich, nicht wahr?«, rief Johannes. »Umso unglaublicher, wenn man Groove Control gehört hat. Da steht diese einmalige Stimme neben der Tröte Sheen, und es tut einem nur weh!«

Das Licht im Saal wurde dunkel. Ein Spot flammte auf und richtete sich auf den Mann am Mikrofon.

»No, I can't forget this evening«, begann er leise ohne Begleitung zu singen,

»Or your face as you were leaving
But I guess that's just the way the story goes
You always smile but in your eyes your sorrow shows
Yes, it shows.«

Gordons Stimme wurde mächtiger und voluminöser, ein Überlebensschrei aus seinem Innersten. Bass und Schlagzeug starteten mit einem gewaltigen Break den Refrain:

»I can't live if living is without you
I can't live, I can't give any more …«

Bei den letzten Worten war Laurie nach vorne gekommen und hatte ihren Arm um seine Hüfte gelegt. Sie strahlte, und Costa hatte niemals einen Ausdruck so klaren Glückes gesehen.

Der Saal war ein Meer von Wunderkerzen und Feuerzeugen. Die Stimmung schien ihm wie eine stille Ekstase der Zärtlichkeit. Manche hatten Tränen in den Augen.

Vince und Laurie verließen unter nicht endendem Applaus die Bühne und gingen in Richtung Ausgang.

»Komm mit«, sagte Costa zu Johannes und folgte dem Sänger. Sie wollten morgen mit den Aufnahmen zu Groove Control beginnen, vielleicht wussten Vince oder Laurie, wo er Kailey Sheen jetzt finden könnte.

Auf der Bühne intonierte Amalfy ein Lied, das alle zu kennen schienen. Schon die ersten Töne wurden mit Freudenschreien und Applaus gefeiert: »Blame it on the dog«.

Costa versuchte Anja Lindner zu entdecken, während er sich zum Ausgang arbeitete. Als er sie sah, machte er ihr ein Zeichen, zu ihm zu kommen, aber sie tat, als kenne sie ihn nicht. Er schob sich zu ihr hin, entbot den zwei Musikern und Arnoldo, dem Produzenten, ein freundliches Guten Abend und fragte sie, wo ihre Eltern seien.

»Weiß nicht.« Sie tat, als spräche er von einer Spezies, der sie auf Erden noch nicht begegnet wäre.

Dann blies sie ein rosa Kaugummi auf, ließ es platzen und holte es mit der Zunge aufreizend zurück in den Mund. Costa hatte keine Lust, sich von Anja weiter vorführen zu lassen, wie man den Platz der größeren Schwester einnähme. Amalfy sang die Geschichte von jemandem, der zutiefst bereute, dass er »sie« hatte gehen lassen und nun begriff, was ihm fehlte.

»Blame it on the dog
he cannot blame it back
on you
since he can't talk«, sang Amalfy.

Der Hund hat Schuld, denn er kann sich nicht verteidigen ... Komische Idee. Plötzlich fiel Costa ein, wie er Amalfy durchs Wohnzimmer auf die Terrasse gefolgt war, wo er den Anwalt Campaña traf. Am Kamin hatte er diesen Hund gesehen. Einen Hund in Acryl. Was war es? Diese Hundesorte, die er so witzig fand. Ein Pekinese. »Komischer Text in diesem Lied«, sagte er zu Johannes.

Johannes lachte, Amalfys Schwäche seien Hunde, er lasse sie nach ihrem Tod sogar in Acryl gießen, erklärte er.

Er drängte sich wieder durch die Leute und erwischte Amalfy, als er von der Bühne stieg. Er sah ihn kommen, aber sein Gesicht verriet nichts. Vielleicht war er zu reich, um sich von Dingen wie einer Hausdurchsuchung berühren zu lassen. Seine Augen allerdings lagen im Schatten, denn er trug eine Baseballkappe mit einem sehr langen Schirm. An der Seite quollen seine langen Haare hervor, die über die Ohren abstanden. Sein T-Shirt war völlig verschwitzt.

»Ein interessanter Song, alle Schande dem Hund«, sagte Costa lachend.

Amalfy zeigte keine Reaktion.

»Als ich bei Ihnen war, sah ich in der Nähe des Kamins einen Pekinesen in Acryl.«

»Mao.«

»Mao hat eine Weile bei Ihnen gelebt, nicht wahr?«

»Bis zu seinem Tod.« Amalfy nahm einen Whisky, der ihm gereicht wurde, und kippte ihn.

»Was trinken Sie da?«

»Hustensaft.«

»Hören Sie zu, Amalfy, ich werde Sie jetzt etwas fragen und ich möchte eine vernünftige Antwort. Norma ist ermordet worden und ich leite die Ermittlungen. Ihr Körper wurde anschließend, genau wie ihr Mao, in Acryl konserviert und in der Hall of Fame im Privilege ausgestellt.«

»Immerhin stand sie dann da, wo sie immer stehen wollte,« unterbrach Amalfy.

Costa verschluckte eine Antwort. »Wir sind uns nicht sicher, ob sie nicht lebend in das Acrylbad getaucht wurde«, fuhr er dann fort. »Wenn Sie nicht wollen, dass wir Mao exhumieren, um festzustellen, ob er lebend acrylisiert wurde und in beiden Fällen dieselbe Technik verwendet wurde, dann sagen Sie mir jetzt und hier, wer die Arbeit an Ihrem Pekinesen gemacht hat.«

Costa entging nicht, dass er Amalfy getroffen hatte. Schon während der Erklärung über Normas Tod hatte er die Luft angehalten, bei der Erwähnung Maos hatte sein Gesicht zu zucken begonnen, und jetzt atmete er mehrmals tief ein und aus. »Ich gebe Ihnen die Nummer meiner Sekretärin in Miami. Sie hat die Anschrift des Acrylierers auf Mallorca.«

Costa nahm sein Handy und tippte die Nummer ein. »Auf Ibiza gibt's wohl keinen, der so was auch kann?«, fragte er.

»Gibt's nicht«, sagte Amalfy und drehte Costa den Rücken zu. Costa ließ ihn gehen.

Auf dem Weg zum Ausgang fand er Johannes nicht mehr. Als er in die schwüle Augustnacht hinaustrat und einen Blick zum Sternenhimmel werfen wollte, sah er, wie jemand Anja in der Mache hatte und gegen die Wand drückte. Sie wehrte sich nicht, sondern hatte ihre Arme um seinen Hals geschlungen und zog das Knie ein wenig an, um es ihm zwischen die Beine zu reiben. Costa dachte an Martin Lindner, sah die Verzweiflung über seine verlorene Tochter und spürte sein eigenes Herz bis zum Hals pochen.

Er ging näher, um sich zu überzeugen. Er sah dem Mann über die Schulter und blickte Anja ins Gesicht. Sie schaute ihn mit großen Augen an. Er wollte dem Typ auf die Schulter tippen und ihn zur

Rede stellen, doch er merkte rechtzeitig, dass er vielleicht bloß ein Opfer für seinen Frust suchte, Kailey Sheen wieder verfehlt zu haben. Schließlich war er nicht der Sittenwächter für alle minderjährigen Mädchen.

Er machte einem Auto Platz, und als das Licht Anjas Partner ins Gesicht fiel, erkannte er Kailey Sheen. Sie trug kurze Haare, ihre Augenbrauen waren stärker nachgezogen, von ihrem Busen war nichts mehr zu sehen. Ohne die intensive Begegnung auf Tagomago hätte er die Frau in ihr nicht wiedererkannt.

Er war so irritiert, dass er für einen Moment nicht wusste, was er machen sollte. Dann traf ihn ein Schlag in den Magen. Sheen hatte, ohne sich umzuschauen, ihren Ellbogen nach hinten gestoßen. Da ihre Verhaftung bei ihm fest gespeichert war, packte er zu, ohne nachzudenken. »Hey!«, rief er dabei und musste sich bremsen, etwas von Unzucht mit Minderjährigen zu sagen. Das mochte zwar der Fall sein, aber schließlich ging es hier um Mord. Allerdings hatte er keinen Haftbefehl und war sich darüber im Klaren, dass Sheens Rechtsanwalt wegen dieses Formfehlers die sofortige Freilassung erreichen würde. Das würde ihr sicherlich ein paar Stunden Vorsprung verschaffen, in denen sie die Insel verlassen könnte. »Sie haben mich hier angegriffen! Kommen Sie mit aufs Präsidium, damit Ihre Personalien aufgenommen werden!« Er konnte Sheen anmerken, dass sie darauf hereingefallen war und davon ausging, dass er sie für einen fremden Mann hielt. Schließlich war ihre gute Verkleidung eine gewisse Garantie dafür.

Vielleicht hatte sie schon einmal Ähnliches erlebt, sie schien jedenfalls nicht willens, sich irgendwo in das Licht der Öffentlichkeit zerren zu lassen oder gar auf eine Polizeistation mitzugehen. »Lassen Sie mich in Ruhe!«, sagte sie mit einer tieferen Stimme als sonst und griff zugleich in die Tasche.

Costa argwöhnte, dass sie eine Waffe bei sich hatte und hielt sie fest.

»Was wollen Sie, Mann?«, knurrte sie in einer Mischung aus Angst und Wut.

»Ich übergehe Ihren tätlichen Angriff auf einen Beamten der Guardia Civil, wenn Sie mir ein paar Fragen beantworten.«

»Gleich?«

»Gleich und sofort und hier!«, zischte Costa und fasste wieder fester zu. Sheen versuchte, sich gegen den harten Griff zu wehren, aber es gelang ihr nicht. »Hatten Sie ein Verhältnis mit Norma?«

Nun wusste sie, dass er sie erkannt hatte. »Nein!« Sie versuchte wieder, sich zu wehren. »Lassen Sie los, Sie Irrer!«

Costa hatte sie in den Schatten eines Baumes gedrängt und drückte sie gegen den Stamm. Die Leute, die in die Kneipe ein und aus gingen, konnten sie nicht sehen. Er würde gleich merken, ob ihre Antwort gelogen war.

»Waren Sie am 4. Juli in Mallorca? Das war ein Donnerstag.«

»Ich habe meinen Kalender nicht dabei! Lassen Sie mich los!«

Costa drückte seinen Ellbogen gegen den Hals seines Opfers. Er merkte plötzlich, wie reaktionsschnell sie war. Es begann, ihm Spaß zu machen. Zugleich war es auch ein angenehmer Ausgleich für die Demütigungen, die er erfahren hatte.

»Es war der Tag, an dem Sie abends Vince Gordon im ›Tristan‹ in Puerto Portals getroffen haben. Erinnern Sie sich?«

Sheen war unsicher. »Ich erinnere mich, ja, na und?«

»Ihr habt über Groove Control gesprochen. Und morgen fängt die Sache an.« Sie wehrte sich wieder und Costa schüttelte sie. »Wird es nun Laurie sein oder Norma Jean? Morgen?«

Sheen wollte schreien, aber Costa packte sie an der Kehle, sodass ihr Stimme und Luft weg blieb. Sie versuchte, ihr Knie anzuziehen, aber auch da war Costa schneller. »Antworten Sie!«

»Laurie? Sind Sie wahnsinnig?«

»Und was hast du am 4. Juli nach dem Essen im ›Tristan‹ mit Norma Jean angestellt?«

Jetzt ertrug sie es nicht mehr. Sie kreischte hysterisch auf, sodass Costa losließ. Sie rannte schreiend und hustend davon, drehte sich aber noch einmal um und drohte: »Das wirst du mir büßen, du Satan!« Sie taumelte wieder zwei Schritte nach vorne, als sei sie betrunken, drehte sich wieder um und brüllte: »Ich werde dafür sorgen, dass du Inselverbot kriegst, du miese Ratte!«

Dann verschwand sie im Eingang. Vielleicht gibt ihr Amalfy was von seinem Hustensaft, dachte Costa und steckte sein Hemd wieder in die Hose. Mit einem schnellen Blick suchte er Anja, aber von ihr war nichts mehr zu sehen. Er wischte Sheens Spucke von seinem

Unterarm ab. Jetzt hieß es, schnell zu handeln, wenn er die Runde gegen diese Frau nicht verlieren wollte.

Er sah zur Uhr, es war halb zwei. Er wusste, dass es eine Nachtfähre von Ibiza nach Barcelona über Mallorca gab, die in San Antonio um zwei Uhr nachts auslief. Wenn er sich beeilte, könnte er sie noch kriegen. Er wollte es versuchen und lief zum Auto. Er stellte das Blaulicht aufs Dach und gab Gas. Den Zettel mit dem Strafmandat an der Windschutzscheibe ließ er flattern.

Es war jetzt in Miami noch früher Abend, vielleicht hatte er Glück und erreichte Amalfys Sekretärin. Er hatte Glück.

Er sagte, er sei ein Freund von Andy, sein Lieblingshund sei gerade gestorben, und er wolle ihn acrylieren lassen, ob sie so freundlich sein könne, ihm eben die Adresse des Acrylkünstlers in Mallorca zu geben, der auch Mao verewigt habe.

»Acrylkünstler ist gut«, sagte sie lachend. »Das ist ein Beerdigungsinstitut.« Dann gab sie ihm die Anschrift in der Nähe von Port Andratx.

Auf dem Weg zum Hafen, wo er noch die letzte Fähre nach Mallorca zu kriegen hoffte, kam ein Anruf vom Bischof, der ihm die erfreuliche Nachricht brachte, dass Richter Montanyà den Haftbefehl vor einer Stunde unterschrieben hatte. Costa gab ihm den Auftrag, sofort Johannes Winter anzurufen, einen oder zwei Streifenwagen ins Las Dalias zu schicken, die Küstenwache in der Nähe von Tagomago zu verständigen und sich selbst um die Verhaftung zu kümmern.

Mit knapper Mühe erreichte er das Schiff. Unbehaglich sah er von der Reling aus, wie die Lichter der Insel langsam entschwanden. Die Party ging daneben wie sein ganzes Leben. Er hatte nicht einmal mehr den Nerv gehabt, Karin noch anzurufen, um sie zu informieren. Jetzt war sie mit seiner Tochter allein, und es klang ihm ihre drohende Stimme im Ohr, sie nehme Annalena gerne hin und wieder, aber er solle sich nicht einfallen lassen, sie ihr anzuhängen und sie dann mit ihr sitzenzulassen. Das war es aber gerade, was er tat.

Er hätte sich an die Polizei in Mallorca wenden können, aber er scheute die Formalitäten, die vielen Erklärungen und den ganzen Papierkram. Außerdem hatte er sich vorgenommen, beim Bestattungsinstitut Shaffsky erst einmal als Kunde aufzutreten. Auf der Überfahrt heute Nacht hatte er sich eine entsprechende Story ausgedacht, bei der er behutsam vorgehen musste. Schließlich verlangte er etwas Illegales: Er war ein Ehemann, der seine Frau acrylieren lassen wollte.

Am Flughafen mietete er sich einen BMW, denn Shaffskys Kunden waren sicher zumeist wohlhabend. Der Wagen hatte Aircondition, er genoss die Kühle und jetzt in den Morgenstunden die Leere der Straßen und Orte, die – anders als auf Ibiza – total verlassen wirkten. Als er das Haus gefunden hatte, war es sechs Uhr morgens. Es war zu früh, und daher fuhr er noch ein Stück weiter, bis er ein schattiges Plätzchen im Wald entdeckte, legte sich quer hinten auf die Sitze und war nach wenigen Minuten eingeschlafen.

Kurz vor acht erwachte er, machte ein paar Übungen, um seinen Kreislauf hochzubringen, dann fuhr er zu Shaffsky und klingelte. Hunde schlugen an. Nach einer Weile stand ein etwa vierzigjähriger Mann vor ihm in der kleinen Pforte neben der großen Toreinfahrt. Er trug eine dicke geschliffene Brille und einen schwarzen Morgenmantel.

Er entschuldigte sich, dass er so früh störe, er nehme aber an, dass er angemeldet sei und Mister Shaffsky ihn erwarte.

Der Typ schüttelte etwas erstaunt den Kopf. Er hielt die Pforte fest in der Hand und machte keinerlei Anstalten, ihn hereinzulassen.

»Ich bin mit Andy Amalfy befreundet und er hat vorgeschlagen, dass sein Büro hier anruft und mich ankündigt.«

Der Ausdruck in seinem Gesicht änderte sich, er öffnete die Pforte und bat Costa herein. »Ein großer Musiker«, murmelte er und erinnerte Costa an einen Orgelspieler, den er einmal in einem fast unlösbaren Mordfall kennen gelernt hatte.

Costa folgte ihm ins Haus. Es war ein protziger Bungalow, umgeben von einer hohen Mauer. Aus den großen Wohnzimmerfenstern blickte er über einen Hof auf ein zweites Gebäude.

»Ich bin Larry Shaffsky«, stellte sich der Mann vor.

»Mein Name ist Anton Krawinkel«, erwiderte er. »Ich bin Hamburger.«

»Hamburg«, sagte Shaffsky. »Eine schöne Stadt.«

»Waren Sie schon einmal dort?«

»Nein, aber ich sehe mir alle Städte im Internet an.«

»Haben Sie hier auch eine Verbrennungsanlage?«, fragte er.

»Nein, das wäre verboten. Die Einäscherungen finden in Palma statt.«

Shaffsky sprach eigenartig monoton, was Costa zunächst für eine berufsbedingte Eigenart hielt: der Bestatter, der ständig pietätvoll mit den Verbliebenen salbadert. Seine Sätze hatten keinerlei Melodie. Sie erinnerten Costa an einen Kehlkopfkrebspatienten, dem ein Sprachchip implantiert worden war. Der Chip fragte ihn, ob er einen Kaffee wolle.

Costa hätte eigentlich Tee trinken sollen, aber er verspürte plötzlich große Lust auf Kaffee. Er freute sich auf den Duft und den ersten Schluck. »Ich komm mit in die Küche und helfe Ihnen«, bot er an, aber Shaffsky lehnte freundlich ab und bat ihn, in einem der Sessel Platz zu nehmen.

Es war Costa klar, dass der Mann Junggeselle war. Wahrscheinlich bestand er aus endlosen Eigenheiten und Ritualen. Die Einrichtung des Wohnzimmers bestätigte diesen Eindruck. Alles war klinisch sauber, nichts lag herum, Glas und Stahl waren die hervorstechendsten Materialien: das Gegenteil von muffiger Gemütlichkeit. Der Sitzgruppe gegenüber hingen vier große Monitore an Teleskopen von der Decke herab.

Als er mit einem Tablett aus der Küche zurückkam und die Tasse vor Costa hinstellte, rückte er den Teelöffel zweimal auf der Untertasse zurecht. Costa wurde sehr wachsam.

Shaffskys Mimik schien nur zwei Ausdrucksmöglichkeiten zu haben: reglos oder mechanisch grinsend. Wenn er Amalfy erwähnte, wanderten seine Mundwinkel in die Höhe und rasteten in Position zwei ein. »Andy Amalfy liebt Hunde. Sie auch?«

Costa nickte vage, nahm seine Tasse hoch und schnupperte den Kaffeeduft.

»Kolumbianischer«, sagte Shaffsky.

Costas Blick fiel auf eine Kakerlake in Acryl. Das Stück war rund und hatte eine Durchbohrung, sodass es als Anhänger getragen werden konnte.

»Andy sagte, dass Sie auch Acrylbestattungen machen«, versuchte Costa einen ersten Vorstoß.

Shaffsky nickte. »Unter bestimmten Bedingungen. Die auch finanzieller Natur sind. Und natürlich mit der gebotenen Diskretion. Ein Haustier?«

»Nein, ein Angehöriger.«

»Oh, dann wird es aber teuer.«

»Meine dritte Frau. Ich habe sie sehr geliebt.«

»Wie alt ist sie geworden?«

Costa senkte seinen Blick und legte die Hände übereinander. »Achtzehn. Keiner hat es begriffen. Nicht einmal die Ärzte. Es war ein Herzklappenfehler, der zu spät entdeckt wurde.«

Er hatte einen morbiden Wunsch geäußert, der bei normalen Menschen Unverständnis und Ekel hervorrufen würde, bei Shaffsky hingegen vermeinte er die Erregung zu spüren, einem Bruder im Geiste gegenüberzusitzen.

»Sie sind der Einzige hier, nicht wahr?«, fragte Costa und sah ihn an. Er erhöhte das Tempo, um die Informationen zu kriegen, die er brauchte, denn um zehn machten die Büros in Ibiza auf, und dann würde Sheen, unterstützt von ihrer klugen Sekretärin, damit beginnen, die Verteidigung aufzubauen.

»Es gibt noch eine Firma in Madrid. Natürlich können Sie es auch in England oder Deutschland oder Italien machen lassen, da kämen dann noch die Überführungskosten dazu, aber ich bin der Beste.«

»In welcher Hinsicht der Beste? Ich muss dazu sagen, dass ich keine Ahnung habe, wie man das macht, dass die Verstorbene total echt aussieht und so bleibt.«

»Total echt?« Er lächelte. »Nun, man kann gut aussehen oder schlecht. Das geht uns jeden Tag so.«

Costa hatte die richtige Frage gestellt, denn er merkte nun, wie Shaffsky darauf drängte, seine Fähigkeit und seine Einmaligkeit darzustellen. Er war ein hässlicher und irgendwie gestörter Mensch, aber auf diesem speziellen Gebiet wurden seine Größe und – in einem gewissen Sinne – seine Vollkommenheit und damit auch seine innere Schönheit sichtbar. Sein Besucher war nicht irgendjemand in irgendeiner Kneipe, der sich diesen ganzen Beerdigungsmist – begraben oder verbrennen – nicht reinziehen wollte, sondern er war extra frühmorgens von weither gekommen und wollte nun von ihm alles wissen. Und er würde ihm nun alles, alles erklären.

»Ich denke, ich sollte Ihnen vorher ein paar Sachen erklären, damit Sie verstehen, worum es hier geht und auch die richtige Entscheidung treffen.«

»Genau so ist es«, sagte Costa entschieden.

»Wann ist Ihre Frau gestorben?«

»Vor zwei Tagen.«

»Und? Liegt sie tiefgekühlt?«

»Ja. In der Klinik, wo sie gestorben ist.«

»Gut«, sagte Shaffsky. »Dann müssen Sie sie tiefgekühlt hierherbringen. Da drüben –«, er machte eine Armbewegung zum Hof hin, »– habe ich meine Werkhalle. Dort wird dann der ganze Prozess der Acrylierung durchgeführt. Vorher wird die Leiche aber noch nach Ihren Wünschen hergerichtet. Es können bestimmte Gesichtspartien unterfüttert werden, die Brust kann aufgerichtet werden, mögliche Verletzungen beim Tod können chirurgisch oder kosmetisch behoben werden.«

Costa zeigte daran kein großes Interesse. »Das wäre hier nicht nötig«, sagte er.

»Sehr schade«, sagte Shaffsky mit allem Bedauern, zu dem seine Stimme fähig war. »Ich könnte sie vollenden. Schöner als sie im Leben je war. Perfekt und rein.« Er räusperte sich, als Costa nichts sagte und fuhr fort: »Nun gut. Die Leiche kommt auf jeden Fall in ein Bad aus einer Mischung von Methylalkohol und Formalin. Sie muss dabei vollständig mit Flüssigkeit bedeckt sein, und natürlich muss die Wanne eine fest schließende Bedeckung haben, weil sonst der Alkohol zu schnell verdunstet.«

»Besteht nicht die Gefahr, dass sich der Körper in der Flüssigkeit auflöst?«

»Ganz im Gegenteil, das Formalin verhindert die Verwesung. Es stoppt quasi alle organischen Prozesse, und der Methylalkohol bewirkt die Entwässerung des Körpers. Normalerweise muss sie in diesem geschlossenen Bad etwa zwei Monate liegen, bis alles Wasser aus ihr heraus ist, und wenn Sie nach Madrid gehen oder London oder Rom, werden die Ihnen genau das sagen: Zwei Monate.« Er war während dieses Vortrags aufgestanden und hatte sich wie auf Schienen durch das Zimmer bewegt, immer die gleiche Strecke, mit Haltestellen am Fenster, am Tisch und der Küchentür.

Costa rechnete: Anfang Juli war Norma ermordet worden, und schon in der zweiten Hälfte hatte sie in der Hall of Fame gestanden. Sämtliche Angestellte der Diskothek waren vernommen worden, während er selbst sich die Geschäftsleitung vorgenommen hatte. Zwar konnte niemand Auskunft darüber geben, seit wann genau die Statue dort an ihrem Platz stand und wer sie aufgestellt hatte, aber am 21. oder 22. Juli soll ein unbekannter Lieferant gekommen sein, der sich genau auskannte, seine eigenen Leute dabeihatte, die in dem allgemeinen Gewusel der Putzkolonnen und Handwerker die Statue vom Lieferwagen bis in die Hall of Fame karrten und dort aufstellten. Es waren *moros*, wie die illegalen Arbeiter aus Marokko, Tunesien oder Algerien hier genannt wurden, und alle befragten Privilege-Mitarbeiter hatten angenommen, dass die Figur entweder zur Manumission- oder zu der Schwulen- und Lesbenparty gehörte, die jede Woche unter dem Namen XXXX-House stattfand.

Shaffskys Stimme riss ihn aus seinen Überlegungen: »Ich erkläre Ihnen, wie gesagt, erst mal das herkömmliche Arbeitsverfahren. Dann komme ich darauf zurück, wie ich es mache. Also: Normalerweise wird in einem zweiten Arbeitsgang die Leiche für zwei weitere Monate in ein neues Bad gelegt, das aus etwa hundertfünfzig Liter Methylalkohol und ebenso viel Wasser besteht. Im dritten Arbeitsgang wird die Mischung von Wasser und Methylalkohol noch einmal verändert. Diesmal nimmt man nur neunzig Liter Wasser und zweihundertzehn Liter Methylalkohol. Zum Schluss wird sie in dreihundert Liter reinen Methylalkohol gelegt.« Er sah Costa kurz an, ob er alles verstanden habe. »Da müssen Sie ziemlich lange warten, bis Sie Ihre Frau wiederkriegen. Bei mir hingegen dauert das alles nur vierzehn Tage.«

»Wie ist das möglich?«, wollte Costa wissen. Die Zeit, die die Einbettung Normas in Acryl brauchte, war ausschlaggebend, und Costa interessierten zuverlässige Informationen, die unter dem Druck eines Verhöres und einer Anklage nicht zu bekommen waren. Besonders nicht von einem so kranken Typen wie diesem Shaffsky. Wer wird schon Beerdigungsunternehmer oder Acrylierer, dachte Costa, während er ihm lächelnd zunickte.

»Um das alles auf anderthalb bis zwei Wochen herunter zu bringen, benutze ich zwei Verfahren, die ich selbst erfunden habe. Das eine kann ich Ihnen erklären, das andere ist zu kompliziert, eine Erfindung, die ich mit einem Chemiker zusammen erarbeitet habe. Den entscheidenden Sprung nach vorne habe ich geschafft, als ich darauf gekommen bin, das Blut der Leiche ablaufen zu lassen und anschließend eine Formalininfusion vorzunehmen. Dazu mache ich am rechten Unterschenkel einen kleinen Schnitt in die Vene, sodass das Blut in einigen Stunden auslaufen kann und lasse stattdessen Formalin einlaufen. Anschließend geht sie durch die verschiedenen Bäder, denen ich den von mir erfundenen Dehydrator zusetze, sodass die Leiche schon nach einer Woche völlig wasserfrei ist. Dann schon beginnt der Prozess der Einbettung. Dazu lasse ich vom Glaser einen Kasten in Größe der Person herstellen.«

»Super. Klar, das sehe ich vor mir«, sagte Costa anerkennend. »Aber das Kopf- und Körperhaar – wird das dann so angeklatscht?«

Shaffskys Mundwinkel rasteten wieder ein. »Mein Trumpf! Sie haben den Nerv getroffen, wunderbar! Das macht Ihnen niemand sonst. Ich lasse winzige Schutzräume aus einem Spezialglas gießen. Der ganze Kopf kommt in eine Kapsel, die ich nach der Acryleinbettung mit Gas fülle, das das gleiche Lichtbrechungsverhältnis hat wie Acryl. All das bleibt unsichtbar, weil ich die zwei Glashalbkugeln nicht kleben muss. Das Acryl schließt sie fest zusammen.«

Costa schluckte einmal. Wenn nur Shaffsky sich auf diese Kunst verstand, wie er behauptete, hatte er den Mörder oder seinen Helfer vor sich.

»Es ist ein Kunstwerk. Alles Unreine hat den Körper verlassen. Sie können sich an ewiger, wahrer Schönheit erfreuen. Sie können sie zum Beispiel neben Ihr Bett stellen oder in die Küche, wenn Sie kochen. Kochen Sie?« Er hielt abrupt an und wartete auf Costas Antwort.

Costa schüttelte irritiert den Kopf und hob hilflos die Hände.

Shaffsky sprach jetzt schnell, fast ein wenig fieberhaft. »Sie steht lebensecht neben Ihnen, Sie können sich mit ihr unterhalten. Ich kann ihr ein kleines Lächeln geben, wenn Sie möchten, dann lächelt sie Sie an. Sie lächelt wie im Leben. Hat sie viel gelächelt?« Wieder blieb er abrupt stehen und wartete bewegungslos auf Costas Antwort.

Costa hatte seine Undercover-Rolle auf dem Deck der nächtlichen Barcelona-Fähre zwar überdacht, aber auf dieses kranke Hirn war er nicht vorbereitet. Unentschieden hob er die Hände und ließ sie wieder fallen.

Shaffsky geriet wieder in Bewegung. »Nicht im Leben. Jedenfalls nicht viel. Und jetzt steht sie da und lächelt Sie an wie –«, er überlegte einen kurzen Moment, »– wie bei der Hochzeit. Bei der Hochzeit hat sie doch gelächelt, oder?« Er runzelte die Stirn und starrte Costa erwartungsvoll an.

Diesmal schaltete Costa. »Ja, das hat sie. Gestrahlt hat sie.« Costa hatte erwartet, dass er sich wieder bewegen würde, aber Shaffsky blieb still und glotzte ihn durch seine extrem geschliffene Brille weiter streng an.

»Gestrahlt, gut. Wollen wir das?«

Costa verstand nicht gleich, schüttelte dann aber verneinend den Kopf. Erwartete der Irre das von ihm?

»Sie sind sich nicht sicher, ich merke es. Ein kleines Lächeln, ja, *ein Anflug von*, wie man zu sagen pflegt.« Er stand immer noch da und betrachtete Costa wie einen Vogel, der endlich losfliegen sollte, es aber nicht tat.

»Haben Sie ein Foto da?« Zugleich streckte er die Hand aus.

Costa nickte und griff nach der Aktentasche neben seinem Sessel.

»Ich mache das schon sehr lange, wissen Sie. Ich habe schon im Geschäft meines Vaters angefangen. Ich bin ursprünglich aus Darnall, und wir hatten das größte Beerdigungsinstitut in der ganzen Gegend. In den sechziger und siebziger Jahren lief das Geschäft wie die Feuerwehr, und meine Eltern konnten sich dieses Haus hier auf Mallorca kaufen. Deswegen lebe ich hier.« Seine Worte hatten ihn wieder in Bewegung gesetzt. Er stand jetzt am großen Panoramafenster zum Hof hin und drehte ab in Richtung Küche. Costa hatte nun ein bisschen Zeit, das Foto zu suchen.

»Eigentlich war mein Vater Peter der Erfinder dieser Sache. Der redete schon damals darüber, dass etliche Kunden ihre geliebten Angehörigen einbalsamiert haben wollten, und Sie glauben's nicht, aber manche stellen sich ein ganzes Mausoleum vor, in dem ihre große verstorbene Familie beisammensitzt und wartet, dass die andern nachkommen.«

Costa hatte das Foto endlich gefunden, hielt es aber verdeckt, um es ihm überraschend zu präsentieren.

»Mein Vater schickte mich nach der Schule in eine große Acrylfabrik in London. Nach seinem Tod habe ich sein Geschäft verkauft und bin hierhergekommen. Damit hatte ich die richtige Nase. Mallorca wurde in den kommenden Jahren eine Goldgrube für einen Bestatter. Die älteren Herrschaften sind nicht nur Engländer, die kommen aus ganz Europa. Zuerst kommen sie zu zweit, sonst würden sie den Schwung gar nicht haben für so einen Umzug, aber nach einer Weile haben sie nur noch ihren Lieblingshund, ihre Katze oder ihren Kanarienvogel, und die wollen sie dann nicht auch noch verlieren. Da liegt mein Hauptgeschäft.« Er schien sich wieder daran zu erinnern, dass er Costa um ein Foto gebeten hatte. Er blieb vor ihm stehen und streckte die Hand aus. »Zeigen Sie mal.«

Costa zog das Foto hervor und hielt es ihm hin. Shaffskys Hand blieb in der Luft schweben. Aus Costas Perspektive schienen seine Augen weit aufgerissen, durch das dicke Glas wirkten sie wie die verdrehten Augäpfel eines toten Fisches. Costa betrachtete ihn genau, denn schon als er mit kleinen schnellen Schritten in dem großen Wohnzimmer auf und ab gegangen war, hatte Costa das Gefühl beschlichen, ihn schon einmal irgendwo gesehen zu haben.

Shaffsky machte drei Schritte zurück, taumelte und schrie: »Wer sind Sie? Was wollen Sie von mir?«

Costa warf seine Aktentasche auf den Tisch. Sie fiel auf die Untertasse, und alles schepperte laut. Er erhob sich und ging drohend auf den zurückweichenden Shaffsky zu. »Warum haben Sie sie umgebracht?« Seine Stimme war laut und grob.

Shaffsky streckte beide Arme aus und rief blechern: »Bleiben Sie stehen! Kommen Sie nicht nahe! Fassen Sie mich nicht an!«

»Warum haben Sie sie umgebracht?«, wiederholte Costa ebenso laut.

»Ich hab sie nicht umgebracht!«, jammerte Shaffsky. Plötzlich erstarrte er. Costas Jacke war bei der Bewegung verrutscht und Shaffsky sah für einen Moment die Waffe im Schulterhalfter. »Sie war ein Auftrag. Ich habe eine Menge Mühe reingesteckt, sie war mein Meisterwerk, sie war der schönste Körper, den ich je hatte. Nie hätte ich daran rumgepfuscht, glauben Sie mir!«

»Wer war sie?«

Shaffsky kniff die Augen zusammen. »Sie ist also gar nicht Ihre Frau?«

Costa zog seinen Ausweis und hielt ihn hoch. »Nein, sie war nicht meine Frau. Sie ist ermordet worden! Ich bin nur der Leiter der Mordkommission. Sie, Mr. Shaffsky, haben sie in Acryl gegossen, und ich will von Ihnen wissen, woher Sie sie hatten!« Costa stand jetzt direkt vor ihm.

Shaffsky hob erneut abwehrend die Hände. »Setzen Sie sich wieder hin, lassen Sie mich in Ruhe, ich kann Ihnen alles erzählen. Ich habe nichts verbrochen, glauben Sie mir.«

Costa befahl ihm, sich zu setzen, nahm einen handgroßen Recorder aus der Aktentasche und stellte ihn an. »Erzählen Sie. Ich werde Ihr Gespräch aufnehmen. Sie haben ja wohl nichts dagegen?«

Shaffsky erzählte, dass ihm die Leiche am 5. Juli gegen elf Uhr von einer Kundin gebracht worden sei. Die Dame habe erzählt, ihre Tochter sei an einem Herzinfarkt gestorben, der auf einen Herzfehler zurückging, den sie schon von klein auf hatte. Eine Acrylbestattung sei der Wunsch der Verstorbenen gewesen. »Sie war die schönste Frau, die ich jemals gesehen habe. Ich konnte den Wunsch der Mutter, sie für immer so zu bewahren, besser verstehen als jeder andere auf der Welt«, sagte er. Er habe den Auftrag angenommen, sein Honorar im Voraus und in bar kassiert und sogleich mit der Arbeit begonnen.

»Hat sie Ihnen einen Totenschein gezeigt? Und hat sie sich ausgewiesen?«

»Ja, natürlich. Der Totenschein war von einem Arzt aus Palma, ich weiß nicht mehr, wer, aber es war *natürliche Todesursache* angekreuzt.«

»Und welcher Name stand in dem Pass?«

Er stockte, starrte ihn einen Moment an, bis Costa seine Frage brüllend wiederholte.

Dann öffnete sich sein Mund, Angst stand ihm ins Gesicht geschrieben, und langsam bewegten sich seine Lippen. »Kailey Sheen.«

Costa war gleich anschließend zum Flughafen gefahren, hatte den Mietwagen abgegeben und die nächste Maschine nach Ibiza genommen. Schon auf der Fahrt von Andratx zum Airport hatte er Staatsanwalt Segundo angerufen und ihm die Sachlage geschildert.

Dann verständigte er den Bischof, Elena und den Surfer. Elena sagte, sie sei sehr erleichtert über die zusätzliche Bestätigung. Kailey Sheen hatte sich bei der Verhaftung sehr gewehrt, und Elena waren erhebliche Zweifel an der Schuld der Frau gekommen. »Doch wenn sie die Leiche selbst zu dem Beerdigungsunternehmen gebracht hat, gibt es ja keine andere Deutung. Ein Star wie sie wird es ja nicht für irgendjemand anderen tun.«

»Nein, ausgeschlossen«, bestärkte sie Costa. »Norma war die Liebe ihres Lebens, und das erklärt ja vielleicht auch diese seltsame Idee, sie sich für ewig aufzubewahren. Amalfy hat das mit seinem Mao auch gemacht, dem Pekinesen. Für mich ist nur nicht verständlich, dass sie sie dann öffentlich ausstellt.«

»Andere dran teilhaben lassen oder so.«

»Ja, aber da wird's ja schon abwegig.« Er wollte auf ein anderes Thema lenken und bat Elena, seinem Cousin das Telefon noch einmal zu geben. Er wollte ihn fragen, wie Karins Party abgelaufen war.

Der Bischof sagte, es sei hoch hergegangen, Karin sei ganz fröhlich und aufgekratzt gewesen und habe eine ordentliche Sohle mit El Cubano aufs Parkett gelegt. Costa spürte sofort den Stich von Eifersucht. Ehe er aber weiter nachfragen konnte, war sein Cousin schon bei Annalena, die er als Tanzbegeisterte beschrieb. Alle hätten sie süß gefunden und er könne wirklich stolz auf seine Tochter sein. Schließlich warnte er Costa noch vor Karin, die nun wohl die fauchende Henne auf dem lahmen Esel sein werde. Er spielte damit auf ein spanisches Märchen über eine tobende Braut an, die den ungetreuen Liebsten in einen lahmen Esel verwandelt.

»Ich werde sie wohl kaum betrogen haben«, sagte Costa lachend. »Schon gar nicht mit dem Beerdigungsunternehmer.«

Er hörte, wie Elena dem Bischof den Hörer aus der Hand nahm. »Ich habe mich mit Karin unterhalten, sie ist überhaupt nicht ärgerlich, im Gegenteil. Sie hat sich riesig darüber gefreut, dass du ihre Geburtstagsfeier noch nachgeholt hast. Sie hat nicht nur Verständnis dafür, dass du deinen Job machst, sondern sie findet es auch ganz toll. Sie hat mir erzählt, dass sie Petra Lindner schon seit ihrer Kindheit kennt und wie unglaublich hilfsbereit sie es von dir findet, dass du für diese Sache sogar deinen Urlaub drangegeben hast.«

»Er kann Urlaub nicht ertragen, er surft nicht, er tanzt nicht, er weiß gar nichts mit sich anzufangen«, hörte er im Hintergrund den Surfer.

Und dann kam noch einmal der Bass des Bischofs: »Karin hätte wenigstens einen Tanz mit ihm tanzen wollen. Die will nicht, dass er von El Cubano vertreten wird.«

»Ach, was ihr Männer euch immer zusammen spinnt, Toni, hör nicht auf die. Es war ein schöner Abend für Karin und sie wird dir dankbar um den Hals fallen«, hörte er Elenas Stimme noch einmal.

Costa rief Karin sofort an. »Böse?«, fragte er.

»Ach wo«, sagte sie. »Ich weiß doch, wie dein Job ist, und Petra ist meine Freundin. Du hast dich aufgerieben. Ich bin dir dankbar.«

Als er sich nach seiner Tochter erkundigte, erzählte sie ihm von Annalenas zunehmendem Eifer beim Klavierspielen. Auch jetzt sei sie gerade beim Klavierunterricht, und sie würde sich sicher riesig freuen, wenn er sie demnächst abholen könnte.

Er bat sie, dort anzurufen und Elena zu sagen, dass er in zwei Stunden an der großen Bühne in dem Club auf sie warten werde. Dann verabschiedete er sich, weil er sich vor dem Abflug der Maschine noch ein bisschen ausruhen wollte.

Plötzlich wurde er melancholisch, das war ein Erbteil in der männlichen Linie seiner Vorfahren. Langsam wanderte sein Blick zu den anderen Fluggästen. Ob sich jetzt wohl jemand von ihnen ebenso traurig fühlte wie er? Es fiel ihm ein, dass er seiner Mutter in letzter Zeit häufiger vorwarf, ihm als Kind nie seine Traurigkeit gelassen zu haben. Sie hatte immer gesagt: Ach was, wir frühstücken jetzt schön, und dann ist dir wieder besser! Oder: Unsinn, es ist so ein herrliches Wetter! Wer wird denn da traurig sein? Im Moment aber hatte er Zeit dafür, und er entschied sich, diesen Zustand zu akzeptieren.

Doch kaum hatte er die Beine ausgestreckt und sich bequem hingesetzt, da klingelte das Handy. Es war eine Kinderstimme. Ein Junge.

»Wer bist du?«, fragte er. »Ich habe deinen Namen nicht verstanden.«

Es war Mario Lindner. Er erklärte umständlich, dass sein Vater nicht anrufen wollte und seine Mutter deswegen bestimmt hatte, dass er anrief. Den spanischen Kommissar, wegen Anja. Schließlich war es heraus.

»Was ist mit Anja?«, fragte Costa alarmiert.

»Sie ist auch tot«, sagte der Junge, und Costa hörte im Hintergrund die Stimme der weinenden Mutter, sie sei verschwunden, Mario möge »verschwunden!« sagen.

Der Junge hatte Probleme, ihm zu erklären, was passiert war, und es gelang Costa nicht, die Eltern ans Telefon zu bekommen. Er sagte, er sei in Mallorca auf dem Flughafen, er warte auf seinen Abflug und werde nach seiner Rückkehr bei Lindners im Hotel vorbeikommen. Er bat den Jungen, seinen Eltern das auszurichten und rief Johannes an.

Er erreichte ihn auch sofort, und bevor Johannes auch nur ein Wort sagen konnte, hatte er ihm schon seine schlimmsten Befürchtungen ausgemalt. »Ruf diese Halbidioten an und versuch rauszukriegen, wo diese Anja abgeblieben ist! Die soll sofort zurück zu ihren Eltern ins Hotel. Am besten fährst du selber hin und bringst sie ins Hotel. Glaub mir, wenn da irgendetwas schiefgeht, mache ich einen Privatkrieg draus.«

Johannes unterdrückte seinen Protest und versprach, sich sofort dahinterzuklemmen.

Auf dem Rückflug verbot er sich, an Anja zu denken. Er konnte da im Moment ohnehin nichts tun. Jetzt aber hatte er Zeit, sich auf Kailey Sheen zu konzentrieren.

Natürlich würden ihre Anwälte versuchen, sie so schnell wie möglich auf Kaution freizukriegen, und daher kam es darauf an, nicht nur die Beweise, sondern auch ihre Motivation für den Mord überzeugend darzustellen.

Kailey Sheen kam aus sehr armen Einwandererverhältnissen. Ihre Mutter stammte aus einer süditalienischen Bauernfamilie und ihr Großvater väterlicherseits war als Maurer nach Kanada gegangen. Die Familie war erzkonservativ und katholisch, was sich der Vater mit Alkoholexzessen erträglich machte, unter denen aber Kailey noch mehr zu leiden hatte als unter einer Moral, die für die Frau nur das Dienen vorsah. Gottvater und seinem Sohn dienen, dienen dem leiblichen Vater und später dem Mann, dem sie Söhne zu zeugen hatte, um auch denen wieder zu dienen. Daher war Kaileys Neigung zu ihrem eigenen Geschlecht auch Zuflucht, doch als diese Neigung sich in ihrer Pubertät sexuell auszudrücken begann, war sie der Anfang einer immer schwieriger unerträglich werdenden Spaltung: Sie konnte nicht darauf verzichten, aber es durfte auch niemand wissen. Costa konnte sich vorstellen, was passiert war, als sie dann doch einmal in flagranti von ihrem Vater erwischt worden war. Sicherlich durchstand sie Todesängste und konnte nie mehr ein entspanntes Verhältnis zu ihrer Sexualität haben. Anders wäre es auch nicht zu erklären, dass sie den Medien permanent Skandale lieferte, ohne dass eine einzige Frauengeschichte dabei war. Costa begriff nun auch die Funktion ihrer seltsamen Sekretärin auf Tagomago, mit der sie vermutlich ein Verhältnis hatte und die sie dauernd durch ein hohes Gehalt für das Schweigen entlohnen musste.

Aber dann war sie Norma begegnet. In einer liebevollen liberalen Familie frei erzogen, zugleich aber ehrgeizig wie Kailey selbst, jung, strahlend, mit einem überwältigenden Charisma für die Massen musste sie sich ihr verwandt und nahe fühlen, wenn Norma auch die Schönere und Strahlendere der beiden Seelenzwillinge war. Kaileys Körper und ihre Bewegungen waren unbeholfen, Norma aber bewegte sich, als würde sie von einer erotischen Welle getragen. Auch in der Begabung gab es eine enge Verknüpfung: Beide hatten eine mäßige Stimme und beide kämpften dagegen an. Costa begriff, dass Kailey ihrem Schicksal begegnet war, als Norma zum ersten Mal auftrat und ihr vorsang.

Aber auch Kailey hatte es begriffen und ziemlich schnell eine Entscheidung getroffen: diese junge Frau für sich zu gewinnen, sie unter den Augen der Weltöffentlichkeit zu heiraten und Schluss zu machen mit einem Leben in Lüge, Heimlichtuerei und der ewigen Angst des Entdecktwerdens. Nicht mehr einsam sein und nicht mehr erpresst werden können! Eine himmlische Erlösung. Das Angebot zu einem Leben in Frieden, Liebe und Offenheit. Costa verstand sehr gut, dass all dies nicht etwas war, auf das man leicht verzichten würde.

Kailey Sheens beruflicher Weg war eine einzige Revolte gewesen, eine dauernde Auseinandersetzung mit Widersprüchen und Gegnerschaften, und so etwas war nicht möglich in Trance und Dumpfheit, wie Costa wusste, sondern das verlangte kritische Wachheit und erzeugte ein helles Bewusstsein. Daher war anzunehmen, dass Kailey Sheen vollkommen klar war, welch verlockenden Traum sie sich mit Norma erfüllen wollte. Verständlich auch ihre Enttäuschung und Wut, als Norma sie in London so jäh verließ, um mit Amalfy einen Weg zu gehen, den Kailey ihr trotz Groove Control nicht hätte bieten können. Costa ahnte, wie niedergeschlagen und verzweifelt sie gewesen war, als sie auf Tagomago versuchte, sich wieder zu stabilisieren. Typisch auch, dass er davon nichts gemerkt hatte, denn sie war von Kindheit auf darin trainiert, eine Maske zu tragen.

Und dann die Überraschung, als Norma sie von Vince Gordons Handy aus plötzlich anrief. Welche Euphorie und welches Glück! Wahrscheinlich konnte sie den Moment kaum erwarten, sie wieder in die Arme zu nehmen. Ein paar Stunden waren es noch – Vinces Überfahrt nach Mallorca und das Essen mit ihm, das er zur Bedingung machte, bevor er so ein kostbares Unterpfand an sie auslieferte. Aber das war sie gewöhnt, immer war an alles in ihrer Welt Bedingungen geknüpft. Schließlich aber hatte sie Norma zurück, sie konnte wieder da anknüpfen, wo alles in London aufgehört hatte: noch einmal fragen, wollen wir für immer zusammen bleiben? Das Zugeständnis, dass Norma Sängerin bei Groove Control werden würde, hatte sie ihr ja schon in London gemacht.

Wieder stand Kailey an der Pforte ihres Glücks, endlich war sie ganz auf dem Höhepunkt, endlich hatte sie eine Partnerin fürs Leben, mit der sie einverstanden war, aber dann musste etwas passiert sein, das alle Kontrollen bei ihr aussetzen ließ. War es Normas Geständnis ihrer Schwangerschaft? Oder kam dieser Moment erst, als Norma den Namen des Mannes preisgab, dessen Kind sie unter ihrem Herzen trug? Und welcher Name hätte es sein können, der Kailey Sheen alle Selbstbeherrschung, in der sie so unglaublich trainiert war, geraubt hatte?

Natürlich würde die Verteidigung behaupten, die beiden Frauen hätten in dem Apartment von Kailey Sheen auf Mallorca Deep Dive genommen, Norma Lindner habe unachtsam und ohne dass Kailey Sheen es bemerkte, eine Überdosis geschluckt, die zu ihrem Tode führte. Dagegen stand aber die Tatsache, dass Vince Gordon bezeugt hatte, Kailey Sheen nehme keine Drogen. Außerdem müsste sie dann erklären, warum sie keinen Arzt gerufen hatte. Und schwer belasten würde sie schließlich ihre seltsame Idee, die Leiche zu Shaffsky zu bringen, um sie dort in Acryl einschweißen zu lassen. Es war auch ziemlich klar, dass jemand, der von solchen Möglichkeiten wusste, sich vorher erkundigt hatte. Kurz – man ruft nicht einen Acrylierer an, wenn jemand gestorben ist, sondern die Polizei; man weiß nicht einmal etwas von solchen Möglichkeiten, wie sie Larry Shaffsky praktizierte.

Doch es gab einen Punkt, den Costa nicht erklären konnte. Es war die Frage, die er sich immer wieder stellte: wieso Kailey ihre Geliebte dann in der größten Disko der Welt ausgestellt hatte.

Costa ahnte, dass der Prozess gegen Sheen auf eine Schlacht der Gutachter um ihre Zurechnungsfähigkeit hinauslaufen würde.

Mit einem leisen Bedauern dachte er an Vince und Laurie, die heute ihr Groove Control Revival feiern wollten. Wahrscheinlich würde die Polizei mitten in die Premiere platzen. Er blickte zur Uhr. Er sah Laurie, wie sie sang, den lang gestreckten Hals, ihr innerer Jubel, sie hatte es geschafft, endlich war sie dabei, das gab ihr Kraft, sie hielt den Ton etwas länger, als es nötig war. Doch dann polterte die Polizei herein, die Handschellen schnappten um Kailey Sheens Gelenke, alle Hoffnungen zerbrachen.

Ob Laurie wohl hysterisch schreien würde? Die Polizisten beschimpfen und mit ihren Fäusten auf sie eintrommeln? Oder sich kühl noch einmal zu Kailey hin wenden und sagen, was sollte man von dir auch anderes erwarten, als dass du es verpatzt? Oder war sie mit dem Maiwochenende, das sie möglicherweise auf Tagomago verbracht hatte, ihre heimliche Geliebte geworden, die nun zusammenbrach und von Vince den klassischen Fluch hören musste: Ich hasse dich!

Wenn er sich beeilte, würde er Annalena noch bei der Klavierstunde erwischen und könnte sie mit zu den Lindners ins Hotel nehmen. Er hoffte, dass Johannes Anja inzwischen gefunden und dafür gesorgt hatte, dass sie sofort zu ihren Eltern gebracht wurde.

Als Costa endlich in Cala Pada ankam, war das Musikzimmer leer. Er musste sie gerade verpasst haben und fragte sich, wo er sie nun finden sollte. Er trat ans Fenster und sah eine Linie von Kinder-Segelbooten, einem Elektroboot folgend wie die Entlein der Mutter. Hoffentlich war sie nicht dabei, denn dann würde sie erst einmal eine Weile unterwegs sein. Er aber war unter Druck. Der Bischof hatte ihm eben am Handy mitgeteilt, dass Sheen bereits aus der Untersuchungshaft ins Präsidium gebracht würde und sobald er einträfe, könne mit dem Verhör begonnen werden.

Er ging einen Weg entlang und stand für einen Moment ratlos an einer großen Kreuzung. Grell brannte die Mittagssonne, und der Schweiß rann ihm den Rücken hinunter. Überall liefen Kinder herum – in Badehosen, in Tenniskleidung, unter Führung eines Animateurs eine ganze Horde als Piraten verkleidet, eine andere als Indianer. Von Annalena war nichts zu sehen. Er folgte einem mit Steinplatten gepflasterten Weg, der zwischen akkurat geschnittenen brusthohen Hecken hindurch lief. Die Anlage war sehr weitläufig und erstreckte sich von der Carretera Es Canar bis hinunter zur Cala Pada, der Bucht, der der Ferienclub seinen Namen verdankte. Die ein- oder zweistöckigen Bungalows lagen verstreut zwischen Swimmingpools, Spielplätzen und Sportanlagen. Jetzt, zur Hauptsaison, wirkte jedoch alles recht eng. An keinem der Pools war eine leere Liege, überall eingeölte Elternpaare.

Costa ging in die Richtung, aus der die Musik kam. Als er die Hauptterrasse des Clubs mit der großen Bühne erreichte, sah er eine Gruppe von Kindern proben. Ansonsten war es hier menschenleer, denn alle drängten sich bei der Hitze ans Wasser. Das Beste wäre wohl, den Bischof zu verständigen, dass sie mit dem Verhör ohne ihn anfangen sollten. Er wollte auf Annalena warten. Eigentlich liebte er solche raren Momente – einziger Kurgast und kein Orchester. Nur das Konzert der Spatzen. Zeit haben, sich auszuruhen.

In diesem Moment aber sah er seine Tochter schon am Rande eines Pools entlanglaufen. Selbst auf diese Entfernung konnte er sie an ihren Bewegungen erkennen.

Als er bei ihr war, umarmte sie ihn und erzählte ihm aufgeregt, dass sie gerade ihre beste Freundin getroffen habe. Sarah aus ihrer Klasse, die hier mit ihrer Familie Ferien mache. Sie bat ihn, noch bleiben zu dürfen, am liebsten über Nacht.

Er fragte sie, ob sie bei Johannes Klavierunterricht hatte.

»Yes, Sir.«

»Und wie war's?«

»Langweilig.«

»War Johannes wie immer?«

»Ja. Stinkig nach Zigaretten.«

Er rief ihn an und war erleichtert, als er hörte, es sei alles okay, Anja habe bei Joel König gepennt und sei inzwischen schon im Hotel.

Das beruhigte ihn und Annalena spürte gleich, dass sich ihre Chancen verbessert hatten. »Was ist? Kann ich bleiben? Ich hab auch in Hamburg schon bei Sarah übernachtet. Ich hole die Eltern, dann siehst du sie.«

Es war ein junges sympathisches Lehrerehepaar. Sie nahmen ihm die letzten Zweifel.

Auf dem Weg zurück zum Auto dachte er daran, dass sie sein Fernbleiben gestern von der Feier mit keinem Wort erwähnt hatte. Wie schön ist ein Kinderleben, in dem der Groll schnell schmilzt und nicht wie eine Schneekugel zur Lawine wird, dachte er.

Als Costa ins Hotel kam, warteten die Lindners in der Halle auf ihn. Sie erhoben sich aus den Sesseln, um ihn zu begrüßen. Mario saß auf einem Barhocker, den irgendjemand an das große Fenster zur Terrasse gestellt hatte und schaukelte mit den Beinen. Er sah nicht hinaus, sondern beobachtete seine Eltern und Costa aus der Ferne.

Costa fragte als Erstes, wo Anja sei, und sie erklärten ihm, ein Mann mit langen Haaren, der sich als Joel König vorgestellt habe, hätte sie vor einer Stunde gebracht.

»Und wo ist er jetzt?«

»Er ist gleich wieder gegangen.«

»Wir haben sie gefragt, wer das war«, sagte Martin Lindner aufgebracht, »aber sie hat nur gesagt, das war so 'n Gitarrist. So 'n Gitarrist! Mehr war nicht aus ihr rauszukriegen. Sie hat immer nur gegähnt, und da hab ich gesagt, wenn sie so müde ist, soll sie sich ins Bett legen und erst mal ausschlafen.«

Petra Lindner war vollkommen verheult und kratzte sich ihren Handrücken. Die weißblonden Haare waren strähnig. Costa sah ihre Verzweiflung. Er hörte nicht mehr hin, als Martin Lindner mit seinen Klagen fortfuhr. Er erinnerte sich, dass Petra Lindner ja nach ihrem Rausch einige Tage im Krankenhaus gelegen hatte. Aus eigener Erfahrung wusste er, was für einen Horrortrip sie hinter sich hatte, obwohl beides wohl kaum zu vergleichen war, denn ihrer Vergiftung war noch die Begegnung mit ihrer in Acryl eingegossenen Tochter vorausgegangen. Als sie jetzt vor ihm stand, spürte er Mitgefühl. Wie eine Welle von Wärme rollte es durch ihn hindurch. Spontan nahm er sie in den Arm.

Sie begann hemmungslos zu weinen. Als sie so da standen, sah er die neugierigen Blicke der anderen Gäste und des Personals. Ich bleibe hier stehen und halte sie in den Armen, bis sie aufhört zu weinen, dachte er. Was ist denn sonst die Liebe unter Menschen wert?

Das Verhör Kailey Sheens dauerte bereits mehrere Tage, und es würde wahrscheinlich noch länger dauern, wenn nicht ein Wunder passierte. Von einem Wunder war jedoch bislang nichts zu sehen. Im Gegenteil, sie war aufgebracht und tobte herum. Sie bestand aber nicht darauf, dass ihr Anwalt immer dabei war, denn mit zweien hatte sie sich bereits überworfen und wartete nun auf einen Anwalt aus New York, der hier ihre Verteidigung koordinieren sollte. Ohne jede Unterbrechung und Unterhaltung in der Zelle zu sitzen, ertrug sie aber nicht. Jedes Mal war es eine Erleichterung für sie, wenn sie aus ihrer Einzelzelle in den Verhörraum geholt wurde. Da konnte sie reden, toben, manchmal sogar lachen, wenn auch stets höhnisch, bitter und wütend, aber es war das einzige Lachen, das ihr geblieben war. Die Verhöre boten ihr eine Bühne, wenn auch das Publikum diesmal aus Polizisten bestand.

Die erste Sache, mit der sie konfrontiert werden musste, war die Aussage von Vince Gordon.

Vince war am 4. Juli mit Norma Jean auf seiner Jacht nach Mallorca geschippert, hatte in einer kleinen Bucht westlich von Port Andratx geankert und war zu der Verabredung mit einem Taxi ins »Tristan« gefahren. Anschließend hatte ihn Sheen in ihrem Landrover wieder zurückgebracht und Norma in ihrem Wagen mitgenommen. Sie besaß eine Luxuswohnung in Palma, wo sie vermutlich die Nacht verbrachten.

Sheen bestritt nicht, Vince Gordon an dem besagten Tag in dem Sternerestaurant getroffen und mit ihm dort bis elf gespeist zu haben. Sie gab zu, ihn anschließend zurück zum Boot gefahren zu haben, aber sie bestritt, dort Norma getroffen zu haben. Sie habe von Norma überhaupt nichts gesehen. Sie forderte die Beamten sogar auf, ihre Wohnung in Palma auf Spuren zu untersuchen. Es war herauszuhören, dass sie wusste, wie effizient heutzutage solche Spurenuntersuchungen waren, und daher nahm Costa an, dass diese Maßnahme nicht viel bringen würde. Dennoch veranlasste er die Untersuchung der Wohnung.

Heraus kam wie erwartet nichts.

Sheen drehte dann den Spieß um. So eine bösartige Behauptung von Vince könne nicht einfach eine spontane Lüge sein. Im Gegenteil sei es eine von langer Hand vorbereitete Intrige, eine Falle, um sie ein für alle Mal auszuschalten. »Das war auch nicht Vince alleine, dazu ist er viel zu faul. Da steckt Laurie dahinter!«, schrie sie und rannte im Raum hin und her. »Wie oft hat sie zu mir gesagt, am liebsten würd ich dich umbringen.«

»Warum sollte sie?«

»Sie wollte Groove Control ganz alleine kontrollieren. Sie wollte diese wundervolle elegant laufende Geldmaschine allein beherrschen. Das ist doch einleuchtend und simpel. Und nun hat sie es hingekriegt. Sogar viel raffinierter, als ich es ihr je zugetraut hätte.«

Dann kam sie auf eine ganz neue Idee, die ihr mehr noch als die alte einzuleuchten schien. Die Idee nämlich, dass es gar nicht um die Kontrolle über Groove Control ging, sondern – im Gegenteil – um ihre Zerstörung. In ihrer Verzweiflung beschrieb sie Vince und Laurie als ein teuflisches Paar, das nichts im Sinn hatte, als sie zu vernichten. »Nehmen wir mal an, sie wollten mich umbringen. Wie hätten sie das tun können? Niemals hätte eine so stupide Diva wie Vince das geschafft. Ebenso wenig Fräulein Bohnenstange, auch wenn sie ansonsten ein fauchender Drache ist. Sie hätten es nicht einmal zusammen schaffen können! Dazu kenne ich mich viel zu gut aus und bin viel zu fit. Aber so ein siebzehnjähriges Mädchen, vollkommen naiv und unerfahren, konnten sie in ihr Spinnennetz locken, ihr dann eine Schlinge von hinten über den Hals werfen und sie langsam würgen. Wenn sie sie dann einfach ins Meer geworfen hätten, was ja das Logische gewesen wäre, um eine Leiche loszuwerden, wer wäre dann auf mich gekommen? Niemand! Also verpacken sie die Leiche ewig haltbar in Acryl, stellen sie ins Privilege, ein Club, in den ich übrigens nie gehe, und warten so lange, bis die Sache entdeckt wird. Dann ist viel Zeit vergangen, ihre Spuren sind längst verwischt, und sie bringen ganz allmählich in Umlauf, ich sei die Letzte gewesen, die Norma Jean gesehen hat. Und schon kommt ihr dummen Bullen, genau wie sie es berechnet haben, schnappt mich und nagelt mich hier fest.«

Costa nickte und sagte, da könnte was dran sein, jedenfalls am Festnageln. Er bat die unschuldig Empörte, ihm mal zu erklären, was das Motiv der Gordons gewesen sein sollte. Mit Groove Control hätten sie dagegen doch endlich wieder zu Ruhm und Geld kommen können.

Sheen sprang auf. Sie überschlug sich fast vor Hass. »Wenn ihnen was an Groove Control gelegen hätte, warum sollten sie dann die Band zerstören? Von Anfang an haben sie nur gegen mich gekämpft, alles, was ich im Schweiße meines Angesichts aufgebaut habe, wollten sie zerstören.«

Costa verstand das nicht. »Geben Sie mir mal ein konkretes Beispiel«, bat er.

»Ich will Ihnen mal was von Laurie McPhee erzählen, damit Sie wissen, was hier abgeht«, antwortete Sheen. Vom ersten Moment an, so sah sie es, hatte Laurie beschlossen, sich Vince Gordon zu krallen und ihn nie mehr loszulassen. »Er war damals Sänger der Schulband, das Jahrhundert der Musik war angebrochen und die Sänger wurden die Heroes. Von Anfang an hat sie mit langfristigen Strategien gearbeitet und sich Pläne ausgedacht, an die sie sich auch wirklich gehalten hat. Keine Arbeit, keine Mühe und keine Beleidigung konnte sie schrecken. Sie wusste, dass sie später seine Managerin und die Sängerin neben ihm werden würde, aber erst hat das Luder seinen Gitarrenkasten getragen, hat ihm Kaffee gebracht, vor ihm hin gekniet, ihm die Schuhe geputzt und war immer seine allzeit bereite Möse! Für Vince war es ein Edelservice, der ihm schmeichelte, aber für sie waren es einfache Mittel: ihm nahe sein, ihn genau studieren, alles von ihm in Erfahrung bringen und ihn völlig von seinen Freunden entfernen. Denn wer sonst konnte schon so nett sein wie sie? Als wir plötzlich mit Groove Control so einen unvorstellbaren Erfolg hatten und das nicht mit ihr, sondern mit mir zusammenhing, war das ein Schock für sie. Aber sie war nicht der Typ, der wegläuft, sie war der Typ, der versucht, mit aufs Pferd zu kommen. Sie hat gleich geschnallt, dass sie das Konzept von Groove

Control ändern muss, um wichtig zu werden. Die Texte anders, die Musik, Vince und ich sollten unser Styling ändern, und vor allem sollte noch eine Frau mit auf die Bühne, eine, die zu Vince passt, und das konnte nur sie sein!«

So in Rage hatte Costa Kailey Sheen noch nicht gesehen.

»Ich habe mich dem natürlich widersetzt, aber dann ließ Laurie mich richtig ihre Power spüren. Ihr erster Schlag kam auf dem Silvesterball, den die Europa-Abteilung in London veranstaltete, wo Groove Control von elf bis zwei spielen sollte. Es war genau die attraktive Zeit um Mitternacht, und Laurie wusste auch, dass einige aus der Konzernspitze in New York da waren. Ganz kurz vorher ruft sie mich an: Vince ist krank, ihm geht's so waaaahnsinnig schlecht, er kann auf keinen Fall auftreten! Na super, ich steh dann vor der riesigen Konzernfamilie wie eine Idiotin da und muss lügen, dass Vince krank ist. Ihr nächster Schlag war dann ein Konzert in der größten Arena von Amsterdam. Vierzigtausend Leute liefen schon ein, und Laurie saß mit Vince im Hotel, veranstaltete eine kleine Familienfeier und schaffte es, ihn so besoffen zu machen, dass er taumelnd auf die Bühne stolperte und jeder sich verarscht fühlte. Ich hatte meine Eltern eingeladen und wollte meinem Vater zeigen, wie erfolgreich ich war, und dann lallte mein Partner nur unverständliches Zeugs in Mikro. Komischerweise fanden die Leute das lustig, aber mein Vater hat hinterher gesagt, da würde er sich schämen, öffentlich neben so einem Kasper zu stehen.«

Costa hätte sie gerne gefragt, warum sie ihrem Vater nun unbedingt imponieren wollte, aber sie war nicht zu stoppen, und als Verhörspezialist wusste er, dass man die Dinge laufen lassen sollte, wenn es sich so ergaben.

»Dann kam das zweite Album heraus, ›I suck your honey, suck your soul‹, holte Platin in sechsundzwanzig Ländern, und wir waren Nummer eins in England, dann sogar in den USA. Ich lief den ganzen Tag auf den Händen und sang in den höchsten Tönen God bless success! Nach all den Leiden meiner Kindheit und Jugend hatte ich's endlich an die Spitze geschafft. Vince und ich haben uns wie ein Hochzeitspaar gefühlt, solange Laurie nicht dabei war, waren wir super drauf, und ich habe immer zu ihm gesagt, ich bin dein Sterntaler-Mädchen, ich muss nur das Hemd aufhalten und schon regnet es hinein, und er dann: Yeah, Baby, und im Himmel spielen dazu tausend Mantovani-Geigen! Nur Laurie McPhee hat das anders gesehen. Die hatte nämlich ein total anderes Bild von Groove Control im Kopf. Mit Erfolg hatte das allerdings nix zu tun. Ich hatte den Refrain kastratenmäßig hoch genagelt, dann kamen das Echo und der klare Marschrhythmus. Aber sie meinte, innerhalb der Band muss da jetzt ein Dreiklang gesetzt werden, Vince muss zwischen zwei Frauen stehen, okay, und die beiden Frauen sind supercool und total männlich, während Vince noch ein bisschen weiblicher gemacht werden sollte, obwohl er eh schon wie die Superschwuchtel aussah! Das müsst ihr euch mal reintun: Zwei Frauen als Supermacker und der Mann als schluchzende Fließ-Trine! Dadurch würde optisch eine Spannung entstehen, meinte sie. Und in der Musik muss sich das natürlich auch ausdrücken. Das männliche Eunuchenduo, also Laurie und ich, sollten von Vinces dunkler Stimme immer wieder unterbrochen werden. Dazu hatte sie schon die neue Philosophie bereit: Die Geschlechter rücken von ihrer traditionellen Rolle ab und bei Groove Control tritt die neue Erdbevölkerung auf – weibliche Männer und männliche Frauen! Grace Jones mit dem Baseballschläger! Hey, Mann, küss mir den Arsch! Könnt ihr euch vorstellen, wie ich darauf abgefahren bin? Mit mir konnte sie also darüber nicht sprechen.« Kailey lief während ihres Vortrages auf und ab und fuchtelte mit den Händen.

»Brauchte sie auch nicht – sie sprach mit Vince darüber und: überzeugte ihn! Aber dann tat sie natürlich ganz überrascht, als er das wiederkaute, so in der Art: Ach Vince, das ist ja wirklich interessant, da wäre ich gar nicht drauf gekommen, was für schöne Gedanken du immer hast, da muss ich wirklich mal drüber nachdenken.« Sie lachte auf. »Natürlich hat sie dann zugestimmt, und als er es mir dann vorgetragen hat, konnte sie sich gar nicht zurückhalten, immer wieder zu kommentieren: Eine klasse Idee, sensationell, darauf wäre *sie* nie gekommen! Leider musste ich Vince sagen, dass er schon aussieht wie Laurie, also ist sie ja schon dabei. Sie ist die Leadsängerin! Er hatte Haare bis zum Arsch, aber Laurie hat ihm immer noch mehr Make-up aufgelegt: knallroten Lippenstift, angeklebte Augenwimpern, goldene Kettchen all over. Sah aus wie ein schwul gewordener Weihnachtsbaum. Eines Tages verlangte sie eine lange Wochenendsitzung in Newport, stelle man sich vor: Newport, weil da ihre Tante wohnt. Und wozu? Um das musikalische Konzept und die Präsentation nach außen abzustimmen. So nach dem Motto, wir müssen mal richtig reden. Sag ich, ich rede nicht mit dir, und sie: Und wenn dann auch Vince nicht mit *dir* redet?«

Sie setzte sich wieder, beugte sich vor und sah Elena ins Gesicht. »Man muss sich vorstellen, dass wir im März '92 sieben Hitalben in Folge hatten, wir waren schweinereich. Jeden Tag wurde Laurie in einer Rolls-Royce-Sänfte herumgetragen und hatte vor der Insel der Schönen und Reichen eine Luxusmotorjacht liegen. Und vorher? Vorher haben sie in Sheffield zwischen ihrem Gaskaminofen und dem Butzenfenster gesessen, den Industrieschneeflocken zugeschaut, während sie ein Weihnachtsdeckchen häkelte und er Merry Christmas zur Klampfe sang. Wir sprechen ja von Rache, und nun kommt's: Am 16. März, und ich weiß es noch wie meinen Geburtstag, wurde ich ins Grosvenor zitiert, wo Laurie mir mitteilte, dass alles, was Groove Control betrifft, von nun an ihrer Genehmigung bedarf. Jede Note, jede Textzeile. Durch die Elektroschocktaktik, ihre Drohungen immer wahr zu machen, war sie nämlich der Chef von Groove Control geworden. Sie hat bestimmt, ob eine Sache gemacht wird oder nicht. Wenn Laurie einen Akkord scheiße fand, dann war er eben scheiße, da konnte ich singen, was ich wollte, oder vor ihr den geilsten table dance aufführen, egal. Natürlich ging das nicht, und ich habe ihr den Finger gezeigt. Von da an zeigte sie mit aller Macht, wie man Misserfolg kreiert. In dem letzten Konzert waren die Leute so aufgebracht, dass sie die Bühne stürmten und alles kurz und klein schlugen. Ich bin nur knapp meinem Frühtod entronnen. Die Nacht danach bin ich schweißgebadet aufgewacht, habe zum Hörer gegriffen, die *Sun* angerufen und verkündet, Groove Control ist tot. Das war die Superkrise, das war wie die Depression von '29, nur dass ich die Einzige war, die entwertet wurde. Die Company hatte mir immer gesagt, mit fünfunddreißig bist du Rentnerin und für die Kiddies der Geist, der nicht mehr wiederkehrt. Diese Angst, mit einundvierzig auf dem Abstellgleis zu rosten, saß von nun an jeden Morgen mit mir am Frühstückstisch. In diesem Business surfst du entweder ganz oben oder im Schlamm, wo jeder Arsch dich Liegestützen machen lässt, gehst mir niedergeschlagenen Augen über kilometerlange Konzernflure, wo jeder dir an den Arsch fasst oder einen geblasen haben will. Die Kreuzigung der Frau. Aber eine Wiederauferstehung reicht mir.« Für einen Moment saß sie still da. Dann fügte sie hinzu: »Also, *Señores*, klappt eure Akten zu und lasst mich laufen.«

»Wir warten immer noch auf das Motiv von Laurie, Norma Lindner umzubringen«, sagte Costa.

»Laurie! Sie war endlich die Regisseuse, jetzt konnten sie's alleine vorführen und kriegten vom Konzern auch gleich noch einen Sack Kohle. Und das Ergebnis? Man staune und sehe: Sie haben nicht mal mehr Sprit, mit ihrem Mottenschiff um die Insel zu tuckern. Und als es sich bei mir umgekehrt entwickelte, da kam der Hass auf. Es dauerte nicht lange, da war ich an der Zerstörung von Groove Control schuld, an der Zerstörung ihrer zweiten Karriere und wahrscheinlich auch daran, dass irgendein Betrüger ihnen ihr Haus in London abgenommen hat. Was liegt näher, als die Quelle ewigen Misserfolgs und ewigen Unglücks zu verstopfen? Stopfen wir Norma Jean als Leiche rein, dann ist der Ausgang zu. Dann liegt die liebe dumme Kailey in der Zelle und japst. Wird nur noch künstlich beatmet. Seht ihr? Das haben sie jetzt erreicht, und ihr seid die Handlanger!«

Elena warf Costa einen Blick zu, ob sie das Tonband ausstellen sollte. Der Bischof hatte die Beine übereinandergeschlagen, den rechten Ellbogen auf das Knie gestützt und strich sich mit der Hand nachdenklich über den kurz geschorenen Vollbart. Nur der Surfer grinste.

Kailey Sheen war erneut aufgestanden, legte beide Hände flach auf die Tischplatte, beugte sich vor und wisperte: »Ich hätte erkennen müssen, dass das kein normales Paar ist. Dreißig Mal haben sie den Film Bonnie & Clyde gesehen. Und ich bin ihr Gegner, so lange, bis alles in Schutt und Asche liegt. Doch die Asche sind sie, und das hat sie über sich selbst hinaus getrieben. Jetzt sind sie die Staubwolke, die alles verschluckt.« Sie setzte sich wieder hin wie ein Ankläger, der sein Schlusswort hatte. »Jeder hat sein Ziel im Leben.«

Costa machte ein Zeichen, Elena stellte das Tonband ab, und der Bischof ließ Kailey Sheen abführen.

Costa ging langsam den Pier entlang bis zu dem Anlegeplatz der Gordons. Er wollte Vince fragen, ob Kailey Sheen Drogen nahm. Norma war mit der Modedroge Deep Dive umgebracht worden, und das bedeutete, dass sich Kailey Sheen damit ausgekannt haben müsste. Er traute ihr diese und jede andere Tat zu, denn sie war schon so von ihren Emotionen beherrscht, dass das Wissen um Verbote allein nicht reichte, um sie an etwas zu hindern, was sie unbedingt wollte.

Bevor er den Steg der Harmony betrat, blieb er stehen, atmete die warme Abendluft ein und betrachtete die erleuchtete Stadtmauer, dieses gewaltige und schöne Renaissance-Monument, dessen Ruhe, Kraft und Klarheit ihm schon als kleiner Bub gefallen hatte.

Vince war da, Laurie nicht. Vince sagte, dass sie für ein paar Tage auf der Finca ihrer österreichischen Freundin wohne. Sie habe sich eine Diarrhö zugezogen, für ein Boot ziemlich ungeeignet. Er war entspannter als sonst, Costa dachte sofort: befreit von Laurie, und es schien, als könnte er ein paar normale Antworten erwarten.

Er erwähnte erst das Konzert von Sonnabend und wie sehr ihm Vince' Auftritt gefallen und dass sein Song ihn richtig gepackt hatte.

Vince legte den Kopf schief, ließ die Haare hängen und lächelte.

Costa blickte sich um. »Was machen Sie hier so den ganzen Tag auf dem Boot?«

»Lese.« Er zündete sich eine Zigarette an, indem er sie über der Feuerzeugflamme drehte. »Mache Musik.«

Costa war an einer freundlichen Stimmung gelegen, und er fragte, ob es okay wäre, wenn er jetzt noch ein paar Fragen stellte. »Der Fall macht mir echt Kopfzerbrechen, wissen Sie, das Mädchen war nicht mal achtzehn, und ich habe selbst eine kleine Tochter.«

»Nimmt Kailey Sheen Drogen?«, fragte Costa.

Vince warf ihm einen kurzen gleichgültigen Blick zu und suchte dann einen bestimmten Griff auf der Gitarre. »In der Hierarchie der Drogen nimmt Deep Dive einen gehobenen Platz ein, aber nicht den höchsten. Der höchste ist dem Tod vorbehalten.« Er blickte von der Gitarre auf und sah Costa eindringlich an. »Kailey sammelt Schlagzeilen. Sie lässt sie ausschneiden, abfotografieren und scannt sie in den Computer ein. Wenn sie eine Tusse aufgerissen hat, muss die erst mal bei ihr eine Stunde am Computer Schlagzeilen gucken.«

Vince wusste also, dass sie lesbisch war und hatte kein Problem damit, es preiszugeben.

»Trinkt sie?«

Vince schüttelte den Kopf. »In den Clubs wissen die Barkeeper Bescheid und geben ihr fake drinks ohne Alkohol, wenn sie als Macker auftritt. Sie ruft immer laut Wodka mit Lemon. Oder Cola mit Rum. Oder gib mir 'n Daikiri. Sie *spielt* den knallharten Whiskey-on-the-rocks-Typ.« Vince schnaubte verächtlich. »Besser Nikotin und Alkohol als das, woran Kailey leidet.«

Costa dachte sofort an Krebs. »An was leidet sie?«

Vince blickte ihn einen Moment skeptisch an. »An Risussardonie«, murmelte er.

Costa zog die Augenbrauen hoch. »Was ist das?«

»Risus sardonicus«, sagte Vince verächtlich. »Zwangsgrinsen.«

Costa war sich nicht sicher, ob er verarscht wurde und beschränkte sich auf eine allgemeine Bemerkung. »Jeder Erfolg hat seinen Preis«, fügte aber noch hinzu: »Im Musikgeschäft lohnt sich das doch wenigstens.«

Vince sah ihn traurig an, als wäre die Musik der ganzen Welt untergegangen. »Früher gab es hier auf der Erde noch Stunden, die an die Stille des Weltraums erinnerten. Die Musik war der Gesang der Vögel, die Geräusche der Stromschnellen, das Pfeifen des Windes, das Rascheln des Strohs, das Rauschen des Meeres. Fallende Tropfen nach einem Sommergewitter. Im Geist des Menschen verwandelte ein poetischer Gott der Mathematik das alles in wundervolle Gestalten, aus denen die Musik entstand. Mit dieser Musik hatte der Mensch eine direkte Kommunikation von Herz zu Herz. In der Welt der Musik heute aber gibt es nur die Gier. Auch die Musik ist ihre Sklavin geworden. Sie dient ihr mit ihrem Lärm in jedem Supermarkt. Sogar in der Wüste habe ich Leute getroffen, die ihr Transistorradio an hatten. Sie treibt die Umhergetriebenen an, keine Ruhe zu halten, sondern zu rennen, zu trampeln und zu toben. Entlarvt wird sie nicht mehr durch ihren eignen Klang, sondern nur noch von Stille, Innehalten und Entspannung.«

Vince' Ablehnung der lauten Kailey, sein Hass auf sie hatten jede Ebene seines Fühlens und Denkens durchdrungen, schien es.

»Immerhin, Sie haben mit Kailey Sheen zusammen Riesenerfolge gehabt.«

»Das war doch keine Musik, das war eine Unterabteilung der Firma Ribera & Lansky Steel. Die betonieren die Straße der Stille und der Empfindsamkeit.«

»Aber Sie haben mit Kailey Sheen zusammengearbeitet, zwei musische Menschen, Sie waren befreundet.«

»Wenn ich Kailey ins Gesicht schaue, sehe ich den Tod. Das Leben ist ihr zur Maske geronnen. Täglich lässt der Tod sie schrumpfen. Jedes Jahr ein wenig mehr. Sie meint, wie Dorian Gray kann sie diesen Prozess aufhalten. Sie macht Werbeverträge, damit ihr Gesicht auf den Campbell-Dosen erhalten bleibt. Aber sie hat den teuflischen Pakt mit der *Sun*, die sie jeden Tag fotografiert und ihr Schrumpfen umkreist.«

»Und was ist mit dem Reichtum, der Ihnen von all diesem musikalischen Lärm beschert wurde?«

»Ich besitze nichts.«

Eine Weile schwiegen beide, zwei Männer, die nichts besaßen außer ein oder zwei Menschen, die sie liebten.

»Eine sehr direkte Frage hätte ich, Vince, und ich bitte Sie, die klar zu beantworten. Nimmt Kailey Deep Dive?«

Vince sah ihn einen Augenblick nachdenklich an. »Ja«, sagte er dann. »Sie ist darin ein Spezialist.«

Als Costa den Pier zurückging, war es schon Mitternacht. Er beschloss, heute keinen Alkohol zu trinken. Er wollte sich ins Bett legen, ruhig atmen, tief schlafen. Er schlenderte die Promenade am Hafen entlang, aber er hatte kaum ein paar Schritte gemacht, als Johannes anrief.

Er hatte gehört, dass die große Kailey Sheen im Gefängnis saß. Die ganze Musikszene stand kopf, und Johannes, der mit Costa öfter gesehen worden war, wurde bestürmt. Costa wusste aus Erfahrung, wie wichtig es war, wenn man in einem bestimmten Milieu ermittelte, sein »Ohr am Gerücht« zu haben, wie sein Lehrer in der Polizeischule es ausgedrückt hatte. Daher ging er auf Johannes' Frage ein.

Jo wollte von ihm wissen, was passiert war.

»Das Mädchen, das wir gesucht haben, ist ermordet worden.«

»Für die die Mutter demonstriert hat?«

»Ja. Mit der Amalfy das Album gemacht hat.«

»Norma Jean? Wieso sollte Kailey Sheen sie auf dem Gewissen haben?«

»Im Moment beschuldigt sie Laurie McPhee. Es kann natürlich auch ein totaler Zirkus sein, um von irgendetwas anderem abzulenken.«

Johannes bot an, sich mit ihm noch auf ein Bier zu treffen. Costa schlug das Sa Calima vor, von da waren es nur zwei Schritte bis nach Hause.

Johannes hatte sich eine Flasche Weißwein bestellt und Gambas *al ajillo*. Costa schaute leidend in sein Mineralwasser und fragte sich, ob der Typ denn immerzu fressen und saufen konnte.

»Also, was willst du wissen, *teniente*?«, fragte er kauend.

Costa sagte, er könne sich partout nicht vorstellen, dass die zwei, die so erfolgreich zusammengearbeitet hatten, einen solchen Hass gegeneinander entwickelten. Einen Hass, der zu Mord und Mordbeschuldigungen führte.

»Was gab's denn konkret?«, fragte Johannes. Er stippte sein Weißbrot in das Knoblauchöl.

Costa erzählte, was Kailey über die vielen gescheiterten Auftritte und Konzerte berichtet hatte.

»Ja. Einmal habe ich das miterlebt. In Köln.«

»Wie sah denn so'n Auftritt aus? Ich meine, wenn er mal gut ging.«

Johannes schob den Teller zurück, zündete sich eine Zigarette an und nahm das Glas Weißwein in die Hand. »Es war immer dasselbe, und es war nicht schlecht, muss ich sagen. Vince stand mit Kailey hinter dem Vorhang, und alle erwarteten seinen Auftritt. Er ließ Kailey rausgehen, blieb zurück und zog dann zum Beispiel einen weißen Handschuh an, von dem Kailey nichts wusste. Wenn sie dann die Fans begrüßte, streckte Vince seine weiße Hand durch den schwarzen Vorhang, und alle Mädchen fingen an zu kreischen. Kailey versuchte ihre Begrüßung neu, nun aber stürmte Vince vor wie ein verspäteter Geburtstagsgast. Er trug blauen Samt am ganzen Körper, ein loses Wams, unter dem er seinen Bauch versteckte, hautenge Hosen, die Füße steckten in Schnallenschuhen und an der rechten Hand hatte er diesen weißen Handschuh. Die Haare waren zurück gebunden, um das Gummiband beim Höhepunkt des Konzertes aufzureißen und die Haare, zusammen mit seinen Liebesschwüren, wie einen Wasserfall auf all seine weiblichen Fans niedergehen zu lassen. Sein Gesicht war nur leicht getönt, er hat ja diese unglaubliche Haut, nach der ihn die Frauenzeitschriften immer wieder fragen, wie er das bloß macht und so weiter. Nachdem er so überraschend auf die Bühne gestürzt war, stand er plötzlich ganz still. Das ließ die Bewegungen Kaileys hampelig erscheinen und sie grinste wie eine Marktfrau. Vince war ernst und entspannte sich, um die Energien des Publikums aufzunehmen, wie er im Interview gesagt hat. Der Kontrast zwischen den beiden war irre. Dann begann Vince zu singen und tänzelte auf der Stelle herum wie ein Transvestit oder ein schwules Zirkuspferd, und wenn Kailey sich einklinkte und irgendwie mitmachen wollte, hörte er auf und stand da wie eine Salzsäule. Okay, Kailey gab auf, grinste aber aus Wut noch mehr, und Vince begann mit dem Unterkörper zu malen wie eine tief im Sand vergrabene beduinische Bauchtänzerin. Krampfhaft erinnerte sie sich daran, dass *sie* die Musik und die Texte gemacht hatte, dass sie die Produzentin war und der Mercedes draußen ihr gehörte. Man sah es ihr an. Irgendwie spürten alle, dass von ihr etwas übertrieben Steifes ausging. Ihre Stimme wurde noch blecherner, und genau in dem Moment sprang Vince wie ein schwuler Sackhüpfer quer über die Bühne bis in die äußerste Ecke, von wo er zurückkam, zahm und schüchtern wie ein kleines Mädchen mit Schleifchen im Haar. Denn jetzt kam die Stelle in dem Song, wo er schmollte und alles in fließendem Schmalz zergehen ließ. Kailey hielt durch und nahm sich so zusammen, dass sie damit leider ihrer Stimme die Kehle zuschnürte. Blechgesang. Als sie Vince später losgeworden war und seinen Schatten ausgelöscht hatte, wurde Durchhalten ihr großes Talent. Und weil Durchhalten wehtut, entwickelte sie daraus ihr Grinsen nach dem Motto: Wer lacht, fühlt sich wohl. Aber Vince lachte nicht, Vince fiel auf die Knie. Natürlich war diese Show ziemlich peinlich, aber er hatte eine charismatische Stimme, voller Sehnsucht und unfassbarer Erfüllung. Er besaß die Kraft, alle mitzureißen oder sie zu paralysieren, wenn er das wollte. Gebannt standen sie dann mit ihren Feuerzeugen in der Hand da und wedelten. Wenn sie am andern Tag aus ihrer Trance erwachten, rannten sie in den nächsten Plattenladen und kauften die CDs. Einmal wurde er im Interview mit einem großen Magazin gefragt, wie er auf seine Einfälle, seine Bewegungen, seine Verkleidungen, seine überraschenden Gags, seine Schminke und Grimassen kam. Er sagte, dass er unter dem Einfluss bestimmter Frauen im Publikum steht, die sich in ihm inkarnieren. Er bemerke das oft erst zu Hause und seine Freundin Laurie müsse ihn dann von den verschiedenen Energiekörpern dieser Frauen befreien.«

Costa musste lachen. »Und sie?«

»Laurie McPhee sagte während eines Fotoshootings für eine große Illustrierte, dass er nach jedem Konzert stundenlang in ihrem Schoß liegt wie eine Rose, deren Blätter sich erst langsam lösen müssen. Diese Blätter sind die Energie der von seiner Stimme erfüllten Frauen. Die Reporterin wollte wissen, ob das nicht schrecklich für sie ist, und Laurie meinte, das ist eben der Job. Take it or leave it.«

Costa verstand mittlerweile, warum Kailey auf Vince und Laurie so einen Hass verspürte. Aber wie hatte Norma Jean dieselbe empfindliche Stelle bei Kailey getroffen? Wie konnte sie sie so verletzt haben, dass sie ihre Kontrolle verlor und sie vergiftete?

Johannes kippte den Weißwein mit einem Schluck hinunter.

»Kailey behauptet, Vince und Laurie hätten das Mädchen umgebracht. Sie hätten es aber so gedreht, dass sie als die Schuldige erscheint. Sie beschreibt sie als die zwei Teuflischen, die sie vernichten wollen. Wären sie dazu imstande?«

Johannes lachte und hob die Hand für eine weitere Flasche Wein.

»Als sie sich trennten, hatten die gegenseitigen Beleidigungen Weltmeisterformat erreicht. Aber der Grund liegt vielleicht tiefer. Man muss noch mal dahin sehen, wo die Geschichte mit Vince und Kailey angefangen hat. Der Deal mit dem Konzern war, dass Kailey Musik und Texte macht und die ganze Sache produziert. Das war für Vince geisttötend. Jeder, der etwas von dem Geschäft versteht, weiß, dass er einen gigantischen Stimmenumfang hat und eine perfekte Beherrschung der Stimme. Er lässt die Wörter hinter dem Sinn zurück, er übertreibt, er melodramatisiert, er treibt das Kitschige mit dem Kitsch aus, er hebt alle Ironie und alle Unwahrhaftigkeit durch ein Augenzwinkern auf, und so dringt er in jede Zeile und in die Herzen seiner Fans ein. Das verzeiht Kailey Sheen ihm nicht. Neid, Abhängigkeit und Hass sind die Handschellen, an denen sie sich zusammengekettet haben. Andererseits kann Vince die harte Durchhalte- und Werbewelt von Kailey nicht ertragen. Auf dem mörderischen Höhepunkt zog Kailey die Notbremse. Sie stürzte sich in die Presse und sagte: Es ist Schluss! Vince war erleichtert, er besoff sich zwei Tage lang und war glücklich. Nachdem sie pleite waren, ging Vince mit einem Nachthemd herum und verkündete, er werde nie wieder für Geld singen. Er begann zu malen und malte Jelly Roll Morton als Raphaels Schöpfer der Welt.«

»Warum haben sie nicht versucht, wieder ins Geschäft zu kommen?«

»Er kann es nicht, und Lauries Stärken liegen woanders.«

»Du meinst, er ist Laurie McPhee vollkommen verfallen?«

»Man kann es Leidenschaft nennen. Oder Hilflosigkeit. Oder Verfallenheit. Oder Sucht. Oder Liebe. Aber da wo Laurie nicht geht, ist für Vince kein Weg.«

»Was würde er tun, wenn sie ihn verlässt?«

»Sich umbringen.«

»Und wenn sie ihn betrügt?«

»Weinen.«

»Ist er so weich?«

»Mir hat jemand erzählt, der ihn seit seiner Kindheit kennt, dass er ihn noch niemals aggressiv gesehen hat.«

Es war nun doch drei geworden. Müde schleppte sich Costa die Treppe hinauf. Das Letzte, was ihm im Ohr klang, war der Satz, dass

Laurie keineswegs weich war. Wenn Vince sie betrogen hatte, würde Johannes ihr einen Mord aus Eifersucht zutrauen.

Mit Deep Dive?

Vergiften war die klassische Tötungsart der Frauen, dachte er, als er sich ins Bett fallen ließ.

Am nächsten Tag wurden die Verhöre fortgesetzt. Kailey Sheen bestritt weiterhin, ein sexuelles Verhältnis mit Norma gehabt zu haben. Sheens Anwalt drängte auf eine Entlassung und war bereit, eine sehr hohe Kaution zu hinterlegen, aber Richter Montanyà wollte abwarten, bis Shaffsky auf Ibiza erschien, um Kailey Sheen gegenübergestellt zu werden.

Kailey wollte oder konnte nichts dazu sagen, wer der Vater von Normas Kind war. Solange sie das nicht wussten, war Kailey Sheens Motiv nicht wirklich klar, denn ihr wahrscheinlichster Tötungsgrund war Eifersucht. Aber Eifersucht auf wen? Und warum wollte sie den Namen nicht preisgeben? Wusste er von ihrem Verbrechen und würde sie dann verraten?

Dies waren Costas Gedanken, als er am frühen Abend das Präsidium verließ. Er sah zur Uhr, vielleicht würde er es noch zu Annalenas Klavierunterricht schaffen. Johannes hatte ihr mit den anderen Kindern zusammen schon mehrere Stunden gegeben und ihn gefragt, ob er heute nicht dabei sein wolle. Deswegen hatte er die Verhöre vorangetrieben und die Besprechung mit dem Bischof, Elena und dem Surfer möglichst kurz gehalten.

Wie kam Norma von Mallorca nach Ibiza?

Auf der Fahrt sah er noch einmal vor sich, wie vehement Kailey Sheen eben bestritten hatte, Larry Shaffsky überhaupt zu kennen. Warum aber sollte Shaffsky Kailey Sheen beschuldigen, wenn sie ihm die Tote gar nicht gebracht hätte? Trotz angestrengter Nachforschungen hatten sie bisher nicht herausfinden können, auf welchem Wege der Acrylsarg von Mallorca nach Ibiza und in die Hall of Fame gelangt war. Shaffsky hatte bei seiner ersten Vernehmung ausgesagt, Kailey Sheen habe ihn angerufen, nachdem die Arbeit abgeschlossen war, und dann die Statue durch vier Leute, die mit einem Lastwagen kamen, abholen lassen. Das sei am 12. Juli kurz nach zehn Uhr gewesen. Er habe die Leute nicht gekannt und sich weder Namen noch Nummer des Transporters gemerkt.

Die Argumentation der Staatsanwaltschaft stützte sich hauptsächlich auf die Aussage von Vince Gordon und die sich nahtlos daran anschließende Aussage Larry Shaffskys. Ein Baustein war die Trachtenjeansjacke, die inzwischen von Petra Lindner als Normas Eigentum identifiziert worden war. Vince Gordon hatte übrigens zu Costas Überraschung bei seiner offiziellen Vernehmung all die Fakten wiederholt, die er in seiner Gegenwart Laurie gegenüber geäußert hatte.

Costa erwischte seine Tochter, als sie in den Musikraum ging. Er lobte sie dafür, dass sie so brav wieder zum Unterricht gekommen war. Sie setzte sich neben ihn, weil erst noch ein anderes Mädchen dran war.

Der Hocker passte zwar, aber Franzi, das Mädchen, stand trotzdem wieder auf und drehte daran herum.

»Leg mal die rechte Hand auf die Tasten … so.« Johannes legte seine Hand auf die Tasten und spielte die Tonleiter.

»Wie du ja schon vom letzten Mal weißt, gibt es sieben Töne in der Tonleiter. Jetzt gehen wir mal die Leiter hoch.« Langsam spielte er ihr eine Oktave von C bis C vor. »Jetzt du.«

Costa schaute seine Tochter an, die kerzengerade neben ihm saß und mit glühenden Wangen die Übende am Klavier beobachtete.

»Das sind aber acht«, sagte das Kind.

»C kommt zweimal vor, deshalb«, sagte Johannes.

Langsam tickte der erste Finger, dann der zweite. Von draußen hörte man über die Lautsprecheranlage des Clubs ein tiefes Brummen, dann einen verrückten Schrei, Pfeifen und eine Stimme: »one two three … test … test … test.« Dann wieder ein Zischen.

»Was war das?«, fragte Franzi.

»Vielleicht geht jetzt schon der Animationszirkus los«, sagte Johannes.

»Es passiert hier doch dauernd was«, sagte das Kind altklug.

»Ein Mord«, sagte Annalena neben ihm.

»Du fängst auf dem falschen Ton an.« Johannes nahm ihren Finger und rückte ihn ein Stück weiter. »Jetzt: c, d, e, f, g, a, h … Mach es mal mit einem Finger.«

Langsam und unregelmäßig klangen die Töne.

»Noch einmal. Mach es mal gleichmäßiger und etwas flott.«

C, d, e, f, g, a, h.

»Du hast fünf Finger, aber es sind sieben Töne. Erinnerst du dich? Also müssen wir einmal umsetzen. Das ging doch so.« Johannes spielte langsam die Tonleiter vor. Das Mädchen versuchte es nachzuspielen, und Costa spürte, wie Erschöpfung sich in ihm ausbreitete. »Daumen auf das C, jetzt umsetzen, dann von vorne.«

Aus der Clubanlage trug der Abendwind die ersten Musikfetzen herüber.

»Jetzt fängt's an!«, rief das Mädchen, sprang wie von der Tarantel gestochen auf und rannte aus der Tür. Johannes blickte ihr entgeistert nach.

»Was war das denn?«, fragte Costa irritiert.

»Norma Jean von Shakira«, sagte seine Tochter.

Costa stand auf und ging hinaus, um zu schauen, ob das Mädchen wiederkommen würde und weil er etwas frische Luft brauchte; ihm war übel.

Er starrte wieder auf ein Elektroboot, das eine Reihe von Kinderbooten hinter sich herschleppte. Von drinnen erklang ein einfaches Kinderstück. Die klar gesetzten Töne entspannten Costa. Ein tiefer Frieden breitete sich in ihm aus.

Als er wieder in den Raum zurückkam, sagte Johannes: »Keine Sorge, hier kann Franzi nicht verloren gehen. Cala Pada ist schließlich ein Club für Kinder.« Dann wandte er sich wieder Annalena zu. »Bei Mozart müssen die Töne perlend angeschlagen werden. Spiel es noch einmal.«

Mit jedem Ton fühlte Costa seine Freude. Als sie sich verspielte, wandte sie sich um. »Papi, geh bitte raus, du störst mich.«

Die Anlage war menschenleer. Auch die Fenster der Appartements waren dunkel. Anscheinend war gerade Essenszeit und alle Gäste saßen im Speisesaal. *Todo incluido*, dachte Costa, auch so eine Erfindung meines Onkels. Man fährt irgendwo auf dieser Welt in den Urlaub, bezahlt alles im Voraus, bleibt vierzehn Tage in einer abgeriegelten Anlage, kriegt zum Abendessen Fish & Chips oder Jägerschnitzel mit Fritten und hat vom Land nichts gesehen außer ein Tänzchen der Ureinwohner am bunten Abend.

Er ging dem Klang der Lautsprecheranlage nach und gelangte zu der Hauptterrasse des Clubs mit der großen Bühne. Davor stand Franzi, klein und mit offenem Mund. Er blieb im Halbdunkel neben der Bühne und setzte sich auf einen der Plastikstühle, die auf den bunten Abend warteten.

Im Rampenlicht hüpfte ein elfjähriges Mädchen mit bauchnabelfreiem Shirt, Hüftjeans, viel zu viel Make-up und einem großen Ferien-Henna-Tattoo. Sie trug eine Brille. Sie sang ein Lied, das Costa nicht kannte. Ihre Darbietung galt vier weiteren Kindern, die wie eine Jury auf einem quer gestellten Tisch thronten. Costa hatte aus Desinteresse und Zeitmangel noch nie eine EuroShow, Operacion Triunfo, Idol Show, Deutschland sucht den Superstar oder Super Star Search gesehen. Trotzdem war ihm sofort klar, dass diese Kinder etwas in der Art imitierten.

Bewegungslos stand Franzi, und er fühlte, wie ihm ums Herz warm wurde. Sie war erst sieben oder acht, aber doch so winzig und beeinflussbar. Er dachte an Anja und Norma, sah die verletzten Gesichter der Eltern und ihren Schmerz.

Der Song war zu Ende. Immer mehr Kinder kamen hinzu. Drei Animateure, die die Aufsicht hatten, klatschten. Der etwa Elfjährige räusperte sich gewichtig. »Okay, meine Kleine«, rief er großspurig, »mit der Brille wird das nix.« Er hielt seine rechte Hand hoch. »Wie viele Finger hab ich hier?« Das Mädchen begriff ihn nicht und sagte nichts. »Pech für dich, dass du blind bist. Pech für mich, dass ich nicht taub bin. Du bist der unerträglichste Schallerzeuger seit der Erfindung des Nebelhorns. Am besten stellst du dich an den Strand und verscheuchst die Wale.« Das Ganze wurde beleuchtet von einem Bündel kleiner Spots, die in sekundenschnellem Wechsel den einen oder anderen anstrahlten.

Die drei übrigen Jurymitglieder gaben mildere Urteile ab. Sie könne sich ganz nett bewegen, sagte ein Kind, aber an der Singerei müsse sie noch arbeiten. Der elfjährige Tonangeber aber konnte sich nicht zurückhalten: »Vielleicht hast du ja andere Talente. Werd Friseuse.«

Schluchzend verließ die Beschimpfte die Bühne.

»Und was kommt jetzt?«, krähte er. »Noch so 'ne Hupfdohle?«

Zwei Mädchen in Annalenas Alter kletterten auf die Bühne. Sie trugen gelb-schwarze Sporttrikots und hatten ihre Haare zu einem

Zopf geflochten. »Wir singen Asedeje von Los Ketchup«, sagten sie im Chor.

»Das haben wir ja lange nicht gehört«, gähnte er. »Dann legt mal los.«

Die zwei begannen mit einer ententanzartigen Choreographie, die für ihr Alter erstaunlich synchron war. Aber kaum hatten sie begonnen, da hielt er ein Schild hoch, auf dem »Stop! Sofort aufhören!« stand. Die Musik wurde unterbrochen.

»Von mir ein klares Doppel-Nein«, giftete er. »Wenn ihr jaulen wollt, müsst ihr zu den Wölfen gehen.«

Die anderen in der Jury sagten, das Tanzen sei nicht schlecht gewesen, aber der Tonangeber unterbrach sie: »Wenn Gott gewollt hätte, dass der Mensch fliegt, hätte er ihm Flügel gegeben. Wenn er gewollt hätte, dass ihr singt, hätte er den anderen die Ohren erspart.«

Die Animateure amüsierten sich. Einer trat vor und sagte, die Jurymitglieder müssten alle der Reihe nach sprechen.

Ein untersetzter Junge kam schüchtern als Nächster auf die Bühne und sang ›Live is Life‹. Diesmal ließ der Angeber die anderen Jurymitglieder erst sprechen, bevor er sagte: »Sieh dich doch mal an: Du hast zu viele Haare, krumme Beine und 'ne Fresse wie 'n Pavian. Wahrscheinlich hast du auch noch 'n roten Hintern mit Hornhaut. Aber die Affen haben wenigstens Rhythmus. Rhythmus! Weißt du, wie man das buchstabiert?«

Die Animateure stießen sich gegenseitig vor Vergnügen an. Franzi war ganz ernst und rieb sich die Handflächen an ihrem T-Shirt, als hätte sie in Brennnessel gefasst. Costa fragte sich schmunzelnd, ob sie wohl den Mut haben würde, auf die Bühne zu gehen und zu singen.

Inzwischen war eine etwa Achtjährige hinaufgeklettert. Sie hinkte und hatte eine heisere Stimme. Costa fragte sich, ob sie wohl aus eigenem Antrieb mitmachte oder von den Eltern dazu verurteilt worden war. Franzi fuhr sich ins Haar und wühlte es durcheinander, als das Mädchen die ersten Zeilen von ›Norma Jean‹ sang. Costa war sich nicht sicher, aber irgendwie klang es anders, als er es eben aus der Lautsprecheranlage gehört hatte. Sie schaffte es aber, ihren Vortrag zu Ende zu bringen.

Als sie fertig war, grinste der Wortführer breit: »Das ist ja ganz toll: Du krächzt wie Joschi, die Krähe, piepst wie Tweety, das Vögelchen, watschelst wie Duffy, die Ente, und siehst aus wie Porky, das Schwein. Schon mal drüber nachgedacht, warum sie *Comicfiguren* heißen? Im Film würde jetzt ein Amboss vom Himmel auf dich fallen!«

Er hatte den Satz noch nicht ganz beendet, als ein Schlag seine Nase traf.

Costa sprang auf und dachte: Das gibt es nicht!

Annalena war wie der Blitz auf die Bühne gesaust und hatte dem Wortführer eins versetzt.

Er sprang hinzu, griff seine Tochter, nahm sie auf den Arm, erklärte den heraneilenden Animateuren, dass er der Vater sei und schleppte sie mit sich fort.

Er bestand darauf, dass sie diese Nacht zu Hause schliefe. Sie holte ihre Sachen von der befreundeten Hamburger Familie, und als sie im Auto saßen und über die Umgehungsstraße bei Santa Eulalia fuhren, sagte sie: »Ich weiß schon, dass du meckern willst, weil ich den Jungen gehauen habe.«

»Falsch geraten. Ich will meckern, weil du einfach so vom Klavier weggelaufen bist.«

Als sie gerade ins Bett gingen, kam ein Anruf vom Bischof. »Wir haben das Ergebnis. Vince Gordon ist der Vater.«

Costa war zu müde und zu erschöpft, um darauf zu reagieren, wenngleich er es nicht erwartet hatte.

»Ich muss sagen, deine Tochter hat einen besseren Instinkt als du.«

»Was hat die damit zu tun?«

»Wenn die sich nicht die Locke von Mister Gordon hätte geben lassen, wüssten wir das nicht.«

Costa brummte irgendwas, aber sein Cousin gab noch nicht Ruhe. »Kailey Sheens Hass auf Gordon und dann ist Norma schwanger von ihm – damit haben wir doch das Motiv, Junge! Der Fall ist gelöst!«

»Lass uns morgen drüber reden«, brummte Costa, löschte das Licht und legte den Arm um seine Tochter.

»Dein Arm ist so schwer«, sagte sie schläfrig.

Er nahm ihn weg, streichelte ihr über das Haar und beide schliefen ein.

Bevor am folgenden Tag das Verhör fortgesetzt wurde, brachte Costa seine Tochter wieder in den Cala Pada Club zu ihrer Schulfreundin. Er bemerkte, dass ihn die Begegnungen mit ihr, die Unterhaltungen und Spiele von dem Druck befreiten, der durch diesen Fall auf ihm lastete. Alles stand kurz vor der Aufklärung, und oft fühlte er sich gerade dann so genervt, aber diese Geschichte mit Norma Lindner hatte ihn besonders fertiggemacht.

Für die Anklage fehlte nur noch Kailey Sheens Geständnis und der Beweis, dass sie den Transport des Acrylsarges von Mallorca nach Ibiza organisiert und finanziert hatte. Er war zuversichtlich, inzwischen lief eine Großfahndung, um Zeugen für den Transport zu finden.

Als Costa der Angeschuldigten kurz vor der Mittagspause noch einmal vorhielt, Sex mit Norma bestritten zu haben, wurde ihr Gesicht ernst. »Ich habe nicht gewollt, dass die Öffentlichkeit davon erfährt.«

Sie goss sich Wasser ein, hob das Glas und beobachtete die Blasen.

Immer wenn das Thema auf Norma kam, war es mit ihrer Gesprächigkeit aus. Costa versuchte es noch einmal. »Eine Freundin Normas erzählte uns, dass Sie heiraten wollten.«

Sie schaute ihn ernst an. »Das ist ja kein Verbrechen, oder?«

»Nein. Hier in Spanien ist es sogar ganz legal. Uns geht es ja auch nur darum zu verstehen, wie Ihr Verhältnis zu Norma war. Sie haben sich geliebt. Sie hatten Sex.«

»Niemand wusste davon.«

»Doch. Sonst wüssten wir es auch nicht.«

»Cindy Ann. Sie hat ihr immer alles erzählt.«

»Wer auch immer. Für uns ist nur wichtig, warum Sie sich getrennt haben.«

»Vielleicht haben wir uns gar nicht getrennt.«

»Doch, deswegen hat sie einen Vertrag bei Andy Amalfy unterschrieben. Weil Sie sie durch die Telefonmanipulation aus der Show gekickt haben?«

»Darüber mache ich keine Aussage.«

Immerhin, sie bestritt es nicht. Natürlich würde sie das nie zugeben, denn das würde ihre Karriere im Konzern beenden. Costa nahm auch gar nicht an, dass das der Grund für ihr Zerwürfnis war, denn Norma hatte davon vermutlich niemals etwas erfahren. »Es war wegen ihrer Stimme, nicht wahr? Trotz des großen Erfolges von Norma fanden Sie ihre Stimme unzureichend. Doch weil Sie verliebt waren, haben Sie ihr das nie gesagt. Im Gegenteil, Sie haben ihr Komplimente gemacht, sie bestärkt und immer weiter hoch gelobt. Ist es nicht so gewesen?«

»Norma konnte den Gedanken nicht ertragen, dass ihre Stimme nur Mittelmaß war. In ihrer Familie, in der Schule, im ganzen Dorf, aus dem sie kam, wurde sie immer nur hochgejubelt, welch tolle Stimme sie hat. Sie war völlig fixiert darauf. Es war nicht nur eine sehr starke Einbildung. Es war keine Illusion, die sich korrigieren lässt. Es war ein Wahn. Irgendwann musste es ihr jemand sagen. Da ich sie liebte und wir zusammenleben wollten, war ich diejenige. Sie ging. Ich habe viele Beleidigungen, Verletzungen, viele böse Beschimpfungen in meinem Leben hinnehmen müssen, aber das war der Moment größten Schmerzes. Sie ging, und ich habe sie lebend nicht wiedergesehen.«

Sie machte eine Pause. »Ich habe sie geliebt wie keinen Menschen sonst je in meinem Leben. Warum sollte ich sie einem wildfremden Irren bringen, der sie in Acryl verpackt und ausstellt?«

Das wusste Costa auch nicht. Er fragte sie dann, ob es eine Lüge war, dass sie Laurie McPhee im Helikopter von Ibiza Airport nach Tagomago mitgenommen habe.

Alle warteten gespannt auf eine Reaktion. Das war von Costa überraschend gekommen, niemand hatte mehr daran gedacht.

Es dauerte eine Weile. »Es war ein Joke«, sagte Sheen dann.

Solche Witze gefielen Costa nicht. Er nahm Sheen mehr als eine Stunde in die Zange, wobei ihr das ewige Lächeln verging.

Anfangs behauptete sie, nicht Laurie, sondern eine Verehrerin mitgenommen zu haben, die sie kurz vor ihrem Abflug nach Ibiza auf dem Handy angerufen habe und die sie an den Airport bestellt haben wollte, um sie mit nach Tagomago zu nehmen. Dazu passte natürlich nicht mehr ihr Schweigegeld für den Piloten und ihre erste Aussage. Sie bestand aber auf dieser Version, obgleich sie weder Adresse noch Familienname der Unbekannten angeben konnte. Schließlich verteidigte sie diese Behauptung damit, dass sie in ihrer delikaten und schwierigen Situation, die ihr Laurie und Vince eingebrockt hätten, es sich nicht leisten könne, die beiden noch weiter zu reizen. »Ich weiß, dass ich Norma Jean nicht umgebracht habe«, rief sie, »aber von deren Aussage hängt alles ab, das wissen Sie doch! Da wäre ich doch ein Idiot, wenn ich Vince noch weiter eifersüchtig machen würde. Also, Jungs, es bleibt dabei: Niemals habe ich Laurie mit nach Tagomago genommen! Niemals! Es war eine Unbekannte, aus, Schluss, Ende!«

Costa entschied sich, Laurie noch einmal zu dem Punkt zu befragen. Er wusste, dass sie sich im Landhaus ihrer adeligen Freundin aufhielt.

Die Finca lag auf einer Anhöhe an der alten Straße zwischen San Matteo und Santa Agnés. Der Weg, der zu ihr hinaufführte, wand sich um einen Hügel und glich mehr einem ausgetrockneten Schweizer Gebirgslauf als einer Anfahrtsmöglichkeit.

Costa war bereits von der Nachbarin, die unterhalb einen Hof mit Schafen, Ziegen und Kikas, den ibizenkischen Zwerghühnern, bewirtschaftete, über alles unterrichtet worden. »Das Haus gehört einem Señor aus San Miquel de Balanzat. Er hat es vor zehn Jahren an diese Frau vermietet. Sie ist eine *bruja*, eine Hexe. Sie war die Geliebte von diesem Baghwan. Eine Principesa aus Österreich. Sie lebte dort zusammen mit einem americano, einem Schreiner aus Miami. Der Mann war gut. Er arbeitete von morgens bis abends. Aber sie, sie hat alle Männer hier verrückt gemacht, weil sie den ganzen Tag immer nackt herumlief. Seit ein paar Monaten habe ich sie nicht mehr gesehen, aber der Señor hat gesagt, sie hat die Miete für das nächste Jahr im Voraus bezahlt. Stattdessen kommen manchmal ein Mann und eine Frau und bleiben über Nacht, *y ya esta, basta*! Das ist alles, was ich weiß.«

Der Weg hinauf war wesentlich länger, als man von der Hauptstraße aus hätte schätzen können.

Schließlich aber öffnete sich hinter der letzen Biegung eine Aussicht, die Costa nicht erwartet hatte. Geradeaus, jenseits des blauen

Meeres, lag der schlafende Wal, Formentera. Weiter rechts die Burg von Ibiza, die Vedra, die Bucht von San Antonio und dahinter, leicht diesig im Licht der Augusthitze, die Berge von Denia, neunzig Kilometer entfernt.

Das lehmige Plateau, in dessen Mitte das Haus stand, war einmal ein Garten gewesen. Jetzt war alles vertrocknet außer den Mandel- und Johannisbrotbäumen, Thymian- und Lavendelsträuchern. Eine ehemals stattliche Bougainvillea umrahmte braun und verdorrt den Eingang des Hauses.

Er hielt nach Laurie McPhee Ausschau.

In einem mit Palmenblättern gedeckten Pavillon standen schmiedeeiserne, verschnörkelte Gartenmöbel, bedeckt mit rotem Staub und Piniennadeln. Er hörte das Rascheln der Eidechsen, die durch die glühende Mittagshitze sausten, aber von Laurie war nichts zu sehen, obgleich er sich angekündigt und sie ihm den Weg beschrieben hatte.

Überall auf dem Grundstück verteilt standen für die Katzen Näpfe aus Ton.

Die Finca glich auf den ersten Blick den meisten anderen auf der Insel: ein weißer Kubus, flankiert von zwei kleineren Würfeln, kleine Fenster, die mit blauen Holzläden verschlossen waren, im ersten Stock die überdachte Terrasse, das ibizenkische Sommerwohnzimmer.

Beim genaueren Hinsehen bemerkte Costa, dass hier in den letzten vierzig Jahren nichts verändert worden war. Die Haustüre hatte kein Schloss, die Decke der Eingangsveranda war aus Savina, jenem seltenen Holz, für das Bauunternehmer heutzutage ein Vermögen berechneten und das Amalfy so versaut hatte. Es gab keine sanitären Anlagen, dafür aber die Ansammlungen jener legendären Kakteen, die angeblich bei der Verrichtung der Notdurft Ungeziefer und Fliegen fernhielten. Seine Großtante Turia hatte ihm einmal erzählt, diese Kakteen würden nur dort wachsen, wo sie mit genügend Hierbas Ibizencas gedüngt würden, dem selbst gebrauten Inselklikör.

Die Flügel der Eingangstür waren geöffnet, er machte ein paar Schritte und stand in einer geräumigen Halle. Selbst jetzt, im Hochsommer, roch das Haus nach modrigem Keller. Es war mindestens zehn Grad kühler als draußen. Plötzlich berührte ihn etwas am Arm. Er fuhr herum und blickte in das fragende Gesicht Lauries.

»Was treibt Sie um, Mister Policeman?«

Laurie trug eine weiße, sehr dünne Leinenbluse, die lose von ihren schmalen Schultern über eine scharlachrote, weite, arabisch anmutende Hose fiel. Sie war barfuß und wirkte auf Costa, als habe sie gerade Yoga gemacht. »Guten Tag, Mrs. McPhee.«

Sie kam fast unmerklich näher, so, als bewege sich der Boden unter ihren Füßen. Er konnte ihr Parfum riechen. Dabei sah sie ihn mit wachen, großen Augen an, als erwarte sie die Preisgabe einer schönen oder schrecklichen Überraschung. Ihm war es, als hätte sie goldene Glitzer in ihrer Iris. Sie schien zu vielen Dingen imstande, wenngleich Costa sich im Moment nicht sicher war, welche ihrer verschiedenen Facetten ihn am meisten interessierte. Eine dieser Seiten war sicher überschrieben mit *Boudoir*, aber gab es auch eine, in der sich Mord verbarg?

Sie lächelte. »Sind Sie gekommen, weil Sie sich entschuldigen wollten?«

Costa lächelte ebenfalls. »Dafür, dass ich Sie einer Reise mit Kailey Sheen im Hubschrauber bezichtigte?«

»Nein, dafür, dass Sie die größten meiner Mühen zunichtegemacht haben.«

»Sie haben Recht, es tut mir leid. Aber wenn Sie es genau betrachten, war es Vince, der die neue Produktion von Groove Control zum Scheitern brachte. Hätte er nicht Norma Jean mit nach Mallorca genommen, würden sie morgen im Studio stehen und ihre Songs mit Kailey und Vince aufnehmen.«

»Sie haben Kailey verhaftet, aber niemand weiß genau, warum. Warum ist es so ein großes Geheimnis? Hat sie Norma nun gekidnappt oder nicht?«

Costa hatte das Team gebeten, den Tod Normas nicht den Medien mitzuteilen und nur dort zu erwähnen, wo es die Ermittlungen voranbrachte.

»Vince hat sie mit nach Mallorca genommen, und dort ist sie ermordet worden.«

Laurie trat einen Schritt zurück und legte sich die Hand auf die Brust. »Mein Gott! Wie ist das möglich?«

Costa machte eine fragende Bewegung. »Können wir uns irgendwo setzen?«

»Ja, natürlich, kommen Sie herein.«

Er folgte ihr ins Haus. »Eigentlich bin ich nur vorbeigekommen, um Ihnen zu sagen, dass Kailey Sheen ihre Behauptung, dass Sie am 31. Mai mit ihr in dem Hubschrauber nach Tagomago geflogen seien, berichtigt hat.«

Sie blieb stehen, musterte ihn einen Moment und ihre Augen schienen dabei dunkler zu werden. »Wer ist denn mit ihr geflogen?«

»Eine ihrer vielen Fans, die sie kurz vor dem Abflug in London von Ibiza aus angerufen hatte.«

Ein kleines, verächtliches Lächeln huschte über ihren Mund, und dann fragte sie ihn, ob ihm Zitronenwasser draußen auf der Terrasse recht sei. Er bedankte sich und wartete, bis sie alles auf ein Tablett gestellt hatte. Er nahm es und trug es hinaus.

Für einen Moment saßen sie schweigend da. Außer dem Tuckern eines fernen Traktors und dem Flirren der Zikaden war kein Geräusch zu hören.

»Ich verstehe gar nicht, wie das alles zusammenhängt.«

»Wenn Vince sie nicht mit nach Mallorca genommen hätte …« Er beendete den Satz nicht, sondern wartete, wie sie darauf reagieren würde.

»Ich weiß nicht, warum er das gemacht hat, außer er wollte sie unterwegs vögeln.«

Costa stieß mit dem Finger sein Eis in dem Glas ein bisschen herum.

»Aber daran wird sie ja nicht gestorben sein«, setzte sie hinzu.

Costa hob seinen Blick. Sie schien von einer kalten Wut erfüllt zu sein. Vielleicht war es immer noch ihre Eifersucht auf Norma. Oder ging es hier um etwas ganz anderes?

»Sie ist an einer Überdosis dieser neuen Modedroge Deep Dive gestorben.«

»Die kann sie doch selbst genommen haben.«

»Richtig. Aber wenn das so ist, warum sagt uns das Kailey Sheen nicht?«

»Was sagt sie denn?«

»Sie sagt, dass Vince lügt. Sie habe Norma überhaupt nicht gesehen.«

»Aber sie hat doch mit ihr telefoniert.«

»Das bestreitet sie nicht. Aber in Palma habe Vince gesagt, sie hätte es sich anders überlegt und sei nicht mitgekommen.«

»Also soll Vince Norma umgebracht haben?«

»Nein. Sie sagt, Vince sei dazu nicht imstande, er wär nicht einmal imstande, einer Fliege den Flügel auszureißen. Sie sagt, Sie waren es.«

Sie starrte ihn an. Dann brach sie in ein Gelächter aus, aber es klang wie ein krampfhaftes Schreien.

»Auch wenn Sie sagen werden, Sie waren hier auf der Finca. Aber dafür werden Sie keinen Zeugen haben.«

»Sagt sie? Sagt sie das?«

»Ja.«

Sie musterte ihn in feindseligem Schweigen.

Natürlich waren die Verhöre mit Kailey nicht wörtlich so verlaufen, aber im Grunde war es das, was sie gemeint hatte.

Laurie goss ihm und sich selbst Zitronenwasser nach. »Blödsinn, alles Blödsinn«, murmelte sie. »Was für ein giftiger Drachen! Mir scheint, dass das Unglück im Leben davon abhängt, welchen Menschen man begegnet.« Sie hatte ihr Glas in der Hand, als wollte sie ihm zuprosten. »Oder?«

Costa zuckte mit den Achseln. »Die Frage ist, will man auf sein Glück setzen oder auf die eigene Redlichkeit?«

»Und was bedeutet das praktisch?«

»Praktisch bedeutet das, dass ich Sie nun fragen muss, wo Sie in der Nacht vom 4. auf den 5. Juli waren.«

Sie schaute ihn einen Moment lächelnd an. Brauchte sie Zeit, um sich ihre Antwort zu überlegen? »Kailey hatte Recht, ich war hier auf der Finca.«

»Aber ich war dabei, als Sie Vince sagten, Sie wären in Düsseldorf bei einer Gräfin Kuehnburg gewesen. War das nicht richtig?«

»Nein. Ich wollte hierbleiben, um herauszufinden, was er macht, wenn ich nicht auf der Insel bin.«

»Warum das?«

»Jedes Mal, wenn ich zurückkomme, kann ich am Spritverbrauch sehen, dass er größere Touren gemacht hat.«

»Und diesmal stellten Sie das auch fest?«

»Ja, sicher, Sie waren doch dabei, als er zugab, mit Norma nach Mallorca gefahren zu sein.«

»Theoretisch wäre es doch denkbar, dass Sie nicht auf der Finca waren, sondern mit Vince und Norma auf dem Boot. Könnte doch sein, oder?«

»Nein. Ich war nicht auf dem Boot.«

»Sie waren hier?«

»Ja.«

Er erinnerte sich, dass Kailey Sheen genau das vorausgesagt hatte. Das berührte ihn seltsam. Wie konnte Kailey das vorhersagen? Lief hier etwa ein ausgefuchster Plan, in dem er selbst nur eine Figur war? Oder saß er Normas Mörderin gegenüber?

»Laut Vince' Aussage hat er mit Norma den Hafen von Santanyi angelaufen, hat sich dort ein Taxi genommen, um mit Kailey essen zu gehen, wurde nach dem Essen von Kailey zu seinem Boot zurückgebracht, wo Norma die Zeit über gewartet hatte. Norma soll dann bei Kailey ins Auto gestiegen sein. Wenn es so war, müsste Kailey Sheen sie wenig später mit einer Überdosis Deep Dive umgebracht haben. Damit aber nicht genug; sie brachte sie dann zu einem Beerdigungsinstitut, das die Leiche in Acryl goss, um sie wie eine Fliege in Bernstein für immer haltbar zu machen. Sie ließ sie dann abholen und im Privilege aufstellen. Es gibt ja dort diese sogenannte Hall of Fame, da stand sie bis vor kurzem wie eine Reliquie.«

Laurie war immer starrer geworden, schließlich schien sie kaum noch zu atmen. Dabei schaute sie ihn gebannt an und saugte jedes Wort auf. »Nun behauptet Kailey, das alles sei nicht sie gewesen, sondern Vince?«

Costa lächelte. Er glaubte nicht, dass sie Kailey Sheens Anschuldigung schon vergessen hatte.

»Nicht Vince, sondern Sie! Sie seien in Wahrheit mit auf dem Boot gewesen und hätten ihr in einem Drink die Überdosis an Deep Dive verabreicht. Natürlich wollten Sie die Leiche nicht über Bord werfen, weil sie dann hätte angeschwemmt werden können, und daher veranlassten Sie Vince, sie bei einem Beerdigungsinstitut auf Mallorca abzuliefern.«

Laurie erhob sich abrupt. »Was für ein Unsinn! Mir solch einen Unsinn anzuhören, ist mir meine Zeit zu schade. Tut mir leid, aber ich muss jetzt, bevor Vince' Mutter kommt, das Haus hier in Ordnung bringen.«

Costa wusste, dass Vince' Vater früh aus seinem Leben verschwunden war, hatte aber nie nach seiner Mutter gefragt. Irgendwie war er der Meinung gewesen, sie wäre tot. Er überlegte einen Moment, wieso er das geglaubt hatte, und dabei fiel ihm eine Bemerkung Lauries ein, es gebe zwei Menschen, die alles für Vince tun würden; der eine sei sie, und den anderen gebe es nicht mehr. Es klang, als wäre damit die Mutter gemeint, und er hatte automatisch angenommen, dass die Mutter tot war.

Er sagte das, aber sie prustete verächtlich. »Die Mutter! Das wäre auch nicht schlecht – Larry, die Mutter!«

Sie wollte ihn zum Ausgang begleiten, aber er blieb stehen. »Larry? Wen meinen Sie?«

»Larry Shaffsky.«

»Wer ist das?«

»Das ist ein früherer Schulkamerad von Vince.«

Costa war hochgradig alarmiert. Larry Shaffsky kannte Amalfy, und er kannte Kailey Sheen, dass er auch Vince Gordon persönlich kannte, war ihm neu. Er versuchte, seine Erregung zu verbergen. »Ein Schulfreund von Vince? Wie sah der aus?«

»Hässlich.«

»Hässlich! Vielleicht haben wir jetzt die Lösung!«

»Wieso sollten wir?«

»Das Beerdigungsunternehmen, das die Leiche versiegelt hat, heißt Larry Shaffsky.«

»Nein, das glaube ich nicht!« Sie schien so perplex, dass sie sich wieder hinsetzte.

Costa nahm ebenfalls wieder Platz. »Könnten Sie mir die Beziehung zwischen Larry Shaffsky und Vince vielleicht ein wenig genauer beschreiben?«

»Ich weiß nicht, ob ich Vince damit einen Gefallen tue. Ich verstehe die Zusammenhänge immer weniger.«

»Dann sollten Sie einfach erzählen, was Sie wissen. Wenn die Sache so verfahren ist, wird es kaum eine gute Idee sein, einen Mörder zu decken.«

»Ich will keinen Mörder decken, und schon gar nicht mich selbst, wenn Sie das meinen.« Sie überlegte einen Moment. »Larrys Vater war Beerdigungsunternehmer. Sie haben Recht, er könnte der sein, den Sie suchen.«

»Woher kennen sich Vince und Larry denn?«

»Vince und Larry haben sich in der Ferndale Primary School kennen gelernt. Später sind sie in derselben Lerngruppe für die Abschlussprüfung gewesen, die darüber entscheidet, auf welche Schule man anschließend kommt. Das war für beide die Hamstead Hall, auf die ich dann auch gekommen bin. Larry war völlig unmusikalisch, extrem kurzsichtig, irgendwie morbide und stank immer nach Kampfer.« Laurie machte ein Gesicht, als könnte sie es immer noch riechen. »Keiner mochte ihn in der Klasse, Vince wohl auch nicht, aber er ließ ihn gewähren und hatte nichts dagegen, wenn er seine Gitarrenkoffer schleppte und nach dem Auftritt die Kabel sortierte. Er hat ihm alle Arbeiten abgenommen, die Vince daran hindern konnten, Gitarre zu spielen oder sich um die Mädchen zu kümmern.

Larrys Vater hatte ein Beerdigungsinstitut und deswegen ein großes Auto. An Wochenenden durfte Larry das manchmal benutzen, um die Instrumente der Band und die Jungs selbst zu den Veranstaltungsorten zu fahren. Es war immer ein merkwürdiges Bild. Vince hat noch ein Foto davon, wie der Leichenwagen vorfährt und alle ihre Gitarren, das Schlagzeug und die Verstärker ausladen.

Ich bin erst drei Jahre später auf die Hamstead Hall gekommen. Für die Neuzugänge gab es immer eine Begrüßungsfeier in der Aula, wo die Schulband ›Radar Love‹ dann spielte. Da habe ich Vince das erste Mal gesehen, und das war's auch gleich. Zuerst dachte ich, es sind nur seine Haare, in die ich verliebt bin. In der Schule wurde er nämlich Copperhead gerufen, weil seine Haare kupferbraun waren. Er hatte große blaue Augen und im Gegensatz zu den meisten Rothaarigen dunkle Augenbrauen und lange dunkle Wimpern. Sogar meine gehässige Mutter musste das zugeben.« Sie lachte. »Eigentlich hätte er gar nicht singen müssen, es hätte gereicht, auf die Bühne zu gehen und zu glühen.« Sie goss Costa wieder Zitronenwasser ein. Sie hielt den Glaskrug einen Moment in der Luft und überlegte. »Ja, und sein Freund war Larry Shaffsky, der Glöckner von Notre-Dame. Fürsorglich wie der Glöckner. Als Vince aus der Chemiesammlung eine Flasche mit Alkohol geklaut hat und es heraus kam, war es Larry, der das auf sich nahm. Durch mich allerdings hat er sich von Anfang an bedroht gefühlt.« Sie lachte einmal hell auf. »Er hat sogar behauptet, Laurie ist nicht mein richtiger Name, ich hätte ihn nur angenommen, damit er klingt wie Larry. Damals habe ich mich darüber wahnsinnig aufgeregt, aber heute kann ich darüber nur lachen. So ist es, wenn man jung ist.«

Costa glaubte, sie würde nun weitererzählen, aber sie schwieg plötzlich.

»Wie ging es dann weiter?«, fragte er schließlich.

»Zum Eklat ist es dann gekommen, als wir alle drei übers Wochenende mit dem Zelt an die See gefahren sind. Ich wusste nichts davon, aber Vince hat immer angenommen, dass ich Larrys Freundin bin. Das war natürlich völlig absurd, aber abends im Zelt hat er es dann doch so arrangiert, dass ich in der Mitte lag, Larry links und er rechts von mir.« Sie strahlte übers ganze Gesicht. »Es war die Nacht, in der ich mit Vince zum ersten Mal Sex hatte. Am nächsten Morgen war das Verhältnis zwischen mir und Vince viel entspannter, aber Larry wollte auch dran teilhaben und morgens beim Zähneputzen hat er mir mal so eben ganz vertraulich an den Hintern gefasst. Ich habe ihm eine Ohrfeige gegeben und danach sofort von Vince verlangt, dass er sich von ihm trennt. Er oder ich! Für Vince war das kein Problem, er hat Larry gleich nach Hause geschickt, und von da an stand Larry so etwa in der hintersten Reihe der Vince-Fans. Ich habe ihn fast völlig aus den Augen verloren, aber später, ich glaube, das war dann schon nach der Schule, tauchte er nach dem einen oder anderen Konzert am Bühneneingang auf und wollte ein Autogramm oder mit Vince zusammen fotografiert werden. Er war inzwischen ein erwachsener Mann, aber irgendwie krank. Ich habe zu Vince gesagt, das ist ja ekelhaft, ich möchte, dass du das vollkommen abbrichst. Sonst bringt er dich noch mal um. Seitdem hab ich nichts mehr von ihm gehört.«

»Wir haben da ein bisschen ermittelt, ist er nicht eigentlich aus Darnall?«

»Ja, das ist ein Stadtteil von Sheffield.«

Costa verstand ihren Abscheu gegenüber diesem Mann. »Was würden Sie sagen, wenn ich Ihnen erzähle, dass es Larry Shaffsky war, der Norma in Acryl eingebettet hat?«

Sie starrte ihn mit weit aufgerissenen Augen an. Er wartete geduldig, und dann sagte sie leise und fast außer Atem: »Wissen Sie was?

Ich würde es Ihnen glauben. Ich hab ja schon damals zu Vince gesagt, pass auf, der bringt dich noch mal um. Das ist der Typ. Der hatte als Junge schon so einen muffigen Geruch, so eine Mischung aus saurer Milch, Kampfer und nicht richtig abgewischtem Hintern. Ich habe immer zu Vince gesagt, der riecht nach den Leichen seines Vaters.« Sie hielt inne und blies die Luft tief und lang aus. »Und jetzt ist es wirklich passiert? Und danach hat er sie in Acryl eingeschweißt?«

»Er hat behauptet, Kailey Sheen sei zu ihm als Kundin gekommen und habe ihm erzählt, dass ihre Tochter mit siebzehn einen Herzinfarkt hatte, und dass die ganze Familie möchte, dass sie in Acryl gebettet wird.«

»Und deswegen haben Sie Kailey verhaftet?« Sie betrachtete ihn einen Moment ungläubig. »Sie haben wohl bemerkt, dass ich Kailey nicht in mein Herz geschlossen habe, aber einen Menschen umbringen, nein! Jemand umbringen und in einem Acrylsarg ausstellen, nein, das ist nicht Kailey.«

Das klang überzeugend, doch wo waren die Beweise? Wie sollte er Larry Shaffsky den Mord beweisen? Plötzlich fiel ihm der Typ ein, der in der Nacht im Privilege vor ihm hergelaufen war und Norma-Jean-Poster an die Säulen geklebt hatte. Costa war ihm gefolgt, hatte ihn aber nicht mehr finden können. Der Gang, die Figur, die scharf geschliffene Brille, auch das Gefühl, Shaffsky von irgendwoher zu kennen, das er schon in Mallorca gehabt hatte – all das verdichtete sich zu dem Bild eines psychopathischen Täters, hässlich und einsam, von den Frauen verstoßen, der sich dann die Schönste fing, sie tötete, sie aber nicht verletzte, sondern in ihrer ganzen Schönheit ausstellte. Immer wieder war er womöglich nach Ibiza gekommen, hatte sich unter das feiernde Volk gemischt und sein Geheimnis, seine perverse Macht genossen, wenn die Fans zu Norma kamen und ihre seltsamen Verehrungsfeiern zelebrierten. Er war Normas Eigner, er war ihr Besitzer, ihr Priester und ihr Mörder. Aber wie hatte er Kailey Sheen dazu kriegen können, ihm Norma ans Messer zu liefern?

Gleich als er im Wagen saß, rief er seinen Vater an: »Ich weiß, es kommt ein bisschen plötzlich, aber heute könntest du Annalena sehen. Ich muss dringend nach Mallorca und wäre dir dankbar, wenn du dich um sie kümmern würdest.«

Der Alte willigte freudig ein, gab jedoch zu bedenken, dass er kein Auto habe.

»Mein Mitarbeiter wird sie bringen.«

»Wer?«

»Ich werde den Surfer anweisen, sie in Cala Pada abzuholen und zu dir zu bringen.« Dann rief er den Bischof an, dass er und Elena mit nach Mallorca kämen, um bei der Festnahme von Larry Shaffsky dabei zu sein.

»Soll der Surfer auch mit?«, fragte der Bischof, aber Costa sagte, dass der Surfer sich um seine Tochter kümmere. »Lass du all deine Beziehungen spielen, damit wir in Palma Unterstützung kriegen. Einen Hausdurchsuchungsbefehl brauchen wir. Du kriegst das schon gedeichselt.«

Der Bischof kannte den Chef der Guardia Civil in Mallorca, weil er ihm jeden Herbst sein Grundstück zur Rebhuhnjagd überließ. Dies war ein Gefallen, den ein Jäger zu schätzen wusste, denn jeder Grundbesitzer auf der Insel schützte seine Jagdstrecke mit dem deutlichen Schild »*Coto privado de Caza*« gegen unerwünschte Jäger von außerhalb.

Als sie aus der Maschine stiegen, wartete schon die Flughafenpolizei an der Treppe und fuhr sie mit Blaulicht über das Flugfeld. Sie hatten in Faxkopie auch einen Durchsuchungsbefehl dabei.

In einer halben Stunde waren sie da, Costa ließ die vier Wagen vorfahren und das Haus besetzen. Er beorderte Shaffsky in die Küche und begann sofort das Verhör, das Elena aufzeichnete. Insgesamt waren es vierzehn Beamte, die unter der Leitung des Bischofs alles auf den Kopf stellten.

Durch die schnelle Aktion war Shaffsky so geschockt, dass er allem zustimmte. Costa wusste, dass es eigentlich nur zwei Typen in solchen Situationen gab – die Protestierer und die Jasager. Die Letzteren versuchten alles, damit die eindringenden Polizisten bei Laune blieben.

Shaffsky gehörte zu den Jasagern. Er antwortete auf alle Fragen und berichtete alles bereitwillig. Er war so geflissentlich und devot, dass Costa den Eindruck hatte, er genieße es zu leiden.

»Ist es richtig, dass Kailey Sheen am 5. Juli gegen elf die Leiche einer siebzehnjährigen Frau mit dem Auftrag gebracht hat, sie in Acryl einzubetten?«

»Nein«, sagte Shaffsky.

Costa zog die Augenbrauen hoch. Wollte er plötzlich gestehen? »Aber in Acryl gepackt haben Sie sie?«, fragte er.

Shaffsky nickte.

Hatte Shaffsky Norma selbst umgebracht, wenn sie nicht von Kailey Sheen gebracht worden war? Costa forderte ihn auf, laut und deutlich Ja oder Nein zu sagen.

»Wo sind Sie dieser Frau denn begegnet, wenn Kailey Sheen sie nicht gebracht hat?«

Shaffsky stockte, gab sich dann aber einen Ruck und sagte: »Vince Gordon hat mich von See aus angerufen und gesagt, dass er eine Leiche an Bord hat, ob ich die in Acryl einschweißen kann.«

Costa glaubte, nicht richtig gehört zu haben. Wollte Shaffsky nun behaupten, Norma sei nicht erst auf Mallorca, sondern schon bei der Überfahrt umgebracht worden? »Und was haben Sie dann gemacht?«

»Ich bin mit meinem Suzuki Pick-up an eine Anlegestelle gefahren, wo ich Vince in den letzten zwei Jahren schon öfter abgeholt habe.«

Das stand in krassem Widerspruch zu allem, was Costa bislang gehört hatte. Wenn Laurie Vince so unter Kontrolle hatte, wie war es dann möglich, dass er sich quasi unter ihren Augen dem strikten Verbot, seinen früheren Schulkamerad zu treffen, widersetzte? Auf seine Nachfrage hin erfuhr er, dass Shaffsky früher Vince zu seinen Konzerten nachgereist war und immer wieder versucht hatte, mit ihm in Kontakt zu kommen, aber schließlich an Laurie gescheitert war. Dennoch hatte er Vince eine Visitenkarte zugesteckt. Eines Tages bekam er von Vince einen Anruf, und Vince schlug vor, mit dem Boot nach Mallorca zu kommen und abends einen zusammen zu trinken. Es wurde eine ziemlich versoffene Nacht, in der sie alte Erinnerungen über die Zeiten in Sheffield austauschten. Vince kam nun öfter, eigentlich immer, wenn es eine Möglichkeit gab, das vor Laurie zu verheimlichen. In diesen Saufnächten schüttete er sein Herz aus, klagte darüber, dass er kein eigenes Leben mehr hatte, er sei nur noch eine ausgelaugte Hülle und welch Fehler es gewesen war, die Freundschaft zu Larry Shaffsky damals abgebrochen zu haben. Vielleicht wäre er nie der berühmte Groove Controler geworden, aber er wäre frei geblieben, unabhängig und handlungsfähig.

Larry Shaffsky war der Überzeugung, dass Laurie am 4. Juli mit an Bord gewesen war und Norma Jean umgebracht hatte. Er hielt Norma für die schönste und unberührbarste, intelligenteste und begabteste Frau des Jahrhunderts, gab sich zutiefst entsetzt darüber, dass Laurie ihr eine Drogenüberdosis gegeben hatte – andererseits habe er vom ersten Tag an gewusst, dass Laurie ein Teufel sei, von Ehrgeiz besessen. »Am liebsten hätte sie Vince die Stimme gestohlen und Tag und Nacht wie eine Lerche am Medienhimmel geträllert.«

»Woher wussten Sie, dass Laurie mit auf dem Boot war?«, fragte Costa.

Shaffsky sagte, Vince habe das erwähnt und gesagt, er tue das nur für Laurie.

»Was genau hat Vince gesagt?«, wollte Costa wissen.

»›Ich muss es tun, wie soll Laurie das sonst überleben?‹ Das hat er gesagt. Genau so. Weil sie die Schmach und Schande und das Gefängnis nicht überleben würde.«

Costa ging das mit ihm ein paar Mal durch, aber er blieb dabei und behauptete schließlich noch, dass er Laurie an den Kajütenfenstern hätte vorbei huschen sehen.

Er und Vince hätten dann die Leiche in sein Auto geschafft und in sein Haus gebracht, wo Larry sofort anfing, sie zu präparieren. Dann fuhr Shaffsky Vince, der ja mit Kailey Sheen verabredet war, mit dem Auto zum nächsten Taxistand, weil Vince nicht wollte, dass ein Taxi gerufen würde. All das kam in einer statischen und teilnahmslosen Art heraus, und Costa spürte nirgendwo Widerstand. Nicht ganz ins Bild passte die Tatsache, dass Shaffsky erst Kailey Sheen bezichtigt hatte. Er erklärte das jetzt damit, dass sich Vince' Hass auf Kailey auf ihn übertragen habe. Die Nächte, die sie zusammen gesoffen hatten, waren eigentlich nichts anderes als große Hassoratorien auf die beiden Frauen gewesen.

Die Leiche hatte er präpariert, wie er es Costa schon bei seinem ersten Besuch beschrieb. Schließlich war in Shaffsky der Entschluss gereift, sein Meisterwerk in Ibizas größter Diskothek auszustellen, und zwar in der Hall of Fame, kurz: dort, wo sie hingehörte. Er fuhr erst einmal alleine hin und erkundete die Umstände. Dann heuerte er mehrere von den Schwarzarbeitern an, deren er sich öfter bediente, verfrachtete den Acrylblock auf sein Motorboot und fuhr frühmorgens am 13. Juli nach Ibiza. In der Diskothek waren noch die großen Ab- und Aufräumarbeiten von der Show der letzten Nacht im Gange, und es fiel nicht auf, dass er sich mit seinen Leuten unter die Lieferanten und Transporteure mischte und seinen Job erledigte. Er flog anschließend so oft er konnte nach Ibiza und verbrachte die Nächte in der Nähe seiner Angebeteten. Als er fand, dass ihr nicht genug Ehre zuteil wurde, begann er, von den Fotos, die er von ihr gemacht hatte, Poster anzufertigen und zu kleben. In der Disko verteilte er außerdem T-Shirts und kleine Broschüren, die er am Computer hergestellt hatte.

Er gab bereitwillig zu, dass es ihm auch als eine gerechte Strafe für Laurie McPhee erschienen war, das Opfer ihrer Mordtat auf der Insel auszustellen, auf der sie lebte. Eines Tages, das wusste er, würde sie ins Privilege gehen und sich dem Opfer ihrer ruchlosen Tat gegenübersehen. Er wusste, dass Vince nie etwas von ihm erzählt hatte und dass sie von seiner großen Acrylierungskunst nichts wusste.

Costa fragte ihn, ob er bereit wäre, das von der Tonbandaufnahme abgetippte Protokoll zu unterschreiben. Shaffsky nickte.

Für Costa blieben Zweifel. Wenn Larry Shaffsky der Täter war, warum sollte er nicht erst Kailey Sheen und dann Laurie McPhee bezichtigen, um sich der Anklage zu entziehen? Für das, was er getan hatte, hätte man ihn höchstens wegen Leichenschändung anzeigen können.

Der Bischof kam herein und sagte, sie hätten alles gefunden, alles würde zusammenpassen. Eine Sache aber gebe es noch, die Costa sich vielleicht selbst ansehen sollte.

Der Bischof führte ihn durch einen an die Küche grenzenden Nebenraum – Speisekammer, Putzraum, Waschküche in einem – und öffnete eine weitere Tür zu einem ungefähr sechzehn Quadratmeter großen Raum, der keine Fenster hatte und nur von künstlichem Licht erleuchtet war, wie er es in der Hall of Fame gesehen hatte. Er war voller Gegenstände, und es schien erst wie das Abbild eines chaotischen Hirns, aber allmählich erschloss sich eine genaue, sogar penible Ordnung. Auf der gegenüberliegenden Seite war eine Stahltür, die Elena, unterstützt von zwei Polizisten, gerade gewaltsam zu öffnen versuchte.

»Er behauptet, er kann den Schlüssel nicht finden«, erklärte der Bischof die Situation.

Als die Tür aufflog und Costa einen Schritt vortrat, stand er in einem Raum vor einem seltsamen Altar mit dem Originalfoto von einer LP von Vince Gordon, aufgeblasen auf DIN A 1 und auf eine Holzplatte geklebt. »Erste LP« informierte ein kleines Schildchen wie im Museum.

Das Foto zeigte Vince Gordon, zwanzig Jahre jünger, mit einer Gitarre, deren Griffbrett und Korpus mit Vögeln und Ästen in Perlmutt verziert waren. Eine kleine gerahmte Inschrift sagte: Gibson J-200. Vince saß auf einem Felsbrocken, den rechten Arm über die Gitarre gelegt, den Blick in die Ferne. Die Kameraeinstellung hatte die Bewegung seines im Wind flatternden weißen Hemdes verwischen lassen. Im Hintergrund sah man die San-Francisco-Bay-Bridge. Der Titel der Platte: »Bridge over troubled water – A tribute to the past«.

Costa erinnerte sich, dass Johannes diese CD als süßlich-ödes Arrangement erwähnt hatte. Bereits die zweite, daneben drapierte CD hatte Platin in sechsundzwanzig Ländern einkassiert. Auf dem Cover war ein braungebrannter und ernst dreinschauender Vince mit schulterlangen Locken, schwarzer Lederjacke und schwerer Goldkette auf nackter Brust, Rücken an Rücken mit Kailey Sheen, die eine Ray-Ban und ebenfalls schwarzes Leder trug. Sie strahlte von einem Ohr zum andern. »The nights of temptation« war über ihren Köpfen zu lesen.

Um diese beiden Herzstücke angeordnet, reihten sich wie Jahresringe alle anderen Reliquien, wie das Foto von ein paar Jugendlichen, die Instrumente von einem Leichenwagen in eine Kneipe schleppten. Weitere Fotos zeigten die Band auf Schulfeten bis schließlich als Vorgruppe von »Scream 'n Cough« in London. Den Rahmen des Altars bildeten die Titelseiten der Magazine, auf denen Vince und Kailey – stets mit der gleichen Mimik – zu sehen waren. Die Lücken wurden mit Eintrittskarten zu ihren Konzerten vom Open-Air in Rio de Janeiro bis zum Superdome in Osaka gefüllt. Die Spotlights, die auf den Altar gerichtet waren, reflektierten ein silbernes Plektrum in Acryl und beleuchteten T-Shirts mit der Aufschrift: »You conVINCEd me«. Es gab Vince-Gordon-Poster in allen Größen, die leibhaftige Gibson J-200, gleiches Modell wie auf dem ersten Cover und schließlich eine Reihe von Fotos: Vince mit Bill Clinton in Rock'n' Roll-Pose, Saxofon und Gitarre; Vince mit Caroline von Monaco, Diner bei Ducasse im Hotel de Paris; Vince mit dem Dalai-Lama, aneinander gelegte Handflächen zum Gruß; Vince mit Nelson Mandela bei einem Open-Air-Konzert gegen Apartheid in Durban.

Elena hatte einen Bohrer im Haus gefunden, und es war ihr gelungen, eine weitere Tür zu öffnen. Costa hörte den Ruf von Verwunderung der beiden mallorkinischen Polizisten.

Hinter dieser Eisentür war offenbar das eigentliche Heiligtum. Am Kopfende, fünf Meter vom Eingang entfernt, war ein Turm aus Monitoren, auf denen Norma-Videos liefen. Die Videos zeigten einzelne Gliedmaßen Normas, die sich bewegten, und alle Monitore zusammen ergaben das lebensgroße Bild einer sich seltsam bewegenden Norma.

Gebannt starrten alle dorthin. Nach einer Weile merkte Costa, dass es Endlosschleifen waren, die immer wieder dasselbe zeigten, sodass Norma für alle Ewigkeit in denselben Bewegungsabläufen gefangen war. Sie tanzte in einem goldenen Paillettenkleid, sang ohne Ton, lachte oder war ernst und konzentriert.

Links und rechts an der Wand stand je eine weitere lebensgroße Norma, auf Sperrholz aufgezogen.

Costa, der zwar wenig Ahnung von Kunst, dafür aber umso mehr Leichen gesehen hatte, war irgendwie ergriffen.

Hunderte von passbildgroßen Fotografien hatte Shaffsky gefilmt und zwei monumentale Mosaike geschaffen, die sich auf je einem riesigen Bildschirm in die verschiedensten Portraits von Norma verwandelten.

Der Bischof hielt Costa ein riesiges Fotoalbum hin, das die Transformation der Leiche zu dem »Kunstwerk« in der Hall of Fame dokumentierte. Die natürliche, tödliche Leere ihres Blickes hatte sich in religiöse Erwartung gewandelt; der von der Totenstarre verkniffene Mund war zu einem verführerischen Lächeln geformt worden.

Costa konnte nicht umhin, der Metamorphose Bild für Bild fasziniert zu folgen. Larry Shaffsky, der Leonardo des Formaldehyds, dachte er in einer Mischung aus Traurigkeit und Verwunderung.

Der Bischof hinter ihm legte ihm seine dicke Pranke auf die Schulter. »Das ist so was wie ein Schrein«, sagte er. »Das haben die bei Elvis Presley auch gemacht. Ich hab das mal im Fernsehen gesehen.«

In diesem Moment erfüllte eine Stimme den ganzen Raum: »Norma Jean« erklang es laut aus den Lautsprecherboxen. Costa blickte erschrocken um sich. Es war der Song, den er schon von Annalena kannte. Nach kurzem trat wieder Stille ein und Elena sagte, sie habe den Soundregler entdeckt. Sie drückte wieder und über all die kleinen Lautsprecher erklang wieder Normas Stimme. Costa hörte aufmerksam hin, aber es war nicht dieselbe Stimme, die er von Amalfys Videos kannte. Im Vergleich dazu war es eine flache, ausdruckslose Stimme, und Norma sang von Norma Jeans vergeblichem Versuch, berühmt zu werden und von ihrem einsamen Tod in einer großen fremden Welt.

Er gab Elena ein Zeichen, den Ton abzustellen. »Ich glaube, ihr müsst das auch noch auseinandernehmen, selbst wenn es Kirchenschändung ist. Es ist nämlich immer noch nicht klar, wer das Mädchen ermordet hat.« Dann gab er dem Bischof und zwei Beamten den Befehl, die Räume zu filzen und alles abzutransportieren.

Als er sich umdrehte, um den Raum zu verlassen, stand plötzlich Larry Shaffsky direkt vor ihm. Er hatte seine Brille abgenommen, und aus den fahlen, toten Augen strömten Tränen. Er wandte sich ab und drückte seinen Kopf gegen die Wand, geschüttelt von schwerem Schluchzen.

»Abführen«, sagte Costa.

Costa rief ein paar Mal Vince Gordons Namen. Als er keine Antwort bekam, kletterte er auf das Boot. Nichts war zu hören außer dem Kreischen der Möwen und dem gleichmäßigen Tuckern eines Kutters, der vom Meer her in den Hafen einlief und an den Seitenlichtern zu erkennen war.

Er stieg die Treppe zur Kajüte hinunter und trat in den Salon. Es war dunkel, nur eine Petroleumlampe brannte, und es stank unangenehm intensiv nach verräuchertem Brennöl. Ein weiterer Lichtschimmer fiel aus der Bordküche, vor der etliche kleinere und größere Plastikkanister mit Wasser aufgebaut waren. Offenbar war Vince heute Nachmittag zu einem der Großmärkte gefahren und hatte sich für die nächsten zwei Wochen mit Trinkwasser versorgt.

Er hörte Eis in einem Glas klappern, und als sich seine Augen an die Dunkelheit gewöhnt hatten, sah er Vince wie immer auf der großen Couch sitzen, die Beine angezogen und barfuß. Er trug eine schlampige Kordelweste, alte weiße Armgelenkschoner und eine marineblaue aufgerollte Leinenhose. Ein Feuerzeug flammte auf, und Costa sah, dass ihm die Haare ungekämmt über das Gesicht hingen. Er warf sie zur Seite, um sich eine Zigarette anzuzünden und wirkte gespenstisch, erschöpft und müde.

Costa fragte, ob er sich setzen dürfe. Der Sänger erwiderte nichts, sondern kippte irgendwas in sich hinein.

Costa setzte sich in einen Sessel ihm gegenüber. Sein Blick fiel auf ein großes gerahmtes Schwarz-Weiß-Foto, das Laurie vor vielen Jahren mit im Winde flatternden Haaren an Deck dieses Bootes zeigte. Sie trug weißes Seglerzeug und in ihrer sichtbaren Frische, Kraft und Zuversicht bildete das Foto einen auffallenden Gegensatz zu der stickigen, süßlichen, fast todesschwangeren Atmosphäre, die den Sänger jetzt auf seinem verrotteten Boot umgab.

Er holte aus seiner Aktentasche die CD, die ihm Annalena gegeben hatte. »Ich habe eine Bitte, Mister Gordon, deswegen bin ich gekommen. Sie waren neulich so freundlich, in Ihrem Studio meine Tochter aufzunehmen und gaben ihr die CD mit. Sie hat sich darüber sehr gefreut und ist sicherlich ganz wild darauf, sie nach den Ferien ihrer Mutter und ihrem Bruder vorzuspielen. Leider aber muss Ihnen in der Eile des Aufbruchs ein Fehler unterlaufen sein, und Sie haben die falsche CD gegriffen. Ich habe sie wieder mitgebracht.« Costa hielt die CD ins Licht der Petroleumlampe. »Vielleicht können wir tauschen, und Sie geben mir die richtige.«

»Was ist das für ’ne CD?«, brummte der Sänger.

»Das frage ich mich auch«, sagte Costa freundlich. Er bemerkte nun, dass es hier verdammt nach Benzin roch und dass es nicht die räuchernde Petroleumlampe war, die einem die Luft nahm. »Ich habe sie zu Hause spielen wollen, und da brach ein Stück ab. Ich gab dieses Stück ins Labor, und der Chemiker sagte mir, dass es sich nicht um eine richtige CD handelt, sondern um gepresstes Deep Dive. Er erklärte mir, dass das Pulver in dieser Form hier auf die Insel kommt.« Er legte sie vor Vince auf den Tisch.

Vince reagierte nicht darauf.

»Ich könnte Sie jetzt wegen Drogenbesitzes festnehmen, Mister Gordon.«

Vince lächelte herablassend.

»Es stinkt hier irgendwie ziemlich nach Benzin. Merken Sie das auch?«

»Mir ist eine Flasche Petroleum umgekippt, als ich die Lampe neu betanken wollte«, sagte Vince. »Stört es Sie sehr?«

Costa war erstaunt über die plötzlich so höfliche Frage und verneinte. »Was hat das Mädchen Ihnen eigentlich erzählt, als Sie mit ihr diese Fahrt nach Mallorca machten, um Señora Sheen zu treffen?«, fuhr er dann unvermittelt fort.

Costa hatte darauf keine Antwort erwartet und war umso mehr überrascht, als Vince in seiner leisen melodiösen Art sagte: »Sie hat mir erzählt, dass sie in London ein Verhältnis mit Kailey gehabt hat. Ich habe das erst nicht geglaubt, weil ich bisher nicht wusste, dass Kailey lesbisch ist. Ich kann es eigentlich immer noch nicht ganz glauben. In all den Jahren hätten Laurie und ich doch eigentlich was davon merken müssen. Aber natürlich ist's mir egal, jeder muss wissen, wie es bei ihm am besten funktioniert.«

»Hat sie irgendetwas von dem Verhältnis zu Kailey erzählt?«

»Nein. Ich glaube, da gibt's auch nichts zu erzählen. Bei Norma war es reiner Ehrgeiz, sie wollte mit Kailey und mir zusammen Groove Control machen, sie wollte ein berühmter Star werden und dachte, das kann sie mit Kailey. Aber als sie ein besseres Angebot von Amalfy bekam, war Kailey erledigt. Amalfy wollte sie aber nur als *dummy* benutzen, und das hat dann doch ihre Eitelkeit zu sehr verletzt. Vielleicht hat sie auch begriffen, dass sie damit auswechselbar ist. Jedenfalls hat sie es dann hier in der Musikszene bei verschiedenen Leuten versucht, und als es so gar nicht hinhaute, ist sie zu mir aufs Boot gekommen und wollte Kaileys Handynummer, die sie dummerweise nicht mehr hatte. Sie dachte, wenn sie auf Kaileys Angebot eingeht und sie heiratet und lieb und nett ist, klappt das doch noch mit Groove Control.«

»Irgendwie hätte sie es ja auch verdient«, sagte Costa, »denn Kailey Sheen hatte die Abstimmung per Telefon so manipulieren lassen, dass Norma aus der Show flog. Sie lag so gut im Rennen, vielleicht wäre sie sonst auf die ersten zwei Plätze gekommen.«

Vince zündete sich wieder eine Zigarette an, und Costa dachte besorgt, es stinkt hier so nach Petroleum, dass bei jedem Feuerzeugschlag das Boot in die Luft fliegen kann.

Vince stieß kleine Rauchringe in die Luft. »Ja, das ist Kailey. Sie schreckt vor nichts zurück.« Er blies wieder zwei Ringe in die Luft. »Aber sie hat die Rechnung ohne den Wirt gemacht.«

»Was soll das heißen? Wer wäre der Wirt in diesem Fall? Ihre Bedingung war doch, dass Ihre Frau die zweite Sängerin bei Groove Control wird. Das war doch schon alles besprochen, Sie fuhren doch nur noch wegen der letzten Details nach Mallorca, oder nicht?«

Vince kippte sein Feuerzeug hin und her. »Wir hatten zwei Frauen im Sinn, ich Laurie, und Kailey wollte Norma haben, was ich allerdings nicht wusste. Das habe ich erst kurz vorher bei der Überfahrt erfahren. Als ich Kailey das dann bei dem Essen sagte, hat sie sich über dieses Missverständnis lustig gemacht und über meine Naivität anzunehmen, sie würde sich mit Laurie auf die Bühne stellen.« Er zog wieder an seiner Zigarette und stieß einen Ring aus. »Laurie hätte diese neuerliche Gemeinheit niemals ertragen. Sie war so glücklich, dass Groove Control jetzt endlich in der Besetzung anlaufen würde, wie sie es sich immer gewünscht hatte.«

»Wie haben Sie Norma denn kennen gelernt?«

»Ich habe im Mai ein Konzert in London gegeben. Allein, denn Laurie war ein paar Tage bei ihrer kranken Mutter in Sheffield. Auf dem Fernseher im Probenraum hatte ich vorher Norma in der Euro-Show gesehen und fand es lustig, dass ich sie nun in der ersten Reihe vor mir sah. Ich musste lachen und sie hat mich dann angesprochen. Sie war schon ihre ganze Schulzeit über ein totaler Fan von mir gewesen und erzählte mir eine Menge Sachen aus meinem Leben, die ich gar nicht mehr wusste. Im Hotel hatte ich noch ein paar Aufnahmen, wo Kailey nicht drauf war, und Norma wollte die unbedingt hören, weil sie Kaileys Stimme unausstehlich fand. Sie meinte, es wäre alles okay, aber Kaileys Stimme mache den Sound von Groove Control kaputt. Sie selber war vollkommen versessen aufs Singen und ich habe sie dann im Hotel auf der Gitarre begleitet.«

»Davon wird man ja nicht schwanger.«

»Nein, davon nicht.«

»Weiß Ihre Frau davon?«

Vince schwieg. Nach einer ganzen Weile schüttelte er den Kopf.

»Wie haben Sie es erfahren?«

»Sie hat es mir auf der Überfahrt nach Mallorca erzählt. In London wusste Norma noch nicht, dass sie von dieser einen Nacht mit mir schwanger war. Sie wollte es Kailey jetzt als Geschenk nach Mallorca mitbringen.«

»Und dafür das Versprechen einlösen, bei Groove Control zu singen?«

Vince Gordon nickte.

»Mister Gordon, ich muss mich noch bei Ihnen entschuldigen. Ich hatte Sie gefragt, ob Norma eine Trachtenjeansjacke dabeihatte, und Sie sagten ja. Aber das war gar nicht möglich, denn die Jacke befand sich die ganze Zeit über im Besitz der Mutter von Norma.«

Vince Gordon starrte ihn einen Moment an. »Na und?«

Costa lächelte. »Sie sind mir in die Falle getappt, weil Sie dachten, das würde Kailey Sheen belasten. Sie dachten, die Jacke würde beweisen, dass Norma lebend vom Boot gegangen war. Hätte Kailey sie getötet, hätten wir die Jacke dann bei ihr finden müssen, nicht wahr?«

Vince Gordon steckte sich wieder eine Zigarette an und starrte eine Weile in die Flamme des Feuerzeugs, ehe er es wieder zuschnappen ließ.

»Ich glaube, Mister Gordon, dass Sie Ihre Frau falsch einschätzen.«

»Was meinen Sie damit?«

»Ihre Frau liebt Sie. Das ist an keine Bedingung geknüpft. Auch nicht an die, dass sie irgendwo mitsingt. Sie ist eine sehr starke Person.«

»Vielleicht haben Sie Recht. Aber ich hätte ihre Enttäuschung nicht ertragen.«

»Ich werde Sie jetzt verhaften, Mister Gordon. Nun werden Sie die Trennung von Ihrer Frau ertragen müssen.«

Der Sänger lächelte, machte eine ausladende Bewegung mit der Hand, wobei er die Zigarette fallen ließ. »Das Leben geht, wie es geht«, sagte er.

Costa war verwundert. Er hätte erwartet, das Vince völlig ausrasten würde, wenn man ihn gewaltsam von Laurie trennen wollte. Also stand er auf. »Mister Gordon, Sie können jetzt Ihre Frau anrufen und sie darüber verständigen, dass Sie wegen Mordes an Norma Lindner verhaftet sind.« Plötzlich sah Costa, dass eine Flamme von der heruntergefallenen Zigarette bereits über die Tischplatte bis auf den Sisalboden gezüngelt war und sich mit großer Geschwindigkeit auf die Küche zu bewegte. Es war ein breiter Flammenstreifen. Gordon musste mehrere Flaschen Benzin verschüttet haben. Costa überlegte, ob er den Sänger packen sollte, um ihn dem brennenden Inferno zu entreißen. Inzwischen hatten schon die Vorhänge Feuer gefangen, und die Flammen schlugen überall die Wände hinauf.

Costa sprang auf Vince zu und packte ihn, aber Vince ließ sich nach hinten fallen und begann sich zu wehren.

»Sie Idiot! Kommen Sie raus! Das Schiff geht in ein paar Sekunden hoch!«

Ein heftiges Zischen und eine Explosion ließen Costa herumfahren. Der erste der Wasserkanister war in die Luft geflogen. Costa begriff, dass sich nicht Wasser in den Tanks befand, sondern Kerosin.

Er versuchte mit aller Kraft, Vince hochzureißen. Es war, als würde Laurie zuschauen, so stark spürte er ihre Erwartung, dass er ihren Mann hier herausholte und rettete. Ihr Leben hatte sie Vince gewidmet, jede Stunde und jede Minute seit ihrer Schulzeit. Costa wollte ihr nicht gegenübertreten und sagen, Vince sei auf dem Boot verbrannt. Schließlich packte er ein Bein des Sängers und zog ihn von der Couch.

An allem, was er greifen konnte, versuchte Vince sich festzuhalten. Der zweite Kanister explodierte und dicke Rauchwolken schlugen Costa entgegen. Vince hustete und röchelte.

»Was?«, schrie Costa. Er konnte die Antwort nicht verstehen. »Was haben Sie gesagt? Was ist?«, brüllte er.

»Sagen Sie Laurie, dass ich sie immer geliebt habe!«

»Warum soll ich ihr das sagen? Sag's ihr selber, du Idiot! Hoch mit deinem Arsch!«

Vince versuchte, Costa zurückzustoßen. »Das schaffen wir nicht mehr.«

»Warum nicht?« Costa zog erneut an seiner Jacke.

»An Bord ist ein Kilo Sprengstoff.«

Costa war mit dem Knie über den Tisch gerutscht und in das Petroleum geraten. Seine Hose hatte Feuer gefangen. Er ließ von Gordon ab und war mit ein paar Sprüngen aus der Kajüte und die Stufen hinauf. Er hörte drei kurze Detonationen hinter sich, das Schiff bebte, er warf seinen Körper in Richtung Reling. Ein ungeheurer Druck erfasste ihn und schleuderte ihn hoch. Er verlor die Besinnung.

Als er wieder zu sich kam, trieb er unter Wasser und versuchte, die Richtung nach oben zu finden. Es war nicht einfach, weil ihm schwindlig war. Schließlich merkte er, dass der Wasserdruck nachließ und er an die Oberfläche kam. Schwer atmend hielt er sich über Wasser. Er befand sich inmitten von brennenden Trümmern. Auf dem Pier liefen schreiend Leute zusammen. Irgendetwas traf seinen Kopf und er verlor wieder das Bewusstsein.

Als er zu sich kam, hielten ihn Hände, er hörte Stimmen, jemand drückte ihm ein Tau in die Hand, er griff fest zu und spürte den Zug nach oben. Es tat weh, sein Gewicht zerrte an Handgelenken und Fingern. Ein Schlag traf seinen Bauch. Es war die Kante des Kais. Er ließ sich nach vorne fallen, ein Ruck unter seinen Achseln, und er kniete auf festem Grund.

Bueno, war sein erster Gedanke, ich brenne nicht mehr. Er richtete sich auf und machte einen Schritt – ich kann gehen. Wenn es auch schmerzt. Ich werde Hunger haben, werde etwas essen. Schlafen.

Allmählich fühlte er sich besser und humpelte den Pier hinunter. Hinter ihm begannen die Lösch- und Rettungsarbeiten.

Als er die Promenade erreichte, sah er Laurie McPhee. Sie trug einen schwarzen kurzen Rock aus Kunststoff oder Lack, darüber ein durchsichtiges Kettenhemd, ein Collier aus blauen leuchtenden Steinen, so als habe sie Norma das fluoreszierende Licht aus der Hall of Fame gestohlen. Aber das Unglaublichste war ihr Kopf. Ihre Haare, ihre Augen, das gesamte Make-up waren mit Umsicht zu vollkommener Schönheit geformt.

Costa glaubte eine Vision vor sich zu haben. One, two, three … test … test … test, dachte er, blieb stehen und sagte: »Ist die Harmony gegen Brand versichert?«

Sie lächelte. »Ja, Señor Costa.«

»Auch wenn es Brandstiftung ist?«

Ihr Lächeln wurde verführerischer. »Außer ich, die Bootseignerin, hätte den Brand selbst gelegt.«

Das hatte sie sicher nicht. Er dachte an Johannes' Worte, lieber würde sich Laurie mit der Jacht in die Luft sprengen, als sie zu verkaufen. Das klang jetzt wie ein Witz. Richtiger wäre wohl, Laurie würde lieber Vince mit der Jacht in die Luft sprengen, als ihrer Lebenskatastrophe ins Gesicht zu sehen. »Besteht eine Lebensversicherung für Vince zu Ihren Gunsten?«

»Ja, Señor Costa. Eine sehr hohe.«

»Ist Ihnen klar, dass Sie Vince zu dem Geständnis gebracht haben, dass er Norma Jean am 4. Juli an Bord hatte?«

»Ja. Wenngleich er es aus Angst vor meiner Eifersucht gestand. Aber jeder hat seine Motive.«

»Woher wusste Norma eigentlich, wo sie Vince finden konnte?«

»Ich glaube, meine Freundin Cindy Ann in London sagte es ihr. Sie telefonierten ja häufiger zusammen.«

Costa dachte für einen Moment daran, was Vince Gordons letzte Bitte gewesen war. Aber dann entschied er sich, es zu vergessen. »Gute Nacht, Mrs. Gordon«, sagte er und hinkte davon.

Es war eine sternenklare Nacht. Als er zur Uhr und auf das Datum blickte, sah er, dass es der letzte Ferientag seiner Tochter war.

Sie hatten noch genügend Zeit. Spät in der Nacht hatte er Annalena noch bei seinem Vater abgeholt. Das Frühstück stand schon auf dem Tisch, und nun half er Annalena, den Koffer zu packen und die Sachen in der Wohnung einzusammeln. Als Letztes suchte sie ihre CD und wurde ganz aufgeregt, als sie sie nicht fand. Costa erklärte, er habe sie Vince Gordon zurückbringen müssen. Enttäuscht stand sie da und wollte wissen, warum.

»Ich erklär's dir beim Frühstück.«

Als der Koffer geschlossen war und sie auf das Spiegelei wartete, fragte er sie, was sie denn gestern Abend im Club gemacht habe, bevor der Surfer sie mitnahm. Nun wurde sie wach, strahlte über das ganze Gesicht und erzählte, sie habe bei der Kinder-EuroShow mitgemacht.

Costa wollte es nicht glauben. »Aber du hast doch den Jungen gehauen. Hat er es denn erlaubt?«

»Da waren ja jetzt andere Kinder«, sagte sie und machte sich über das Spiegelei her. »Und weißt du was? Franzi hat sich bei mir für die Ohrfeige bedankt und hat dann noch mal vorgesungen. Und sie ist vierte geworden! Dann sind wir zu Opa Toni gefahren. Der hat mit mir gekocht. Eine Tortilla Española. Das ist so was Ähnliches wie ein Omelett, nur mit Kartoffeln. Danach haben wir gesungen, bis ich abgeholt wurde. Und er hat mir den Schrei beigebracht. Wie der Mann von dem Denkmal!« Sie formte ihre Hände zu einem Trichter und ließ ein markerschütterndes »Atuuuu! Aiaiaiaiaia!« los. Costa musste den Impuls unterdrücken, sich die Ohren zuzuhalten, und grinste.

Als sie fertig war, erinnerte sie ihn daran, dass er ihr noch erklären wollte, was mit der CD war, die sie mit nach Hause nehmen wollte.

Als sie hörte, dass Vince oder Laurie sie versehentlich vertauscht hatten, schlug sie vor, noch schnell vorbeizufahren.

Er schüttelte den Kopf. »Das Boot hat Feuer gefangen. Gestern Nacht. Die Feuerwehr war da. Es war nichts mehr zu retten.«

»Und Vince und Laurie?«

»Vince ist dabei umgekommen.«

»Und Laurie?«

»Laurie nicht.«

Sie dachte einen Moment nach. »Sag Laurie, dass ich sehr traurig darüber bin. Vince war richtig lieb.«

Er versprach es ihr.

Im Auto zum Flughafen sang sie »Norma Jean«. Sie dirigierte sich und er lächelte über die kindliche Freude, die sie an der Musik hatte.

»Möchtest du denn nun Sängerin werden?«, fragte er.

Sie wollte das noch einige Zeit überlegen, aber als er sie der Stewardess übergab, lief sie noch einmal auf ihn zu und sagte, sie möchte doch nicht Sängerin werden.

»Was denn?«, fragte er.

»Vielleicht will ich richtig Klavier spielen lernen.«

Er entschied sich, sie und die Stewardess noch bis zum Flugsteig zu begleiten. Er zeigte an der Kontrolle seinen Ausweis, und als er mit ihr auf einem der Ledersessel saß, legte sie ihre Arme um seinen Hals und sang ihm ein Liebeslied ins Ohr, einen englischen Popsong, der von der Sehnsucht eines Mädchens und ihrem Glück erzählte, das sie haben würde, wenn ihr Liebster immer bei ihr bliebe, während sie älter würde.

»Stay with me while I'm growing old – la la la la la la«, jubelte sie hoch wie ein Vogel. Er musste sie wegschieben, weil das seinen Ohren wehtat, und sie sagte, das sei ihr neuer Lieblingssong. »Magst du ihn nicht?«

Er beteuerte, dass er ihn sehr schön finde, und sie sagte, die letz-te Zeile heiße, Liebe wärmt wie Sonne. Dann rief die Stewardess, sie gab ihm flüchtig einen Kuss, aber zu guter Letzt fiel ihr noch etwas ein. Sie fasste seine beiden Ohrläppchen und sagte, er möge Uromi Josefa grüßen und Omi Maria und Onkel Pep und Opa Toni und Onkel Juan. Er unterbrach sie, er werde sie alle grüßen, weil die

Stewardess ihm erneut ein Zeichen machte, und dann rannte sie winkend davon.

Er brachte es nicht übers Herz, gleich wegzufahren. Er ging in den ersten Stock und trat an die großen Scheiben, um ihre Maschine zu entdecken. Er wollte lieber bei ihr bleiben, bis sie in der Luft war, ihr noch einmal winken, auch wenn sie es nicht sehen würde.

Er hatte ihre Maschine entdeckt, die langsam auf das Feld hinausrollte. Um einen besseren Blick zu haben, schlenderte er auf die östliche Seite hinüber, von wo aus man auch die Privatmaschinen und Helikopter sah. Eine kleine Reisegruppe ging über den Hubschrauberlandeplatz. Er erkannte Marikol, den Piloten, den er verhört hatte. Er schleppte zwei Koffer, und vor ihm gingen Kailey Sheen und eine Frau.

War das möglich, was er da sah?

Er trat näher an die Scheibe und kniff die Augen zusammen. Er war sich aber immer noch nicht sicher. Oder wollte er innerlich die Tatsache einfach nicht zulassen? Neben ihm stand ein beleibter Deutscher mit seiner Familie, der seinen Kindern die Flugzeugtypen erklärte, die er durch ein Fernglas betrachtete. Costa bat ihn für einen kurzen Moment um das Glas.

Er zog die Schärfe, dann hatte er sie groß im Fokus: Laurie McPhee. Sie unterhielten sich angeregt, jedenfalls redete Kailey Sheen, während sie Laurie kaum aus den Augen ließ. Kailey hatte wohl wieder einen ihrer Witze gemacht, denn beide lachten. Kailey fuhr Laurie mit der Hand hinten unter ihre Bluse, machte eine schnelle Bewegung und küsste sie, sodass sie stolperte. Sie stützte sich bei Laurie, indem sie sie umarmte, und beide drehten sich zweimal unter großem Gelächter im Kreis.

Marikol nutzte die Gelegenheit, um die offenbar schweren Koffer abzusetzen. Er wandte sich um und winkte den drei Gepäckträgern, die mit weiteren Gepäckstücken hinter einem Kleinbus auftauchten.

Costa stand vollkommen perplex da. So war die Sache also gelaufen. Eigentlich hätte er es sich denken können, denn Laurie war nicht die Art von Frau, die ihre Eifersucht so ungefiltert oder zügellos vor einem unbeteiligten Fremden zeigen würde, wie sie es vor ihm getan hatte. Im Gegenteil – sie hatte diese Eifersucht Costa vorgespielt, damit er nicht merken würde, dass sie gerade dabei war, Vince als Normas Mörder ans Messer zu liefern. Sie hatte sofort begriffen, dass Norma auf der Harmony gewesen war, als sie ihr Armband auf dem Foto an der Leiche sah. Und sie hatte sofort erkannt, dass Vince früher oder später wegen dieses Armbands überführt werden würde. Es sei denn, sie hätte gesagt, dass sie es Norma geschenkt hatte. Aber wann? Und wo? Und wozu? Denn sie hatte bereits an jenem letzten Maiwochenende auf Tagomago alles mit Kailey klargemacht. Groove Control würde es jetzt wieder geben – mit Kailey Sheen und ihr.

Langsam ging er zurück durch die Halle. Über den Lautsprecher kam die Ansage: »Dringender Aufruf für Familie Lindner! Bitte kommen Sie sofort zum Flugsteig acht! Es ist der letzte Aufruf für Ihre Maschine Air Berlin 1894 nach Düsseldorf. Bitte kommen Sie umgehend zum Flugsteig Nummer 8! Familie Lindner bitte.«

Ihm fiel ein, dass er sie noch einmal hatte anrufen wollen, wenngleich Elena ihm diese menschliche Pflicht abgenommen hatte. Sie hatte ihm berichtet, Amalfy habe von Campaña die ganze Geschichte erfahren und sogleich angeboten, den Norma noch geschuldeten Betrag an die Eltern zu überweisen. Sie hatten dafür gedankt, Elena aber erzählt, dass sie das Geld einer Stiftung übergeben würden, Pan y Arte, die in Nicaragua ein Dorf und eine Musikschule unterhalte. Sie hatten im Fernsehen »Jugend musiziert« gesehen und einen der Gewinner, David Salomon, erlebt, einen sechzehnjährigen Schüler dieser Schule. »Wir wollen den Traum der Selbsttätigkeit unterstützen, nicht den vom goldenen Schicksal«, waren Martin Lindners Worte gewesen. Die Mutter hatte wieder geweint und gesagt, an Schicksal glaubten sie nicht mehr, Schicksal sei nur eine große Prüfung.

Als er vor dem Flughafen stand, erfüllte ihn eine so große und allumfassende Schwere, dass er nichts mehr spürte – keine Sehnsucht, kein Zögern, keine Lust, keine Angst, keinen Ärger. Es war, als habe er alles hinter sich, sogar die Abschiedstrauer von Annalena.

Wie hieß es in Annalenas Song: »Loving you is feeling that the sun is coming through«.

Epilog

Noch dauerte die Hitze an. Das Wetter hatte alle Erwartungen übertroffen, und man sprach verwundert über die Regenkatastrophen im übrigen Europa, die all die Wochen täglich im Fernsehen gezeigt worden waren. Costa hatte davon nichts mitbekommen, und wie heißer Sand rieselten Karins Worte auf ihn nieder, mit denen sie ihm das beschrieb.

Obgleich der Himmel strahlend blau war, schwebte der Mond wie ein dicker orangefarbener Ballon über dem Horizont. Träge war er, satt und voll wie eine überreife Orange, die diesen Tag noch süßer und schöner machte als die vorangegangenen.

Er lag mit Karin nackt auf einem großen Felsvorsprung in der Cala S'Estanyol. Er hatte sich eine Woche frei genommen, und sie verbrachten jeden Tag in einer anderen Bucht, wo sie alleine waren. Oder in den Hügeln, in den Wäldern. »Die Insel gehört jetzt wieder uns«, hatte Karin gesagt. »Lass uns unser Paradies genießen.«

Er konnte sein Glück immer noch nicht fassen, denn nachdem Annalena abgereist war, warteten Tage der Einsamkeit auf ihn. Hundert Mal hatte er Karin anrufen wollen, aber immer wieder hatte ihn die Hoffnung verlassen. Sein Fernbleiben von der Party hatte doch einen tiefen Graben zwischen sie gezogen, obgleich der Bischof und Elena sich sehr bemüht hatten, Karin alles zu erklären. Am vierten Tag rief er dann aber doch bei ihr an und traute seinen Ohren nicht. Sie war freundlich, sogar lustig und schien ihm vollkommen zugeneigt zu sein. Vielleicht war sie von seiner Sehnsucht angesteckt worden, vielleicht aber war sie für ihn einfach nur unbegreiflich – jedenfalls nahm sie seine Einladung zu einer Radtour ohne Wenn und Aber an.

So war ein Tag schöner als der andere gewesen. All die heimlichen und poetischen Plätze der Insel hielt die Göttin der Liebe für sie bereit, und alle probierten sie aus. Heute waren sie auf ihren Rädern von Jesus den langen gewundenen Sandweg zur Cala S'Estanyol gefahren. Sie hatten die Räder angeschlossen, waren ein Stück den Strand entlanggegangen, die Felsspalten hinaufgekraxelt, bis sie alles überblicken konnten – die nächste Bucht, das Meer, Felsriesen, gegen die die Wellen brandeten, zwei tief fliegende Möwen und einige Schritte unter sich ihre Kleider, die sie sich lachend und als gelte es eine Wette zu gewinnen abgestreift hatten. Alles hatte sie ihm vergeben und verziehen.

Gerade war sie aufgestanden, um ihm etwas zu zeigen. »Sieh mal da!«, rief sie. »Delphine!«

Er sprang auf und stellte sich neben sie, aber sie wollte ihm nur ihre Arme um den Hals legen und flüsterte ihm zu, er möge ihr jetzt so nahe kommen, wie es irgend ginge. Er sah das Blitzen der Verliebtheit in ihren Augen. Er hatte einen spitzen Gedanken und wollte ihn aussprechen, aber die Sekunde löschte ihn aus, in der er sich in die Umarmung fallen ließ, die er vor ein paar Tagen schon gar nicht mehr für möglich gehalten hatte. Bevor ihm schwindlig wurde, streifte ihn noch die Zeile, loving you is feeling that the sun is coming through.

ENDE

Danksagung

»Sommernachtsmord« ist meinen Kindern Johanna und Julian und den Zwillingen Jana und Julian meiner Lektorin Tanja Joyce Frei gewidmet, die für viele Wochen auf ihren Vater beziehungsweise ihre Mutter verzichtet haben. Volker Schmitz danke ich dafür, dass er mich mit großen und kleinen Funden beglückt und belehrt hat. Für vielfältige und verlässliche Unterstützung danke ich Heidi Voigt. Kicki von Michel gehört mein Dank für ihre großzügige Freundschaft. Besonders herzlich verbunden fühle ich mich meiner Verlegerin Brigitte Fleissner-Mikorey, die diesen Roman erst möglich gemacht hat.

***

Am Nachmittag des folgenden Tages lag Lyon hinter uns, das Licht der Provence empfing uns in seiner silbrigen Helligkeit. Bis Avignon fuhr der Maybach zügig auf der alten, weitgehend befestigten Route Napoleon. Wir verließen die Stadt, folgten in östlicher Richtung dem Lauf eines Flusses, den wir am Ausgang des Städtchens Cassonne wieder verloren, und gerieten nach einiger Zeit, durch flirrendes Violett endloser Lavendelfelder, in eine felsige, von Kiefern und Zypressen bewachsene Hügellandschaft, die abgeschiedener wurde, je weiter wir in sie eindrangen.

In einiger Entfernung ragten dunkle, scharf in das Blau des Himmels stechende Zacken einer Bergkette. Vereinzelte Dörfer, die wir noch passierten, lagen im Hitzeschlaf. Nichts regte sich an den vor der Sonne verschlossenen Häusern, und die trockenen Wege wurden von der Fahrt zu dichten Staubwolken aufgewirbelt. Wir fuhren immer mehr durch eine abgelegene Landschaft, die ich zunehmend als bedrückend empfand.

»Glaubst du, wir sind noch auf dem richtigen Weg?«, fragte ich schließlich. Ich beugte mich vor, um einen Blick auf die Straßenkarte zu werfen, die Fee auf ihrem Schoß liegen hatte.

»Natürlich sind wir richtig«, sagte Germer. »Wir müssen dieser Straße folgen bis Petuin, dort überqueren wir die Durance und kommen geradewegs nach Aix-en-Provence. In Aix werden wir uns wohl ein Quartier für die Nacht suchen müssen. Ich habe den Zeitplan für die Fahrt zu knapp bemessen.«

»Mir war kein Schild nach Petuin aufgefallen. Ich sah überhaupt kein Schild mehr, seit wir auf dieser Strecke fahren. Und ich glaube, von der Durance sind wir hier ziemlich weit entfernt«, entgegnete ich mit einiger Beunruhigung.

»Unsinn. Wir fahren genau parallel zum Fluss!« Mit einem blitzartigen Schlenker rettete er den Kotflügel des Wagens vor einem niedrigen Steinwall, der sich plötzlich hinter einer Kurve als Wegbegrenzung auftat.

Der Fluss konnte niemals parallel zu dieser Route verlaufen. Eher schien es mir, als näherten wir uns weiter der schroffen Bergkette, die das hügelige Land wie eine dunkle Wand abschirmte. Wir mussten irgendwo eine Abzweigung verpasst haben. Die Piste, die als Fahrweg diente, wurde schlechter, der Wagen fuhr über tiefe Löcher, über Steine, die das Vorankommen immer schwieriger machten. Auf diesem Weg würden wir bald umkehren müssen.

»Kann es nicht doch sein, dass wir uns vertan haben?«, fragte Fee zaghaft.

Sofort schlug seine Laune um. »Was soll das heißen?«, brauste er auf. »Du hast doch wohl auf die Karte geguckt? Du hast nichts weiter zu tun, als danach zu sehen, ob der Weg, den wir fahren, auch stimmt.« Seine Stimme klang schneidend.

Sie stand kurz davor, in Tränen auszubrechen. »Wie soll ich das bei all den französischen Namen?«

»Kannst du nicht lesen, du dumme Gans?«

»Es tut mir leid, Hans. Ich habe nicht aufgepasst.« Sie bot ein Bild des Jammers.

»Und jetzt?«, brüllte er. »Die ganze Tour etwa wieder zurück auf diesem Schotterweg? Wann gedenkst du in Cannes anzukommen? Übermorgen?«

Wütend trat er auf die Bremse, so heftig, dass der Wagen einige Meter weiterrutschte und der Motor abstarb. Erst nach mehreren Versuchen konnte Germer ihn wieder anlassen, und noch während er auf dem schmalen Weg wendete, wechselte das Brummen des Motors abrupt in ein lautes Schleifen – ein unschönes Geräusch, das sich beängstigend mehr und mehr bemerkbar machte. Der Wagen begann kräftig zu ruckeln, stotterte einige Meter weiter, blieb stehen und erstarb in einem letzten aufbäumenden Heulen.

»Haben wir einen Platten?« Fee sah erschrocken zu Germer, doch der war mit einem Satz aus der Tür gesprungen und mühte sich, die Flügel der Motorhaube zu entriegeln. Auch Fee und ich verließen den Wagen.

»Der Ingenieur Maybach«, bemerkte ich, »erfand das Wechselgetriebe, den Vergaser und den Wabenkühler, aber eindeutig keinen Ölbehälter, der den Straßen der Provence standhält.«

»Könntest du dir deine Klugscheißerei mal sparen?«

»Und nun?« Fee sah fragend von Germer zu mir und wieder zu Germer.

»Was nun?«, fauchte er. »Was musst du noch so blöd fragen! Du hast uns das Ganze eingebrockt! Kaputt! Wir kommen nicht weiter. Verdammter Mist!«

»Nein, nein ...« Wieder klang mein Versuch, Fee in Schutz zu nehmen, äußerst unbeholfen. Zugleich ging mir mit einiger Wehmut durch den Sinn, dass wir längst in Cannes eingetroffen wären, wenn wir uns nur der französischen Eisenbahn anvertraut hätten. Bei dem Gedanken seufzte ich.

»Wir müssen uns zu Fuß ins nächste Dorf aufmachen und irgendjemanden finden, der helfen kann«, schlug ich vor. »Es wird bald dunkel. Wir können hier nicht übernachten.«

Germer geriet außer sich. »Und den Wagen hier einfach stehen lassen? Bist du völlig verrückt geworden? Sollen auch noch Räder und Lampen geklaut werden, ganz zu schweigen von unserem Gepäck? Einer muss beim Wagen bleiben.«

»Dann du«, sagte Fee entschieden. »Ich bleibe nicht allein in dieser gottverlassenen Gegend zurück. Und Curt ist der einzige von uns, der in der Lage ist, den Leuten auseinanderzusetzen, dass wir eine Panne haben.«

Germers Miene verfinsterte sich noch mehr, als er Fee mit dieser ungewohnten Bestimmtheit reden hörte.

Doch wir hatten Glück. Gerade als er den Mund auftun wollte, um bei ihr die Rangfolge wieder zurechtzurücken, erschien in einiger Entfernung in einer diffusen Staubwolke ein Eselswagen, der sich gemächlich näherte. Ein Bauer hockte auf dem Karren, und weil er die Mütze tief in das Gesicht gezogen hatte, schien er zu schlummern. Große Korbflaschen schaukelten hinter ihm auf dem Wagen. Im Halbschlaf musste er das Automobil und uns auf dem Weg wahrgenommen haben, er schreckte auf. Das breite, von der Sonne gegerbte Gesicht schaute verdutzt, verwundert fuhr er sich mit der Hand an die Mütze.

Ich grüßte ihn und erklärte unsere Notlage. Er antwortete mir mit einem langen Satz in provenzalischem Dialekt, den ich nicht verstand. Dabei deutete er mit der Hand über den nächsten Hügel.

»À Moriac, à Moriac«, meinte er.

Moriac hieß das nächste Dorf?

»Oui, oui«, nickte er nachdrücklich, worauf sich eine weitere Rede anschloss und er uns gestenreich auseinandersetzte, wir sollten auf den Karren steigen.

Der Weg hinauf nach Moriac wand sich über steil ansteigende Serpentinen. Der Alte hieß uns abzuspringen, um dem Esel den mühsamen Anstieg zu erleichtern. Langsam zogen wir neben dem Karren hergehend bergauf. Am höchsten Punkt der Kehren befiel mich zuweilen der Eindruck, wir würden geradewegs auf den dunklen Bergzacken zuwandern, der über den Häusern thronte wie eine unbestimmte Bedrohung.

***

Eilig lief ich zu der kleinen Kirche, die auf dem höchsten Punkt des Dorfes auf einem Plateau am Ende des Platzes thronte, stieg die glatten Steinstufen hinauf zu ihrem Portal, stellte mich auf den obersten Sockel und schaute durch das Fernglas.

Über dem scharfen Grat des Berges stiegen dünne Dunstfahnen auf. Unvermittelt zeichneten sie sich auf dem Blau des Himmels ab, breiteten sich plötzlich aus und verdichteten sich rasch zu einem Nebel. Der Dunst glitt herab und verhüllte die Wand in wenigen Augenblicken mit einem weißlichen Schleier, durch dessen Schwaden sich die Risse zu einer gespenstischen Fratze verzerrten. Ich erschrak vor dem Antlitz des Berges, das auf einmal dem zerfurchten Gesicht eines bösen, alten Mannes glich. Doch so plötzlich das Schauspiel hereinbrach, so schnell war es verflogen. Wie von Geisterhand berührt, zerriss der Schleier und zerstob im Nichts.

Eine Weile stand ich regungslos. Konnten die Vermissten in dem unversehens aufkommenden Dunst die Orientierung verloren haben und am Fuße des Berges in eine der tiefen Spalten gestürzt sein? Aber warum wurde dann nicht nach ihnen gesucht? Wenn der Dunst sich verzogen hatte, mussten die tückischen Spalten zu erkennen sein, und Männer, die sich in den Bergen auskennen, hatten doch ihre Erfahrung mit plötzlich einfallendem Nebel. Ich fragte mich, ob die Vermissten überhaupt bis zum Fuße des Berges vorgedrungen waren.

»Was siehst du da?«

Erschrocken ließ ich das Fernglas sinken. Fee stand neben mir, atemlos vom Laufen und dem Erklimmen der Stufen. Ich war zu vertieft in meine Betrachtungen gewesen und hatte sie nicht kommen hören.

»Ich wollte mir ein Bild von dem Berg machen«, erwiderte ich.

Sie sah nachdenklich zum Mont Larin. »Er wirkt unheimlich. Menschen verschwinden dort. Die Leute hier in Moriac mögen den Berg sicher nicht.«

»Ich habe eher den Eindruck, sie wollen die Geschehnisse nicht wahrhaben.«

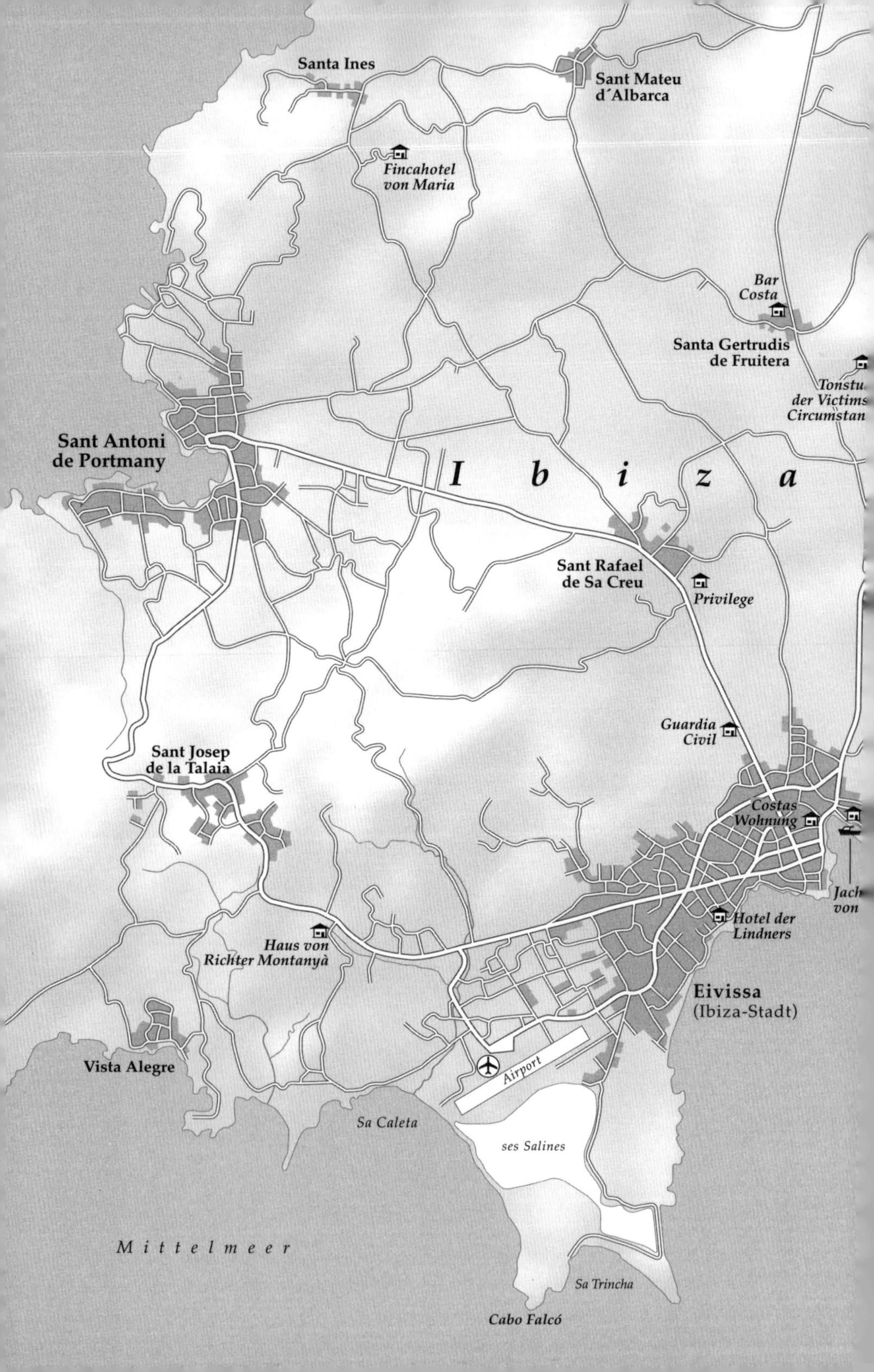

Santa Ines
Sant Mateu
d´Albarca
Fincahotel
von Maria
Bar
Costa
Santa Gertrudis
de Fruitera
Sant Antoni
de Portmany
I b i z a
Sant Rafael
de Sa Creu
Privilege
Guardia
Civil
Sant Josep
de la Talaia
Costas
Wohnung
Hotel der
Lindners
Haus von
Richter Montanyà
Eivissa
(Ibiza-Stadt)
Vista Alegre
Airport
Sa Caleta
ses Salines
Mittelmeer
Sa Trincha
Cabo Falcó